De juni moorden

Jonathan Kellerman

De juni moorden

SIJTHOFF

© 2004 by Jonathan Kellerman
Published by arrangement with Lennart Sane Agency AB
All rights reserved
© 2006 Nederlandse vertaling
Uitgeverij Luitingh ~ Sijthoff B.V., Amsterdam
Alle rechten voorbehouden
Oorspronkelijke titel: *Twisted*
Vertaling: Cherie van Gelder
Omslagontwerp: Pete Teboskins
Omslagfotografie: Clayton Bastiani / Trevillion Images

ISBN 90 245 5720 8 / 9789024557202
NUR 332

www.boekenwereld.com

Voor Faye

I

Mei schonk Hollywood azuurblauwe luchten en een dosis Californisch optimisme. Petra Connor had nachtdienst en sliep door het blauw, maar ze had haar eigen reden om blij te zijn: ze had twee raadselachtige moorden opgelost.

De eerste was een lijk tijdens een bruiloft. Het Ito-Park-huwelijk, de grote zaal van het Roosevelt Hotel, een Japans-Amerikaanse bruid en een Koreaans-Amerikaanse bruidegom, een stel rechtenstudenten die elkaar op de universiteit hadden ontmoet. Haar vader was een in Glendale geboren chirurg, de zijne een nauwelijks Engels sprekende immigrant met een winkel in witgoed. Petra vroeg zich af of er geen sprake zou zijn van een cultuurschok.

De dode was een neef van de bruid, een tweeëndertigjarige accountant die Baldwin Yoshimura heette. Hij werd halverwege de receptie gevonden in een niet afgesloten wc-hokje in het herentoilet van het hotel, met een nek die zo verdraaid was, dat hij rechtstreeks afkomstig leek uit *The Exorcist*. De lijkschouwer stelde dat alleen een paar sterke handen dat voor elkaar had kunnen krijgen, maar verder reikte de medische wetenschap niet.

Petra, die inmiddels weer zonder partner werkte, praatte met alle vrienden en familieleden en kwam er langzaam maar zeker achter dat Baldwin Yoshimura een echte Don Juan was geweest, die geen onderscheid maakte tussen getrouwde en ongetrouwde veroveringen. Terwijl ze dieper in de zaak dook, begon de familie van de bruid zenuwachtige trekjes te vertonen. Uiteindelijk flapte een achternichtje, een zekere Wendy Sakura, de waarheid eruit. Baldwin had het aangelegd met de vrouw van zijn broer Darwin. De sloerie.

Darwin, een relatief zwart schaap in deze hoogopgeleide familiekringen, was een instructeur in vechtsporten, die in een studio in Woodland Hills werkte. Petra rolde met tegenzin overdag uit bed, bracht een onaangekondigd bezoek aan de dojo en keek toe hoe hij de training leidde van een groep gevorderde judoka's. Een stevig gebouwd mannetje, met een kaalgeschoren hoofd en een vriendelijk gezicht. Toen de training voorbij was, liep hij naar Petra toe, stak zijn armen uit om geboeid te worden en zei: 'Ik heb het gedaan. Arresteer me maar.'

Op het bureau weigerde hij een advocaat te laten komen en kon niet wachten om alles eruit te gooien. Omdat hij al een tijdje argwaan koesterde, was hij zijn vrouw en zijn broer achternagegaan toen ze tijdens de bruiloft samen de benen namen en naar een niet in gebruik zijnd zaaltje gingen, waar de vrouw in kwestie de broer in kwestie achter een scheidingswandje enthousiast begon te pijpen. Darwin liet haar begaan, wachtte tot Baldwin naar de plee ging, gooide zijn broer de waarheid voor de voeten en keelde hem.

'En je vrouw dan?' vroeg Petra.

'Wat is er met haar?'

'Je hebt haar niets misdaan.'

'Zij is een vrouw,' zei Darwin Yoshimura. 'Ze is zwak. Baldwin had beter moeten weten.'

De tweede moord begon als bloedvlekken in Los Feliz en eindigde met een lijk in het Angeles Crest National Forest. Dit slachtoffer was een winkelier die Bedros Kashigian heette. Het bloed werd aangetroffen op de parkeerplaats achter zijn winkel op Edgemont. Kashigian en zijn vijf jaar oude Cadillac waren in geen velden of wegen te bekennen.

Twee dagen later vonden boswachters de Caddy aan de rand van de weg door het bos, met Kashigians lichaam in elkaar gezakt achter het stuur. Opgedroogd bloed was vanuit zijn linkeroor over zijn gezicht en zijn overhemd gelopen, maar hij had geen zichtbare verwondingen. Bestudering van de aanwezige maden maakte duidelijk dat hij al twee dagen of daaromtrent dood was. Waaruit viel op te maken dat hij in plaats van na zijn werk naar huis te gaan vijfenveertig kilometer naar het oosten was gereden. Of was meegenomen.

Voor zover Petra kon nagaan was de kruidenier een fatsoenlijk burger, getrouwd en met drie kinderen, een mooi huis en geen schulden. Maar nadat ze zich een week lang in de bewegingen van Kashigian had verdiept, kreeg ze het vermoeden dat hij twee dagen voor zijn verdwijning betrokken was geweest bij een vechtpartij.

Een kroegruzie in een tent op Alvarado, met een voornamelijk Latijns-Amerikaanse cliëntèle. Maar Kashigian scharrelde met een van de Salvadoriaanse serveersters en kwam er regelmatig om een paar kopstoten achterover te slaan voordat ze zich terugtrokken in haar kamertje boven het café. De heibel begon toen twee dronken kerels op elkaar in begonnen te rammen. Kashigian kwam tussen hen in terecht en kreeg uiteindelijk een klap tegen zijn hoofd. Niet meer dan één, volgens de barkeeper. Een blote vuist die enigszins uit de koers was geraakt en Kashigian was daarna gewoon de tent uitgelopen.

Kashigians weduwe, die niet alleen haar verlies te verwerken kreeg, maar ook de verse wetenschap dat Bedros haar bedrogen had, zei dat haar man over koppijn had geklaagd, omdat hij zijn hoofd tegen een plank had gestoten. Hij had een paar aspirientjes genomen en leek zich verder prima te voelen.

Petra belde de lijkschouwer, een onbeschaamd opgewekte vent die Rosenberg heette, en had gevraagd of een enkele klap met een blote vuist tegen het hoofd twee dagen later de dood had kunnen veroorzaken. Rosenberg had daar zijn twijfel over uitgesproken.

Nadere bestudering van de verzekeringsgegevens van Bedros Kashigian brachten een paar stevige levensverzekeringen aan het licht, plus het feit dat er vijf jaar geleden een uitkering had plaatsgevonden toen de winkelier betrokken was geweest bij een kettingbotsing van negen auto's op de 5 North, die hem een schedelbasisfractuur en een hersenbloeding had opgeleverd. Nadat hij in bewusteloze toestand in het ziekenhuis was aangekomen, was Kashigian meteen naar de operatiekamer gegaan waar een rond stukje uit zijn schedel was gezaagd om het bloed weg te kunnen zuigen. Het stukje bot, dat door Rosenberg een 'schijfje' werd genoemd, was met behulp van krammen en hechtingen weer op de plaats teruggebracht.

Rosenberg veranderde echter van mening nadat hij de bijzonderheden over het ongeluk had gehoord.

'Het schijfje werd op de plaats gehouden door littekenweefsel,' zei hij tegen Petra. 'En het verdomde ding werd een stuk dunner dan de rest van de schedel. Helaas voor die vent van jou kreeg hij die klap precies op die plek. De rest van zijn hoofd had die dreun wel kunnen hebben, maar dat dunne plekje niet. Het brak in stukken waardoor botsplinters in zijn hersens terechtkwamen die een langzame bloeding veroorzaakten en uiteindelijk *kaboem.*'

'Kaboem,' zei Petra. 'Nou begin je me alweer met vaktermen te bekogelen.'

De lijkschouwer lachte. Petra lachte ook. Ze hadden geen van beiden zin om na te denken over de ongelooflijke pech die Bedros Kashigian had gehad.

'Eén klap,' zei ze.

'Kaboem,' zei Rosenberg.

'Vertel me eens, dokter R. Kan hij uit pure verwarring helemaal naar het bos zijn gereden?'

'Daar moet ik eens even over nadenken. Met botsplinters in zijn hersenweefsel, een langzame bloeding, ja... dan kan hij best wazig en gedesoriënteerd zijn geweest.'

Maar dat verklaarde nog niet waarom hij specifiek in Angeles Crest was beland.

Ze vroeg aan hoofdinspecteur Schoelkopf of ze een moordaanklacht moest indienen tegen de vent die de klap had uitgedeeld.

'Wie is het?'

'Dat weet ik nog niet.'

'Een kroegruzie.' Schoelkopf wierp haar een *ben-je-niet-goed-wijs?*-blik toe. 'Maak er maar dood-door-ongeluk van.'

Omdat ze geen zin – en ook niet de wens – had om zich te verzetten volgde ze dat bevel op en ging naar de weduwe toe om haar op de hoogte te brengen. Van haar hoorde ze dat Angeles Crest de plek was waar zij samen met Bedros naartoe ging om te vrijen toen ze nog tieners waren.

'In ieder geval heeft hij me goed verzekerd achtergelaten,' zei de vrouw. 'Het belangrijkste is dat mijn kinderen op hun privéscholen kunnen blijven zitten.'

Een paar dagen na het afsluiten van de beide zaken sloeg de eenzaamheid toe. Petra had de vergissing gemaakt om een verhouding te beginnen met haar partner en nu werkte en woonde ze alleen.

Het voorwerp van haar genegenheid was een vreemde, zwijgzame rechercheur, een zekere Eric Stahl, met een militaire achtergrond als officier bij de inlichtingendienst van het leger en een verleden dat langzaam maar zeker boven was komen drijven. De eerste keer dat Petra hem had gezien in zijn zwarte pak en met zijn doffe, donkere ogen was het woord 'begrafenisondernemer' haar door het hoofd geschoten. Ze had meteen instinctief een hekel aan hem gekregen en dat gevoel leek wederzijds. Maar op de een of andere manier was daar toch verandering in gekomen.

Ze hadden voor het eerst samengewerkt bij de Cold Heart-moorden, waarbij ze de handen ineengeslagen hadden met Milo Sturgis in West L.A. om een psychopathische smeerlap in de kraag te vatten die er genoegen in schepte om kunstenaars om zeep te helpen. Dat was geen gemakkelijke opdracht geweest en Eric was bijna met messteken om het leven gebracht. Terwijl ze in de wachtkamer op de spoedeisende hulp zat, had Petra kennisgemaakt met zijn ouders en te horen gekregen waarom hij niet praatte, geen emoties toonde of zelfs maar in de verte op een menselijk wezen leek.

Hij had een gezin gehad, een vrouw en twee kinderen, maar die had hij allemaal verloren. *Heather, Danny* en *Dawn*. Ze waren wreed van hem weggerukt. Hij had zijn militaire loopbaan opgegeven, een jaar lang wezenloos rondgelopen vol antidepressiva en vervolgens gesolliciteerd bij het LAPD, waar connecties hem een baan als rechercheur eersteklas bezorgden bij de Hollywood Division. En daar was hij door Schoelkopf afgeschoven op Petra.

Als Schoelkopf al iets wist, hield hij dat voor zich. Zonder verdere informatie had Petra haar best gedaan om hem aardig te vinden, maar geconfronteerd met een partner die evenveel warmte uitstraalde als een badkamertegel had ze die pogingen al snel opgegeven. Uiteindelijk hadden ze onderling de taken verdeeld, waardoor ze zo min mogelijk tijd in elkaars gezelschap doorbrachten. Lange, kille, zwijgzame surveillancebeurten.

Daarna kwam een avond vol verschrikkingen. Zelfs nu vroeg Petra zich nog af of Eric had geprobeerd zelfmoord te plegen door zich te laten vermoorden. Maar ze was er nooit over begonnen. Dat hoefde niet.

Ze was niet de enige vrouw in zijn leven geweest. Tijdens het Cold Heart-moordonderzoek had hij een stripteasedanseres ontmoet, een blondje met krullend haar en een fantastisch lijf dat Kyra Montego heette, alias Kathy Magary. Kyra zat ook in de wachtkamer, gehuld in veel te kleine kleren, snuffend in een zakdoek terwijl ze haar nagels zat te bestuderen en van bezorgdheid niet eens in staat was ook maar het domste tijdschrift te lezen, al was Petra van mening dat ze meer last had van een ernstig gebrek aan concentratievermogen. Petra's uithoudingsvermogen was groter dan dat van de del en toen Eric bijkwam, was het háár hand die de zijne vasthield en háár blik die diep in zijn vermoeide bruine ogen keek.

Tijdens de maanden waarin hij revalideerde, dook Kyra met de regelmaat van de klok op in de bungalow die Eric in Studio City had gehuurd, gewapend met een bak soep van een afhaalcentrum en plastic lepels. Vergezeld van het aanbod van plastic tieten en veel geknipper met wimpers en god mocht weten wat nog meer.

Petra had daar een eind aan gemaakt door voor Eric te kóken. Aangezien ze in Arizona was opgegroeid met vijf broers en een vader die weduwnaar was, kon ze zich aardig redden in de keuken. Tijdens de korte periode dat ze getrouwd was, had ze zich voor haar plezier met de fijne kookkunst beziggehouden. Nu, als gescheiden nachtuil, nam ze nog maar zelden de moeite om de oven aan te zetten. Maar het had verschrikkelijk belangrijk geleken om Eric met zelfgemaakte lekkernijen weer gezond te maken.

Uiteindelijk verdween de del van het toneel en stond Petra midden op de planken. Haar pijnlijke verhouding met Eric veranderde in vriendschap toen ze zichzelf met tegenzin begonnen bloot te geven en uiteindelijk raakten ze verknocht aan elkaar. Toen ze eindelijk met elkaar begonnen te vrijen stortte hij zich daarop met het enthousiasme van een verwaarloosd dier. En toen ze eindelijk regelmatig met elkaar naar bed gingen, ontdekte ze dat hij de beste minnaar was die ze ooit had gehad, teder als ze daar behoefte aan had en plezierig atletisch als dat op het programma stond.

Er kwam een einde aan hun zakelijke samenwerking, maar hun verhouding hield stand. Ze bleven apart wonen, Eric in de bungalow en Petra in haar flat op Detroit, vlak bij Sixth, in de buurt van Museum Row. Toen kwam de elfde september en vanwege Erics ervaring bij de militaire inlichtingsdienst bekeek de politie hem ineens met andere ogen. Nadat hij van Moordzaken was overgeplaatst naar de pas geformeerde Binnenlandse Veiligheidsdienst werd hij naar het buitenland gestuurd voor een antiterreuropleiding. Deze maand was hij in Israël, waar hij van alles leerde over zelfmoordterroristen, hoe ze te herkennen en andere dingen waarover hij haar niets mocht vertellen.

Hij belde wanneer hij de gelegenheid had en stuurde af en toe een e-mailtje, maar kon zelf geen elektronische berichten ontvangen. Een week geleden had ze voor het laatst iets van hem gehoord. Jeruzalem was een prachtige stad, de Israëli's waren keihard, tactloos en redelijk competent en hij verwachtte over twee weken weer thuis te zijn.

Twee dagen geleden had ze een ansicht gekregen met een foto van de Citadel van David, en Erics keurige, schuine handschrift.

P.
Ik denk aan je, alles in orde.
E.

Ze vond het prima om in haar eentje te werken, maar ze wist dat het slechts een kwestie van tijd was voor ze weer opgezadeld zou worden met iemand die was overgeplaatst.

Nadat ze de zaken van Yoshimura en Kashigian had afgesloten, nam ze een paar dagen vrij en ging ervan uit dat ze het even rustig aan kon doen.

In plaats daarvan kreeg ze een bloedbad en Isaac Gomez in de schoot geworpen.

2

Het gebeurde op de dag dat ze weer begon te schilderen. Ze dwong zichzelf om tien uur op te staan en gebruik te maken van het daglicht om een kopie te maken van een Georgia O'Keeffe waar ze altijd dol op was geweest. Geen bloemen of schedels maar een grauw, verticaal beeld van de binnenstad van New York uit de begintijd van O'Keeffe.

Absoluut geniaal en ze zou het van haar levensdagen niet kunnen kopiëren maar de worsteling zou haar goed doen. Het was maanden geleden dat ze een penseel had opgepakt en het begin kostte haar moeite. Maar tegen een uur of twee begon het echt lekker te gaan en had ze het idee dat ze het best aardig deed. Om zes uur leunde ze achterover om haar werk te bekijken en viel in slaap op de bank in de woonkamer.

Om kwart over een 's nachts werd ze wakker gebeld door het bureau.

'Meerdere een-acht-zevens bij de Paradiso Club op Sunset, in de buurt van Western, iedereen wordt opgetrommeld,' zei de meldkamer. 'Waarschijnlijk is het al op tv.'

Petra zette het apparaat aan terwijl ze naar de douche liep. De eerste zender die ze probeerde, had het verhaal al voorstaan.

Een stel jongelui was neergeschoten voor de Paradiso. Een of ander hiphopconcert, ruzie op de parkeerplaats en de loop van een geweer die uit een autoraampje stak.

Vier doden.

Tegen de tijd dat Petra arriveerde, was het gebied al afgezet en lagen de slachtoffers onder zeilen van de gerechtelijke medische dienst. Een kwartet bundels dat schots en scheef onder een blauwzwarte Hollywood-hemel lag. De hoek van een van de zeilen was losgeraakt, waardoor een in een gymschoen gestoken voet zichtbaar werd. Een roze gymschoen, aan de kleine kant.

De parkeerplaats lag te glimmen in het licht van krachtige werklampen. Zo op het oog een honderdtal jongeren, van wie sommigen veel te jong waren om nog zo laat op te zijn, was in verschillende groepen verdeeld en naar de zijkant gebracht, waar ze werden bewaakt door agenten in uniform. Vijf groepen, allemaal mogelijke getuigen.

De Paradiso, een bioscoop die eerst in een evangelische kerk was veranderd en vervolgens in een concertzaal, had een capaciteit van duizend bezoekers. Deze jongeren waren het neusje van de zalm.

Petra keek om zich heen op zoek naar andere rechercheurs en zag

Abrams, Montoya, Dilbeck en Haas. Met haar erbij vijf rechercheurs voor vijf groepen.

MacDonald Dilbeck was een rechercheur derdeklas met meer dan dertig jaar ervaring en hij zou hier wel de leiding hebben.

Ze liep naar hem toe. Toen ze tien meter bij hem vandaan was, woof hij.

Mac was een eenenzestigjarige ex-marinier met zilverkleurig, door Brylcreem in bedwang gehouden haar en een grijs pak van een soort kunststof die net zo glom als zijn haar. Aan de smalle en afgeronde revers te zien was het pak een museumstuk, maar ze wist dat hij het nieuw gekocht had. Mac was een kruidje-roer-me-niet van een meter zeventig dat naar Aqua Velva rook en een schoolring met een namaakrobijn droeg plus een dasspeld van het LAPD. Hij woonde in Simi Valley en zijn privéauto was een oude Cadillac. In het weekend reed hij op paarden en Harleys. Hij was veertig jaar getrouwd en op zijn bovenarm stond *Semper Fi* getatoeëerd. Volgens Petra was hij heel wat intelligenter dan de meeste artsen en advocaten die ze had ontmoet.

'Sorry dat ik je vrije dagen heb verpest,' zei hij. Zijn ogen waren rood, maar zijn rug was kaarsrecht.

'Het lijkt erop dat we alle hulp die we kunnen krijgen nodig zullen hebben.'

Macs mondhoeken zakten omlaag. 'Het was een bloedbad. Vier kinderen.'

Hij trok haar weg bij de lichamen in de richting van de tweebaansuitrit die naar Western Avenue leidde en ze stonden samen naar het spaarzame verkeer te kijken. 'Het concert was om halftwaalf afgelopen, maar een heel stel jongeren bleef op de parkeerplaats hangen om te roken en te drinken, het gewone gedoe. Diverse auto's vertrokken, maar een ervan schakelde in de achteruit en reed naar de menigte toe. Langzaam, zodat niemand het in de gaten had. Toen kwam er een arm naar buiten die begon te schieten. De man van de veiligheidsdienst was te ver weg om het te zien, maar hij hoorde een stuk of twaalf schoten. Vier slachtoffers, allemaal gedood, kennelijk met een negen millimeter.'

Petra wierp een blik op de groep jongeren die het dichtstbij stond. 'Ze zien er niet echt hardcore uit. Wat was het voor concert?'

'Gewone doorsnee hiphop, dance-mixen en wat Latijns-Amerikaanse dingen, geen gangstamuziek.'

Ondanks haar afschuw voelde Petra toch een glimlach opkomen. 'Geen *gangsta?*'

Dilbeck haalde zijn schouders op. 'Ik heb ook kleinkinderen. We heb-

ben te horen gekregen dat het een keurig publiek was en dat er alleen een paar mensen naar buiten gestuurd zijn wegens drankmisbruik, maar dat er niets ernstigs is gebeurd.'
'Wie zijn de deur uit gezet?'
'Drie jongens uit de Valley. Blank, geen kwaad in de zin, afgehaald door hun ouders. Daar ging het niet om, Petra, maar wie zal zeggen wat er wél aan de hand was? En dan heb ik het ook over onze eventuele getuigen.'
'Niets?' vroeg Petra.
Dilbeck bedekte zijn ogen met zijn ene hand en legde de ander over zijn mond. 'Dit zijn de jongelui die de pech hadden dat ze hier nog waren toen de politieauto's arriveerden. Het enige wat we uit hen los hebben gekregen is een vrij unanieme beschrijving van de auto van de schutter. Klein, zwart of donkerblauw of donkergrijs, waarschijnlijk een Honda of een Toyota, met chroomkleurige strips. Niet één cijfer of letter van de kentekenplaat. Toen het schieten begon, heeft iedereen zich op de grond laten vallen, is ergens achter gedoken of heeft de benen genomen.'
'Maar al deze kinderen zijn toch blijven plakken.'
'Agenten in uniform waren binnen twee minuten ter plekke onder een code drie,' zei Dilbeck. 'Zij hebben niemand meer laten vertrekken.'
'Wie heeft gebeld?'
'Minstens acht mensen. De officiële melding kwam van een uitsmijter.' Hij fronste. 'De slachtoffers zijn twee jongens en twee meisjes.'
'Hoe oud?'
'We hebben er drie geïdentificeerd: vijftien, vijftien en zeventien. De vierde, een meisje, had geen papieren bij zich.'
'Helemaal niets?'
Dilbeck schudde zijn hoofd. 'Een stel arme ouders zal zich ontzettend veel zorgen gaan maken en dan het slechte nieuws te horen krijgen. Wat een rottigheid, hè? Misschien moet ik het bijltje er toch maar bij neergooien.'
Zolang Petra hem kende, overwoog hij al om met pensioen te gaan.
'Ik zal het eerder opgeven dan jij,' zei ze.
'Waarschijnlijk wel,' gaf hij toe.
'Ik wil de lichamen graag even zien voordat ze weggehaald worden.'
'Kijk maar zo veel je wilt en neem dan de dichtstbijzijnde groep, die daar.'
Petra probeerde zo veel mogelijk over de slachtoffers te weten te komen.
Paul Allan Montalvo, die over twee weken zestien zou zijn gewor-

den. Bol rond gezicht, geblokt overhemd, zwarte trainingsbroek. Een gladde olijfkleurige huid, alleen niet op de plek waar de kogel hem had geraakt, onder zijn rechteroog. Plus twee gaten in zijn benen.

Wanda Leticia Duarte, zeventien. Beeldschoon, bleek, met lang zwart haar, ringen om acht van haar vingers en vijf oorbelletjes. Drie schoten in de borst. Aan de linkerkant, bingo.

Kennerly Scott Dalkin, vijftien, maar leek hooguit twaalf jaar. Lichte huid, sproeten, kaalgeschoren hoofd met de kleur van stopverf. Zwartleren jack en een doodshoofd aan een leren veter om de hals die doorboord was door een kogel. Zijn uitdossing en zijn afgetrapte Doc Martens vertelden dat hij zich graag als een harde klant had willen opstellen, maar hij kwam niet eens in de buurt. In zijn portefeuille zat een kaartje waaruit bleek dat hij lid was van de club van beste leerlingen van de Birmingham Highschool.

Het ongeïdentificeerde meisje was waarschijnlijk van Latijns-Amerikaanse afkomst. Klein, met stevige borsten en schouderlang krullend haar dat aan de uiteinden roestkleurig was geverfd. Strak wit topje, strakke zwarte spijkerbroek van een goedkoop merk. Roze gympen – de schoenen die Petra waren opgevallen – een krappe maat 36. Eveneens een kogel in het hoofd, een rafelig zwart gat vlak voor haar rechteroor. Nog vier kogels in haar bovenlijf. De zakken van haar spijkerbroek zaten binnenstebuiten gekeerd. Petra controleerde haar goedkope kunstleren tasje. Kauwgom, tissues, twintig dollar contant geld, twee pakjes condooms.

Veilige seks. Petra knielde naast het meisje neer. Daarna stond ze op en ging aan het werk.

Achttien kweeniets.

Ze sprak ze toe als groep en deed haar best om vriendelijk en kameraadschappelijk over te komen, waarbij ze de nadruk legde op het belang van medewerking om te voorkomen dat er nog zoiets als dit zou gebeuren. Het leverde haar achttien wezenloze blikken op. Aandringen had tot gevolg dat een paar langzaam het hoofd schudden. Het zou gedeeltelijk door shock kunnen komen, maar Petra voelde instinctief aan dat ze hen verveelde.

'Kun je me echt niets meer vertellen?' vroeg ze aan een slanke knul met rood haar.

Hij tuitte zijn lippen en schudde zijn hoofd.

Ze zei dat ze in de rij moesten gaan staan, noteerde alle namen, adressen en telefoonnummers en hield zich op de vlakte terwijl ze hun lichaamstaal controleerde.

Twee zenuwachtige types sprongen eruit, eentje die maar in haar handen bleef wringen en een ander die haar voet niet stil kon houden. Ze hield ze achter en liet de anderen gaan.

Bonnie Ramirez en Sandra Leon, allebei zestien. Ze droegen hetzelfde soort kleren – strakke topjes, heupbroeken en laarzen met hoge hakken – maar ze kenden elkaar niet. Bonnies topje was zwart, van een soort crèpeachtige stof en ze had een dikke laag make-up op haar gezicht om haar jeugdpuistjes te bedekken. Ze had bruin, kroezend haar, opgestoken in een achteloos kapsel dat waarschijnlijk uren in beslag had genomen maar op de een of andere manier toch nonchalant overkwam. Ze stond nog steeds in haar handen te wringen toen Petra haar opnieuw vertelde hoe belangrijk het was om eerlijk en openhartig te zijn.

'Ik bén eerlijk,' zei ze. Vloeiend Engels, met dat muzikale East-L.A.-sausje dat de nadruk legt op de laatste woorden.

'Hoe zit het met die auto, Bonnie?'

'Ik heb u al verteld dat ik die niet heb gezien.'

'Helemaal niet?'

'Niets. Ik moet weg. Ik moet nu echt weg.'

Daar gingen die handen weer.

'Waarom heb je zo'n haast, Bonnie?'

'George zou maar tot één uur babysitten en nu is het al veel later.'

'Heb je een kind?'

'Van twee jaar,' zei Bonnie Ramirez, met een mengeling van trots en verbazing.

'Een jongetje of een meisje?'

'Een jongetje.'

'Hoe heet hij?'

'Rocky.'

'Heb je een foto van hem?'

Bonnie wilde haar met lovertjes bedekte tasje pakken, maar bedacht zich. 'Wat gaat jou dat aan? George zei dat hij gewoon weg zou gaan als ik niet op tijd thuis was en Rocky staat 's nachts wel eens op. Ik wil niet dat hij bang wordt.'

'Wie is George?'

'De vader,' zei het meisje. 'Rocky heet ook George. Jorge junior. Ik noem hem Rocky om hem van George te onderscheiden, want de manier waarop George zich gedraagt, bevalt me helemaal niet.'

'Hoe gedraagt George zich dan?'

'Hij geeft me helemaal niks.'

De blouse van Sandra Leon was van nauwsluitend, champagnekleurig satijn dat een schouder bloot liet. Een gladde, blote schouder met pukkeltjes van kippenvel. Ze stond niet meer met haar voet te tikken, maar had in plaats daarvan haar armen over elkaar geslagen waardoor zachte, onbeteugelde borsten in het midden van haar smalle bovenlijf tegen elkaar gedrukt werden. Donkerrode lipstick en een onechte moedervlek op haar bovenlip geplakt. Ze droeg een hele zwik goedkope, imitatiegouden sieraden. Haar schoenen waren met rijnsteentjes bezette muiltjes. Een parodie van sexy, een zestienjarige die dertig wilde lijken.

Voordat Petra iets kon vragen, zei ze: 'Ik weet niets.'

Haar ogen dwaalden onwillekeurig naar de slachtoffers. Naar roze gympen.

'Ik vraag me af waar ze die schoenen vandaan had,' zei Petra.

De blik van Sandra Leon was op alles behalve op Petra gericht. 'Hoe moet ik dat weten?' Ze beet op haar lip.

'Voel je je wel goed?' vroeg Petra.

Het meisje dwong zich om Petra aan te kijken. Haar ogen waren dof.

'Waarom zou ik me niet goed voelen?'

Petra gaf geen antwoord.

'Mag ik nu weg?'

'Weet je zeker dat je me niets te vertellen hebt?'

De doffe ogen werden samengeknepen. De plotselinge vijandigheid deed misplaatst aan. 'Ik hoef niet eens met je te praten.'

'Wie zegt dat?'

'De wet.'

'Heb je ervaring met de wet?' vroeg Petra.

'Nee.'

'Maar je weet wel wat erin staat.'

'Mijn broer zit in de gevangenis.'

'Waar?'

'In Lompoc.'

'Waarvoor?'

'Autodiefstal.'

'En je broer is je juridische expert?' zei Petra. 'Moet je zien waar hij zit.'

Sandra haalde haar schouders op. Het platinablonde haar verschoof. Een pruik.

Daardoor bestudeerde Petra haar nog grondiger. Er was nog iets dat haar opviel aan de ogen van het meisje. Ze waren dof omdat het oogwit geel was.

'Is alles in orde met je?'

'Als je me nu weg laat gaan wel.' Sandra Leon zette haar pruik recht. Ze duwde er aan de voorkant een vinger onder en glimlachte. 'Leu-

kemie,' zei het meisje. 'Ik heb een chemokuur in Western Peds gehad. Vroeger had ik echt mooi haar. Ze zeggen dat het weer aan zal groeien, maar misschien is dat wel gelogen.'
De tranen sprongen haar in de ogen. 'Mag ik nu weg?'
'Ja, hoor.'
Het meisje maakte zich uit de voeten.

3

Gedurende de week daarna werkten vijf rechercheurs aan de schietpartij bij de Paradiso. Ze ondervroegen familieleden van de dode tieners en namen opnieuw contact op met potentiële getuigen. Geen van de slachtoffers was lid van een gang geweest en ze kregen allemaal het predikaat brave kinderen mee. Er was geen enkel familielid dat met verhalen over criminele activiteiten kwam aandragen, in feite had niemand iets zinnigs te vertellen.
De identiteit van het meisje met de roze gympen was nog steeds niet achterhaald en dat werd door Petra als een persoonlijke miskleun beschouwd. Ze had vrijwillig aangeboden om het naspeurwerk te doen en had zich uitgesloofd om het probleem op te lossen, maar tevergeefs. De enige interessante mededeling was afkomstig van de lijkschouwer. Het meisje had hooguit een paar maanden geleden een abortus gehad.
Petra vroeg aan Mac Dilbeck of ze de media mocht inschakelen en dat vond hij prima. Drie stations zonden tijdens het nieuws vage tekeningen uit van het gezicht van het meisje. Ze kregen een paar telefoontjes, maar die sloegen nergens op.
Ze nam de schoenen als uitgangspunt, omdat ze dacht dat een dergelijk model vrij uniek zou zijn. Niets was minder waar, want Kmart, een grote supermarktketen, importeerde ze al een jaar lang in grote aantallen vanuit Macao. Ze zag dat ze zelfs op eBay tweedehands werden aangeboden.
Ze probeerde opnieuw contact op te nemen met Sandra Leon, omdat Sandra duidelijk de indruk had gemaakt dat ze zich niet op haar gemak voelde, hoewel dat best zou kunnen liggen aan het feit dat ze ziek was. Daarom had ze ook besloten om het arme kind met fluwelen handschoentjes aan te pakken, want god mocht weten wat ze al door haar ziekte mee had moeten maken. De telefoon ging wel over, maar werd niet opgenomen.

Tien dagen na de massamoord had de ploeg nog steeds geen enkel aanknopingspunt en bij de eerste samenkomst daarna kregen ze van Mac Dilbeck te horen dat er van nu af aan nog maar drie rechercheurs aan de zaak zouden werken. Hij bleef de leiding houden en Luc Montoya en Petra zouden hem assisteren.

Na de bijeenkomst vroeg Petra aan hem: 'Wat houdt dat precies in?'

Mac raapte zijn papieren bij elkaar zonder haar aan te kijken. 'Waar heb je het over?'

'Assisteren.'

'Ik sta open voor suggesties.'

'Dat niet-geïdentificeerde meisje,' zei Petra. 'Ik vraag me af of zij misschien de sleutel van het raadsel vormt. Niemand heeft haar als vermist opgegeven.'

'Raar, hè,' zei Mac.

'Misschien wilde iemand wel graag van haar af.'

Mac streek over zijn glimmende haar. 'Wil je blijven proberen of je iets meer over haar te weten kunt komen?'

'Ik kan mijn best doen.'

'Ja, dat is wel een goed idee.' Hij fronste.

'Wat is er?'

Hij tikte even tegen zijn platte, gelijnde voorhoofd. 'Er blijven hier allerlei vraagtekens rondspoken. Stel je bijvoorbeeld nou eens voor dat er helemaal geen motief was. Dat het alleen maar om een stel schurken ging die zin hadden om iemand om zeep te helpen.'

'Dat zou echt leuk zijn,' zei Petra.

'Maar het zou best kunnen.'

'Absoluut.'

Nadat ze twee dagen aan het anonieme meisje had gewerkt begon ze stapelgek te worden. Petra zat achter haar bureau een hotdog te eten toen ze hoorde dat iemand zijn keel schraapte. Ze keek op.

Isaac Gomez. Alweer.

Hij stond naast het bureau in zijn gebruikelijke blauwe overhemd met knoopjes aan de kraagpunten, een keurig gestreken katoenen broek en instappers. Het zwarte haar met de scheiding zat plat op zijn hoofd geplakt, waardoor hij op een koorknaapje leek. Het gladde bruine gezicht was schoongeboend. Hij had een stapeltje oude moordfolders tegen zijn borst geklemd en zei: 'Hopelijk stoor ik niet, rechercheur Connor.'

Natuurlijk stoorde hij wel. Natuurlijk keek ze hem glimlachend aan. Iedere keer als ze Isaac onder ogen kreeg, moest Petra aan het jongetje van Diego Rivera denken, maar dan in een volwassen uitvoering. Haar zo steil als een staalborstel, de nootmuskaatkleurige huid, de grote smeltende amandelvormige ogen en de duidelijke sporen van indiaans bloed in de hoge jukbeenderen en de mooi gevormde neus. Isaac was een meter tweeënzeventig en hooguit een kilo of zeventig, met vierkante schouders, knokige polsen en een vastberaden maar onhandige manier van lopen.

Vanuit chronologisch oogpunt was hij tweeëntwintig.

Tweeëntwintig en hooguit een jaar verwijderd van zijn doctoraal. God mocht weten hoe oud hij in intellectueel opzicht was. Maar als het onderwerp van gesprek niet langer over feiten en cijfers ging, kon hij verstrikt raken in typische tienerverwarring.

Petra was ervan overtuigd dat hij nog maagd was.

'Wat is er aan de hand, Isaac?'

Ze verwachtte dat hij zou lachen, dat gegeneerde lachje dat zij altijd bij hem leek op te roepen. Met blijdschap had het niets te maken, met zenuwen des te meer. Als ze bij elkaar waren, was haar al meer dan eens opgevallen dat hij een fikse bobbel in de broek kreeg. Gevolgd door rode oortjes en een laptop of een naslagwerk om alles te camoufleren. Ze deed altijd net alsof ze niets in de gaten had.

Dit keer glimlachte hij niet. Hij maakte een gespannen indruk.

Veertien minuten over acht in de avond. De afdeling recherche was bijna leeg, verstandige mensen waren allang naar huis. Ze had met de computer zitten spelen en ingelogd bij alle databases met gegevens over vermiste kinderen, nog steeds op zoek naar gegevens over het meisje met de roze gympen.

'Weet u zeker dat ik niet stoor?'

'Heel zeker. Wat doe je hier nog op dit uur?'

Isaac haalde zijn schouders op. 'Ik was ergens mee bezig... en van het een kwam het ander.' Hij tilde de stapel moorddossiers op. Zijn ogen brandden.

'Leg die maar even neer en trek een stoel bij,' zei Petra.

'Het spijt me als dit nu niet uitkomt, rechercheur Connor. Ik weet dat u aan die Paradiso-zaak werkt en onder normale omstandigheden zou ik u nooit gestoord hebben.' Een vluchtige glimlach. 'Maar misschien is dat helemaal niet waar. Ik val u nogal vaak lastig, hè?'

'Helemaal niet,' jokte Petra. De waarheid was dat het verdomd vervelend kon zijn dat ze kinderjuf moest spelen voor de Bolleboos als ze het echt druk kreeg. Ze wees naar een stoel naast haar bureau en hij ging zitten.

'Wat is er aan de hand?'

Isaac speelde met een van de knoopjes op zijn kraag. 'Ik werkte aan een meervoudige-regressieanalyse en voerde nieuwe variabelen in...'

Hij schudde plotseling stevig met zijn hoofd, alsof hij zich probeerde te ontdoen van overbodige informatie. 'Maar dat hoef ik u helemaal niet te vertellen. Ik was eigenlijk gewoon op zoek naar andere manieren om mijn gegevens te rangschikken en toen stuitte ik puur toevallig op iets waarvan ik vond dat u het ook moest zien.'
Hij stopte en slaakte een diepe zucht.
'Wat dan, Isaac?' vroeg ze.
'Het klinkt vast... Oppervlakkig bekeken lijkt het misschien niets, alleen maar een toevalligheid... Maar ik heb het statistisch gecontroleerd, met behulp van diverse proeven die elkaars mathematische zwaktepunten opheffen, en het staat wat mij betreft als een paal boven water dat het niet iets kunstmatigs is, niet zomaar een rare kronkel van het toeval. Voor zover ik kan nagaan, is dit de pure waarheid, rechercheur Connor.'
De smetteloze bruine wangen waren plotseling nat van het zweet. Petra wachtte geduldig af.
'Het is volslagen belachelijk,' zei hij, waardoor hij plotseling als een echte tiener klonk, 'maar ik weet zeker dat het waar is.'
Hij begon de moorddossiers open te slaan. Aanvankelijk klonk zijn stem zacht, nauwelijks meer dan gefluister. Maar uiteindelijk knalden de woorden uit zijn mond als kogels uit een automatisch geweer. Moorddadig brein.
Petra luisterde. Hij mocht dan briljant zijn, maar de knul was een amateur. Dit moest pure nonsens zijn.
Alsof hij haar gedachten kon lezen, zei hij: 'Ik zweer u, het is echt waar.'
'Vertel me eens iets meer over die statistische proeven van je,' zei ze.

4

Irma Gomez werkte al negen jaar voor de familie Lattimore voordat ze begon over het probleem met Isaac.
Het artsenechtpaar Seth en Marilyn Lattimore woonde in een achttiende-eeuws huis met negentien kamers op Hudson Avenue in Hancock Park. Ze waren allebei chirurg, hij KNO-, zij oogarts. Twee rücksichtsloze perfectionisten, maar vriendelijk en gul als ze niet gekweld werden door professionele problemen. Ze hielden bijzonder veel van elkaar en hadden drie kinderen grootgebracht, die zich nu in diverse stadia van een medische opleiding bevonden. Donderdags gingen

ze altijd samen golfen, omdat donderdag op de countryclub de dag was van de assistent-artsen. In januari gingen ze een weekje naar Cabo San Lucas en in mei vlogen ze altijd eersteklas met Air France naar Parijs, waar ze ieder jaar in dezelfde suite in Hôtel Le Bristol logeerden en de ronde deden langs restaurants met drie Michelinsterren. Weer terug in Californië brachten ze eens in de drie weken een weekend door in hun appartement in Palm Desert, waar ze uitsliepen, flutromannetjes lazen en zich insmeerden met dikke lagen sunblock.

Al tien jaar lang had Irma Gomez zes dagen per week de bus genomen bij haar driekamerflat in het Union District om zich klokslag acht uur te melden bij het huis van de Lattimores, waar ze zich met haar eigen sleutel toegang verschafte via de keukendeur en het beveiligingssysteem uitschakelde. Daarna begon ze aan het huis, opruimen en het oppervlakkige werk. Specifieke karweitjes, zoals boenen, schrobben en echte schoonmaakklusjes, werden op aandringen van dr. Marilyn verdeeld, want anders zou het huis te veeleisend worden. Van maandag tot en met woensdag was ze op de benedenverdieping, van donderdag tot en met zaterdag werkte ze boven.

'Op die manier kun je het aan het eind van de week gewoon wat rustiger aan doen,' had dr. Marilyn haar gerustgesteld. 'De kamers van de kinderen zijn toch niet meer in gebruik.'

De 'kinderen' waren vierentwintig, zesentwintig en dertig en ze waren al jaren het huis uit.

Irma had gehoorzaam geknikt. Dr. Marilyn bleek gelijk te hebben, maar zelfs als dat niet het geval was geweest had Irma geen woord van protest laten horen.

Ze was een rustige vrouw, die nog rustiger was geworden door het feit dat ze er niet in was geslaagd om in de elf jaar die ze inmiddels in de Verenigde Staten woonde beter Engels te leren spreken. Zelf had ze samen met haar man Isaiah ook drie kinderen en toen Irma voor de Lattimores ging werken was de kleine Isaiah inmiddels vier, Isaac twee en de jongste, Joel, een lastpak van een baby die geen moment stilzat.

Op haar drieëntwintigste was Irma Flores vanuit het dorpje San Francisco Guajoyo in El Salvador via Mexico de grens van de Verenigde Staten overgestoken en ten oosten van San Diego beland. Ze was in het duister voortgedreven door een valse 'coyote', een zekere Paz die eerst had geprobeerd haar meer geld af te troggelen dan ze van tevoren hadden afgesproken en toen ze weigerde hem te betalen een poging had gedaan om haar aan te randen.

Irma slaagde erin om te ontsnappen en op de een of andere manier in het centrum van L.A. te belanden. Voor de deur van de kerk van de pinkstergemeente waar ze zou worden opgevangen. De predikant was een lieve man. Als hij niet preekte, was hij conciërge en hij bezorgde haar een baantje, waarvoor ze 's nachts in het centrum kantoren schoon moest maken.

De kerk bracht haar troost en daar maakte ze ook kennis met Isaiah Gomez. Zijn rustige houding en zijn sjofele kleren maakten iets warms bij haar los. Hij werkte in een fabriek in Oost-L.A. waar stoffen geverfd werden en waar hij gebogen over kokende vaten gifstoffen inademde vooordat hij bleek en bekaf in de vroege ochtenduren weer naar huis sjokte.

Ze trouwden en toen Irma in verwachting raakte van de kleine Isaiah wist ze dat ze niet meer 's nachts zou kunnen werken. Ze wist aan valse papieren te komen en liet zich inschrijven bij een bureau op Larchmont Avenue. Haar eerste baas, een filmregisseur die in de Hollywood Hills woonde, joeg haar de stuipen op het lijf met zijn woedeaanvallen, zijn zuippartijen en zijn cocaïne en na een week nam ze ontslag. De tweede keer was God haar goed gezind en leverde haar af bij de Lattimores.

Halverwege het negende jaar van Irma's dienstverband werd dr. Marilyn Lattimore onverwacht getroffen door een stevige verkoudheid die haar twee dagen thuishield. Misschien viel haar daarom de uitdrukking op Irma's gezicht op. Meestal was Irma in haar eentje aan de slag, neuriënd en zingend, waardoor ze echo's veroorzaakte in de grote, gewelfde kamers.

Het gesprek vond plaats in de ontbijtkamer. Dr. Marilyn zat de krant te lezen, thee te drinken en om de haverklap haar rode, lopende neus te snuiten. Irma was in de keuken ernaast. Ze had de kapjes van de branders van het fornuis gehaald en stond ze nu geconcentreerd te schuren.

'Dit geloof je toch niet, Irma? Ik sta een week lang te opereren en dan krijgt zo'n eigenwijs virusje me te pakken.' De stem van dr. Marilyn die gewoonlijk toch al vrij schor was, klonk nu bijna als die van een man.

'Toen ik nog medicijnen studeerde en de ronde moest doen over de kinderafdelingen ben ik besmet geraakt met elk virus dat je maar kunt bedenken, Irma. En later ook, natuurlijk, toen ik de kinderen had. Maar het is inmiddels jaren geleden dat ik ziek ben geweest en ik vind dit ronduit vernederend. Ik weet bijna zeker dat ik door een van mijn patiënten ben aangestoken. Ik zou wel eens willen weten door wie, dan kan ik hem of haar persoonlijk bedanken.'

Dr. Marilyn was een kleine, knappe vrouw met honingkleurig haar, die er veel jonger uitzag dan haar leeftijd. Ze maakte iedere ochtend om zes uur een wandeling van ruim drie kilometer, gevolgd door een halfuur op een crosstrainer, ze deed vrije oefeningen met halters en ze lette goed op wat ze at, behalve als ze in Parijs was.

'U sterk, weer gauw beter,' zei Irma.

'Dat hoop ik dan maar... bedankt voor dat staaltje optimisme, Irma... Zou je zo lief willen zijn om een potje vijgenjam voor me te pakken?'

Irma pakte de jam en bracht het potje naar haar toe.

'Dank je wel, lieverd.'

'Verder nog iets, dokter Em?'

'Nee, dank je, lieverd... Voel jíj je wel goed, Irma?'

Irma produceerde een moeizaam lachje. 'Ja.'

'Weet je dat zeker?'

'Zeker, ja hoor, dokter Em.'

'Hm... Je hoeft me niet te ontzien omdat ik verkouden ben. Als je iets dwarszit, gooi het er dan maar uit.'

Irma maakte rechtsomkeert en wilde weer naar de keuken lopen.

'Lieverd,' riep dr. Marilyn haar na, 'ik ken je goed en het is duidelijk dat je iets dwarszit. Zo keek je ook tot we je papieren in orde lieten maken. En daarna liep je weer te piekeren of je inderdaad amnestie zou krijgen. Er zit je absolúút iets dwars.'

'Ik voel me prima, dokter Em.'

'Draai je eens om, kijk me aan en zeg dat dan nog eens.'

Irma gehoorzaamde. Dr. Marilyn bleef haar strak aankijken. Ze had scherpe bruine ogen en een vastberaden mond. 'Vooruit dan maar.'

Twee minuten later, nadat ze haar geroosterde boterham opgegeten had: 'Irma, alsjeblieft. Hou nou eens op met mokken en gooi het eruit. Per slot van rekening heb je bijna nooit de kans om met iemand te praten, omdat dokter Es en ik bijna nooit thuis zijn. Dit is echt een ontzettend eenzaam baantje... Zit dat je soms dwars?'

'Nee, nee, ik vind het een fijne baan, dokter...'

'Wat is er dan?'

'*Nada*. Niets.'

'Doe niet zo koppig, jongedame.'

'Ik... is niets.'

'Irma!'

'Ik maak me zorgen over Isaac.'

Van schrik werden de bruine ogen nog feller, een beetje vosachtig en schrikaanjagend. 'Isaac? Gaat het wel goed met hem?'

'Ja, hij heel goed. Heel intelligent.'

Irma barstte in tranen uit.

'Moet je huilen omdat hij zo intelligent is?' vroeg dr. Marilyn. 'Ontgaat me soms iets?'

Ze dronken samen een kopje thee en namen een geroosterd boterhammetje met vijgenjam, terwijl Irma dr. Marilyn vertelde wat er aan de hand was. Dat Isaac telkens opnieuw huilend van ergernis en verveling van school kwam. Dat hij alle lesmateriaal van groep zes binnen twee maanden verwerkt had, waarna hij uit eigen beweging wat boeken van groep zeven, acht en negen 'geleend' had om die ook binnen de kortste keren door te spitten. Ten slotte werd hij betrapt met een voorbereidend algebralesboek dat hij stiekem uit de bibliotheek had meegenomen en was naar het hoofd van de school gestuurd wegens 'onwettige studie en afwijkend gedrag'.

Irma was naar de school toe gegaan en had geprobeerd het probleem in haar eentje op te lossen. Maar het hoofd van de school kon alleen maar minachting opbrengen voor Irma's eenvoudige kleren en haar zware accent en had er ferm op aangedrongen dat Isaac ophield met dat 'vroegrijpe gedoe' en zich zou aanpassen bij 'het normale tempo van de klas'.

Toen Irma haar erop probeerde te wijzen dat de jongen al veel verder was dan de rest van de klas viel de directrice haar in de rede en vertelde haar dat Isaac zich er gewoon tevreden mee zou moeten stellen om alles dan maar een paar keer over te doen.

'Schandalig,' zei dr. Marilyn. 'Dat is gewoon schandalig. Kom, kom, niet huilen... Dus hij is al drie jaar vooruit? In zijn eentje?'

'Twee jaar, af en toe drie.'

'John, mijn oudste, leek daar wel een beetje op. Hij was niet zo intelligent als jouw Isaac schijnt te zijn, maar op school zat hij zich altijd te vervelen omdat hij veel te snel was. O lieve help, we hebben wat toestanden met hem meegemaakt... Nu is John hoofd van de psychiatrische faculteit van Stanford.' Dr. Marilyn klaarde op. 'Misschien kan jouw Isaac ook wel arts worden. Zou dat niet fantastisch zijn, Irma?'

Irma knikte en luisterde met een half oor naar het gebabbel van dr. Marilyn.

'Als een kind zo intelligent is, dan zijn er geen grenzen, Irma... Geef me het nummer van dat schoolhoofd maar, dan zal ik wel eens met haar praten.' Ze niesde, hoestte en snoot haar neus. Daarna begon ze te lachen. 'Met deze bariton klink ik zo autoritair als wat.'

Irma zei niets.

'Wat is het nummer, lieverd?'

Stilte.
'Irma?'
'Ik wil geen moeilijkheden, dokter Em.'
'Je zit al in de moeilijkheden, Irma. Nu moeten we daar een oplossing voor vinden.'
Irma keek naar de grond.
'Wat is er nou?' vroeg dr. Marilyn scherp. 'Ach. Je bent bang voor negatieve reacties, dat iemand dit zal misbruiken om jou en je gezin een hak te zetten. Maar daar hoef je je geen zorgen over te maken, lieverd. Je bent legaal. Toen we regelden dat je een verblijfsvergunning en papieren kreeg, hebben we er heel goed op gelet dat er geen gaten in het net zaten.'
'Ik snap het niet,' zei Irma.
Dr. Marilyn zuchtte. 'Toen we die advocaat in de arm namen, die... *abogado...*'
'Dat niet,' zei Irma. 'Ik snap niet waar Isaac vandaan komt. Ik niet slim, Isaiah niet slim, de andere twee ook niet slim.'
Daar zat dr. Marilyn even over na te denken. Ze knabbelde aan haar geroosterde boterham en zette het toen van zich af. 'Jij bent zo slim als wat, lieverd.'
'Nie als Isaac. Hij altijd snel, Isaac. Loop snel, praat snel. *Ocho...* acht maanden en hij praatte... hij zei *mama, papa, pot, vaca.* De andere twee pas met veertien, vijftien...'
'Acht maanden?' zei dr. Marilyn. 'Hemeltjelief. Dat is echt verbazingwekkend. Zelfs bij John duurde het een jaar voordat hij begon te brabbelen.' Ze leunde nadenkend achterover, boog zich toen naar voren en pakte Irma's handen. 'Besef je wel dat je een groot geschenk hebt gekregen? Hoeveel iemand als Isaac zal kunnen doen?'
Irma haalde haar schouders op.
Dr. Marilyn stond op, hoestte en sjokte naar de telefoon die in de keuken aan de wand hing. 'Ik ga dat stomme schoolhoofd bellen. Op de een of andere manier moeten we deze puinhoop uit de weg ruimen.'

Dr. Marilyn kreeg te maken met de bureaucratie van de openbare lagere school en schoot geen meter verder op dan Irma.
'Ongelooflijk,' verklaarde ze. 'Wat een stel hersenloze idioten.'
Ze overlegde met dr. Seth en ze besloten samen de zaak voor te leggen aan dr. Melvyn Pogue, het hoofd van de Burton Academy, waar John, Bradley en Elizabeth Lattimore vrijwel uitsluitend tienen hadden gehaald.
Het tijdstip had niet beter gekozen kunnen worden. Burton was net

onder vuur komen te liggen, omdat een aantal progressieve ex-leer-lingen de mening huldigde dat de school veel te blank en te elitair was en hoewel er plannen waren om daar verandering in te brengen was er in feite nog niets ondernomen.

'Deze jongen lijkt me perfect,' zei dr. Pogue.

'Hij is buitengewoon intelligent,' zei dr. Seth. 'En een lief, religieus kereltje op de koop toe. Maar perfect lijkt me een beetje overdreven. We willen de knul niet onder druk zetten.'

'Nee, nee, natuurlijk niet, dokter Lattimore.' In de bovenste bureau-la van Pogue lag een cheque die net door Lattimore ondertekend was. Lesgeld voor een compleet jaar, plus een bedrag voor de renovatie van de gymnastiekzaal. 'Intelligent is mooi, net als religieus... Eh, is hij katholiek?'

Kortgeknipt en in zijn zondagse kleren maakte Isaac zijn opwachting op het schoolterrein van Burton aan Third in de buurt van McCad-den, dat maar een paar minuten lopen van het huis van de Lattimo-res lag. Een schoolpsycholoog onderwierp hem aan een hele batterij toetsen en verklaarde dat er geen maat op hem stond.

Er werd een afspraak gemaakt voor een ontmoeting tussen Irma en Isaiah Gomez plus de jongen en dr. Melvyn Pogue, Pogues assistent, Ralph Gottfried, de voorzitter van de faculteitscommissie en Mona Hornsby, het hoofd van de administratie. Glimlachende wit met ro-ze mensen, stuk voor stuk aan de stevige kant. Ze spraken snel en als zijn ouders een beetje in de war raakten, vertaalde Isaac wat er gezegd werd.

Een week later werd hij overgeplaatst naar Burton, waar hij in groep zeven terechtkwam. Daarnaast kreeg hij 'persoonlijke aandacht', wat er meestal op neerkwam dat hij in zijn eentje tussen de wanden vol boeken in het kantoor van Melvyn Pogue zat te lezen.

Zijn broers, die gelukkig maar recalcitrant de openbare school door-liepen, vonden het maar een rare bedoening. Dat schooluniform van Burton met die malle blauwe bandplooibroek, het witte overhemd, het zachtblauwe colbertje en de gestreepte stropdas. Het feit dat hij samen met mama op de bus stapte als zij naar haar werk ging en de rest van de dag omringd werd door Anglo's. Dat hij meedeed aan al die vreemde sporten waar ze nog nooit van hadden gehoord – veld-hockey, waterpolo, squash – plus een sport die ze wel kenden, maar die ze altijd als onbereikbaar hadden beschouwd: tennis.

Toen ze Isaac vroegen hoe hij dat vond, zei hij: 'Prima, hoor,' maar hij lette goed op dat hij niet te veel emotie toonde. Het had geen zin om hen het gevoel te geven dat ze achtergesteld werden.

In werkelijkheid was het meer dan prima, het was fantastisch. Hij had voor het eerst in zijn leven het gevoel dat zijn brein zijn vleugels uit mocht slaan. En dat ondanks het feit dat het merendeel van de leerlingen op Burton hem met zijn donkere huid als een rariteit beschouwde en hem voornamelijk links liet liggen.

Hij vond het heerlijk om alleen te zijn. De geur van het naar leer en papier ruikende kantoor van Melvyn Pogue stond in zijn bewustzijn gegrift, even indringend als de lucht van moedermelk. Hij las – hij verslond boeken – maakte aantekeningen die niemand onder ogen kreeg en bleef ook op school rondhangen als de lesuren allang verstreken waren. Dan zat hij rustig met een tas vol boeken te wachten tot Irma hem ophaalde en ze samen aan de lange busreis terug naar het Union District begonnen.

Af en toe vroeg mama hem wel eens wat hij eigenlijk leerde. Meestal zat ze in de bus te dommelen, terwijl Isaac las. Hij leerde van alles over wonderbaarlijke en vreemde dingen, andere werelden en andere universums. Op zijn elfde had hij het idee dat de wereld oneindig was.

Toen hij twaalf was, had hij inmiddels een paar oppervlakkige vriendjes gekregen, kinderen die hem meenamen naar hun schitterende huizen, hoewel hij ze nooit op zijn beurt kon uitnodigen. De flat waarin hij woonde was schoon maar klein en het Union District was goor en dichtbevolkt, een buurt met een hoog misdaadpercentage. Zonder te vragen wist hij al dat de ouders van Burton het onder geen beding goed zouden vinden dat hun kroost zich zo ver ten oosten van Van Ness waagde.

Hij schikte zich in zijn dubbelleven: overdag in de schitterende gebouwen en op de smaragdgroene sportvelden van Burton en 's avonds met het geknal van vuurwapens, het geschreeuw en de voortdurende flarden van salsamuziek voor het raam van het piepkleine kamertje dat hij met zijn beide broers deelde.

's Avonds dacht hij vaak na over de verschillen tussen de mensen onderling. Rijk en arm, licht en donker. Misdadigheid, waarom mensen slechte dingen deden. Was het leven wel eerlijk? Had God echt persoonlijke belangstelling voor ieders leven?

Af en toe zat hij ook over zijn moeder te piekeren. Leidde zij ook een dubbelleven? Misschien konden ze daar op een dag wel over praten.

Op zijn veertiende lachte en sprak hij als een echte Burton-leerling en had het hele wiskundeprogramma van de middelbare school al moeiteloos afgewerkt, net als de complete biologie uit het tweede leerjaar, terwijl hij op het gebied van geschiedenis twee jaar voorliep.

De middelbareschoolopleiding van vier jaar werd in twee jaar samengeperst. Op zijn vijftiende slaagde hij met vlag en wimpel voor zijn eindexamen en werd als 'bijzondere student' toegelaten tot de Universiteit van Southern California.

Tijdens zijn studietijd besloot hij arts te worden en voltooide hij een universitaire studie biologie, gecombineerd met een studie wiskunde. USC wilde hem vasthouden en tegen de tijd dat hij – op zijn negentiende – zijn beide studies summa cum laude had afgesloten, was hij al toegelaten tot de Keck School of Medicine.

Zijn ouders waren dolblij, maar Isaac was niet zeker van zijn zaak. Nu zou hij weer vier jaar lang college moeten lopen, zonder de kans om even te ontspannen. Alles was zo snel gegaan. Hij wist diep vanbinnen dat hij nog niet volwassen genoeg was om de zorg voor andere mensen op zich te nemen.

Hij vroeg uitstel aan en verkreeg dat ook omdat hij behoefte had aan iets anders. Iets wat hij op zijn gemak zou kunnen doen en wat niet zo streng georganiseerd was.

Dat betekende voor Isaac dat hij een studie epidemiologie en biostatistiek afmaakte. Op zijn eenentwintigste had hij aan alle eisen voldaan en een universitaire graad behaald. Vervolgens begon hij aan zijn doctoraalscriptie: 'Differentiële en Voorspelbare Patronen in Opgeloste en Onopgeloste Moorden in Los Angeles tussen 1991 en 2001'. Terwijl hij ergens in een afgelegen hoekje in het souterrain van de Doheny Bibliotheek zijn hypothese op papier zette, speelden de herinneringen aan pistoolschoten, gegil en salsamuziek door zijn hoofd.

Hoewel de universiteit dappere pogingen had ondernomen om hun wonderkind voor de pers verborgen te houden, kwam het nieuws van Isaacs prachtige prestaties toch terecht op het bureau van gemeenteraadslid Gilbert Reyes, die prompt een persbericht de wereld in stuurde waarin hij de verantwoordelijkheid opeiste voor alles wat de jongeman bereikt had.

Omdat zijn studieadviseur er sterk op aandrong, ging Isaac naar een lunchbijeenkomst waar hij naast Reyes kwam te zitten, de handen schudde van een heel stel luidruchtige hoogwaardigheidsbekleders en zich alles wat het raadslid beweerde, liet aanleunen.

Reyes maakte gebruik van de gelegenheid en de Spaanstalige mailings die verschenen tijdens zijn volgende verkiezingscampagne gingen vergezeld van foto's van de ontmoeting. Isaac, die eruitzag als een padvinder die net de schok van zijn leven had gehad, kreeg het stempel 'El Prodigio' opgedrukt.

Het was een vrij verontrustende ervaring geweest, maar toen hij voor zijn dissertatie toegang moest hebben tot de archieven van het LAPD wist Isaac tot wie hij zich moest wenden. Binnen twee dagen was hij voorzien van een geautoriseerde bezoekerspas met onbepaalde looptijd en een niet nader gedefinieerde stageplek, die hem toegang verschafte tot dossiers van onopgeloste moordzaken en alles wat hij verder in de archiefkelders tegen zou komen. Zijn werkplek was bij de Hollywood Division, omdat Gilbert Reyes twee handen op een buik was met ondercommissaris Randy Diaz, de nieuwe bevelvoerder van de Hollywood Division.

Op een vroege maandagochtend in april meldde Isaac zich opgewekt in Hollywood en kwam terecht bij een onaardige hoofdinspecteur van politie die Schoelkopf heette en op Stalin leek.

Schoelkopf keek Isaac aan alsof hij een verdachte was, nam niet de moeite om te luisteren toen Isaac hem zijn hypothese voorschotelde en negeerde Isaacs dankbetuigingen voor het feit dat hij een stageplaats toegewezen had gekregen. In plaats daarvan staarde hij in de verte en zat op zijn zwarte snor te kauwen alsof hij honger had. Toen Isaac uitgesproken was, verscheen er een kille glimlach onder het struikgewas.

'Ja, prima,' zei de hoofdinspecteur. 'Vraag maar naar Connor. Zij zal goed voor je zorgen.'

5

Het zou Petra nooit opgevallen zijn. Zelfs niet als ze er met de neus op gedrukt was.

Isaacs keurig getypte velletje lag plat op haar bureau. Hij zat op de metalen stoel naast haar bureau. Trommelde met zijn vingers en hield er plotseling mee op. Deed net alsof het hem allemaal koud liet.

Ze las opnieuw de kopregel door. In vette letters.

DE 28-JUNIMOORDEN: WEL OF GEEN INGEBOUWD PATROON?

Het leek op de titel van een eindejaarsscriptie. En waarom ook niet? Isaac was nog maar tweeëntwintig. Hij had toch alleen maar ervaring met schoolzaken?

Onder de titel stond een lijstje van zes moorden, die allemaal op 28 juni plaats hadden gevonden, precies om twaalf uur 's nachts of rond die tijd.

Zes in zes jaar. Haar eerste reactie was 'nou en?' De afgelopen tien jaar had het jaarlijkse aantal moorden in L.A. gefluctueerd tussen de honderdtachtig en de zeshonderd, maar de laatste paar jaar bleef het rond de tweehonderdvijftig schommelen. Dat betekende een gemiddelde van één moord per anderhalve dag. Als je rekening hield met de zomerse hitte zat het er dik in dat 28 juni een hoge score haalde. Toen ze dat tegen Isaac zei, kwam hij zo snel met zijn antwoord op de proppen dat ze wist dat hij die tegenwerpingen had verwacht. 'Het gaat niet om de kwantiteit, rechercheur Connor, het gaat om de kwaliteit.'

Die grote, smeltende ogen. 'Rechercheur Connor'. Hoe vaak had ze nou al tegen hem gezegd dat hij haar Petra moest noemen? Het was een lieve knul, maar hij was behoorlijk eigenwijs.

'De kwaliteit van de moorden?'

'Ik heb het niet over een waardeoordeel. Met kwaliteit bedoel ik de inherente eigenschappen van het misdrijf, de...' Zijn stem stierf weg en hij begon aan een hoekje van de lijst te plukken.

'Ga door,' zei Petra. 'Probeer het alleen simpel te houden, zonder dat gedoe van chi tot de zoveelste macht en pi tot de zoveelste macht en analyses zus en zo. Ik heb kunstgeschiedenis gestudeerd.'

Hij bloosde. 'Sorry, ik heb de neiging om...'

'Hè toe,' zei ze. 'Het was maar een grapje. Ik heb je zelf gevraagd om me iets meer over die statistische proeven te vertellen en dat heb je gedaan.' In een halsbrekend tempo en met het fanatisme van de ware gelovige.

'Die proeven zijn eigenlijk niet zo belangrijk,' zei hij. 'Ze zijn gewoon een manier om fenomenen wiskundig te bestuderen. Bijvoorbeeld de waarschijnlijkheid dat iets bij toeval gebeurt. Eén manier om die analyse te maken is door vergelijkingen te trekken tussen bepaalde groepen door de verdeling van... het patroon van de aantallen te vergelijken. En dat is precies wat ik heb gedaan. Ik heb 28 juni vergeleken met alle andere dagen in het jaar. U hebt wel gelijk als u zegt dat moorden vaak gegroepeerd voorkomen, maar geen enkele andere datum vertoont dit patroon. Zelfs de bijwerkingen van de zomer manifesteren zich voornamelijk in weekends en op feestdagen. Deze zes zaken speelden zich op verschillende dagen in de week af. In feite vond er maar één – de eerste moord – in het weekend plaats.'

Petra pakte haar mok op. Haar thee was koud geworden, maar ze dronk het toch op.

'Wil je misschien wat water?' vroeg Isaac.

'Nee, ik heb niets nodig. En verder?'

'Oké... Een andere manier om ernaar te kijken is door gewoon de

inherente basismogelijkheden te bestuderen...' Hij had zijn woorden onderstreept met tikjes van zijn wijsvinger. Nu hield hij ineens zijn mond en bloosde nog feller. 'Ik begin weer door te draven.' Hij slaakte opnieuw een diepe zucht. 'Laten we het maar feit voor feit doornemen. Om te beginnen met het uitverkoren wapen, want dat is een discre... Dat is een vrij eenvoudige variabele. De moordenaars in L.A. hebben een duidelijke voorkeur voor vuurwapens. Ik heb alle een-acht-zevens van de afgelopen twintig jaar bestudeerd en drieënzeventig procent daarvan is gepleegd met pistolen, geweren of jachtgeweren. Messen en andere scherpe voorwerpen komen met rond de vijftien procent op de tweede plaats. Dat houdt in dat die twee modaliteiten verantwoordelijk zijn voor negentig procent van alle hier gepleegde moorden. De landelijke cijfers van de FBI sluiten hierbij aan. Zevenenzeventig procent vuurwapens, veertien procent steekwapens. Persoonlijke wapens – vuisten en voeten – nemen zes procent voor hun rekening en de rest is een mengelmoesje. Dus het feit dat bij geen van de gevallen die op 28 juni plaatsvonden gebruik is gemaakt van een vuurwapen of een mes is op zich al opvallend. Net als de aard van de dodelijke verwonding. In iedere databank die ik heb geraadpleegd stijgt het aantal moorden door slag- of stootwonden nooit boven de vijf procent. Ze komen maar zelden voor, rechercheur Connor. Dat zult u wel beter weten dan ik.'
'Isaac, ik heb net twee zaken afgesloten. Een klap met de blote vuist op het hoofd en een gebroken nek als gevolg van vechtsporttechnieken.'
Hij fronste. 'Dan hebt u net twee zeldzame gevallen afgesloten. Hebt u vaak dergelijke zaken gehad?'
Petra dacht na en schudde toen haar hoofd. 'Nee, al een tijd niet meer.'
'Als we de gegevens nog verder verbijzonderen blijkt dat een hoofdwond veroorzaakt met een onbekend wapen bij niet meer dan drie procent van de moorden in L.A. voorkomt. Maar bij deze zaken is de score honderd procent! Als we daar de andere overeenkomsten aan toevoegen – allemaal gepleegd op dezelfde datum, allemaal rond dezelfde tijd, waarschijnlijk door vreemden – en dan de mogelijkheid in ogenschouw nemen van een toevallige opeenhoping, dan is toeval vrijwel uitgesloten.'
Hij hield zijn mond.
'Is dat alles?' vroeg Petra.
'Eerlijk gezegd is er nog iets. De rechercheurs van de afdeling Moordzaken van het LAPD lossen gemiddeld twee derde of drie kwart van hun zaken op en toch zijn deze moorden allemaal onopgelost gebleven.'

'Dat komt omdat ze door vreemden zijn gepleegd,' zei Petra. 'Je loopt hier nu lang genoeg rond om te weten welke zaken we snel oplossen. De sukkels die nog met een rokend pistool in hun handen staan als de jongens in uniform komen opdraven.'

'Ik denk dat u daarmee uzelf tekortdoet, rechercheur Connor.' Het klonk volkomen oprecht, zonder een spoortje neerbuigendheid. 'De waarheid is dat u en uw collega's bijzonder efficiënt zijn. Er is geen slagman in de major league die een score van 0.700 haalt. Zelfs moorden gepleegd door vreemden worden opgelost. Maar niet één van deze zaken. Dat onderbouwt mijn stelling dat dit bijzonder afwijkende voorvallen zijn. Wat ten slotte ook inconsequent is, is het feit dat gedurende deze periode van zes jaar het aantal aan gangs gelieerde moorden steeg van twintig procent tot veertig procent van alle gepleegde moorden. Wat inhoudt dat de kans op een moord die niets met gangs van doen heeft aanzienlijk kleiner werd. En toch ziet het ernaar uit dat geen van de op 28 juni gepleegde moorden iets met gangs te maken heeft. Tel al die dingen bij elkaar op, dan kom je uit op een combinatie van hoogstonwaarschijnlijke omstandigheden. De kans dat dit slechts een kwestie van toeval is, wordt daardoor een getal met zoveel nullen achter de komma dat ik daar niet eens een naam voor heb.'

Ik durf te wedden dat dat wel zo is, dacht Petra. Ik durf te wedden dat je me alleen maar een hand boven het hoofd houdt.

Ze trok de lijst uit zijn handen en keek er nog eens goed naar.

DE 28-JUNIMOORDEN: WEL OF GEEN INGEBOUWD PATROON?
1. 1997: 0.12 uur. Marta Doebbler, 29, Sherman Oaks, getrouwde blanke vrouw. Uit met vriendinnen in het Pantages Theater in H'wood, ging naar het toilet en kwam niet meer terug. Aangetroffen in haar eigen auto met ingeslagen schedel.
2. 1998: 0.06 uur. Geraldo Luis Solis, 63, weduwnaar van Latijns-Amerikaanse afkomst. Aangetroffen in de ontbijtkamer van zijn huis door Wilsh. Div. Etenswaren ontvreemd, maar geen geld, ingeslagen schedel.
3. 1999: 0.45 uur. Coral Laurine Langdon, 52, ongehuwde blanke vrouw, liet haar hond uit in H'wood Hills, werd door patrouillewagen onder struikgewas gevonden op zes straten afstand van haar huis. Ingeslagen schedel. Hond ('Brandy', tien jaar oude cocker-poedelkruising) doodgetrapt.
4. 2000: 0.56 uur. Darren Ares Hochenbrenner, 19, ongehuwde zwarte man, luitenant-ter-zee derde klasse, gelegerd in Port Hueneme, met verlof in H'wood, aangetroffen in steegje bij Fourth

Street door Cent. Div., met leeggehaalde zakken. Ingeslagen schedel.
5. 2001: 0.01 uur. Jewell Janis Blank, 14, ongetrouwde blanke vrouw, van huis weggelopen, aangetroffen in Griffith Park in de buurt van Fern Dell door boswachters. Ingeslagen schedel.
6. 2002: 0.28 uur. Curtis Marc Hoffey, 20, ongetrouwde blanke man, bekend schandknaap, aangetroffen in steegje op Highland in de buurt van Sunset. Ingeslagen schedel.

Petra keek op. 'Er zijn kennelijk geen onderlinge overeenkomsten tussen de slachtoffers.'
'Dat weet ik,' zei Isaac. 'Maar toch.'
'Ik heb een vriend, een psycholoog, die zegt dat mensen wandelende prisma's zijn. Dat we met ons brein kijken en niet met onze ogen. En dat wat we zien afhankelijk is van de context.'
Nu begon zíj overdreven gewichtig te doen. Isaac leunde achterover. Hij zag eruit als een geslagen hond.
'Wat ik daarmee wil zeggen,' zei ze, 'is dat alles afhangt van de manier waarop je het bekijkt. Jij hebt op een paar interessante punten gewezen, bijzonder interessant zelfs... haast prikkelend.' Ze wees naar de lijst en liet haar vinger langs de namen glijden. 'Deze mensen tonen geen enkele overeenkomst als het om sekse, leeftijd of sociale... omstandigheden gaat. De lijken zijn achtergelaten in de stad en op quasi-landelijke plekjes. Als dit een seriemisdrijf is, zal er hoogstwaarschijnlijk een seksueel aspect centraal staan, maar ik zie niet in wat een drieënzestigjarige man en een veertienjarig meisje in dat opzicht met elkaar gemeen hebben.'
'Dat is allemaal waar,' zei Isaac. 'Maar denkt u dan niet dat die andere factoren te opvallend zijn om genegeerd te worden?'
Petra begon hoofdpijn te krijgen. 'Je hebt hier kennelijk heel veel tijd in gestoken en ik wil het niet zomaar opzijschuiven, maar...'
Hij viel haar in de rede. 'Waarom moet er per se sprake zijn van een seksueel aspect?'
'Daar komt het meestal op neer.'
'Het FBI-profiel. Ja, ja, daar weet ik alles van. Zij gaan in principe uit van wat ze "georganiseerde moordenaars" noemen – in feite gewoon een simpele omschrijving van wat door psychologen "psychopaten" wordt genoemd – die worden gedreven door een combinatie van seksualiteit en geweld. Ik ben ervan overtuigd dat daar zeker enige waarheid in schuilt. Maar u hebt zelf al gezegd dat de werkelijkheid afhankelijk is van welk prisma je gebruikt, rechercheur. De FBI heeft moordenaars die in de gevangenis zitten ondervraagd en daar-

van databanken samengesteld. Maar de gegevens daarin zijn volledig afhankelijk van de steekproef waarop ze zijn gebaseerd, en wie zegt dat opgepakte moordenaars precies hetzelfde zijn als moordenaars die niet in hun kraag zijn gevat? Misschien zijn die boosdoeners van de FBI wel opgepakt omdat ze psychologisch star waren. Ze kunnen best gestruikeld zijn over het feit dat ze zo voorspelbaar waren.'

Inmiddels klonk zijn stem hoger. En de felheid in die bruine ogen maakte dat de omschrijving 'smeltend' niet meer gold. 'Waarmee ik maar wil zeggen dat soms uitzonderingen belangrijker zijn dan de regel.'

'Maar welk motief staat je bij deze moorden dan voor ogen?' wilde Petra weten.

Het bleef een hele tijd stil. 'Dat weet ik niet.'

Ze hielden allebei hun mond. Isaac liet zijn hoofd hangen. 'Oké, bedankt dat je de tijd hebt genomen om naar me te luisteren.' Hij pakte de lijst op en stopte die in het glimmende bruine koffertje dat hij altijd bij zich had. Petra had andere rechercheurs geringschattend zien lachen bij de aanblik van dat koffertje. Ze had gehoord wat er achter Isaacs rug werd gezegd. *Bolleboos. Wonderkind. Petra als Oppasmoeder.* Als ze de moed kon opbrengen, maakte ze met ijzige blikken een eind aan dat soort geklets.

Nu voelde ze opnieuw de neiging om de knul in bescherming te nemen, maar ze was tegelijk geërgerd. Het laatste waar ze behoefte aan had, was een theorie waarbij ze gedwongen zou worden om onopgeloste zaken uit de afgelopen zes jaar boven tafel te halen. Niet nu de schietpartij bij de Paradiso vier slachtoffers had geëist, onder wie een meisje van wie ze niet eens de identiteit kon achterhalen.

Daar stond tegenover dat Isaac intelligenter was dan zij, veel intelligenter. Als ze hem zonder meer de kous op de kop gaf, zou dat wel eens een grote vergissing kunnen zijn. En stel je voor dat hij over haar hoofd naar Schoelkopf zou gaan... of naar raadslid Reyes. Als hij dat zou doen en hij zou gelijk blijken te hebben...

Krantenkoppen schoten door haar hoofd. JONGE KANJER LEGT ONOPGELOSTE MOORDEN BLOOT. Gevolgd door een inleiding met als eerste regel: 'Rechercheur van het LAPD verzuimt onderzoek in te stellen...'

Isaac stond op. 'Neem me niet kwalijk dat ik uw tijd heb zitten verspillen. Is er iets wat ik voor u kan doen? Met betrekking tot uw belangrijkste zaak?'

'Mijn belangrijkste zaak?'

'Die schietpartij bij de Paradiso. Ik heb gehoord dat die nogal stroef verloopt.'

'O ja?' zei ze. Toen ze hoorde hoe kil haar stem klonk, dwong ze haar lippen met moeite in een glimlach. Hij mocht dan een torenhoog IQ hebben, hij was toch nog maar een jochie. Een overdreven enthousiast joch, maar een lastpak met politieke connecties. 'Het is geen gemakkelijke zaak,' beaamde ze. 'Al die jongelui die zijn neergemaaid en niemand die een mond open wil doen. Op welke manier zou je me kunnen helpen?'

'Dat weet ik niet,' zei hij. 'Misschien zou ik eens naar de gegevens kunnen kijken.' Hij begon weer te blozen. 'Dat klinkt wel ontzettend aanmatigend. Per slot van rekening bent u de vakvrouw en wat weet ik nou? Sorry, ik zal u niet meer lastigvallen...'

'Weet jij iets van roze gympen van de Kmart?'

'Pardon?'

Ze vertelde hem dat een van de meisjes nog niet geïdentificeerd was. Hij ontspande zichtbaar. Dat gebeurde altijd als hij iets moest analyseren, of ergens over na moest denken. 'Denkt u dan dat zij misschien het werkelijke doelwit was en dat de anderen gewoon onschuldige toeschouwers waren?'

'Momenteel denk ik nog helemaal niets, Isaac. Ik vind het alleen vreemd dat er niemand is komen opdagen om haar te identificeren.'

'Hm... Ja, dat zou kunnen betekenen dat er... iets aan de hand was in haar leven... Volgens mij hebt u de mogelijkheden met betrekking tot die schoenen al wel uitgeput... Ik zal er eens over nadenken. Ik zal er wel niet uitkomen, maar ik zal mijn best doen.'

'Dat zou ik heel erg op prijs stellen,' zei ze. Ze meende er geen woord van, maar ze bleef hem toch stralend toelachen.

Het was bijna negen uur 's avonds. De knul werkte ook over. En hij kreeg er niet eens voor betaald.

'Wat zou je zeggen van iets te eten? Een hamburger of zo,' zei ze.

'Dank u wel, maar ik moet naar huis. Mijn moeder heeft het eten klaargemaakt en ze vindt het helemaal niet leuk als een van ons niet komt opdagen.'

'Oké,' zei ze. 'Een ander keertje dan.' Het genie woonde nog steeds thuis... ergens in het Union District, schoot haar nu weer te binnen. Waarschijnlijk in een sjofel flatje. Een enorm contrast met de groene gazons en de hoge bomen rond de USC. Waar hij in het centrum van de belangstelling stond omdat hij een jong genie was. En nu werkte hij hier en had zijn eigen bureau op de afdeling recherche. Hij had geen enkele reden om over te werken.

'Maak maar een kopie van die lijst voor me,' zei ze.

'Dus u vindt toch dat er iets inzit?'

'Laat me er nou eerst maar even over nadenken.'

Een kamerbrede grijns. 'Goed. Dan wens ik u een prettige avond, rechercheur Connor.'

'Ik jou ook.' *Professor Gomez.*

Hij maakte zich uit de voeten en Petra's gedachten dwaalden weer af naar de slachtpartij bij de Paradiso. Met een pistool als 'uitverkoren wapen'. In dat opzicht was er niets bijzonders aan de hand. Maar het zorgde er wel voor dat ze zich om de een of andere reden nog vervelender ging voelen.

6

De volgende middag lag er een kopie van de lijst op Petra's bureau. Met rechts bovenaan een geel plakbriefje. 'Alvast bedankt, rechercheur C. I.G.'

Ze legde het papier aan de kant en bracht de volgende twee dagen door met telefoontjes naar afdelingen Vermiste Personen in heel Californië en het doorfaxen van foto's die in het lijkenhuis van het meisje met de roze schoenen waren gemaakt. Ze werd een paar keer teruggebeld, maar dat leverde geen aanknopingspunten op. Ze overwoog om haar terrein uit te breiden naar de aangrenzende staten. Het mollige meisje maakte een Latijns-Amerikaanse indruk, dus het zuidwesten leek voor de hand te liggen.

Het kostte haar weer een dag om heel Arizona en Nevada af te bellen en toen ze bij New Mexico was aanbeland kreeg ze een rechercheur van de politie in Santa Fe aan de lijn, een zekere Darrel Two Moons, die zei: 'Het zou het meisje kunnen zijn dat sinds vorig jaar vermist wordt in de San Ildefonso pueblo.'

'Ons slachtoffer had recentelijk een abortus gehad.'

'Nog mooier,' zei Two Moons. 'Er gingen geruchten over een ongewenste zwangerschap. Een getrouwde vent, geen prettig type. We vroegen ons al af of hij haar misschien uit de weg had geruimd, maar tot op heden hebben we geen lijk gevonden. De zaak wordt behandeld door de autochtone politie, maar ze hebben ons erbij gehaald. Stuur die foto maar op.'

'Die vader,' zei Petra. 'Is dat het soort vent dat helemaal naar L.A. zou rijden om haar dood te schieten?'

'Hij is er in ieder geval amoreel genoeg voor. Of hij die moeite ook zou doen, weet ik niet.'

Twintig minuten later belde de partner van Two Moons terug, een

zekere Steve Katz, die zei: 'Ik weet dat Darrel het met je over Cheryl Ruiz heeft gehad. Sorry, maar zij is niet het meisje op de foto. Bovendien was de autochtone politie vergeten om aan ons door te geven dat ze Cheryl hadden gevonden. Ze is met de Greyhoundbus naar Minnesota gegaan, heeft daar een baby gekregen en woont al die tijd al bij haar tante in huis.'
'Interdepartementale samenwerking,' zei Petra. 'Niets nieuws onder de zon, hè?'
'Nee,' beaamde Katz. 'Dus jij zit in L.A.? Ik zat vroeger bij het NYPD en werkte in het centrum van Manhattan. Ik weet nog goed hoe druk het daar kon zijn.'
'Mis je dat?'
'Dat hangt ervan af.'
'Waarvan af?'
'Van hoe lang de avond duurt. En van wat zich verder in mijn leven afspeelt.'

Ze werd er kribbig van dat ze nu weer een dienst zonder enig resultaat had gedraaid. Een lekkere vrij- en stoeipartij met een vleugje romantiek zou haar goed doen, maar het was inmiddels een week geleden dat Eric had gebeld en ze wist niet eens zeker waar hij uithing. Hoog tijd om er de bui aan te geven, naar huis te gaan en een hele tijd in een bad met een overdosis gel te gaan liggen. Misschien moest ze daarna voor de verandering maar eens iets lekkers en gezonds voor zichzelf klaarmaken. Maar dat betekende dat ze eerst groente en de hemel wist wat nog meer moest gaan kopen en ze besloot dat ze gewoon geen zin had in die lange, felverlichte gangen van de supermarkt waar ze alleen maar andere eenzame mensen tegen het lijf zou lopen. Ze deed het wel met wat er nog in de koelkast lag en misschien zou ze dan nog wat energie overhebben om weer verder te gaan met haar O'Keeffe-project.
Hoge New Yorkse gebouwen die de stad in een duister labyrint veranderden.
Gebouwen, geen mensen. Geschilderd lang voordat hoge New Yorkse gebouwen in een 'doelwit' veranderden.
Wat een wereld.
Op het moment dat ze haar bureau afsloot, begon haar mobiele telefoon in haar tas te piepen. Ze wurmde haar hand langs haar pistool, haar tissues en haar make-uptasje en kreeg het toestel te pakken toen het voor de derde keer overging.
'Hoi,' zei een stem die ze vroeger vlak, mechanisch en belachelijk emotieloos had gevonden.

Er was niets veranderd aan de toon en de klank, maar hij had een andere betekenis voor haar gekregen. We luisteren met ons brein, niet met onze oren.

'Hoi,' zei ze. 'Waar hebben ze je nu weer naartoe gestuurd?'

'Ik heb mezelf gestuurd. Ik sta beneden op de parkeerplaats.'

Haar hart sloeg over. Kon één simpel zinnetje dat al voor elkaar krijgen?

'De parkeerplaats? Hier?'

'Vlak voor je neus.'

'Ik kom eraan,' zei ze.

Eric stond naast Petra's Accord, half verscholen in de schaduwen. Hij stond met zijn armen naast zijn lichaam naar haar te kijken en verroerde zich niet. Hij droeg een zwart nylon windjack dat half dichtgeritst was, met daaronder een wit T-shirt en een zwarte broek met nauwe pijpen. Plus de zwarte schoenen met de spekzolen die hij het liefst droeg als hij iemand moest schaduwen.

Hij leek nog magerder dan anders. Bleek, met ingevallen wangen en ogen die zo donker en diepliggend waren dat ze in het avondlicht bijna onzichtbaar werden. Donker haar dat nog korter was geknipt, weer terug bij het militaire kapsel.

Een middelmatig lange magere vent, zo bleek als een seminariestudent. Geen enkele poging om zich een houding te geven, maar onwillekeurig drong de gelijkenis met James Dean zich op. Petra kon aan niets anders denken.

Hoe was ze ooit op het idee gekomen dat hij niet sexy was?

Ze holde naar hem toe en ze omhelsden elkaar. Hij deed het eerst een stapje terug en raakte haar gezicht aan, voordat hij het zijne in haar haar begroef en zich aan haar vastklemde als een kind dat behoefte heeft aan liefde.

'Is alles goed met je?' vroeg ze.

'Nu wel.'

'Waarom ben je niet naar boven gekomen?'

'Technisch gesproken ben ik niet hier.'

Ze legde haar handen om zijn gezicht, kuste zijn oogleden en hield hem van zich af.

'Waar zou je dan eigenlijk moeten zijn?'

'In Jeruzalem.'

'Nee maar, ben je gedeserteerd?'

'Technisch gesproken wel.'

'Wat houdt dat in?'

'De Israëli's hebben een pauze ingelast omdat ze een klusje op te

40

knappen hadden in Jenin. Toen deed zich de kans voor om mee te liften met een vliegtuig.'
'Een vliegtuig.'
Zijn glimlach was vluchtig, nauwelijks te onderscheiden. 'Je weet wel. Met vleugels.'
'Hoe lang kun je blijven?'
'Ik moet morgenavond weer weg.'
'Eén nacht,' zei Petra.
'Vind je dat goed?'
'Ja, natuurlijk.' Ze drukte een kus op zijn neus. 'Heb je een auto?' Hij schudde zijn hoofd. 'Ik ben met een taxi gekomen.'
Ze stapten in de Accord. Petra startte en keek naar de donkere plekken onder zijn ogen. 'Hoe lang ben je onderweg geweest?'
'Drieëntwintig uur.'
'Lekkere lift.'
'Dat was maar een gedeelte van de reis. Vanaf Heathrow heb ik een lijnvlucht genomen. Oude dametjes in rolstoelen werden gefouilleerd terwijl kerels die eruitzagen als het vleesgeworden lievelingszaad van Osama gewoon door konden lopen. Heb je honger?'

Petra wilde eigenlijk vadertje en moedertje spelen, maar omdat ze niets te eten in huis had, moesten ze wel naar een restaurant.
Ze gingen naar een Italiaans tentje op Third, vlak bij La Brea, een ouderwetse taverna waar de chiantiflessen nog aan het plafond hingen en bestelden spaghetti marsala met kalfsvlees en mosselen en plakken spumoni bij wijze van dessert. Geen wijn. Eric dronk niet.
Ze vroeg hoe Jeruzalem was.
'Ik ben er jaren geleden al eens geweest,' zei hij, 'toen ik nog in Riyadh zat. Destijds vond ik het een schitterende stad. Tegenwoordig ligt dat wat moeilijker. Klootzakken met springstoffen aan hun riemen hebben de sfeer een beetje bedorven.'
Hij wikkelde wat pasta om zijn vork, maar stopte die niet in zijn mond. 'Ik heb een vent ontmoet die jou kent. Commissaris Sharavi.'
'Daniel,' zei Petra. 'We hebben samen aan een zaak gewerkt. Hij, Milo en ik.'
'Dat zei hij ook al.' Eric legde de vork meer, pakte haar hand en speelde met haar vingers.
'Moet je morgen echt weer terug?'
'Dat is wel de bedoeling.'
'Via Londen?'
Hij aarzelde. Die instinctieve neiging tot geheimhouding. 'Ik heb een ticket op het toestel vanuit Long Beach naar New York.'

'Eén nacht,' zei ze.
'Ik wilde je zien.'

Toen ze in Petra's appartement waren aangekomen, gingen ze op de bank zitten vrijen, met op de achtergrond een cd van Diana Krall. Eric begon heel teder, zoals hij dat ook de eerste paar keer had gedaan. Meestal raakte Petra daarvan in de stemming... dat lome gesudder en het erotische ballet. Vanavond was ze ongeduldig, maar ze hield zich aanvankelijk in. En toen niet meer. Ze kleedde hem uit tot op zijn bleke huid waar de botten bijna door staken en rukte zich toen zo haastig de kleren van het lijf dat ze bijna omviel omdat ze bleef haken in een van haar broekspijpen.
Lekker handig, rechercheur Kluns.
Eric had niets in de gaten. Hij had zijn ogen dicht en zijn borst ging op en neer. Naakt zag hij er jonger uit. Kwetsbaarder.
Ze raakte hem aan en hij deed zijn ogen open, pakte haar bij haar schouders en liet zijn handen langs haar heupen omlaag glijden tot hij ze om haar billen legde. Hij tilde haar soepel op en zette haar op zijn schoot. Vervolgens nam hij zelf het voortouw door haar op en neer te laten wippen, eerst langzaam, daarna steeds sneller. Hij kuste haar tepels en zette er voorzichtig zijn tanden in. Daarna liet hij zijn hoofd achterovervallen en slaakte een zucht die van diep uit zijn keel kwam. Zijn gezicht vertrok toen hij zich probeerde in te houden.
'Laat het maar gaan, schattebout,' zei ze. Maar hij bleef zich verzetten, vandaar dat zij het heft in handen nam en zich tegen hem aan schurkte. Toen ze klaarkwam, hijgend en snakkend naar adem met haar dat over haar gezicht slierde, lag hij omhoog te schokken en riep: 'God!'
Later, toen ze diep weggedoken onder de dekens in bed lagen, kneep ze hem in zijn kont en zei: 'Ik wist niet dat je godsdienstig was.'
'Niet de godsdienst waarmee ik ben opgevoed.'
Zijn vader was dominee. Dominee Bob Stahl, een vriendelijke en zachtaardige man, die hardnekkig het beste van mensen bleef geloven. Mary, Erics moeder, was al even positief ingesteld. Petra had ze allebei leren kennen in de wachtkamer op de spoedeisende hulp. De afkeurende blikken van de Stahls op de luchtige kledij van de del hadden Petra geen windeieren gelegd.
Ze leerden elkaar nog beter kennen toen de crisis voorbij was en Eric, nog steeds bewusteloos, overgebracht was naar een eigen kamer. Ze hadden met hun drieën naast Erics bed gezeten, terwijl hij sliep en het genezingsproces een aanvang had genomen. Toen Petra aanbood

om weg te gaan, zodat ze wat meer privacy zouden hebben, stonden ze erop dat ze bleef.

Op een gegeven moment, vlak voordat Eric bijkwam, had Mary Stahl haar armen om Petra geslagen en tegen haar gezegd: 'Ik wou maar dat hij met zo'n meisje als jij thuis zou komen.'

Je moest eens weten.

Eric begon over de beide plekjes vlak naast haar schouderbladen te wrijven. De plekjes waarvan ze hem verteld had dat ze altijd pijn deden.

'O, man,' zei ze. 'Ik weet niet zeker of ik je morgen wel laat gaan.'

'Bind me maar vast,' zei hij. 'Dat zou een geldig excuus zijn.'

'Breng me niet in verleiding.'

Ze probeerde hem aan de praat te krijgen over zijn werk.

'Dat wil je niet weten,' zei hij.

'Is het zo erg?'

Hij rolde op zijn rug en staarde naar het plafond.

'Wat is er dan?' vroeg ze.

'Als ik zie waarmee de Israëli's geconfronteerd worden, begin ik me zorgen te maken. Voor hen is het iedere dag elf september en toch kunnen ze niet doen wat noodzakelijk is. Vanwege de wereldopinie, diplomatie en dat soort schone zaken.'

Hij kneep zijn mond dicht en legde zijn arm over zijn ogen. Petra wist zeker dat hij er verder geen woord aan vuil zou maken. In plaats daarvan zei hij: 'Politiek kan puur vergif zijn. Te veel politiek en je kunt jezelf niet meer beschermen.'

7

Eric, die uiterst zwijgzame man, praatte af en toe in zijn slaap. Maar het was haar eigen inwendige stem die Petra midden in de nacht wakker maakte met een of andere waarschuwing. Ze draaide zich om, keek naar zijn gezicht en zag alleen maar rust. De flauwe, tevreden glimlach van een weldoorvoed kind.

De tweede keer dat ze wakker werd, was het net twaalf uur geweest en stond Eric al onder de douche. Om halfeen had Petra de eieren op het vuur staan. Ze aten samen en lazen de krant... Lieve hemel, wat een huiselijk tafereeltje.

Om halftwee gaf Eric haar een kus en liep naar de deur.

'Ik breng je wel,' zei ze.

'Ik heb een taxi gebeld.'

Hij was zonder bagage aangekomen en vertrok op dezelfde manier. In een vers gestreken spijkerbroek en een donkerblauw overhemd onder hetzelfde zwarte windjack en op dezelfde zwarte schoenen met spekzolen. Schone kleren uit de spullen die hij in de kast op haar logeerkamer bewaarde.

Hij was de halve wereld rondgevlogen met alleen een portefeuille op zak. Alsof het een wandelingetje naar de supermarkt was.

Heen en weer terug. Alleen maar om haar te zien.

'Zeg die taxi maar af,' zei ze. 'Ik breng je weg.'

Ze bleef hem gezelschap houden in de gezellige, turkooiskleurige, moderne koffieshop boven de terminal van Jet Blue tot een jongeman zijn hoofd om de deur stak en meedeelde dat zijn vlucht ieder moment kon vertrekken.

Eric stond op, haalde zijn schouders op en keek een beetje gegeneerd. Petra omhelsde hem met al het enthousiasme dat ze op kon brengen. Nog één kus en hij was weg. Haar ogen brandden toen ze van de terminal wegliep.

Het was een drukte van belang op de 405, zodat ze pas om vijf voor halfzeven op het bureau in Hollywood aankwam. Er zaten twee rechercheurs achter hun bureau, Kaplan en Salas, die haar met een knikje begroetten.

Geen boodschappen van Mac Dilbeck of een van de anderen die aan de Paradiso-zaak werkten. Ze liep naar een vrije computer en zocht nog een paar databanken voor vermiste kinderen af die ze al eerder gecontroleerd had. Zonder iets te vinden.

Wat moest ze nu doen?

Aan de andere kant van de kamer zei een stem: 'Rechercheur Connor.'

Isaac Gomez in een olijfkleurig pak, met een geel overhemd, een groene met rode das en een keurige scheiding in zijn glanzende haar dat plat op zijn schedel lag, liep met zijn koffertje in de hand naar haar bureau toe.

'Chic, hoor,' zei ze. 'Had je een belangrijke afspraak?'

De voorspelbare blos begon al in zijn hals. 'Niet echt. Hebt u nog tijd gehad om na te denken over mijn hypothese?'

Hij was te snel van onderwerp veranderd. Dat prikkelde Petra's plaagzin. 'Hè toe nou, ik wil graag het naadje van de kous weten. Ben je weer in het zonnetje gezet door raadslid Reyes?'

'Geen denken aan.' Mompelend. Hij prutste aan zijn dasknoop.

'Ging het dan om iets wat nog leuker is?'

Hij schopte met zijn ene voet tegen de andere.

'Toe nou, Isaac,' zei Petra. 'Wij normale stervelingen krijgen nooit de kans voor een gezellig onderonsje met allerlei machtshebbers. Daar kan ik alleen via jou van genieten.' Ze hield haar hand voor haar mond en fluisterde: 'Is het waar wat er over Reyes gezegd wordt? Heeft hij echt last van winderigheid?'

Isaac lachte flauw.

'Wat moet ik nou beginnen?' vroeg Petra. 'Meneer Gomez is uiterst discreet.'

Hij lachte zo hard dat Kaplan en Salas omkeken. Meteen daarna werd hij weer ernstig. 'Ik had een afspraakje,' flapte hij eruit. 'Ik moest met iemand lunchen.'

'Moest? Je klinkt alsof je het over huiswerk hebt.'

Isaac zuchtte. 'In zekere zin was het dat ook. Ik had de opdracht gekregen van mijn moeder. Zij vindt dat ik vaker uit moet gaan.'

'Maar daar ben jij het niet mee eens.'

'Ik kom vaak genoeg onder de mensen, rechercheur Connor. Ik heb alleen geen behoefte... Het probleem is dat mijn moeder er vast van overtuigd was dat de universiteit een soort gouden poort was richting het juiste gezelschap. Af en toe denk ik wel eens dat ze dat nog belangrijker vindt dan mijn studies.'

'Dat vinden alle moeders belangrijk,' zei Petra. Maar wat wist zij daarvan? Haar eigen moeder was overleden bij haar pogingen haar op de wereld te zetten.

'Ja en zij dus ook, maar...' Isaac wreef over zijn wang. Toen hij zijn hand liet zakken, zag Petra een rood vlekje. Een valse puist. Hij mocht dan nog zoveel hersens hebben, hij was nog steeds maar halfvolwassen.

'Wat mijn moeder betreft, zal ik pas echt succesvol zijn als ik een meisje ontmoet aan wie ik me in sociaal opzicht kan optrekken. Ze voelde zich nooit op haar gemak als ze me op school opzocht – het was een dure privéschool. Ze voelde zichzelf minderwaardig, wat pure kolder was, want ze is een fantastische vrouw. Maar dat kon ik haar nooit aan haar verstand brengen, dus ze wilde niets te maken hebben met de ouders van mijn klasgenoten. Toch geloof ik dat ze het eigenlijk best fijn had gevonden als ik verkering had gekregen met een van die meisjes. Hetzelfde geldt voor haar werkgevers. Ze zijn allebei arts en ze hebben mij onder hun vleugels genomen. Ze vinden haar een geweldig mens, maar ze weigert om die rol van bediende af te schudden... Het is gewoon een soort Pygmalion-toestand geworden. Erg ingewikkeld, maar daar bent u vast niet in geïnteresseerd.'

Hij beet op zijn lip. Een van zijn oogleden vertoonde een zenuwtrekje.

De arme knul stond echt onder druk. Petra had er spijt van dat ze hem voor de gek had gehouden.

'Hoor eens,' zei ze. 'Je bent in alle opzichten zo intelligent, dat je vast wel weet wat goed voor je is.'

'Dat probeer ik mijn moeder ook altijd voor te houden. Ik heb genoeg te doen, ik heb nog geen zin in een vaste relatie.'

Petra wees naar de stoel naast haar bureau. Hij liet zich erop neervallen.

'Was het geen gezellig afspraakje?'

Hij grinnikte. 'Dus dat ligt er duimendik op.'

'Nou ja,' zei ze. 'Ik ging ervan uit dat je alles wat je nog te doen hebt wel vergeten zou zijn als mam een schoonheidskoningin met een hoog IQ voor je had geregeld.'

'Het was best een aardig meisje, maar niet... We hadden echt helemaal niets gemeen. Haar familie heeft zich pas bij onze kerk aangesloten. Ze is religieus en bescheiden en dat is voor mijn moeder meer dan voldoende.'

'Dus geen schoonheidskoningin,' zei Petra.

'Ze ziet eruit als een buldog.'

'Oef.'

'Dat was heel onaardig,' zei Isaac. 'Maar wat dan nog? Ze gedroeg zich ook heel agressief. In de kerk doet ze heel lief, maar kijk uit als je met haar uit eten gaat.' Hij schudde zijn hoofd.

'Agressief in wat voor opzicht?'

'In alle opzichten. Ze had een mening over allerlei dingen waar ze niets van weet. Met betrekking tot religie was er geen houden aan. Een dogmatische instelling die nog niet met een atoombom aan het wankelen kan worden gebracht. We zaten nog maar net aan tafel, toen ze me al vertelde dat ik vaker naar de kerk moet gaan. Ze schotelde me precies voor wat ik mocht geloven. En niet bepaald met theologische elegantie.'

'O jee,' zei Petra. 'Jullie zijn nog niet eens getrouwd en nu begint ze je al de wet voor te schrijven.'

Hij lachte opnieuw. 'U klinkt net als een vent. Ik bedoel, dat soort dingen zeggen kerels altijd tegen elkaar.' Hij werd nog roder. 'Ik bedoel niet dat u niet vrouwelijk bent, u bent juist héél vrouwelijk. Alleen maar dat... Bent u getrouwd?'

'Geweest. En het liep niet spaak omdat ik hem probeerde de wet voor te schrijven. Ik was de meest ideale echtgenote ter wereld, maar hij was gewoon een schoft.'

'U maakt een grapje, maar ik durf te wedden dat het inderdaad zo was,' zei hij en keek haar hulpeloos aan.

46

'Dat ik klink als een vent is niet zo vreemd,' zei ze. 'Ik ben opgegroeid met vijf broers. Dan pik je automatisch bepaalde dingen op.'

'Dat moet een steun zijn met betrekking tot het werk dat u doet... in deze door mannen gedomineerde omgeving.'

Op de een of andere manier was het gespreksonderwerp veranderd.

'Dat helpt inderdaad,' zei ze.

'Maar goed...' zei hij. 'Met betrekking tot die 28-junimoorden. Ik heb nog verzuimd te vermelden dat vier van de zes hier plaatsvonden, in het district Hollywood. Ik weet niet zeker of dat van enig statistisch belang...'

'Er worden hier naar verhouding veel misdrijven gepleegd, Isaac.'

'Maar er zijn districten waar het aantal moorden hoger is. Rampart, Central, Newton...'

'Je zou best gelijk kunnen hebben, Isaac. Ik beloof je dat ik ernaar zal kijken, maar op het moment heb ik het nogal druk.'

'Met de schietpartij bij de Paradiso.'

'Dat klopt.'

'Is dat meisje al geïdentificeerd?'

'Nog niet.'

'Oké. Sorry voor...'

'Ze heeft een maand of twee geleden een abortus gehad. Wat maak jij daaruit op?'

'Het meest voor de hand liggende,' zei hij, 'is dat dat voor problemen heeft gezorgd. Met de vader.'

'Over de abortus?'

'Ik dacht eigenlijk in de eerste plaats aan de zwangerschap zelf. Onder bepaalde omstandigheden zou een ongewenste zwangerschap een behoorlijk sterk motief voor moord zijn, denkt u ook niet? Theodore Dreiser heeft daar een schitterend boek over geschreven...'

'Ze heeft die zwangerschap afgebroken, Isaac.'

'Maar misschien heeft ze dat aan niemand verteld.'

Daar moest Petra even over nadenken. Ach ja, waarom ook niet?

'Dat is ook een invalshoek. Bedankt. Nu moet ik er alleen nog achter zien te komen wie ze is.'

Ze lachte nog even naar hem en vestigde toen weer haar aandacht op de rommel op haar bureau.

'Rechercheur Connor...'

'Ja?'

'Zou het mogelijk zijn dat ik een keer met u meerijd? Om zelf te zien hoe u te werk gaat? Ik beloof dat ik me nergens mee zal bemoeien.'

'Dat is vrij saai, Isaac. Veel routineklusjes, veel sporen die op niets uitlopen.'

'Dat maakt niet uit,' zei hij. 'Ik zit hier nu al zo lang dat ik inmiddels wel doorheb dat ik eigenlijk nog niets weet. Ik ben bezig met een scriptie over de misdaad en ik weet er geen barst van.'
'Ik weet niet zeker of je er veel mee opschiet als je met mij meerijdt.'
'Volgens mij wel, rechercheur.'
Een druppeltje zweet rolde vanaf zijn haargrens naar zijn oor. Hij veegde het weg. Hoe lang had hij moed moeten verzamelen voordat hij haar dat durfde te vragen? Achter de vroegrijpe uitspraken ging zoveel onzekerheid schuil.
'Oké,' zei ze. 'Morgenochtend mag je mee als ik weer contact ga opnemen met een paar getuigen van de Paradiso-zaak. Op één voorwaarde.'
'Welke?'
'Dat je me Petra gaat noemen. Als je dat niet doet, zeg ik voortaan "dr. Gomez" tegen jou.'
Hij lachte. 'Die titel komt me nog lang niet toe.'
'Ik heb wel recht op mijn titel, maar ik stel er geen prijs op,' zei ze.
'Je geeft me echt het gevoel dat ik oud ben.'

8

De bus die Isaac naar het Union District bracht, was een grote, rammelende, halflege, op diesel lopende rammelkast die ronkend en hobbelend met piepende remmen door de donkere straten van de stad reed en walmend een bijdrage leverde aan de luchtvervuiling. Helder verlicht om misdrijven te voorkomen.
In een auto zou de rit vanaf Hollywood twintig minuten in beslag nemen. Met het openbaar vervoer duurde het zeker een uur.
Hij ging achterin zitten en verdiepte zich in de laatste uitgave van Davisons *Abnormal Psychology*. Zijn medepassagiers waren voornamelijk schoonmaaksters en horecapersoneel, plus een paar zatlappen. Vrijwel allemaal Latijns-Amerikaans en volgens hem was het merendeel illegaal. Net als zijn ouders waren geweest, tot de doktoren hadden ingegrepen.
En nu droeg hij een pak dat van zijn vader was geweest en deed net alsof hij een geleerde was.
Ware het lot hen minder goed gezind geweest...
Als hij thuiskwam, zou zijn vader waarschijnlijk nog op het werk zijn.
De laatste tijd maakte papa iedere dag overuren en doopte nog meer

lakens in stinkende vaten om wat geld bij te verdienen. Isaiah, die als dakbedekker werkte, zou al in bed liggen en of Joel thuis zou zijn was maar de vraag, want die ging de laatste tijd nogal vaak stappen.

Zijn moeder zou in de keuken zijn en haar uniform inmiddels verwisseld hebben voor een verschoten huisjurk en pantoffeltjes. Een pan *albondigas*-soep zou op het gas staan te sudderen. Een rekje met tamales, zowel pittig als zoet, die vers uit de oven kwam.

Isaac had de hele dag nauwelijks gegeten, om ervoor te zorgen dat hij trek zou hebben in wat zij hem voor zou zetten. Hij was als eerstejaars door schade en schande wijs geworden toen hij een keer laat had geluncht op de universiteit en bij thuiskomst geen honger meer had gehad. Mama had geen woord van verwijt laten horen toen ze zijn onaangeroerde eten in aluminiumfolie had verpakt. Maar dat verdrietige gezicht...

Vanavond zou hij het zich wel laten smaken als zij bij hem was gaan zitten om toe te kijken. Uiteindelijk zou hij weer een poging ondernemen om haar aan de praat te krijgen over de dag die ze achter de rug had. Dan zou ze natuurlijk beweren dat hij dat toch saai zou vinden en alles willen horen over de opwindende wereld waarin hij leefde. Natuurlijk zou hij tegenstribbelen, maar uiteindelijk zou hij haar toch een paar dingen vertellen. Geen misdaadverhalen, maar alleen wat aantallen afgewisseld met een paar dure woorden.

Een paar welgekozen, lange woorden maakten altijd veel indruk op mama. Als hij probeerde zich wat eenvoudiger uit te drukken onderbrak ze hem altijd en zei dat ze hem best begreep.

Maar ze had geen flauw benul waar hij het over had. Termen als 'meervoudige regressie-analyse' en 'het percentage geduide variabelen' waren immers in elke taal ter wereld alleen begrijpelijk voor ingewijden. Desondanks haalde hij het niet in zijn hoofd om haar neerbuigend te bejegenen.

Hij was toch wel een gevoelig type.

Een van de ingewijden.

Wat dat ook mocht betekenen.

Hij was ingedommeld en had zitten dromen toen de bus abrupt stopte. Hij schrok wakker en zag nog net dat de chauffeur een dakloze man die zijn kaartje niet kon betalen de bus uit zette.

Boze woorden en gebalde vuisten verdwenen door de met veel gesis geopende deur toen de ongelukkige, intens gore versteling in de goot terechtkwam en brullend om wraak riep. Isaac bleef naar de man kijken toen hij, met gebogen hoofd van schaamte, steeds kleiner werd terwijl de bus wegreed.

De chauffeur vloekte en trapte het gaspedaal in.

Overdreven gewelddadigheid. Zoveel van de misdaden die Isaac had bestudeerd waren op die manier begonnen.

Maar dat gold niet voor de 28-junimoorden. Hij was ervan overtuigd dat die een andere oorzaak hadden. Cijfers en getallen konden liegen, maar de gevallen die hij tevoorschijn had gehaald logen niet.

Nu moest hij alleen rechercheur Connor nog overtuigen.

Petra.

Hij werd een beetje zenuwachtig als hij haar in gedachten bij haar voornaam noemde, want dat herinnerde hem eraan dat ze een vrouw was.

Hij zakte onderuit op zijn stoel zodat niemand hem meer kon zien, hoewel geen van zijn medepassagiers ook maar een greintje belangstelling voor hem had. Er waren wel een paar vaste klanten bij die hem wel zouden herkennen, maar niemand sprak hem aan.

De mafkees in het geleende pak.

Af en toe was er wel eens iemand – een vrouw die op zijn moeder leek – die naar hem lachte als hij instapte. Maar de meeste mensen wilden toch alleen maar rust.

De Slaapverwekkende Expres.

Voordat hij wakker schrok, had hij een prettige droom gehad. Iets over rechercheur Connor.

Petra.

Was hij er zelf ook bij geweest? Dat wist hij niet meer.

Zij in ieder geval wel. Lenig en gracieus met dat efficiënte kapje van zwart haar.

Het frisse gezicht. Een ivoorkleurige huid die hier een daar vaag blauw dooraderd was…

Ze leek totaal niet op het moderne vrouwelijke ideaal: het rondborstige, bruisende blondje. Ze was in elk opzicht het tegendeel en Isaac respecteerde haar nog veel meer omdat ze zichzelf was gebleven en zich niets had aangetrokken van de druk die haar omgeving op haar legde.

Ze was ernstig van nature. Er was kennelijk niet veel waar ze zich vrolijk over kon maken.

Ze droeg altijd zwarte kleren. Haar ogen waren donkerbruin, maar bij een bepaalde lichtval leken ze ook zwart. Onderzoekende ogen – de ogen van een vakvrouw – geen hulpmiddeltjes om te flirten.

In eerste instantie deed ze aan een jonge Morticia Addams denken en Isaac had ook wel eens gehoord dat andere rechercheurs haar Morticia noemden. Maar ook 'Barbie'. Dat snapte hij niet.

Er was nog meer dan genoeg bij de Hollywood Divisie dat hem ontging, net als bij politiewerk in het algemeen. Zijn professoren dachten dat de academische wereld ingewikkeld in elkaar zat, maar nu hij een tijdje in het gezelschap van smerissen was geweest, had hij moeite om zijn lachen in te houden bij faculteitsbijeenkomsten.

Petra was geen Barbie.

Integendeel zelfs. Aandachtig en intens.

Als hij wakker in bed lag, had hij zich meer dan eens afgevraagd hoe haar borsten eruit zouden zien. Maar dan had hij zichzelf uitgefoeterd, geschrokken van die vulgaire gedachten.

Kleine, stevige borsten... Hou daarmee op.

Maar toch... ze was een mooie vrouw.

9

Petra bleef tot ver na middernacht achter haar bureau zitten zonder ook maar een moment te denken aan Isaac en zijn theorieën of andere dingen die niets met de schietpartij bij de Paradiso te maken hadden.

Ze praatte met een paar smerissen die alles afwisten van de gangs in Hollywood en met hun kompanen in Ramparts. Ze hadden niet gehoord dat de moorden iets met de strijd om grondgebied te maken hadden, maar beloofden dat ze hun oren open zouden houden. Daarna deed ze een poging om opnieuw contact op te nemen met de achttien jongeren die ze op de parkeerplaats ondervraagd had.

Twaalf van hen waren thuis. In vijf gevallen probeerden bange en/of verontwaardigde ouders het gesprek te beletten, maar Petra wist ze allemaal met een beetje charme om haar vinger te winden. Maar de tieners hielden vol dat ze niets wisten.

Bij de zes die ze niet kon bereiken waren ook haar twee zenuwpezen, Bonnie Ramirez en Sandra Leon. Op beide nummers werd niet opgenomen en kreeg ze ook geen antwoordapparaat.

Ze ging achter de computer zitten, met de bedoeling om langs nog een stel sites met vermiste jongeren te surfen. Maar toen ze zag dat er ongelezen e-mails waren, controleerde ze die eerst.

De gewone rotzooi die de politie rondstuurde en een mailtje van Mac Dilbeck.

p: luc en ik zijn vandaag op stap geweest maar we zijn geen meter opgeschoten. hoe staat het

daar bij jou? het gerucht gaat dat als we geen
vooruitgang boeken de zaak zal worden
overgedragen aan HOMSPEC zou dat geen lachertje
zijn. misschien moeten we dat geniale brein van
jouw wonderkind er maar eens op loslaten. we
kunnen wel een wondertje gebruiken. m.

Ze stuurde een e-mail terug:

niets plus niets is je-weet-wel. ga nu naar
huis. morgen ga ik nog een keer langs een stel
zenuwachtige getuigen. het is de bedoeling dat
het genie meegaat, maar als jij hem ergens voor
nodig hebt, mag je hem hebben. p.

Maar toen ze zich afgemeld had en haar tas uit haar kastje had gepakt, werd ze niet goed bij de gedachte aan haar lege appartement.
Met een kop koffie uit de automaat op de afdeling recherche bezorgde ze zichzelf een extra dosis slapeloosheid.
Iemand had een doosje met koffiebroodjes bij de automaat laten liggen. Ze zagen er niet echt fris uit, de met room gevulde begonnen al
uit te drogen. Maar de appelcarré zag er nog goed uit, dus die nam
ze mee naar haar bureau, samen met de met mokkacrème gevulde
tompouce.
Kaplan en Salas waren naar huis en niemand had hun plaats inge-
nomen. Ze zat daar alleen haar oude berichten en onbelangrijke post
door te nemen en vulde een pensioenformulier en een gezondheids-
verklaring in die ze allang had moeten inleveren.
Daarna bleef alleen de lijst van Isaac over.
28 juni.
Ze maakte een onderscheid tussen de gevallen uit Hollywood en de
andere, schreef de namen van de slachtoffers over en ging toen weer
terug naar de computer om in het archief van het bureau te snuffelen.
Zoals Isaac al had beweerd waren de vier zaken geen van alle afgesloten. Van de vier rechercheurs die in eerste instantie op de gevallen waren gezet kende ze er twee.
Neil Wahlgren had het meest recente geval behandeld – Curtis Hoffey, de twintigjarige schandknaap. Jewell Blank, de weggelopen tiener die in Griffith Park was doodgeslagen, was toegewezen aan Max
Stokes.
Neil had overplaatsing aangevraagd naar een van de districten in de
Valley omdat hij zijn reistijd wilde bekorten. Al een tijdje terug – niet

zo lang na Hoffey. En Max Stokes was bijna een jaar geleden met pensioen gegaan.

Dat betekende dat er een grote kans bestond dat er met beide zaken korte metten was gemaakt.

Neil en Max waren allebei competente kerels, die zich strikt aan de regels hielden. Zouden ze in de wetenschap dat ze toch binnenkort zouden vertrekken wel genoeg tijd aan het opsporen van de onbekende moordenaars hebben besteed?

Petra nam aan van wel.

De zaken zouden zeker aan anderen zijn overgedragen, maar de computer vermeldde niet aan welke rechercheurs.

Op naar de volgende. Coral Langdon, de vrouw die samen met haar hond in de Hollywood Hills was vermoord.

Dat geval was behandeld door Shirley Lenois. Toen ze die naam zag, begonnen Petra's ogen te steken.

Toen Petra in Hollywood was begonnen was Shirley de enige andere vrouwelijke rechercheur bij Moordzaken geweest. Shirley, een kleine, gezette vrouw van tweeënvijftig met een krans van geelgrijs haar, had meer op een parttime onderwijzeres dan op een rechercheur geleken. Ze was getrouwd met een motoragent van de verkeerspolitie, had vijf kinderen en behandelde Petra alsof ze de zesde was. Ze had zich echt uitgesloofd om alles zo gemakkelijk mogelijk te maken voor de beginneling bij Moordzaken. Ze had er bijvoorbeeld ook voor gezorgd dat er tampons in het damestoilet lagen, omdat niemand anders zich om dat soort dingen bekommerde.

Afgelopen december was Shirley om het leven gekomen bij een skiongeluk in Big Bear. Stomme boom, verdomde stomme boom.

Petra zat een tijdje geluidloos te huilen voordat ze haar tranen wegpoetste en doorging naar de vierde Hollywood-moord. Chronologisch bekeken de eerste van de zes. De moord waarmee de zogenaamde serie van Isaac was begonnen.

Marta Doebbler, de vrouw die met haar vriendinnen naar het theater was gegaan. Zes jaar geleden, lang voordat Petra in dienst kwam. Twee rechercheurs van wie ze nog nooit had gehoord. Een rechercheur derdeklas die Conrad Ballou heette en zijn collega tweedeklas, Enrique Martinez.

Er vertrokken meer smerissen bij de politie dan er in dienst kwamen. Misschien was dit stel ook wel met pensioen gegaan.

Toch bestond de kans dat Ballou en Martinez echt hun best hadden gedaan.

Maar soms maakte dat niets uit.

10

Toen Petra de volgende ochtend om tien uur op kwam dagen, zat Isaac aan zijn bureau in de hoek allerlei documenten te bestuderen en deed net alsof hij niet had gezien dat ze binnenkwam.

Ze had een katterig gevoel en absoluut geen zin om voor kinderoppas te spelen.

Om tien voor halfelf had ze twee koppen koffie achter de kiezen en was ze weer bereid om zich menselijk voor te doen. Ze stond op, wenkte dat Isaac mee moest komen en hij liep achter haar aan met zijn koffertje in de hand. Geen pak, maar ook niet zijn gewone vrijetijdsoverhemd en de katoenen broek. Donkerblauwe broek, donkerblauw overhemd, donkerblauwe das. Een speciale outfit voor de bijrijder. Alles in één kleur, zoals jonge knullen tegenwoordig vaak droegen. Best lollig, al zag Isaac eruit alsof hij zich verkleed had.

Ze liepen samen naar buiten zonder iets te zeggen. Petra liet haar Accord op de parkeerplaats staan en liep naar de personenwagen die ze bij de politiegarage gereserveerd had. De politie kende al jaren een rookverbod, maar de auto stonk naar verschaalde sigarenrook en toen ze de wagen startte, protesteerde de motor voordat hij aansloeg.

'Slechte apparatuur,' zei ze tegen Isaac. 'Daar moet je het maar eens met raadslid Reyes over hebben.'

'We praten niet echt vaak met elkaar.'

Ze reed de straat op. Hij lachte niet. Zou ze hem beledigd hebben? Jammer dan.

'Wat we vandaag gaan doen,' zei ze, 'is opnieuw contact opnemen met twee getuigen. Twee zestienjarige meisjes, die allebei nogal zenuwachtig leken toen ik ze de eerste keer ondervroeg. Een van hen heeft misschien een reden om nerveus te zijn die niets met de zaak van doen heeft. Ze lijdt aan leukemie.'

'Dat is voldoende reden,' zei Isaac.

'Alles goed met je?'

'Ja hoor.'

'Ik vraag het alleen omdat je zo stil bent.'

'Ik heb niets te zeggen.' En een tel later: 'Voor de verandering.'

'Welnee,' zei ze. 'Je bent helemaal geen kletskous, je bent gewoon intelligent.'

Opnieuw stilte.

Ze reed met de ongemarkeerde rammelkast door de met smog gevulde straten van Hollywood. Isaac zat naar buiten te kijken.

Dat deed Eric ook altijd als ze reed. Eric zag altijd van alles.

'Intelligente mensen hebben het recht om hun mond open te doen, Isaac,' zei ze. 'Het zijn de stommeriken die mij op m'n zenuwen werken.'

Dat bracht eindelijk een lachje tevoorschijn. Maar het smolt ook meteen weer als sneeuw voor de zon. 'Ik ben alleen maar meegegaan om toe te kijken en te leren. Ik ben heel blij dat je die moeite voor me wilt doen.'

'Geen enkel probleem.' Ze reed via Hollywood Boulevard naar Western en vervolgens naar Los Feliz, met de bedoeling de Golden State Freeway te nemen en vervolgens de 10 in oostelijke richting tot aan Boyle Heights. 'Het eerste meisje heet Bonnie Anne Ramirez. Ze woont op East 127th. Ken je die buurt?'

'Niet goed. Daar wonen vooral Mexicanen.'

En hij was Salvadoriaans.

Probeerde hij haar nu op subtiele manier duidelijk te maken dat ze niet allemaal hetzelfde waren?

'Bonnie is zestien, maar ze heeft een tweejarig zoontje. De vader is een vent die George heet en die niet bepaald als een sprookjesprins klinkt. Ze wonen niet samen. Bonnie heeft haar school niet afgemaakt.'

De stilte hield nog even aan, toen vroeg Isaac: 'Kwam ze nerveus over?'

'Uitdagend nerveus. Misschien komt dat doordat ze een hekel heeft aan de politie. Ze heeft geen strafblad, maar in dat soort buurten kun je heel wat uithalen zonder opgepakt te worden.'

'Dat is waar,' zei Isaac. 'De FBI schat dat er tegenover elke misdaad waarvoor iemand is opgepakt zes staan die niet ontdekt zijn. En uit het vooronderzoek dat ik heb gedaan blijkt dat dat cijfer waarschijnlijk nog hoger is.'

'Echt waar?'

'De meeste misdaden worden niet eens aangegeven. En dat komt naar verhouding nog vaker voor in gebieden met een hoog misdaadpercentage.'

'Dat lijkt me logisch,' zei Petra. 'Als het systeem niet werkt, geloven de mensen er ook niet meer in.'

'Arme mensen zijn over het algemeen toch al ontmoedigd. Neem nou de buurt waar ik woon. In de afgelopen vijftien jaar is er drie keer in onze flat ingebroken, mijn fiets is gestolen, mijn vader is overvallen en zijn auto is leeggeroofd, het lunchgeld van mijn kleine broertje is gejat en ik kan je niet vertellen hoe vaak mijn moeder door dronkelappen of junks is bedreigd als ze thuiskomt van haar werk. Ernstige dingen zijn ons bespaard gebleven, maar we horen minstens twee keer per week pistool- of geweerschoten en nog veel vaker sirenes.'

Petra zei niets.

'Vroeger was het nog veel erger,' vervolgde hij. 'Toen ik nog klein was, voordat de CRASH-eenheden ingezet werden, waren er straten waar je echt niet doorheen kon lopen. Je kon al vermoord worden omdat je de verkeerde schoenen aan had. CRASH werkte heel goed. Maar na het Rampartsschandaal werden de maatregelen tegen de gangs aan banden gelegd en daarna begon de ellende weer.'

Zijn mond was strak en hij had zijn vuisten gebald.

Petra bleef zonder op te kijken doorrijden. 'Ik begrijp best waarom je een studie wilde maken van de misdaad.'

'Misschien was dat toch een vergissing.'

'Hoezo?'

'Naarmate ik er meer over te weten kom, begint het er steeds meer op te lijken dat ik mijn tijd verspil. Het merendeel van mijn professoren houdt nog steeds vast aan wat zij de "grondproblemen" noemen. Wat hen betreft, staat armoede op de eerste plaats. En ras, hoewel ze zichzelf als liberaal beschouwen. De waarheid is, dat de meeste arme mensen gewoon hun eigen leven willen leiden, precies als andere mensen. De arme mensen veroorzaken geen problemen, maar de sléchte mensen die misbruik maken van de armen omdat de armen geen geld hebben om zich te verdedigen.'

Petra mompelde dat hij gelijk had, maar dat leek Isaac te ontgaan. 'Misschien had ik gewoon meteen medicijnen moeten gaan studeren. Om me vervolgens te gaan specialiseren en wat geld te gaan verdienen, zodat ik mijn ouders naar een fatsoenlijke buurt kan laten verhuizen. Of er in ieder geval voor te zorgen dat mijn moeder een auto krijgt, zodat ze niet langer lastig wordt gevallen door dronkaards en junks.' En een tel later: 'Hoewel mijn moeder natuurlijk nooit haar rijbewijs zal halen.'

'Is ze bang om te rijden?'

'Ze is een beetje ouderwets.'

'Dat geldt wel vaker voor moeders,' zei Petra. *Hoe moet jij dat weten?* 'Oké, nu kunnen we er even de sokken in zetten. De snelweg ziet er goed uit.'

Bonnie Ramirez woonde met haar moeder, drie oudere broers en de kleine Rocky in een kleine, gele houten bungalow waarvan de voortuin afgezet was met een roestig, met gaas bespannen hek. Het hele gebied telde straten vol met soortgelijke huizen. Ze waren ooit gebouwd voor soldaten die terugkwamen uit oorlogsgebieden overzee en de staat van onderhoud varieerde van vervallen krotten tot gerenoveerde paleisjes.

Er waren pogingen ondernomen om het huis van de familie Ramirez een beter aanzien te geven: het piepkleine gazonnetje was verzakt en bruin maar wel keurig gemaaid en vlijtige liesjes in bloembedden van verschillende afmetingen gingen de strijd aan met de vroege lentehitte. Op de houten veranda stond een wandelwagentje, geflankeerd door een goud gespoten piëdestal van gips, waarvan de bedoeling onduidelijk was.

Bonnie was niet thuis en haar moeder zorgde voor Rocky. De peuter sliep in een bedje dat in de nog geen drie bij drie meter metende woonkamer stond. Het huis had houten vloeren en lage plafonds. Het rook naar lekker eten, Pine Sol en er hing een spoor van een luierluchtje.

Anna Ramirez was een kleine, breedgebouwde vrouw met roodgeverfd haar, bolle wangen en kwabbige armen. De wangen waren zo weelderig dat ze haar ogen opduwden en in spleetjes veranderden. Daardoor leek ze nogal argwanend, hoewel ze haar uiterste best deed om hartelijk over te komen. Haar stem en accent hadden diezelfde zangerige Boyle Heights-invloeden als die van haar dochter.

Ze nodigde hen uit om binnen te komen, zette blikjes frisdrank en een schaaltje pretzels op tafel en vertelde hun dat Bonnies vader een Vietnamveteraan was geweest die de oorlog had overleefd en vervolgens de dood vond bij een ongeluk met een graafmachine tijdens het leggen van de fundering voor een kantoorgebouw in de stad. Ze pakte zijn foto van de muur en zwaaide ermee alsof het een religieus voorwerp was. Een prettig ogende vent in groot tenue. Maar met een slechte huid – iets wat Bonnie helaas van hem geërfd had.

'Hebt u enig idee wanneer Bonnie weer thuiskomt?' vroeg Petra.

Anna Ramirez schudde haar hoofd en fronste. 'U bent haar net misgelopen. Ze komt en gaat wanneer ze wil. Ze is gisteravond uit geweest, heeft tot tien uur geslapen en is toen weggegaan.'

'Was ze laat thuis?'

'Dat is altijd zo.'

Rocky begon te woelen in zijn bedje.

'Ik wil hem niet wakker maken,' zei Petra.

'Dat geeft niet,' zei Anna. 'Hij slaapt altijd als een roos.' Ze wierp een blik op het schaaltje met pretzels dat Petra in haar schoot had en Petra nam er nog een.

'Wilt u misschien nog iets anders eten, agent?'

'Nee, dank u wel, mevrouw. Weet u waarom we hier zijn?'

'Die schietpartij in Hollywood. Bonnie heeft me er alles van verteld.'

'Wat heeft ze dan gezegd?'

'Dat het op de parkeerplaats is gebeurd. Ze heeft de schoten wel gehoord, maar niets gezien. Ze zei dat ze met een vrouwelijke smeris had gepraat. Was u dat?'

Petra knikte.

Anna Ramirez keek Isaac aan. Ze bestudeerde hem aandachtig. 'Jij lijkt op mijn neef Bobby.'

Isaac glimlachte zwak.

'Een van de jongelui die is neergeschoten was een meisje van wie we de identiteit nog steeds niet achterhaald hebben,' zei Petra.

'Geen ouders die navraag hebben gedaan?'

'Niemand heeft contact met ons opgenomen, mevrouw.'

'Wat naar.'

De kleine Rocky deed zijn ogen open, ging verliggen en liet een boertje. Anna Ramirez liep naar hem toe en tilde hem uit het bedje. Het arme kind was rood aangelopen en zag er een beetje kribbig uit. Hij was veel te dik ingepakt bij die hitte.

Anna leunde achterover en legde haar kleinzoon op haar omvangrijke schoot. Rocky hikte, fronste en viel weer in slaap. Een rond, bol toetje en krullend zwart haar. Een snoezig kereltje. Petra zag dat zijn nageltjes geknipt waren en de dekentjes waren smetteloos schoon.

'Hij is beeldschoon,' zei ze.

Anna Ramirez zuchtte. 'Een echte druktemaker. Maar goed... over dat meisje...'

'Ik vroeg me af of Bonnie haar misschien kende,' zei Petra. Ze besefte ineens dat ze vanaf het moment dat ze binnen was gekomen in de eerste persoon enkelvoud had gesproken. Moest ze Isaac er niet bij betrekken? Zoals hij daar kaarsrecht en stijf zat, leek het net alsof hij wachtte op een sollicitatiegesprek.

'Hebt u Bonnie niet gevraagd of ze haar kende?'

'Jawel en ze zei van niet. Ik wou daar nog even met haar over praten.'

Anna Ramirez fronste. 'Dus u geloofde haar niet.'

'Het gaat er niet om dat...'

'Dat geeft niet, hoor. Ik geloof haar ook niet altijd.'

Petra hoopte dat haar glimlach medeleven toonde.

'Haar broers hebben allemaal hun school afgemaakt,' zei Anna. 'Twee van hen zitten nu op college, maar Bonnie heeft altijd een hekel gehad aan school. Maar vanbinnen is ze echt een lief meisje...' Ze keek even op Rocky neer. 'Dit was een soort... Nou ja, nu ben ik opnieuw mama, maar goed, dat maakt niet uit. Het valt niet mee om Bonnie te vertellen wat ze moet doen, maar ik sta erop dat ze in ieder geval op zijn minst haar diploma middelbare school haalt. Wat kun je nou voor baan krijgen als je dat papiertje niet hebt?'

Petra knikte.

Anna zuchtte opnieuw.

'Maar goed, mevrouw, zou u me even willen bellen als ze weer thuis is?'

'Natuurlijk,' zei Anna. 'Denkt u dat dat meisje daar misschien samen met Bonnie was?'

'Ik heb geen flauw idee, mevrouw.'

'Hoe zag ze eruit?'

'Ze was klein en aan de mollige kant. Ze had roze gympen aan.'

'Het zou Jacqui kunnen zijn,' zei Anna Ramirez. 'Jacqui Olivares. Die is klein en voordat ze afviel, was ze behoorlijk dik. En ze is nog steeds niet echt mager. Bovendien heeft ze problemen.'

'Wat voor soort problemen?'

'Twee kinderen. Een jongen en een meisje. En ze is pas zeventien.'

'Hebt u haar wel eens met roze gympen gezien?'

Anna legde haar vinger tegen haar mond. Rocky werd weer wakker en ze liet hem voorzichtig op en neer huppelen op haar knieën en streek het natbezwete haar van zijn voorhoofd.

'Nee,' zei ze. 'Dat is me nooit opgevallen. Maar Jacqui komt hier niet meer over de vloer. Ik heb tegen Bonnie gezegd dat ik haar niet meer wil zien.'

'Vanwege de slechte invloed,' zei Petra.

'Nou en of.'

'Ik heb een foto van het niet-geïdentificeerde slachtoffer, mevrouw, maar ik moet u waarschuwen dat die er niet echt prettig uitziet.'

'Een foto van het lijk?'

'Ja, mevrouw.'

'Ik heb wel vaker dode mensen gezien, ook mijn eigen Rudy, dus kom maar op.'

Petra haalde de minst afgrijselijke van de foto's uit het lijkenhuis tevoorschijn en gaf die aan haar. 'Dat is Jacqui niet,' zei Anna. 'Dit meisje heb ik nog nooit gezien.'

Het adres dat Sandra Leon had opgegeven was niet ver van het huis van de familie Ramirez, maar toen ze daar aankwamen, wist Petra meteen dat ze bij de neus genomen was.

Het nummer bleek van een dichtgetimmerde kroeg te zijn in een straat met leegstaande huizen en aan de achterkant van onkruid vergeven steegjes. Alles was bedekt met graffiti. Boos ogende jongemannen met kaalgeschoren hoofden en tatoeages waar je scheel van werd, reden door de gehavende straten, deinend op de harde muziek terwijl ze hen spottend aanstaarden.

Petra maakte meteen dat ze wegkwam, reed naar Soto Avenue in de buurt van het lijkenhuis en ging naar een behoorlijk druk benzinestation waar ze voor zichzelf een bekertje koffie en voor Isaac een cola kocht. Hij probeerde haar het geld terug te geven, maar daar wilde ze niets van horen. Terwijl ze zaten te drinken, vroeg ze het nummer op van het Western Kinderziekenhuis, zei dat ze met de afdeling oncologie wilde spreken en moest lang wachten voordat ze doorverbonden werd.

De secretaresse die ze aan de lijn kreeg, zei: 'Dat zijn vertrouwelijke gegevens,' toen ze naar het adres van Sandra Leon vroeg.

Petra schudde moeiteloos een leugen uit haar mouw. 'Ik heb reden om aan te nemen dat Sandra in gevaar is.'

'Vanwege haar ziekte?'

'Vanwege een misdaad. Ze is getuige geweest van een meervoudige moord.'

Het bleef heel lang stil. 'Dan zult u met haar arts moeten spreken.'

'Verbind me maar door.'

'De achternaam was... Leon... o ja, hier heb ik haar al. Sandra, geen verdere voornamen. Dat wordt dan dokter Katzman. Ik verbind u door.'

Maar het enige wat Petra te horen kreeg, was een bandje met een zachte mannenstem. 'U spreekt met Bob Katzman. De komende twee weken ben ik op reis, maar ik blijf wel in contact met mijn boodschappendienst. Als u wegens een medische urgentie belt, dan is het directe nummer van de afdeling oncologie...'

Petra verbrak de verbinding en belde opnieuw naar het secretariaat. 'Dokter Katzman is twee weken weg. Ik heb alleen het adres van Sandra Leon nodig.'

'Bent u bij de politie?'

Ik ben de politie in eigen persoon, lieve schat. 'Rechercheur Connor.' Petra spelde haar naam. 'Van de Hollywood Divisie. Ik zal u het nummer van mijn penning geven en u kunt bellen met...'

'Nee, zo is het wel goed. Ik verbind u door met het patiëntenarchief.'

Vijf minuten later had Petra het adres dat Sandra Leon op haar inschrijfformulier had vermeld.

Het meisje had zich zelf bij het ziekenhuis aangemeld.

'Is ze zo'n geëmancipeerde tiener?'

'Ik zou het niet weten,' zei de persoon die ze aan de lijn had.

'Staat er ook een naam van een volwassene op dat inschrijfformulier?'

'Eh... volgens mij niet, rechercheur.'
'Wie betaalt de rekeningen?'
'Het KKF, het Kinder Kanker Fonds, een regionale liefdadigheids-instelling.'
'Geen familieleden,' zei Petra.
'Ze is de enige niet,' kreeg ze te horen. 'We krijgen hier om de ha-verklap te maken met weglopers. Dit is Hollywood.'
Het andere adres dat Sandra had gebruikt was op Gower, ten noor-den van Hollywood. Vlak bij het bureau. Als je een beetje energie overhad, kon je het lopen.
Petra reed terug naar de snelweg. 'Dit bedoelde ik nou,' zei ze tegen Isaac. 'Zo saai als de pest.'
'Ik vind het heel interessant,' zei hij.
'Wat?'
'Het hele proces. Hoe je alles in elkaar zet.'
Petra had niet het idee dat ze iets in elkaar had gezet. Ze keek Isaac even aan, maar er was geen spoortje ironie op zijn gezicht te beken-nen.
Hij zei: 'Ik vind het ook interessant hoe mensen op jou reageren. Zo-als Bonnies moeder. Ze beschouwde jou duidelijk als een gezagheb-bend persoon en dus toonde ze respect voor je. Ze is een conventio-nele vrouw, trots op de militaire loopbaan van haar man en met veel verantwoordelijkheidsgevoel.'
'In tegenstelling tot haar dochter.'
'Ja.'
'De generatiekloof,' zei Petra.
'Volkomen gebrek aan contact tussen de generaties,' zei hij. 'Men-sen van Bonnies leeftijd vinden dat ze zich niets van conventies en regels hoeven aan te trekken.'
'Vind je dat slecht?'
Isaac lachte. 'Ik heb van het dissertatiecomité de opdracht gekregen om te wachten met waardeoordelen tot alle gegevens beschikbaar zijn.'
'Je bent nu niet op de universiteit. Doe maar eens wild.'
Hij frunnikte aan zijn das. 'Volgens mij is een overdreven open sa-menleving een mes dat aan twee kanten snijdt. Sommige mensen ge-bruiken die vrijheid op een gezonde manier, anderen kunnen er he-lemaal niet mee omgaan. Door de bank genomen ben ik voor een overdaad aan vrijheid. Als ik mijn vader zover kan krijgen, begint hij wel eens over El Salvador te praten. Ik ken de verschillen tussen een democratie en de alternatieven. Er is geen land zo mooi als het Ame-rika van de eenentwintigste eeuw.'

'Behalve voor de mensen die niet met te veel vrijheid om kunnen gaan.'
'Maar die krijgen met jou te maken,' zei Isaac.

Gower Street. Nummer elf van een honingkleurig appartementencomplex halverwege Hollywood Boulevard en Franklin Avenue.
'Oké,' zei Petra, terwijl ze uit de auto stapte. 'Laten we maar eens zien wat die kleine jokkebrok ons te vertellen heeft.'
Toen ze de brievenbussen vlak bij de hoofdingang bestudeerde, bleek nummer elf op naam te staan van A. HAWKINS.
Ook op de andere bordjes was geen 'Leon' te bekennen.
De voordeur was open. Ze liepen de trap op en wandelden naar het eind van de gang waar nummer elf verstopt zat. Petra belde aan en een ontzettend lange, zwarte man in een groene trui en een bruine broek deed de deur open. Op de col en de manchetten van de trui stonden witte sneeuwvlekjes. Skikledij in juni. Zijn spitse hoofd was bedekt met een ingewikkeld patroon van vlechtjes, een van die architecturale meesterwerken waar basketbalprofs ook zo dol op waren. Hij had een tekenpen in zijn hand en inktvlekken op zijn vingers. Wat Petra van het appartement kon zien zag er leeg maar goed onderhouden uit. Voor het raam stond een tekentafel. Een wolk wierook dreef de gang in.
'Ja?' zei de man, terwijl hij de pen tussen zijn vingers ronddraaide.
'Goedemiddag, meneer,' zei Petra terwijl ze hem haar penning onder de neus duwde. 'Ik ben op zoek naar Sandra Leon.'
'Naar wie?'
Petra herhaalde de naam. 'Ze heeft dit appartement als adres opgegeven.'
'Misschien heeft ze hier vroeger gewoond, maar het laatste jaar niet meer, want zo lang zit ik hier nu.'
'Een jaar,' zei Petra.
'Om precies te zijn een jaar en twee weken.' De pen bleef draaien. Een brede grijns. 'En ik bezweer u dat ik niet Sandra heet.'
Petra grinnikte terug. 'Hoe heet u dan wel, meneer?'
'Alexander Hawkins.'
'Kunstenaar?'
'Als ik er tijd voor heb. De meeste tijd werk ik bij een reisbureau, Serenity Tours. Dat zit in Crossroads of the World.' Opnieuw die grijns. 'Als dat er iets toe doet.'
'Nee,' zei Petra, 'tenzij u Sandra Leon kent.'
'Is dat een aantrekkelijke jongedame die van kunst houdt?' vroeg Hawkins.

'Het is een zestienjarig meisje dat mogelijk getuige is geweest van een moord.'

Hawkins werd serieus. 'Nee, ik ken niemand die Sandra Leon heet.'

'Is hier ook een huisbeheerder of een conciërge?'

'Ik wou dat het waar was. Deze luxe onderkomens worden beheerd door Franchise Realty, waarvan het hoofdkantoor in de gouden stad Downey gevestigd is. Ik had net nog hun antwoordapparaat aan de lijn. Een probleempje met wat ongedierte. Ik zal u het nummer geven, ik ken het toch uit mijn hoofd.'

Terug in de auto belde Petra het makelaarskantoor op. De vorige bewoner van flat nummer elf was een gezin geweest dat Kim heette en dat er vijf jaar had gewoond. In de zeven jaar dat Franchise het flatgebouw beheerde, was er nooit een appartement verhuurd aan iemand die Leon heette.

Ze verbrak de verbinding en zei tegen Isaac: 'Sandra heeft twee keer gelogen. Daardoor begin ik nu écht belangstelling voor haar te krijgen.'

Ze pakte opnieuw haar telefoon en sprak een uitvoerig bericht in voor dokter Bob Katzman.

'En nu?' vroeg Isaac.

'Nu gaan we terug naar het bureau,' zei Petra, 'en daar ga ik proberen om uit te vissen waar dat juffertje Leon uithangt. Als ik met mijn hoofd tegen de muur loop, en dat zal wel niet lang duren, zal ik me weer in die dossiers van jou verdiepen.'

'Ik heb opgezocht of 28 juni soms een historische betekenis heeft. Het enige verband met criminele activiteiten dat ik heb kunnen vinden, is het feit dat John Dillinger op die datum geboren is. Het zou best kunnen dat een psychopaat dat een inspirerend gegeven vindt. Maar Dillinger was een bankrover, iemand die graag aan de weg timmerde, met veel dramatiek. Het standaardtype van de opvallende misdadiger. Voor zover ik weet, is deze moordenaar juist het tegenovergestelde. Hij heeft totaal verschillende slachtoffers uitgekozen om uiting te geven aan wat hem drijft.'

'Deze moordenaar'. 'Wat hem drijft'. De knul was ervan overtuigd dat dezelfde duistere hand de zes moorden had gepleegd. Ach, die onstuimige jeugd.

Terwijl Petra begon aan de korte rit terug naar Wilcox, zei Isaac: 'Er is nog iets anders gebeurd op 28 juni. Dat is de datum waarop aartshertog Franz Ferdinand is vermoord. 28 juni 1914. Dat was in feite de aanzet voor de Eerste Wereldoorlog.'

'Kijk aan,' zei Petra. 'Iemand heeft de brave burgers van L.A. de oorlog verklaard.'

11

Het was de overeenkomst in de verwondingen die haar aandacht vasthield.

Zes uur 's avonds. Zoals ze al voorspeld had, liep haar zoektocht naar Leon binnen de kortste keren dood. Ze belde een pizzeria in de buurt en vroeg om quattro stagione.

In zijn hoekje van de afdeling zat Isaac aan zijn bureau aantekeningen te krabbelen en op zijn laptop te rammen. Hij probeerde nadrukkelijk niet aanwezig te zijn. Toen de pizza arriveerde, liep ze naar hem toe en bood hem ook een stuk aan. Hij sloeg het aanbod af, maar liep mee naar haar bureau en bleef plakken terwijl zij de vettige doos openmaakte.

Petra pakte een stuk pizza en begon de kaas eraf te plukken.

'Ik wens je verder een prettige avond,' zei Isaac en ging weg.

Ze schonk nog een kopje koffie in, speelde met slierten mozzarella en pakte een van de dossiers op. Onder het eten en drinken door begon ze te lezen. Ze maakte vette vingers op de dossiers, wat ze luchtig wenste te negeren.

Tot ze bij de verslagen van de lijkschouwingen kwam.

Zes rapporten geschreven door zes verschillende lijkschouwers. Maar het woordgebruik was vrijwel letterlijk hetzelfde.

Schedelbreuk aan het achterhoofd.

Van achteren geraakt.

In alle rapporten werd het wapen omschreven als een zwaar soort buis met een doorsnede van 7,7 cm bij drie van de moorden, 7,5 bij een en 7,8 bij twee. En dat kwam voldoende overeen als je rekening hield met het verschil in schedeldikte bij mensen van verschillende leeftijden en geslacht.

Twee pathologen hadden het aangedurfd om het vermoeden te uiten dat de knuppel van metaal of van hard plastic was geweest, omdat er geen houtsplinters waren aangetroffen.

Wat wél was aangetroffen waren een grote hoeveelheid bloed, botfragmenten en bakken vol hersenweefsel.

Petra had het idee dat het wapen een soort pijp was geweest. Zeven komma zeven centimeter was gelijk aan drie inches op haar ouderwetse meetlat. Een mooi, stevig stuk pijp.

Ingeslagen schedels, al dat hersenweefsel.

Iemand – als het om één persoon ging – vond het leuk om mensen de hersens in te slaan.

Ze begon bij de rechercheur van wie ze wist dat hij nog steeds bij de politie was.

Neil Wahlgren, die het onderzoek in de zaak Curtis Hoffey had geleid. Het enige wat ze wist, was dat hij was overgeplaatst naar een bureau ergens in de Valley.

Het duurde even, maar toen vond ze een toestelnummer met zijn naam bij de afdeling Autodiefstal van Van Nuys. Petra's loopbaan had zich in precies de tegengestelde richting afgespeeld: van gedemonteerde auto's naar gedemonteerde mensen en ze vroeg zich af waarom Neil omgezwaaid was.

Hij zat niet op zijn plaats, maar de man aan de balie bij Van Nuys gaf haar het nummer van zijn mobiele telefoon en daar bereikte ze hem wel.

'Hoi,' zei hij. 'Barbie van Ken en Barbie, hè?'

Hij kon zich de samenwerking tussen Petra en Stu Bishop nog herinneren. Dat was een mooie tijd geweest.

'Dat klopt,' zei ze.

'Hoi,' zei Wahlgren nog een keer. Hij had een warme stem die echt hartelijk klonk. Petra herinnerde zich vaag een grote, rossige noordeling met een dikke ronde neus. Zo'n type dat in je verbeelding vist in wakken in het ijs en zich ondertussen vol laat lopen met wat dat soort figuren achterover slaat.

'Stoei je tegenwoordig met blik in plaats van met lijken?' vroeg ze.

'Tien jaar lang stoeien met lijken was meer dan genoeg. Geef mij maar een lekker opgevoerde Lexus met gps. Wat is er aan de hand?'

'Ik ben bezig met een paar oude zaken en daar zat er ook een van jou bij. Curtis Hoffey.'

'Schandknaap,' zei Wahlgren meteen. 'Ingeslagen schedel.'

'Die bedoel ik.'

'Een rotzooi.'

'Heb je het nu over de plaats van het misdrijf of over de opsporing?'

'Over allebei. Ik schoot geen millimeter op,' zei Neil. 'Niet zo verwonderlijk, volgens mij, met een dergelijk slachtoffer. Twintig jaar en voor zover ik heb kunnen achterhalen al vanaf zijn twaalfde op straat. De arme knul heeft waarschijnlijk een foute klant gehad, maar er werd niet gekletst en er waren ook geen soortgelijke gevallen.'

'Misschien heb ik die wel,' zei ze. 'Met de nadruk op "misschien". Iemand heeft in de oude zaken zitten snuffelen en kwam aanzetten met zes ingeslagen schedels die een exacte overeenkomst vertoonden qua verwondingen en het mogelijk gebruikte wapen.'

Ze zweeg even. Zou ze hem alles vertellen, dus ook de overeenkomst van de datum, 28 juni? Nee, dat klonk te maf. Dat hield ze nog even voor zich. Bovendien zat die vent nu toch bij Autodiefstal, dus daar maakte hij zich vast niet druk over.

'Is dat zo?' zei Neil. 'Daar heb ik destijds anders niets over gehoord.' Hij klonk ineens een beetje verdedigend.

'Nee, dat zou ook onmogelijk zijn geweest,' zei Petra. 'En waarschijnlijk is het toch niets.'

'Wie is daar achter gekomen?' vroeg Wahlgren.

'Een stagiair. Wie anders heeft daar de tijd voor?'

'Wat, zo'n padvinderstype dat helemaal op hol is geslagen?'

'Yep. Wie heeft het na jouw vertrek van je overgenomen?'

'Geen idee. Schoelkopf zei dat hij wel voor de overdracht zou zorgen. Zit hij daar nog steeds? En is het nog steeds zo'n klootzak?'

'Nog steeds,' zei ze. 'Als hij die zaak heeft overgedragen, dan staat dat niet op papier.'

'Dat verbaast me niets,' zei Neil. 'Zelfs toen wilde hij al niet dat ik er te veel tijd aan zou besteden. Volgens hem moesten we ons concentreren op gangmoorden, dit was een typisch "West Hollywoodgeval". Je weet wel wat ik bedoel.'

'De homoscene.'

'Een schandknaap, weinig kans dat de zaak opgelost zou worden en de gemeenteraad maakte zich alleen druk over dingen die iets met gangs te maken hadden. Als je dan een moordzaak hebt zonder echte aanwijzingen en zonder familieleden of politici die je achter de broek zitten...' Neils stem stierf weg.

'Precies,' zei Petra.

'Eerlijk gezegd had Schoelkopf gewoon gelijk. Dat het waarschijnlijk toch op niets uit zou draaien.'

En jij had geen zin om het tegendeel te bewijzen.

'Dus Curtis had geen familie?' vroeg ze. Ze gebruikte de naam van het slachtoffer, omdat ze wilde dat Neil Hoffey als een menselijk wezen zou beschouwen, in ieder geval voor even.

'Niemand heeft het lichaam opgeëist. Hij was echt helemaal in elkaar geslagen. Als ik nooit meer iets dergelijks onder ogen krijg, zal ik er niet om rouwen.'

12

Jewell Blank, het veertienjarige meisje dat in Griffith Park was vermoord, had wel familie maar volgens de aantekeningen van rechercheur Max Stokes was hij daar niets mee opgeschoten. De moeder was Grace Blank, een negenentwintigjarige, ongetrouwde buffetjuffrouw, die samenwoonde met haar vriend Thomas Crisp, tweeëndertig, een werkloze vrachtautochauffeur die wel iets weghad van een Hell's Angel. Voor beiden gold dat ze Jewell al minstens een jaar niet meer hadden gezien, vanaf het moment dat ze was weggelopen uit hun bungalow in de buitenwijken van Bakersfield. Het leek erop dat ze ook niet echt enthousiast naar haar op zoek waren geweest. Negenentwintig betekende dat Jewell was geboren toen Grace vijftien jaar was en Petra wist wel zo'n beetje waar dat op neerkwam.

Weer een kind in Griffith Park. Petra's maag kromp samen, omdat ze meteen aan Billy Straight moest denken. Dezelfde achtergrond, dezelfde manier om eraan te ontsnappen. Billy had in het park gewoond als een verwilderd kind, dat vuilnisbakken had afgegraasd op zoek naar voedsel en dat maar net aan de dood was ontsnapt. Hij had geluk gehad, maar voor hetzelfde geld had hij nu naast Jewell Blank op een wolkje gezeten.

Petra had Billy gered. Het eerste jaar nadat zijn grootmoeder hem in huis had genomen hadden ze nog contact met elkaar gehouden, via regelmatige telefoontjes en af en toe een uitstapje. Nu was Billy vijftien, bijna een meter tachtig lang en volgde een opleiding die hem klaar moest stomen voor de universiteit. Hij zou naar Stanton gaan, had mevrouw Adamson haar in vertrouwen verteld. Ze had al met de rector gesproken.

Het was maanden geleden dat Petra iets van hem had gehoord. En dat was waarschijnlijk prima, in ieder geval vanuit zijn invalshoek. Zijn leven liep op rolletjes, waar zou hij de politie nog voor nodig hebben?

Ze vond geen aanwijzing dat de zaak van Jewell Blank aan iemand anders was overgedragen.

Max Stokes had kennelijk hard aan de zaak gewerkt en bleek bij nader inzien hulp te hebben gekregen van Shirley Lenois. De beide door de wol geverfde rechercheurs hadden stad en land afgelopen, massa's andere weglopers ondervraagd en navraag gedaan bij tehuizen voor daklozen, kerken en betrokken instanties.

Jewell had af en toe in een kraakwoning gezeten, in een van de laatste leegstaande gebouwen in Hollywood, en stond bij haar collega-straatjeugd bekend als een 'verwaande', behoorlijk assertieve bedelaarster en een vingervlugge winkeldievegge. Niemand wist of ze tegen betaling seksuele handelingen had verricht, maar ze had zich wel door jongens laten pakken om aan drugs te komen.

Ze gebruikte een veelvoud van drugs: hasj, pillen, methadon, acid en ecstasy. Maar geen heroïne, daar was iedereen het over eens. Jewell was bang geweest voor naalden. Petra pakte het rapport van de lijkschouwer er weer bij, zonder naar de foto's van het hoofd van het meisje te kijken. Geen sporen van naalden. Uit de chemische analyse bleek dat ze aanzienlijke hoeveelheden cannabis, alcohol en pseudo-efedrine had gebruikt, waarschijnlijk middels een laxeermiddel dat zonder recept verkrijgbaar was.

Volgens de andere jongeren ging Jewell altijd naar het park als ze in een slechte bui was en geen zin had om met anderen op te trekken.

Nee, ze had nooit verteld dat ze daar iemand ontmoette.

Nee, ze had geen vast vriendje en ook geen vaste klanten. Daar had ze het in ieder geval nooit over gehad.

Ze was volledig gekleed gevonden en er was niets dat op verkrachting wees. Volgens de lijkschouwer was ze al een tijdje seksueel actief.

Er zat een foto op het dossier geniet dat voor haar dood was genomen. Het leek op een schoolfoto van een kind van een jaar of negen. Jewell Blank had donker haar gehad, een bleek gezicht, sproeten en kennelijk geen reden om te glimlachen.

Grace Blank en Thomas Crisp hadden willen weten of de gemeente de begrafeniskosten voor haar rekening zou nemen. De ergernis droop van de aantekeningen die Max Stokes over dat onderwerp had gemaakt: 'Ik heb hun meegedeeld dat alle kosten na de dood voor rekening van de familie kwamen. De betrokkenen waren niet blij met die informatie en zeiden dat ze nog wel contact met me op zouden nemen.'

Het lichaam van Jewell Blank had een maand in het lijkenhuis gelegen voordat een begrafenisondernemer uit Inglewood het had opgehaald om te cremeren.

Had het zin om met Max te gaan praten? Moest ze die arme kerel nog tijdens zijn pensioen herinneren aan een van zijn mislukkingen? Ze keek om zich heen. Er zaten drie rechercheurs gebogen over hun administratieve bezigheden. Die jonge, knappe knul, Eddie Baker, Ryan Miller, ook al zo'n stuk, en Barney Fleischer, mager, kaal, oud en ook bijna aan zijn pensioen toe.

Petra liep naar Barneys bureau. Hij zat een aanvraagformulier voor kantoorbehoeften in te vullen. Een leesbrilletje balanceerde op zijn haviksneus. Hij had een keurig handschrift, dat bijna op schoonschrift leek.

Ze vroeg of hij wist waar Max Stokes uithing.

'In Corvallis, Washington,' zei hij terwijl hij door bleef schrijven.

'Daar woont een dochter van hem, Karen. Ze is arts en nooit getrouwd geweest, dus je zult haar wel onder Stokes in het telefoonboek vinden.'

Hij leek niet nieuwsgierig naar de reden van Petra's vraag. Petra bedankte hem en liep terug naar het dossier van Jewell Blank. Nadat ze het opnieuw vluchtig had doorgelezen, legde ze het opzij, belde inlichtingen en kreeg zowel het privénummer van dr. Karen Stokes als het nummer van haar praktijk.

Max nam de telefoon op.

'Petra Connor,' zei hij. 'We wilden net aan tafel gaan.'

'Sorry, dan bel ik straks wel terug.'

'Nee, dat geeft niet, het is toch een koude maaltijd. Waaraan dank ik dit genoegen?'

Terwijl ze in gedachten het verweerde en besnorde gezicht van Max voor zich zag, vertelde ze hem dat ze het Blank-dossier nog eens had doorgelezen en speldde hem hetzelfde verhaal over de nieuwsgierige stagiair op de mouw.

'Zit je eraan te denken om de zaak weer te openen?' vroeg hij.

'Dat weet ik nog niet, Max. Het hangt af van wat ik te weten kan komen.'

'Ik hoop dat je het wel doet. Misschien speel jij meer klaar dan ik.'

'Dat waag ik te betwijfelen.'

'Je weet maar nooit, Petra. Vers bloed en zo.'

'Maar jij en Shirley samen, dat is een hele hoop recherche-ervaring.'

'Die arme Shirley... wat wil je van me horen?'

'Ik zou het eigenlijk niet weten, Max. Het lijkt me dat jullie wel zo'n beetje alles hebben geprobeerd.'

'Volgens mij wel... Af en toe moet ik nog wel eens aan die zaak denken. Dat arme kleine meisje. Iedereen zei dat ze agressief was en ontzettend opvliegend, maar als je haar zag... zo'n klein ding. Het was echt heel gewelddadig.'

Het rapport van de lijkschouwer staarde Petra aan. Met Jewells maten. Iets langer dan een meter tweeënvijftig, drieënveertig kilo. Verwondingen aan het achterhoofd...

Wat had dat allemaal voor zin?

Max Stokes was nog steeds aan het woord. '... met de ouders... of liever gezegd, haar enige ouder, de moeder. Plus dat vriendje van haar.'

'Brave burgers,' zei Petra.

'Voor mijn gevoel was hij, Thomas Crisp, de boosdoener. Echt zo'n typisch verhaal over een fout vriendje dat misschien wel iets te veel belangstelling kreeg voor de dochter, weet je wat ik bedoel? De lijkschouwer zei dat Jewell al een paar jaar seksueel actief was. Ik durf te wedden dat Crisp haar heeft misbruikt, dat zou een goede reden zijn geweest om weg te lopen. Ik heb het hem nooit rechtstreeks gevraagd, alleen wat suggesties in die richting gedaan en hij werd knap zenuwachtig. Bovendien had hij een strafblad. Ongedekte cheques en pogingen om de sociale dienst op te lichten. Dat heeft niets met seksuele misdrijven of moord te maken, dat weet ik ook wel, maar addergebroed blijft addergebroed. Zijn hele houding klopte voor geen meter... hij nam niet eens de moeite om net te doen alsof hij iets om Jewell gaf. Ik heb hem echt heel zorgvuldig nagetrokken, ik ben zelfs naar Bakersfield gereden. Maar de vent had een alibi. Tijdens de moord heeft hij drie dagen lang met een stel andere schooiers zitten hijsen. Eerst zijn ze op kroegentocht gegaan, daarna hebben ze nog meer drank gekocht en zijn teruggegaan naar de woonwagen van de moeder en Crisp. De buren in het woonwagenkamp begonnen te klagen en de politie is er zelfs bij geweest. Crisp was absoluut al die tijd in Bakersfield, iedereen heeft hem gezien.'

'Hoe zit het met de moeder?'

'Die was er ook bij. Op het randje van verstandelijk gehandicapt, als je het mij vraagt. Ze scheen het zich wel aan te trekken, maar iedere keer als ze begon te huilen kreeg ze een por van Crisp en dan hield ze weer op. Het enige waar hij zich druk over maakte, was wie er voor de begrafeniskosten zou opdraaien.'

'Ik heb je aantekeningen gezien,' zei Petra.

Max zuchtte. 'Wat kan ik er nog aan toevoegen? Soms heb je gewoon geen geluk.'

'Zeker weten. Bevalt het om met pensioen te zijn?'

'Ik weet het niet. Ik zit eraan te denken om een baantje als bewaker te zoeken. Gewoon, om niet constant thuis te zitten.'

'Ja,' zei Petra, 'dat kan ik best begrijpen.'

'Maar goed, veel geluk met die kleine Jewell.'

'Nog één ding, Max. Ik zie nergens aan wie de zaak is overgedragen.'

'Ik wilde dat Shirley hem zou overnemen en dat wilde zij ook. Omdat ze er al aan begonnen was. In feite is zij naar me toe gekomen, omdat ze eraan mee wilde werken. Zij had namelijk een paar jaar eerder een soortgelijk geval gehad. Het zal wel niet dezelfde vent zijn geweest, maar er waren toch overeenkomsten.'

'Echt waar?' zei Petra.

'Ja,' zei Max. 'Ook een ingeslagen schedel, maar geen kind, een vrouw in Hollywood Hills. Daarbij werd ook een hond gedood, maar hoe ze heette...'

Ze heette Coral Langdon. 'Had Shirley het idee dat die zaken iets met elkaar te maken hadden?' vroeg Petra.

'Aanvankelijk wel, maar later niet meer. Er waren te veel verschillen, want Jewell was maar een arm wegloopstertje, terwijl die ander – hoe heette ze nou ook alweer – een gescheiden vrouw was die geen gebrek aan geld had en in een mooi huis woonde. Bij haar, bij die... Lambert... iets met Lan..., maar goed, bij die zaak had Shirley vooral argwaan gekoesterd tegen de ex-echtgenoot, omdat de scheiding niet bepaald plezierig was verlopen. Bovendien had hij volgens de buren altijd de pest aan die hond gehad. Hij beweerde ook dat hij een alibi had, maar dat stelde niet veel voor. Hij had naar de tv zitten kijken, maar hij was alleen thuis geweest. Shirley heeft echter nooit iets gevonden wat het tegendeel bewees en een van zijn buren zei dat zijn auto rond de tijd van de moord op de oprit had gestaan.'

'Hoe komt het dat die zaak van Jewell Blank niet aan Shirley is toegewezen?'

'Ik ging ervan uit dat dat wel gebeurd was,' zei Max.

'Als dat zo is, dan staat dat nergens op papier.'

'Hm. Ik weet niet wat ik daarop moet zeggen, Petra.'

'Maar uiteindelijk dacht Shirley niet meer dat er een verband was tussen Blank en de vrouw met de hond?'

'De enige overeenkomst was dat ze allebei een ingeslagen schedel hadden... Langdon, zo heette ze. Dat was haar achternaam. Dus Shirley is niet verdergegaan met Jewell?'

'Dat lijkt er niet op.'

'Raar, hoor,' zei Max. 'Jij weet toch ook hoe Shirley was. Net een terriër. Wat haar is overkomen is ronduit tragisch. Ik wist niet eens dat ze kon skiën.'

Ze bedankte Max, verontschuldigde zich omdat ze hem had gestoord bij het avondeten, verbrak de verbinding en concentreerde zich op het dossier van Coral Langdon.

De ex van de vermoorde vrouw was een verzekeringsagent die Harvey Lee Langdon heette. Verzekeringen konden je een prima motief opleveren, maar Harvey had onroerendgoedverzekeringen verkocht, geen levensverzekeringen. Shirley had trouwens de papieren van Coral grondig bestudeerd en contact opgenomen met een heel stel verzekeringsmaatschappijen, maar het had geen vette polis opgeleverd. Er waren helemaal geen financiële betrekkingen meer tussen Coral en Harvey sinds ze drie jaar daarvoor waren gescheiden, met uitzondering van een alimentatie van vijfhonderd dollar per maand. Coral Langdon had een baan gehad als directiesecretaresse van een of andere hoge pief bij een vliegtuigfabriek en verdiende een prima salaris.

Brandy, de hond, was altijd een struikelblok geweest in het huwelijk van de Langdons. Harvey was ontzet geweest over de dood van zijn ex-vrouw, maar had vals gegrijnsd toen hij hoorde wat het dier was overkomen. Shirly had zijn commentaar letterlijk opgeschreven, compleet met aanhalingstekens:

'Stomme kleine teef. Weet u wat haar motto was? De hele wereld is mijn toilet.'

Daar zou een psychiater zich leuk op kunnen uitleven. Harvey had absoluut een mogelijkheid geleken, maar het onderzoek dat Shirley naar hem had ingesteld had niets opgeleverd.

De aard plus de plaats van het misdrijf – twee vrouwen die allebei doodgeknuppeld waren in bosrijke gebieden in Hollywood – waren voor de terriërachtige rechercheur Lenois aanleiding geweest om verband te leggen tussen Langdon en Jewell Blank. Had de datum 28 juni geen indruk op haar gemaakt?

Waarschijnlijk was haar dat niet eens opgevallen.

Zou Shirley – schrander, vasthoudend en toegewijd – zoiets echt gemist hebben?

Dat kon heel goed. De datum van een moord was iets waar Petra ook nooit veel aandacht aan schonk. Als rechercheur zou Shirley zich geconcentreerd hebben op de dingen die op de plaats van het misdrijf waren aangetroffen.

En op de ingeslagen schedel. Dat kwam niet vaak voor, zoals Isaac terecht had opgemerkt.

Uiteindelijk was Shirley tot de conclusie gekomen dat de beide zaken niets met elkaar te maken hadden, maar zij was niet op de hoogte van het feit dat er op precies dezelfde datum al twee keer eerder iemand met ingeslagen schedel was gevonden.

En nu was Shirley dood en opnieuw was er niets te vinden dat erop wees dat de zaak aan iemand anders was overgedragen.

Petra bestudeerde de fotokopie van het rijbewijs die aan het dossier geniet was. Coral Langdon was een aantrekkelijke vrouw geweest, met een gebruind, wat langwerpig gezicht onder kortgeknipt blond haar. Een meter zevenenzestigeneenhalf, zestig kilo. Slank. Waarschijnlijk behoorlijk sterk op de koop toe. Volgens Shirleys aantekeningen had Coral een abonnement op een fitnesscentrum, waar ze kickbokslessen volgde.

Dat betekende dat degene die haar de hersens had ingeslagen een goede conditie moest hebben. En heimelijk genoeg was geweest om haar van achteren te pakken te nemen.

Petra zag het in gedachten voor zich. Langdon die in het donker haar hond uitlaat en ineens komt hij uit de schaduw tevoorschijn... Jewell Blank was vast een stuk gemakkelijker geweest. Een klein meisje in het park.

Ongetwijfeld had Shirley daar ook over lopen piekeren voordat ze besloot dat de zaken niets met elkaar te maken hadden.

Maar zés zaken op dezelfde datum, dat was iets heel anders.

Dat was statistisch opmerkelijk, zoals Isaac had gezegd.

Zoals Isaac had gezegd.

Dat zinnetje zou voorlopig in haar hoofd gegrift staan, daar was Petra van overtuigd.

Ze keerde terug naar de eerste twee moorden en bestudeerde de dossiers grondig. Marta Doebbler, de negenentwintigjarige huisvrouw die naar een toneelstuk in de Pantages was gegaan en niet terug was gekomen na een bezoek aan het toilet, en Geraldo Solis, de zaak van de Wilshire Divisie. Een bejaarde man die was aangetroffen aan zijn ontbijttafel, terwijl zijn hersens op een bord worstjes met eieren waren gespetterd. Over lollige details gesproken.

Er stond niets in het Solis-dossier dat haar belangstelling wekte, maar een aantekening over Marta Doebbler bracht haar aan het piekeren. Doebbler was het theater uit gelopen na een oproep via haar mobiele telefoon en de rechercheurs hadden het gesprek getraceerd naar een telefooncel om de hoek bij het theater.

Had iemand haar naar buiten gelokt? Het feit dat ze er gehoor aan had gegeven plus dat haar lichaam in haar eigen auto was achtergelaten – in tegenstelling tot de anderen – wees erop dat het iemand was geweest die ze kende. De rechercheurs hadden haar man ondervraagd, een ingenieur die Kurt Doebbler heette, en opgemerkt dat hij 'overdreven kalm' leek. Doebbler had een alibi: hij was thuis geweest met zijn en Marta's negenjarige dochtertje, Katya.

Ze las het dossier van Solis nog een keer door. Er stond niets dat op een inbraak duidde. Had de oude man de persoon in kwestie ook gekend?

Er leek geen enkel verband te bestaan tussen de beide slachtoffers, maar kon het om dezelfde persoon gaan?

Ze schreef de namen van de rechercheurs op die de eerste twee zaken hadden behandeld. Conrad Ballou en Enrique Martinez in het geval van Doebbler en ook bij Solis een naam die ze niet kende, rechercheur tweedeklas Jacob Hustaad van de Wilshire Divisie.

Barney Fleischer zat nog steeds achter zijn bureau, met de pen in de hand te lezen. Hij had ook een dossier voor zich liggen. Ze had Barney altijd beschouwd als loze bagage die op zijn pensioen zat te wachten. Behandelde hij nog steeds zaken?

Ze liep opnieuw naar hem toe en zei: 'Sorry, maar ik vroeg me af of je iemand van deze kerels kende.'

Hij sloot het moorddossier – voorzien van een etiketje met de naam 'Chang' – en bestudeerde haar lijstje. 'Heb je opdracht om in een paar onopgeloste zaken te duiken?'

'Het is een kwestie van vrije wil,' zei Petra. 'Die knul, Gomez, vond dat ik naar een paar oude zaken moest kijken.'

'Het genie,' zei Barney. 'Een aardige knul. Ik mag hem wel.'

'Praat hij wel eens met je?'

'Af en toe. Hij vindt het leuk om te horen hoe het er vroeger aan toe ging.' Barney glimlachte. 'En wie weet dat beter dan zo'n oude knar als ik?' Hij legde het Chang-dossier op zijn bureau. 'Dat is een zaak die ik vijf jaar geleden behandeld heb. Tegenwoordig krijg ik nooit meer iets te doen. Ik zou er eigenlijk mee moeten kappen, maar ik weet niet of dat wel goed voor me zou zijn.'

Hij tuurde weer naar het lijstje. 'Connie Ballou is echt een van de oudgedienden. Hij was hier al toen ik begon en zal een jaar of tien ouder zijn dan ik. Hij is een jaar of vijf geleden opgehouden.' Barney fronste.

'Wat is er?' vroeg Petra.

'Connie vertrok onder enigszins… duistere omstandigheden.'

'Wat voor omstandigheden?'

'Hij had een drankprobleem. Dat wisten we allemaal en we namen hem altijd in bescherming. Op een avond liet hij zich vollopen, kroop achter het stuur van een auto die op naam stond van de politie en knalde op Cahuenga tegen een gebouw. Dat was wat moeilijk te verbergen.'

'Hoe was hij als rechercheur? Als hij nuchter was.'

Barney haalde zijn schouders op. 'Dat kwam niet al te vaak voor.'

'Dus geen Sherlock Holmes,' zei Petra.

'Toen ik hem kende, leek hij meer op Deputy Dawg. Maar ik heb gehoord dat hij in zijn begintijd best goed was.'

'En zijn partner, Martinez?'

'Enrique had dat soort problemen niet, maar hij was ook geen licht. Connie sleepte hem mee in zijn val. De hoge heren vonden dat hij Connies alcoholmisbruik had moeten melden en degradeerden hem naar de rang van agent in uniform. De voor de hand liggende vraag was, wat er dan met alle voorgaande partners van Connie moest gebeuren. Maar Enrique was de pineut. Ik geloof dat hij als administratieve kracht naar het hoofdbureau is gegaan, maar ik zou niet weten hoe lang hij het daar heeft uitgehouden.'

74

'Hij woont tegenwoordig in Florida.'

'Dat lijkt me logisch,' zei Barney. 'Hij is Cubaans.'

Een zuipschuit en een sukkel. De kans was groot dat het onderzoek naar de moord op Marta Doebbler niet grondig genoeg was geweest. En alweer kon Petra uit niets opmaken dat er iemand anders op was gezet. Ze vroeg Barney hoe dat kwam.

'Door Schoelkopf,' zei hij meteen.

'Draagt hij nooit zaken over?'

'Als ze op een dood spoor zijn beland, liever niet. Vanwege al die problemen met mankracht en alles wat met gangs te maken heeft. Dat weet jij natuurlijk niet, omdat jij je zaken meestal oplost.' Barney zette zijn leesbril af en wreef over de plekjes die op zijn neus waren achtergebleven. Hij had grote, helderblauwe ogen, genesteld in een bedje van rimpels.

'Ik weet dat jij hem niet mag, Petra, maar ik weet niet of ik het anders aan zou pakken. Het is altijd een kwestie van prioriteiten. Zaken belanden niet voor niets op een dood spoor.'

'Wie zegt dat ik hem niet mag?'

Barney grinnikte en Petra retourneerde het compliment.

Hij keek weer naar haar lijstje en zei: 'Jack Hustaad is dood. Zelfmoord. Maar dat had niets met het werk te maken. Ik ging wel eens met hem golfen. Jack rookte vier pakjes sigaretten per dag, kreeg longkanker, begon aan chemotherapie, besloot dat hij dat niets vond en nam een hoeveelheid pijnstillers. Een vrij redelijk besluit, vind je ook niet?'

'Zeker weten,' zei Petra.

'Hoe dan ook.'

'Bedankt, Barney.'

'Ik neem aan,' zei de oude rechercheur, 'dat je je onderzoek niet aan de grote klok wilt hangen.'

'Liever niet,' zei Petra.

'Maak je geen zorgen,' zei Barney. 'Ik mag hem ook niet.'

13

De volgende dag stelde Mac voor dat ze om twaalf uur bij elkaar zouden komen om over de schietpartij bij de Paradiso te praten. Samen met Petra en Luc Montoya zat hij in een kleine vergaderruimte boterhammen te eten en hun bevindingen te vergelijken. Montoya was veertig, kaal en gespierd, met een filmsterrengezicht en de langste wimpers die Petra ooit bij een volwassene had gezien. Hij droeg een crèmekleurig sportcolbert, een beige linnen broek, een wit overhemd en een lichtblauwe das. Heel chic, maar hij zag er verslagen uit en zei niet veel.

Mac droeg zijn gebruikelijke pak van glimmende, grijze kunststof en uit zijn gezicht viel niets op te maken.

Hij had samen met Luc zonder enig resultaat de hele stapel getuigen doorgespit en bij de lokale gangs werd niet gekletst.

Petra vertelde hun alles over Sandra Leon en de leugens die ze had verteld.

Luc knabbelde op zijn lip. En Mac zei: 'Dus we hebben geen flauw idee waar dat kind woont?'

Petra schudde haar hoofd.

'Denk je dat die dokter van haar dat weet?' vroeg Mac.

'Ik heb een boodschap voor hem achtergelaten.'

'Misschien kun je hem opsporen voordat hij terugkomt van vakantie. Ondertussen ga ik richting Compton. Daar hebben ze vorig jaar ook een schietpartij gehad, met headbangers die na een rapconcert over de parkeerplaats reden. Daar zijn er drie bij omgekomen. De zaak is niet opgelost, maar ze hebben wel bepaalde ideeën en ik vond dat we onze gegevens maar eens naast elkaar moesten leggen. Gedeelde smart en zo.'

Petra belde het nummer van dr. Robert Katzman opnieuw, sprak een boodschap in en nam vervolgens weer contact op met de afdeling oncologie waar ze spierballentaal uitsloeg tegen een secretaresse die haar doorverbond met het hoofd van de afdeling, een vrouw die Pagionides heette.

'Sandra Leon,' zei Pagionides. Alsof ze het meisje kende. Alsof ze geen goed woord voor haar overhad.

'Hebt u haar onlangs nog gezien?' vroeg Petra.

'O nee.' Een nerveus lachje. 'Nee, dat geloof ik niet. Ik zal vragen of dokter Katzman u meteen na zijn terugkomst wil bellen.'

'Ik moet hem nu spreken.'

'Hij zal het vast erg druk hebben.'

'Ik ook. Waar hangt hij precies uit?'

'Hij is op reis. Naar verschillende steden. Hij houdt lezingen op vier verschillende wetenschappelijke bijeenkomsten. Belangrijke lezingen, die eventueel levens kunnen redden.'

'En ik heb te maken met levens die vernietigd zijn. Dus misschien begrijpt de dokter mijn probleem.'

76

Stilte.

'Ik zal even kijken hoe zijn schema eruitziet,' zei Kim Pagionides. Een paar tellen later: 'Hij is in Baltimore, in het Johns Hopkins Ziekenhuis. Ik geef u zijn mobiele nummer.'

'Dank u wel.'

'Graag gedaan.'

Nadat ze het nummer had ingetoetst, kreeg ze opnieuw zo'n 'dr. Bob' Katzman-boodschap te horen, vriendelijk en geruststellend. De artsen die haar vader hadden behandeld voordat hij aan Alzheimer overleed hadden heel wat van Katzman kunnen leren over de manier waarop je met patiënten omgaat.

Petra probeerde haar stem ook rustig te houden, maar ze had toch het gevoel dat ze dr. Bob een beetje toeblafte. Jammer dan.

Het was kwart voor twee en Isaac was nog niet komen opdagen, hoewel Petra zich daar niet druk over maakte. Minder afleiding. Ze nam contact op met de afdeling personeelszaken van het LAPD en vroeg de laatste gegevens op over de voormalige rechercheurs Conrad Ballou en Enrique Martinez.

Martinez woonde in Pensacola, Florida, maar Ballou zat vrij dicht in de buurt. In Palmdale, hooguit een uurtje over de snelweg als je het niet te nauw nam met je snelheid.

Omdat ze toch niet verder kon met de Paradisozaak en zich een beetje eenzaam en kregel voelde, leek een tocht van een uur niet zo'n slecht idee.

Ze besloot om met haar eigen auto te gaan. Dan kon ze tenminste naar haar eigen muziek luisteren.

Terwijl ze naar haar Accord liep, hoorde ze haar naam roepen. Heel even hoopte ze dwaas genoeg dat het Eric zou zijn. De laatste keer hadden ze elkaar op de parkeerplaats ontmoet. In een film zou hij terug zijn gekomen.

Ze draaide zich om en zag Isaac die naar haar toe kwam rennen in een wit overhemd, een kaki katoenen broek en sportschoenen. Zijn koffertje botste tegen zijn dijbeen.

'Hé,' zei ze. 'Wat is er aan de hand?'

'Ik werd opgehouden op de universiteit en hoopte dat ik toch nog op tijd hier zou zijn om jou te pakken te krijgen.'

'Heb je nog iets nieuws ontdekt?'

'Nee, maar ik dacht dat ik weer mee zou kunnen rijden als je het niet erg vindt.'

Petra gaf geen antwoord en Isaacs gezicht betrok. 'Maar als het problematisch is...'

'Nee, dat is prima,' zei ze. 'Eerlijk gezegd ben ik op weg om met iemand over een van jouw 28-junizaken te praten.'

Hij keek haar met grote ogen aan. 'Dus je geeft toe dat er wel iets inzit...'

'Ik vind dat verhaal van jou heel interessant. En aangezien ik toch niets anders te doen heb, waarom zou ik er dan niet achteraan gaan?'

Op weg naar de oprit van de 5, zei ze: 'Er is één ding dat we niet uit het oog mogen verliezen. Dit is geen officieel onderzoek. Het is heel belangrijk dat jij je mond houdt.'

'Tegen...'

'Je mag er met niemand anders over praten. Punt uit.'

Haar stem klonk ineens strenger. Isaac schoof nog iets meer in de richting van het portier. 'Natuurlijk niet.'

'En vooral niet met hoofdinspecteur Schoelkopf,' zei Petra. 'Hij mag me niet, hij heeft me nooit gemogen. Dat ik allerlei zijsprongen ga maken terwijl ik een grote zaak onder handen heb, zal het allemaal nog ingewikkelder maken. En het lijkt er ook op dat hij een stellige mening had omtrent die junimoorden. In alle gevallen heeft de rechercheur die met het onderzoek is begonnen de zaak niet afgemaakt. Sommigen zijn met pensioen gegaan, anderen zijn overgeplaatst en weer anderen zijn overleden. Op zich is dat niets bijzonders. Sinds de rellen en het Rampartsschandaal is het verloop bij de politie enorm hoog. Maar toch is het vreemd dat niet één van die dossiers aan andere rechercheurs is overgedragen. Dat komt omdat Schoelkopf er niet van houdt om zaken die op een dood spoor zijn beland over te dragen. Dus in het bijna te verwaarlozen geval dat we iets meer ontdekken over deze moorden zal dat hem in een bedenkelijk daglicht stellen.'

Het bleef een hele tijd stil in de auto. Uiteindelijk zei Isaac: 'Ik heb de zaak er niet eenvoudiger op gemaakt.'

'Dat geeft niet,' zei Petra. 'Om eerlijk te zijn hadden die slachtoffers wel verdiend dat er wat meer moeite aan hen was besteed.'

Een paar tellen later: 'Waarom mag hij je niet?'

'Omdat hij gewoon een slechte smaak heeft.'

Isaac lachte. 'Ik geloof dat hij mij ook niet ziet zitten.'

'Hoe vaak heb je hem gezien?'

'Alleen bij het eerste gesprek. En af en toe komen we elkaar in de gang tegen. Dan doet hij net alsof hij me niet ziet.'

78

'Dat moet je je niet persoonlijk aantrekken,' zei Petra. 'Hij heeft een hekel aan mensen. Maar ook een slechte smaak.'
'Ja, dat is waar,' zei Isaac.

Ze pakte de 210, vervolgens de 114 en reed verder in noordoostelijke richting door het begin van Antelope Valley. Onderweg passeerden ze Burbank, Glendale en Pasadena, net als de rotsformaties en de groene zone die het Angeles Crest National Forest vormden, de plek waar Bedros Kashigian zijn eind had gevonden en de mooiste plek die een psychopaat zich kon wensen om zijn slachtoffers te dumpen.
Vandaag zag het er schitterend uit, onder een helderblauwe hemel waar alleen wat sluierwolkjes in zweefden.
Een mooi uitzicht om te schilderen. Ze moest maar eens met haar draagbare ezel hiernaartoe komen, een gezellig plekje uitzoeken en aan de slag gaan.
Het was al een hele tijd geleden dat ze iets in kleur had geschilderd.

Onderweg vertelde ze Isaac dat ze onder de indruk was geraakt van de overeenkomst tussen de verwondingen en alle andere dingen die ze te weten was gekomen over de zes moorden.
'Gelijke afmetingen,' zei hij. 'Dát was mij niet opgevallen.'
En de datum van 28 juni was door geen van de rechercheurs opgemerkt. 'Maar op dat soort dingen moet je speciaal letten.'
'Ik zal in de toekomst nog zorgvuldiger moeten zijn,' zei Isaac.
In de toekomst?
'Dat telefoontje vanuit de telefooncel is interessant,' zei hij. 'De mogelijkheid dat het om een bekende van mevrouw Doebbler ging. Stel je voor dat meneer Solis die persoon ook kende? Dat het een kennis was van alle slachtoffers?'
'Daar heb ik ook aan gedacht,' zei ze. 'Maar dat gaat wel ver.'
'Maar het ís mogelijk.'
'Als onze moordenaar een bekende was van alle zes slachtoffers had hij wel een heel brede kennissenkring. We hebben te maken met weglopers, schandknapen, directiesecretaresses, gepensioneerden en die luitenant-ter-zee, Hochenbrenner. Dat dossier heb ik nog niet eens bekeken.'
Isaac zat naar de woestijn te staren. Als hij had gehoord wat ze zei, liet hij dat niet merken. Ten slotte zei hij: 'Meneer Solis zat aan het ontbijt, maar hij werd rond middernacht vermoord.'
'Mensen eten op rare tijden, Isaac.'
'Meneer Solis ook?'

'Dat weet ik niet,' zei ze. 'Hoezo, dacht je dat onze boosdoener nadat hij Solis de hersens had ingeslagen die worstjes en eieren heeft opgediend aan een lijk?'

Isaac kromp in elkaar. Hij werd er misselijk van en dat schonk haar op een perverse manier bevrediging.

Hij zei: 'Ik beschik niet over voldoende gegevens om een dergelijke conclusie te...'

'Een culinaire moordenaar,' viel ze hem in de rede. 'Alsof het niet al gecompliceerd genoeg is.'

Hij zei niets. Het werd warm in de auto. Tien graden warmer dan in de woestijn buiten. En het was al een warme junidag.

Juni. Vandaag was het de vierde. Als er enige waarheid school in al deze waanzin, dan zou er over vierentwintig dagen weer iemand sterven.

'Heb je in je geschiedkundige archieven nog meer opmerkelijke dingen gevonden die op 28 juni zijn gebeurd?'

'Niet echt.' Zijn stem klonk zacht en hij bleef strak naar buiten kijken. Geïntimideerd?

Nare Petra, stoute Petra. Hij is nog maar een kind.

'Vertel me maar eens wat je hebt ontdekt,' zei ze. 'Dat kan best belangrijk zijn.'

Isaac draaide zich half naar haar om. 'Feitelijk komt het erop neer dat ik allerlei almanakken heb doorgespit en een paar lijsten heb uitgedraaid. Lange lijsten. Maar niets dat meteen in het oog springt. Kijk, ik zal je laten zien wat ik bedoel.'

Hij maakte zijn koffertje open, zat er even in te rommelen en pakte er een stapeltje papier uit.

'Ik heb eerst verjaardagen nagetrokken en de oudste daarvan was 28 juni 1367, de geboortedag van Sigismund, keizer van Hongarije en Bohemen.'

'Was hij een slechterik?'

'Het standaardvoorbeeld van een autocratische koning.' Isaacs vinger gleed langs een lange rij kleine lettertjes. 'Dan hebben we nog paus Paulus de Vierde, de schilder Pieter Paul Rubens, de schrijver Jean-Jacques Rousseau, een paar acteurs... Mel Brooks, Kathy Bates... Ik zei al, er komt geen eind aan. Zo ben ik ook aan John Dillinger gekomen.'

'Nog meer booswichten behalve Dillinger?'

'Niet op de lijst van verjaardagen. Toen ik 28 juni als sterfdag opvoerde, kwam ik er nog een paar tegen. Maar ze schenen geen van allen verband te houden met een geval als dit.'

'Een geval als dit?' herhaalde Petra.

'Een seriemoordenaar.'

De term stuitte haar tegen de borst. Een veel te hoog tv-gehalte. Veel te moeilijk om op te lossen. Maar ze zorgde ervoor dat haar stem luchtig en vriendelijk bleef klinken. 'Welke booswichten zijn er op die datum gestorven?'

'Pieter van Dort, een Nederlandse smokkelaar. Die hebben ze op 28 juni 1748 opgehangen. Thomas Hickey, een koloniale soldaat die beschuldigd was van verraad, werd in 1776 opgehangen. Dan moeten we wachten tot 1972, toen Joseph Columbo, een maffioso uit New York, neergeschoten werd. Tien jaar later legde ayatollah Mohammed Beheshti, een van de oprichters van de Islamitische Partij van Iran, het loodje bij een bomaanslag. Hoewel het waarschijnlijk van je politieke overtuiging afhangt of je hem onder de booswichten wilt rangschikken.'

'Heb je niemand ontdekt met idiotere criminele neigingen? In de trant van Ted Bundy of de Hillside Strangler?'

'Nee, niets van die orde, helaas,' zei hij. 'Met betrekking tot historische gebeurtenissen heeft er meer dan genoeg plaatsgevonden op 28 juni, maar niet meer dan op lukraak welke dag ook. Ik kan in ieder geval geen statistisch opvallende verschillen vinden. Geschiedenis is geworteld in tragedie en ontreddering, plus de prestaties van opvallende mensen.'

Hij rolde de papieren stijf op en sloeg met het kokertje op zijn dijbeen. 'Ik kan niet geloven dat ik de overeenkomsten in de afmeting van het wapen over het hoofd heb gezien.'

'Je moet niet zo streng voor jezelf zijn,' zei Petra.

Ze zette de radio aan en zocht een station op dat steviger rockmuziek inzond dan ze gewend was. De donderende drums, de gillende gitaren en de krijsende, van testosteron vergeven zang dreunden door haar hoofd tot de bergen hoger werden en de herrie verdween onder een lading ruis.

4 juni.

Ze trapte het gaspedaal in.

Ze waren inmiddels voorbij Angeles Crest en stoven met hondertachtig km per uur langs de ene na de andere canyon terwijl aan de oostkant de lage grijsbruine uithollingen van de woestijn opdoken. Vlak tegen de snelweg zagen ze een vliegveldje voor kleine toestellen, gevolgd door her en der verspreid liggende pakhuizen en fabrieken die op witte doosjes leken. Daarna zagen ze in de verte rijen met rode dakpannen bedekte huizen, keurig naast elkaar in het zand. Tussen de gebouwen in zag Petra kleine groene gazonnetjes en hier en daar een blauwgroen zwembad. Meer dan genoeg ruimte tussen de huizen. Antelope Valley groeide snel, maar er was nog meer dan genoeg ruimte.

Toen kwam een bord met de aankondiging dat ze Palmdale naderden en Petra sprak de naam van de stad hardop uit.

'Vroeger heette het Palmenthal,' zei Isaac. 'Het is gesticht door Duitsers en Zwitsers. Rond de eeuwwisseling kregen de Engelstaligen de overhand.'

'O ja?' zei Petra.

'Alsof je dat ook maar iets interesseert.'

'Hoor eens,' zei ze, 'onderricht is goed voor de ziel. Waar heb je die wetenschap vandaan?'

'Topografie was een van de vakken waarin ik op de middelbare school uitblonk. Ik mocht in mijn eigen tempo en zelfstandig studeren. Toen heb ik onderzoek gedaan naar verschillende steden in L.A. County en het omringende gebied. Dat was vrij verrassend, want je zou toch denken dat alles Latijns-Amerikaans van oorsprong was, maar in veel gevallen bleek dat helemaal niet waar. Eagle Rock werd vroeger het Zwitserland van het Westen genoemd. In de tijd dat er nog geen luchtvervuiling was.'

'Lang geleden,' zei Petra.

'Ik heb mijn hoofd volgepropt met allerlei informatie die nergens op slaat en af en toe sijpelt er iets door mijn mond naar buiten,' zei hij.

'En af en toe,' zei ze, 'heb je buitengewoon interessante dingen te vertellen.'

Ze nam de eerste afslag naar Palmdale, keek op haar kaart en reed naar het adres dat op de ontslagpapieren van Conrad Ballou had gestaan, ongeveer vijf kilometer naar het oosten.

Omdat ze wist dat Ballou wegens drankproblemen de pijp aan Maarten had gegeven, verwachtte ze dat hij in een deprimerend seniorenhuisje of nog erger zou wonen en de eerste paar straten waar ze doorheen reed, zagen er behoorlijk triest uit. Maar daarna knapte de omgeving zienderogen op en kwam ze terecht tussen de huizen met de rode daken die ze vanaf de weg had gezien, afgewisseld met grote huizen en met hekken afgezette woonwijken.

Ballou woonde in een middelgroot Spaans huis in een mooie nieuwe wijk die Golden Ridge Heights heette, waar de bomen – palmen en gevallen met een schors die op papier leek – al behoorlijk groot en de struiken langs bepaalde gazons al volgroeid waren. Veel caravans en trailers voor motoren, pick-ups en suv's. De straten waren breed en schoon en de huizen hadden achtertuinen die uitkeken op een weids woestijnlandschap met op de achtergrond een scherpgetande bergketen. Petra vond het eigenlijk veel te rustig, maar als ze dacht aan warme, stille, met sterren bezaaide nachten leek het toch niet zo gek.

Ze stopte langs de stoeprand en een stel kraaien vloog op. Een tien jaar oude Ford pick-up stond op Ballous oprit. Bij de buren aan weerszijden hingen basketbalringen boven de garagedeuren en in de tuinen lag meer cement dan gras. Maar de tuin van Ballou was schitterend verzorgd, met laagblijvende jeneverbesstruiken, onberispelijke pollen mondogras, weelderige sagopalmen en lage, uit bamboe vervaardigde hekjes langs het grintpad. Een bamboestengel boven een stenen pot fungeerde als fontein en het druppelende water zorgde voor een tinkelend lied.

Een Japanliefhebber?

Het leek niet op het huis van een zuipschuit. Maar misschien had personeelszaken hun administratie niet goed bijgehouden, zoals zo vaak bij het LAPD voorkwam. Ze had eerst moeten bellen voordat ze tijd en benzine verkwistte. Nu zou ze een modderfiguur slaan tegenover Meneer het Genie.

In de teakhouten panelen van de voordeur waren Japanse tekens geëtst, boven een verweerde koperen klopper in de vorm van een vis. Een koikarper, dezelfde die Alex Delaware in dat schattige vijvertje had.

Petra gebruikte de klopper. De man die opendeed, was vrij klein. Hij had o-benen en afgezien van een bolle buik die over zijn riem hing, was hij vrij slank.

De gesp aan zijn riem was ook een koi.

Tussen de vijfenzestig en de zeventig, met een kaalgeschoren, zonverbrand hoofd en een witte hangsnor. Hij droeg een spijkeroverhemd, een spijkerbroek met rode bretels en veterlaarzen. Uit een van zijn achterzakken hing een witte zakdoek.

Hij bekeek Petra en Isaac van top tot teen en wreef in zijn handen alsof hij ze net gewassen had.

Heldere ogen, lichtbauw, niet wazig van de drank. Behoorlijk scherpe ogen, zelfs.

'Ik verkoop alleen in het weekend,' zei hij.

'Rechercheur Ballou?'

De handen van de man kwamen ineens tot rust. Nu leken de ogen op twee brokjes graniet. 'Het is lang geleden dat iemand me zo heeft genoemd.'

Petra toonde haar penning.

Hij schudde zijn hoofd. 'Dat heb ik allemaal achter de rug. Nu verkoop ik vissen die ik zelf heb gekweekt en ik denk niet meer aan het verleden.' Hij deed een stap achteruit.

'En hoe zit het dan met Marta Doebbler?' vroeg Petra. 'Denkt u nog wel eens aan haar?'

Conrad Ballou liet zijn kaken heen en weer schuiven. 'Dat zou ik niet durven beweren. Ik zou niet durven beweren dat ik me ook nog maar iets van dat soort dingen aantrek.'

'Zo lang is het nog niet geleden, meneer. Zes jaar. Ik doe een onderzoek naar een paar oude zaken, waaronder die van Doebbler. Ik zou graag willen horen wat u daar nog van is bijgebleven.'

'Bij mij is niets blijven hangen.' Ballou wreef over zijn kale hoofd. 'Tenminste, als je de psychiaters wilt geloven die me op verzoek van de politie hebben onderzocht.' Hij zag eruit alsof hij op het punt stond te gaan kotsen. 'Ik had ze die moeite kunnen besparen. Ik was niet gek, ik was een zuiplap. Goddank heb ik niemand vermoord.' Hij schudde zijn hoofd. 'Ze hadden me al veel eerder op straat moeten zetten. Die verdomde politie.'

'Dus u mist het werk,' zei Petra.

Ballou wierp haar een boze blik toe, maar glimlachte toch. Daarna begon hij te lachen. 'Hou je van vissen?'

'Om te eten?'

'Om naar te kijken. Kom maar binnen. En neem die stagiair van je maar mee.'

Het was geen doorsnee rijtjeshuis, dankzij een schat aan Aziatisch meubilair en woonaccessoires. In pasteltinten geverfde katoenen vloerkleedjes, palissanderhouten tafeltjes, porseleinen vazen en plantenbakken en vellen rijstpapier aan de muren, allemaal met in gouddraad geborduurde koi.

Het huis stond propvol, maar volgens Petra niet met dure spullen. Het soort ordinaire, glimmend gelakte dingen die je in elke Chinese wijk of Japanse toeristenfuik kon kopen.

Ballou liep voor hen uit naar de openslaande deuren aan de achterkant en stapte de tuin in. Wat ooit een tuin was geweest. Iedere centimeter van de duizend vierkante meter was opgeofferd aan vijvers. Het hele terrein was overkapt met behulp van rollen fijn gemaasd gaas dat op palen was gespijkerd en voor schaduw zorgde en verkoeling van de woestijnlucht. Achter het water stond een hoog bamboehek en de camper van een van de buren.

Er klonk een boel geborrel, maar de vijvers waren lang niet zo aantrekkelijk als die van Alex. Dit waren gewoon rechthoekige bakken van cement, twaalf stuks achter elkaar met een looppad ertussen. En ook niet zo helder als die van Alex. Groen water, als een soort soep. De enige beweging aan de oppervlakte werd veroorzaakt door luchtpijpen. Maar toen Conrad Ballou naar de eerste vijver toe liep, brak de oppervlakte en ontelbare – honderden – kleine gouden en roze vissenkopjes kwamen happend, slikkend en hijgend boven water.

Ballou wees naar de dichtstbijzijnde muur waar helderblauwe plastic vaten op een hoop lagen naast een heleboel schepnetten. Vlak daarbij stond een kauwgomballenautomaat. In plaats van met snoep was de glazen bol gevuld met roestkleurige balletjes, half zo groot als een erwt.

Ballou wenkte dat ze naar de automaat moesten komen. 'Gooi er maar een kwartje in.'

Petra gehoorzaamde. Hij pakte haar hand en hield het als een kommetje onder de tuit. Daarna trok hij aan de hendel en de balletjes vielen eruit. Ze rook het aroma van gekookte vis en schelpdieren.

'Ga ze maar voeren,' zei Ballou. 'Dat is echt leuk.'

'Welke vijver?'

'Die daar. Dat zijn nog jonkies, die hebben veel voer nodig.' Hij wees naar de eerste vijver, waar de kleine visjes nog steeds voor veel stennis zorgden. Petra liep ernaartoe, gooide de balletjes in het water en het gevolg was een met vinnen gevuld pandemonium.

Isaac was al drie vijvers verder. Hij stond gebukt te kijken naar de vissen die naar boven waren gekomen om hem te begroeten. Grotere exemplaren, rood, zwart, goudkleurig en blauw.

'Meneer Ballou,' zei hij, 'gebruikt u hier gekweekte vissen of komen deze uit Niigata?'

Ballou keek de knul met grote ogen aan. 'Dus jij weet wel iets van koi.'

'Ik heb ze altijd bewonderd,' zei Isaac. 'De werkgevers van mijn moeder hebben een vijver.'

'Dus je bewondert ze, hè?' zei Ballou. 'Dan moet je er zelf ook aan beginnen.'

Isaac lachte.

'Wat is er zo grappig, knul?'

'Dat kan ik niet betalen. En ik heb er ook geen ruimte voor. Ik woon in een flat.'

'Hm,' zei Ballou. 'Zorg dan maar dat je een goeie baan krijgt, werk je kapot en koop een huis. Neem een hypotheek en beloon jezelf met een Japanse tuin en een vijver vol *nishikigoi*. Er is niets wat je meer tot rust brengt.'

Isaac knikte.

'Als je dat allemaal voor elkaar hebt, knul, kom dan maar terug en koop een paar vissen van me. Dan krijg je van mij een *karasu* cadeau... dat zijn die zwarte. Die brengen geluk.'

'Ik zou ook wel wat geluk kunnen gebruiken,' zei Petra. 'Met betrekking tot Marta Doebbler.'

'Hebben we het net over mooie dingen... lust je een kopje thee?' zei Ballou.

Terug in de keuken schonk hij een gloeiend hete groene vloeistof in drie stenen kopjes.

'Je moet niet denken dat ik een of andere fanatiekeling ben. Maar ik vind de Aziatische cultuur rustgevend. Toen ik uit de ontwenningskliniek kwam, nam een koidealer, een aardige ouwe vent in Gardena, me in dienst als schoonmaker. Ik heb daar twee jaar lang de boel aan kant gehouden zonder mijn mond open te doen. Pas in het derde jaar begon ik vragen te stellen en het een en ander op te steken. Na zijn dood bleek ik in zijn testament te staan. Hij had me een deel van zijn kweekvissen nagelaten. Dat gaf me de motivatie om dit huis te kopen en een weekendhandeltje te beginnen. Het is een heel vreedzaam bestaan. De herinneringen aan mijn andere baan bezorgen me niet veel plezier.'

Petra nam een slokje van de hete, geurende thee.

'Marta Doebbler is daar een goed voorbeeld van,' zei Ballou. 'Een smerige toestand. Als ik denk aan de dingen waaraan ik bij Moordzaken gewend raakte...' Hij haakte zijn duimen achter zijn bretels en staarde afwezig naar buiten. Toen keek hij Isaac weer aan.

'Jij lijkt me een aardige knul. Waarom wil je jezelf dit aandoen?'

'Isaac is van plan om dokter te worden,' zei Petra. 'In de tussentijd studeert hij biostatistiek.'

'In de tussentijd?' zei Ballou terwijl hij Isaac opnieuw van top tot teen bekeek. 'Hebben we het over een nieuwe Einstein?'

'Dat lijkt me niet,' mompelde Isaac. Hij werd zo rood dat zijn nootmuskaatkleurige huid eronder verdween. Zo rood als een niet-doorbakken biefstuk.

'Kunnen we het even over de zaak Doebbler hebben?' vroeg Petra.

14

'Wat ik me ervan herinner,' zei Conrad Ballou, 'is dat haar man onze belangstelling wekte.'

Hij richtte zijn aandacht weer op zijn thee, zonder aan te geven of hij nog meer te vertellen had.

'Beschouwde u hem als hoofdverdachte?' vroeg Petra.

De oude man knikte. 'Er was geen enkel bewijs tegen hem. Iedereen zei dat hij en het slachtoffer prima met elkaar konden opschieten. Maar ik vond hem de meest geschikte kandidaat.'

Hij zette zijn theekopje neer. 'Zijn reactie op de dood van zijn vrouw klopte niet. Een uitgestreken smoel en geen traan te bekennen. Toen ik naar hem toe ging om hem het slechte nieuws te vertellen, had ik mijn zakken vol tissues, zoals altijd in dat soort gevallen. Maar ik had er niet eentje nodig. Doebbler stond me alleen maar aan te kijken met zo'n effen blik in zijn ogen. Het wil nog wel eens gebeuren dat ze meteen daarna instorten, dus ik wachtte af. Maar hij stond daar maar te staren. Heel even dacht ik dat hij zo'n aanval had gehad, hoe noemen ze dat ook alweer. Toen zei hij: "Ik denk dat u beter binnen kunt komen."'

'De man is een ingenieur,' zei Petra.

'Nou en?'

'Dat hoeft geen verklaring te zijn, maar dat soort lui is af en toe...'

Ze moest ineens weer denken aan de tijd dat ze net studeerde. En Dr. Kenneth Connor, professor in de antropologie aan de Universiteit van Arizona in Tucson, die met zijn jonge dochter alle academische fuifjes had afgelopen. Op die manier had ze de hele staf leren kennen. Ze had het merendeel doodgewone mensen gevonden met een in doorsnee wat hoger IQ. Sommigen waren stomvervelend geweest, maar een paar van hen waren ronduit schandalige mafketels geweest.

'Dat soort lui?' vroeg Ballou.

'Ingenieurs, artsen, wiskundigen, al die lui met een overdosis hersenen. Af en toe reageren ze in emotioneel opzicht anders dan de rest van ons.'

Ballou keek even naar Isaac, alsof hij dat graag meteen vers van de pers bevestigd wilde zien. Isaac dwong zichzelf om te glimlachen.

'Nou ja,' zei Ballou, 'Doebbler was volgens mij inderdaad een soort van raketgeleerde. Hij werkte bij Pacific Dynamics. Iets in de elektronica, een computerbaan of zo.'

'Was er nog iets anders behalve zijn houding waardoor u argwaan ging koesteren?'

'Ze werd uit het theater geroepen. Het moest iemand zijn die op de hoogte was van haar dagindeling, want wie zou verder nog hebben geweten waar ze uithing? En wie had haar anders dat theater uit kunnen krijgen, zonder dat ze tegen haar vriendinnen zei waar ze naartoe ging.'

'Haar man onder het mom dat er iets dringends was gebeurd,' zei Petra. 'Iets met hun dochtertje misschien.'

'Dan was ze meteen naar buiten gekomen,' beaamde Ballou. 'Het kind was Doebblers alibi. Hij was de hele avond bij haar thuis geweest, omdat Marta een avondje met haar vriendinnen op stap was. Ik heb de drie vriendinnen in kwestie allemaal gesproken. Ze trakteerden me geen van allen op sappige verhalen over Marta's privéleven, maar toen ik aandrong, merkte ik wel dat ze Kurt niet mochten. Een van hen zei zelfs dat hij het volgens haar had gedaan.'

Dat had niet in het dossier gestaan.

'Dat is heftig,' zei Petra.

'Ze mocht hem niet. Niemand scheen hem aardig te vinden.'

'Hoe had hij Marta leren kennen?'

'In Duitsland. Zij was ook een hele bolleboos, ze studeerde astronomie. Hij was daar voor een studentenuitwisselingsprogramma. Nadat ze trouwden, kapte zij met haar studie en werd fulltime moeder.'

'Misschien was ze daardoor gefrustreerd.'

'Ja, dat idee is ook bij mij opgekomen,' zei Ballou. 'Misschien heeft ze geprobeerd op de aloude manier van die frustratie af te komen. Maar ik heb nooit bewijzen kunnen vinden dat ze een vriendje had.'

'Hebt u ook met de dochter gepraat?' vroeg Petra.

'Ik wilde dat arme kleine ding niet onder druk zetten.' Ballou trok aan zijn snor. 'Ze was helemaal overstuur en deed niets dan huilen. Het zou toch logisch zijn geweest als Doebbler had geprobeerd haar te troosten. Maar hij bood haar alleen een sapje aan.'

'Een sapje?'

'Een glas sinaasappelsap. "Hier, drink dit maar op, dan zul je je wel beter voelen." Alsof het verlies van haar moeder met vitamine C onderdrukt kon worden.' Ballou produceerde een droge, schorre lach. 'Ik had het prachtig gevonden als ik hem ervoor op had kunnen pakken... Hoe komt het dat je de zaak weer geopend hebt?'

'Omdat er misschien een verband is met een paar andere zaken.'

'Waarvan je vermoedt dat Doebbler die ook op z'n geweten heeft?'

'Waarvan het gerechtelijk bewijsmateriaal gedeeltelijk overeenstemt.'

Het bleef een hele tijd stil. Je kon hier in de keuken zelfs het geborrel van de vijvers horen. En een luide plens.

'Het is de paartijd,' zei Ballou. 'Dan gaan ze springen. Soms springen ze zelfs uit de vijver en als ik er niet op tijd bij ben, heb ik een dode vis.'

Hij stond op en keek uit het raam. Daarna ging hij weer zitten. 'Niets aan de hand. Mag ik weten om welke andere zaken het gaat?'

'Vijf andere gevallen waarbij iemand de hersens ingeslagen is,' zei Pe-

88

tra. 'Met een tussenperiode van een jaar. Allemaal op de achtentwintigste juni.'

Ballou keek haar met open mond aan. 'Je neemt me in de maling.'

'Ik wou dat het waar was.'

'Vóór Marta?'

'Allemaal na Marta. Voor zover we kunnen nagaan, was zij de eerste. Als we met een seriemoordenaar te maken hebben.'

'Als?' zei Ballou. 'Allemaal op dezelfde dag? Dat lijkt me vrij doorslaggevend.'

'Maar er is geen enkele overeenkomst tussen de slachtoffers qua geslacht, leeftijd of ras.' Ze gaf hem een paar bijzonderheden.

'Ik begrijp wat je bedoelt. Maar toch... hoe ben je er eigenlijk achter gekomen? Begint de politie eindelijk werk te maken van onopgeloste zaken?'

'Meneer Gomez hier heeft ze gevonden.'

Ballou nam Isaac opnieuw van top tot teen op. 'O ja?'

'Puur toeval,' zei Isaac.

'Gelul. Ik geloof niet in toeval. Het feit dat ik tegen een gebouw opknalde, was geen toeval. Het was pure stommiteit. En het feit dat jij dit ontdekt hebt, was ook geen toeval, maar pure slimheid.' Hij boog zich voorover en klopte de knul op zijn schouder. 'Op een dag zul jij absoluut een vijver verdiend hebben... een grote. Die zul je je gemakkelijk kunnen veroorloven en als je hem hebt laten aanleggen, zorg ik voor een stel beeldschone vissen.'

'Ik hoop dat u gelijk hebt.'

'Met hopen schiet je niets op. Alles is een kwestie van slimheid en hard werken. Zo ben ik er ook weer op eigen kracht bovenop gekomen.' En tegen Petra: 'Er is nog één ding wat je moet weten over Marta. We hebben bloed in haar auto gevonden dat niet van haar was.'

Petra kon zich niet herinneren dat ze dat in het dossier had zien staan. Alsof hij haar gedachten kon lezen, zei Ballou: 'Dat werd pas later duidelijk, na het autopsierapport. Het was maar een druppeltje. De man van de technische recherche die de bekleding afgeschraapt had, sprong er nogal slordig mee om en het kwam op de verkeerde plaats terecht. Tegen de tijd dat ik het te horen kreeg, was ik waarschijnlijk niet meer in staat om een behoorlijk dossier bij te houden.'

Hij trok zijn zakdoek tevoorschijn, snoot zijn neus en zei: 'Het enige wat ik nog weet, is dat het niet haar bloed was. Zij was A positief en dit was O negatief. Kurt heeft O positief, dus veel schoten we er niet mee op. Maar ja, als ze een vriendje had...' Hij haalde zijn schouders op.

Petra zei niets.

'Ja, ja,' zei Ballou. 'Ik was niet bepaald op mijn best, maar wat doet het ertoe. Het echte leven lijkt niet op *The Forensic Files*.'

'Waar is dat bloedmonster?'

'Als het nog ergens is, dan moet het bij de gerechtelijke medische dienst zijn.'

'Oké,' zei ze. 'Bedankt.'

'Is er ook bloed of sperma bij een van die andere zaken gevonden?' vroeg Ballou.

'Niet volgens de dossiers, maar daar wordt kennelijk niet alles in vermeld.' Ze was geïrriteerd en niet bang om dat te laten merken ook. Ballou stond vermoeid en langzaam op. 'Meer kan ik je niet vertellen, dus ik hoop dat je vandaag meer succes hebt. Ze was een aardige vrouw, die Marta, dat heb ik tenminste gehoord. Haar familie woont nog steeds in Duitsland en kwam over... haar moeder, haar vader en een zusje. Ze hebben het lichaam mee naar huis genomen en ze zagen er echt aangeslagen uit. Ik geloof dat ik hun adressen en telefoonnummers wel in het dossier heb gezet.'

'Dat klopt,' zei Petra.

'Goed zo,' zei Ballou. 'Af en toe weet ik niet zeker wat ik destijds wel en niet heb gedaan.'

Terwijl ze wegreden van Golden Ridge Heights zei Isaac: 'Een bekende van Marta. En alleen thuis met zijn dochtertje kun je niet echt een alibi noemen.'

'Niet echt,' beaamde Petra. 'Terwijl het meisje sliep, had hij Marta kunnen bellen om haar met een smoesje naar buiten te lokken, het karweitje op te knappen en weer gewoon naar huis te gaan. Dat haar bloed niet in de auto is aangetroffen betekent dat ze ergens anders is vermoord en dat er pogingen zijn gedaan om de wagen schoon te houden.'

'Doebblers wagen.'

'Maar het kan ook een nette, willekeurige moordenaar zijn geweest. Voordat we conclusies gaan trekken moeten we er zeker van zijn dat de technische recherche niets over het hoofd heeft gezien.'

'Komt dat dan vaker voor?' vroeg Isaac.

'Vaker dan je lief zal zijn. Maar er is één ding dat me toch wel intrigeert: Marta was het enige slachtoffer van wie het lijk door de moordenaar verplaatst is. Dus misschien betekent dat toch dat het iemand was die zij kende.'

Ze reed terug door de buitenwijken van Palmdale en nam opnieuw de 114.

'Een man die eerst zijn vrouw vermoordt en daarna een heel stel vreemden is wel vrij uitzonderlijk, hè?' zei Isaac.
'Ik heb het tenminste nog nooit eerder gehoord. Wat wel vaak voorkomt is dat een of andere smeerlap door middel van een vrouw of een vriendin en de hele mikmak van opgroeiende kinderen en barbecues probeert te verdoezelen dat hij er ook nog een geheim leven als seriemoordenaar op na houdt.'
'Het menselijke masker,' zei Isaac.
'Dat hebben we allemaal op.'

Op de 210 nam Petra de afslag bij Brand Boulevard in Glendale en reed in noordelijke richting naar een rustig, mooi gedeelte van de straat waar ze stopte. Ze had kopieën gemaakt van Ballous aantekeningen en die bladerde ze nu door op zoek naar het privénummer van Kurt Doebbler en het nummer van zijn werk. Het was net vijf uur geweest, dus dat betekende dat hij of thuis of op zijn werk zou zitten.
Het huis bevond zich op Rosita Avenue in Tarzana in het westen, helemaal aan de andere kant van de Valley. Op dit tijdstip betekende dat minstens een uur rijden. Ze controleerde het adres via het bureau kentekenbewijzen. Volgens hun gegevens woonde Doebbler daar nog steeds. Er stonden twee auto's op zijn naam, een twee jaar oude tweedeurs Infiniti en een drie jaar oude Toyota stationcar. Als hij echt al die moeite had besteed aan Marta's Opel, dan toch niet met de bedoeling het kreng te houden.
De dochter, Katya, zou nu vijftien zijn, dus die mocht nog niet rijden, maar Kurt veroorloofde zich toch de luxe van twee auto's.
Een geheim leven?
'Heb je verder nog iets te doen?' vroeg ze aan Isaac.
'Wanneer?'
'Nu.'
'Ik wilde alleen mijn bronnen gaan rangschikken, maar dat kan best wachten.'
'Het maakt mij niet uit of ik je moet afzetten of meenemen.'
'Waarnaartoe?'
'Naar het huis van Kurt Doebbler.'
'Nu?' zei Isaac.
'Je moet het ijzer smeden als het heet is,' zei ze.
'Vind je het goed dat ik meega?'
'Ja hoor.'
'Laten we dat dan maar doen,' zei hij. Zijn stem klonk opgewonden. Meteen daarna: 'Zou ik even je telefoon mogen lenen? Dan kan ik mijn moeder vertellen dat ik niet thuis kom eten.'

15

De drukste snelweg in de hele staat, op het drukste tijdstip van de dag. Van Burbank tot Encino was het optrekken, stoppen en wachten bij een gemiddelde snelheid van rond de vijftien kilometer per uur. Petra slaagde er eindelijk in om bij Balboa de afrit te nemen. Ze reed verder over Ventura Boulevard, waar ze vast kwam te staan, met humeurige types te maken kreeg, last had van kletskousen met een mobieltje aan hun oor en mensen af en toe vreselijke risico's zag nemen. Tegen de tijd dat ze bij Tarzana aankwamen, was ze veel te chagrijnig om haar mond open te doen en Isaac vermaakte zich met een boek dat hij uit zijn koffertje tevoorschijn had gehaald. Hij zat te lezen en bepaalde gedeeltes aan te strepen met een gele marker. Ze keek even opzij, zag pagina's vol wiskundige formules en besloot om er verder geen aandacht aan te schenken. Wiskunde was op school haar slechtste vak geweest. Afgezien van geometrie, waar haar artistieke neigingen de kop op hadden gestoken en ze had uitgeblonken in het tekenen van complexe veelhoeken.

Iemand achter haar drukte op zijn claxon. *Wat moet ik dan doen, mafketel? Met een rotgang de kont van die Escalade voor me rammen?*

Ze besefte dat ze het stuur zo stijf vasthield, dat haar handen pijn begonnen te doen en probeerde geforceerd te ontspannen.

Isaac glimlachte. Wat was er zo leuk aan wiskundige vergelijkingen?

'Dit zijn de opwindende kantjes van het politiewerk,' zei ze.

Zijn lach werd breder. 'Ik vind het leuk.'

'Echt waar?'

'Zo heb je tenminste tijd om na te denken.'

'Dat is ook een manier om er tegenaan te kijken,' zei ze.

Hij keek op van zijn boek. 'Om eerlijk te zijn vind ik alles leuk aan het werk dat jij doet.'

Kurt Doebbler woonde op Rosita Avenue in een doodgewoon lichtgrijs huis van twee verdiepingen dat op een laag stuk van de straat stond, met hogere gebouwen erachter. De voortuin bestond voornamelijk uit klinkers en asfalt. De deur en de luiken waren in een iets donkerder kleur grijs geschilderd. Doebblers Infinity, een champagnekleurige tweedeurs, stond voor het huis, brandschoon. Ervoor stond de grijze Toyota stationcar met een lekke band en onder het stof.

De man die de deur opendeed, zag er aantrekkelijk uit. Lang, achter in de dertig of begin veertig, breedgeschouderd en een tikje vierkant gebouwd en met een dikke, slordige bos golvend donker haar dat aan de slapen begon te grijzen. Stevige kin, grote neus en een gulle mond. Het soort rimpeltjes van de zon dat bepaalde mannen aantrekkelijk maakt. Petra kon zich niet één vrouw voorstellen die haar voordeel deed met een ouder wordende huid.

Hij droeg een ruim zittend geblokt overhemd waarvan de mouwen tot de ellebogen waren opgerold, een gebleekte spijkerbroek en sportschoenen. In zijn ene hand had hij een etensbord en in de andere een theedoek. Druppeltjes water op het bord. Alleenstaande vader bezig met het huishouden?

Vanuit het huis kwam de geur van stoofvlees Petra tegemoet. Ze hadden al gegeten. Zo lang waren ze onderweg geweest. Ze had best zin in een biefstukje.

'Meneer Doebbler?'

'Ja.' Vriendelijke bruine ogen, een nonchalante houding. Aan de deukjes op zijn neus kon ze zien dat hij een bril droeg. En hij had zich een paar keer in zijn hals gesneden bij het scheren.

Tot zover niets bijzonders. Eens kijken hoe hij reageerde als ze met haar penning op de proppen kwam.

Hij lachte. 'Ik dacht dat jullie Jehova's getuigen waren.' Met een blik op Isaac.

Een keurig uitziende knul. Petra kon die gedachtegang wel volgen.

'Zijn er moeilijkheden in de buurt?' vroeg Doebbler.

'Ik ben rechercheur bij de afdeling Moordzaken van de Hollywood Divisie, meneer. Ik stel een onderzoek in naar de moord op uw vrouw.'

'Mijn vrouw?' De glimlach verdween eindelijk. 'Het spijt me, maar dan moet u mijn broer Kurt hebben. Ik ben Thad Doebbler.'

'Woont u hier ook?'

'Nee, ik woon in San Francisco, maar ik moest hier voor zaken zijn. Kurt wilde niet dat ik in een hotel zou gaan zitten. Openen jullie de zaak van Marta weer?'

'De zaak van Marta is nooit afgesloten, meneer.'

'O... Nou, ik zal Kurt wel even voor u roepen. Hij zit boven bij Katya om haar te helpen met haar huiswerk. Kom maar binnen.'

Petra en Isaac liepen achter hem aan door een kleine, lege hal naar een bescheiden woonkamer. Verderop was een smalle gang die naar de keuken leidde. 'Momentje,' zei Thad Doebbler. Hij holde naar de keuken en kwam zonder het bord en de theedoek terug.

Links was een eiken trap met een bocht naar rechts. Op de eerste verdieping was het vage gemurmel van stemmen te horen. Een hoge meisjesstem die een tijdje aan het woord was, gevolgd door een kort gebrom van een bariton.

Thad Doebbler liep naar de trap en bleef onderaan staan. 'Ik wil me nergens mee bemoeien, rechercheur, maar mijn broer... Het gaat de laatste paar jaar juist weer wat beter met hem. Kan ik tegen hem zeggen dat jullie iets nieuws hebben ontdekt?'

'Zo ver zou ik niet willen gaan,' zei Petra. 'We doen alleen ons best om vastgelopen zaken op te lossen.'

Hij bewoog zijn schouders. 'Ik snap het. Ga maar zitten, dan zal ik Kurt vertellen dat jullie er zijn.'

Petra en Isaac gingen ieder in een hoek van een ruim twee meter brede bank zitten. Een heel zachte bank, met overdreven dikke kussens. Bekleed met een witte katoenen stof vol grote rode rozen en slingerende groene takken. Ronde armleuningen, biesjes langs de naden en goud-met-rode franje aan de onderkant. Schuin tegenover de bank stonden twee van de strakste zwarte leren stoelen die Petra ooit had gezien, glad gespannen huiden over een chroom onderstel.

Geen salontafel in het midden, alleen een verschoten petit point voetenbankje met een dienblad en een afstandsbediening.

Het was een thema dat overal in de kamer terugkwam, vrouwelijke accenten die niet echt pasten bij de duidelijke sporen van een mannelijke bewoner. Een van de muren werd bijna helemaal in beslag genomen door een breedbeeld-tv, met een scherm van misschien wel een meter vijfenzeventig, en vrijwel lege boekenkasten. Er vlakbij stond een antieke naaitafel met een kanten kleedje. Op de witte muren hingen Vlaamse stillevens naast twee enorme, in koperen lijsten gevatte foto's van de lancering van spaceshuttles en een waarop een straaljager door de blauwe lucht sneed. De vloerbedekking was grijs, dezelfde kleur waarin het huis was geschilderd, en leek al een tijdje niet meer schoongemaakt. Alles was doortrokken van de geur van stoofvlees.

De man die de trap af kwam, was nog langer dan Thad Doebbler. Petra schatte dat hij rond de een meter negentig was. Hij was ook magerder, met hetzelfde dikke golvende haar als zijn jongere broer, alleen was het zijne volledig grijs. Een donkerder huid. Dikke brillenglazen in een zilveren montuur. Grote bungelende handen. Dezelfde gelaatstrekken als Thad, alleen bij Kurt was het resultaat niet aantrekkelijk.

Hij droeg een wit poloshirt, een bruine broek en zwarte schoenen.

Hij bleef net als zijn broer onder aan de trap staan en keek naar hen. Langs hen heen.

'Meneer Doebbler?' vroeg Petra.

'Dat hoeft u niet meer te vragen.' Het zinnetje had eigenlijk vergezeld moeten gaan door een glimlach. Kurt Doebbler bleef haar gewoon strak aankijken.

'Het spijt me dat ik u op uw vrije avond moet lastigvallen, meneer.' Doebbler zei niets.

'Hebt u tijd om even met me te praten, meneer?'

'Over Marta.'

'Ja, meneer.'

Doebbler sloeg zijn handen in elkaar en zijn ogen ten hemel, alsof hij goddelijke inspiratie afsmeekte. Petra beschouwde dat soort gebaren als tekenen van bedrog.

'Waarover precies?' wilde Doebbler weten.

'Ik weet dat u een moeilijke tijd achter de rug hebt, meneer, en het spijt me dat...'

'Ach, ik wil best met u praten,' zei Kurt Doebbler. 'Waarom niet?'

Hij nam een van de zwarte fauteuils waarin hij stram en in elkaar gedoken ging zitten, met zijn lange benen opgetrokken. Knokige knieën. Een glimmende bruine broek van dubbelgeweven stof. Wanneer had ze die voor het laatst gezien?

'Het lijkt misschien een domme vraag,' zei ze, 'maar kunt u met betrekking tot Marta iets bedenken dat u de rechercheur bij het oorspronkelijke onderzoek van zes jaar geleden niet hebt verteld?'

'Conrad Ballou,' zei Doebbler. Hij lepelde een telefoonnummer op dat Petra herkende als een van de directe lijnen van het bureau. 'Ik heb Ballou om de haverklap gebeld. Soms belde hij terug.'

Zelfs zittend was hij nog lang genoeg om over Petra heen te kijken, met als gevolg dat ze zich klein voelde.

'Was er iets...'

'Hij dronk,' zei Doebbler. 'Dat kon ik ruiken. De avond dat hij me vertelde wat er was gebeurd, stonk hij naar drank. Ik had eigenlijk een klacht moeten indienen. Werkt hij nog steeds bij de recherche?'

'Nee, meneer. Hij is met pensioen.'

Doebbler reageerde niet.

'Kon u beter overweg met rechercheur Martinez?' vroeg Petra.

'Met wie?'

'De andere rechercheur die aan de zaak werkte.'

'De enige die ik ooit gesproken heb, was Ballou. En niet erg vaak.' Doebblers lippen vertrokken plotseling in een onaangename glimlach. Je kon het eigenlijk niet eens een glimlach noemen. 'Jullie zijn bij de politie kennelijk prima georganiseerd.'

'Ik weet dat dit moelijk is, meneer Doebbler...' begon Petra.

'Niet moeilijk. Zinloos.'

'De dag dat uw vrouw verdween, was u hier.'

Doebbler gaf geen antwoord.

'Meneer?'

'Dat was een opmerking, geen vraag.'

'Maar dat klopt wel?'

'Ja.'

'Wat deed u precies?'

'Huiswerk,' zei Doebbler.

'Met uw dochter?'

'Die sliep. Mijn eigen huiswerk.'

'Zat u nog op school?'

'Ik neem vaak werk mee naar huis. Mijn werktijd loopt niet van negen tot vijf.'

'U werkt met computers.'

'Ik ontwikkel software voor de luchtvaartindustrie.'

'Wat voor soort software?'

'Geleidingssystemen voor vliegtuigen, geïntegreerde landingssystemen voor ruimtevaartuigen.' Uit Doebblers toon viel op te maken dat zij daar toch niets van zou begrijpen.

'Cirkelvormige golfgeleiders? Stapelringen?' vroeg Isaac.

Doebbler keek de jongeman aan. 'Stapelringen worden ontworpen door natuurkundigen en luchtvaartingenieurs. Ik schrijf de instructies die ervoor zorgen dat er gebruik van kan worden gemaakt door mens en machine.'

'Menselijke factoren,' zei Isaac.

Doebbler woof de opmerking weg. 'Dat is psychologie.' En tegen Petra: 'Zijn jullie nu wel of niet iets nieuws over Marta te weten gekomen?' Een van zijn knieën wipte op en neer. Zijn mond was strak.

'Het zou me helpen als ik zou weten hoe Marta was.'

'Hoe ze was?'

'Als mens.'

'Wilt u weten van welk soort muziek ze hield? Wat voor soort kleren ze graag droeg?'

'Ja, dat soort dingen,' zei Petra.

'Ze hield van softrock en van felle kleuren. En ze hield van de sterren.'

'Astronomie.'

'Ja, maar ze zag de sterren ook als esthetische voorwerpen,' zei Doebbler. 'Ze wilde de hele wereld graag mooi maken. Ze was intelligent, maar dat was dom.'

'Naïef?'
'Dom.' Doebbler keek haar strak aan.
Ze pakte haar aantekeningenblok en begon omslachtig te schrijven. *Softrock. Felle kleuren.*
'Waarom bent u hier?' wilde Kurt Doebbler weten.
'We hebben een paar van onze openstaande zaken weer opgepakt om te zien of we die misschien kunnen oplossen.'
'De zaken van Ballou. Jullie hebben ze weer geopend omdat hij aan de drank was en ernstige fouten heeft gemaakt. Nu zijn jullie bang voor een schandaal.'
'Nee, meneer. Gewoon openstaande zaken in het algemeen. Ballou heeft alleen de zaak van Marta behandeld.'
'Openstaand,' zei Doebbler. 'Dat is een eufemisme voor mislukking. Voor jullie is Marta alleen maar een nummer.'
'Nee, meneer. Ze is... was een persoon. Daarom wil ik ook graag meer van haar te weten komen.'
Het leek alsof Doebbler daar even over na moest denken. Hij schudde zijn hoofd. 'Het is alweer zo lang geleden. Ik kan me haar gezicht niet meer voor de geest halen.'
'Die avond dat ze uitging,' zei Petra. 'Hoe was haar stemming toen?'
'Haar stemming? Ze was in een prima humeur.'
'En er viel uit niets op te maken dat ze meer van plan was dan alleen maar naar de schouwburg te gaan.'
'Dat heeft ze tegen mij gezegd,' zei Doebbler. Zijn knie begon steeds sneller te wippen. De handen die eromheen geslagen waren, hadden witte knokkels.
Die vraag zat hem niet lekker.
'Dat heeft ze tegen u gezegd,' herhaalde Petra.
Geen antwoord.
'De achtentwintigste juni,' zei ze.
'Wat is daarmee?'
'Heeft die datum enige betekenis...'
'Dat is de dag waarop mijn vrouw is vermoord. Wat moet dit voorstellen, een spelletje?'
'Meneer...'
Doebbler sprong op en was in drie stappen bij de trap. Hij vloog met twee treden tegelijk naar boven, maar bleef midden op de trap nog even staan. 'Ik moet mijn dochter helpen. Jullie kunnen jezelf wel uitlaten.'
Hij verdween. Isaac wilde opstaan, maar toen hij zag dat Petra bleef zitten liet hij zich weer vallen. Ten slotte stond ze op en hij keek toe hoe ze een rondje maakte door Doebblers zitkamer. Daarna ging ze

een stapje verder en tuurde door de gang naar de keuken. Ze probeerde zo veel mogelijk bijzonderheden in zich op te nemen voordat er weer voetstappen op de trap klonken en ze Isaac wenkte dat hij mee moest lopen naar de voordeur.

Ze had de knop al in haar handen, toen Thad Doebbler zei: 'Sorry, maar Kurt heeft nogal wat spanningen te verwerken.'

'Nieuwe spanningen?' vroeg Petra terwijl ze zich omdraaide en hem aankeek.

'Op zijn werk. Hij heeft een baan die hem nogal onder druk zet. Maar hij kan u echt niets meer vertellen over Marta.'

'Heeft hij dat net tegen u gezegd?'

Thad schudde zijn hoofd. 'Hij heeft helemaal niets gezegd, hij liep gewoon naar zijn kamer en trok de deur achter zich dicht. Het spijt me als hij een beetje... Kurt heeft zijn verdriet moeten verwerken.'

'Hoe gaat het met uw nichtje?'

Thad knipperde met zijn ogen. 'Kurt werkt heel hard voor haar.'

'Het lot van de alleenstaande vader,' zei Petra. Van sommige onderwerpen wist ze alles af. Professor Kenneth Connor was een schat van een alleenstaande vader geweest. Ze kon zich alleen maar voorstellen hoe het moest zijn om op te groeien met Kurt Doebbler.

'Precies,' zei Thad.

Petra deed de deur open en stapte naar buiten.

'Als jullie iets te weten komen, zou hij dat graag willen horen. Dat weet ik zeker,' riep Thad hen na.

Zelfs toen ze buiten naar de auto liepen, bleef de geur van stoofvlees nog in haar neus hangen en ze had zin om te gaan eten. Isaac had mama opgebeld om haar te vertellen dat hij zijn zelfgekookte maaltijd zou overslaan, maar Petra had zo'n gevoel dat mama toch wel iets zou bewaren voor haar lieveling.

'Moet ik je ergens afzetten of zullen we iets gaan eten in een of andere koffieshop?'

'Ik heb niet echt honger, maar ik ga wel mee,' zei hij.

Geen honger? Petra besefte dat ze hem nooit iets had zien eten. Toen herinnerde ze zich weer dat deze knul 's avonds de bus naar huis nam en dat hij steeds dezelfde drie overhemden droeg.

Uit eten gaan betekende waarschijnlijk een incidenteel bezoekje aan McDonald's.

'Kom op,' zei ze.

Ze koos in plaats daarvan een steak- en visrestaurant op de grens van Encino en Tarzana, omdat het er eenvoudig en niet te duur uitzag. Toen ze het menu bestudeerde, kwam ze tot de ontdekking dat de prijzen hoger waren dan ze eigenlijk had bedoeld. Maar ach, ze was toch in de stemming om het breed te laten hangen.

De eetkamer achter de drukke bar was gezellig en donker, vol zitjes met rode banken. De muren waren met donker hout bekleed en hingen vol dertig jaar oude portretfoto's van bijna-beroemdheden. De serveerster die hun bestelling op kwam nemen was rossig blond, jong, leuk en rondborstig en Petra zag dat ze Isaac van top tot teen opnam. Daarna keek ze naar Petra en er verscheen een nieuwsgierige blik in haar ogen.

De vraag die door haar hoofd speelde was kennelijk: *Wat is de relatie tussen die twee?*

Toen Isaac zo ver mogelijk van Petra af ging zitten en Petra iets te eten voor hem bestelde alsof hij nog een kind was, verscheen er een glimlach op haar gezicht. Daarna flirtte ze schaamteloos met de knul. Hij scheen niets te merken van al die glimlachjes, het haar dat naar achteren werd geschud, de rug die keer op keer hol werd getrokken en de ampele boezem die af en toe langs zijn arm streek. Hij bleef beleefd glimlachen en Rooie Sien hartelijk bedanken voor alle service die ze bood. Toen het eten kwam, bleef hij met een gebogen hoofd naar zijn biefstuk kijken voordat hij er toch maar het mes in zette. Een lekkere, dikke filet mignon. Hij had beweerd dat hij juist trek had in een hamburger, maar Petra was op haar stuk blijven staan en Rooie Sien had haar gesteund.

'Goed voor sterke botten.' Glimlachen, schudden, rug hol trekken, boezem strijken.

Bij nader inzien had Petra ook nog maar twee glazen bourgogne besteld. Om de jeugd van tegenwoordig het slechte voorbeeld te geven. Toen de wijn werd gebracht, besloot ze om dat gedoe met het opsnuiven van de geur en het ronddraaien van het glas maar achterwege te laten, om de knul niet helemaal van zijn stuk te brengen.

Ze rammelde van de honger en viel op haar gemengde schotel aan alsof ze het gezicht van Schoelkopf onder het mes had.

Nadat ze een tijdje in stilte had zitten grommen, vroeg ze aan Isaac hoe het hem smaakte.

'Zalig. Ontzettend bedankt.' Hij had zijn vlees op en zat nu naar een in de schil gebakken aardappel te kijken die zo groot was als een hondenkop.

'Wat een grote,' zei Petra.

'Enorm.'

'Hij is vast radioactief. Het resultaat van schandalig gerommel met DNA ergens in Idaho.'

Hij lachte en zette het mes in de aardappel.

'Wat vond je van meneer Doebbler?'

'Vijandig en asociaal. Ik begrijp best waarom rechercheur Ballou hem vreemd vond.'

'Is je nog iets anders aan hem opgevallen?'

Hij dacht na. 'Hij werkte niet echt mee.'

'Nee,' zei ze. 'Maar dat was waarschijnlijk omdat we onaangekondigd binnen kwamen vallen. Na al die jaren waarin geen enkele vooruitgang is geboekt, had ik ook niet verwacht een fanatieke fan van de politie aan te treffen.'

Een dronkelap en iemand die nooit kwam opdagen. Het LAPD op zijn best. Ze vroeg zich af wat Isaac daarvan zou vinden. Zouden dat soort dingen ook in zijn proefschrift terechtkomen?

Wat voor indruk maakte zij zelf eigenlijk op hem?

'Jammer genoeg hebben we te maken met figuren als Ballou en Martinez,' zei ze. 'Gelukkig zijn ze in de minderheid.' Neem ze maar in verdediging, meid. 'Wat ik het meest interessant daaraan vind, is dat meneer Kurt Doebbler nooit een klacht over hen heeft ingediend. Hij had er ontzettend de pest over in, maar er kwam geen woord over zijn lippen.'

Isaac legde zijn mes en vork neer. 'Dat zou hij ook niet hebben gedaan, als hij wilde dat de zaak niet opgelost werd.'

Petra knikte.

'Ongelooflijk,' zei hij. 'Dat was nooit bij mij opgekomen.'

Ze aten weer even door. 'Die opmerking van hem, dat hij zich niet meer herinnerde hoe zijn vrouw eruitzag? Sommige borderliners hebben er moeite mee om zich voor de geest te halen hoe hun naaste verwanten eruitzien. En ze zijn ook nauwelijks tot genegenheid in staat. Alleen als ze het gevoel krijgen dat ze bedrogen zijn, dan kunnen ze behoorlijk geëmotioneerd raken.'

'Bedrogen in de zin dat zijn vrouw overspel pleegde,' zei ze. 'Dat merkte Ballou ook tussen neus en lippen door op en ik weet niet zeker of we wel zoveel aandacht moeten besteden aan wat hij zegt.'

Hij knikte.

'Wat zijn borderliners?' wilde ze weten.

'Mensen met een persoonlijkheidsstoornis op de grens van neurose en psychose. Ze hebben vaak identiteitsproblemen en ze hebben moeite met het vormen van een band met andere mensen. Borderliners hebben vaker dan de doorsnee mens last van depressies en ze zijn eerder geneigd om verslaafd te raken. Vrouwen neigen tot zelfmutilatie, maar mannelijke borderliners kunnen agressief worden.'

'Vermoorden ze hun vrouwen vaak?'

'Daar heb ik nooit iets over gelezen. Het was zomaar een idee van me.'
'Doebbler is een rare vogel, dat staat vast,' hoorde Petra haar eigen stem zeggen, 'maar als je iemand verliest die je heel erg na staat, dan leer je daar na verloop van tijd toch mee leven. Je gaat vergeten. Uit een soort zelfbescherming. Dat heb ik familieleden van slachtoffers vaak horen zeggen.'
Rustig doorpraten om te verbergen wat er allemaal door haar hoofd speelde. Al die uren die ze gebogen had gezeten over allerlei kiekjes. Mam en pa in hun studietijd. Mam die voor haar broertjes zorgde toen ze nog baby's, kleuters en kleine jochies waren. Mam die er in badpak beeldschoon uitzag aan Lake Mead. Ondanks al die foto's kon ze zich nauwelijks een voorstelling maken van de vrouw die was overleden toen ze haar het leven schonk.
Kennelijk stond er toch iets op haar gezicht te lezen, want Isaac keek haar verward aan.
'Maar goed, voordat we met betrekking tot Kurt voor amateurpsycholoog gaan spelen moeten we niet vergeten dat zijn bloedgroep niet overeenstemde met het monster dat ze van de autobekleding hebben geschraapt. Er is geen enkel bewijsmateriaal dat hem in verband brengt met de misdaad en hij heeft in zekere zin een alibi.'
Ze concentreerde zich weer op haar biefstuk en besloot toen dat ze geen trek meer had.
'Wat gaan we nu doen?' vroeg Isaac.
'Daar ben ik nog niet uit. Aangenomen dat ik verder wil gaan met de zaak. En met die andere zaken.' Ze wierp hem een scherp glimlachje toe. 'Moet je kijken waar je me mee opgezadeld hebt.'
Weer zo'n klassieke Isaac-blos. De emotionele barometer van de knul was fijn afgesteld, alles kwam meteen naar boven.
De volslagen tegenpool van Kurt Doebbler. Die was echt ontzettend bot.
'... het spijt me dat ik alles zo ingewikkeld voor je heb gemaakt...' hoorde ze Isaac zeggen.
'Dat heb je inderdaad gedaan,' zei Petra. 'Maar dat geeft niet. Je hebt correct gehandeld.'
Hij zei niets en ze gaf hem een zachte por tegen zijn arm. 'Hé, ik nam je alleen maar een beetje in de maling.'
Er kon een flauw glimlachje af.
'Om eerlijk te zijn,' ging ze verder, 'had ik er bij het invullen van mijn agenda geen rekening mee gehouden dat ik in zes oude zaken zou moeten duiken, die waarschijnlijk toch niet opgelost kunnen worden. Maar je hebt gelijk, er zijn te veel overeenkomsten om ze te negeren.'

Wanneer was ze tot die slotsom gekomen?
Door de gelijksoortige verwondingen.
Of misschien al wel eerder. Misschien had ze het vanaf het begin geweten, maar het gewoon niet willen toegeven.
Ze zei: 'Als ik er niets aan zou doen, zou ik in dezelfde categorie thuishoren als kerels als Ballou en Martinez. Dus ik zit er niet mee. Oké?'
Hij mompelde iets.
'Pardon?'
'Ik hoop dat je er iets mee opschiet.'
'Zeker weten,' zei ze. 'Op de een of andere manier.'
Moest je haar horen. Juffertje Karma in eigen persoon.
'Trek in een toetje?' Voordat hij iets kon zeggen zat ze al te wapperen naar Rooie Sien.

16

Isaac wist dat hij een fout had gemaakt.
Hij had zich door Petra op de hoek van Pico en Union laten afzetten. Vlak bij de bushalte waar hij meestal uitstapte, vier straten verwijderd van zijn flatgebouw. Hij had niet gewild dat ze de drankwinkels en de leegstaande gebouwen zou zien die langs de weg stonden. De krakkemikkige houten huizen die verbouwd waren tot pensions. Vierkante met pleisterkalk bestreken blokken van drie verdiepingen hoog, zoals dat waar zijn familie in woonde, vol pokdalige graffiti.
Zijn moeder hield de flat om door een ringetje te halen en hun gebouw was er niet slechter aan toe dan andere in de buurt. Maar het was erg genoeg. Af en toe liepen dakloze kerels naar binnen die de entreehal als toilet gebruikten. Als Isaac de krakende trap op liep naar hun woning op de derde verdieping zorgde hij ervoor dat hij de bruin geschilderde trapleuning niet aanraakte. Die was zo vaak geschilderd dat hij glibberig aanvoelde. Af en toe was hij ook glibberig. Dan kleefden er stukken kauwgum aan het hout. Of ergere dingen.
Gedurende korte tijd, toen hij nog eerstejaars was met een hoofd vol biologie en organische scheikunde, had hij zich aangewend om plastic handschoenen te dragen als hij het gebouw binnenging. Maar hij had ze wel uitgetrokken en weggestopt voordat hij mama's domein betrad.

De herrie en de geurtjes. Doorgaans trok hij zich daar niets van aan.

Vanochtend, toen hij op weg ging naar de universiteit, was hem opgevallen dat de voorgevel er ontzettend sjofel uitzag.

De meeste avonden kon hij dat wel van zich afzetten en haalde zich in plaats daarvan de statige bomen en de mooie uit baksteen opgetrokken universiteitsgebouwen voor de geest, de naar oud papier geurende Doheny Bibliotheek.

Zijn andere leven.

Het leven dat hij op een dag zou leiden. Misschien.

Wie probeerde hij nu voor de gek te houden? Petra was intelligent, ze wist best dat de familie Gomez niet in een landhuis woonde.

Maar toch zou het hem op de een of andere manier tegen de borst stuiten als ze zou zien waar hij woonde.

Dus liep hij het laatste stuk.

Snel de bocht om bij de drankwinkel die tot laat in de nacht open was en populair was bij oude dronkaards, dan door donkere zijstraten, langs steegjes en de gebruikelijke mengeling van rondslenterende straatslijpers en verslaafden.

Passief in hun ellende. Met sommigen praatte hij wel eens. Af en toe gaf hij hun de restanten van zijn lunch. Mam gaf hem toch altijd veel te veel mee.

Door de bank genomen negeerde hij hen en zij betaalden hem met gelijke munt terug.

Zo had hij het al jarenlang gedaan en hij had nooit problemen gehad.

Maar vanavond had hij een probleem.

Hij had ze niet eens in de gaten, tot ze begonnen te lachen.

Een hees, hoog gejouw achter hem. Vlak achter hem. Wanneer waren ze hem gaan volgen? Was hij zo afwezig geweest?

Diep in gedachten. Marta Doebbler. Kurt Doebbler.

De achtentwintigste juni die steeds dichterbij kwam.

Petra. Die donkere ogen. De manier waarop ze zich op die enorme biefstuk had gestort. Ze was er echt op aangevallen... slanke, maar sterke handen. Agressief op zo'n vrouwelijke manier.

Opnieuw gelach achter hem. Dichterbij. Hij keek om en kon ze duidelijk zien toen ze onder een lantaarn door liepen.

Ze waren met z'n drieën. Een slungelig, giechelend stel, hooguit drie meter achter hem.

Kletsend. Wijzend en elkaar aanstotend. Weer gelach. Spaans met een Mexicaans accent, afgewisseld met grove Engelse uitdrukkingen.

'Fuck' was het gebruikte woord – een multi-inzetbaar zelfstandig en bijvoeglijk naamwoord annex werkwoord.

Hij begon sneller te lopen en riskeerde nog een blik over zijn schouder.

Aan de ronde vorm van hun hoofd te zien hadden ze kaalgeschoren koppen. Niet groot. Slobberige kleren.

Een van hen stootte een vuist in de lucht en slaakte een kreet. Een hoge stem, als van een meisje.

Misschien ging het helemaal niet om hem. Misschien liepen ze gewoon toevallig achter hem aan.

Ze liepen weer te rotzooien en tegen elkaar aan te botsen. Jonge stemmen. Dubbelslaande tongen. Punkjochies. Dronken of high.

Nog twee straten, dan was hij thuis. Hij liep de hoek om.

Ze kwamen achter hem aan.

Hij ging nog sneller lopen.

Een van hem schreeuwde: 'Yo, maricon!'

Hij werd voor homo uitgemaakt.

Ondanks het feit dat hij al jaren in deze klotebuurt woonde, had hij nog nooit zoiets bij de hand gehad. Gewoonlijk was hij om acht uur thuis. Maar vanavond was het ver over tienen. Hij was samen met Petra nog laat teruggegaan naar het politiebureau en daar blijven plakken. Zij had aan haar bureau zitten werken en hij had net gedaan alsof hij niet op haar lette. Alsof hij zelf ook aan het werk was. Hij wilde gewoon in de buurt blijven. Vanwege het gezelschap.

Petra.

De dag was voorbijgevlogen. Hij was met haar meegegaan, had haar geobserveerd en naar haar geluisterd terwijl hij allerlei bijzonderheden over recherchewerk oppikte, dingen die je niet uit boeken kon halen. Hij had zijn mening gegeven als ze daarom vroeg en dat was veel vaker gebeurd dan hij had verwacht.

Was ze alleen maar aardig voor hem of vond ze echt dat hij iets zinnigs kon bijdragen?

Waarschijnlijk het laatste, want Petra moest niets hebben van sukkels.

'Yo, jij daar, maricon... hé flikker, hoe laatisut?'

Isaac liep gewoon door.

Nog één straat.

Samen uit eten, een dessert en espresso toe... dat soort koffie had hij nog nooit gehad. Zelfs de Faculteitsclub, waar dr. Gompertz hem af en toe op een lunch trakteerde, had niet zulke lekkere koffie.

'Hé, jij klojo, waarom loop je zo hard?'

Hij begon te hollen en hoorde hoe ze schreeuwden, joelden en achter hem aan renden. Hij versnelde en plotseling brak hem overal het klamme zweet uit.

Goddank dat Petra hier geen getuige van was.

Hij werd van achteren door iets geraakt, laag in zijn rug. Een zware laars in zijn nierstreek. De pijn schoot door hem heen en hij sloeg dubbel, maar slaagde er toch in op de been te blijven. Hij was echter uit het ritme geraakt en tegen de tijd dat zijn benen weer in beweging kwamen, rukte iemand aan zijn koffertje.

Zijn aantekeningen. Zijn laptop. Hij bleef het koffertje vasthouden, maar een andere hand klauwde naar zijn keel en toen hij achteruitstapte om de klap te ontwijken, vloog het koffertje uit zijn hand.

De sluiting ging open en papieren fladderden alle kanten op. De zwaardere computer bleef op de plaats.

Zijn met de hand uitgeschreven berekeningen lagen in de goot. Pagina's vol meervoudige regressieanalyses van subetnische bevolkingsgroepen in gebieden met een hoog criminaliteitsgehalte. Hij had nog geen tijd gehad om die op zijn harde schijf te zetten. Stom, stom! Als hij die kwijtraakte, betekende dat weer uren in de...

Een vuist met harde, scherpe knokkels schraapte langs zijn gezicht. Hij wankelde en struikelde achteruit.

Toen hij zijn evenwicht hervond, draaide hij zich om en keek hen aan.

Ze waren nog jonger dan hij had gedacht. Veertien, vijftien jaar. Kleine, achtergebleven jochies uit het getto, twee magere en één wat steviger. Net zo oud als zijn neefje Samuelito. Maar Sammy was een brave knul die regelmatig naar de kerk ging en dit drietal was een stel schooiers met kaalgeschoren koppen en veel te grote broeken.

Het feit dat ze nog zo jong waren, was een schrale troost. Pubers konden bloedlinke sociopaten zijn. Nauwelijks in staat rare opwellingen te onderdrukken en een nog onvoldoende ontwikkeld geweten. Hij had gelezen dat als je er op hun twaalfde nog niet in was geslaagd om dat gedrag te veranderen...

Ze omsingelden hem, een trio kwaadaardige dwergen, schuifelend, vloekend en giechelend. Hij deed een stap opzij, om in zijn rug gedekt te zijn. De plek op zijn wang waar hij door de vuist geraakt was, begon te gloeien en pijn te doen.

De zwaarste van het stel ging in spreidstand staan en stak zijn vuisten op. Kleine handen en knokkels. Alsof hij midden in *Oliver Twist* was beland.

De avondwind streek door de straat en vellen vol berekeningen gingen bol staan.

'Kom maar op met dat verdomde geld van je, klojo,' zei de zwaar-

ste. Een nasale stem, nog maar net de baard in de keel ontgroeid.
Stuk voor stuk kon hij ze allemaal buiten westen slaan. Maar samen... terwijl hij overwoog wat hem te doen stond, maakte een van de anderen, de kleinste, een snelle polsbeweging en hij zag de flits van metaal.

O god, een pistool?

Nee, een mes. Plat op een vlakke hand. De knul draaide kringetjes met zijn hand. 'Ik rijg je eraan, klojo.'

Isaac week nog verder achteruit. Weer zo'n windvlaag. Een van zijn papieren waaide een paar meter verder de straat in.

De zwaarste zei: 'Kom op met die verrekte poen, of wil je verdomme een mes in je mik?' Zijn stem sloeg over en kraakte.

Om opengereten te worden door een gek zonder schaamhaar... het kleintje met het mes danste dichterbij. Toen hij in het licht stapte, kon Isaac het wapen voor het eerst goed zien. Een goedkoop zakmes, met een donker plastic heft en een uitklapbaar lemmet van hooguit vijf centimeter. De knul had een dun, broos polsje. Hij stonk, maar dat gold voor alle drie. Ongewassen kleren, wiet en opspelende hormonen.

Asociale zenuwenlijertjes. Het zag er niet best uit. Hij werd woedend bij het idee dat het stomme kleine lemmet zich in zijn lijf zou dringen.

Hij trok zijn door het LAPD uitgegeven bezoekerspas tevoorschijn en zei: 'Politie, stelletje klootzakken. Jullie zijn rechtstreeks in de fuik gelopen.'

Hij hoopte maar dat ze vaak tv-keken. En dat ze echt zo stom zouden zijn.

Het was een fractie van een seconde doodstil.

Toen een hees: 'Huh?'

'Politie, kloothommels,' herhaalde hij iets luider. Hij moest in zijn borst graven om zijn diepste bariton naar boven te halen. Hij stak zijn hand in een andere zak om zijn pennenetui te pakken. Dat was donker en ongeveer van het juiste formaat. Hij drukte het etui tegen zijn mond en zei: 'Dit is agent Gomez met een verzoek tot assistentie. Ik heb hier drie minderjarige twee-elf-verdachten. Plus hoogstwaarschijnlijk overtreding van de narcoticawet. Ik hou ze hier wel even vast.'

'Fuck,' zei de zwaarste, snakkend naar adem.

Isaac realiseerde zich dat hij niet eens een adres had doorgegeven. Zouden ze echt zó stom zijn?

De magere keek naar zijn mes. Met een grimmig kwajongenssmoeltje. Peinzend.

De derde, die nog niets had gezegd of gedaan, week achteruit.
'Waar ga je naar toe, eikel?' vroeg Isaac.
De knul draaide zich om en ging er als een haas vandoor.
Toen waren er nog maar twee. Dat zag er al beter uit. Ze hadden
een mes, maar misschien kwam hij ervanaf met een vleeswond.
De zware stond op zijn voeten te wippen. De magere had een stapje
achteruit gedaan, maar maakte geen aanstalten om de benen te nemen. Hij was de gevaarlijkste, omdat hij weinig tot geen angst in zijn
lijf had. En natuurlijk was hij degene met het mes.
Daaróm had hij het mes.
Isaac pakte opnieuw zijn pennenset. Dit keer hield hij het etui in zijn
hand en strekte zijn arm. Hij liep naar de magere toe met het stomme ding op hem gericht en beval: 'Laat die verrekte nagelvijl vallen,
jongeman, en ga als de bliksem op de grond liggen voordat ik je een
kogel in je lijf jaag. Vooruit!'
De zware draaide zich om en maakte zich uit de voeten.
De magere bleef zijn kansen afwegen, voordat hij het mes naar Isaac
smeet.
Het vloog vlak langs zijn gezicht en miste zijn linkeroog op een haar.
'Je bent er geweest, kloothommel,' zei hij en de knul ging er als een
haas vandoor.

Hij bleef in stilte staan. Een van stank doortrokken stilte, ze hadden
hun gore lucht achtergelaten.
Hij wachtte tot hij zeker wist dat ze weg waren, voordat hij weer
normaal begon te ademen. Eerst pakte hij zijn koffertje op en vervolgens ging hij op zoek naar de papieren die eruit gevallen waren.
Hij stopte alles terug, holde de straat door tot aan zijn flatgebouw
en rende naar de zijkant. Hij had het benauwd, zijn maag speelde op
en hij kreeg koude rillingen doordat de adrenaline niet langer door
zijn aderen bruiste.
Hij leunde tegen de met pleisterkalk bestreken muur, tot aan zijn en-
kels in het onkruid dat daar groeide. Kokhalzend. En hij dacht dat
het daarbij zou blijven.
Maar dat was niet zo. Hij bleef overgeven tot zijn keel begon te bran-
den.

Toen hij zijn hele avondeten eruit had gegooid, spuugde hij nog een
keer en liep naar de ingang van het flatgebouw.
Morgen, voordat hij op de bus naar het bureau in Hollywood stapte, zou hij bij Jaramillo langsgaan.
Lang geleden, nog voordat hij naar Burton was gegaan, voordat zich

al die vreemde, wonderbaarlijke en angstaanjagende veranderingen in zijn leven hadden voorgedaan, was hij een vriend van Jaramillo geweest.

Misschien kon hij daar nu zijn voordeel mee doen.

17

Het eigenaardige gedrag van Kurt Doebbler had indruk op Petra gemaakt en omdat zich al een paar dagen niets nieuws had voorgedaan in de Paradiso-zaak bleef ze onwillekeurig aan hem denken.

Het was net twaalf uur geweest en Isaac was in geen velden of wegen te zien.

Eric had niets van zich laten horen en de zoetgevooisde dr. Robert Katzman had niet teruggebeld.

Waarom had Doebbler eigenlijk geen klacht ingediend over Ballou die door dronkenschap onbekwaam was geweest?

Hoe langer ze nadacht over de slordige manier waarop de zaak was aangepakt, des te onzekerder ze werd over de juistheid van het oorspronkelijke dossier.

Zoals het bloed dat van de bekleding van Marta Doebblers auto was geschraapt – O negatief. En Doebbler was O positief. Volgens Ballou.

Welke waarde moest ze daaraan hechten?

Ze bladerde het dossier door en vond ten slotte toch een aantekening over het monster in de kleine lettertjes van een aanhangsel bij het rapport van de lijkschouwer.

Ze besloot om erachteraan te gaan.

De man op het kantoor van de gerechtelijke medische dienst wist zeker dat het bij hen was. Tot hij het niet kon vinden. Hij verbond haar door met een inspecteur van de gerechtelijke medische dienst, een jeugdig klinkende knaap die Ballard heette.

'Hm,' zei hij. 'Ik denk dat het wel op de bio-afdeling van je eigen bewijsmiddelenarchief zal liggen. Dat is op Parker.'

Haar eigen bewijsmiddelenarchief.

'Denk je dat?' zei Petra.

'Nou ja,' zei Ballard. 'Ik kan geen aantekening vinden dat het hier is weggehaald, maar aangezien het hier niet is, zal het toch ergens moeten zijn.'

'Of het is zoekgeraakt.'

'Ik hoop voor jou dat het niet zo is. Parker heeft een tijdje geleden ook al problemen met bewijsmateriaal gehad, weet je nog wel? Monsters die vermist werden, dingen die weggegooid waren...'

Daar had ze niets over gehoord. Weer zo'n blunder die op de een of andere manier niet door het nieuws was opgepikt.

'Zijn er nog meer plaatsen waar het zou kunnen zijn?' vroeg ze.

'Die zou ik niet zo gauw kunnen bedenken. Tenzij het naar Cellmark gestuurd is voor een DNA-analyse. Maar zelfs dan zouden we hier toch iets achtergehouden hebben en hun alleen een monster hebben gestuurd. Misschien was het daar niet groot genoeg voor... ja, dat zou het kunnen zijn. Oké, hier heb ik het. Twee bij anderhalve centimeter. Hier staat dat het bloed zich bevond op een vierkant stukje autobekleding van vinyl. Dat betekent dat het heel dun was en dat we waarschijnlijk niet meer hadden dan een paar schilfertjes. Volgens mij zou het best kunnen dat Cellmark het hele monster heeft gekregen. Waarom wil je het eigenlijk hebben?'

'Voor de lol,' zei ze. Ze verbrak de verbinding en belde naar Sacramento.

Het Justitieel Laboratorium had geen gegevens waaruit bleek dat ze ooit biologisch materiaal hadden ontvangen dat betrekking had op de moord op Marta Doebbler. Het bewijsmiddelenarchief op Parker Center had het nooit ontvangen.

Een afschuwelijke blunder, maar vind maar eens iemand die dat wil toegeven.

Hoog tijd om de andere junimoorden eens nader te bekijken.

In het dossier van de moord op Geraldo Solis vond ze een interessante aantekening van rechercheur Jack Hustaad. Volgens de dochter van Solis had de oude man een afspraak gehad met een monteur van de kabel-tv op de dag dat hij doodgeslagen was.

Er was niets wat erop duidde dat Hustaad dat nagetrokken had.

Ze belde Wilshire en kreeg te horen dat in tegenstelling tot de Hollywood-dossiers de zaak Solis na de zelfmoord van Hustaad wél aan iemand anders was overgedragen. Maar dat was pas twee jaar na de moord gebeurd. Hustaad had het dossier kennelijk al die tijd bij zich gehouden, met in begrip van de drie maanden tussen het moment dat hij met ziekteverlof ging om voor zijn kanker behandeld te worden en zijn zelfmoord. Een week na de begrafenis van Hustaad was Solis overgeheveld naar een rechercheur die Scott Weber heette.

Weber werkte nog steeds bij Wilshire en Petra trof hem op zijn plaats.

'Ik ben daar nooit een millimeter mee opgeschoten,' zei hij. 'Waarom vraag je dat?'

Ze vertelde hem dat er mogelijk overeenkomsten waren met een andere onopgeloste zaak, begon over de soortgelijke verwonding van Marta Doebbler, maar zei niets over de andere 28-junimoorden. Weber drong aan op meer bijzonderheden, maar toen ze hem die gegeven had, verloor hij alle interesse.

'Ik zie geen overeenkomsten,' zei hij. 'Er zijn wel meer mensen die een klap op hun kop krijgen.'

Maar niet vaak met dodelijk gevolg. Althans niet volgens mijn deskundige.

'Dat is waar,' zei ze.

'Wat was volgens jou het moordwapen bij die van jou?'

'Een of ander stuk pijp.'

'Ja, bij de mijne ook,' zei Weber. 'Heb jij fysiek bewijsmateriaal?'

Alleen een vermist bloedmonster. 'Tot zover niet.'

Waarom hield ze zich zo op de vlakte tegenover een andere rechercheur? Omdat het haar allemaal nog steeds niet lekker zat.

'Maar goed,' zei Weber.

'Nog één vraagje. Er is een aantekening over de monteur van de kabel...'

'Heb jij een kopie van het dossier?'

'Een van onze stagiairs die bezig was met een onderzoek heeft het opgevraagd en gekopieerd.'

'Bij ons?' vroeg Weber.

'Ik denk dat hij het duplicaat van Parker heeft gebruikt.'

'O... ja, het kan best zijn dat het daar ook terecht is gekomen, omdat het een vastgelopen onderzoek is en zo.'

'Die monteur die langs is gekomen,' drong ze aan.

'Staat er in jouw dossier dat er iemand is langsgekomen?' vroeg Weber.

'Nee, ik vroeg me gewoon af of dat iets had opgeleverd, maar kennelijk...'

'Je vraagt je af of ik dat heb uitgezocht.' Weber lachte, maar hij klonk niet vriendelijk. 'Dat heb ik inderdaad gedaan. Ook al was het verdorie inmiddels twee jaar later. De kabelmaatschappij van Solis had geen aantekening van een bezoek. Ik heb met zijn dochter gepraat en uiteindelijk bleek dat ze de oude man daar mogelijk een opmerking over had horen maken. Uiteindelijk bleek dat niemand een wagen van de kabelmaatschappij in de buurt van het huis had gezien. Oké?'

'Oké,' zei Petra. 'Het was niet mijn bedoeling om...'

'Ik kwam er geen millimeter verder mee,' zei Weber. 'De zaak is in de ijskast gestopt.'

Geen afspraak met de kabelmaatschappij. Zou dat betekenen dat een bedrieger Geraldo Solis had gebeld om een afspraak te maken? In dat geval zou het net zoiets zijn als het telefoontje uit de cel waarmee Marta Doebbler het theater uit gelokt was.

Een monteur van de kabelmaatschappij die om twaalf uur 's nachts langskwam?

Petra herinnerde zich een voorval dat ze zelf had meegemaakt en dat haar de zenuwen had bezorgd. Twee jaar geleden, toen ze een weekje vakantie had gehad, was ze om elf uur 's avonds haar bed uit gebeld. Er stond een of andere grappenmaker voor de deur die beweerde dat hij een pakketje voor haar had. Ze had tegen hem gezegd dat hij weg moest gaan, maar hij bleef aandringen en zei dat ze voor het pakje moest tekenen. Ze had haar pistool gepakt, een kamerjas aangeschoten en de deur op een kier geopend. Voor haar neus stond een afgepeigerde zombie in een bruin uniform. Hij was echt van UPS en hij had echt een pakje voor haar. Koekjes van een van haar schoonzusjes.

'Ik ben een beetje uitgelopen,' had hij uitgelegd, wiebelend en tikkend met zijn voet. Hij had de negen millimeter die ze tegen haar rechterdij gedrukt hield niet eens gezien.

Ze wist dat koeriersdiensten hun chauffeurs zwaar onder druk zetten, maar deze kerel was bijna aan het eind van zijn Latijn.

Dus het was best mogelijk. Een booswicht belt Geraldo Solis op met het smoesje dat er iets mis is met de kabel en komt pas heel laat opdagen. Solis laat hem binnen. Dat er geen auto van de kabelmaatschappij in de buurt is gesignaleerd zegt helemaal niets. Wie had er op dat uur iets moeten zien in de rustige wijk waar Solis woonde?

Het adres en het telefoonnummer van de dochter van Geraldo Solis stonden keurig in het dossier vermeld. Maria Solis Murphy, negenendertig jaar, Covina. Uit een telefoontje naar het bureau Kentekenbewijzen bleek dat ze tegenwoordig in de stad woonde. Hier in Hollywood, in Russell Street, een zijstraat van Los Feliz.

Het nummer van haar werk bleek te corresponderen met een toestel op de afdeling Speciale Maaltijden van het Kaiser Permanente Ziekenhuis. Ook in Hollywood, op loopafstand van Russell.

Ze had dienst, kwam aan de telefoon en sprak met Petra af dat ze haar over twintig minuten bij de ingang van het ziekenhuis zou treffen. Toen Petra daar aankwam, stond ze al te wachten.

Een gespierd type, aantrekkelijk, heel kort donker haar met blonde puntjes in een blauwe jurk. Ze droeg witte sokken en gympen. Drie dunne ringetjes in het ene oor en een met diamantjes bezet gouden knopje in het andere. Op haar linkerenkel was een roos getatoeëerd.

Nogal punk voor een vrouw van tegen de veertig – een vrouw met een gouden trouwring om haar ringvinger – maar Maria Murphy's gezicht was vrij van rimpels en ze liep met een verende tred die aerobic-training verraadde. Met de juiste kleren aan kon ze gemakkelijk voor midden twintig doorgaan.

Op haar badge stond *Drs. M. Murphy, gedipl. diëtiste*. Ontzettend gespierd. Jongensachtige heupen. Dankzij een vitaminerijk dieet?

'Rechercheur?' vroeg ze met een hese stem.

'Mevrouw Murphy.'

'Als u het niet erg vindt, zou ik graag even mijn benen willen strekken. Ik heb min of meer opgesloten gezeten.'

Ze liepen in westelijke richting over Sunset, langs het ziekenhuis, de cafetaria's, een bedrijf dat protheses maakte, de nazorgfaciliteiten en winkels in linnengoed en andere zaken die zich in de buurt van een ziekenhuis vestigen. Het Western Kinderziekenhuis, waar Sandra Leon onder behandeling was voor leukemie, lag een paar straten verder naar het oosten. Hoe zou het toch zijn met die dokter, Katzman?

'Ik ben heel blij dat u de zaak van mijn vader heropend hebt,' zei Maria Murphy.

'Zo is het niet precies, mevrouw Murphy. Ik ben rechercheur bij de Hollywood Divisie en ik heb een geval onder handen dat wellicht bepaalde overeenkomsten vertoont met wat uw vader is overkomen. Maar geen echte opvallende overeenkomsten, ik heb het over een paar details.'

'Zoals?'

'Dat mag ik u helaas niet vertellen, mevrouw. Het spijt me.'

'Dat begrijp ik best,' zei Maria Murphy. 'Ik heb het lichaam van pa ontdekt. Dat zal ik nooit meer vergeten.'

Dat had ook in het dossier gestaan. Geraldo Solis was om een uur 's nachts gevonden, in elkaar gezakt boven zijn eten. Petra vroeg Murphy waarom ze zo laat nog langs was gekomen.

'Ik kwam niet langs. Ik woonde daar. Af en toe. Tijdelijk.'

'Tijdelijk?'

'Ik was destijds getrouwd en mijn man en ik hadden problemen. Vandaar dat ik af en toe bij pa logeerde.'

Petra wierp een blik op Murphy's trouwring.

Murphy glimlachte. 'Die heb ik van mijn partner gekregen. Ze heet Bella.'

Petra begreep instinctief dat Murphy haar op de proef stelde om te zien hoe tolerant ze was. 'Dus u en uw man hadden huwelijksproblemen.'

'Ik veranderde onderweg de spelregels,' zei Murphy. 'Dave, mijn man, was een fijne vent. Ik was degene die er een eind aan wilde maken. Destijds was ik knap chagrijnig.'

'Hoe reageerde Dave daarop?'

'Hij vond het niet leuk,' zei Murphy.

'Was hij boos?'

Murphy bleef gewoon doorlopen maar ze keek Petra ineens scherp aan. 'Zo was het helemaal niet, zet dat maar uit uw hoofd. Dave en pa konden heel goed met elkaar opschieten. Om eerlijk te zijn hadden Dave en pa meer met elkaar gemeen dan met mij. Iedere keer als we ruzie hadden, koos pa partij voor Dave. Hij kon gewoon niet geloven wat ik wilde en waarom ik dat wilde. Mijn hele familie bleef de kop in het zand steken.'

'Een grote familie?' vroeg Petra.

'Twee broers en twee zusjes. Mam is al een tijdje overleden. Toen ze nog leefde, heb ik mezelf ingehouden omdat ik haar geen verdriet wilde doen. Nadat ik had verteld dat ik lesbisch was, keerden ze zich allemaal tegen me en wilden dat ik naar een psychiater zou gaan. Maar dat had ik al twee jaar lang gedaan, zonder dat zij het wisten.'

'U wilde uw moeder geen verdriet doen, maar uw vader...'

'U slaat de spijker op de kop,' zei Murphy. 'En ik ben ook nooit echt gehecht geweest aan mijn vader. Hij was altijd aan het werk, hij had het altijd te druk. Dat vond ik niet erg, hij deed gewoon zijn plicht, maar er was gewoon geen band tussen ons. Zelfs nadat ik bij hem introk, hadden we elkaar nauwelijks iets te vertellen.'

Ze vertrok haar gezicht, hield even haar adem in en ging nog iets sneller lopen.

'Hoe lang hebt u bij hem gewoond?'

'Ongeveer een maand. Met tussenpozen,' zei Murphy nog een keer. 'Ik had het merendeel van mijn spullen thuisgelaten en alleen wat kleren meegenomen naar pa's huis. Ik speldde hem op de mouw dat ik dubbele diensten draaide en niet doodmoe naar huis wilde rijden. Pa's huis was veel dichter bij het ziekenhuis.'

Van Covina naar Hollywood was minstens een uur rijden en als het druk was, zou de rit nog veel langer duren. In vergelijking daarmee was de afstand van het huis van Solis op Ogden naar Olympic een lachertje, dus dat zou wel waar zijn.

'Wanneer hebt u uw vader de waarheid verteld?' vroeg Petra.

'Dat heb ik niet gedaan. Mijn broers en zusjes hebben het hem verteld. Een paar dagen voor de moord.'

'En hoe zat het dan met Dave?'

'Dave wist het allang. Hij was niet boos, alleen verdrietig. Gedeprimeerd. Maar laat dat nou maar met rust. Dat heeft er echt niets mee te maken.'

Petra besloot dat ze binnen de kortste keren met Dave Murphy wilde praten. Ze knikte naar Murphy, hopelijk op een geruststellende manier. 'Dus er is u niets nieuws over de moord op uw vader te binnen geschoten sinds u voor het eerst met de rechercheurs hebt gesproken?'

'Ik heb maar met één rechercheur gesproken,' zei Murphy. 'Een grote, zware vent. Een Scandinavisch type.'

'Rechercheur Hustaad.'

'Dat is 'm. Hij leek heel aardig. Hij had een akelig kuchje. Later belde hij me op om te vertellen dat hij kanker had en met ziekteverlof ging. Hij beloofde dat hij ervoor zou zorgen dat de zaak van pa door iemand anders zou worden overgenomen. Ik vond het vreselijk voor hem. Dat kuchje klonk bepaald niet goed.'

'De zaak werd overgenomen door rechercheur Weber. Heeft hij nooit met u gepraat?'

'Iemand heeft me wel gebeld,' zei Murphy. 'Eén keer. Maar dat was heel lang... jaren nadat Hustaad ziek werd. Ik heb het politiebureau zelf een paar keer gebeld... Maar eerlijk gezegd niet al te vaak, ik had genoeg met mezelf te stellen. Toen niemand terugbelde, heb ik het... laten versloffen, denk ik...'

'Wat heeft rechercheur Weber tegen u gezegd?'

'Hij zei dat hij de zaak van pa in behandeling had genomen, maar daarna heb ik nooit meer iets van hem gehoord. Waarschijnlijk had ik er meer achteraan moeten zitten. Maar volgens mij had ik toch al het idee dat het een moeilijk op te lossen zaak zou zijn, omdat er geen enkele aanwijzing was. Waarschijnlijk was de dader een vreemde.'

'Een vreemde?'

'Een inbreker,' zei Murphy. 'Dat veronderstelde Hustaad.'

'Heeft rechercheur Weber u nog vragen gesteld?'

'Niet echt... o ja, hij vroeg naar de afspraak die pa had met die vent van de kabelmaatschappij. Maar daar had ik het al met rechercheur Hustaad over gehad. Het was het enige wat ik hem kon vertellen dat volgens mij ergens op sloeg. Verder was ik één brok zenuwen. Destijds bedoel ik... nadat ik pa had gevonden.'

Nu had ze niets hysterisch. Een kalme vrouw, die gemakkelijk praatte. En die zich had neergelegd bij het feit dat de moord op haar vader waarschijnlijk nooit zou worden opgelost.

Petra liep door en wachtte tot ze verder zou gaan.

Halverwege de volgende straat zei Murphy: 'Rechercheur Hustaad maakte geen erg energieke indruk.'

'U vraagt zich af of hij wel genoeg tijd en moeite aan de zaak heeft besteed.'

'Ik weet het niet. Misschien wel. Ik denk dat ik me vrij gemakkelijk bij de feiten neerleg.'

'Wat bedoelt u?'

'Dat ik feiten kan accepteren, ook al zijn ze niet leuk. Als pa vermoord was door een inbreker, dan zou die zaak alleen opgelost kunnen worden als de dader opnieuw in de fout ging, hè? Dat heeft rechercheur Hustaad bijna letterlijk tegen me gezegd.' Ze keek Petra aan. 'Behandelt u een inbraak waarbij de dader zich voordeed als een monteur van de kabelmaatschappij?'

'Alles is nog in een heel vroeg stadium, mevrouw.'

'Dus ik mag niet te vroeg gaan juichen.'

'Het neemt allemaal veel tijd in beslag.'

'Als het echt een inbreker was,' zei Murphy, 'dan vind ik het toch wel heel raar dat hij alleen etenswaren heeft meegenomen. Een verse krop sla, een stuk volkorenbrood en twee pakken citroenyoghurt. Dat is wel een eigenaardige inbreker, hè? Maar volgens rechercheur Hustaad doen ze dat soort dingen vaker – ze eten dingen op en bakenen hun terrein af. Hij had het idee dat de vent geschrokken is voordat hij tijd had om iets te stelen.'

Ze haalde haar schouders op. 'Het kan best zijn dat er geld is verdwenen, dat weet ik niet. Maar het lijkt me niet, want als pa extra contant geld had, bijvoorbeeld van zijn marinierspensioen, bracht hij het meteen naar de bank.'

Murphy ging langzamer lopen en Petra paste haar snelheid aan. Het verkeer op Sunset reed snel en met veel lawaai voorbij en ze moesten allebei opzij stappen om een paar arbeiders te ontwijken die een groot gat in het trottoir hadden gemaakt, dat was afgezet met oranje-witte dranghekken.

Murphy keek naar de bouwvakkers met hun gele helmen. 'Dat deed pa ook. Hij zat in de bouw nadat hij bij de mariniers was afgezwaaid. Daarna begon hij zijn eigen zaak, een bedrijf in autobanden in Culvert City. Toen dat over de kop ging, was hij vijfenzestig en zei hij dat hij er genoeg van had. Hij zat eigenlijk alleen nog maar voor de tv.'

'U kunt zich dus nog precies herinneren welke etenswaren er zijn gestolen,' zei Petra.

'Omdat ze van mij waren. Ik had de dag ervoor inkopen gedaan. Pa was meer het type van chorizo met gebakken aardappeltjes. Hij maakte altijd grapjes over wat ik at. Konijnenvoer noemde hij het.'

Aan de verdrietige blik in haar ogen was te zien dat vader en dochter over meer dingen dan hun respectievelijke dieet onenigheid hadden gehad.

'Dus uw etenswaren werden meegenomen,' zei Petra.

'Dat slaat toch nergens op. Of wel?'

'Is er iemand die misschien wraak op u wilde nemen door uw vader iets aan te doen?'

'Nee,' zei Murphy. 'Niemand. Sinds de scheiding loopt alles op rolletjes. Dave en ik zijn nog steeds bevriend, we praten regelmatig met elkaar.'

'Zijn er kinderen?'

Murphy schudde haar hoofd.

'Vertel me eens iets over dat telefoontje van de kabelmaatschappij en waarom u denkt dat het misschien een bedrieger is geweest,' zei Petra.

'Toen ik die ochtend naar mijn werk ging, vertelde pa me dat de kabelmaatschappij iemand zou sturen om aan zijn tv te werken.'

'Hoe laat?'

'Achter in de middag, vroeg in de avond, u weet wel hoe dat gaat,' zei Murphy. 'Pa knapte wel eens een uiltje rond zeven uur 's avonds, dus hij vroeg of ik hem dan wakker wilde maken.'

'Waren er problemen met het beeld?'

'Nee, dat is het juist,' zei Murphy. 'Het had kennelijk iets te maken met de kabels die daar in de buurt lagen.'

'Hij wilde dat u hem wakker zou maken,' zei Petra. 'Dus u was laat in de middag weer thuis?'

'Nee, ik heb om drie uur gebeld en tegen pa gezegd dat ik pas laat thuis zou zijn. Hij vroeg of ik hem dan nog een keer wilde bellen.'

'Om zeven uur.'

'Ja.'

'En hebt u dat gedaan?'

'Ja en hij was gewoon op.'

'Hoe klonk uw vader toen?'

'Goed. Normaal.'

'En bent u toen weer aan het werk gegaan?'

Murphy wreef even over haar kaak. 'Eerlijk gezegd ben ik vroeger opgehouden met werken. Ik had een boel ellende gehad, die middag, met heen en weer gedraaf van Dave naar Bella en omgekeerd. Toen ik pa belde, zat ik in mijn auto. Daarna reed ik rechtstreeks naar Bella. We zijn uit eten gegaan en daarna naar een club, waar we iets hebben gedronken. Maar we hadden geen van beiden zin om te gaan dansen. Ze wilde dat ik met haar mee naar huis zou gaan, maar daar was ik nog niet aan toe, dus zij is alleen naar huis gereden en ik ging terug naar pa. Toen ik het huis binnenkwam, rook ik eten, warm eten, eieren met spek. Dat was raar, want pa at nooit zo laat. Hij dronk wel een of twee biertjes en at soms een paar chips als hij tv zat te kijken, maar nooit warm op dat uur. Als hij zo laat nog een stevige maaltijd nam, kreeg hij last van zijn maag.'

Maria Murphy bleef staan. Ze had tranen in haar ogen. 'Dit valt me moeilijker dan ik verwachtte.'

'Sorry dat ik alles weer oprakel.'

'Ik heb al een tijdje niet meer aan pa gedacht. Eigenlijk zou ik vaker aan hem moeten denken.' Murphy trok een zakdoek uit een zak van haar jurk, depte haar ogen en snoot haar neus.

Toen ze weer verder liepen, zei Petra: 'Dus iemand had gekookt.'

'Iemand had een ontbijt klaargemaakt,' zei Murphy. 'En dat was ook zo raar. Pa was iemand die zich aan de regels hield – een ex-marinier, heel star. 's Ochtends nam je een ontbijt, tussen de middag at je een paar boterhammen en 's avonds kwam er warm eten op tafel.'

'Dus u denkt niet dat hij het eten heeft klaargemaakt.'

'Roereieren?' zei Maria Murphy. 'Pa hield niet van roereieren, hij at alleen gebakken of zachtgekookte eieren.'

Ze barstte in tranen uit en liep zo snel door dat ze bijna rende.

Petra holde achter haar aan. Murphy stak haar handen op en klemde haar kaken op elkaar.

'Mevrouw...'

'Zijn hersens,' gooide Murphy eruit. 'Ze lagen op zijn bord. Bij de eieren. Over de eieren. Alsof iemand brokjes kaas tussen de eieren had gegooid. Grauwe kaas. Roze... kunnen we nu alsjeblieft teruggaan? Ik moet weer aan het werk.'

Petra wachtte tot ze weer bij Kaiser waren voordat ze haar vroeg of ze zich nog meer herinnerde.

'Verder niets,' zei Murphy. Ze draaide zich om en Petra legde haar hand op haar arm. Stevig en gespierd. Maria Murphy verstrakte. De arm werd keihard.

Ze staarde neer op Petra's vingers die op haar mouw lagen.

Petra trok haar hand terug. 'Ik wil u nog graag één ding vragen, mevrouw. De datum waarop uw vader vermoord is, 28 juni. Heeft die een bepaalde betekenis voor u of een van uw familieleden?'

'Waarom wilt u dat in vredesnaam weten?'

'Volledigheidshalve.'

'De achtentwintigste juni,' zei Murphy zwak. 'Het enige opvallende aan die dag is dat pa erop werd vermoord.' Haar schouders zakten. 'Binnenkort is het weer zover, hè? De verjaardag. Ik denk dat ik maar naar het kerkhof ga. Dat doe ik bijna nooit. Ik zou eigenlijk veel vaker moeten gaan.'

Een interessante vrouw. Die ten tijde van de moord op haar vader een moeilijke periode in haar leven doormaakte. En de oude man had geen begrip voor haar kunnen opbrengen, integendeel. Er werd van alle kanten aan haar getrokken, omdat ze weer terug was gegaan naar het huis van de oude man. Een vader aan wie ze nooit gehecht was geweest. Een ex-marinier, die ze net behoorlijk voor het hoofd had gestoten.

Het moest een behoorlijk gespannen toestand zijn geweest.

Aan die keiharde arm te voelen, was Murphy een sterke vrouw. Sterk genoeg om een stevig stuk pijp op een bejaarde schedel te laten neerkomen.

Het waren de etenswaren van Murphy die verdwenen waren. Gezonde dingen, waar de oude man spottend over had gedaan.

Misschien had de oude man haar net één keer te vaak belachelijk gemaakt. Misschien had hij de etenswaren van zijn lesbische dochter onder de neus van die lesbische dochter in het vuilnisvat gesmeten en was dat voor haar de laatste druppel geweest.

Petra had meegemaakt dat mensen om minder waren vermoord.

Ze reed de parkeerplaats van het bureau op en probeerde zich voor te stellen wat er was gebeurd.

Murphy komt thuis na wat ze zelf een dag vol ellende had genoemd, waarin ze voortdurend heen en weer had gependeld tussen haar man en haar minnares. Dan belt ze pa, zogenaamd om hem wakker te maken, maar hij geeft haar de wind van voren. Ze hangt op, gaat uit eten en vervolgens naar een club waar ze te veel drinkt. Als ze thuiskomt en trek heeft in een hapje, ziet ze dat pa nog niet naar bed is en op haar zit te wachten.

Ze krijgen ruzie. Over haar alternatieve manier van leven.

Haar konijnenvoer.

Pa grijpt de gezonde spullen met de hoge voedingswaarde op en vertelt haar wat hij ervan vindt.

Murphy was diëtiste. Het gebaar zou voor haar extra betekenis hebben gehad.

De ruzie laait hoger op.

Hij begint te schreeuwen, zij schreeuwt terug. Ze pakt iets op, misschien wel een rondslingerend stuk pijp, wie zal het zeggen. Slaat de ouwe vent de hersens in en zet hem aan tafel. Dan kookt ze wat van de vette troep die híj lekker vindt.

Duwt zijn gezicht erin. Eet smakelijk!

Vervolgens verzint ze een verhaal over een monteur van de kabel-maatschappij om de toch al afwezige Jack Hustaad om de tuin te leiden. Wat een melodrama. En geen spoor van bewijs.

En zelfs als Maria Murphy haar vader vermoord had, wat betekende dat dan met betrekking tot Marta Doebbler en de andere vijf 28-junimoorden?

Ze zou zich verder in de zaak Solis verdiepen en met Murphy's ex-echtgenoot, de lankmoedige Dave, gaan praten. Maar iets zei haar dat ze daarmee alleen haar tijd zou verspillen.

Kurt Doebbler voor zijn vrouw, Marta Murphy voor haar vader.

Dat hield in dat er geen verband was.

Nee, daar klopte niets van. Als Isaac gelijk had, en ze begon er steeds vaster van overtuigd te raken dat dat inderdaad zo was, dan ging het hier om iets heel anders dan oververhitte familiegemoederen.

Een vrouw die uit een theater gelokt wordt. Een schandknaap die in een steegje met de grond gelijk wordt gemaakt. Een klein meisje dat in een park als een beest wordt afgeslacht. Een marineman met verlof...

Eieren en hersens op een ontbijtbordje.

Dit was zo bedoeld, berekenend.

Verknipt.

18

Toen ze terugkwam op de afdeling recherche, was het een drukte van belang met telefoontjes en gerammel op toetsenborden. Isaac zat aan zijn bureau in de hoek iets op te schrijven, met zijn hand tegen zijn hoofd.

Hij zwaaide even naar haar met zijn vrije hand en ging weer door met werken.

Laat me met rust?

Misschien waren de biefstuk en het bier van de avond ervoor net te veel voor hem geweest. Ze had aangeboden om hem naar huis te brengen, maar hij had erop gestaan dat ze hem een paar straten eerder zou afzetten.

Petra nam aan dat hij zich schaamde voor het huis waarin hij woonde. Ze had niet geprotesteerd en toen hij wegsjokte met zijn koffertje in de hand was haar de gedachte door het hoofd geschoten dat hij eruitzag als een vermoeide oude man.

Ze zou hem niet lastigvallen, ze kon zelf ook wel wat rust gebruiken. Ze schonk een kop koffie in en bladerde haar post door. Alleen maar algemene memo's van de politie. Op haar computer vond ze zes nieuwe e-mails: vier standaard politiemededelingen, iets van *SmallDot@il.netvision* waarvan ze veronderstelde dat het spam was en Mac Dilbeck die haar vertelde dat de Speciale Moordbrigade aanstaande dinsdag waarschijnlijk de Paradiso-zaak van hen zou overnemen als zich geen nieuwe ontwikkelingen voordeden.

Ze wilde net de junkmail in de prullenbak gooien toen haar telefoon overging.

Een op band ingesproken bericht van het Politie Football-team kwekte in haar oor: *De volgende maand is de grote wedstrijd tegen de L.A. County Sheriffs, dus we dringen er bij alle gezonde en sportieve politiepersoneelsleden op aan om...'*

Haar vinger drukte automatisch op 'enter' en ze opende het spambericht.

```
Lieve Petra,
Dit bericht zal je wegens veiligheidsredenen
langs een omweg bereiken en kan niet beantwoord
worden. Alles is in orde, hopelijk bij jou ook.
Ik mis je. Lfs, Eric.
```

Ze glimlachte. Van mij ook Lfs.

Ze bewaarde het bericht en zette de computer uit. Daarna ging ze op zoek naar David Murphy.

Het was een gewone naam, maar niet moeilijk te traceren. Het vijf jaar oude adres in Covina bracht haar rechtstreeks bij David Colin Murphy, inmiddels tweeënveertig jaar oud. Hij was verhuisd naar Mar Vista, in het westen. Hij had drie jaar geleden een Dodge Neon op zijn naam laten zetten en twintig maanden later ook een Chevy Suburban.

Geen opsporings- of aanhoudingsbevelen, zelfs geen parkeerbon.

Ze vond zijn nummer in het telefoonboek. Een vrouw nam op.

'David Murphy, alstublieft.'

'Hij is op zijn werk. Met wie spreek ik?'

Petra gaf haar naam en functie door en de vrouw zei: 'Politie? Hoezo?'

'Het gaat over een oude zaak. Weet u wie Geraldo Solis is, mevrouw?'

'Daves voormalige schoonvader. Hij is... ik ben Daves vrouw.'

'Waar werkt uw man, mevrouw Murphy?'

'Bij de HealthRite Apotheek. Hij is apotheker.' Er klonk een vleug-je trots in haar stem.
'Bij welk filiaal, mevrouw?'
'Santa Monica. Op Wilshire in de buurt van Twenty-fifth. Maar ik weet niet wat hij u daarover zou kunnen vertellen. Dat is al jaren geleden.'
Ja, wrijf het maar in.
Petra bedankte haar en verbrak de verbinding. Ze zocht het nummer op en wierp een blik op Isaacs bureau. De knul zat nog steeds over zijn papieren gebogen, maar hij had zijn hand laten zakken en Petra zag een roodpaarse kneuzing op zijn gezicht, hoog aan de linkerkant, tussen de ronding van zijn jukbeen en zijn oor.
Alsof hij er plotseling weer aan dacht, legde hij zijn hand weer over de plek.
Er was iets gebeurd tussen gisteravond en vandaag.
Een onveilige buurt. Alleen op weg naar huis.
Of iets ergers... Moeilijkheden thuis?
Ze besefte ineens hoe weinig ze eigenlijk wist van zijn privéleven en overwoog om naar hem toe te lopen en de kneuzing te bekijken. Maar hij zag eruit alsof hij absoluut geen zin had in gezelschap.
Ze toetste het nummer in van het Santa Monica-filiaal van de Health-Rite Apotheek.

David Murphy had een prettige telefoonstem. Hij was niet verrast toen ze belde. Moeder de vrouw had hem erop voorbereid.
'Gerry was een fijne vent,' zei hij. 'Ik heb geen flauw idee wie hem kwaad zou willen doen.'
Volgens Maria had haar vader Murphy's kant gekozen bij de scheiding.
'Maar iemand heeft dat wel degelijk gedaan,' zei Petra.
'Vreselijk,' zei Murphy. 'Maar goed... wat kan ik voor u doen?'
'Kunt u zich nog iets herinneren van de dag waarop meneer Solis vermoord werd? Misschien iets dat niet aan de orde kwam tijdens het oorspronkelijke onderzoek?'
'Sorry, nee,' zei Murphy.
'Wat herinnert u zich nog wel?'
'Het was een afschuwelijke dag. Maria en ik stonden op het punt uit elkaar te gaan, ze deed niets anders dan heen en weer rijden tussen ons huis... tussen mij en haar... en Bella Kandinsky. Die is nu haar partner.'
'Een emotionele dag,' zei Petra.
'Nou en of. Ze kwam thuis om met mij te praten, raakte weer over-

stuur, ging op een holletje naar Bella en kwam dan weer terug. Ik weet zeker dat Maria het gevoel had dat er van twee kanten aan haar werd getrokken. Ik was volkomen verbijsterd.'

'Verbijsterd?'

'Ineens lag mijn huwelijk in duigen. Omdat er een andere vrouw in het spel was.' Murphy lachte. 'Maar goed, dat is allemaal al eeuwen geleden. We hebben ons leven weer opgepakt.'

'Ten tijde van de moord woonde Maria bij haar vader.'

'Af en toe,' zei Murphy.

'Vanwege de huwelijksproblemen.'

'We hadden constant ruzie. Destijds begreep ik niet eens waarom.'

'Bent u wel eens bij meneer Solis thuis geweest?'

'Ik liep de deur plat. Voordat ons huwelijk schipbreuk leed. Gerry en ik konden goed met elkaar opschieten. Dat maakte het voor Maria nog moeilijker.'

'Hoezo?'

'Gerry stond aan mijn kant. Hij was behoorlijk conservatief. Maria's keuze was voor hem moeilijk te verstouwen.'

'Daar moeten ze onenigheid over gehad hebben.'

'Zeker weten.'

'Liep het wel eens uit de hand?'

Murphy begon weer te lachen. 'Dat meent u niet. Nee, nee, daar is echt geen sprake van. Zet dat maar uit uw hoofd.'

Dezelfde opmerking die Maria had gemaakt.

'Wat?' vroeg Petra.

'Wat u suggereert. Hoor eens, ik heb het nogal druk...'

'Ik suggereer niets, ik stel alleen vragen,' zei Petra. 'Maar nu we het er toch over hebben, hoe ernstig was de ruzie tussen Maria en haar vader?'

'Dit is gewoon belachelijk,' zei David Murphy. 'Maria is een fantastisch mens. Maria en Gerry kibbelden zoals alle kinderen en ouders met elkaar kibbelen. Iedereen heeft dat gedaan, ik ook. Maar ze had hem nooit kwaad kunnen doen, geen denken aan. Ze is echt een schat van een meid.'

Zij verdedigt hem, hij verdedigt haar. Maar ze waren wel gescheiden. Deprimerend.

'Geloof me maar, rechercheur, ik vergis me echt niet,' zei hij.

'Meneer Murphy, ik heb in het dossier een aantekening gevonden over een afspraak met een monteur van de kabelmaatschappij. Heeft Maria het daar met u over gehad?'

'Nee, maar Gerry wel. De vent was zelfs net gearriveerd toen ik belde.'

'Dus u hebt meneer Solis gebeld.'
'Ja. Ik wilde weten waar Maria uithing. Ze was nogal overstuur geweest toen ze bij mij wegging en ik ging ervan uit dat ze naar huis was gegaan. Ik wilde alles een beetje gladstrijken. Gerry nam op en hij was nogal chagrijnig. Omdat die monteur zo laat was gekomen.'
'Hoe laat was dat dan?'
'Pf,' zei Murphy. 'Hoe lang is dat nou geleden... vijf jaar? Ik weet nog wel dat het al donker was. En dat ik overgewerkt had... Ik veronderstel tussen acht en negen. Of misschien was het al halftien. Gerry had het erover dat die vent had gezegd dat hij om zes uur zou komen, vervolgens had gebeld dat het wel zeven uur zou worden en desondanks nog niet op tijd was gekomen. Hij klonk behoorlijk geërgerd. Zo op de gok denk ik dat het tussen halfnegen en negen uur was.'
'Dus meneer Solis was uit zijn evenwicht.'
'Omdat hij had moeten wachten. Toen ik vroeg of ik Maria mocht spreken, zei hij dat ze er niet was en dat hij geen flauw idee had waar ze uithing... Hij klonk nogal kortaf. Hij was meestal vrij knorrig.'
En dat betekende dat Geraldo Solis, die al slechtgehumeurd was doordat hij had moeten wachten, die avond behoorlijk de pee erin had gehad. Dat hij in de juiste stemming was geweest voor een fikse ruzie.
'Was meneer Solis humeurig?' vroeg ze.
'Nee, niet echt,' zei Murphy. 'Hij was een beetje... een brombeer. Hij was een vent die alles volgens de letter van de wet deed, een ex-marinier, die verwachtte dat de hele wereld zich streng aan de regels zou houden. Wanneer dat niet gebeurde, schoot hem dat in het verkeerde keelgat.'
'Zoals iemand die te laat kwam voor een afspraak.' Of een dochter die lesbisch was.
'Ja, maar... o, jeetje, u wilt toch niet beweren...'
'Ik stel alleen vragen, meneer Murphy.'
'Die vent van de kabelmaatschappij?' zei Murphy. 'Sjonge... Maar de politie zei dat Gerry rond middernacht vermoord was... Maar ik veronderstel dat hij daar wel een paar uur alleen heeft kunnen... sjongejonge.'
Een monteur van een kabelmaatschappij die 's avonds in het donker langskomt. Bij wiens maatschappij niets bekend was over een serviceafspraak. Maar twee jaar later hoefde dat niets te betekenen. Administratieve blunders werden overal gemaakt en de kabelmaatschappijen in L.A. waren berucht om hun incompetentie. Maar toch...

'Heeft hij u verteld waarom de monteur langskwam?' vroeg ze.
'Dat is ook iets wat Gerry dwarszat. Hij had nergens over geklaagd. Het was de maatschappij die zelf had gezegd dat ze langs moesten komen. Voor algemeen onderhoud of zo. Mijn god, denkt u echt...'
'Meneer Murphy, heeft u dit ook allemaal aan de rechercheur verteld die deze zaak oorspronkelijk behandelde?'
'Hustaad? Die heeft daar nooit naar gevraagd en ik heb er eigenlijk nooit over nagedacht. Hij wilde alleen maar weten of ik met Gerry kon opschieten. En of Maria met hem kon opschieten. Ik kreeg het gevoel dat hij me aan een onderzoek onderwierp. Een psychologisch onderzoek. Hij vroeg me ook waar ik rond middernacht was, daarom had ik het idee dat het rond middernacht was gebeurd. Normaal gesproken zou ik om die tijd op één oor liggen, maar die avond was ik nogal overstuur en ben met een kameraad gaan stappen, een bevriend collega. We zijn de kroeg ingedoken en ik heb tranen in mijn bier geplengd... bij wijze van spreken.'
'Kunt u zich verder nog iets herinneren dat meneer Solis over die kabelafspraak heeft gezegd?'
'Eigenlijk niet, nee... Ik geloof dat hij alleen maar heeft gezegd dat hij zich blauw zat te ergeren.'
'En hij heeft echt tegen u gezegd dat de man daar bij hem thuis was.'
'Ja. Ik denk... maar het kan ook best dat ik dat gewoon heb aangenomen. Hij praatte zacht, dus ik ging ervan uit dat er iemand bij hem stond. Maar ik zou er geen eed op durven afleggen. In de rechtszaal of zo.'
In de rechtszaal. Van uw lippen tot Gods oor.
Petra bleef nog even aandringen, maar ze kwam verder niets te weten. Ze bedankte hem.
'Goed, hoor,' zei hij. 'Veel geluk. Gerry was echt een fijne vent.'

Een monteur van de kabelmaatschappij, hoogstwaarschijnlijk een bedrieger, komt laat op de avond opdagen. Rommelt een beetje rond en kijkt om zich heen. En doet wellicht de achterdeur van het slot of laat een raam open zodat hij later weer naar binnen kan.
Of hij slaat Solis meteen dood, gaat op zijn dooie akkertje een ontbijt klaarmaken en drukt het gezicht van de oude man erin.
En neemt daarna iets te eten mee voor onderweg.
Gezonde dingen. Een moordenaar die goed voor zichzelf zorgt.
Wat had dat alles met Kurt en Marta Doebbler te maken?
Isaac had gelijk. Het was heel ongewoon om eerst je vrouw te vermoorden en je vervolgens op vreemden te concentreren. Zij had nog nooit gehoord dat zoiets eerder was voorgekomen.

Maar als Kurt Marta nou eens om een of andere persoonlijke reden om zeep had geholpen en toen tot de ontdekking was gekomen dat hij het leuk vond?

Nee, dat was té verknipt. Ze wist dat ze alleen maar op dat idee was gekomen omdat Doebbler zo'n onaangenaam type was.

Maar goed, het was ook volslagen idioot om zes mensen op dezelfde datum en rond dezelfde tijd de hersens in te slaan.

Aan de overkant van de kamer zat Isaac nog steeds over zijn getallen gebogen. Met zijn hand tegen zijn wang om de kneuzing te verbergen.

De knul had haar het leven knap lastig gemaakt. Waarom had hij niet besloten om zijn licht bij het kantoor van de sheriff op te steken?

Ze ging naar het toilet, riskeerde nog een kopje koffie en richtte haar aandacht weer op de 28-junidossiers. Ze legde Solis aan de kant en bestudeerde het andere geval dat zich niet in Hollywood had voorgedaan.

De zeeman met verlof, Darren Ares Hochenbrenner. Volgens twee andere zeelieden waren ze in Hollywood begonnen, maar Darren had afscheid genomen toen zij naar een film in de Egyptian waren gegaan.

Het lichaam was in het centrum gevonden, in Fourth Street, met leeggeroofde zakken.

Omdat het op grote afstand van de anderen was gevonden, als enige zwarte slachtoffer en met lege zakken, leek het idee van een gewelddadige overval die uit de hand was gelopen logisch. Ze controleerde opnieuw de afmetingen van de wond. Volkomen identiek aan die van Marta Doebbler... tot op de millimeter.

Rechercheur tweedeklas Ralph Seacrest had de leiding over het onderzoek gehad. Hij werkte nog steeds bij Central en klonk vermoeid.

'O, die,' zei hij. 'Ja, die kan ik me nog wel herinneren. De knul begon in jouw district en eindigde in het mijne.'

'Enig idee hoe hij in het jouwe terecht is gekomen?' vroeg Petra.

'Ik denk dat hij is opgepikt,' zei Seacrest.

'Door een hoerenloper?'

'Dat zou kunnen.'

'Was Hochenbrenner homoseksueel?'

'Dat is nooit aan de orde gekomen,' zei Seacrest. 'Maar een zeeman met verlof? Het zou ook kunnen dat hij is verdwaald. De knul kwam uit het Midwesten... ik geloof uit Indiana. En voor het eerst in de grote stad.'

'Hij lag in Port Hueneme.'

'Dat is niet de stad. Waarom ben je in hem geïnteresseerd?'

Petra draaide haar standaardverhaaltje af.

'Nog iemand met een ingeslagen schedel?' zei Seacrest. 'En werd jouw slachtoffer ook beroofd?'

'Nee.'

'Die van mij wel. Dit was een knul die verdwaalde en per ongeluk in een slechte buurt terechtkwam. Bovendien was hij stoned.'

'Waarvan?'

'Mari-hu-ana, een beetje sterkedrank... Pin me er niet op vast, want het is alweer een tijdje geleden, maar dat is wat mij is bijgebleven. Waar het op neerkwam, was dat hij aan de zwier was. Waarschijnlijk een tikje te enthousiast, iemand pikte hem op en de rest is geschiedenis.'

Petra verbrak de verbinding, controleerde het alcoholpercentage van Darren Hochenbrenner en zag dat het 0.02 procent was. Bij het gewicht van Hochenbrenner zou dat ongeveer neerkomen op één biertje. Er waren weliswaar ook minimale sporen van THC gevonden, maar die waren volgens de lijkschouwer waarschijnlijk al een paar dagen oud.

Dat kon je niet 'stoned' noemen. Ze vroeg zich af hoeveel moeite rechercheur Ralph Seacrest aan de zaak had besteed.

Er viel een schaduw over het dossier en ze keek op, in de verwachting dat ze Isaac zou zien.

Maar de knul zat niet meer achter zijn bureau. Het koffertje was ook verdwenen. Hij was zonder een woord te zeggen weggegaan.

Een receptioniste van beneden, een blondje, type cheerleader, dat Kirsten Krebs heette en pas onlangs in dienst was genomen, overhandigde haar een briefje met een boodschap. Het kind had zich vanaf het eerste moment vijandig gedragen.

Dr. Robert Katzman had teruggebeld. Een halfuur geleden.

Krebs was alweer op weg naar de trap. 'Waarom heb je hem niet doorverbonden?' vroeg Petra.

Krebs bleef staan. Draaide zich om. Wierp haar een boze blik toe. Zette haar hand in haar zij. Ze droeg een strak topje van zachtblauw elastisch materiaal en een strakke zwarte katoenen broek. De v-hals van het topje toonde een glimp van gebruinde en met sproetjes bezaaide borsten in een push-upbeha. Lang blond haar. Ondanks het feit dat haar gezicht te hard was om aantrekkelijk te zijn, hadden een paar van de rechercheurs zich toch omgedraaid om een blik te werpen op haar stevige jonge kontje. Dit was een wandelende uitnodiging voor een geval van seksuele intimidatie.

'Je was in gesprek.' Op een jengeltoontje.

Petra vuurde een vlijmscherpe glimlach af, recht op het wipneusje van het meisje. Krebs snoof en draaide zich sierlijk om. Terwijl ze wegliep, keek ze nog even naar Isaacs bureau.

Ze was niet veel ouder dan Isaac. Hooguit de helft van Isaacs IQ, maar ze had andere pijlen op haar boog. Ze zou de knul met huid en haar kunnen opvreten.

Moet je mij horen... de surrogaatmoeder.

Ze pakte de telefoon op en belde dr. Katzman. Kreeg weer dat zoetgevooisde boodschapje te horen en sprak zelf ook een bericht in. Heel wat minder zoetgevooisd.

19

Het was een grapje. Richard Jaramillo was dik, dus werd hij Flaco genoemd.

Dat was in groep vier geweest. Daarna begon Jaramillo te groeien en werd mager, zodat de bijnaam ineens wel paste.

In andere opzichten klopten de dingen voor Jaramillo een stuk minder goed.

Isaac kende hem nog van de openbare lagere school: een zenuwachtig, angstig en dik knaapje dat ouderwetse kleren droeg, helemaal achteraan in de klas zat en nooit had leren lezen. De onderwijzeres, opgezadeld met vijftig kinderen van wie de helft niet eens Engels sprak, had Isaac de opdracht gegeven om Flaco dat bij te brengen.

Flaco had afwezig op de opdracht gereageerd. Isaac kwam al snel tot de conclusie dat Flaco's grootste probleem was dat hij niet oplette. Daarna drong het al snel tot hem door dat het Flaco gewoon de grootste moeite kostte om op te letten.

Flaco had in alle opzichten een hekel gehad aan school, dus Isaac had bedacht dat een soort stelsel van beloningen misschien wel zou werken. Aangezien Flaco dik was, probeerde hij het met etenswaren. Mama was dolgelukkig toen hij vroeg of ze wat extra zoete tamales in zijn lunchdoosje wilde doen. Eindelijk begon Isaac te eten!

Isaac bood Flaco de tamales aan en Flaco leerde lezen op lagereschoolniveau. Veel verder kwam Flaco nooit. Zelfs met tamales was het een hele opgave.

'Het maakt toch niks uit,' zei hij tegen Isaac. 'Ik ga net als jij over naar groep vijf.'

Daarna moest de vader van Flaco Jaramillo de gevangenis in wegens doodslag en de jongen kwam gewoon niet meer naar school. Isaac merkte dat hij het jammer vond dat hij niet meer voor onderwijzer mocht spelen en wist ook niet precies wat hij met de extra tamales aan moest. Hij wilde Flaco bellen, maar mama zei tegen hem dat de familie Jaramillo uit schaamte naar een andere stad was verhuisd. Dat bleek een leugen te zijn: mevrouw Gomez had het altijd vervelend gevonden dat Isaac omging met een stout knulletje uit die familie, dat zootje tuig. In werkelijkheid waren de Jaramillo's uit hun flat in het Union District gezet en met hun allen in een van kakkerlakken vergeven pension van het allerlaagste allooi gepropt.

Vijf jaar later liepen de jongens elkaar weer tegen het lijf.

Dat was op een warme, van smog vergeven vrijdag, in de buurt van de bushalte.

Hij had de halve dag vrij van Burton gehad, omdat de onderwijzers een bijscholingscursus moesten volgen. Isaac had de middag in zijn eentje doorgebracht in het Museum voor Wetenschap en Industrie en was vanaf de bushalte op weg naar huis toen hij op de hoek twee zwart-witte politieauto's zag staan, achteloos met de neuzen naar elkaar en compleet met zwaailichten. Op het trottoir, een meter of twee daarvandaan, werd een mager knulletje in een slobberend T-shirt, een afgezakte broek en dure sportschoenen door vier gespierde agenten op de huid gezeten.

Ze hadden hem neergezet om te fouilleren, met gespreide benen, de armen omhoog en de handen plat tegen de stenen muur.

Isaac bleef op een afstand staan kijken. De smerissen ondervroegen de jongen, draaiden hem om, gingen nog dichter bij hem staan en begonnen te schreeuwen.

De jongen bleef er ijskoud onder.

Toen herkende Isaac hem ineens. Het babyvet was verdwenen, maar het gezicht was niet veranderd en Isaac voelde zelf hoe zijn ogen groot werden toen een onuitgesproken 'hè?' door zijn hoofd schoot.

Hij stapte nog verder achteruit, in de verwachting dat de politie Flaco Jaramillo zou arresteren. Maar dat gebeurde niet. Ze staken alleen waarschuwende vingers op, schreeuwden hem nog wat toe en gaven hem een paar duwtjes. Daarna stapten ze alle vier in hun auto's, alsof er een soort geheim alarm was afgegaan, en reden met een noodgang weg.

Flaco liep de straat op en stak in het kielzog van de politieauto's zijn middelvinger op. Toen viel zijn oog op Isaac en trakteerde hij hem op hetzelfde gebaar. Isaac draaide zich om en wilde weglopen, maar hij

schreeuwde hem na: 'Waar sta jij verdomme naar te loeren, klojo?'
Zijn stem was ook veranderd. Een klein jochie met een zware bariton.
Isaac liep weg.
'Yo, klojo, heb je me niet gehoord?'
Isaac bleef staan. Het magere jongetje kwam naar hem toe. Met een donkere blik en een samengeknepen en vastberaden gezicht. Een en al opgekropte woede en vernedering op het punt van uitbarsten. Klaar om zich op iemand te wreken.
'Ik ben het, Flaco,' zei Isaac.
Flaco bleef op een paar decimeter afstand staan. Hij rook naar wiet.
'Wie ben je dan wel, verdomme?'
'Isaac Gomez.'
Flaco's ogen veranderden in messcherpe spleetjes. Zijn gezicht leek op dat van een knaagdier, met dezelfde grote neus, de slappe kin en de vleermuisachtige oren die Isaac zich herinnerde. De oren leken nu zelfs nog groter, omdat ze meedogenloos benadrukt werden door een kaalgeschoren hoofd. Flaco was klein, maar met brede schouders. De opgezwollen aderen op zijn voorhoofd deden gebeeldhouwd aan. Een vertoon van spierkracht en de wens daar gebruik van te maken. Tatoeages op zijn knokkels en links in zijn hals. Het beeld in zijn hals was een akelig uitziende slang met wijd open bek en ontblote giftanden die zich op de kaak van Flaco Jaramillo leek te storten. Boven op zijn rechterhand stond het getal '187'. De politiecode voor 'moord'. Sommige bendeleden spraken de waarheid als ze zich daar openlijk op beroemden.
'Wie?'
'Isaac Gomez. Groep vier op...'
'Gomez. Mijn verrekte onderwijzer. Man.' Flaco schudde zijn hoofd.
'Nou, nou...'
'Hoe ist?' vroeg Isaac.
'Tof.' Flaco glimlachte. Rottende tanden, een paar gaten in de bovenkaak. Zijn kleren waren doortrokken van de kruidige lucht van marihuana. Daarom had de politie hem opgepakt. Maar ze hadden niets gevonden. Flaco had zich op tijd van het spul ontdaan.
'Verrekte onderwijzer,' zei Flaco nog een keer. 'Wat doe je tegenwoordig? Waarom zie je eruit als een flikker?'
'Ik zit op een privéschool.'
'Een privéschool? Wat is dat nou weer, verdomme?'
'Gewoon een school,' zei Isaac.
'Waarom ga je daarnaartoe?'
Isaac haalde zijn schouders op.

'Moet je er daarom als een flikker uitzien?'

'Dat ben ik niet.'

Flaco bekeek hem nog eens. En grinnikte. 'Je hebt er als onderwijzer geen barst van terechtgebracht, kerel. Ik weet nog steeds de ballen.' Isaac haalde opnieuw zijn schouders op en deed zijn best om nonchalant en koel over te komen. 'Ik was negen. Ik vond jou anders behoorlijk slim.'

Flaco's grijns verdween. 'Dat was dan knap stom van jou.'

Hij spande de vingers van de hand met de 187-tatoeage. Stak zijn arm uit en gaf Isaac een klap op zijn rug. Duwde hem zijn hand onder de neus voor een soulshake. Zijn huid was hard, droog en ruw, als slecht geschuurd hout. Hij lachte. Zijn adem stonk.

'Leuk om je weer te zien, man,' zei Isaac. 'Maar nu moet ik ervandoor.'

'Ervandoor? Wat bedoel je daarmee, is dat uit een film of zo?' Flaco leek even te peinzen. Daarna klaarde zijn gezicht op. 'Laten we ergens wiet gaan roken, man. Ik heb nog iets verstopt op een plekje waar die klojo's het niet kunnen vinden.'

'Nee, bedankt.'

'Nee, bedánkt?'

'Ik rook niet.'

'Man,' zei Flaco. 'D'r klopt geen hol van jou.'

Hij stapte achteruit en bekeek Isaac opnieuw van top tot teen. 'Geen hol.'

'In ieder geval bedankt.'

Flaco woof die opmerking weg. 'Ga dan maar, man. Ga weg.'

Terwijl Isaac zich omdraaide, zei Flaco: 'Jij hebt geprobeerd om mij van alles te leren, dat weet ik nog wel. En ik kreeg tamales van je, of dat soort troep.'

'Zoete tamales.'

'Dat zal wel. Dus jij vond mij slim, hè?'

'Ja.'

Flaco lachte zijn rotte tanden bloot. 'Kun je zien hoe stom jij bent. Hé man, wat zou je hiervan zeggen. We gaan ergens naartoe en dan kan ik gaan zitten roken terwijl jij toekijkt en we ondertussen... lekker gaan zitten kletsen. Om te horen wat we de afgelopen jaren hebben uitgevreten?'

Isaac moest er even over nadenken, maar niet lang.

'Prima,' zei hij. Uiteindelijk had hij uit beleefdheid toch een paar trekjes genomen.

Ze kwamen elkaar een of twee keer per jaar tegen, meestal toevallig op straat, net als de eerste keer. Af en toe had Flaco geen tijd voor

Isaac, op andere momenten leek hij behoefte te hebben aan gezelschap. Als ze samen waren, was het altijd Flaco die zat te roken en aan het woord was en Isaac die luisterde. Op een keer, toen ze zestien waren, was Isaac om de een of andere reden in een slecht humeur geweest en had de wiet geïnhaleerd. Hij haatte het brandende gevoel dat hij van de rook in zijn longen kreeg en het zweverige gevoel in zijn hoofd, dat maakte dat hij veel te veel lachte en zichzelf niet meer in de hand had. Hij liep beneveld naar huis en kroop in bed tot het tijd was voor het eten. Daarna propte hij zich vol. Mama had goedkeurend toegekeken.

Toen ze zeventien waren, had Isaac voor Flaco een stel papieren moeten ontcijferen die betrekking hadden op een voorwaardelijke veroordeling, omdat Flaco's leesvermogens op hetzelfde lagere-schoolniveau waren blijven steken.

'Mijn reclasseringsambtenaar is een stomme klojo, maar ik wil me er echt aan houden, man, en geen afspraak missen, zodat ik zo gauw mogelijk van dit gelul af ben.'

In de papieren stond dat Flaco sigaretten uit een automaat had gestolen en was veroordeeld tot een jaar voorwaardelijk. Artikel 466.3 uit het Wetboek van Strafrecht. Dat soort dingen liet je niet op je hand tatoeëren.

Het jaar daarop liet Flaco Isaac zijn vurwapens zien. Een groot, zwart automatisch pistool, dat diep weggestoken zat in een zak van zijn slobberige kaki broek en een kleiner met chroom bekleed gevalletje waarmee zes kogels konden worden afgevuurd en dat met tape om zijn enkel zat.

Een pistool aan zijn enkel? Dat heeft hij vast in een film gezien.

'Cool,' zei Isaac. Hij wist inmiddels precies hoe Flaco's temperament in elkaar stak: nerveus, onstabiel en met een volledig gebrek aan angst. Die laatste eigenschap maakte Flaco gevaarlijker dan een gifslang.

Flaco raakte niet uitgepraat over de vuurwapens, wat je ermee kon doen, hoe je ze moest schoonmaken en wat een koopje ze waren geweest.

Isaac luisterde. Als je luisterde, bleven mensen kalm en dan vonden ze je altijd intelligent en interessant.

'Met dat leven dat jij leidt,' zei Flaco graag, 'word je op een dag schatrijk, man.'

'Dat betwijfel ik.'

'Ammehoela, man. Jij wordt een rijke dokter en dan kun je net zoveel dope krijgen als je wilt.' Met een vette knipoog. 'Wij blijven vast wel vriendjes, man.'

Isaac lachte.

'Grappig, hè?' zei Flaco. 'Echt te gek, verdomme.' Maar hij lachte zelf ook.

Isaac stapte uit de bus en ging op weg naar de kroeg op Fifth in de buurt van Los Angeles Street. Niet ver, besefte hij plotseling, van het steegje waarin een van de 28-junislachtoffers, de zeeman Hochenbrenner, zijn laatste adem had uitgeblazen.

Een slechte buurt, ook al onderging het centrum een verjongingskuur. Cantina Nueva was de plek waar je Flaco overdag kon aantreffen en waar hij zich met zijn zaken bezighield, waar die ook uit mochten bestaan. Flaco pochte graag en Isaac was wel bereid om naar een aantal van zijn verhalen te luisteren. Bij andere zorgde hij ervoor dat ze het ene oor in en het andere oor uit gingen.

En soms was Flaco erg zwijgzaam en praatte nergens over. Ze waren allebei inmiddels jongemannen geworden en ze wisten dat het in hun beider belang was als bepaalde dingen niet aan de orde kwamen.

Isaac was dit jaar tweemaal in de kroeg geweest, beide keren op verzoek van Flaco. Een keer omdat Flaco weer wat papieren had die ontcijferd moesten worden: de akte van overdracht van een huis in 172nd. Flaco's makelaar had hem verzekerd dat alles oké was, maar die vent was een regelrechte gladjanus en Flaco wist heel goed wie wel en wie niet te vertrouwen was.

Flaco, net drieëntwintig, zou binnen niet al te lange tijd een huis bezitten. Isaac was platzak en de ironie daarvan ontging hem niet.

De tweede keer beweerde Flaco dat hij alleen maar wilde praten, maar toen Isaac in de kroeg kwam, bleef hij op zijn bank zitten en het bleek een van die dagen te zijn waarop hij nauwelijks zijn mond opendeed. Hij bleef maar kopstoten voor hen allebei bestellen en Isaac probeerde zo lang mogelijk met zijn drankjes te doen. Maar hij werd niet alleen dronken, maar ook doodmoe. Een onafgebroken stroom mensen bleef naar binnen stromen, rechtstreeks naar Flaco toe. Er werden blikken gewisseld en contant geld veranderde van eigenaar. In ruil daarvoor kregen ze glanzende chroomkleurige dingen in papieren zakken. Of poeder in plastic zakjes.

Het ontbreekt er nog maar aan dat er hier zo een razzia plaatsvindt. Dan kan ik mijn studie medicijnen wel vergeten.

Flaco had Isaac aan de binnenkant van de bank plaats laten nemen, met zijn gezicht naar de biljarttafel en de rug tegen de beschimmelde muur. Daarna was hij naast Isaac gaan zitten, die daardoor min of meer opgesloten zat.

Hij wilde kennelijk dat Isaac alles zag. Dat hij alles zou weten.

Na een paar kopstoten zei Flaco: 'Mijn pa is dood, neergestoken in de douche in Chino.'

'O, man, wat erg voor je,' zei Isaac.

Flaco lachte.

Vanmiddag was het bloedheet in de duistere kroeg waar een zurige zweetlucht hing. De tent was bijna leeg, op een stel oude Tio Taco's na die aan de bar hingen en drie jonge knullen die eruitzagen alsof ze net over de grens waren gekomen en die nu een spelletje pool speelden aan de enige, gehavende biljarttafel. *Klik klik klik* stootten de keus tegen de plastic ballen, die een vervelend geratel produceerden als ze door de metalen buis naar beneden rolden. In het huis van de dokters Lattimore stond ook een pooltafel, ze hadden zelfs een hele met houten panelen beklede kamer die gereserveerd was voor biljartspelletjes. Aan die tafel zat niet zo'n lawaaierige buis, maar gevlochten leren zakken waarin de ballen geruisloos verdwenen.

Pang. Spaans gevloek. Uit de jukebox denderde een slechte mengeling van mariachi en rockmuziek.

Flaco zat onderuitgezakt op zijn bank, in een zwart T-shirt met daarover een zwart denim jack. Voor hem stonden de lege glazen van een kopstoot. Hij had zijn haar weer laten groeien, maar wel in een raar model. De bovenkant van zijn hoofd was kaalgeschoren, met twee banen haar langs de zijkanten, en in zijn nek bungelde een kort, stijf vlechtje, dat wel iets weghad van de staart van een reptiel. Dunne snorhaartjes aan weerskanten van zijn mond. Meer haar wilde daar niet groeien.

Isaac kwam tot de conclusie dat hij er precies zo uitzag als een Hollywood-regisseur zich een Chinese booswicht voor zou stellen.

Isaac bleef staan tot Flaco hem wenkte.

Een snelle soulshake. 'Bro.'

'Hoi.' Isaac glipte in de bank tegenover hem. Hij was bij een drogist langs geweest en had een tube vloeibare make-up gekocht om de kneuzing te verbergen. Het resultaat was nogal vlekkerig, maar als je niet te goed keek, zou je het misschien niet zien.

Aan de zwelling kon hij niets doen, maar Flaco had altijd moeite om zich te concentreren en als je daar de slechte verlichting in de kroeg bij optelde, durfde hij toch de hoop te koesteren dat een uitleg niet nodig zou zijn.

'Wasteraandehand?' vroeg Flaco met dubbelslaande tong. De manchetten van de lange mouwen aan zijn jack waren dichtgeknoopt. Meestal rolde hij ze op. Om de sporen van naalden te verbergen? Flaco ontkende altijd dat hij spoot en beweerde nadrukkelijk dat hij er de voorkeur aan gaf het spul te roken, maar wie weet?

Hij was altijd rusteloos geweest, niet in staat zich bij dingen neer te leggen.

'Alles bij het ouwe,' zei Isaac.

'Bij het ouwe, kloot op, waarom ben je verdomme dan hier?'

Isaac haalde zijn schouders op.

'Dat doe je altijd,' zei Flaco. 'Dat met die schouders. Vooral als je wat te verbergen hebt, man.'

Isaac lachte.

'Ja, echt om te lachen, klootzak.' Flaco's hoofd wiebelde.

'Ik moet een pistool hebben,' zei Isaac.

Flaco keek op. Langzaam. 'Watte?'

Isaac herhaalde wat hij had gezegd.

'Een pistool.' Flaco gniffelde. 'Hoezo, wou je vliegtuigen neerschieten en een van die terroristen worden?' Hij blies zijn wangen op in een poging kanonschoten te imiteren. Een licht gepuf was het enige resultaat. Hij kuchte. Hij had absoluut iets gebruikt.

'Om mezelf te beschermen,' zei Isaac. 'Tegen de buurt.'

'Heeft iemand met je geklooid? Zeg maar wie, dan zal ik ze in hun vet geven.'

'Nee, niks aan de hand,' zei Isaac. 'Maar je weet hoe het is. Soms gaat het beter en dan is het weer niks. Op het moment is het niks.'

'Heb je problemen, man?'

'Nee, alles is oké. En ik wil het zo houden.'

'Een pistool... je mama... die tamales.' Flaco likte zijn lippen af. 'Die waren hartstikke lekker. Kun je me daar nog een paar van bezorgen?'

'Ja hoor.'

'Echt?'

'Geen enkel probleem.'

'Wanneer?'

'Wanneer je wilt.'

'Als ik bij jullie aan de deur kom, la je me dan naar binnen om me aan je mama voor te stellen? En krijg ik dan weer van die zoete tamales?'

'Absoluut,' zei Isaac, in de wetenschap dat dat toch nooit zou gebeuren.

En dat wist Flaco ook. 'Een pistool,' zei hij, plotseling nadenkend. 'Dat geeft wel... eh... je weet wel... een bepaalde verantwoordelijkheid.'

'Die kan ik wel aan.'

'Kun je schieten?'

'Ja hoor,' jokte Isaac.

'Gelul, klojo.'

'Ik kan het wel aan.'

'Je zult jezelf voor je donder schieten... als jij je eigen *cojones* afschiet, zal ik geen traan laten, hoor.'

'Ik red me heus wel.'

'Pang pang,' zei Flaco. 'Nee, dat lijkt me niks, man. Waarom moet jij nou goddomme met zo'n verrekt pistool gaan lopen klooien?'

'Ik tik er toch wel een op de kop,' zei Isaac. 'Op de een of andere manier.'

'Doe niet zo stom, man.' Op het moment dat Flaco besefte wat hij had gezegd, kreeg hij de slappe lach.

Isaac wilde opstaan, maar Flaco greep zijn pols vast. 'Neem een borrel, bro.'

'Nee, bedankt.'

'Laat je me zakken?'

Isaac draaide zich om en keek Flaco recht in het gezicht. 'Voor zover ik het kan bekijken laat jij míj zakken.'

Flaco's glimlach verdween. Zijn hand bleef Isaacs pols vastklemmen. Een nieuwe 187-tatoeage. Op de andere hand. Groter. Nieuwer. Zwarte inkt. En met een grijzend doodshoofdje in het bovenste ringetje van de acht. 'Wil je niets van me drinken?'

'Eentje dan,' zei Isaac. 'Dan ga ik ervandoor. Ik moet nog iets opknappen.'

Flaco gleed van de bank, wankelde naar de bar en kwam terug met twee kopstoten. Terwijl ze samen zaten te drinken, viste hij een witte plastic boodschappentas onder het zwarte denim jack uit en liet die onder de tafel zakken.

Isaac keek omlaag. Een tas van een juwelier, met het logo van Diamond World.

'Hartelijk gefeliciteerd, klojo.'

Isaac pakte de tas aan. Die was zwaar. Onderin zat iets dat in wc-papier gewikkeld was. Hij zorgde ervoor dat zijn handen onder tafel bleven toen hij het papier gedeeltelijk wegtrok.

Een glimmend klein voorwerp. Gedrongen, met een vierkante loop en zonder meer kwaadaardig.

20

VRIJDAG 14 JUNI, 14.34 UUR, AFDELING RECHERCHE, HOLLYWOOD
DIVISIE
Petra liet opnieuw twee berichten achter voor dr. Robert Katzman,
het laatste onmiskenbaar geïrriteerd.
Meteen daarna had ze al spijt van haar toon. Zelfs als ze de onco-
loog uiteindelijk bereikte, wat schoot ze daar dan mee op? Hij had
Sandra Leon voor leukemie behandeld, wat zou hij haar verder kunnen vertellen?
Maar daarentegen was ze ervan overtuigd dat de secretaresse van de
afdeling oncologie nerveus was geworden toen ze over Sandra begon.
Maar wie garandeerde haar dat dat iets te maken had met het meisje met de roze schoenen of een ander aspect van de Paradiso-zaak?
Ze liep naar beneden en ging op zoek naar Kirsten Krebs, die in een
mouwloos hemdje en een spijkerbroek rondhing bij de ijswaterauto-
maat. Ze gaf haar opdracht om Katzman onmiddellijk door te geven
als hij terugbelde.
Krebs sloeg haar ogen neer en zei: 'Ja, prima.' Toen ze dacht dat Petra buiten gehoorsafstand was, mompelde ze: 'Krijg het heen en weer.'
Petra liep terug naar haar bureau met een doelloos gevoel. Ze had
slecht geslapen, onder druk van alles wat op niets was uitgedraaid.
Nog maar twee weken, dan was het weer 28 juni. Isaac had zich al
een paar dagen niet laten zien. Had de knul zijn jeugdige enthousiasme voor de schandalige plot verloren? Of zou het iets te maken
hebben met die kneuzing?
Wat het ook was, wie zou zich daar druk over maken?
Jammer genoeg deed zij dat wel. Ze richtte haar aandacht weer op
de gekopieerde dossiers en nam de twee waarmee ze het meest vertrouwd was – die van Doebbler en Solis – opnieuw door op zoek
naar nieuwe aanwijzingen zonder iets te vinden.
Dat bleef zo tot ze het rapport van de lijkschouwer over Coral Langdon, de vrouw die haar hond had uitgelaten, nog eens doorlas en iets
vond wat haar de eerste paar keer was ontgaan. Het stond ergens
midden in de in kleine lettertjes uitgedraaide lijst met gevonden vezels en haren, die aan een paar labrapporten vastgeniet was.
Er waren twee typen hondenhaar op Langdons kleren aangetroffen.
Dat was niet vermeld in het summiere verslag van de lijkschouwer.
De patholoog had het niet belangrijk gevonden. En hij zou best gelijk kunnen hebben.
De aanwezigheid van haren van de cocker-poedelkruising was lo-

gisch. De kleine Brandy was samen met haar vrouwtje doodgeslagen. *Stomme kleine teef. De hele wereld is mijn toilet.*
Maar samen met de champagnekleurige krulletjes die van Corals paarse, zuiver scheerwollen vest van Robinsons-May, maat M en haar zwarte katoenen stretchbroek van Anne Klein, maat 36, waren geschraapt was een kleinere, maar niet te verwaarlozen hoeveelheid steile en stuggere haartjes gevonden.
Kort, donkerbruin en wit. Hondenhaar. Er was geen DNA-test gedaan om het ras van de hond vast te stellen.
Er was ook geen reden geweest voor dat soort overdreven maatregelen. Er waren genoeg logische verklaringen voorhanden, waaronder de veronderstelling dat Coral Langdon twee honden had gehad. Alleen was dat volgens het dossier niet zo. Rechercheur Shirley Lenois had dan misschien de datum van 28 juni over het hoofd gezien, maar Shirley was een hondenliefhebster geweest, die zelf drie Afghanen had, en het zou haar niet ontgaan zijn als er sprake was geweest van twee honden.
Misschien had de kleine Brandy een hondenvriendje gehad, wat van zijn haren opgepikt en die overgeheveld op Coral.
Of een zwerfhond had de beide lijken ontdekt en afgesnuffeld.
Of Coral Langdon was, tijdens haar nachtelijke wandeling in Hollywood Hills, vergezeld van een ondermaats keffertje dat haar geen millimeter bescherming kon bieden, iemand anders tegengekomen die een hond uitliet.
Ze waren blijven staan om over hun honden te praten. Dat deden hondenliefhebbers altijd, als je gek was op je huisdier wilde je meteen aan iedereen de laatste nieuwtjes doorgeven.
Daarom was een hond vaak ook zo'n goeie smoes voor iemand die kwaad in de zin had. Petra herinnerde zich een geval dat ze had behandeld toen ze nog maar net op de afdeling Autodiefstallen werkte. Een aantrekkelijk ogende dief met een studentikoos uiterlijk – hoe heette hij ook alweer – die altijd een logge, ruim zestig pond wegende buldog bij zich had... Monroe. Ze kon zich de naam van de hond wel herinneren, maar niet die van de vent. Wat zou dat inhouden?
De methode die het studentje erop na hield, was om toevallig langs dames te lopen die net in hun dure auto gearriveerd waren op de parkeerplaats van een winkelcentrum. Als ze uitstapten, kwam hij langs slenteren, met Monroe in zijn kielzog. De vrouwen gingen meteen voor de bijl, als ze maar één blik op het gerimpelde kikkergezicht van de hond met de korte poten wierpen. Uiteraard volgde er meteen een babbeltje, waarbij het studentje – Lewis nog wat – geen enkele moeite had om zich voor te doen als een eerlijke hondenliefhebber, hoe-

wel Monroe in feite van zijn zuster was. De vrouwen begonnen prompt het stoïcijnse, hijgende dier te aaien en aan te halen en liepen dan opgewekt door. En de helft van de tijd vergaten ze om hun auto's af te sluiten en/of het alarm in werking te stellen.

Ja hoor, iemand die vergezeld was van een hond kon er bijna zeker van zijn dat hij door vreemden niet met de nek werd aangekeken.

Petra dacht na over de manier waarop Coral Langdon mogelijk aan haar eind was gekomen. Een man met een hond – een blanke man, die eruitzag alsof hij tot de middenklasse behoorde, iemand die niet uit de toon zou vallen in de buurt van Coral Langdon in Hollywood Hills – komt haar tegemoet op de rustige, heuvelachtige weg.

Coral met haar poezelige kameraadje, de vent met een grotere hond. Geen eng beest, zoals een pitbull, maar iets met korte donkerbruine en witte haren. Misschien een Duitse staander of een vuilnisbakkenras, dat deed er niet toe.

Een vriendelijk beest dat niet dreigend overkwam.

Ze werkte het verhaal verder uit en zag in gedachten hoe Coral en de Vent met de Hond bleven staan om een praatje te maken. Misschien moesten ze wel lachen omdat hun harige vriendjes gelijktijdig gingen zitten poepen.

Of ze hadden van die leuke 'honden zijn net mensen'-verhaaltjes uitgewisseld.

Coral – vrijgezel, gezond en zag er jong uit voor haar leeftijd – had die mannelijke aandacht misschien zelfs wel leuk gevonden. Ze hadden een beetje staan flirten en misschien zelfs telefoonnummers uitgewisseld. Er was geen nummer op Corals lichaam aangetroffen, maar dat zei niets. De Vent met de Hond had het weer terug kunnen pakken, toen zijn werk erop zat.

Zijn werk.

Hij had rustig zijn kans afgewacht toen hij en Coral elkaar vriendelijk 'nog een prettige avond verder' toewensten.

Daarna hadden Coral en Brandy zich omgedraaid om door te lopen.

Boem.

Van achteren neergeknuppeld. Net als alle anderen. Een lafaard. Een berekenende, gewiekste lafaard die zijn slachtoffers niet aan durfde te kijken.

Creatief, om met Milo Sturgis te spreken. Het was zijn lievelingseufemisme voor zaken die vastgelopen waren.

Petra vroeg zich af wat hij van die hele toestand zou denken. En Delaware.

Ze stond net te piekeren of ze een van beiden zou bellen, toen Kirsten Krebs met grote passen op haar bureau af beende en met uitgestrekte arm een boodschap recht onder haar neus liet vallen.

'Heeft hij opgehangen?' vroeg Petra.

'Dit was niet de vent van wie je hebt gezégd dat ik hem moest doorverbinden,' zei Krebs. 'Maar aangezien je zoveel waarde hecht aan je boodschappen, kom ik je deze persoonlijk overhandigen.'

Petra griste het briefje op. Eric had drie minuten geleden gebeld. Hij had geen nummer achtergelaten.

De boodschap in het verkrampte handschrift van Krebs luidde: *Geloof niet alles wat je op het nieuws ziet.*

'Wat dat ook mag betekenen,' zei Krebs. 'Hij klonk een beetje raar.'

'Hij werkt hier ook bij de recherche.'

Dat maakte geen enkele indruk op Krebs.

'Heb je tegen hem gezegd dat ik er niet was?' vroeg Petra.

'Hij was niet de vent over wie jij het had,' hield Krebs stug vol.

'Verdomme...' Petra las het bericht nog een keer. 'Prima. Tot ziens.'

Krebs zette haar handen in haar zij, leunde op één been en zoog haar wangen in. 'Als je kieskeurig wilt zijn, moet je me ook precíés vertellen wat je wilt.' Ze blies de aftocht.

Geloof niet alles wat je op het nieuws ziet.

Petra liep naar de garderobe, waar de laatste afgedankte tv terecht was gekomen.

Dit was een Zenith, die geplaagd door een eeuwige ruis en zonder kabelaansluiting wiebelend op een van de vensterbanken stond. Petra zette het toestel aan en schakelde langs alle zenders tot ze een plaatselijke nieuwsuitzending vond.

Regionaal nieuws, niets wat ook maar in de verste verte met het Midden-Oosten te maken had.

Zat Eric daar eigenlijk wel?

Geloof niet... oké, maar alles was in orde, hij had gebeld, ze hoefde zich geen zorgen te maken.

Waarom had hij er niet op gestaan dat hij doorverbonden werd?

Omdat hij dat niet had gewild. Moeilijke omstandigheden? Iets waarover hij niet mocht praten?

Haar hart bonsde en ze kreeg pijn in haar maag. Ze liep haastig terug naar de afdeling recherche. Barney Fleischer zat achter zijn bureau, met zijn colbertje opgeschort bij zijn schouders. Neuriënd terwijl hij zijn administratie keurig op stapeltjes legde.

'Is hier in de buurt iemand die CNN kan ontvangen?' vroeg ze.

'Ik geef zelf de voorkeur aan Fox News,' zei Barney. 'Eerlijker en beter uitgebalanceerd en zo.'

'Maakt me niet uit.'

'Het dichtstbij is volgens mij Shannons.'

Petra was nooit in de Ierse pub geweest, maar ze wist wel waar de tent was. Op Wilcox, net ten zuiden van de Boulevard, een wandelingetje van niks.

'Ze hebben daar een mooi plat scherm en soms zetten ze een nieuwszender aan als er geen sport is,' zei Barney.

Ze liep op een holletje naar Shannons, ging aan de bar zitten en bestelde een cola. Het platte scherm was een LCD-tv van een meter dertig breed die als een raam in de muur boven de rekken met drank was gezet. Het toestel stond op MSNBC.

Niets over het Midden-Oosten in de hele nieuwsuitzending en de balk met het lopende nieuws onder in het beeld was uitgeschakeld. Ze vroeg de barkeeper of die ingesteld kon worden.

'We zetten dat ding opzettelijk uit,' zei hij. 'Als je het voortdurend mee laat lopen, worden er letters in het scherm gebrand.'

'Mag hij ook niet een paar minuten aanstaan? Of misschien kunnen we een van de andere zenders proberen.'

Hij keek fronsend naar haar frisdrank. Daarmee had ze eigenlijk geen recht op een speciale behandeling. Maar er was verder niemand in de tent, dus stond hij even met de afstandsbediening te rotzooien tot de balk verscheen.

Ze zat het financiële nieuws uit en de herhaling van de basketbaluitslagen voordat het internationale nieuws voorbijkwam: een aardbeving in Algerije – het Midden-Oosten – maar niets waarvoor Eric haar zou bellen.

Waarom had hij niet gewoon openlijk...

De stem van de nieuwslezeres klonk ineens een toon hoger en Petra spitste haar oren. '... meldt dat Amerikaans militair personeel er waarschijnlijk gedeeltelijk verantwoordelijk voor was dat het dodental bij een zelfmoordaanslag in Tel Aviv niet hoger is uitgevallen...'

Een strandcafé aan een van restaurants vergeven boulevard langs de Middellandse Zee. Mensen die zich probeerden te amuseren op een warme, zonnige dag. Israëli's, een stel Duitse toeristen en een paar buitenlandse werknemers uit Thailand. Niet nader genoemde Amerikaanse 'veiligheidsofficieren'.

Een smeerlap met een bommenvest onder zijn regenjas komt van de overkant van de straat aanlopen.

De zwarte regenjas van de smeerlap had voor iedereen met ook maar een greintje opmerkingsgave een waarschuwing moeten zijn.

En dat was ook het geval. Hij was tegen de grond gewerkt en uitgeschakeld voordat hij de kans had gehad om een ruk te geven aan het ontstekingskoord van zijn met plastic explosieven, kogellagers en spijkers gevulde vest.

De eerste klap was uitgedeeld door de jongens die aan de goede kant stonden.

Een paar tellen later komt smeerlap nummer twee aanslenteren, blijft op zes meter afstand staan en trekt aan het koord waarmee hij zichzelf in een jihadburger verandert. Hij sleept twee Israëli's mee naar het hiernamaals – een moeder en haar tienerdochter.

En: 'Volgens de berichten is er een groot aantal gewonden...'

Twee vuile klootzakken. Als er niet iemand met een stel scherpe ogen had gezeten, had het veel erger kunnen zijn.

Iemand.

Een groot aantal gewonden liet een hoop mogelijkheden open.

Eric was in ieder geval in staat geweest om haar te bellen.

Waarom had hij er niet op gestaan om doorverbonden te worden, verdorie?

'Hebt u genoeg gezien?' vroeg de barkeeper. 'Kan ik die balk nu weer weghalen?'

Petra gooide hem een briefje van tien toe en liep de bar uit.

21

Terug op het bureau holde ze meteen de trap op naar de garderobe, zette de oude Zenith aan en was net op tijd voor het nieuws van vier uur op KCBS. De bomaanslag in Tel Aviv was het derde bericht, na de twijfelachtige geloofwaardigheid van de wetgevende macht en een nieuw bankfraudeschandaal in Lynwood.

Dezelfde naakte feiten en vrijwel identieke bewoordingen. Wat had ze dan verwacht?

Toen ze de rechercheafdeling op liep, kwam ze bijna in botsing met Kirsten Krebs.

'O, daar ben je. Ik heb hem in de wacht gezet.'

Petra holde naar haar bureau en pakte de telefoon op. 'Connor.'

'De geïrriteerde rechercheur,' zei een zoetgevooisde stem. Dr. Bob.

'Neem me niet kwalijk, dokter Katzman, maar ik heb een zware week achter de rug.'

'Ik neem aan dat u daar regelmatig mee geconfronteerd wordt.'

Maar dat geldt ook voor jou, als kankerspecialist. 'Bedankt dat u hebt teruggebeld. Zoals ik al heb verteld was Sandra Leon getuige van een moord en we slagen er maar niet in om haar te bereiken.'

'Helaas kan ik u in dat opzicht niet helpen,' zei Katzman. 'Ze is geen patiënt meer van mij. En ik kon haar ook nooit bereiken.'

'Waar krijgt ze dan nu chemotherapie?'

'Hopelijk nergens, rechercheur. Sandra heeft geen leukemie. Hoewel ze ons dat wel wilde wijsmaken.'

'Heeft ze gelogen dat ze ziek was?'

'Liegen schijnt een van haar grootste talenten te zijn,' zei Katzman. 'Maar ik heb me kennelijk niet duidelijk genoeg uitgedrukt toen ik zei dat ze geen patiënt meer van mij was. Ik heb haar nooit onder behandeling gehad. Daarom vind ik het ook geen probleem om met u te praten.'

'Vertel dan maar op, dokter.'

'Ze kwam vorig jaar opdagen met een brief van een arts in Oakland, waarin stond dat bij haar AML was geconstateerd, acute myeloïde leukemie, dat ze in remissie was en regelmatig gecontroleerd moest worden. In de brief stond ook dat ze een zelfstandige minderjarige was, die bij familie inwoonde en financiële steun nodig zou hebben. Onze maatschappelijk werkster stuurde haar door naar alle juiste instanties en maakte ook een afspraak voor haar met mij. Sandra hield zich aan de afspraken met de diverse instanties, maar schitterde door afwezigheid op het spreekuur van oncologie.'

'Over welke instanties hebben we het precies?'

'Er zijn zowel door de staat als door het district bepaalde programma's in werking gesteld voor kinderen met kanker. Daarbij worden medicijnen, vervoer en woonlasten vergoed, plus pruiken voor patiënten die hun haar verliezen. En ze betalen een deel van de ziektekosten.'

'Aha,' zei Petra.

'Inderdaad,' zei Katzman. 'En zodra een kind geregistreerd staat, wordt het gezin ook door de sociale dienst ondersteund. En dat biedt weer een aantal voordelen, zoals gratis voedingsmiddelen en dat soort dingen.'

'Dus Sandra profiteerde van alle voordeeltjes, maar verscheen niet op het spreekuur.'

'Technisch gesproken maakt dat voor die instanties niets uit. Het enige wat voor hen telt, is de diagnose, de patiënt hoeft niet per se een behandeling te ondergaan. Ik kwam er pas later achter dat op een aantal formulieren vermeld stond dat ze wél onder behandeling was.'

'Formulieren die Sandra zelf ingevuld had.'

'U hebt het meteen door.'

'Hebt u haar wel eens gezien?'

'Maanden nadat ze met de maatschappelijk werkster had gesproken. De eerste keer dat ze niet kwam opdagen, hebben we het nummer gebeld dat op haar inschrijfformulier stond, maar dat was afgesneden. Daar maakte ik me wel een beetje ongerust over, maar ik dacht dat ze verhuisd was. Of dat ze van gedachten was veranderd en naar een andere arts was gegaan. Daarna kreeg ik een paar van haar formulieren op mijn bureau om voor akkoord te tekenen en ik trok alles opnieuw na en vroeg me af wat er aan de hand was. Ik vroeg de maatschappelijk werkster om bij haar langs te gaan. Toen bleek dat het adres dat Sandra ons had gegeven een postadres was.'

'Waar?'

'Ik zou het niet weten,' zei Katzman. 'Misschien kan Loretta, de maatschappelijk werkster, u dat vertellen.'

'Wat is haar achternaam?' vroeg Petra.

'Loretta Brainerd. Dus Sandra was getuige van een moord?'

'Meerdere moorden,' zei Petra. 'De Paradiso-schietpartij.'

'Daar heb ik iets over gehoord,' zei Katzman.

'In Baltimore?'

'Ik ben de dag ervoor pas vertrokken.'

'Uiteindelijk hebt u haar dus wel onder ogen gehad,' zei Petra. 'Wat vond u van haar?'

'Ik heb ervoor gezorgd dat KKF, het Kinder Kankerfonds, haar een brief stuurde met de mededeling dat ze al haar uitkeringen kwijt zou raken als ze zich niet aan haar controleafspraken hield. De volgende dag kwam ze al opdagen, keurig op tijd. In tranen en vol spijtbetuigingen. Ze bleef maar doorzeuren over een of andere familiecrisis, waarvoor ze ineens op reis had gemoeten.'

'Waarnaartoe?'

'Als ze me dat heeft verteld, kan ik me daar niets van herinneren. Eerlijk gezegd luisterde ik niet eens. Ik was geïrriteerd omdat ik het idee had dat ze me aan het lijntje hield. Maar toen de sluizen opengingen, begon ik toch weer te twijfelen. Ze kan verdomd goed toneelspelen. Maar het belangrijkste was dat ik haar medisch wilde onderzoeken, want wat ik zag, beviel me helemaal niet. Niet alleen haar huid was geel, maar ook haar ogen. Geelzucht kan een teken zijn van terugval, het feit dat de ziekte is doorgedrongen tot de lever. Ik gaf opdracht tot een compleet bloedonderzoek. Afhankelijk van de uitslag was ik erop voorbereid dat ik haar wat beenmerg zou moeten afnemen en een lumbaalpunctie zou moeten doen. Vervelende ingrepen die zelfs de meest inschikkelijke patiënten niet leuk vinden. Maar toen ik dat tegen Sandra zei, vertrok ze geen spier. Daardoor vroeg ik me meteen af of ze die al wel eens gehad had. Ik gaf opdracht dat de uitslag van het bloedonderzoek meteen moest worden doorgegeven en zei tegen haar dat ze dezelfde dag om vijf uur terug moest komen. Ze zei dat ze honger had, dus gaf ik haar wat geld om in het restaurant een hamburger te gaan kopen. Voor haar en voor haar nichtje.'

'Haar nichtje?'

'Een meisje van ongeveer dezelfde leeftijd,' zei Katzman. 'Ze kwamen met hun tweeën opdagen in het gezelschap van een man, een vent van in de veertig. Hij zette ze hier af en ging weer weg, maar het nichtje bleef bij haar. De uitslag van het bloedonderzoek was negatief wat leukemie betrof, maar positief met betrekking tot hepatitis A, een virale hepatitis. Dat is niet zo erg als hepatitis C, maar het moet wel behandeld worden. Ik wilde haar ter observatie laten opnemen, maar ze kwam niet meer terug. Wat een verrassing. Toen heb ik die dokter in Oakland gebeld. Hij had nog nooit van haar gehoord. Hij was zelfs geen oncoloog, maar een huisarts die voor een of andere gratis overheidskliniek werkte. Kennelijk heeft ze de hand weten te leggen op een paar velletjes briefpapier en de brief vervalst.'

'Is die hepatitis levensbedreigend?'

'Alleen als haar weerstandsvermogen het loodje legt en ze er iets anders bij krijgt. Hepatitis A is door de bank genomen zelfregulerend. Dat is medisch jargon voor iets dat vanzelf overgaat.'

'Haar ogen zijn nog steeds geel,' zei Petra.

'Ze was hier... ik denk een maand of vier geleden. Na zes maanden zijn de patiënten doorgaans weer genezen.'

'Hoe krijg je dat?'

'Slechte hygiëne.' Katzman zweeg even. 'Prostituees en mensen die er veel verschillende relaties op na houden lopen het grootste risico, vooral als ze aan anale seks doen.'

'Denkt u dat Sandra veel verschillende relaties had?'

'Ik weet alleen dat ze een vrij flirterig type was.'

'Hoeveel geld heeft ze de overheid afgetroggeld in de tijd dat ze al die uitkeringen kreeg?' vroeg Petra.

'Daar heb ik echt geen flauw idee van.'

'Dat nichtje,' zei Petra. 'Wat kunt u zich van haar herinneren?'

'Een rustig meisje. Sandra was veel extroverter en ze zag er leuker uit, ondanks de geelzucht. Dat nichtje zat er alleen maar bij.'

'Was ze net zo oud als Sandra?'

'Misschien iets jonger.'

'Kleiner dan Sandra? Mollig? Met krullend rossig haar?'
Stilte. 'Dat komt me bekend voor.'
'Had ze toevallig roze gympen aan?'
'Ja,' zei Katzman. 'Knalroze. Dat kan ik me wel herinneren.' Het scheen hem zelf te verbazen.
'Kunt u me iets vertellen over de manier waarop ze met elkaar omgingen?' vroeg Petra.
'Daar heb ik niet op gelet. Mijn aandacht werd helemaal in beslag genomen door Sandra's geelzucht.'
Petra verstrakte. Had ze het meisje die avond op de parkeerplaats aangeraakt?
'Was ze volgens u een besmettingsgevaar, dokter?'
'Ik zou een beetje uitkijken met bloed of andere lichaamssappen van een hep A, maar je krijgt het niet als je ze een hand geeft.'
'Wat kunt u me vertellen over de volwassen man die bij de meisjes was?'
'Het enige wat ik me herinner, is dat hij ze in de wachtkamer afzette en weer vertrok. Dat viel me op omdat ik net afscheid nam van een patiënt. Ik wilde hem eigenlijk spreken, een verantwoordelijk volwassen persoon en zo, maar hij was al verdwenen voordat ik me om kon draaien.'
'Hoe zag hij eruit?' vroeg Petra.
'Ik heb eigenlijk alleen zijn rug gezien.'
'Maar zijn leeftijd is u wel opgevallen,' zei Petra. 'In de veertig.'
'Misschien kan ik beter zeggen dat hij van middelbare leeftijd was. Dat maakte ik op uit zijn houding. Tussen de dertig en de vijftig.'
'Wat droeg hij?'
'Sorry,' zei Katzman. 'Dat zou ik uit mijn duim moeten zuigen.'
Daar heb ik anders genoeg mee te maken. 'Zou Loretta Brainerd meer van dit geval af weten?' vroeg Petra.
'Het lijkt me niet, maar dat mag u haar gerust vragen.'
'Bedankt, dokter.'
'Er is nog één ding,' zei Katzman. 'De leeftijd die Sandra opgaf was vijftien, maar ik denk dat ze wat ouder was. Eerder achttien of negentien. Dat kan ik niet wetenschappelijk onderbouwen, het was gewoon een gevoel dat ik had nadat ik besefte dat ze me bij de neus had genomen. Ze had een bepaald... Ik wil het woord raffinement niet gebruiken... een bepaald zelfvertrouwen.' Hij lachte. 'Genoeg om de kluit te belazeren.'

Ze belde Brainerd op. De maatschappelijk werkster kon zich Sandra Leon nauwelijks herinneren.

Nadat ze de verbinding had verbroken zat Petra weer even na te denken over het verhoor op de parkeerplaats. Het meisje was net getuige geweest van de gewelddadige dood van haar 'nichtje', maar ze had geen ontzetting getoond, geen verdriet, geen spoor van de emotionele reacties die je zou verwachten van een tiener die met zo'n tragedie werd geconfronteerd. Integendeel, ze was volkomen onaangedaan geweest. En ze had ongeduldig met haar voet staan tikken. Alsof Petra haar kostbare tijd stond te verspillen.

Het enige wat een bezorgde blik in de ogen van het meisje had opgeroepen, was het eerste oogcontact met Petra geweest.

De moord liet haar koud, maar de politie maakte haar nerveus.

Ze had beweerd dat ze vijftien was toen ze zich als patiënt liet inschrijven, maar die avond had ze gezegd dat ze zestien was.

De manier waarop ze zich kleedde en opmaakte, sloot aan bij het vermoeden van Katzman dat ze ouder was.

Ze had zich chiquer opgedoft dan het meisje met de roze gympen. Alsof ze naar een feestje moest, compleet met imitatie-moedervlek. Had ze wat te vieren?

Een volwassen man had de beide meisjes vergezeld. Sandra had het over een broer in de gevangenis gehad, een autodief. Petra bladerde haar opschrijfboekje door en vond de haastig neergekrabbelde aantekening.

Br. Autodief. Lompoc.

Ze belde de staatsgevangenis, sprak met de onderdirecteur en kreeg te horen dat er twee 'Leons' binnen de muren zaten: Robert Leroy, drieënzestig, fraude en diefstal, en Rudolfo Sabino, vijfenveertig, doodslag en verminking. De onderdirecteur was zo vriendelijk om de lijst met bezoekers van beide gevangenen te controleren. Rudolfo Leon had al drie jaar geen bezoek meer gehad. Een zielig geval, seropositief en in toenemende mate dement. De oudere man, Robert Leroy Leon, had een hele stoet bezoekers gehad, maar geen Sandra, niemand die qua leeftijd en verschijning ook maar in de buurt van het meisje kwam.

Weer een leugen?

Sandra Leon was inmiddels officieel gepromoveerd van 'getuige' tot 'interessant persoon'.

Petra piepte Mac Dilbeck op en bracht hem op de hoogte van de oplichtingstruc.

'Ze kende het slachtoffer, maar ze was niet overstuur,' zei hij. 'Dus ze zal wel geweten hebben wat er zou gebeuren.'

'Dat denk ik ook.'

'Goed werk, Petra. Verder niets over die volwassen vent?'

'Nog niet. Ik zat me iets anders af te vragen. Leon vertelde me dat ze ook rechten had en ik vroeg haar of ze juridische ervaring had. Toen begon ze over een broer die in Lompoc zat. Dat blijkt ook pure lulkoek te zijn, maar waarom zou ze vrijwillig dat soort informatie geven als het haar in verband brengt met een crimineel? Waarom heeft ze zich niet gewoon van de domme gehouden?'

'Misschien werd ze een beetje zenuwachtig omdat je haar ondervroeg,' zei Mac. 'Ze is een leugenaar, maar nog niet gediplomeerd. Vandaar dat ze er een halve waarheid uitflapte, verstopt onder een onjuist detail.'

'Een familielid dat in de gevangenis zit,' zei Petra, 'maar geen broer. Of wel een broer, maar niet in Lompoc. Die truc met kanker was geraffineerd, niet iets wat bij een onervaren persoon opkomt. Dit meisje had ervaring. Ik vraag me af of ze deel uitmaakt van een criminele onderneming... een familiezaak.'

'Zoals bij zigeuners? Net als die Somali's die we vorig jaar opgepakt hebben. Ja, waarom niet? Het wordt pas echt interessant, als er ergens een of andere Leon achter tralies blijkt te zitten wegens oplichting.'

'Robert Leon is opgepakt wegens fraude en diefstal, maar hij is te oud om haar broer te zijn.'

'Interessant.'

'Misschien staat de moord in verband met een of andere oplichterstruc en was het meisje met de roze schoenen het echte doelwit,' zei ze. 'Ze hebben alleen net gedaan alsof het een soort gangoverval was. Sandra was niet overstuur, omdat ze van tevoren op de hoogte was.'

'Koud,' zei Dilbeck. 'IJskoud. Oké, hoog tijd om het hele gevangenissysteem door te spitten, zowel federale als staatsgevangenissen. Zelfs districtsgevangenissen.'

'Wie moet dat doen?'

'Zou je het heel vervelend vinden?'

'In mijn eentje?'

'Nou ja,' zei Mac. 'Montoya is al op een nieuwe zaak gezet en ik zit de rest van de dag vast, een vergadering met de hoge omes uit het centrum. Ik zal moeten aanhoren waarom zij zoveel slimmer zijn dan wij. Maar als je met me wilt ruilen...'

'Nee, bedankt,' zei Petra. 'Ik pak mijn toverstaf wel.'

Ze gaf diverse databanken een zoekopdracht voor de naam Leon en kreeg veel te veel hits. Ze moest eerst eens logisch nadenken. Sandra Leon had een brief van een kliniek in Oakland meegebracht voor Katzman, dus dat betekende dat zij, of iemand die ze kende, daar een tijdje had gezeten.

Ze concentreerde zich op de Leons uit Bay Area, het gebied rond San Francisco, en hield er nog twaalf over.

Twee gevangenen – John B., vijfentwintig, en Charles C., vierentwintig – hadden de juiste leeftijd om broers van Sandra te zijn. Ze kwamen allebei uit Oakland en toen ze hun gegevens opvroeg, wist ze dat ze haar deel van het geld van de belastingbetalers weer had verdiend.

De tweede naam van John was 'Barrymore' en die van Charles was 'Chaplin'.

Katzmans oordeel over Sandra: *Ze kan verdomd goed toneelspelen.* Daarna kreeg ze ook nog te horen dat de beide mannen broers waren en dat bracht een brede grijns op haar gezicht.

'Wat zie jij er gelukkig uit,' zei een rechercheur die net langsliep.

'Af en toe ben ik dat ook,' zei Petra.

John Barrymore Leon zat in Norco een straf van vijf jaar uit wegens postfraude en Charlie Chaplin Leon had twee jaar in Chino gekregen wegens diefstal, het openbreken van automaten in een winkelcentrum in Oakland.

De directie van Norco was niet bereikbaar en de hoofdcipier was nog maar pas benoemd. Maar zijn tegenhanger in Chino bleek een bron van informatie. De Leons waren lid van een in Oakland gevestigde groep criminelen, die zich The Players, de toneelspelers, noemden en een aantal van hun familieleden had ook al achter tralies gezeten. Hij schatte de grootte van de groep op vijftig tot zestig personen, voornamelijk bloedverwanten, maar ook aangetrouwde familie en informeel geadopteerde leden. Het merendeel was Latijns-Amerikaans – oorspronkelijk afkomstig uit Guatemala – maar er waren ook meer dan genoeg blanken en zwarten en minstens twee Aziaten bij.

'Geen discriminatie op de werkvloer,' zei Petra.

De cipier van Chino lachte.

'Gebruiken ze geweld?' vroeg ze.

'Voor zover ik weet niet. Ze concentreren zich op flessentrekkerij en ze hebben al heel wat sociale instellingen opgelicht. Ze beschouwen zich graag als acteurs omdat de baas een carrière bij de film ambieerde.'

De baas was een mislukt acteur die al veertig jaar sjoemelde op het gebied van het eigendomsrecht. Robert Leroy Leon, drieënzestig, alias de Regisseur. Huidige verblijfplaats: Lompoc. Een heleboel bezoek, maar geen Sandra.

Mac had de spijker op de kop geslagen: het meisje had zich vergist en er een halve waarheid uitgeflapt.

Petra probeerde de man in Chino alles te ontfutselen wat hij van The Players wist. Hij gaf haar de namen van een stel mogelijke leden, maar veel verder kwam ze niet. Ze zette alles uitgebreid op papier en startte haar computer op.

Nadat ze Google had opgeroepen, voerde ze 'The Players' in als zoekopdracht, met als resultaat 1.640.000 resultaten. 'Players oplichterspraktijken' resulteerde in precies één website, een protest tegen onwettige zakenpraktijken.

Het was bijna zeven uur 's avonds en ze was plotseling bekaf en overdonderd. Ze zat naar het scherm te staren en zich af te vragen wat ze nu moest doen, toen Isaacs stem haar aandacht van al die nullen afleidde.

'Hoi,' zei hij.

Haar ogen schoten meteen naar de kneuzing op zijn wang. Die begon al weg te trekken... nee, wacht even, hij had geprobeerd de plek weg te werken met make-up. Het was zo klungelig gedaan, dat alles was gaan schilferen.

'Hoi,' zei ze. 'Ik hoop dat die andere vent nog erger is toegetakeld.'

22

Isaac bloosde onder de make-up.

'Er is niet veel aan de hand,' zei hij net iets te nonchalant. 'Het was donker in de gang toen ik thuiskwam en ik ben tegen de muur op gelopen.'

'O,' zei Petra.

Een paar schilfertjes make-up waren op de schouder van zijn blauwe overhemd terechtgekomen. Hij zag haar ernaar kijken en veegde ze weg. 'Ik vroeg me af of ik iets voor je zou kunnen doen.'

Het was inmiddels twee minuten over halfacht. 'Wil je overwerken?' vroeg Petra.

'Ik moest de hele dag op de universiteit zijn, dus ik dacht dat ik maar beter even langs kon gaan om te zien of je me nodig had.'

Eenmiljoenzeshonderdveertigduizend resultaten.

Petra glimlachte. 'Om eerlijk te zijn...'

Ze gaf hem alle gegevens die ze had verzameld over Sandra Leon en The Players en keek hem na toen hij terugholde naar zijn laptop. Dolblij dat hij iets te doen had.

Zij was bekaf en ze had honger.

Ze ging terug naar Shannons, liet zich weer op dezelfde kruk aan de bar vallen en bestelde een Budweiser en een broodje corned beef. Het LCD-scherm stond op een koopzender. Maar de mensen die aan de bar zaten te hijsen waren niet in het minst geïnteresseerd in de aanschaf van mystieke armbanden met zirkonen.

De barkeeper was vervangen door een buffetjuffrouw, die niet begon te zeuren toen Petra vroeg of ze Fox News op wilde zetten en de balk met het lopende nieuws in het beeld wilde programmeren.

'Ja, maar dat is wel een vervelend ding,' zei de vrouw. 'Je begint iets te lezen en dan wordt het zonder pardon in tweeën geknipt.'

De andere drinkers knikten instemmend. Oudere kerels, vergrijsd en in verkreukelde werkkleding. De bar rook naar hun zweet. Aan de kleur van hun gezichten te zien, was St. Patrick's Day dit jaar wel heel vroeg begonnen.

Een van hen keek Petra aan en glimlachte. Geen geil lachje, maar vaderlijk. Gek genoeg moest ze meteen aan haar vader denken en de snelheid waarmee de Alzheimer hem had weggevaagd.

Ze nam een hap van haar broodje, dronk haar bier op, bestelde nog een glas en keek meteen naar de tv toen ze 'Tel Aviv' hoorde.

Verkoolde en verfomfaaide terrasstoelen en -tafels, gejank van ambulances, Hassidisch uitziende mensen die lichaamsdelen opruimden. Het dodental was tot drie gestegen, omdat een van de gewonden was overleden aan 'bij de aanslag opgelopen verwondingen'. Het aantal gewonden stond inmiddels ook vast: zesentwintig.

Hamas en een van de groeperingen van Arafat eisten de eer op.

De eer.

Laat ze toch *doodvallen.*

Het broodje stond haar ineens tegen. Haar neus liep vol zoute tranen en haar maag draaide zich om. Ze gooide wat geld op de bar en ging ervandoor.

De buffetjuffrouw vroeg: 'Is er iets aan de hand, lieverd?'

Toen Petra bij de deur was, riep de vrouw haar na: 'Zal ik het dan niet inpakken voor onderweg?'

Ze reed doelloos en zonder echt op te letten door de stad. Luisterde naar de claxons van de chauffeurs die ze had laten schrikken en trok zich er geen barst van aan.

Met het verstand op nul stuurde ze de Accord door het verkeer alsof de wagen op rails liep. Ze had geen oog voor de mensen om haar heen, zoals normaal wel het geval was. Ook als ze niet aan het werk was… werk waar eigenlijk nooit een eind aan kwam.

Maar vanavond was dat wel het geval. Vanavond wilde ze niets meer van doen hebben met oplichters, smeerlappen, misdadigers en ander tuig. Ze kon niet het geduld opbrengen om op schichtige blikken te letten, op verdachte bewegingen of op de plotselinge doffe knallen van geweld dat alles zou veranderen.

Zesentwintig gewonden.

Eric had gebeld, dus hij moest wel in orde zijn.

Maar Eric had een hoge pijngrens. Toen hij na de steekpartij was bijgekomen, wilde hij geen pijnstillers hebben. Hij was lek geprikt en beweerde toch dat hij er niets van voelde. De artsen snapten niet dat hij het uit kon houden.

Zoals hij daar in dat ziekenhuisbed tegen de kussens had geleund, doodsbleek...

En ondertussen hadden zijn ouders, zijzelf en de sloerie zwijgend zitten wachten.

Vaarwel blondje, ik heb gewonnen.

Wat was de prijs?

Ze was erin geslaagd om zonder aanrijding thuis te komen en zat vier uur lang als een maniak te schilderen tot ze er scheel van zag. Vlak na middernacht deed ze het licht uit, strompelde naar bed en kleedde zich liggend uit. Ze sliep al voordat haar hoofd het kussen raakte.

Om kwart over vier in de ochtend schrok ze wakker van de telefoon.

'Ik ben het,' zei hij.

'O,' zei ze versuft. En toen ze wat helderder werd: 'Hoe is het met je?'

'Prima.'

'Dus je bent niet gewond? Goddank...'

'Nauwelijks...'

'Heb je... o god...'

'Een kleine bomsplinter in mijn kuit. Een doodgewoon vleeswondje.'

'O god, Eric...'

'Het is er dwars doorheen gegaan, zonder noemenswaardige schade aan te richten.'

Inmiddels zat ze rechtovereind, met een bonzend hart en ijskoude handen. 'Is een bomscherf in je kuit dan geen noemenswaardige schade?'

'Ik heb geluk gehad,' zei hij. 'Die eerste klootzak had zijn vest volgepakt met spijkers en moeren en scherpe stukken metaal. De tweede had kogellagers gebruikt en die zijn er dwars doorheen gegaan.'

'Die? Ben je meer dan één keer geraakt?'

'Ik heb een paar kleine wondjes, maar verder mankeer ik echt niets, Petra.'

'Een paar? Bedoel je twee?'

Stilte.

'Eric?'

'Drie.'

'Drie kogellagers die dwars door je been zijn gegaan.'

'Zonder botten of pezen te beschadigen, alleen maar spierweefsel. Ik heb gewoon het gevoel dat ik te hard getraind heb.'

'Waar bel je vandaan?'

'Het ziekenhuis.'

'Welk ziekenhuis? Waar? In Tel Aviv?'

Stilte.

'Verdomme nog aan toe,' zei Petra. 'Dacht je nou echt dat ik die verrekte PLO ga bellen om staatsgeheimen te verraden?'

'In Tel Aviv,' zei hij. 'Ik kan niet te lang met je praten. Het onderzoek is nog niet afgesloten.'

'Alsof ze niet weten wie de boosdoeners zijn.'

Stilte.

'Jij was degene die de eerste in de gaten kreeg, hè?' zei Petra.

Hij gaf geen antwoord.

'Waar of niet?' wilde ze weten.

'Je kon er niet omheen, Petra. Tweeëndertig graden in de zon en hij draagt een overjas en ziet eruit alsof hij op het punt staat om te gaan kotsen.'

'Een jonge knul? Ze gebruiken daar toch kinderen voor?'

'Begin twintig,' zei Eric. 'Een schooier. Een sukkel.'

'Je was samen met legerpersoneel en andere smerissen. Had niemand anders hem in de gaten?'

Stilte.

'Geef antwoord, Eric.'

'Hun aandacht was afgeleid.'

'Dus jij bent de held.'

'Wat een rotwoord.'

'Jammer,' zei ze. 'Je bent toch de held. Ik wil dat je mijn held bent.'

Hij gaf geen antwoord.

Hou nou je mond, mens. Je moet hem troosten in plaats van de afhankelijke diva uit te hangen.

'Neem me niet kwalijk,' zei ze. 'Ik ben gewoon... ik wist niet... ik maakte me echt zorgen.'

'Ik wil best jouw held zijn,' zei hij. 'Maar ik word niet goed van die andere mensen.'

23

Isaac zat op Petra te wachten toen ze op het bureau kwam. Ze liep langs hem heen en verdween in het damestoilet.

Ze moest even op verhaal komen. Ze was kapot, ondanks het weekend.

Of juist door het weekend, vanwege al die angst die ze in haar eentje had moeten verwerken.

Omdat ze vastbesloten was geweest om de bomaanslag – en haar werk – uit haar hoofd te zetten, had ze zichzelf beziggehouden met allerlei karweitjes die nog opgeknapt moesten worden en aanvallen van waanzinnige schilderlust die op een gigantische teleurstelling uitliepen. Haar kopie van O'Keeffe was een sombere mislukking geworden. De ouwe troel was een genie geweest en Petra wist dat ze dat niveau nooit zou kunnen halen.

Maar gewoon naschilderen zou toch niet zó moeilijk mogen zijn.

In een opwelling had ze het hele doek bedekt met een laag zwarte verf, waar ze onmiddellijk spijt van had gekregen en achter haar ezel in tranen was uitgebarsten.

Het was al lang geleden dat ze gehuild had. Dat was niet meer voorgekomen sinds ze Billy had gered en hem moest afstaan zodat hij een nieuw leven kon beginnen. Wat was er verdorie met haar aan de hand?

Ze bedekte het zwart met wit en vervolgens met een laag magenta, omdat ze had gehoord dat iemand – een of andere beroemde kunstenaar – die tint als ondergrond gebruikte.

Terwijl de stank van de terpentine in haar neus brandde, maakte ze haar penselen schoon en nam daarna een lang, veel te heet bad, waar ze met een rode, strakke en tintelende huid uit kwam.

Misschien zou het helpen als ze ging hardlopen. Of in ieder geval een eindje wandelen. Nee, de ballen daarmee, ze nam lekker een portie ijs.

Aan het eind van de zondag ging ze boodschappen doen en belde met haar vijf broers. Plus hun vrouwen en kinderen. Vijf gelukkige gezinnen. Volle, hectische gezinslevens.

Een kort telefoontje van Eric deed haar wangen laat op zondagavond gloeien, maar toen hij de verbinding verbrak zonder te zeggen dat hij haar miste, voelde ze zich toch weer verlaten.

Hij zou langer in Israël blijven dan was gepland, omdat hij nog een paar vergaderingen op hoog niveau op de ambassade moest bijwonen. Of zoiets. Daarna zou hij waarschijnlijk doorreizen naar Marokko en Tunesië. Vrij rustige plekjes in het Midden-Oosten, maar er gingen bepaalde geruchten, meer mocht hij daar niet over zeggen.

Omdat hij niet bij haar was, spitte ze de kranten uit en keek naar de tv-nieuwsenders, op zoek naar contact uit de tweede hand. Geen woord meer over de bomaanslag.

De gewone geopolitieke toestanden.

In zekere zin zijn we toch allemaal statistieken?

Nu stond ze voor de spiegel in het damestoilet, snoot haar neus en bracht haar haar in fatsoen.

Dertig jaar en mijn gezicht begint nu al slap te worden.

Ze trok haar rug hol om alles aan borsten waarmee het lot haar had gezegend in de strijd te werpen, knipperde met haar wimpers, woelde door haar haar en nam een uitdagende houding aan.

Hallo, zeeman.

Daardoor dacht ze meteen aan de dode zeeman, Darren Hochenbrenner, die met ingeslagen schedel in een goor steegje was achtergelaten.

De andere junimoorden.

Over elf dagen was het 28 juni en ze was nog geen millimeter verder dan toen Isaac haar met dat presentje had verrast.

De knul zat op de afdeling met een enthousiast gezicht te wachten.

Ze richtte zich op, trok een zakelijk gezicht en wiste alle sporen van de femme fatale uit... alsof daar überhaupt sprake van was geweest.

Hij bleef netjes achter zijn bureau zitten tot ze hem wenkte.

'Wat heb je ontdekt?'

'Voor zover ik heb begrepen, weten de diverse opsporingsdiensten niet zoveel van The Players. Momenteel zitten vijf zogenaamde leden in de gevangenis. Zogenaamd omdat ze alle vijf ontkennen dat ze deel uitmaken van een bepaalde groep.'

Petra pakte haar opschrijfboekje.

'Ik heb alles opgeslagen en kan het zo voor je uitprinten,' zei Isaac.

Ze legde het boekje opzij. 'Wie zitten er in de gevangenis?'

'De twee die jij hebt gevonden – John en Charles – zijn kleinzoons van Robert Leon. Een zekere Anson Cruft, geen familie, is veroordeeld wegens het in bezit hebben van valse identiteitspapieren en een vrouw die Susan Bianca heet en de leiding had over een wettig bordeel in Nevada kwam achter tralies terecht toen ze hetzelfde pro-

beerde in San Luis Obispo en voor koppelpraktijken werd opgepakt. Zij is een jongere zuster van Robert Leons tweede vrouw, Katherine Leon. Robert is een vrij interessant geval. Veertig jaar geleden heeft hij een tijdje als dressman gewerkt en daarna kreeg hij hier in Hollywood een paar bijrolletjes in tv-series. Maar daarna is er niets meer te vinden. Op een gegeven moment is hij in de criminaliteit terechtgekomen. Hoe dat begon, is niet duidelijk. Hij komt oorspronkelijk uit Guatemala, maar heeft het grootste gedeelte van zijn leven hier gewoond. Zijn eerste vrouw was een Mexicaanse, de dochter van een gangster van Nuestra Familia. Zij is aan kanker overleden, maar ogenschijnlijk heeft hij nooit banden gehad met de NF. Dat beweren de mensen van het gevangeniswezen tenminste. Hij heeft niet alleen de leiding gehad over een pornotheater in San Francisco, maar ook over een paar stripclubs en pornoboekhandels. Op die manier heeft hij Katherine leren kennen, zij was stripteasedanseres. Ik neem aan dat hij in een dergelijke omgeving gemakkelijk in aanraking kon komen met criminele figuren, maar het kan ook gewoon een bende zijn.'
Hij haalde zijn schouders op. 'Meer heb ik niet kunnen vinden.'
'Is dat alles?'
'Je kunt waarschijnlijk het best contact opnemen met de plaatselijke politie.'
'Ik hield je voor de gek, Isaac. Je bent geweldig, dat had ik zelf nooit voor elkaar gekregen.'
Het compliment scheen volledig aan hem voorbij te gaan en hij bleef ernstig kijken.
Ze ging achter haar eigen computer zitten en riep het dossier van Robert Leon op. De meest recente politiefoto toonde een slanke vent met zilverkleurig haar en een lang, gegroefd gezicht. Dik golvend haar dat strak achterover was gekamd en een pikzwarte snor.
Drieënzestig, maar hij zag er jonger uit. Mooie beenderen, ze kon nog steeds sporen zien van het mannelijke model. Op tv had hij waarschijnlijk altijd rollen gehad als Latijnse minnaar.
Leon had de politieman die de foto had gemaakt op een brede grijns getrakteerd. Ondanks een grote dosis zelfingenomenheid was de grijns toch aantrekkelijk.
Daarboven de harde ogen van een door de wol geverfde oplichter.
'Heb je kunnen uitvissen of die twee broers nog meer broers en zusjes hadden?' vroeg ze.
'Niet echt,' zei Isaac. 'Maar ik heb wel een verhaal gevonden in een onafhankelijk weekblad uit San Francisco waarin stond dat Robert Leon een groot aantal kinderen had. Een zigeunerachtige toestand, hoewel ze geen etnische zigeuners zijn.'

'Stond er verder nog iets in dat artikel?'

'Nauwelijks. Het was niet al te best geschreven. Hippietaal, een soort retro-jaren zestig gedoe. Dat print ik ook wel even voor je uit.'

Petra, die in 1973 was geboren, beschouwde alles wat met hippies te maken had als rare, antieke toestanden. Wat moest hij er dan wel van denken?

'Oké, bedankt,' zei ze. 'Je hebt me genoeg gegeven om verder te kunnen.'

'Over 28 juni heb ik verder niets meer kunnen vinden.' Hij aarzelde.

'Wat is er?'

'Misschien heb ik me wel vergist.'

'Nee, hoor,' zei Petra. 'Er is absoluut een verband. Laat me eerst even verdergaan met alles wat je voor me over Leon en die bende van hem hebt opgeduikeld, dan kunnen we daarna even samen praten over die 28-junigevallen. Zeg maar tussen vier en vijf. Als je tenminste tijd hebt.'

'Ja, hoor,' zei hij. 'Zeker weten. Ik heb nog het een en ander te doen op de universiteit, maar tegen die tijd ben ik wel weer terug.'

Zijn glimlach was even breed als de oceaan.

Petra belde opnieuw naar Lompoc en vroeg alle bijzonderheden op over de bezoekers van Robert Leon. Drie namen interesseerden haar. Een achttienjarig meisje, een zekere Marcella Douquette, dat op Brooks in Venice scheen te wonen, en twee kerels van in de veertig die een adres in Hollywood hadden opgegeven: Albert Martin Leon, vijfenveertig, van Whitley Avenue en Lyle Mario Leon, eenenveertig, van Sycamore Drive.

Ze probeerde de drie opgegeven telefoonnummers. Alle drie afgesloten.

Weer naar het justitiearchief. Albert en Lyle hadden allebei in de gevangenis gezeten voor niet-gewelddadige misdrijven. Albert in Nevada en Lyle in San Diego. Hun politiefoto's vertoonden een duidelijke gelijkenis met Robert Leon – hetzelfde magere gezicht, hetzelfde golvende haar. Dat van Albert was al grijs en was schouderlang met een middenscheiding. Knap was hij niet, zijn neus was platgeslagen en scheef en zijn ogen stonden veel te dicht bij het gehavende kraakbeen. Volgens zijn gegevens zat zijn lijf vol littekens. Hij was gespecialiseerd in het uitgeven van ongedekte cheques.

Het haar van Lyle Leon was nog steeds zwart, aan de zijkanten opgeschoren en met een volle, recht afgeknipte bos boven op zijn hoofd. Een kapsel dat veel te jeugdig was voor iemand van zijn leeftijd. Een oorringetje en een stekelig soulsikje onderstreepten dat deze vent zichzelf behoorlijk hip vond. Hij was opgepakt voor het slijten van waardeloze schoonmaakmiddelen aan bejaarde mensen en had minder dan een jaar in San Diego gezeten.

Een onnozel oplichtertje dat graag de grote bink uithing? Er stond nergens vermeld dat een van de mannen, of allebei, familie was van Robert Leon. Gezien het verschil in leeftijd was het best mogelijk dat de patriarch al vroeg een stel zoons had gekregen. Maar het zou ook heel goed kunnen dat Albert en Lyle neven van Robert waren.

Marcella Douquette bleek geen strafblad te hebben. Het meisje was echter zo jong, dat ze die schade nog wel in zou kunnen halen.

Het was mogelijk dat het allemaal niets te betekenen had, maar het werd tijd dat ze weer eens in beweging kwam.

Het adres van zowel Albert als Lyle Leon bleek vals te zijn. Dezelfde aanpak als bij Sandra: panden met een aantal verschillende appartementen en geen enkele aanwijzing dat de beide mannen daar ooit gewoond hadden. De oplichters waren geen van beiden voorwaardelijk vrijgelaten en ze hadden ook geen auto's op hun naam staan, dus ze waren niet te achterhalen.

Petra reed naar Venice. Het huis aan Brooks Avenue bleek een van drie vrijstaande houten huisjes op een stuk grond in een buurt waar verschillende gangs actief waren. Het was een klein krotje dat scheef op een verhoogde fundering stond. Het dak was bedekt met bitumen, de veranda bestond uit gehavende planken. De bijbehorende grond eromheen was afgezet met gaas en lag vol rotzooi: autobanden, een oude wasmachine, rollen plastic zeil, frisdrankflesjes, bierblikjes en versplinterde houten pallets.

Het was één uur 's middags en de meute met de kale koppen sliep uit. Petra kon de oceaan ruiken, een lekkere zilte geur met een haast onmerkbaar vleugje van de stank van verrotting. Het krot was niet meer dan dat, maar op loopafstand van het strand. Venice Beach, waar afwijkend gedrag de norm was en oplichters iedere zondag de toeristen in de luren legden.

De ideale omgeving voor The Players en hun soortgenoten. Petra voelde iets kriebelen. Misschien had ze eindelijk beet.

Ze stapte uit de auto en keek de straat af, waarbij ze haar vingers liet rusten op de plek op haar heup waar ze haar pistool droeg. Over de oceaan lag een laag van iets dat op een mistige soep leek – de gewone sombere juni-aanblik – en de hele omgeving was gesausd in het grijs van krantenpapier. Misschien had die knuppelaar daarom juni uitgekozen om mensen de hersens in te slaan. Depri van het akelige weer.

Ze bleef nog even staan wachten, terwijl ze van een afstandje het huis waar Marcella Douquette zou wonen in de gaten hield en goed oplette dat er geen low-riders voorbijreden. Het met gaas bespannen hek was op slot en met een grendel afgesloten, maar laag, net onder heuphoogte.

Petra liep naar het huis toe en wachtte tot de standaard pitbull zou komen opdagen. Niets te zien.

Ze keek opnieuw de straat af, plantte de tenen van een voet in het gaas en wipte over het hek.

Geen deurbel, niemand die reageerde op haar aanmatigend geklop. Ze stond net op het punt om achterom te lopen, toen de deur van de woning ernaast openging en een man naar buiten stapte, die zijn ogen samenkneep tegen de zon.

Latijns-Amerikaans, midden twintig, blote borst, dun stekeltjeshaar. Plus een al even dun, bijpassend snorretje. Net als die ouwe acteur... Cantinflas.

Hij droeg een slobberige blauwe zwembroek en verder niets. Zijn zachte, onbehaarde borst – zijn hele lijf – had de kleur van mokka-ijs. Hij begon al een aardig buikje te krijgen. Een overdreven grote, naar buiten gegroeide navel die op een kalebas leek. Die verloskundige hadden ze voor de rechter moeten slepen.

Geen tatoeages of littekens voor zover zij kon zien. Ook geen overdreven machogedrag. Gewoon een slaperig uitziende, wat te dikke knul die om tien voor halftwee was opgestaan.

Ze gaf hem een zakelijk knikje.

Hij knikte terug, snoof de buitenlucht op en gaapte.

Ze liep naar hem toe. 'Woont u hier al een tijdje, meneer?'

Zijn antwoord was zo zacht dat Petra nog dichterbij ging staan en zei: 'Pardon?'

'Alleen in de zomer.'

'Wanneer bent u hier aangekomen?'

De knaap keek haar met grote ogen aan en ze duwde hem haar penning onder de neus. Hij gaapte opnieuw. Achter de deur van zijn krot zag ze een kamer met een grijze vloerbedekking, een blauwe bank en lichtgroene zitzak. Op de bank stond een grote zwartleren koffer. De rolgordijnen voor de ramen waren naar beneden. De schimmelige geur van het tapijt dreef naar buiten, de windstille junilucht in.

'Ik ben hier op 1 mei aangekomen,' zei hij. 'Hoezo?'

'Waarom in mei?' vroeg Petra.

'Toen hoefde ik niet meer naar school.'

'Studeert u?'

'Aan Cal State Northridge.' Hij hees zijn zwembroek op, die net zo snel weer afzakte. 'Wat is er aan de hand?'

Petra ontweek de vraag met een glimlach. 'Wat voor opleiding volgt u?'

'Fotografie. Fotojournalistiek. Ik woon in de Valley maar Venice leek me wel een goeie plek om mijn portfolio uit te breiden.' Hij fronste. 'Wat is er aan de hand?'

Petra keek omhoog naar de lucht. 'Hebt u bij het fotograferen geen last van de mist?'

'Met de juiste filters kun je lekkere dingen doen.' Hij fronste opnieuw. 'Zijn er problemen? Want het was eigenlijk niet tot me doorgedrongen hoe bedenkelijk deze buurt is. Nu heb ik dat inmiddels wel door.'

'Heb u problemen?'

'Ik zou mijn apparatuur nooit alleen thuis durven laten staan.'

'Foute buren?'

'Het gaat om de héle buurt. Ik ga 's avonds vrijwel nooit uit. En ik denk dat ik aan het eind van de maand ben vertrokken.'

'Hebt u geen huurcontract?'

'Nee, ik huur het huis per maand.'

'Wie is de eigenaar?'

'Een of ander bedrijf. Ik heb het van een advertentie die op het prikbord van school hing.'

'Goedkoop?' vroeg Petra.

'Hartstikke goedkoop.'

'Ik ben op zoek naar een jonge vrouw,' zei Petra. 'Een zekere Marcella Douquette.'

'Woont die hiernaast?'

'Woont er dan een meisje hiernaast?'

'Eerst wel. Ik heb haar al een tijdje niet meer gezien.'

'Hoe lang niet meer?'

Hij krabde over zijn kin. 'Een week of twee.'

Dat was precies het tijdstip van de schietpartij bij de Paradiso.

'Wilt u me alstublieft vertellen hoe u heet?'

'Wie, ik?'

'Ja.'

'Ovid Arnaz.'

'Meneer Arnaz, ik heb een foto bij me. Niet echt in uw stijl, maar genomen door de gerechtelijke medische dienst. Zou u daarnaar durven kijken?'

'Ik ben bij de lijkschouwer op bezoek geweest,' zei Ovid Arnaz. 'Tijdens lesuren. We hebben kennisgemaakt met politiefotografen.'

'Dat hakt er behoorlijk in.'

Arnaz rekte zijn nek. 'Het was best interessant.' Hij wierp een blik op het krot naast het zijne. 'Is ze soms dood?'
Petra liet hem de minst akelige van de postmortale foto's van het meisje met de roze gympen zien.
Ovid Arnaz keek ernaar zonder ook maar enige emotie te tonen.
'Yep,' zei hij. 'Dat is ze.'

Petra belde de Pacific Divisie, legde een vriendelijke brigadier uit wat er precies aan de hand was en binnen vijf minuten waren er al drie patrouillewagens ter plekke. Het duurde twintig minuten voordat het busje van de technische recherche op kwam dagen. Ondertussen hielden de agenten in uniform de wacht en praatte Petra nog even verder met Ovid Arnaz.
Hij was een rustig type, maar bleek een eersteklas getuige. Het geheugen van een fotograaf, een scherp oog voor details.
Hij kon zich de roze schoenen van Marcella Douquette nog goed herinneren – die droeg ze altijd – en zijn beschrijving van haar gezicht en haar lichaam klopte tot in de puntjes. Nog belangrijker was dat hij meldde dat ze samenwoonde met twee andere mensen. Nog een meisje, aantrekkelijk, slank en blond, dus dat zou Sandra wel zijn.
Plus een oudere vent met een rare bos haar en een soulsikje.
Lyle de Bink Leon.
Petra liet voor alle zekerheid de politiefoto van Lyle aan Arnaz zien.
'Dat is 'm. Altijd uitgedost als een piraat.'
'Hoe bedoelt u?'
'Zijden overhemden met van die wijde mouwen. Zoals piraten altijd droegen.'
Hij was minder behulpzaam toen het erom ging gedrag of emoties te beschrijven. Nee, hij had nooit iets gemerkt van onenigheid tussen het drietal. Nee, hij had geen flauw idee of ze goed met elkaar konden opschieten of hoe ze hun vrije tijd doorbrachten.
Geen van drieën had zich echt met hem bemoeid. Zij gingen gewoon hun eigen gang en hetzelfde gold voor hem.
'Overdag ben ik meestal op stap om foto's te schieten. Als ik 's avonds uitga, dan is dat in de Valley, want daar wonen al mijn vrienden. En soms blijf ik daar ook slapen.'
'Bij uw vrienden.'
Arnaz wendde even zijn ogen af. 'Ja, of bij mijn ouders.'
Omdat de buurt hem angst aanjaagt, gaat hij 's avonds terug naar mammie en pappie.
'Ze vinden het maar niks dat ik hier woon,' zei hij. 'Ik zeg altijd dat het juist tof is.'

'Maar het is wel heel verstandig om daar te blijven,' zei Petra. 'Dan hoef je niet helemaal terug te rijden.'

'Ja,' zei Ovid Arnaz. 'En ik weet zeker dat mijn apparatuur veilig is.'

24

Mac Dilbeck keek naar de foto van Marcella Douquette. 'Ons slachtoffer.'

'Misschien wel ons voornaamste slachtoffer,' zei Petra. 'Ze heeft geen strafblad, maar ze woonde samen met een lid van een bekende criminele organisatie. Het zou best kunnen dat die andere jonge mensen toevallig net op de verkeerde tijd op die parkeerplaats waren.'

Ze zaten met hun tweetjes bij Musso en Frank koffie te drinken, in de voorkamer op een van de banken met de hoge, stijve rugleuningen. Oude vertrouwde Hollywoodgasten en retro-figuren van Petra's leeftijd liepen in en uit. Petra zat achter een stukje appeltaart, Mac had rabarbertaart met vanille-ijs gekozen. Luc Montoya, die helemaal in beslag genomen werd door zijn nieuwe zaak, een steekpartij op Selma Avenue, was van de Paradiso-zaak afgehaald.

Mac hakte met zijn vork een gelijkzijdig driehoekje taart los en bracht het in één vloeiende beweging naar zijn mond. Het was vijf uur 's middags en hij was al anderhalve dag in de weer, maar zijn grijze pak zag er nog steeds smetteloos uit en zijn witte overhemd leek vers gestreken. Petra had bij USC een boodschap voor Isaac achtergelaten dat hun overleg niet door kon gaan. Ze was helemaal in de wolken met de identificatie van Douquette, maar tegelijkertijd bijna teleurgesteld omdat ze nog steeds niet wisten wie of wat er allemaal achter stak.

Over elf dagen was het 28 juni, maar dit was belangrijker, dit speelde nú.

'Je hebt geweldig werk verricht,' zei Mac. Hij depte een mond die al schoon was af met een linnen servet. 'Je hebt uit het niets een identiteit tevoorschijn getoverd.'

'Abracadabra,' zei Petra. Ze zwaaide met een denkbeeldig toverstafje.

Mac lachte. 'Dus jij denkt dat die Lyle overal achter zit.'

'Hij en Sandra Leon woonden in Venice samen met Marcella. Volgens de huurbaas heeft Leon zes maanden huur vooruitbetaald, gewoon handje contantje. Hij noemde zich Lewis Tiger.'

'Leon is toch Spaans voor "leeuw"?' vroeg Mac. 'Van leeuw naar tijger. Leuk hoor.'

'Als hij de dader is, dan is hij een verdomd serpent,' zei Petra. 'The Players hebben niet de reputatie dat ze gewelddadig zijn, maar onderling is het misschien een ander geval. Misschien regeert Robert Leon wel met ijzeren vuist vanuit zijn cel in Lompoc. Sandra is nooit bij hem op bezoek geweest, maar Marcella wel. Vorig jaar. En je raadt het nooit, maar zij was de enige vrouw.'

'Dus jij denkt dat ze de baas voor het hoofd heeft gestoten.'

'Volgens de lijkschouwer had ze onlangs een abortus gehad. Misschien heeft ze daarmee een of andere regel overtreden.'

'Door zwanger te worden of door abortus te plegen?'

'Dat kan allebei,' zei Petra. 'Misschien was de vader een buitenstaander. Of Lyle. Hij woonde samen met de twee meisjes in een heel klein huisje, dus daar kan van alles gebeurd zijn. Voor zover wij weten, kan het best zijn dat zwanger worden het ideaal was – de rol van de vrouwen in de groep is om voor aanwas te zorgen – en dat zij door die zwangerschap af te breken iets deed wat absoluut niet wordt getolereerd.'

'Dus ze moeten voor kindertjes binnen de clan zorgen,' zei Mac. 'Het lijkt wel een cultus. Hoe zit het met die Sandra?'

'Sandra is ziek. Hepatitis A. Misschien heeft dat voorkomen dat ze zwanger werd, of Lyle was ervan op de hoogte en heeft haar met rust gelaten. Hij kan ook best degene zijn die haar besmet heeft.' Ze herhaalde wat ze van Katzman had gehoord over onhygiënische geslachtsgemeenschap.

Mac sneed nog een driehoekje taart af en at het op. 'Eigenlijk best ironisch dat ze net deed alsof ze kanker had en dan aan een andere ziekte blijkt te lijden.'

'Misschien wist de groep wel dat ze ziek was en hebben ze gebruikgemaakt van de gelegenheid om de medische instanties op te lichten.'

'Is dat geen gevaarlijk spelletje? Ik neem toch aan dat virale hepatitis een ernstige aandoening is.'

'Type A gaat vanzelf over, meestal binnen een maand of zes.'

Mac legde zijn vork neer en liet zijn vinger langs de rand van de post mortem foto glijden. 'Aangenomen dat Marcella om zeep is gebracht door Lyle of door een van de andere Players, denk je dan dat Sandra daarvan op de hoogte was?'

'Toen ik haar ondervroeg, was ze niet geschrokken. Wel een beetje nerveus, daarom viel ze me ook op. Misschien heeft ze geleerd om haar mond te houden.'

'The Players,' zei Mac. 'Daar heb ik nog nooit van gehoord.'

'Ze zijn voornamelijk actief in het noorden van de staat en in Nevada.'
'Heeft Isaac dat allemaal voor je uitgezocht?'
Petra knikte.
'Het Genie,' zei Mac. Hij duwde zijn bord weg, met het half opgegeten stuk taart als een veelpuntige ster. 'We zijn een stuk opgeschoten, maar ik weet niet of dat genoeg is om ons die lui uit het centrum van het lijf te houden.'
'Dus ze krijgen van ons de identiteit en de waarschijnlijke reden op een presenteerblaadje aangeboden en zij gaan met de eer strijken?'
'Je weet toch hoe dat gaat, Petra. Misschien is dat wel de beste oplossing. Zij staan onder leiding van D'Ambrosio en als hij vijf kerels wil, krijgt hij er vijf. Als hij er tien wil, krijgt hij ze ook. Het kan best zijn dat voor deze zaak dat soort mankracht nodig is.'
'Prima,' zei Petra.
'Nee, dat is het niet, maar...' Mac vouwde zijn servet tot een rechthoek op. 'Ik zal mijn best doen om ervoor te zorgen dat jij de eer krijgt die je toekomt.'
'Maak je daar maar niet druk over,' zei ze.
'Eerlijk is eerlijk.'
'Op welke planeet?'
'Het spijt me,' zei hij. 'Ik wou dat we een keus hadden.'
'Ik begrijp het,' antwoordde ze. Maar ondertussen dacht ze: *Misschien hebben we wel een keus.*

25

Het pistool was niet zwaar, maar Isaac kon het verschil toch aan zijn koffertje voelen.
Hij had de .22 in een goedkoop blauw sjaaltje gewikkeld, dat hij voor negenennegentig cent had gekocht in een winkel vlak bij de Cantina Nueva, en het pakketje onder zijn laptop gestopt.
Het gereedschap dat hij bij zijn werk nodig had.
De busrit richting USC was kort en hij was op tijd voor zijn afspraak met dr. Leibowitz.
De vaderlijke dr. Leibowitz. Toen ze elkaar voor het eerst ontmoetten, was Isaacs eerste gedachte geweest: Te mooi om waar te zijn. Later had hij geconstateerd dat Leibowitz even behulpzaam was voor zijn andere studenten. Hij zou volgend jaar met pensioen gaan, een man die inmiddels rust had gevonden.

De afspraak verliep uitstekend en zoals altijd had Leibowitz glimlachend zitten spelen met een lege pijp. Hij rookte al jaren niet meer, maar hij had de pijpen en een collectie van andere rokersbenodigdheden bewaard. 'Schiet je een beetje op met die multivariabelen?' 'Sommige van mijn oorspronkelijke hypothesen schijnen uit te komen. Maar ik heb de indruk dat het een gebed zonder eind is. Elke nieuwe uitkomst roept weer een nieuwe hypothese in het leven.'

In werkelijkheid had hij al zeker een week lang niet meer naar zijn berekeningen gekeken. Hij was te druk bezig met 28 juni. Met het ritme van de rechercheafdeling, al dat lawaai, de woede en de frustraties.

Petra.

Leibowitz knikte wijs. 'Typisch wetenschap.'

Gesterkt door de zwarte thee van Leibowitz wandelde Isaac regelrecht naar een mannentoilet aan het eind van de gang dat maar zelden bezocht werd. Met zijn rug tegen de deur gedrukt zette hij zijn koffertje op de grond, pakte het pistool eruit en wikkelde het los.

Hij tilde het op, richtte het op de spiegel en trok een boos gezicht.

Een hele bink.

Bespottelijk.

Voetstappen in de gang veroorzaakten onmiddellijk paniek. Hij liet het pistool en het sjaaltje weer in zijn koffer vallen. Het wapen landde met een bons. De voetstappen gingen voorbij en hij bukte zich om de .22 weer in het sjaaltje te wikkelen. Daarna stopte hij het bij wijze van extra voorzorg ook nog in de bruine papieren zak met de lunch die hij vandaag van mama had meegekregen.

Als iemand erin zou kijken, zouden ze een vettig pakketje zien dat naar chili en maïs zou ruiken.

Moederliefde.

Het was geen enkel probleem om het pistool het bureau binnen te smokkelen. Sinds de elfde september was de beveiliging aan de voorkant van het bureau op Wilcox strenger maar inconsistent geweest. De meeste dagen volstond het grondig bestuderen van iedereen die binnenkwam. Als het terreuralarm dichter in de buurt van het rood kwam, werd er een draagbare metaaldetector binnengereden en gingen de smerissen zelf allemaal via een achterdeur aan de zuidkant van het bureau naar binnen.

Isaacs politieke connectie had hem een officieel uitziende LAPD-badge met een klemmetje bezorgd en een loper waarmee hij de achterdeur kon openen. Maar hij had de sleutel bijna nooit nodig. Het bureau was oud, met een inefficiënt koelsysteem en de deur stond meestal open om voor frisse lucht te zorgen.

Hij liep de trap op met een plezierig gevoel van verwachting vanwege zijn afspraak met Petra.

Er waren vier mannelijke rechercheurs aanwezig, maar zij niet.

Een uur later had hij zich er eindelijk bij neergelegd dat ze niet zou komen opdagen. Hij pakte zijn spullen in, liep naar beneden en naar de achterdeur. Die was inmiddels dicht. Hij trok hem open en stapte op de felverlichte, geasfalteerde parkeerplaats. Vol patrouillewagens en ongemarkeerde personenauto's.

Het was warm. Hij vroeg zich af waarom ze hem had laten zitten. Ze leek 28 juni toch serieus te nemen.

Ze heeft je niet laten zitten, sukkel. Ze is rechercheur in actieve dienst, er zal wel iets gebeurd zijn.

Hij moest gewoon naar huis gaan, zodat hij op tijd was voor het avondeten en mama blij zou maken. Morgenochtend ging hij rechtstreeks naar de universiteit. Dan zou hij zich verstoppen achter zijn hoektafeltje diep in de ingewanden van de Doheny Bibliotheek. Omringd door gele muren, rode vloeren en stoffige stapels oude plantkundeboeken.

Daar zou hij gaan zitten nadenken.

Hij moest met iets op de proppen komen.

Iets wat indruk zou maken op Petra.

26

DINSDAG 18 JUNI, 14.02 UUR, HET KANTOOR VAN HOOFDINSPECTEUR SCHOELKOPF

Toen de klootzak Petra op het matje riep, was ze erop voorbereid. Ze wist heel goed wat ze had gedaan en was bereid de consequenties te aanvaarden.

Voor de correcte manier om haar verzoek ingewilligd te krijgen had ze contact moeten opnemen met de inspecteur van dienst, zodat hij haar toestemming kon geven om met de hoofdinspecteur te gaan praten, om zijn toestemming te krijgen om zich tot de afdeling publiciteit van de politie te wenden en telefonisch contact op te nemen met een van de administratieve krachten van publiciteit, gevolgd door een suf geschreven verzoek waarin te veel feiten over de zaak blootgegeven werden, waarna ze kon gaan zitten wachten tot het verzoek werd goedgekeurd.

Háár manier was om vijf verslaggevers op te bellen die ze kende, speurneuzen die bij haar in het krijt stonden omdat ze van haar 'anonieme' tips hadden gekregen in ruil voor de belofte hun mond te houden.

Patricia Glass van de *Times* en vier verslaggevers van tv-zenders. Geen mensen van de radio, want daar schoot ze in dit geval niets mee op. Ze waren alle vijf geïnteresseerd en ze faxte hun de minst aanstootgevende foto van Marcella Douquette toe, plus de politiefoto van Lyle Leon. En ze maakte het allemaal nog interessanter met vage verwijzingen naar mysterieuze 'criminele clans' en het verzoek om 'niet al te veel te zeggen'.

'Een clan? Bedoel je zoiets als Manson?' zei Letitia Gomez van Channel Five.

Burt Knutsen van *On The Spot News* kwam met een soortgelijke opmerking.

'Heeft het iets met discriminatie te maken?' vroeg het eerstejaars studentje dat voor ABC werkte.

Petra aarzelde, maar ze ontkende het niet. Het enige wat nu telde, was dat de foto uitgezonden zou worden.

De vier lokale nieuwszenders hadden de foto allemaal om elf uur 's avonds uitgezonden en dat de volgende ochtend nog een keer herhaald. Er stond niets in de *Times*, maar dat was een log bureaucratisch apparaat, dus misschien morgen.

Om twee uur riep Schoelkopf haar op het matje.

Ze verwachtte dat hij moord en brand zou schreeuwen, maar ze kreeg alleen een stevige schrobbering. Schoelkopf zat achterovergeleund in zijn kunstleren bureaustoel en veegde haar behoorlijk de mantel uit. Maar niet op zijn gebruikelijke bijtende manier, het leek meer alsof hij een standaard verhaaltje zat af te draaien. Een beetje afwezig, alsof het hem eigenlijk nauwelijks interesseerde.

Ze begon zelfs een beetje naar de oude manier te verlangen. Zou hij zich wel goed voelen?

Toen hij even zijn mond hield om op adem te komen, vroeg ze dat ook: 'Voelt u zich wel goed, meneer?'

Hij schoot overeind, wierp haar een boze blik toe en streek over zijn van gel vergeven zwarte haar. 'Waarom zou ik me niet goed voelen?'

'U ziet er een beetje... moe uit.'

'Ik ben aan het trainen voor de marathon, ik voel me uitstekend. Hou op met dat gelul, Connor. En probeer niet over iets anders te beginnen. Feit is dat je alles hebt verpest door niet de juiste weg te volgen en alleen maar tijd hebt zitten verspillen, waardoor je waarschijnlijk een zaak verpest hebt.'

'Ik moet toegeven dat ik een beetje overhaast te werk ben gegaan, meneer, maar als we het over verspillen hebben...'

'Totaal verspild,' zei hij nog een keer. 'HOMSPEC neemt jullie de zaak uit handen.'

'Daar heb ik nog niets van gehoord,' jokte ze. 'Is...'

Hij snoerde haar de mond met een handgebaar. Zijn meestal zo keurig gemanicuurde en gepolijste nagels waren te lang. Zijn beige kostuum dat voor een designerpak moest doorgaan was gekreukt en het was net alsof zijn boord te wijd zat. Was hij afgevallen omdat hij in training was voor de marathon?

Hij zag er écht moe uit.

Toen viel Petra nog iets anders op wat niet klopte. De ingelijste vakantiefoto die van hem en zijn derde vrouw in Mazatlan was genomen stond niet meer op zijn bureau.

Zou hij problemen thuis hebben?

'Het spijt me, meneer,' begon ze.

Weer zo'n handgebaar. 'Maak er niet nog eens een potje van, anders zullen de gevolgen niet uitblijven. Er is een grens tot waar je status je overeind kan houden.'

'Mijn status?'

Schoelkopf lachte spottend. 'Over speciale behandeling gesproken, wat spookt dat tamme genie van je uit?'

'Hij werkt aan zijn onderzoek.'

'Wat houdt dat in?'

'Dat hij aan zijn doctoraalscriptie werkt en geen moeilijkheden veroorzaakt.'

Schoelkopfs ogen veranderden in streepjes. 'Dus op dat punt heb je geen problemen?'

'Nee, meneer. Hoezo?'

'Ik heb geen behoefte aan een verhoor, Connor.'

'Nee, natuurlijk niet, meneer.'

'Hou je Alberto Einstein wel scherp in het oog?'

'Ik wist niet dat er verondersteld werd dat ik...'

'Je bent tot babysit benoemd, Connor. Begrepen? Laat dat niet uit de hand lopen.' Schoelkopf ging even verzitten in zijn stoel. 'Wat heeft die mediahype van je eigenlijk opgeleverd?'

'We zijn gebeld...'

'Hou op met dat gelul.'

'Nog niets, meneer, maar de telefoontjes komen nog steeds...'

Tot Petra's verbijstering knikte Schoelkopf en zei: 'Ach verrek, wie weet, misschien heeft die stommiteit van jou nog wel resultaat ook. Als dat niet zo is, heb je alleen maar een stomme streek uitgehaald.'

Om vier uur 's middags had ze vijfendertig telefoontjes gehad naar aanleiding van de tv-uitzendingen, allemaal zonder resultaat. Om twee minuten over halfvijf belde Patricia Glass van de *Times* en zei: 'Je hebt ons kennelijk niet meer nodig.'
'We hebben alle hulp nodig die we kunnen krijgen,' antwoordde Petra.
'Dan had je moeten wachten,' snauwde Glass. 'Ik had een artikel klaarliggen voor publicatie. Maar toen zag mijn eindredacteur het gisteren op Vier en schrapte het meteen. We herkauwen geen oud nieuws.'
Lees je je eigen krant wel eens? schoot Petra door het hoofd. 'Het is geen oud nieuws, Patricia,' zei ze. 'De zaak is nog niet opgelost.'
'Zodra het op de buis is geweest, is het oud nieuws. Laat me de volgende keer wel even weten of je die lui ook inschakelt. Dan hoef ik mijn tijd niet te verspillen.'
'Het spijt me als ik je in een moeilijk parket heb gebracht, maar...'
'Inderdaad,' zei Glass.
Klik.

Om halfzes waren er nog twintig telefoontjes binnengekomen, vijf van zogenaamde helderzienden, drie van mensen die duidelijk verknipt waren en de rest van goed bedoelende burgers die niets te melden hadden.
Ze had er een puinhoop van gemaakt en was er niets mee opgeschoten.
Ze schaamde zich heel even, maar toen dacht ze: *Wat maakt dat in vredesnaam uit in een wereld waarin fanatieke idioten zichzelf opblazen.*
Maar toch kostte het haar moeite om het van zich af te zetten. Omdat ze zich vervelend voelde, wilde ze eigenlijk net naar huis gaan, toen haar telefoon ging en Erics stem zei: 'Ik ben nu op Kennedy en ik sta om acht uur geboekt op een vlucht naar L.A. Als alles klopt, kom ik daar rond elf uur aan.'
'Kom je voorgoed terug?' vroeg Petra. 'Of ben je weer onderweg naar een andere plaats?'
'Er zijn geen andere plannen.'
'Wat is er met Marokko en Tunesië gebeurd?'
'Afgelast.'
'Is alles goed met je?'

'Ja.'

'Mag je wel reizen? Met je been?'

'Ik heb overwogen om het achter te laten, maar uiteindelijk heb ik het toch maar meegenomen.'

'Leuk hoor,' zei ze. Toen besefte ze dat dat inderdaad zo was. En dat hij voor het eerst een grapje tegen haar had gemaakt. Waar zij meteen overheen was gewalst. Jezus...

'Ik kom je halen,' zei ze. 'Welke maatschappij?'

Eric aarzelde.

'Moet ik echt het hele vliegveld rond?'

'American.'

Haar hart bonsde toen ze de verbinding verbrak – wat had dat nu weer te betekenen? – ruimde alles op wat in dossiers thuishoorde, zette haar computer uit, pakte haar spullen en liep de rechercheafdeling af.

Ze moest even tijd voor zichzelf nemen voordat ze naar LAX ging. Even een hapje eten in een rustig en stil restaurant – dat Mongoolse tentje op La Brea, van die familie die haar altijd behandelde alsof ze een prinses was. Daarna lekker in bad, met wat van die meisjesachtige badlotion die een van haar broers haar voor haar verjaardag had gestuurd en die ze nooit gebruikte. Daarna zou ze zichzelf zorgvuldig opmaken, zelfs met mascara waaraan ze eigenlijk de pest had omdat ze die rotzooi altijd in haar ogen kreeg als ze het aanbracht. En iets van een blusher... ze had nog steeds mooie jukbeenderen. Ze had ze zelf altijd haar grootste pluspunt gevonden.

Nick raakte in de eerste jaren van hun huwelijk, toen dat soort dingen hem nog opvielen, nooit uitgepraat over haar jukbeenderen.

Eric had er nooit iets over gezegd, ook niet over de rest van haar lichaam. Ze kreeg nooit complimentjes van hem, alleen als ze met elkaar vrijden, fladderden de uitspraken als vogeltjes uit zijn mond. Na afloop lagen ze altijd bezweet en hijgend naast elkaar, zonder een woord te zeggen...

Ze gaf hem ook nooit een complimentje.

Zouden dat soort details hem opvallen? Ach, dat maakte ook niets uit, voor haar maakte het wel verschil.

Mascara, blusher en andere kleren, iets vrouwelijks en – ze kreeg het nauwelijks over haar lippen – sexy.

Kon ze het na een dag als vandaag nog opbrengen om sexy te zijn? Dat zien we dan wel weer.

Ze nam de trap naar de achteruitgang en liep in het trappenhuis bijna Isaac van zijn sokken. Hij had net de deur opengeduwd en was op weg naar boven.

De knul reed niet eens. Waarom kwam hij dan vanaf de parkeerplaats naar binnen?

Waarschijnlijk omdat ze zo ook samen met hem naar buiten was gelopen. Hij was even verrast maar zei toen: 'Hoi.' Zijn rug was kaarsrecht en hij had zijn schouders naar achteren getrokken. De grijns waarmee hij haar begroette, rook naar... bravoure?

'Hoi,' zei ze.

'Ik hoopte al dat ik je nog te pakken zou krijgen,' zei hij. 'Je hebt gisteravond tot laat doorgewerkt.'

Gisteravond? Hun afspraak. O, verdorie.

'Het spijt me. Er kwam iets tussen.'

'De schietpartij bij de Paradiso?'

'Ja,' jokte ze.

Hij wachtte tot ze hem zou vertellen wat er was gebeurd. Toen ze niets zei, begon hij met zijn koffertje tegen zijn been te tikken. Een klein, teleurgesteld jongetje. Geen spoor meer van bravoure.

'En ik moet nu ook weg,' zei ze.

'Goed hoor,' zei hij. 'Ik wacht wel tot je tijd hebt.'

Het zou alleen maar fatsoenlijk zijn als ze nu terugging naar boven om even met hem te kletsen. Maar daar was ze gewoon te moe voor.

'Ik heb aan iemand, een bibliothecaresse van Doheny, de universiteitsbibliotheek, gevraagd of ze historische referenties zou willen natrekken,' zei hij.

'Wat voor referenties?'

'Oude misdaadverhalen, boeken die uit de roulatie zijn en artikelen. Alles wat maar iets met 28 juni te maken heeft.'

'Denk je dat iemand geschiedenis studeert en nu probeert iets te herleven?'

'Het is het enige wat ik kon bedenken,' zei hij. Het klonk allesbehalve overtuigend.

Petra stond er even over na te denken. Isaac vatte dat kennelijk als een weifeling op, want hij bloosde. 'Ik heb haar niet verteld waarom ik het vroeg, alleen maar of ze zich op die datum wilde concentreren. Ze heeft toegang tot de afdeling met de zeldzame boeken, dus als iets niet op het internet terecht is gekomen, is zij echt degene die het zal vinden.'

'Ik dacht dat het net alles in zich had opgezogen,' zei Petra.

'Dat is precies wat het internet doet – het veegt alles op een hoop. Het is een grote cyberstofzuiger die alles wat het apparaat tegenkomt in zich opzuigt. Maar je kunt er niet mee in alle hoekjes komen. Hoewel alle rotzooi wordt opgenomen, zijn er nog genoeg geheimzinnige, of obscure referenties die nooit op een website terecht zijn gekomen. Ik heb één geval meegemaakt, tijdens een antropologiecollege waarvoor we rituele koppelpraktijken binnen stamverband moesten bestuderen. Je zou toch denken dat er echt niets meer is wat niet al aan de orde is gekomen in primaire en secundaire bronnen, maar...' Hij slikte de rest van zijn zin in en schopte met zijn ene voet tegen de andere. 'Ik ben ook aan de op microfilm gezette archieven van de belangrijkste kranten uit L.A. begonnen, maar ik ben nog niet verder gekomen dan de afgelopen dertig jaar. Als ik tijd heb, ga ik wel verder zoeken. Maar als het niet om een lokale bron gaat, wordt het natuurlijk problematisch.'

'Ik vind het echt fantastisch van je dat je er zoveel tijd in steekt,' zei Petra.

'Het zal toch wel vergeefse moeite zijn.'

'Nu begin je op mij te lijken,' zei ze.

Hij lachte flauw. 'Nou ja, prettige avond dan maar.' Hij wilde langs haar heen lopen.

'Blijf je hier nog zitten?' vroeg ze.

'Aangezien ik hier toch een bureau heb, kan ik net zo goed wat werk verzetten.' Hij beet op zijn lip. 'Maar als jij tijd hebt om te gaan eten of zo...'

'Ik wou dat het waar was, Isaac. Jammer genoeg moet ik er als een haas vandoor. Zie ik je morgen?'

'Waarschijnlijk wel,' zei hij. Zijn stem klonk gesmoord. 'Ik weet niet zeker of ik hiernaartoe kan komen. Ik heb een paar afspraken en ik was ook van plan om die krantenarchieven nog verder door te spitten.'

'Je moet jezelf niet over de kop werken,' zei ze. Het klonk echt moederlijk.

'Het gaat best,' zei hij. En dat klonk echt puberaal.

Ze lachte vaag in zijn richting, maar hij stond weer de andere kant op te kijken. Zonder verder iets te zeggen duwde ze de deur open en liep haastig de parkeerplaats op.

Het was een warme en benauwde avond. Twee rechercheurs die ze niet herkende, stonden op hun gemak aan de overkant te kletsen en te lachen. De ene draaide zich om en wierp een blik op haar, voordat hij zijn aandacht weer op zijn metgezel vestigde.

Ze holde naar haar auto en zette de verwarde reactie van Isaac uit haar hoofd.

Het was tijd om zich op iets anders te concentreren: *ik, ik, ik.* Op naar de warme Mongoolse hap, waar ze altijd zo lief voor me zijn. Dat verdien ik trouwens ook.

Misschien moest ze een tijdschrift kopen, dan kon ze onder het eten gaan zitten lezen. Iets luchtigs.

Lekker een beetje met haar eetstokjes spelen. Net doen alsof ze content was.

En daarna zou ze Eric ophalen.

27

Wat stom!

Isaac zat ineengedoken achter zijn bureau naar een vuile muur te staren. Warm, met prikkende ogen en beschaamd, alleen op de afdeling recherche met uitzondering van die ouwe vent, Barney Fleischer, die altijd aanwezig scheen te zijn, maar nooit echt leek te werken.

De radio van Fleischer stond zacht aan, een of ander lekker in het gehoor liggend instrumentaal nummertje, en hij keek niet eens op toen Isaac binnenkwam. Inmiddels lette niemand bij de recherche meer op hem. Wat hen betrof, behoorde hij bij het meubilair.

En dat gold ook voor Petra.

Om te vragen of ze mee uit eten wilde, terwijl ze op stel en sprong de deur uit moest voor een zaak! Wat had hem in vredesnaam bezield?

In tegenstelling tot Fleischer werkte Petra wel. Haar baan was belangrijk voor haar. Ondanks alle ergernis bleef ze toch achter allerlei aanwijzingen aanjagen, ook al leverde het nooit iets op.

Zo'n soort vrouw moet haar tijd met zorg indelen. Waarom zou ze zelfs maar overwegen om te gaan eten? En dan met hem.

Hij was gewoon een soort plicht voor haar, een opdracht, anders niets.

En toch had ze hem meer dan genoeg tijd geschonken. Ze had hem mee laten rijden en hem bijzonderheden over allerlei zaken verteld. Die huid, die ogen. Dat zwarte haar, dat altijd zomaar op z'n plaats leek te vallen.

Hou daarmee op, sukkel.

Hij begon weer na te denken over de 28-junimoorden. Was zijn hypothese gewoon ingegeven door een dwaze verliefdheid die nergens op sloeg?

Hij was zo zéker van zijn zaak geweest. Hij was bijna van opwinding van zijn stoel gevallen toen hij voor het eerst het patroon had ontdekt.

Eureka!

Haha.

Op dat moment had hij gedacht dat hij voorzichtig genoeg was geweest door niet meteen conclusies te trekken zonder eerst alles te berekenen en opnieuw te berekenen en zijn hypothese aan alle kanten te testen. Maar de data leken duidelijk te zijn. Hij had iets gevonden. En stel je nou eens voor dat hij zichzelf wijs had gemaakt dat een mathematische eigenaardigheid iets te betekenen had, omdat hij verblind was door zijn eigen lulkoek?

Omdat hij iets wilde hebben wat hij aan Petra kon laten zien?

Was dat alles niet gewoon een soort pluimstrijkerij, de bespottelijke paringsdans van een lachwekkend wild vogeltje?

God, hij hoopte toch van niet.

Nee, het moest echt zijn. Petra was een expert en zij geloofde er ook in.

Omdat hij haar dat idee had opgedrongen?

Zijn hele leven – zijn academische leven – had hij te horen gekregen dat hij voor succes in de wieg was gelegd. Dat de combinatie van hersens en volharding daarvoor garant stond.

Maar volharding kon toch ook ziekelijke vormen aannemen?

Dat school ook in hem: de dwangmatigheid die hem oogkleppen bezorgde, de irrationele meedogenloosheid.

Barney Fleischer draaide zich om, keek hem met grote ogen aan en zei: 'Hé, hallo.'

'Hallo, rechercheur Fleischer.'

'Maak je er een latertje van?'

'Een paar uurtjes kunnen er nog wel bij.'

'Ze is weg, hoor. Ze is een paar minuten geleden vertrokken.'

'Dat weet ik,' zei Isaac.

Fleischer bestudeerde hem en Isaac zag de kille, schattende blik in de ogen van de oude vent. Eens een rechercheur...

'Kan ik iets voor je doen, jongen?'

'Nee, bedankt,' zei Isaac. 'Ik wilde nog een paar administratieve klusjes opknappen. Met betrekking tot mijn onderzoek.'

'O,' zei Fleischer. Hij zette de muziek wat harder en ging verder met wat hij aan het doen was.

Isaac pakte zijn laptop, zette de computer aan, riep een pagina met getallen op en deed net alsof die al zijn aandacht in beslag nam. In plaats daarvan gaf hij zich weer over aan de zelfkwelling van twijfel.

Neem afstand, wees objectief.

Zes slachtoffers die niets gemeen hadden, met uitzondering van de datum. Zijn berekeningen hadden uitgewezen dat het belangrijk móést zijn, maar had hij wel helder kunnen nadenken?

Nee, nee, zijn motieven mochten dan nog zo twijfelachtig zijn, dit was wel degelijk echt. Daarvoor had hij zijn berekeningen te vaak gecontroleerd.

28 juni. Vandaag was het de achttiende.

Als hij gelijk had, zou iemand, een nietsvermoedend, onschuldig, volkomen toevallig slachtoffer, vol verwachting 's avonds naar buiten stappen alleen maar om de verlammende pijn te voelen van een schedel die aan gort wordt geslagen.

En dan niets meer.

Plotseling wenste hij dat hij zich vergist had. Dat was hem nog nooit overkomen.

28

WOENSDAG 19 JUNI, 01.20 UUR, TERMINAL 4, LAX

De vlucht had twee uur vertraging en in de bagageafhaalruimte hing onzekerheid als een benauwde geur in de lucht.

Al die vermoeide vrienden en beminden die daar zaten, heen en weer drentelden, naar het bord tuurden, hun hoofd schudden en af en toe zelfs vloekten als de cijfers nog ongunstiger werden.

Petra bleef zitten en las haar exemplaar van *People* nog een keer door. Het bad dat ze drie uur geleden had genomen was best lekker geweest, maar omdat ze zo opgefokt was, had ze er niet echt van kunnen genieten.

Ze was eruit gesprongen, had zich afgedroogd, en had veel tijd besteed aan haar make-up en haar kleren. Uiteindelijk was haar keus gevallen op een strak zwart topje op een grijze linnen broek. De gladde, zwarte wonderbra zorgde voor de hoge borsten die ze van nature niet had.

Ze reed snel naar het vliegveld, moest twee rondjes rijden voordat ze een parkeerplaats vond en was desondanks nog veel te vroeg.

Daarna ging ze zitten wachten.

Toen de aankomsttijd eindelijk werd doorgegeven – over een uur – was ze weggelopen van de terminal om een wandelingetje te maken door de schemerige, vrijwel verlaten gangen op de onderste verdieping van het vliegveld.

Een vrouw alleen. Haar pistool zat in haar handtas. Geen metaaldetector te bekennen in de buurt van de bagageafhaalruimte. Een manco in de beveiliging die haar vanavond niet onwelkom was.

Bij haar terugkomst werd de bagageafhaalruimte bevolkt door de passagiers van een vlucht uit Mexico City. Toen die uit de weg waren, stond het woordje 'geland' te knipperen naast Erics vlucht en ze zocht een plaatsje vlak naast de draaideuren aan het eind van de naar beneden lopende gang voor aankomende passagiers en tuurde door het glas. Het was een slecht bezette vlucht geweest, er kwamen maar een paar zombies de gang uit lopen. Eric was een van de laatste passagiers die kwam opdagen en ze zag hem al lang voordat hij bij de draaideur was.

Donkerblauw sweatshirt, verschoten spijkerbroek, gympen en zijn kleine, olijfgroene, Zwitserse bergbeklimmersrugzak over één schouder.

Een wandelstok van licht hout in zijn hand.

Hinkend.

Toen hij haar zag, richtte hij zich op en zwaaide met de stok alsof hij die helemaal niet nodig had.

Op hetzelfde moment dat hij de deur uit kwam, sprong ze op hem af, omhelsde hem en voelde botten, pezen en spanning. De stok stootte tegen haar been.

'Pardon!' Een geïrriteerde vrouwenstem.

Ze blokkeerden de uitgang. Terwijl ze opzij stapte, ving Petra een vernietigende blik op van een geheel in het zwart gehulde feeks, die probeerde haar in een langdurige, met de ogen uitgevochten veldslag te betrekken. Ze glimlachte en omhelsde Eric opnieuw.

'Eén koffer,' zei hij. Ze liepen samen naar de carrousel. Petra probeerde zijn rugzak te pakken.

Hij weerde haar af. 'Er is niets met me aan de hand.' Als bewijs gaf hij haar de wandelstok.

Ze bleven daar zwijgend staan terwijl de koffers door de koker bonkten.

Sjonge, dit is echt romantisch.

Ze ging tussen hem en de ronddraaiende bagage staan en gaf hem een harde zoen.

Tijdens de rit naar huis zei hij: 'Bedankt dat je me opgehaald hebt.'

'Daar moest ik wel heel lang over nadenken.'

Hij raakte even haar knie aan en trok zijn hand weer terug.

'Fijn om je weer te zien,' zei ze.

'Dat geldt ook voor jou.'

'Hoe is het met je been? Eerlijk zijn.'

'Prima. Eerlijk.'

'Hoe lang moet je dat ding gebruiken?'

'Waarschijnlijk kan ik het nu al wel aan de kant gooien.'

Ze reed via Century naar de 405 North. Het was niet druk op de snelweg. Een mooie gelegenheid om de maximumsnelheid te negeren.

'Naar jouw flat?' vroeg ze. In haar achterhoofd wist ze dat ze geen zin had om naar Studio City te rijden.

'We kunnen ook naar jouw huis gaan.'

'Dat kan ook.'

Toen ze thuiskwamen, zei hij dat hij zich 'ranzig' voelde en ging zich douchen. Ze zette de kraan open en maakte een kop koffie voor hem terwijl het water warm werd. Toen hij zijn sweatshirt uittrok, zag ze wit vlees en botten, het dunne spierkorset dat voorkwam dat hij ronduit broodmager was. Een pleister op zijn schouder.

Hij zag dat ze ernaar keek. 'Een scherf die me nog net geraakt heeft. Niets te betekenen.' Hij stapte uit zijn spijkerbroek en trok zijn onderbroek uit. Zijn linkerkuit was dik omzwachteld.

'Mag dat wel nat worden?' vroeg ze.

'Het is geïrriteerd, maar niet ontstoken. Over een paar dagen ga ik wel op zoek naar een dokter die het verband kan verwisselen.'

Hij liep naar de badkamer en Petra volgde hem op een afstandje. Ze bleef in de deuropening staan terwijl hij moeizaam in de douchecabine stapte en de kraan zo wijd opendraaide dat het water tegen de deur van bewerkt glas striemde.

Petra keek naar zijn wazige omtrek.

De ballen ermee.

Ze kleedde zich uit en stapte ook onder de douche.

Wat wreed en onaardig dat hij zich voor haar in al die bochten moest wringen. En hij was notabene gewond. Hij schreeuwde het uit van voldoening en toen alles achter de rug was en ze samen naakt en nat op haar bed lagen, zei hij: 'Ik heb je gemist.'

Hij raakte haar borst aan. Haar tepel werd meteen stijf.

'Ik heb jou ook gemist.'

Ze kusten elkaar en hij werd weer hard. Had hij echt naar haar verlangd? Of was dit het enige waar hij behoefte aan had?

Maakte dat iets uit?

Ze bevrijdde zich uit een lange omhelzing. 'Honger?'

Daar moest hij over nadenken. 'Ik ga je koelkast wel plunderen.'

Ze legde haar hand op zijn platte, warme borst. 'Blijf maar lekker liggen. Ik maak iets voor je klaar.'

Hij maakte korte metten met het broodje kalkoen, de gebakken aard-appeltjes en de haastig in elkaar geflanste, min of meer verse salade die ze voor hem had klaargemaakt. Op dezelfde manier als Eric alles deed: zwijgend en weloverwogen. Langzaam kauwend, met een keurig gesloten mond. Geen kruimpje dat ontsnapte, nauwelijks een vetvlekje op zijn lippen.

Ze keek naar de manier waarop hij zijn polsen bewoog. Ze waren dun voor een man. Lange, fijngevormde vingers. Hij zou eigenlijk een instrument moeten bespelen. Ze besefte dat ze hem nooit had horen neuriën of zingen. Hij had ook nooit interesse in muziek getoond.

Door het warme water was de pleister op zijn schouder losgeraakt en hij had er een nieuwe op gedaan met wat zalf uit zijn rugzak. Daarna had hij een antibioticapil genomen. Petra vond de ruim zeven centimeter lange snee heel wat meer dan 'niets'. Rafelig en opgezwollen en het vlees eromheen trok en was helemaal rood. Afschuwelijk. Hoe moest zijn been er dan wel uitzien?

'Waarom heb je de reis afgebroken?' vroeg ze.

'Ik wilde jou zien.'

'Was dat maar waar.'

'Het is waar,' zei hij.

'Gedeeltelijk misschien. Vertel me alles maar.'

Het had zich als volgt afgespeeld: Eric, een officier van de Israëlische veiligheidsdienst en drie andere buitenlandse smerissen – een Engelsman, een Australiër en een Belg – hadden op het terras van het café in Hayarkon Street gezeten, met ijskoffie, frisdrank en, in het geval van de Engelsman, een stortvloed aan bier. Het was tweeëndertig graden geweest in Tel Aviv, met een hoge vochtigheidsgraad. Je douchte, je droogde je af en je was een paar minuten later alweer doorweekt.

Ze hadden alle vijf de hele dag cursus gehad. Films kijken, gegevens van Interpol bekijken en gedeeltelijk geheime documenten doorspitten. De andere smerissen voelden zich ellendig, omdat ze Tel Aviv haatten.

Eric vond de stad geen probleem. Hij was er twee keer eerder geweest, een paar jaar geleden toen hij karweitjes voor de Amerikaanse ambassade had moeten opknappen. Koeriersdienst van Riyadh naar Israël via Amman in Jordanië. Kleine harde pakketjes, geen flauw idee wat erin zat, maar hij was keer op keer zonder uitleg door de douane gekomen. Later had hij deze zelfde straat verkend en de goedkope strandhotels, de bars, de clubs en de restaurants bekeken, plus de Thaise en Roemeense hoeren die daar tippelden.

Een heleboel ambassades in de omgeving. Prostituees en diplomaten, een combinatie die je aan het denken zette.

Toen de Israëli weg was om verse drankjes te halen, begonnen de andere politiemannen weer te klagen dat ze zo'n hekel hadden aan dit hele verdomde land. Te lawaaierig, te vochtig, veel te gekruid eten en de Israëli's waren onbeschoft.

'Te jeweetwel,' zei de Belg. Een vent die van nature onuitstaanbaar en uit vrije wil antisemitisch was en die zodra de Israëlische veiligheidsman even de andere kant opkeek meteen begon met het luchten van zijn vooroordelen. Grijnsjes, smoelen trekken en aan zijn neus rukken. Binnensmondse opmerkingen over Arabieren en joden die toch allemaal zandhazen waren, dus waarom zou je proberen te voorkomen dat ze elkaar naar de andere wereld hielpen.

En dat was de vent die door Brussel was afgevaardigd om internationale samenwerking op het gebied van beveiliging te bevorderen. In zijn eigen land was hij een politiebureaucraat geweest en daarvoor legerofficier.

Een Belgische legerofficier. Wanneer hadden de Belgen voor het laatst tegen iemand gevochten? Waarschijnlijk in de jaren vijftig van de vorige eeuw, toen ze de Congolezen hadden afgeslacht.

Gisteren, toen de Belg en Eric naast elkaar hadden staan plassen in de mannenplee van het politiebureau op French Hill in Jeruzalem, had de Belg zich omgedraaid en zijn piemel op de grond gericht die hij helemaal had ondergeplast. 'Ik pis op het hele zootje,' had hij lachend gezegd.

Toen de eerste bommengooier op het toneel verscheen, stond de Israëlische officier nog drankjes te bestellen. Eric zou altijd blijven volhouden dat hij de klootzak rook voordat hij hem in het oog kreeg. Hij vóélde zijn angst, een plotseling samentrekken van een of ander oerzenuwtje.

Hoe dan ook, hij was de eerste die begreep wat er aan de hand was. Hij had zich omgedraaid en gezien hoe de vent tussen de tafeltjes door liep. Jong, aan de dikke kant, met rechtopstaand piekhaar dat aan de punten geblondeerd was om op een Israëlische strandschuimer te lijken.

Maar het klópte gewoon niet. Die lange, zwarte jas bij een temperatuur van tweeëndertig graden. De zweetdruppeltjes, de schichtige, onrustige ogen.

Eric zei: 'We hebben een probleem.' Hij hield zijn hoofd scheef en spande zijn spieren.

De Belg antwoordde: 'Dit hele verrekte land is één groot...'

Eric stond op. Langzaam en nonchalant. Met zijn lege glas in de hand, alsof hij een nieuw drankje ging halen.

De klootzak in de jas kwam dichterbij.

De Australiër en de Belg hadden niets in de gaten, maar de Engelsman volgde de zijdelingse blik van Eric en begreep meteen wat er aan de hand was. Hij kwam overeind om het onuitgesproken bevel op te volgen: neem hem in de tang, zodat we hem samen onderuit kunnen halen.

Maar de alcohol beïnvloedde zijn reactievermogen, zijn voet bleef haken achter de poot van zijn stoel en hij struikelde voorover.

De Belg lachte en zei iets in het Frans.

Eric draaide zich langzaam om en zorgde ervoor dat hij de zelfmoordenaar niet aankeek.

Ze stonden nog vijf meter van elkaar af, nog tweeëneenhalf. Eric wist waar de klootzak op uit was: hij wilde zich midden tussen de gasten opstellen om zo veel mogelijk slachtoffers te maken.

Nu stonden ze vlak naast elkaar. Nu kon hij de vent echt ruiken: het zure zweet van opwinding.

Verwilderde ogen. Lippen die bewogen in een of ander geluidloos gebed.

Een voorhoofd en kin vol jeugdpuistjes, vuil in de plooien in zijn hals. Een knul van hooguit twintig.

De Belg zei weer iets. Luider dit keer. Eric kende genoeg Frans om het te verstaan. 'Zo warm als de pest en die idioten zien eruit als Poolse vluchtelingen.'

De vent in de jas had misschien de minachting in zijn stem gehoord want hij bleef staan. Terwijl hij de Belg een woedende blik toewierp, stak hij zijn hand onder zijn jas.

De Belg begon ineens te begrijpen wat er aan de hand was. Hij werd bleek, knipperde en zette grote ogen op. Meteen daarna plaste hij in zijn broek.

Eric nam een sprong, gaf Zwarte Jas een harde klap op de keel met zijn rechterhand en gebruikte zijn linker om de arm van de klootzak op zijn rug te draaien. Hoog en ver achteruit. Hij hoorde botten kraken. De ogen van de vent puilden uit en hij gilde.

En viel.

Zijn jas gleed open. Een groot, dik, zwart vest omsloot zijn bovenlijf. Onderaan bungelde een trekdraad.

Eric rukte de arm van de klootzak uit de kom zodat hij er niet bij zou kunnen komen en stampte daarna hard op de vrije hand die brak. Vervolgens stampte hij ook op de borst van de vent en hoorde een paar ribben kraken.

De ogen van de zelfmoordenaar draaiden weg.

'Wat is er aan de hand?' zei iemand.

De laatste woorden van de vraag werden overstemd door gegil.

Geren en gevlieg, tafels en stoelen kletterden om. Glazen vielen aan diggelen. Borden met voedsel kwamen op de grond terecht terwijl de mensen alle kanten op vlogen.

De zelfmoordenaar bewoog zich niet.

Goddank, het was voorbij.

Daarna zei de Engelsman: 'Shit,' en was het Erics beurt om zijn blik te volgen.

Aan de rand van de vluchtende meute. Nog zo'n in een lange jas gehulde gestalte, van ongeveer dezelfde leeftijd maar iets kleiner, slanker en met donker haar. Een sombere olijfgroene jas, dumpmateriaal van het Israëlische leger.

Te veel mensen tussen hen in om iets te kunnen doen.

Nummer Twee schreeuwde iets en stak zijn hand onder zíjn jas.

Eric liet zichzelf op de grond vallen.

De hel brak los.

29

Eric had het verhaal afgeraffeld, met de vlakke stem die Petra vroeger zo raar had gevonden.

Hij stapte uit bed, liep naar de keuken en kwam terug met twee glazen water, waarvan hij er een aan haar gaf.

In gedachten zag ze nog steeds al die verschrikkingen voor zich. 'Sorry als ik te veel heb aangedrongen...'

'Voor zover de politie weet, ben ik op weg naar Marokko. Er klopte geen bal van dat hele gedoe... samenwerking op het gebied van de veiligheid. De Europeanen waren een lachertje, het was gewoon een kwestie van publiciteit. Na de bomaanslag werden we allemaal ontboden op de Amerikaanse ambassade. Daar was een heel stel afgezanten, uit alle betrokken landen, die ons in dure pakken en met slijmerige glimlachjes op een eervolle vermelding trakteerden. De Amerikaan was een of andere omhooggevallen idioot van de oostkust die ons meedeelde dat de uitschakeling als een gezamenlijk resultaat naar buiten zou worden gebracht. Het goed geoliede internationale team dat naadloos samenwerkte.'

'Met inbegrip van de Belg,' zei Petra.

'De Belg droeg al een medaille die hij van zijn afgezant had gekregen. Compleet met fluwelen doosje. Daar hebben ze kennelijk een voorraadje van liggen.'

Hij rolde om naar Petra. 'Ik ben ervandoor gegaan voordat ze aan mij toe waren. Ik heb mijn koffer gepakt, een vlucht geboekt en nu ben ik weer hier.'

'Wanneer breng je de politie op de hoogte?'

'Ik weet niet of dat nodig is.'

Ze keek hem met grote ogen aan.

'Ik loop er al een tijdje over te denken om ermee te kappen,' zei hij. 'Met uitzondering van jou is er niets wat me gelukkig maakt. Ik heb een hele tijd gedacht dat ik nooit meer gelukkig zou zijn, maar nu heb ik het idee dat ik toch wel een kans heb.'

Hij drukte een heel licht kusje op haar lippen.

Ze sloeg haar arm om zijn schouder en drukte zijn hoofd tegen haar borsten.

'Meer dan een kans,' zei ze.

'Zou je dat erg vinden?' vroeg hij. 'Als ik ontslag nam?'

'Waarom zou ik dat erg vinden? Er is toch niemand die beter begrijpt hoe je tegenover je werk staat dan ik?'

Daar moest hij even over nadenken.

Ze zei: 'Heb je enig idee wat je wilt gaan doen?'

'Misschien voor mezelf beginnen.'

'Beveiligingswerk?'

'Weet ik niet,' zei hij. 'Of gewoon als privédetective aan de slag. Ik heb genoeg van politiek.'

'Dat kan ik je niet kwalijk nemen.'

'Denk je dat ik gek ben geworden?'

'Nee, natuurlijk niet,' zei ze, maar ze zat te duizelen van schrik. De consequenties. Nooit meer samen op pad. Geen dagelijks contact meer op het werk.

Was er behalve het werk nog meer dat hem niet beviel?

'Als ik op die manier genoeg geld kan verdienen, zou ik een huis kunnen kopen,' zei hij.

'Dat zou gaaf zijn,' zei ze.

'Wat meer ruimte kan geen kwaad.'

'Helemaal niet.'

'Waarschijnlijk zou ik me alleen iets in de Valley kunnen veroorloven,' zei hij. 'Maar misschien kan ik wel iets vinden met mooi natuurlijk licht. Dan kan ik ook een kamer voor jou reserveren. Om in te schilderen.'

'Dat zou ik geweldig vinden.'

'Je hebt enorm veel talent... heb ik dat wel eens tegen je gezegd?'

Nee, nooit.

'Heel vaak, lieverd,' zei ze.

Ze trok hem voorzichtig omlaag en hij drukte zijn neus tussen haar kaak en haar sleutelbeen. De wekker op het nachtkastje stond op achttien minuten over drie. Ze zou morgen geen mens zijn.

'Misschien is het een stom idee,' zei hij.

'Je moet doen wat je fijn vindt, Eric.'

'Dat wil ik ook.'

'Welterusten, lieve schat,' zei ze.

Hij sliep al.

Toen de telefoon ging, schoot ze overeind en was stomverbaasd toen Eric naast haar bleek te liggen. O ja, het vliegveld, ze had hem meegenomen, de afschuw toen ze...

Het verdomde toestel hield niet op. Erics ogen gingen open en hij kwam overeind, leunend op zijn ellebogen.

Klaarwakker. Dat lag aan zijn opleiding. Petra was nog steeds wazig.

Kwart over vijf 's ochtends.

Ze griste de hoorn van de haak. 'Ja!'

'O jee, ik heb je wakker gemaakt. Sorry. Met Gil, Petra.'

Gilberto Morales, een van de nachtrechercheurs, een vent die ze aardig vond. Alleen niet nu.

'Ik ging ervan uit dat ik wel een antwoordapparaat zou krijgen,' zei hij.

Ze bromde iets.

'Ik voel me een echte klootzak, Petra. Normaal gesproken zou ik er nog niet over piekeren om je met een boodschap lastig te vallen, maar die vent aan de balie was helemaal over zijn toeren. Hij kwam naar boven omdat hij verwachtte jou hier aan te treffen... je hebt toch nog steeds nachtdienst?'

'Door die Paradiso-zaak draai ik nu dagen én nachten.'

'En nu heb ik je bioritme helemaal in de war geschopt. Sorry, ga maar weer gauw slapen.'

Maar nu was ze ook wakker. 'Waar zat die vent van de balie dan zo over in?'

'Over de Paradiso-zaak,' zei Gil.

Toen hij haar vertelde welke boodschap hij haar moest doorgeven, bedankte ze hem. En ze meende het ook nog.

Lyle Mario Leon, oplichter van bejaarde mensen, de laatst bekende huisgenoot van Marcella Douquette en Sandra Leon en de voornaamste verdachte van een meervoudige moord had drie keer voor haar gebeld.

Tussen twee uur en vier uur 's ochtends, klokslag op het uur. Hij móést met haar praten. Hij weigerde tegen de agent aan de balie te zeggen waar het om ging, maar hield wel vol dat het van het grootste belang was.

Toen Leon ten slotte om vijf uur opnieuw belde, refereerde hij aan de Paradiso-zaak en de man van de balie probeerde Petra via een interne lijn te bellen, kreeg geen gehoor en ging kijken of ze op de rechercheafdeling was. Daarna zei hij tegen Gil dat hij haar thuis moest bellen.

'Wat is er aan de hand?' vroeg Eric.

Te moe om antwoord te geven staarde ze naar het mobiele nummer dat Leon had achtergelaten. Dat zou wel een niet te achterhalen huurtoestel zijn. Ze toetste het nummer in en kreeg een opgenomen mededeling te horen: *U spreekt met de verkoopafdeling van A-1. Onze kantoren zijn momenteel gesloten, maar...*

Echt dringend. Verdomme! Het zou wel een of andere idiote grappenmaker zijn, aangemoedigd door de nieuwsuitzendingen...

Of misschien had ze een verkeerd nummer ingetoetst.

Ze probeerde het opnieuw, kreeg dezelfde boodschap te horen, wachtte tot het bandje afgelopen was en zei: 'Met rechercheur Connor...'

'Mooi, u bent het,' onderbrak een mannenstem haar. 'Bedankt voor het terugbellen.' Een prettige stem, maar niet zoals die van dr. Katzman. Deze vent klonk alsof iemand hem had geléérd om prettig te klinken, alsof hij spraakles had gehad. Hij klonk ook jong. Lyle Leon was eenenveertig.

Gespannen en vol argwaan vroeg Petra: 'Met wie spreek ik?'

'Lyle Leon. U hebt mijn foto op tv laten uitzenden, dus nu moeten we een afspraak maken, rechercheur.'

'Nu?'

'U hebt me bijna het leven gekost.'

'U klinkt toch nog behoorlijk vief, meneer.'

'Ik maakte geen grapje,' zei Leon. 'U begrijpt het niet.'

'Leg het me dan maar uit.'

'Ik weet wie Marcella heeft vermoord. En al die anderen.'

Hij wilde geen bijzonderheden geven, maar stond erop om haar onder vier ogen te ontmoeten en werd in de loop van het gesprek hoorbaar zenuwachtiger. Ze vertelde hem dat ze hem over een uur op het bureau kon ontmoeten.

'Geen denken aan, dat is veel te openbaar. Dat risico durf ik niet te nemen.'

'Wat voor risico?'

'Dat ik het volgende slachtoffer word.'

'Van wie?'

'Dat is nogal ingewikkeld. Nu ze weten wie ik ben, vorm ik een doelwit. Ik schijt bagger, dat durf ik best te bekennen. Ik heb tijdens mijn leven van alles uitgevreten, maar dit... dit is van een heel andere orde. Ik wil u ergens in het geheim ontmoeten. Met een heleboel ruimte om ons heen... Wat zou u zeggen van een park?'

'Hè ja,' zei Petra. 'Ik huppel gewoon gezellig op dit uur een donker park in omdat u beweert dat u inlichtingen voor me hebt.'

'Ik heb meer dan inlichtingen voor u, rechercheur. Ik weet alles.'

'Geef me dan maar een voorbeeld.'

'Dat risico neem ik niet. Ik moet zeker weten dat u me zult beschermen.'

'Tegen wie?'

Het bleef een hele tijd stil. 'Rechercheur, ik kan die zaak voor u oplossen, maar dan moeten we dit wel op mijn manier doen. Wat zou u zeggen van Rancho Park... een vrij open terrein, vlak naast...'

'Dat zal niet gaan, meneer.'

'Oké, oké,' zei Leon. 'Ergens anders dan. Zegt u maar waar. Breng andere rechercheurs mee, dat kan me niets schelen. Ik wil alleen niet op het bureau aan Wilcox gezien worden, want het zou best kunnen dat ze dat in de gaten houden.'

'Over wie hebt u het, meneer?'

Stilte.

'Uw collega-Players?' vroeg Petra.

Gelach. 'Was dat maar waar. Die zou ik wel aan kunnen.'

'Wie dan?'

'Oké, geen park. Maar ook niet in Hollywood of in Venice.'

'Waarom niet in Venice?'

Leon deed net alsof hij haar vraag niet had gehoord. 'Zou u naar de Valley willen komen?'

'Er is een koffieshop op Ventura, vlak bij Lankershim, die de hele nacht open is.'

'Te openbaar... wat zou u zeggen van Encino?'

'Als u me nou maar zou willen vertellen waar u precies bang voor bent, dan kan ik...'

'U bent daar toch geweest. Op die parkeerplaats, na de schietpartij. Al die lijken. En dan vraagt u me dat?'

'Geef me dan een naam, meneer. Dan kan ik ervoor zorgen dat degene...'

'Dit is mijn laatste voorstel. Er zit een Jaguar-Land Roverdealer in

Encino. Op Ventura, ten westen van Sepulveda. Vlakbij is een eettentje. Dat is nu gesloten, maar de banken blijven altijd buiten staan, want die zitten met kettingen aan de grond vast. De garage laat altijd het buitenlicht aan, zodat sommige van die banken verlicht zijn. Ik ga op een bank in het donker zitten wachten. Als ik u zie aankomen, zal ik met opgestoken armen naar voren komen, zodat u zeker weet dat het geen overval is.'

'Het klinkt ontzettend theatraal,' zei Petra.

'Het leven is een schouwtoneel, rechercheur. Zullen we zeggen over een uur?'

Petra kende het restaurant, ze had er wel eens gegeten. Er was geen achteringang, zelfs als ze hulptroepen meenam, zou ze toch nog een bepaald risico lopen.

Een caféterras. De overeenkomsten met Tel Aviv waren gewoon griezelig. Maar dit was te mooi om te laten schieten. Ze zou wel iets verzinnen.

'Afgesproken. Tot over een uur,' zei ze.

30

'Het zou best een valstrik kunnen zijn,' zei Eric.

'Als ik op dit uur om steun van de jongens in uniform vraag,' zei Petra, 'dan loopt alles volledig uit de hand.'

'Misschien zou dat wel goed zijn.'

Hij had zwijgend toegekeken hoe ze zich aankleedde en pas commentaar gegeven toen ze hem vroeg wat hij van het telefoontje dacht. Nu stapte hij uit bed, hinkte naar de stoel en pakte zijn eigen kleren op.

'Wat ga je doen?'

'Jou in de rug dekken.'

'Hoe lang is het geleden dat je geslapen hebt?'

'Als ik op ben, ben ik ook wakker.' Hij keek haar met zijn donkere ogen aan.

'Maar het hoeft niet,' zei ze. 'Mac Dilbeck heeft de leiding over het onderzoek. Ik ga hem bellen, dan moet hij maar beslissen wat we doen.'

'Die vent verwacht dat jij zult komen opdagen.'

'Alleen maar omdat mijn naam bij dat nieuwsbericht werd genoemd.'

Het bericht dat zij de wereld had ingestuurd.

Eric was inmiddels aangekleed. 'Waar is je reservepistool?'
'Blijf nou maar hier en rust uit. Ik kan genoeg hulp krijgen.'
'Wie dan?'
'Wat zou je zeggen van die Belg?' vroeg ze.
Hij lachte en liep naar haar kast. Hij wist precies waar haar reserve negen millimeter lag.
'Ik ga Mac echt opbellen,' zei ze en pakte als bewijs de telefoon.
'Mac is een goeie vent.' Hij vond het automatische pistool op een van de bovenste planken, veilig in de slagvaste holster tussen twee zwarte truien. Daarna pakte hij de zwarte nylon holster waaraan zij de voorkeur gaf, maakte de band langer en gespte hem om.
'Dit hoef je echt niet te doen,' zei Petra.
'Weet ik, maar ik vind het leuk.'
Ze toetste het nummer van Mac in.

Om kwart voor zes 's ochtends was Ventura Boulevard een donkere en spookachtige weg waar af en toe wat verkeer over suisde. De Jaguars en de suv's op het door met gaas bespannen hekken omgeven garageterrein waren grauwe hompen. Ze hadden nog wat tijd voordat de zon opkwam, maar niet veel. En dat kon goed of slecht zijn, afhankelijk van hoe dit verliep.
Mac Dilbeck arriveerde in zijn oude Cadillac DeVille, die hij zoals afgesproken twee straten verder naar het westen parkeerde, voor een uitgestorven medisch gebouw. Hij droeg een donkerblauw sweatshirt, een zwarte broek en donkere schoenen. Het was de eerste keer dat Petra hem zonder pak en stropdas zag. Zijn haar was keurig geborsteld, maar zijn kin was bedekt met witte stoppeltjes. Luc Montoya kwam aanrijden in een politieauto zonder uiterlijke kenmerken, die hij mee naar huis had genomen. Hij werkte niet langer aan de zaak, maar vanochtend was hij weer van de partij. Gespannen maar glimlachend: dit was leuker dan de zoveelste domme moord.
Erics aanwezigheid zorgde bij allebei voor opgetrokken wenkbrauwen, maar er werd niets van gezegd.
Volgens het politieprotocol hadden de jongens in het blauw er ook bij moeten zijn, maar dit was de hele ploeg. Vier rechercheurs, een kwartet dat maar zelden gebruikmaakte van hun wapens en dat het grootste deel van de dag zat te telefoneren of formulieren in te vullen. De Paradiso-schietpartij was een gemene drive-by geweest. Als dit echt een valstrik was, dan kon het bijzonder lelijk aflopen.
Maar Petra was ontspannen. Ze was twee keer vanaf de noordkant van de boulevard langs het eettentje gereden en zij noch Eric had iemand in de buurt van het huisje gezien. En Eric ontging nooit iets.

Als de zogenaamde Lyle Leon oprecht en echt bang was, dan was er maar één plek waar hij zich kon verbergen: achter het huisje. En vanaf die plek zou hij niet gemakkelijk kunnen ontsnappen: aan de zuidkant stond een hoge muur van betonblokken, een hindernis van zeker drieëneenhalve meter hoog. Daarachter bevond zich nog een uitgestrekt terrein vol dure Britse auto's.

In de directe omgeving stonden geen geparkeerde auto's, dus als Leon op haar stond te wachten, had hij geen simpel vluchtplan.

Mac nam de strategie door. Afgemeten en zakelijk, op zijn typerende sergeant-majoormanier. Petra zou op haar schoenen met rubber zolen Ventura oversteken en vanuit het noorden met getrokken pistool naar het eettentje toe lopen. Maar ze zou het wapen tegen haar lichaam gedrukt houden, om passerende automobilisten niet te alarmeren. Zodra ze bij het huisje was, zou ze tegen de met pleisterkalk bestreken muur gaan staan voordat ze haar aanwezigheid bekendmaakte. Iedereen die achter het eettentje stond, zou eromheen moeten lopen en zich in ieder geval gedeeltelijk bloot moeten geven. De drie andere rechercheurs, die tegelijkertijd vanuit het oosten en het westen kwamen aanlopen, zouden op alles voorbereid zijn.

Ze spraken geen codewoord af. Er zou toch geen tijd zijn om te schreeuwen.

Volgens haar was er maar één groot vraagteken: een eventuele drive-by over Ventura. Eric wist dat ook en ze voelde instinctief dat hij zich daar zorgen over maakte. Maar hij zei niets. Ze vond het een prettig gevoel dat hij de boulevard in de gaten zou houden.

'Alles in orde?' vroeg Mac haar.

'Laten we maar gaan.'

Ze voelde zich rustig en competent toen ze kwiek naar het eettentje wandelde. Voordat ze er was, kwam een man al van achter het huisje tevoorschijn, met zijn handen in de lucht en wriemelend met zijn vingers. Hij ging in spreidstand tegen een van de terrastafels staan. Mac en Montoya stelden zich aan weerskanten op terwijl Eric hem fouilleerde.

'Ach, een ontvangstcomité,' zei de vent, met diezelfde prettige stem als ze over de telefoon had gehoord. 'Leuk dat mijn aanwezigheid zo op prijs wordt gesteld.'

Nadat de vent in de boeien was geslagen, fouilleerde Eric hem nog een keer. Zo was Eric.

Hetzelfde lange en gegroefde gezicht als op de politiefoto.

'Hij is het,' zei ze.

Lyle Leon droeg een kastanjebruin overhemd van jacquardzijde op een strak aangesnoerde, zwarte nylon werkbroek en veterlaarzen met behoorlijk hoge hakken. Uitgedost als een piraat... De hoge kuif was afgemaaid tot een conservatieve stekeltjes. Het soulsikje was verdwenen en een zwart gaatje in zijn rechter oorlelletje gaf de plek aan waar het oorbelletje had geschitterd.

Het overhemd was een regelrecht kunstwerk. Petra controleerde het label. Stefano Ricci. Ze had een soortgelijk hemd in een boetiek op Melrose gezien. Vijfhonderd ballen tweedehands.

Leon glimlachte tegen haar. Hij was goedgebouwd en zag er redelijk fatsoenlijk uit. Zonder die cosmetische aanstelleritis was hij best een knappe vent.

Eric overhandigde haar de dikke portefeuille die hij in een zak van de werkbroek had aangetroffen. Er zat een Californisch rijbewijs in, dat een echte indruk maakte, en vijftienhonderd dollar, in briefjes van vijftig en twintig. Het adres op het rijbewijs was een nummer op Hollywood Boulevard, dat Petra herkende als een postadres.

'Kunnen we nu praten?' vroeg Leon.

31

Ze stapten met hun vijven in de Caddy van Mac en reden de hoek om, naar een rustige zijstraat in een woonwijk. Mooie, goed onderhouden huizen in een vleugje daglicht dat alles met een bijna mooie lila grijstint overgoot.

Petra zag in gedachten al voor zich hoe een van de burgers de oude auto zou zien en meteen de politie waarschuwde, zodat de rechercheurs uit Hollywood zich zouden moeten verantwoorden tegenover een zenuwachtige agent in uniform uit de Valley.

Lyle Leon zat op de achterbank ingeklemd tussen haar en Luc. Een lekker luchtje, fris met een vleugje kaneel. Hij probeerde te glimlachen, maar zijn mond werkte niet mee.

Hij was absoluut bang.

Dat zou hem een zetje in de rug geven. Mooi zo. 'Kom maar op met uw verhaal, meneer Leon.'

'Marcella was mijn nichtje. Sandra is een achternichtje van me. Ik moest voor hen zorgen, maar dat liep volkomen uit de hand.'

'Waar zijn hun ouders?' vroeg Petra.

'Marcella's vader is al jaren dood en haar moeder heeft haar biezen gepakt.'

'Is ze uit The Players gestapt?'

'Kunnen we die erbuiten laten?' vroeg Lyle.

'Dat hangt af van wat u te vertellen hebt.'

'Nou, dáár gaat het helemaal niet over,' zei Leon. 'We zijn dieven, maar we doen niemand kwaad.'

'Waarom is Marcella's moeder vertrokken?' vroeg Petra.

'Ze zei dat ze meer armslag wilde hebben en belandde uiteindelijk in Vegas in de prostitutie. Marcella was de jongste van vier kinderen. Een van mijn nichten heeft ze allemaal in huis genomen, maar dat werd uiteindelijk te veel en toen kreeg ik Marcella.'

'En hoe zit het met Sandra?'

'Sandra's vader moet in Utah nog een paar jaar gevangenisstraf opknappen en haar moeder had geestelijke problemen. Maar wat maakt dat uit? Ik moest voor hen zorgen en dat liep uit de hand. Het kwam allemaal door Venice. We waren daar vorig jaar zomer ook geweest en kwamen dit jaar terug. De afspraak was dat we een paar uurtjes per dag op de Ocean Front-boulevard zouden werken en de rest van de dag op het strand konden gaan liggen. De meisjes vonden het fantastisch.'

'Wat voor werk deden jullie dan?'

'We verkochten spullen. Zonnebrillen, hoeden, souvenirs.'

Vanaf de voorbank zei Mac: 'Dus jij verkocht rotzooi aan toeristen terwijl zij hun zakken rolden?'

Petra voelde Leon tegen haar schouder verstrakken. Mac was door de wol geverfd, maar dit was de verkeerde aanpak. Hij daagde de vent uit. Leon was een oplichter en misschien nog wel meer, maar ze moesten hem laten praten.

'Dus jullie verhuisden vorig jaar zomer naar Venice?' vroeg ze.

Leon ontspande niet. 'Zakkenrollen is wel erg grof, meneer. Wij hielden ons bezig met een aloude Amerikaanse traditie. Lage inkoops- en hoge verkoopsprijzen.'

Hij was opgepakt wegens het verkopen van waardeloze schoonmaakmiddelen aan oude mensen. Petra dacht aan imitatiegouden kettingen die tot stof vergingen en zonnebrillen die smolten in de zomerzon.

'De meisjes vonden het fantastisch in Venice, maar toch kwamen er problemen.'

'Marcella leerde iemand kennen.' En een tel later: 'Ze werd zwanger.'

'En pleegde abortus,' zei Petra.

'Dus dat weet u al.'

'Dat kwam bij de autopsie aan het licht.'

'Ik wist niet dat je zoiets bij een autopsie aan de weet kon komen... Maar goed, dan weet u dus dat ik de waarheid spreek.'

'Dat Marcella zwanger werd? Ja hoor.'

'De problemen begonnen met die abortus,' zei Leon. 'Zogenaamd, want daar hoorde je hem aanvankelijk niet over. Integendeel, hij was woedend dat ze geen voorzorgsmaatregelen had genomen. Ik moest hem afkopen, en daarmee leek de kous af. Maar deze zomer kwam hij weer opdagen en wilde weten waar de baby was. Ik vertelde hem dat er helemaal geen baby was en toen ging hij door het lint.'

'Over wie hebben we het?'

'Omar Selden. Een regelrechte schurk. Een gangbanger, al zou je dat op het eerste gezicht niet zeggen. Half blank, half Mexicaans, iets in die richting. Jullie moeten hem wel ergens in het archief hebben, want hij heeft gezeten voor een roofoverval. Maar nooit voor wat hij echt deed.'

'Wat deed hij dan?'

'Mensen vermoorden,' zei Leon. 'Bij bosjes. Dat heeft hij Marcella tenminste verteld. Hij is een monster, ook al zou het maar voor de helft waar zijn.'

'Dus hij sneed op over die moorden tegen Marcella?'

'Ze was er diep van onder de indruk,' zei Leon. 'Stomme griet.'

'Wie heeft die Selden dan vermoord?'

'Hij beweerde dat hij de voornaamste scherprechter van zijn gang was, de vvo. Volgens hem had hij ook freelance klusjes opgeknapt in de gevangenis. Voor honderd ballen was hij bereid iemand te kelen. Ik zei tegen Marcella dat het pure lulkoek was, want daar was ik toen nog van overtuigd. Maar ik vergiste me.'

vvo stond voor Venice Vatos Oakwood. Een hechte club van halve psychopaten, zogenaamd niet meer actief, tot ze vorig jaar opnieuw mensen bij klaarlichte dag begonnen neer te schieten.

Petra herinnerde zich een zaak waaraan Milo Sturgis had gewerkt. Een huisvader, een winkelbediende bij Good Guys, die per abuis werd aangezien voor een afvallige van de vvo en om zeep werd gebracht terwijl hij met zijn tweejarig kind vlak bij Ocean Park liep te wandelen. Het kind, onder de bloedspatten, met grote ogen, verstomd van ontzetting. De veertienjarige schutter bleek ernstige leerproblemen te hebben. Hij was bijziend en was zelfs nog nooit bij een verrekte opticien geweest.

'Toen ik hem afgekocht had, dacht ik dat we van hem verlost waren,' zei Lyle Leon. 'Een jaar lang hoorde ik niets meer van hem, dus ik dacht dat het wel oké was om terug te gaan naar Venice. De meisjes hadden echt van die zomer genoten. Vervolgens krijgt die stomme Marcella Selden op de boulevard in de gaten. Ik let even niet op en ze loopt weer naar hem te lonken. Hij lonkt terug en binnen de kortste keren zitten ze samen in het zand te praten. Een paar dagen later... Een paar avonden later komt hij binnenvallen.'

Leon schudde zijn hoofd. 'Jullie hebben Marcella gezien. Dik, klein en met die stomme schoenen die ze altijd per se aan wilde. Sandra is slank en gespierd, trek haar een stringbikini aan en een paar rolschaatsen en iedereen kijkt haar na. Maar op wie valt Selden? Op Marcella. En Marcella trapt erin.'

Tieners, dacht Petra. Zelfs een oplichter kon ze niet onder de duim houden.

Meteen daarna moest ze denken aan de geile beschrijving die Leon van Sandra had gegeven en vroeg zich af waar hij aan zat te denken. Hepatitis A. Onhygiënische seks.

De spanning in de auto steeg. Mac en de anderen zaten daar ook aan te denken.

'Dus Sandra is slank en gespierd,' zei ze.

'Hoor eens,' zei Lyle, 'dat is gewoon een objectief oordeel. Sandra kon veel opzien baren als ze dat wilde.'

Als híj dat wilde. Hij had het meisje als afleiding gebruikt terwijl hij en Marcella met hun oplichterspraktijken bezig waren. Maar Marcella had een onwelkome bewonderaar opgepikt.

'Sandra heeft hepatitis,' zei ze.

Leon zei niets.

'Dat weet u heel goed, meneer Leon. U bent met haar in het ziekenhuis geweest. Hebt u er ooit voor gezorgd dat ze adequate medische hulp kreeg?'

'Het is zelfregulerend. Dat betekent in het medische jargon dat het vanzelf overgaat.'

'Dus u bent ook al arts,' zei Petra.

'Hoor eens,' zei Leon, 'ik heb goed voor die meisjes gezorgd. Tien jaar lang hebben ze regelmatig bij me gewoond, altijd goed te eten gekregen, leren lezen en ik heb ze nooit aangeraakt. Nooit.'

Petra moest ineens weer denken aan de benarde ruimte in het krot aan Brooks Avenue. Een volwassen man en twee van hormonen vergeven meisjes.

En de prijs voor de volmaakte vader gaat naar...

'Dus Omar Selden en Marcella pakten hun relatie weer op,' zei ze.

'Het was geen relatie,' zei Leon. 'De eerste zomer nam ze steeds de benen om bij hem te zijn en hij neukte haar helemaal plat. Maar zonder condoom en dan is die idioot nog verbaasd ook dat ze in verwachting raakt. Voor zover ik weet, kan hij haar ook best met zijn vriendjes gedeeld hebben en was hij niet eens de vader. Maar hij wond er bepaald geen doekjes om dat hij helemaal niet van plan was om vader te worden. Hij bleef mij bedreigen tot ik hem afkocht en beloofde de kosten van de abortus voor mijn rekening te nemen. Duizend ballen, uit mijn eigen zak betaald. Een jaar later lonkt Marcella één keer naar hem en hij is weer terug. De week voor de moord was ik alleen in huis, omdat ik de meisjes naar een concert had laten gaan, een of andere nieuwe band die in de Troubadour speelde. Ik zette ze om tien uur af en zou ze om een uur of twee weer oppikken. Om halftwaalf knalt de deur uit elkaar en staat Selden tegenover me. Hij heeft 'm gewoon ingetrapt en staat vervolgens tegen me te schreeuwen waar zijn zoon is. De idioot ging er meteen maar van uit dat het een zoon was, van dat machogelul. Ik zei tegen hem dat er helemaal geen baby was, dat ik precies had gedaan wat hij wilde. "Geen denken aan, man," zegt-ie, "dat heb ik nooit gezegd." Ik probeer hem aan zijn verstand te brengen dat het wel zo is.'

Leon haalde even diep adem. In zijn wang trok een spiertje.

'Aanvankelijk denk ik nog dat hij luistert, maar dan zwelt hij plotseling op... Ik zweer het, je kon hem gewoon zien opbollen alsof hij aan een fietspomp hing. Zijn gezicht wordt vuurrood, alle aderen puilen uit en hij begint te schreeuwen dat ik een moordenaar ben.'

Een langere rilling kroop als een slang over Leons gezicht, van zijn voorhoofd naar zijn kin. Zijn lippen trilden.

'Toen drong het tot me door dat hij stapelgek was. Vorig jaar zomer was hij razend omdat ze zwanger was en kon niet wachten tot ze het weg zou laten halen. Nu loopt hij te blèren om zijn kind. Ik doe mijn best om hem te kalmeren, maar hij grijpt me bij mijn haar, rukt mijn hoofd achterover en ineens heeft hij een pistool in zijn hand dat hij min of meer ín mijn keel probeert te boren. Het deed hartstikke pijn. En hij zit op zo'n waanzinnig fluistertoontje te vertellen dat hij me mijn tong uit de mond zal schieten omdat ik heb gelogen. Uiteindelijk slaag ik er toch in om hem rustig te krijgen.'

'Wat heb je met hem afgesproken?' vroeg Petra.

Leon gaf geen antwoord.

'Ik geloof onmiddellijk dat je erg overtuigend kunt zijn, Lyle, maar charme is niet genoeg om zo'n vent als Selden om te praten.'

Leon bleef recht voor zich uit staren.

'Je hebt iets gedaan waarvoor je je schaamt,' zei Mac. 'Maar dat kan ons geen barst schelen als we iets opschieten met dit hele, trieste verhaal.'

Lyle verstrakte weer.

'De afspraak was,' zei hij, 'dat ik hem opnieuw zijn gang zou laten gaan met Marcella. Zodat hij haar weer zwanger zou kunnen maken. En hij zijn verdomde baby zou krijgen.'

Niemand zei iets. De Caddy voelde warm en benauwd aan. Leons naar kaneel ruikende luchtje was zuur geworden, vervuild door angstzweet. Hij zei: 'Ik was helemaal niet van plan me daaraan te houden. We maakten een afspraak voor de avond erna en de idioot ging er met een tevreden gezicht vandoor. Zodra ik zeker wist dat hij weg was, heb ik al onze spullen ingepakt, de meisjes bij de Troubadour opgehaald en we zijn vertrokken.'

'Waar zijn jullie naartoe gegaan?' vroeg Petra.

'Naar een ander huis.'

'Waar?'

'We kunnen op verschillende plaatsen terecht,' zei Leon.

'Wat voor plaatsen?'

'Huizen, appartementen, allemaal voor korte tijd gehuurd.'

'Geef ons een adres, meneer Leon, anders dienen we een aanklacht in wegens belemmering van een onderzoek.'

Leon draaide zich om en keek haar aan. 'Ik heb u gebéld. Is dat belemmeren?'

'U hebt ons gebeld en komt op de proppen met een verhaal vol zelfverheerlijking.'

'Ik vertel u hoe ik alles verknald heb en dat noemt u zelfverheerlijking?'

'Hou op met dat napraten.'

'Dat doen psychiaters ook en bij hen werkt het,' zei Leon.

Petra zette een grote mond op. 'Jij bent geen psychiater! Ik wil nú dat adres hebben!'

'Oké, oké... Ik heb ze meegenomen naar Hollywood.' Hij gaf ze een adres op North McCadden. 'Als jullie daar nu naartoe gaan, staat het leeg. Ik ben zo bang als de pest, ik woon in mijn auto.'

Weer dat beroep op sympathie. 'Dan kun je maar beter niet zo ver rijden,' zei ze.

'Luister nou.' Hij raakte haar pols aan. Ze wierp hem een woedende blik toe en hij trok zijn hand terug. 'Selden zal het hier niet bij laten zitten. U hebt zelf gezien wat hij met Marcella heeft gedaan. En met die andere jongeren. Daar komt nog bij dat ik niet weet waar Sandy is. Ze verdween de dag nadat Marcella werd vermoord. Ze hoefde maar een dag lang in dat appartement te blijven zitten, maar toen ik terugkwam, was ze verdwenen.'

'Waar was je dan geweest?'
'Ik had zakelijke beslommeringen.'
'Wat voor zaken?'
'Ik moest wat geld bij elkaar zien te krijgen, wat maakt dat nou uit? Het was de bedoeling dat Sandy zou wachten, dan zouden we samen uit L.A. vertrekken. In plaats daarvan heeft ze in haar eentje de benen genomen.' Leon kneep zijn ogen dicht. 'Ik heb het idee dat Selden of een van zijn homeboys haar op de een of andere manier in de gaten heeft gekregen.'
'Selden is toch niet overal tegelijk?'
'Hij heeft als een krankzinnige hond zijn neus op het spoor gedrukt. Wat mij vooral angst aanjaagt, is hoeveel Marcella hem heeft verteld. Over de plekken waar we verblijven en wat we allemaal precies doen.'
'Misschien had Sandra het idee dat het verstandiger was om niet meer bij jou in de buurt te blijven.'
'Nee,' zei Leon. 'Vergeet dat maar. Ze heeft niets meegenomen. Geen kleren en ook haar kikker niet. Ze heeft een knuffel in de vorm van een kikker die ze iedere avond mee naar bed neemt. Die heb ik voor haar gekocht toen ze nog klein was onder het mom dat die van haar moeder was. Ze zou er niet over piekeren om zonder dat ding weg te gaan.'
'Heeft ze geld?'
'Ik zorg er altijd voor dat ze iets in haar portemonnee heeft. Maar niet te veel. Honderd ballen, hooguit honderdvijftig.'
Genoeg voor een buskaartje.
'Ik ben bang dat ze even naar buiten is gegaan en toen meteen is ontvoerd,' zei Leon.
'Waarom zou ze naar buiten zijn gegaan?'
Leon aarzelde. 'Sandra is van alles gaan gebruiken.'
'Drugs?'
Hij knikte. Met een treurig gezicht, helemaal de in gebreke gebleven ouder. Maar toen herinnerde Petra zich ineens iets: de Players beschouwden zichzelf als toneelspelers.
'Wat voor drugs?'
'Marihuana en pillen.'
'Dus jij denkt dat Selden haar in de gaten kreeg toen ze ergens dope is gaan scoren,' zei Petra.
'Dat moet wel. Voor zover ik weet, kan haar dealer best iemand zijn geweest die Selden kende en hem waarschuwde.'
'Je doet net alsof hij de Godfather in eigen persoon is.'
'Zo moet het toch zijn gegaan,' hield Leon vol. 'Een andere verklaring is er niet.'

'Tenzij jij Marcella hebt vermoord. En Sandra.'
Leon vertrok geen spier bij die beschuldiging. 'Waarom zou ik dat gedaan hebben?' vroeg hij rustig.
'Misschien stak er wel meer achter je relatie met die meisjes dan je ons hebt verteld.'
'Vraag het maar aan de mensen die het kunnen weten,' zei hij.
'Moet ik dat aan Robert Leon gaan vragen?'
'Dat mag u gerust proberen.'
'Oftewel hij zal toch niet met me willen praten.'
'Robert zal best met u willen praten, maar hij vertelt u toch niets.'
'Je bent zelf zes weken geleden bij hem op bezoek geweest,' zei Petra. 'Om verslag uit te brengen van de stand van zaken? Hoe goed je voor de meisjes zorgde?'
'We zijn familie van elkaar, dus ga ik af en toe op bezoek.'
'Wat vindt Robert van de moord op Marcella?'
'Daar is hij niet blij mee,' zei Leon. 'Maar dat geldt voor iedereen.'
'Maakt dat alles voor jou nog eens extra gevaarlijk?'
Leon schudde zijn hoofd. 'Niet lichamelijk. Ik heb u al verteld dat wij niet gewelddadig zijn.'
'Niet lichamelijk. Hoe dan wel?'
Leon staarde naar het plafondlampje van de Cadillac. 'In financieel opzicht. Ik kan het nu schudden. Ik zal moeten opstappen.'
'Bij de Players.'
'Ik heb de zaak zo in het honderd laten lopen dat ik wel weg moet. Vandaar dat ik zo'n beetje in mijn auto woon. Ik mag niet langer in hun huizen wonen. Maar dat is prima, het was toch hoog tijd voor iets anders. Ik wil niet eens meer in Californië blijven. Het wordt me hier te druk.'
'Je zult toch in Californië moeten blijven. En wel in L.A., beste vriend,' zei Mac. 'Als getuige à charge.'
Leon knikte en liet zijn hoofd zakken. 'Ik wist dat het daarop zou uitdraaien, maar ik moest contact met jullie opnemen.'
'In het belang van de gerechtigheid,' zei Petra.
'Om het monster dat mijn nichtje en waarschijnlijk ook mijn achternichtje heeft vermoord te pakken te krijgen.'
Voordat hij ook met jou afrekent.
'Als jullie hem ooit te pakken krijgen en een levende getuige nodig hebben, moeten jullie me niet opsluiten.'
'Doe niet zo dramatisch,' zei Petra. 'We bergen je wel op een veilige plek op.' Het vloog zo uit haar mond, maar het was pure filmkolder. Ze had niet het gezag om dat soort beloften te doen.
'Hè ja,' zei Leon. 'Dat stelt me echt gerust.'

'Hou op met dat gezeik,' zei Mac. 'Waar kunnen we die Selden vinden?'

'Marcella zei tegen me dat hij in de Valley woonde. In Panorama City. Van daaruit pendelde hij heen en weer naar Venice. Als de mensen die bij jullie de gangs in de gaten houden hun ogen open hebben gehouden, moeten ze wel een dossier van hem hebben.'

Door dat gepraat over heen en weer rijden tussen de Valley en Venice, plus iets dat Leon eerder had gezegd ging Petra ineens een lichtje op.

'Selden ziet er niet uit als een gangbanger. Wat bedoelde je daarmee?'

'Geen tatoeages en hij is een dikke knul – vadsig. Hij heeft Marcella verteld dat hij zeker een jaar op college heeft gezeten, dankzij een of ander door de overheid gefinancierd programma voor de reclassering van bendeleden. Dat zou best kunnen, want als je hem voor het eerst ontmoet, lijkt hij niet echt dom te zijn.'

'Doet hij aan fotografie?' vroeg Petra.

Leon was ineens zo stijf als een plank. Hij moest zichzelf dwingen om Petra aan te kijken. 'Hebben jullie hem al?'

'Geef nou maar antwoord op mijn vraag.'

Leon liet zijn tong over zijn lippen glijden. 'Ja, hij fotografeert. Hij loopt tenminste rond met een camera en beweert dat hij foto's maakt. Op die manier heeft hij het ook met Marcella aangelegd. Hij zei tegen haar dat ze mooi was en dat hij wilde dat ze voor hem poseerde. Als ze een beetje zelfkennis had gehad, zou ze hebben geweten dat hij haar belazerde. Sandy zou een heel ander verhaal zijn geweest. Zij heeft prachtige beenderen. En in zwart-wit zou je niet kunnen zien dat haar ogen geel zijn.'

Ze namen Leon mee naar het bureau, stopten hem in een arrestantencel en pakten de boeken met politiefoto's erbij.

Ze hoefden niet lang te zoeken.

Omar Arthur Selden alias Omar Ancho alias Oliver Arturo Rudolph. Bij de gang bekend onder de namen Zippy, Heavy O en Shutterbug. Al jarenlang lid van vvo.

Petra kende nog een alias dat niet in het dossier stond.

Ovid Arnaz.

De rustige jongeman die ze op Brooks tegen het lijf was gelopen. Op de vier jaar oude foto, uit de tijd dat hij voor een roofoverval was aangehouden, zag hij er onopvallend uit. De aanklacht was teruggebracht naar diefstal en Selden had drie jaar gezeten.

Een jaar na zijn vrijlating had hij Marcella Douquette op Ocean Front Walk leren kennen.

Petra kreeg pijn in haar kaken toen ze zich herinnerde hoe achteloos hij haar het verhaal op de mouw had gespeld dat hij het krot een zomer had gehuurd voor een fotografieproject. En dat hij had beweerd dat hij bang was om 's avonds uit te gaan in zo'n 'bedenkelijke' buurt. Hij had de naam van de verhuurder gekend. Ze had wel gecontroleerd of Leon en de meisjes daar hadden gewoond, maar niet of dat ook gold voor Arnaz/Selden.

Misschien was dat dus helemaal niet het geval geweest.

Misschien had hij haar komst gadegeslagen vanuit het buurhuis. Hij had daar waarschijnlijk gezeten – in een leeg, beschimmeld krot – om het huis van Marcella in de gaten te kunnen houden. In de hoop dat Lyle Leon terug zou komen zodat hij de klus af kon maken.

Ze had de klootzak binnen handbereik gehad.

Ze kon zich nog goed herinneren hoe Selden op de post mortem foto van Marcella had gereageerd. Zonder een spoor van emotie.

Hij had beweerd dat hij dat al eerder had gezien. Dat hij voor een van zijn colleges een bezoek had gebracht aan de gerechtelijke medische dienst.

Ze had het allemaal voor zoete koek geslikt en had nauwelijks naar zijn legitimatiebewijs gekeken, of naar het adres in de Valley dat hij haar had gegeven. Het huisnummer bleek van een leeg winkelpand te zijn, niet ver van het kunstenaarsdistrict NoHo, dat nieuw leven was ingeblazen. Daar waren een heleboel galerieën, dus misschien hield hij zich echt met fotografie bezig. Die mogelijkheid schonk haar nauwelijks troost.

'Dat kon jij ook niet weten,' zei Mac.

Maar ze had mensen op begrafenissen vrolijker zien kijken.

32

DONDERDAG 20 JUNI, 15.00 UUR, DOHENY BIBLIOTHEEK, SOUTERRAIN DRIE

'Het zou een stuk helpen,' zei Klara Distenfield, 'als je me wat meer bijzonderheden zou kunnen vertellen over wat je precies zoekt en waarom.'

Isaac keek op van zijn werktafel, glimlachte en zei: 'Sorry, maar meer kan ik je echt niet vertellen.'

'Sjonge,' zei Klara. 'Over geheimzinnig doen gesproken.'

Ze was een ervaren researchbibliothecaresse van eenenveertig, intelligent en intellectueel, met dikke kuiten, zachte zware borsten, lang golvend en vuurrood haar dat ze met knipjes vastzette en een perzikhuidje.

Klara had een zwak voor ouderejaarsstudenten. Isaacs reputatie was hem vooruitgesneld en de gescheiden moeder van twee hoogbegaafde kinderen had ervoor gezorgd dat ze beschikbaar was toen hij vragen over verwijzingen had.

Isaac had sinds ze elkaar hadden leren kennen met tussenpauzes wilde fantasieën over haar gehad.

Maar de laatste tijd werd Klara's gezicht regelmatig verdrongen door dat van Petra. Toch, als hij haar nu weer zag, met dat weelderige lichaam in zo'n gebloemd jurkje geperst...

De jurk van vandaag was lichtgroen, bedrukt met witte pioenrozen en gele vlindertjes, van een of ander glad materiaal dat naast zijde had gelegen...

'Aarde roept Isaac,' zei Klara en lachte een brede mond vol witte tanden bloot.

'Sorry,' zei hij. 'Ik weet dat het geheimzinnig klinkt, maar meer kan ik er echt niet over zeggen.'

'Officiële politiezaken, hè?'

Was dat een knipoogje?

'Zo opwindend is het ook weer niet,' zei hij.

'Behandelen ze je wel goed daar?'

'Heel goed.'

'Toch,' zei ze, 'moet het wel een heel contrast zijn met hier.' Ze maakte een gebaar met haar mollige arm dat de met boeken volgepakte planken omvatte.

'Het is anders,' zei hij.

Klara leunde tegen de tafel en knabbelde op het gummetje aan haar potlood. Haar borsten wiegden heen en weer, nauwelijks in bedwang gehouden.

Oudere vrouwen... Hij was gewoon dol op de manier waarop ze... Wat was er in vredesnaam met hem aan de hand?

Het probleem was dat hij op seksueel gebied achtergebleven was. Afgezien van een paar vervelende onderonsjes met hoeren die Flaco Jaramillo voor hem had geregeld, was hij verdomme eigenlijk nog maagd.

'Is alles goed met je, Isaac?' vroeg Klara. 'Je ziet er een beetje moe uit.'

'Ik voel me prima.'

'Je zult het zelf wel het beste weten.' Ze liet het potlood over haar heup rollen. 'Goed, dit is het enige wat ik tot nog toe heb kunnen vinden.'

Ze richtte haar goudgroene ogen op de computeruitdraai die ze op zijn werkblad had gelegd. Honderden historische gebeurtenissen die verband hielden met de achtentwintigste juni. Niets wat hij zelf niet had gevonden.

Misschien zat de oplossing tussen al die geschiedkundige gegevens verstopt, maar als dat zo was, ontging het hem.

'Ik stel het echt op prijs dat je hier zoveel tijd aan besteedt, Klara.'

'Ik doe het met genoegen.' Ze kwam nog iets dichterbij staan en de zoete geur van zeep en water drong in zijn neus. Haar ogen werden groot en alle lachrimpeltjes verdwenen van bezorgdheid. 'Je ziet er écht moe uit. Vooral hier.' Een bleke hand wees naar de huid onder zijn ogen. Een vingertopje raakte vluchtig zijn rechterwang aan en een elektrische stroomstoot zinderde door zijn dijen. Hij sloeg zijn benen over elkaar en hoopte dat Klara niet had gezien dat hij stijf werd.

Ze glimlachte. Had ze het wel gezien?

'Ik ben echt in topvorm,' zei hij tegen haar. 'Qua conditie dan.'

'Nou, dat is fijn om te horen. Het is een hele opluchting dat je ten minste nog wat zelfvertrouwen hebt. Ik verdeel studenten die moeten afstuderen in twee groepen, de slappelingen en de slaven. Jij hoort bij de laatste groep, Isaac. Je zit constant hier. In je eentje.'

Zijn plekje was in de verste hoek van het souterrain, omringd door oude en antieke boeken over plantkunde. Sinds de Leavey-bibliotheek was geopend, gingen alle nieuwere studenten daarnaartoe. Doheny – enorm, groots en schitterend gerestaureerd – was bedoeld voor doctoraalstudenten en faculteitsleden, maar iedereen deed zijn research online.

Af en toe kwam er wel eens iemand binnenwaaien op zoek naar een obscuur boek, maar het merendeel van de tijd zat hij daar in zijn eentje. Het was zo anders dan thuis, waar hij zijn kamertje moest delen met zijn broers en al dat lawaai van de straat...

'Die eenzaamheid bevalt me juist,' zei hij.

'Dat weet ik wel.' Klara streek een lok koperkleurig haar uit haar gezicht. Het was geen mooi gezicht, helemaal niet. Maar wel... prettig. Fris.

'Mijn dochter, Amy, wil arts worden. Chirurg zelfs. Ze is intelligent genoeg, maar ik houd haar steeds voor dat ze pas twaalf is en dat ze nog tijd genoeg heeft voor dat soort beslissingen. Ze heeft alleen maar hoge cijfers. Dus misschien lukt het.'

'Je zult wel trots op haar zijn,' zei Isaac.

'Zeker weten. En ook op haar broertje.' Een nieuw soort glimlach. Open, moederlijk. Plotseling werd Isaac helemaal in beslag genomen door het beeld van die wiegende borsten waaraan hij zichzelf zou kunnen laven... en toen zag hij ze echt, vlak voor zijn neus terwijl ze zich vooroverboog.

Ze bood hem haar mond aan.

Hij maakte gebruik van de gelegenheid alsof hij zich in een afgrond stortte. Haar tong had een citroensmaak, de zoete smaak van snoepjes. Was dit van tevoren haar bedoeling geweest? Dat idee wond hem nog meer op en hij had het gevoel dat hij uit zijn broek barstte.

Nu zat ze op zijn schoot, een behoorlijk gewicht, en haar armen kronkelden om hem heen. Zijn handen vonden haar rug, haar borsten, gleden onder haar jurk en raakten glad vlees aan. Gladde dijen, warm en vochtig, werden iets opgeheven en ze liet hem begaan, ze hield hem niet tegen.

Daarna pakte ze zijn hand vast en legde die op de zijdeachtige stof. Vlinders dwarrelden door hem heen. Terwijl ze hem achteroverdrukte, zei ze: 'O, Isaac, het spijt me. Dit is helemaal verkeerd.'

Hij probeerde zijn hand terug te trekken, maar ze hield hem stevig vast, terwijl ze de andere tussen haar benen klemde. Vervolgens keek ze hem recht in de ogen en zei: 'Dit zal niet weer gebeuren.'

Met een onhandige beweging van haar heupen en haar ogen op het plafond gericht stroopte ze haar broekje naar beneden.

33

Petra had helemaal geen 'goddank, het is vrijdag'-gevoel. Ze zat achter haar bureau en vroeg zich af waarom Isaac vandaag en gisteren niet was komen opdagen.

Ze vroeg Barney Fleischer of hij de jongeman had gezien.

'Woensdag,' zei hij. 'En gisteravond. Hij is hier tot een uur of acht geweest.'

'Helemaal in zijn eentje?'

'Ik was er ook,' zei Barney. 'Heb je het al van Schoelkopf gehoord?'

'Nee, wat dan?'

'Hij is van zijn vrouw af, de derde.' De oude man glimlachte bedaard.

'Dit is L.A.,' zei Petra.

'Dat is het altijd al geweest.'

Ze ging weer zitten. Ze was bekaf van de vergadering.

Wat was recherchewerk toch leuk.

Nu Omar Selden was geïdentificeerd als hoofdverdachte van de Paradiso-zaak zou het logisch zijn geweest als er onmiddellijk begonnen werd met een zoekactie naar de massamoordenaar. In plaats daarvan had Petra het bevel gekregen om op papier te zetten hoe ze precies aan Lyle Leon als getuige was gekomen. Daarna moest ze maar rustig afwachten tot de Homicide Special Squad, de speciale moordbrigade, weer contact met haar opnam.

Op donderdag kreeg ze een telefoontje. De volgende dag, om twee uur 's middags, zou er een belangrijke vergadering zijn.

Die was inmiddels een uur geleden afgelopen, om drie uur. Zij en Mac Dilbeck plus drie wonderknullen uit het centrum. Het onderwerp van de vergadering stond zelfs op het witte bord: 'koppeling van intradivisionele raakvlakken'.

De drie H-S-rechercheurs bleken ontspannen types te zijn, die niets dan lof hadden voor de manier waarop Hollywood Selden had opgespoord. Petra vond het pure lulkoek, maar ze schonk hun een vriendelijk glimlachje. Het overleg bleek erop uit te draaien dat Petra en Mac al hun feiten op tafel legden, terwijl de hoge piefen alles opsomden wat ze wisten van VVO en andere gangs uit de Westside en de Valley. Ze hadden alle benodigde hulpmiddelen meegebracht: een flipover, kaarten en statistische gegevens. Het laatste blad op de flipover was een opgeblazen foto van het zachte, glimmende gezicht van Omar Selden met poriën als kraters.

Als je hem op die manier zag, kon je er niet omheen om Selden als een Booswicht Eersteklas te beschouwen. Petra besefte hoe dicht ze in de buurt was geweest van het kwaad en moest een huivering onderdrukken.

Om twee minuten voor drie kondigde het hoofd van de delegatie uit het centrum aan wat het, kennelijk van tevoren opgestelde, plan zou zijn. De nieuwe San Fernando Valley Gang Unit zou op zoek gaan naar Omar Selden want zelfs als Selden de schutter was, zou hij toch vergezeld zijn van andere bendeleden en dus moest de arrestatie door specialisten gebeuren. H-S zou het 'formele contact' met de gang-eenheid onderhouden en Mac laten weten wanneer er een vergadering zou plaatsvinden met het hele 'arrestatieteam'.

U hoeft ons niet te bellen, wij nemen wel contact met u op.

Petra begon over het feit dat Sandra Leon vermist werd. Het hoofd van de centrum-delegatie zei: 'Denk je ook niet dat ze wel dood zal zijn? Als wij Selden levend in handen krijgen, kunnen we hem misschien wat details ontfutselen. Daarom is het ook zo belangrijk dat het op de juiste manier gebeurt.'

Toen ze de vergaderruimte uit liep, was ze bekaf. Veel vermoeider dan wanneer ze, op zoek naar Omar, stad en land had moeten af rijden. Nu zat ze achter haar bureau na te denken over de junimoorden, omdat ze niet meer aan de Paradiso schietpartij hoefde te denken. De moorddatum was over zeven dagen en het was al een tijdje geleden dat ze er met Isaac over had gepraat.

Zij had het zelf afgekapt. Maar de Paradisozaak was van onmiddellijk belang, dus dat kon haar vergeven worden.

Zeven dagen: God helpe het volgende slachtoffer. Tenzij Isaac zich vergist had.

Maar dat kon toch niet? De gegevens van de wonden waren vrijwel identiek.

Ze kreeg weer dat oude, vertrouwde knagende gevoel in haar borst. Ze pakte de 28-junidossiers en begon de gevallen stuk voor stuk opnieuw door te nemen.

Ze concentreerde zich eerst op Marta Doebbler, die het theater uit gelokt was. Omdat ze Kurt Doebbler had ontmoet en hem een rare vent vond.

Daarna: de bejaarde man Solis en de bedrieger die zich voor een monteur van het kabelbedrijf had uitgegeven. En Coral Langdon, met haar dode hond. Hoe langer Petra nadacht over de mogelijkheid dat ze een andere hondenliefhebber was tegengekomen, hoe logischer het klonk.

De slachtoffers hadden helemaal niets gemeen, alleen dat de moorden een berekenend, psychopatisch tintje hadden. Iemand die bijzonder intelligent was, berekenend en bereid om iedere keer van aanpak te veranderen... een soort kameleon.

Heterogene slachtoffers. Dus geen seksuele motieven? Of het was een biseksuele moordenaar.

Of zou het om de uitdaging gaan? Het plezier van de jacht?

Ook al was dat zo, dan moest er toch íéts zijn wat de zes dode mensen onderling verbond.

Ze spande zich in om een dergelijk verband te vinden.

Een halfuur later was het moordenaar zes, rechercheur nul.

Nog zeven dagen. Had de griezel zijn slachtoffer al uitgekozen? Welke criteria gebruikte hij daarvoor? Wat maakte hen geschikt?

En waarom sloeg hij hen de schedel in? Dat was veel riskanter dan hen neer te schieten of neer te steken. Daar moest ook iets achter zitten.

Alex Delaware had haar verteld dat kannibalen de hersens van hun slachtoffers opeten om hun ziel in beslag te nemen. Was dit soms een of ander modern kannibalistisch ritueel?

Of puur gepoch van de moordenaar: *ik heb de hersens.*
Iemand die zichzelf een genie vond? Veel psychopaten hadden een overdreven gevoel van eigenwaarde. Deze was er jaren in geslaagd om niet betrapt te worden, dus misschien was hij echt intelligent. Als dat zo was, dan kon ze zich het best wapenen met een eigen genie. En dat had ze al. Maar waar was hij?

Al dat jeugdige enthousiasme, de manier waarop Isaac haar als een jong hondje had achternagelopen. Waarom zou hij zich dan nu op afstand houden? Omdat ze hem op zijn ziel had getrapt? Of zou het iets te maken hebben met die kneuzing op zijn gezicht? Ze geloofde geen moment dat hij echt tegen een muur was gelopen.

Ik ben wel een lekkere kinderoppas.

Was Isaac in moeilijkheden? In gedachten zag ze de meest vreselijke dingen gebeuren, die allemaal uitliepen op grote artikelen, compleet met foto's en vette koppen waarin zij met naam en toenaam getypeerd werd als een 'nalatige smeris'.

Compleet met de eis van gemeenteraadslid Reyes dat ze haar penning zou inleveren.

Ze had ineens last van maagzuur.

Hou daarmee op, er is niets met hem aan de hand. Hij werkt aan zijn scriptie, op een dag zal hij twee academische titels hebben. Waarom zou hij hier blijven rondhangen? Je hebt hem niet bepaald aangemoedigd.

Of zou Isaac zich niet laten zien omdat hij niet wist wat hij van die achtentwintigste juni moest maken? Als een genie daar geen patroon in kon ontdekken, wat moest zij dan?

Ze legde de zes dossiers terug in de la. En probeerde de stress van zich af te zetten door zichzelf eraan te herinneren dat ze toch maar met Omar Selden op de proppen was gekomen.

Op de ouderwetse manier. Maar daar schoot je niets mee op als het om 28 juni ging...

Haar gedachten dwaalden af naar Eric.

Ze had hem niet meer gezien sinds woensdagochtend vroeg toen hij, hinkend en wel, stiekem was weggeglipt uit het bureau toen Lyle Leon officieel onder arrest werd gesteld. Hij had Petra meegetrokken naar het trappenhuis, haar snel een kus gegeven en zich vervolgens uit de voeten gemaakt.

Daarna had hij maar één keer gebeld. Ze had het briefje op haar bureau gevonden toen ze vanochtend op haar werk kwam.

Ik bel je binnenkort weer. E.

Hij was weggegaan om zijn eigen zaakjes op te knappen, wat die ook mochten zijn. Zou dat betekenen dat hij weer terug zou vallen in een van die lange duistere stiltes die zo kenmerkend voor hem waren? Ze probeerde zich de smaak van zijn lippen op de hare voor de geest te halen. En slaagde daar niet in. Het voldane gevoel over Selden begon te tanen. Want al werd de smeerlap opgepakt, daarmee zouden ze Marcella Douquette en de andere Paradiso-slachtoffers niet terug krijgen.

Ze belde de faculteit biostatistiek bij USC en kreeg te horen dat Isaac zelden aanwezig was, maar dat ze wel een boodschap achter kon laten. De ballen ermee, ze zou het volgende uur doorbrengen met het rijden door de stad en net doen alsof ze haar eigen district in de gaten hield. Nee, ze kon beter gaan lopen, dan raakte ze misschien iets van die nerveuze energie kwijt.

Ze pakte haar tas op en liep het bureau uit. Op de parkeerplaats zag ze twee kerels rondhangen bij haar auto.

Een stel driedelige pakken die ze niet herkende. Donkere pakken met een badge op het borstzakje. Toen drong het ineens tot haar door dat ze hen wel eerder had gezien. Het stel dat een paar avonden geleden op de parkeerplaats met elkaar had staan smoezen en lachen. Destijds hadden ze haar genegeerd.

Nu stonden ze op haar te wachten.

Ze liep rechtstreeks naar hen toe. Twee besnorde kerels, een met een lichte huid, de ander vrij donker. Allebei met een blauwe das.

De lichtste zei: 'Rechercheur Connor? Lew Rodman, van de Anti Gang Unit.'

Heel zakelijk, zonder glimlach. De snor boven zijn bloedeloze lippen had de kleur van verdord onkruid. Die van zijn partner was een zwart potloodstreepje, zo dun dat het getekend leek.

Lui van de Anti Gang Unit die haar rechtstreeks wilden aanspreken over Selden in plaats van contact op te nemen via het hoofdbureau? Per slot van rekening had zij hem geïdentificeerd. Leuk dat ze daarvoor waardering kreeg.

Ze glimlachte. 'Prettig kennis met jullie te maken, jongens. Wat zijn jullie van plan met Omar?'

Rodman en Potloodstreep keken elkaar even aan.

'Wie is Omar?' vroeg Potloodstreep.

Geen spoor van waardering in hun ogen.

'Waar gaat het over?' vroeg Petra.

'Kunnen we ergens onder vier ogen praten?' vroeg Rodman.

'Als jullie me vertellen waar het over gaat.'

Rodman keek Potloodstreep aan. De man met de donkere huid zei: 'Het gaat over een stagiair die u onder uw hoede hebt, een zekere Isaac Gomez.'

'Isaac? Is alles goed met hem?'
'Dat proberen we nu juist uit te zoeken,' zei Potloodstreep.

Hun bronskleurige Crown Victoria stond helemaal achter op de parkeerplaats. Het was bloedheet in de auto, wat betekende dat ze er al een tijdje stonden. Petra ging achterin zitten en Rodman en Potloodstreep, die zich inmiddels had voorgesteld als rechercheur tweedeklas Bobby Lucido, schoven voorin en zetten hun ramen op een kiertje. Dat van Petra werkte niet en ze namen niet de moeite om haar wat frisse lucht te gunnen.
'Het is bloedheet hier, zet dat raam eens open.' Rodman bewoog, ze hoorde een klik en toen kon ze ademhalen.
Lucido keek over de rugleuning en bestudeerde haar van top tot teen. Hij had gel in zijn haar dat al zo dun begon te worden dat zijn hoofd een zebrapatroon vertoonde van kale schedelhuid en dik zwart haar.
'Wat kunt u ons over Gomez vertellen?'
'Niets,' zei Petra, 'tot jullie me vertellen wat jullie precies willen weten.'
Lucido wierp haar een nijdige blik toe en draaide zich om. Ze hoorde hem een diepe zucht slaken, voordat hij haar opnieuw aankeek.
'U bent zijn oppas.'
Petra gaf geen antwoord.
Lucido glimlachte, waardoor hij sprekend op een besnorde gekko leek. 'Ik zal u uitleggen wat er aan de hand is. Gomez is gezien terwijl hij een geanimeerd onderhoud had met een bekende drugsdealer, die bekendstaat als een echte zware jongen.'
De kneuzing op zijn gezicht. De knul zat echt in de problemen.
'U schijnt niet echt verbaasd te zijn,' zei Lucido.
'Natuurlijk wel,' zei Petra. 'Jullie nemen me in de maling.'
'Ja, we zijn echt een stel komieken,' zei Rodman. 'Vanavond staan we in de Laugh Factory en morgen in Ice House.'
'Wie mag die zogenaamde zware jongen zijn?' informeerde Petra.
'Weet u dat niet?'
Ze voelde dat haar gezicht rood werd van kwaadheid. 'Ik ben zijn oppas met betrekking tot officiële politiezaken. Dat betekent dat hij op de afdeling rondhangt, af en toe meerijdt en aan zijn bureau met zijn computer zit te spelen. Wat ik wél weet, is dat hij een genie is, dat hij door de medische faculteit is geaccepteerd, maar dat hij voor de lol eerst nog even op zijn tweeëntwintigste een andere doctoraalstudie afmaakt. Als jullie me willen vertellen wat er precies aan de hand is, prima. Als jullie toneelstukjes willen opvoeren, ga dan maar eerst naar de toneelschool.'
Het zwarte streepje dat Lucido's gezicht in tweeën deelde, zakte en

krulde vervolgens omhoog. 'Een doctoraalstudie voor de lol.'

'Ga weg,' zei Rodman.

Petra bleef het stel strak aankijken.

'Nou ja,' zei Lucido, 'misschien is hij wel voor meer soorten lol te porren.'

Hij draaide zich weer om en Petra hoorde papier ritselen. Over de rugleuning werd haar iets toegestoken.

Een twintig bij vijfentwintig zwart-witfoto van Isaac samen met een mager knulletje. Echt mager, met de ingevallen wangen en de lome oogopslag van een junk. Ze zaten vlak tegenover elkaar in iets wat op een zitje in een restaurant leek. Triplex wanden, geen etenswaren voor hen op tafel. Het zou ook een goedkope bar kunnen zijn. De junk droeg zwarte kleren en had een paar zielige donshaartjes op zijn bovenlip. Een agressief bizar kapsel: bovenop kaalgeschoren, smalle strepen aan weerszijden van zijn hoofd en een lange, palingachtige vlecht die over zijn rechterschouder hing.

Isaac zag eruit als Isaac: netjes en schoon in een sportief overhemd. Maar met een andere trek om de ogen.

Zo gespannen had ze hem nog nooit gezien. Boos?

Hij en Junkie zaten vlak bij elkaar. De camera had ze midden in iets belangrijks betrapt.

'Wie is dat scharminkel?' vroeg Petra.

'Flaco Jaramillo,' zei Bobby Lucido. 'Dat betekent "mager" in het Spaans. Flaco Jaramillo, alias Mousy alias Kung Fu, vanwege dat staartje. Zijn echte naam is Ricardo Isador Jaramillo. Een bekende drugsdealer en het gerucht gaat dat hij voor geld mensen naar de andere wereld helpt, hoewel hij daar nooit voor gepakt is.'

'Van welke bende?'

'Hij is geen bendelid,' zei Rodman. 'Maar hij gaat wel om met bendeleden uit East L.A. en Central.'

Omar Selden had tegen Marcella opgesneden dat hij karweitjes opknapte voor diverse gangs. Zou er een verband zijn?

Petra bestudeerde de foto opnieuw. 'Waar is die genomen?'

'Al die vragen,' zei Bobby Lucido.

'Als je antwoorden wilt, ben je aan het verkeerde adres.'

'Hoe komt het dat u met Gomez samenwerkt?'

'Hij werd aan mij toegewezen door mijn hoofdinspecteur. En die deed dat in opdracht van ondercommissaris Randy Diaz, die op zijn beurt door gemeenteraadslid Reyes werd ingeseind.'

'Ja, ja, al dat gelul van de afdeling publiciteit hebben wij ook gelezen. Wat wij willen weten is het verband tussen hem en een stuk vullis als Flaco Jaramillo.'

'Dan moet je hem dat vragen,' zei Petra. 'Ik heb hem alleen maar meegemaakt als een beleefde student die aan zijn doctoraalscriptie werkt, rechercheur Lucido.'

'Zeg maar Bobby. Dit is Lew. De foto is genomen op Fifth in de buurt van L.A. In de Cantina Nueva. Dealers, tuig van de richel, freelance schooiers, echt zo'n tent van het allerlaagste allooi.'

Petra tikte met haar nagel op de rand van de foto. 'Hebben jullie daar een stille rondhangen?'

'Laten we het er maar op houden dat we de kans hebben om foto's te maken,' zei Lew Rodman. 'En op een groot aantal daarvan staat Flaco. Dus toen die knul van jou daar op kwam dagen, van top tot teen de student, viel hij meteen op. Vooral toen hij regelrecht naar Flaco toe liep en kennelijk een van zijn handlangers was. Dat maakte ons nieuwsgierig en we gingen achter hem aan, met de bedoeling zijn kenteken na te trekken. Maar hij had geen auto en stapte in de bus. Daarop zijn we op ons dooie gemak achter de bus aan gereden, dat was best lollig. We kwamen erachter waar Gomez woonde, kwamen erachter dat het huis op naam van zijn vader stond en slaagden er ten slotte gisteren in om de knul te identificeren. Maar we wisten niet dat hij zulke goeie relaties had. Pas toen een van onze collega's de foto bekeek, herkende hij de naam van een verhaal dat in de krant had gestaan. Dat Reyes hem een of andere prijs had gegeven omdat hij zo intelligent was.'

'Hij schijnt Jaramillo inderdaad te kennen, maar dat betekent nog niet dat hij een van zijn handlangers is.'

'Ze kennen elkaar en ze gaan met elkaar om,' zei Rodman. 'Wij grossieren niet in academische titels, maar we weten wel hoe we dingen bij elkaar moeten optellen. Die knul van jou zit ergens achter in de Cantina Nueva mooi weer te spelen met een vent die voor geen meter deugt.'

'Kunnen jullie bewijzen dat Gomez zich met criminele praktijken bezighoudt?'

'Hij heeft met Flaco zitten praten,' zei Bobby Lucido. 'Daarna stond Flaco op, liep om de bar heen en ging vervolgens weer zitten. Een paar minuten later vertrok Gomez met een koffertje.'

'Hij heeft altijd een koffertje bij zich.'

'Dat geloof ik graag,' zei Bobby Lucido.

Petra's maag draaide zich om. 'Wat willen jullie nu eigenlijk van mij?'

'Nog niets. Blijf je maar gewoon op dezelfde manier gedragen. Maar hou je ogen open en kijk of je iets bedenkelijks opmerkt. Als er iets verandert, laten we je dat wel weten.'

'Werk ik nu ineens voor jullie?'

'Je werkt voor de politie,' zei Lucido. 'Net als wij. Als er iets is wat je niet bevalt, dien je maar een klacht in.'

Petra wilde alleen nog maar weg en trok aan de deurkruk. Maar die gaf niet mee. Natuurlijk niet. Ze zat op de plek van de verdachte. Voordat ze iets kon zeggen begon Lew Rodman te lachen en drukte opnieuw op een knop.

Toen ze uitstapte, zei Lucido: 'Wie is Omar?'

Petra bukte zich naar zijn raampje. Hij schoof achteruit en ze stak haar hoofd in de auto.

'Zijn jullie uit de Valley?'

Lucido schudde zijn hoofd. 'Van Central.'

'Dan gaat het jullie niets aan.'

34

Petra keek toe hoe de Crown Victoria de parkeerplaats af reed.

Isaac die écht op het slechte pad was.

Ze besloot om geen eindje te gaan wandelen, maar haar spullen op te halen en te gaan spijbelen. Ze stond net bij de achterdeur van het bureau toen ze haar naam hoorde roepen.

Ze draaide zich om.

Daar was hij, meneer Dubbelleven in eigen persoon, zwaaiend en met zijn koffertje in de hand. Ogenschijnlijk met dezelfde kleren aan die hij in de Nueva Cantina had gedragen.

Had hij gezien dat ze met de beide rechercheurs van de Anti Gang Unit zat te praten? Zou de knul echt zo doortrapt zijn?

Hij kwam op een drafje naar haar toe. De kneuzing was lichter geworden, maar nog steeds dik en bedekt met vloeibare make-up.

'Hoi,' zei ze. 'Ik heb je al een tijdje niet meer gezien.'

'Sorry, maar het is een paar keer nogal laat geworden.'

Ja, dat zal wel. 'Vanwege je scriptie?'

'Voornamelijk wel. En ook nog wat research betreffende 28 juni. Maar daar ben ik helaas niets mee opgeschoten. De bibliothecaresse blijft door zoeken.' Hij fronste. 'Om eerlijk te zijn begin ik me af te vragen of ik me misschien vergist heb. Misschien heb ik te veel ophef gemaakt over iets wat alleen maar een statistische toevalligheid is.'

'Nee, dat is niet zo,' zei Petra met een argwanende blik op de kneuzing.

Isaac raakte de plek even aan en liet zijn hand weer zakken. 'Dus jij bent ervan overtuigd dat er echt iets aan de hand is.'
'Dat lijkt me wel.' Ze liet hem haar horloge zien. De kleine cijfertjes op de plek van de datum vormden het getal 21.
'Ik weet het,' zei hij. Hij pakte zijn koffertje over in zijn linkerhand. Zijn schouders zakten.
'Je ziet er een beetje moe uit,' zei Petra.
'De bus had vertraging, dus heb ik een andere lijn genomen, maar daardoor heb ik een paar straten moeten lopen.'
O ja?
'Het zal wel niet gemakkelijk zijn, zonder auto,' zei Petra.
'Daar raak je vanzelf aan gewend. Ik heb gehoord dat het portret van een van de Leons op tv is geweest. Mijn vader zag het bij het nieuws. Ik had mijn ouders verteld dat jij die zaak in behandeling hebt. Ik hoop dat ik mijn mond niet voorbijgepraat heb.'
'Nee hoor,' zei Petra. 'Mijn naam werd ook in de uitzending genoemd.'
'En is Leon de schutter?'
Ze schudde haar hoofd, omdat ze niet wist hoeveel ze hem kon vertellen… nu niet meer.
Toen ze het geluid van een motor hoorde, keek ze over zijn schouder. Een zwarte suv kwam het parkeerterrein op rijden en pikte op een agressieve manier de eerste vrije plaats in. Achter het stuur zat een van de hoge piefen uit het centrum. Met de vierkante schouders en het zelfvertrouwen van een filmsmeris. Zijn maatje zat naast hem in een soortgelijke houding. Allebei met spiegelzonnebrillen. De motor raasde nog even en werd toen uitgezet. 'We praten straks wel verder,' zei Petra en hield de deur voor Isaac open.
Omgekeerde ridderlijkheid, dacht hij, terwijl hij het bureau binnenliep. Ze beschouwt me gewoon als een kind.

'Hoi, klaar voor de vergadering?' vroeg hoge pief i.
'Welke vergadering?'
'Over vijf minuten. We hebben gebeld.'
'Wanneer?'
'Een kwartier geleden.'
Toen zij bij Rodman en Lucido in de auto zat. Dat was wel heel kort dag. Alsof zij hun dienstmeisje was.
'Wat is er aan de hand?' vroeg ze.
'Laten we maar beginnen, dan hoor je dat vanzelf,' zei hoge pief ii.

Isaac zette zijn computer op het bureau in de hoek. Er waren twee andere rechercheurs op de afdeling, Barney Fleischer en een zware man die hij niet kende, met een leren holster in de vorm van een x, dat in een strak groen poloshirt sneed.

Hij startte de computer op en logde aan bij de database van de Doheny Bibliotheek, zodat het net leek alsof hij iets te doen had.

Alsof dat met Klara niet was gebeurd.

Maar dat was wel zo en nu was hij niet alleen professioneel maar ook privé in de fout gegaan.

Hij had misbruik gemaakt van een kwetsbare vrouw en dat was op zichzelf al schandalig. Maar nog veel belangrijker was dat hij zich in werktijd aan... pleziertjes had overgegeven en nu het risico liep dat het onderzoek naar de achtentwintigste juni in het honderd zou lopen.

Hij probeerde alles van zich af te zetten door zichzelf wijs te maken dat Klara hem had misbruikt. De ontvankelijke student die alleen op zoek was naar vrede, rust en stoffige boeken en niet naar dijen die tegen elkaar kletsten, gekreun...

Het was geweldig geweest. De tweede keer, niet de eerste. De eerste was al voorbij voordat hij het feit kon verwerken dat zijn hoofd bonsde van verbijstering omdat hij net een orgasme had gehad. Klara bleef in beweging en hij was nog steeds hard. Terwijl ze haar handen om zijn gezicht had gelegd, had ze gefluisterd: 'Ja, doorgaan, gewoon doorgaan.'

En dat had hem natuurlijk nog meer aangemoedigd.

De tweede keer was echt fantastisch geweest. Voor Klara ook, als al dat gekronkel, gemiauw en de gilletjes die ze met haar hand probeerde te smoren iets te betekenen hadden. Na afloop was ze gewoon schrijlings boven op hem blijven zitten, met zijn slapper wordende pik nog steeds tussen haar benen. Ze had zijn hals gekust, met haar nagels over de rug van zijn overhemd gekrast en hem met losse strengetjes rood haar in zijn gezicht gekriebeld tot hij het niet meer uithield en zijn gezicht had afgewend. Ze had meteen gedacht dat hij moe was en gezegd: 'Arme jongen. Nou moet je ook nog mijn gewicht erbij dragen. En ik ben al zo dik.'

Ze lachte, maar het leek net alsof ze op het punt stond in tranen uit te barsten, dus had hij gezegd: 'Welnee.' Hij had haar gekust en zijn handen op de kussentjes van haar heupen gelegd die hij door de vlinderjurk heen kon voelen.

'God, ik tintel van top tot teen,' zei ze. Toen kwamen de tranen. 'Het spijt me zo, Isaac. Wat moet jij nou met zo'n dik, hysterisch wijf?'

Dus had hij haar liefkozend moeten verzekeren dat ze dat helemaal niet was. Hij had haar opnieuw gekust, ook al waren zijn emoties inmiddels in omvang even hard geslonken als zijn penis en had hij helemaal geen behoefte meer aan lichamelijk contact.

Ze was écht zwaar.

'Je bent zo lief,' zei ze. 'Maar dit mag echt niet weer gebeuren. Vind je ook niet?'

'Ja,' zei hij.

'Dat kwam er wel heel snel uit.'

Omdat hij niet wist wat hij daarmee aan moest, zei hij: 'Ik wil alleen maar wat jij wilt.'

'Echt waar?' zei ze. 'Nou, als het aan mij ligt, neukten we er nog honderd keer op los. Maar we moeten verstandig zijn.'

Ze kuste zijn kin. 'Jammer, hè, dat het leven zo ingewikkeld kan zijn. Ik ben oud genoeg om je moeder te zijn.'

De gedachte deed haar fronsen. Een flits van schaamte schoot door Isaacs hoofd. Hij deed zijn best om zich er niets van aan te trekken door zich te concentreren op vlinders en bloemen. En hij ging even verliggen, om haar duidelijk te maken dat hij zich onbehaaglijk voelde.

'Maar,' zei ze terwijl ze eindelijk opstond en haar benen zo hoog optrok, dat het leek alsof ze hem niet wilde aanraken. En ze keek hem ook niet aan toen ze haar broekje optrok, haar schoenen aanschoot en door haar vuurrode haar woelde.

Isaac trok zijn broek recht, deed de rits dicht en zat te wachten tot ze haar zin zou afmaken. Maar ze schonk hem alleen een flauw glimlachje. Met trillende lippen.

'Maar wat?' vroeg hij.

'Maar wat?'

'Je zei "maar" en verder niks.'

'O,' zei ze terwijl ze omlaag reikte en met haar nagels over zijn kruis kraste. 'Maar het was toch fantastisch. Ook al ben ik oud genoeg om je moeder te zijn. We kunnen toch wel vrienden blijven, hè?'

'Ja, natuurlijk,' zei Isaac, die niet precies wist waar hij eigenlijk mee instemde.

Klara grinnikte, een beetje scheef en raadselachtig. 'Dus we kunnen ook wel samen koffie gaan drinken? Als vrienden?'

'Uiteraard,' zei hij.

'Nu?'

'Nu?'

'Nu meteen.'

Ze liepen samen de bibliotheek uit en wandelden naar een koffieshop op Figueroa, aan de oostkant van de universiteit. Onderweg kwamen ze studenten en faculteitsleden tegen, mensen die met mensen van hun eigen leeftijd liepen.

Klara wiegde zo met haar heupen dat ze hem af en toe aanraakte. Isaac probeerde iets afstand te houden, genoeg om de schijn van intimiteit te vermijden, maar niet genoeg om haar argwanend te maken. Ze bleef tegen zijn zijkant aanbotsen.

In het restaurant liep ze voor hem uit naar een van de zitjes en bestelde pepermuntthee en een gemengde groene salade, met apart een portie Thousand Island-dressing. Isaac, die ineens stierf van de dorst, bestelde een cola.

Toen de serveerster wegliep, bekende Klara: 'Ik heb altijd honger.' Haar hals kreeg een rozig tintje. 'Na afloop, bedoel ik.'

Het uur daarna vertelde ze hem alles over haar opleiding, haar jeugd, het vroege huwelijk waarvan ze had gedacht dat het eeuwig zou duren, haar beide begaafde kinderen, haar fantastische moeder die af en toe wel eens wat bazig kon zijn, maar altijd met de beste bedoelingen, en haar vader die bedrijfsjurist was geweest en al een jaar na zijn pensioen aan prostaatkanker was overleden.

Toen ze haar hele hart had gelucht, zei ze: 'Je kunt goed luisteren. Mijn ex had nooit ergens geduld voor. Heb je wel eens overwogen om psychiater te worden?'

Hij schudde zijn hoofd.

'Waarom niet?'

'Ik heb helemaal nog niet over specialiseren nagedacht. Dat is nog veel te ver weg.'

Ze stak haar hand uit en raakte zijn vingertoppen aan. 'Je bent een aantrekkelijke knul, Isaac Gomez. Op een dag zul je beroemd zijn. Ik hoop dat je dan nog wat vriendelijke gedachten voor mij over zult hebben.'

Hij lachte.

'Dat was geen grapje,' zei Klara.

Hij liep samen met haar terug naar haar bureau op de researchafdeling en draaide zich om toen ze met haar assistente begon te kletsen. Mary Zoltan, die op de een of andere rare manier op een mol leek, was weliswaar tien jaar jonger dan Klara maar een geboren oud wijf. Toen Klara hem weg zag lopen, rende ze achter hem aan, onderschepte hem bij de deur, legde haar hand op zijn schouder en fluisterde hartstochtelijk dat hij écht aantrekkelijk was, dat het zalig was geweest en dat het ontzettend jammer was dat het nooit meer zou mogen gebeuren. Mary Zoltan stond naar hen te staren. Geen spoor van warmte in haar kraalogen.

Klara kneep even in zijn schouder. 'Oké?'

'Oké.' Hij deed een stap achteruit, zodat ze hem niet meer kon aanraken, en liep de bibliotheek uit. Hij was nog steeds veel te opgefokt om zich ergens op te concentreren, of het nu om zijn doctoraalstudie, de achtentwintigste juni of iets anders ging. Toen hij naar buiten stapte, voelde hij de bobbel tussen zijn benen bonzen en hij had het gevoel dat Klara's parfum nog steeds aan zijn huid kleefde, in zijn keel en in zijn neusgaten. Hij liep door naar het herentoilet in een van de aangrenzende gebouwen en waste zijn gezicht. Het hielp niets, hij stónk gewoon naar sperma en naar Klara.

Zo kon hij Petra onmogelijk onder ogen komen.

Hij had haar trouwens toch niets te vertellen.

Waarom had hij nu het gevoel dat hij haar ontrouw was geweest?

Hij liep terug naar Figueroa, pakte bus 81 naar Hill and Ord, stapte op de hoek van Cesar Chavez en Broadway op lijn 2 en reed voorbij de halte op Sunset waar hij uit moest stappen om naar het bureau op Wilcox te gaan. Hij bleef zitten tot La Brea waar hij uitstapte en helemaal naar Pico Boulevard liep. Daar pakte hij lijn 7 van de Santa Monica Blue Line naar het strand.

Het was bijna zes uur toen hij ten slotte bij de pier aankwam. Daar kocht hij een oudbakken maïskoek, een portie chips en weer een flesje cola, ging een eindje wandelen en bleef staan kijken bij een paar oude Japanse kereltjes die helemaal aan het eind zaten te vissen. Daarna bleef hij gewoon rondhangen. Zijn studentikoze uiterlijk en zijn koffertje kwamen hem op verbaasde blikken van toeristen, tieners met harde gezichten en kooplui te staan.

Of zouden ze iets anders zien?

Een persoon die nergens bij paste en ook nooit ergens bij zou passen.

Hij liep de pier af en ging naar het strand. Hij kreeg zand in zijn sokken, maar daar trok hij zich niets van aan, hij liep gewoon door naar de rand van het water waar hij de pijpen van zijn katoenen broek oprolde om in de koude branding te gaan pootjebaden.

Hij bleef staan tot hij geen gevoel meer in zijn voeten had en dacht helemaal nergens aan.

Dat was een heerlijk gevoel.

Daarna moest hij ineens weer aan de achtentwintigste juni denken.

Volgens Petra heb ik gelijk, maar er is nog steeds een kans dat ik me vergis. Ik zou het niet erg vinden om voor de verandering de plank eens mis te slaan.

Hij liep terug naar het strand en trok zijn sokken en schoenen weer aan zonder de moeite te nemen zijn voeten af te drogen.

Toen hij thuiskwam, was het inmiddels bijna tien uur en zijn moeder pruilde omdat hij het avondeten dat ze had klaargemaakt had gemist. Albondigassoep vol gehaktballetjes en kruiden, met vlees gevulde tamales en een grote pan bruine bonen met gezouten varkensvlees. Terwijl mama om hem heen liep en elk hapje telde, at hij zoveel als hij op kon. Toen hij uit elkaar dreigde te barsten, veegde hij zijn kin af, zei tegen haar dat het heerlijk was geweest, kuste haar wang en liep naar zijn kamer.

Isaiah lag al te slapen in het bovenste bed, op zijn rug en ritmisch snurkend met zijn linkerarm over zijn gezicht. Het afgelopen jaar had Isaiah, een leerling-dakbedekker, van het ene bouwproject naar het andere moeten hollen, terwijl hij maar net boven het minimumloon zat en ongeveer continu naar teer begon te stinken. Normaal gesproken viel het Isaac niet eens op, maar vanavond hing er een lucht als van een net geasfalteerde snelweg in het kleine kamertje.

Zijn oudere broer snoof, draaide zich om en rolde weer terug in zijn oorspronkelijke houding. Voor zijn werk moest hij om vijf uur 's ochtends opstaan, anders zou hij niet op tijd op de plek zijn waar hij werd opgepikt door de ploegbaas, die in een vrachtwagen met een platte laadbak alle dagarbeiders ophaalde.

Isaac trok zijn schoenen uit en zette ze zonder lawaai te maken op de grond. Het lege bed van zijn jongere broer Joel, dat onder het zijne vandaan kon worden getrokken, was nog steeds keurig opgemaakt. Joel, die parttime aan het gemeentecollege studeerde als hij niet op kantoor zat bij de Solario Spanish Market op Alvaredo, had zich de laatste tijd aangewend om zonder uitleg pas laat thuis te komen. Als de beide oudere broers Gomez zo ongehoorzaam waren geweest hadden ze van hun ouders de wind van voren gekregen. Maar de aantrekkelijk uitziende Joel met zijn Tom Cruise-glimlach kon zich alles veroorloven.

Isaiah snoof opnieuw, iets luider en bromde in zijn slaap. Daarna werd alles weer stil. Isaac kleedde zich zorgvuldig uit, legde zijn kleren opgevouwen op een stoel en kroop in het onderste bed.

Boven zijn hoofd klonk een langgerekt 'hm' en het bed kraakte. 'Ben jij dat, broer?'

'Ik ben het.'

'Waar ben je geweest? Mam was pissig.'

'Ik moest werken.'

Isaiah lachte.

'Wat is er zo grappig?' vroeg Isaac.

'Ik kan het hierboven nog ruiken.'

'Waar heb je het over?'

'Je ruikt alsof je helemaal platgeneukt bent, man. Goed zo, broertje. Klasse!'

De volgende dag ging hij terug naar de bibliotheek, vastbesloten om Klara recht in de ogen te kijken.
We zijn per slot van rekening allemaal volwassen.
Maar ze zat niet achter haar bureau.
'Ze is ziek,' zei Mary Zoltan.
'Het is toch niet ernstig?'
'Toen ze vanmorgen belde, klonk ze knap beroerd.'
'Verkouden?' vroeg Isaac.
'Nee, eerder...' Mary keek hem strak aan en Isaac voelde dat hij rood werd. Hij had eeuwen onder de douche gestaan, maar als Isaiah het al kon ruiken terwijl hij half in slaap was...
'Nou ja, dat doet er niet toe,' zei Mary. 'Kan ik je ergens mee helpen?'
'Nee, bedankt.'
Ze grijnsde spottend.

Ziek. En niet alleen maar verkouden.
Een vrouw op het randje van haar zenuwen en hij had haar het laatste duwtje gegeven.
Dat was op zich al erg genoeg, maar nu kon hij de achtentwintigste juni ook op zijn buik schrijven.
Terwijl hij naar beneden liep, naar het souterrain, schoot het ene na het andere nachtmerrieachtige beeld als een op hol geslagen film door zijn hoofd.
Klara, die zichzelf ervan overtuigd had dat ze seksueel was misbruikt – door een jonge, ambitieuze man – was in een diepe, duistere depressie geraakt.
Daarvoor had ze zonder een dokter te raadplegen medicijnen gebruikt.
En veel te veel genomen.
Of ze had haar verdriet verdronken met pillen en alcohol, pillen en witte wijn.
Ja, dat paste echt bij haar: kalmerende middelen en chardonnay. In een roes wankelt ze naar haar minivan. Er komt een auto aan, maar het is al te laat.
Twee begaafde kinderen zijn wees geworden.
Met als resultaat een politieonderzoek: wat heeft een bibliothecaresse van middelbare leeftijd aangezet tot een dergelijk overtrokken gedrag?

Wie was de laatste persoon in haar gezelschap?

Mary wist het. Dat bleek duidelijk uit de manier waarop ze hem had aangekeken.

Hij bleef halverwege de tweede trap staan. *En als ze nou eens niet zo discreet waren geweest als ze allebei hadden gedacht en iemand, een of andere plantkundige, een verdomde chlorofylfanaat, die aangelokt door een of ander half vergaan boekje over schimmels of goudsbloemen of iets anders, naar Isaacs hoekje was gegaan en alles had gezien?*

Publiciteit die zijn carrière met de grond gelijk zou maken.

Zeg maar dag met je handje tegen je studie medicijnen.

En zeg maar dag met je handje tegen je afstudeerproject. Hij zou iedere ochtend samen met Isaiah om halfzes langs de weg staan om als dakbedekker aan de slag te gaan.

De schande. Zijn ouders... het artsenechtpaar Lattimore. Iedereen op de Burton Academy. En op de universiteit.

Gemeenteraadslid Gilbert Reyes.

Tegen de tijd dat hij in zijn hoekje aankwam, had zijn fantasie hem al een levendig beeld voorgeschoteld van de persconferentie die Reyes had georganiseerd om zich te distantiëren van zijn beschermeling.

Hij keek om zich heen. Niemand te zien op de afdeling plantkunde. Zoals gewoonlijk. Maar wat hield dat in? Tijdens het hele gebeuren, dat hele verdomde orgastische kwartier of hoe lang het ook had geduurd, had hij zijn ogen stijf dicht gehad.

Hij kneep ze nu ook dicht, alsof hij dat moment weer terug wilde halen. Toen hij ze opende, zag hij hoge boekenkasten voor zich. En schemerige, lege gangen.

Maar de hele omgeving gaf hem een verkeerd gevoel, er hing zelfs een verwijtend luchtje.

Hij draaide zich om en holde terug naar de trap. Hij struikelde en viel bijna, maar slaagde er toch in op de been te blijven.

Of iets wat daarvoor door moest gaan.

Hij kon hier vandaag niet blijven zitten. Terug naar het strand, het strand was fijn geweest. Hij ging gewoon terug om zich vol te proppen met junkfood, videospelletjes te spelen als de eerste de beste sufferd en zijn voeten – en andere lichaamsdelen die daar behoefte aan hadden – gevoelloos te laten worden in de uitgestrekte, onafgebroken Stille Oceaan.

En dat deed hij. Om twaalf uur 's middags snakte hij naar het politiebureau.

35

De tweede vergadering was erger voor Petra.

Vijf minuten na het begin dook er een vertegenwoordiger op van de Valley Gang Unit, een brigadier in uniform, een boom van een vent met een kogelrond, kaalgeschoren hoofd, ijskoude ogen en de charme van een virus. Hij bleef strak naar zijn nagels kijken terwijl hoge pief 1 alweer hele verhandelingen hield over het gedrag van gangs. De opsporing van Omar Selden en zijn medeplichtigen was nu officieel in handen van een speciale eenheid.

Schoelkopf had besloten de vergadering bij te wonen.

Maar de hoofdinspecteur deed nauwelijks zijn mond open. Hij zag er vrijwel voortdurend slaperig en klein uit en Petra, die op de hoogte was van de problemen met zijn derde vrouw, had medelijden met hem. Ze begon zelf ook te knikkebollen terwijl de bobo maar doorleuterde. Uiteindelijk klapte de vent zijn aantekenblok dicht en gebaarde naar zijn maat dat hij de flipover dicht kon klappen.

'Goed,' zei hij, terwijl hij de knoop van zijn das aanschoof, 'nu zitten we allemaal op hetzelfde spoor.'

Petra keek de grote gang-brigadier aan en zei: 'Er is één ding dat u misschien wilt natrekken. Onze vriend Omar heeft een opleiding fotografie gevolgd en toen ik hem in Venice sprak, had hij camera's en andere apparatuur bij zich. Hij gaf me een vals adres in NoHo op, dus misschien heeft hij daar connecties.'

'Het was een váls adres,' onderbrak Schoelkopf haar. 'Hij heeft met opzet gelogen, rechercheur Connor. Om jou op het verkeerde been te zetten.'

Maar dat was pure onzin. Misdadigers hadden geen verbeeldingskracht en maakten constant de meest stomme fouten. Als ze dat niet zouden doen, zou de politie hun werk net zo goed kunnen staken.

Toch kreeg ze van niemand steun.

'Maar desondanks, meneer...' begon ze.

De vent van de Gang Unit stond in zijn volle lengte van een meter tweeënnegentig op en viel haar in de rede. 'Ik heb nog nooit bendeleden in NoHo gezien, behalve een paar loslopende figuren tijdens braderieën en zo. En die is er volgende maand pas weer.'

Hij liep de kamer uit.

De voornaamste van de twee hoge piefen zei: 'Voorwaarts mars.'

Toen Petra terugkwam op de afdeling recherche zat Isaac op haar te wachten. Nu had ze echt behoefte aan een wandeling en dat zei ze ook tegen hem. Samen liepen ze het bureau uit en wandelden in zuidelijke richting over Wilcox. Isaac was verstandig genoeg om niets te zeggen terwijl ze met gestrekte pas op weg ging naar Santa Monica. Uiteindelijk bedaarde ze een beetje en zag dat hij zorgvuldig op afstand bleef. Waarschijnlijk joeg ze hem angst aan. Hoog tijd voor een geforceerd lachje.

'Goed,' zei ze. '28 juni. Die datum moet iets te betekenen hebben... een verjaardag, een herdenking, iets persoonlijks voor onze booswicht. Of een of andere historische gebeurtenis die hem aanspreekt. Ik heb de persoonlijke gegevens van alle hoofdpersonen in de dossiers nagetrokken. Geen van de slachtoffers is op die datum geboren. Dus misschien is onze man tóch een geschiedenisfreak.'

Ze wachtte tot hij commentaar zou geven. Maar hij hield zijn mond.

'Heb jij enig idee?'

'Alles wat je zegt, klinkt me redelijk in de oren.'

Begon hij zijn belangstelling te verliezen? Werd hij afgeleid door zijn andere leven?

'Wat mij maar voortdurend door het hoofd speelt,' zei ze, 'is het beeld van een bijzonder verlokkende moordenaar. Iemand die heel subtiel is en alles wat hij doet met de grootste zorg van tevoren in elkaar zet. Marta Doebbler, die het theater uit gelokt wordt. Geraldo Solis, die misschien in de luren wordt gelegd door een bedrieger die zich uitgeeft voor een monteur van de kabelmaatschappij. Als die monteur onze verdachte is, was hij gehaaid genoeg om het huis eerst te verkennen en later terug te komen. En misschien was hij ook gehaaid genoeg om een hond als lokmiddel te gebruiken.'

Ze vertelde hem over de twee verschillende soorten hondenhaar die op Coral Langdon waren aangetroffen en herhaalde haar vermoedens over de vriendelijke hondeneigenaar uit de buurt.

'Misschien vindt hij het plannen maken wel even opwindend als de moord zelf,' zei ze.

'Een choreograaf,' zei hij.

'Dat is een mooie omschrijving. Wat vind je ervan?'

'Dat je gelijk hebt als je hem subtiel noemt.'

'Tot hij de slachtoffers plotseling van achteren overvalt en ze de hersens inslaat. Dat is allesbehalve subtiel, Isaac. Wat mij betreft, kun je daaruit opmaken dat hij a. een lafaard is – hij durft ze niet in de ogen te kijken dus hij wurgt ze niet zoals de meeste seksuele psychopaten – en b. hij wordt verteerd door een onderhuidse woede die hij in het dagelijks leven onder controle kan houden. En meer dan dat, hij functioneert normaal tot de stoppen doorslaan. We weten dat de datum een van de aanleidingen daarvoor is, maar er moet ook iets aan de slachtoffers zijn.'

Ze liepen nog een poosje door, voordat ze zei: 'Als jij daar iets aan toe te voegen hebt, vind ik dat prima.'

Hij schudde zijn hoofd.

'Is alles goed met je?'

Hij schrok op. Ze had een of andere droom verstoord. 'Ja, hoor.'

'Je lijkt een beetje wazig.'

'Sorry,' zei hij.

'Je hoeft je niet te verontschuldigen. Ik wilde alleen zeker weten dat er niets met je aan de hand is.' Ze glimlachte. 'Als je mentor... niet dat ik je veel gementord heb... is dat wel een werkwoord?'

Isaac glimlachte terug. 'Nee. Begeleiden wel.'

'Je hoeft je niet in te houden, hoor. Je mag best een beetje speculeren over wat ik net heb gezegd.'

'Alles wat je hebt gezegd, klinkt volkomen logisch. Ik wou dat ik er iets aan toe te voegen had, maar dat is niet zo.'

Een halve straat verder zei hij: 'Maar één ding valt me wel op. Er is iets wat Marta Doebbler onderscheidt van de anderen. Als de moordenaar zich heeft kunnen voordoen als een monteur van de kabelmaatschappij om het huis van meneer Solis binnen te komen, dan lijkt het me duidelijk dat meneer Solis hem niet kende. Als de theorie over die hond klopt, dan zou hetzelfde voor Coral Langdon kunnen gelden. Zij kwam bij haar in de buurt een man tegen die zijn hond uitliet, stond even met hem te praten, draaide zich om en werd doodgeslagen. De moordenaar heeft die gebeurtenis misschien wel gerepeteerd door voor de moord al een paar keer een hond uit te laten en vertrouwd te raken met de omgeving. Maar toch kan hij best een relatief vreemde zijn geweest. Maar bij Marta Doebbler is dat echt onmogelijk. Ze was vast niet midden onder de voorstelling een theater uit gelopen als ze niet wist wie haar had gebeld. Bovendien had een vreemde nooit kunnen weten dat Marta naar het theater ging.'

'Iemand die ze vertrouwde,' zei Petra. 'En dan zijn we weer terug bij haar man.' Kurt, de zonderling. 'Er is nog een verschil tussen Marta en de anderen. Ze is op straat gedood en daarna in haar auto gelegd. Je zou kunnen stellen dat ze met iets meer respect is behandeld. En dat zou ook weer duiden op een moordenaar die haar goed kende.'

Hij trok een gezicht. 'Daar had ik ook aan moeten denken.'

Afgeleid. Door Klara. Twijfel aan mezelf. Flaco's pistool... mijn pistool... zou ik dat ooit echt willen gebruiken?

'Daarom is het ook altijd goed om te brainstormen,' zei Petra. Ze waren inmiddels op Santa Monica Boulevard aangekomen. Verkeer, herrie, voetgangers en schandknapen die op de hoeken van de straten rondhingen.

'Er is nog een verschil dat voor Doebbler geldt,' zei Petra. 'Ze was de eerste. Toen rechercheur Ballou me vertelde dat hij de reactie van Kurt Doebbler zo vreemd vond en ik daarna Kurt zelf ontmoette, ben ik daarover na gaan denken. Het zou best kunnen dat onze boosdoener nooit de bedoeling heeft gehad om een serie moorden te plegen. Stel je voor dat hij Marta om persoonlijke redenen heeft vermoord en er toen achter kwam dat hij het léúk vond? Dat hij een nieuwe hobby ontdekte? Dan komen we automatisch weer bij Kurt terecht.'

'Een hobby die hij maar één keer per jaar beoefent,' zei Isaac.

'Om de eerste keer te vieren,' zei ze. 'Als 28 juni nou eens belangrijk voor Kurt is omdat hij Marta op die datum vermoord heeft? Op die manier beleeft hij dat ieder jaar opnieuw.'

Hij keek haar met grote ogen aan. 'Wat een briljant idee.'

De jeugdige uitbundigheid was weer terug. Vreemd genoeg werkte dat als een domper op Petra's enthousiasme en ze zei: 'Niet echt. Het is maar een theorie. Maar het geeft ons in ieder geval houvast.'

'Door ons op Marta Doebbler te concentreren?'

'Bij gebrek aan beter.'

'Misschien,' zei hij, terwijl hij afwezig de kneuzing op zijn gezicht aanraakte, 'moeten we proberen uit te vissen met wie ze in het theater was. Ze had toch een stel vriendinnen bij zich?'

Hij stond haar aan te kijken met dat gladde, vroegwijze, onschuldige smoeltje. Ze had hem kunnen zoenen.

Ze gingen terug naar het bureau en Petra haalde het Doebbler-dossier tevoorschijn. Marta was uitgegaan met drie vriendinnen en rechercheur Conrad Ballou had hun namen keurig genoteerd, samen met de opmerking dat hij met twee van hen, Melanie Jaeger en Sarah Casagrande, een 'telefonisch onderhoud' had gehad. De derde, Emily Pastern, was de stad uit geweest.

Volgens de aantekeningen van Ballou wist Jaeger noch Casagrande zeker wie Marta uit het theater had gelokt.

'Getuige Casagrande deelt mee dat slachtoffer Doebbler een geagiteerde indruk maakte na de telefonische oproep en dat het slachtoffer heel snel op de betreffende oproep reageerde "door uit haar stoel op te springen en gewoon weg te lopen. Alsof het om iets heel urgents ging. Ze verontschuldigde zich niet eens voor het feit dat ze haar mobiele telefoon aan had laten staan. En dat was helemaal niets

voor Marta, want ze hield altijd rekening met andere mensen." E.e.a.
werd bevestigd door getuige Jaeger, die apart is ondervraagd.
De echtgenoot van het slachtoffer, Kurt Doebbler, ontkent dat hij
het slachtoffer die avond op enig moment heeft gebeld en ontkent te-
vens het bezit van een mobiele telefoon. K. Doebbler gaf toestem-
ming voor een onmiddellijke controle van het vaste telefoonnummer,
hetgeen hedenochtend om 11.14 uur is geschied door Pacific Bell. De
maatschappij bevestigde voornoemde ontkenningen.'

De volgende aantekening van Ballou vermeldde dat het telefoontje afkomstig was uit de telefooncel om de hoek bij het theater.

Isaac, die over Petra's schouder stond mee te lezen, zei: 'Het kan best dat Doebbler vanuit de Valley naar Hollywood is gereden, Marta vanuit de telefooncel heeft gebeld en bij haar auto op haar stond te wachten. Als hij nou eens gewoon toestemming heeft gegeven om zijn telefoongegevens te controleren omdat hij wist dat die toch niet belastend voor hem waren?'

'Ik vraag me af of meneer Doebbler ooit een hond heeft gehad,' zei Petra.

Ze belde de dierenbescherming in de Valley, maar die hadden geen hond op naam van de familie Doebbler. Nou was dat niet zo vreemd, want er waren meer dan genoeg mensen die hun hond niet lieten registreren.

Vervolgens belde ze de nummers die volgens Ballou toebehoorden aan Marta's vriendinnen Melanie Jaeger en Sarah Casagrande. Die waren inmiddels allebei toegewezen aan nieuwe abonnees.

Het vergankelijke L.A.

Bij de gegevens van het centraal bureau kentekenbewijzen was nergens in Californië een adres van Melanie Jaeger bekend, maar Sarah Rebecca Casagrande bleek in J Street, Sacramento, te wonen. Petra vroeg haar nummer op en toetste dat in.

Ze kreeg de receptioniste van een groepspraktijk van artsen. *Dokter* Casagrande had een patiënt op bezoek.

'Wat voor soort dokter is ze?'

'Psycholoog. In feite is ze een assistent.'

'Staat dat gelijk aan een verpleegster?'

'Nee, dokter Casagrande heeft net haar studie afgesloten. Ze werkt onder leiding van dokter Ellis en dokter Goldstein. Als u een afspraak wilt maken...'

'U spreekt met rechercheur Connor van de politie in L.A. Zou u haar alstublieft willen vragen of ze mij zou willen bellen?' Petra gaf haar nummer door.

'De politie?'

'Ze hoeft nergens over in te zitten,' zei Petra. 'Het gaat om een oude zaak.'

Vervolgens probeerde ze Emily Pastern, de enige vriendin die Ballou niet had kunnen bereiken.
Nadat de telefoon vijf keer was overgegaan, kreeg ze een antwoordapparaat aan de lijn met een zelfbewuste vrouwenstem die zei: 'U bent verbonden met *Daisy's place*, het huis van Emily en Gary. We zijn momenteel niet thuis, maar als u een bericht achter wilt laten...'
Petra luisterde de hele boodschap af. Ze negeerde de tekst omdat lawaai op de achtergrond haar aandacht had getrokken.
Het opgewekte gebabbel van Emily Pastern ging vergezeld van honds commentaar.
Geblaf.

Nadat ze de verbinding had verbroken liep Mac Dilbeck langs haar bureau. Hij wierp haar een lange, ongelukkige blik toe en vervolgde zijn weg naar het herentoilet.
Ze liep achter hem aan, bleef in de gang staan en wachtte hem op toen hij weer naar buiten kwam. Haar aanwezigheid scheen hem niet echt te verbazen.
'Is er iets aan de hand, Mac?'
'Even voor de goede orde,' zei hij, 'ik vond die opmerking van jou over die fotografie heel zinnig.'
'Bedankt,' zei ze.
'Het is tenminste iets, Petra. En dat was meer dan dat stelletje lapzwansen had te bieden.' Zijn ogen glommen. 'Ik ben net gebeld door de moeder van een van de slachtoffers. Die jongen van Dalkin, dat sproetige knulletje dat zo zijn best had gedaan om op een punk te lijken. De arme mevrouw zat te huilen. Ze smeekte me letterlijk om te zeggen dat er schot in de zaak zat. Dus wat moest ik?'
Hij bracht zijn handen met een klap op elkaar. Een geluid als een pistoolschot, dat Petra bijna deed opspringen.
'Je weet toch wat er nu gaat gebeuren, Petra? Ze krijgen van ons hun voornaamste verdachte op een presenteerblaadje aangeboden en vervolgens nemen ze de zaak over, maar ze hebben niet het benul om in de benen te komen en hem op te pakken.' Hij keek om zich heen, alsof hij een plek zocht om te kunnen spugen. 'Speciale Eenheid! Het enige wat ze zullen doen is gewoon doorgaan met vergaderen, compleet met hun flipovers en hun diagrammen. Alsof het om een voetbalwedstrijd gaat. Waarschijnlijk verzinnen ze ook nog wel een leuk naampje voor henzelf. "Operatie Alligator" of iets leuks van soort-

gelijke strekking.' Hij schudde zijn hoofd. Het met Brylcreem bewerkte haar bleef keurig zitten, maar zijn oogleden knipperden als papieren vlaggetjes.

'En ze zullen gewoon op hun gemak door blijven gaan,' vervolgde hij, 'tot Selden het gerucht te horen krijgt dat hij gezocht wordt en de benen neemt. Als hij dat niet al heeft gedaan.'

Hij zag er oud, moe en verdrietig uit. Petra troostte hem niet. Een man als Mac zou troostende woorden niet op prijs stellen.

'Het is klote,' zei ze.

'Superklote. Het is een klucht. "Het Theater van de Lach" is er niets bij.' Hij glimlachte nerveus. De spieren in zijn nek zwollen op en hij kreeg knobbeltjes onder zijn oren. 'Dat was trouwens een grapje.'

Petra glimlachte.

'Als ik thuis dat soort opmerkingen maak,' zei Mac, 'krijg ik van iedereen te horen dat ik me moet gedragen. Maar geloof het of niet, vroeger was ik echt geestig. Toen ik nog in dienst zat, hadden we een soort revue die we opvoerden in een klein theatertje – in Guam. Allemaal heel elementair, maar we kregen de mensen wel aan het lachen.'

'Was het een muzikaal programma?' vroeg ze.

'We hadden ukuleles en alles waar we maar de hand op konden leggen.' Hij kreeg een kleur. 'Geen als vrouw verklede kerels, dat soort dingen kwam er niet aan te pas en dat bedoel ik ook niet. Alleen maar dat ik best uit de voeten kon met een grapje. En nu? Nu ben ik een humorloze ouwe vent. Die zich hoort te gedragen.'

Zijn terneergeslagenheid bezorgde Petra een onbehaaglijk gevoel. Ze lachte, maar meer voor zichzelf dan voor hem. 'Je mag altijd naar mij toe komen om grapjes te maken, Mac.'

'Ja hoor,' zei hij. 'Dat noemen we toch politiewerk?'

Petra keek hem na tot hij om een hoek verdween. Mensen. Ze zetten je altijd weer voor verrassingen.

Toen ze terugliep naar haar bureau zag ze Isaac achter zijn laptop zitten.

Ze pakte het Doebbler-dossier weer op en begon het te bestuderen alsof het de Bijbel was.

Om halfzes vrijdagmiddag had dr. Sarah Casagrande noch Emily Pastern teruggebeld. Ze probeerde hen opnieuw te bereiken, maar zonder succes. Iedereen was al aan het weekend begonnen.

Plotseling was alle energie die door haar brainstorm met Isaac was opgeroepen weer verdwenen. Ze liep naar zijn bureau toe. Hij hield op met tikken en liet het scherm verdwijnen. In plaats daarvan verscheen een screensaver met Albert Einstein. Een genie met een grappig vlinderdasje. En een woeste haardos. Maar de ogen van die ouwe Appie...

Isaac klapte de laptop dicht. Was er iets wat zij niet mocht zien?

'Heb je zin om te gaan eten?' vroeg ze.

'Ja, maar ik kan niet.' Hij keek naar de vloer en Petra bereidde zich voor op een leugen. 'Ik heb mijn moeder beloofd dat ik vanavond thuis zou komen.'

'Dat is lief van je.'

'Ze kookt altijd van die uitgebreide maaltijden en dan is ze diep gekwetst als er niemand is om ze op te eten. Mijn vader doet zijn best, maar dat is niet genoeg, ze wil ons allemaal om zich heen. Mijn jongere broertje komt vaak pas laat thuis en mijn oudere broer eet af en toe op het werk. Als hij dan thuiskomt, duikt hij regelrecht zijn bed in.'

'Dus dan blijf jij over,' zei Petra.

Hij haalde zijn schouders op. 'Het is nu weekend.'

'Ik vind het echt heel lief van je, Isaac. Moeders zijn belangrijk.'

Hij fronste. *Klara, haar kinderen...*

'Is er iets?' vroeg Petra.

'Ik ben een beetje moe.'

'Daar ben je veel te jong voor.'

'Soms voel ik me stokoud,' zei hij.

Petra keek hem na terwijl hij wegsjokte met zijn laptop en zijn koffertje. Er zat hem echt iets dwars. Zou die junk, Jaramillo, hem op de een of andere manier onder druk zetten? Misschien moest ze die kerels van de Anti Gang Unit uit het centrum maar negeren en de knul vragen hoe dat zat.

Nee, dat was écht geen goed idee.

Maar goed, ze hadden haar toch in een vervelende positie gebracht. Met hun opdracht om de knul in het oog te houden zonder dat ze het gezag had om iets te doen.

Kon ze Isaac zomaar voor de bijl laten gaan zonder hem te waarschuwen? Kon ze zich veroorloven om dat te voorkomen?

En ondertussen zou ze hem gewoon blijven gebruiken voor de 28-junimoorden.

Die puinhoop had ze in ieder geval aan hem te danken.

Ze had koppijn. Tijd om te gaan eten. En dan weer een avond alleen. Misschien zou Eric tijdens het weekend bellen.

Net toen ze haar bureau opruimde, belde hij inderdaad, alsof ze hem behekst had. 'Ben je al vrij?'

'Ongeveer. Wat is er aan de hand?'
'Ik ben met van alles bezig,' zei hij. 'En daar wil ik graag met je over praten.'
'Leuk. Dat wil ik graag horen.'
Ze hadden om even na zessen afgesproken bij een Thais eethuisje op Melrose in de buurt van Gardner, een tent die vooral bezocht werd door quasi-gedeprimeerde moderno's, aspirant-toneelspelers en muzikanten in de dop. Maar het eten was zo goed dat je de atmosfeer van zelfoverschatting op de koop toe nam.
Petra vond dat Eric en zij daar eigenlijk helemaal niet misstonden. Hij droeg een wit T-shirt met een v-hals, een zwarte spijkerbroek die om zijn magere lijf slobberde, de zwarte veterschoenen met spekzolen die hij het liefst droeg als hij iemand moest schaduwen en zijn buitenmodel militaire polshorloge met de diverse tijdzones.
Eric was in feite het tegendeel van hip. Maar als je zijn kleren, het kortgeknipte haar, de bleke huid, de diepliggende ogen en de emotieloze gelaatsuitdrukking bij elkaar optelde, vertoonde hij een sprekende gelijkenis met de onbegrepen kunstenaar.
En ze vond dat zij in haar zwarte broekpak van Donna Karan en de bijpassende instappers best door kon gaan voor een chique carrièrevrouw. Iemand uit de amusementswereld bijvoorbeeld.
Haha!
Het was al behoorlijk druk in de tent, maar ze kregen meteen een tafeltje, werden snel bediend en begonnen zwijgend maar enthousiast hun papajasalades en panang curry naar binnen te werken.
'En,' zei Petra, 'wat heb je allemaal uitgespookt?'
Eric legde zijn vork neer. 'Ik heb serieus naar de privésector gekeken. De eisen om een vergunning te krijgen lijken niet al te zwaar te zijn.'
'Nee, dat lijkt me ook niet.' Hij had bij de militaire inlichtingendienst gezeten en had een volle dienstperiode als rechercheur van de militaire politie gewerkt voordat hij bij het LAPD was gaan werken. Allemaal baantjes die hem een eindeloos geduld voor schaduwen bij hadden gebracht. Geknipt voor een baan als privédetective.
'De vraag is nu,' zei hij, 'of ik voor mezelf ga beginnen of ga solliciteren bij een bestaand bureau.'
'Dus je gaat het echt doen.'
'Weet ik nog niet.'
'Wat je ook doet, ik vind het allemaal best,' zei ze.
Hij rolde de steel van de vork heen en weer.
Petra's alarmsysteem, dat toch al op stand-by stond door alle ergernissen die ze op haar werk te verduren had gehad, begon plotseling op volle kracht te werken. 'Zit je soms nog iets anders dwars?'

Hij keek op toen hij hoorde hoe kil haar stem klonk.

'Niet echt.'

'Niet echt?'

'Ben je boos?' vroeg hij.

'Hoezo?'

'Op mij. Omdat ik ermee wil kappen.'

Ze lachte. 'Geen denken aan. Misschien neem ik ook wel ontslag.'

'Heb je een rotdag gehad?'

Een van haar ogen begon te jeuken en ze wreef erover.

'Paradiso?' vroeg hij.

'Dat en andere dingen.'

Hij wachtte.

Ze had helemaal geen zin om te praten. Toen begon ze toch en ze smeet er alles uit wat haar dwarszat. Het feit dat ze bij de Paradiso-zaak gewoon aan de kant gezet werd en dat Schoelkopf haar in het bijzijn van de anderen was afgevallen. Dat ze geen millimeter opschoot met de 28-junizaak, terwijl de datum praktisch voor de deur stond.

'Er wordt iemand vermoord, Eric, en ik kan helemaal niets doen.'

Hij knikte.

'Heb jij een idee?' vroeg ze.

'Niet met betrekking tot die zaak. Wat Selden betreft, had je gelijk wat betreft die fotografie.'

'Denk je?'

'Absoluuut.'

'Dus jij zou daar wel achteraan gaan?'

'Als het mijn zaak was.'

'Nou,' zei ze, 'vertel dat dan maar aan de genieën die nu de leiding hebben.'

'Genieën hebben meestal niet zoveel te vertellen.' Hij kneep zijn ogen samen en prikte een beetje doelloos in zijn salade. Petra vroeg zich af of hij aan Saudi-Arabië dacht. Of aan een terrasje in Tel Aviv.

Hij zat ineens een beetje onbehaaglijk te kijken.

'Wat is er?' vroeg ze.

Hij wierp haar een nietszeggende blik toe.

'Je houdt iets voor me achter, Eric.'

Hij begon de vork weer heen en weer te rollen en ze zette zich schrap omdat ze verwachtte dat ze weer het lid op de neus zou krijgen.

'Als ik voor mezelf begin, zal ik niet zoveel verdienen. Tot ik een klantenkring heb opgebouwd. Ik ben niet lang genoeg bij het LAPD geweest om een pensioen van de gemeente te krijgen. Ik heb alleen mijn militaire pensioen.'

'Dat is toch behoorlijk wat.'

'Ik kan er de rekeningen van betalen, maar dan zou ik geen huis kunnen kopen.' Hij richtte zijn aandacht weer op zijn eten en zat langzaam te kauwen. Ontzettend langzaam, zoals hij altijd deed. Petra, een snelle eter die de tafelmanieren had van iemand met vijf oudere broers die altijd rammelden van de honger, zat zoals gewoonlijk weer te wachten tot hij klaar was. Meestal vond ze dat wel grappig. Of ze kwam tot de conclusie dat ze zich maar een beetje aan hem moest aanpassen. Nu zou ze hem het liefst in een hogere versnelling willen schakelen om wat emoties los te maken.

'Een huis zou fijn zijn, maar echt noodzakelijk is het niet,' zei ze.

Hij legde zijn vork op tafel, schoof zijn bord opzij en veegde zijn mond af. 'Jouw flat is maar klein. Dat geldt ook voor die van mij. Ik dacht... als wij nou samen...' Hij trok zijn schouders op en liet ze meteen weer zakken.

Petra kreeg een warm gevoel in haar borst. Ze legde haar vingers op zijn pols. 'Wil je samen gaan wonen?'

'Nee,' zei hij. 'Daar is de tijd nog niet rijp voor.'

'Waarom niet?' vroeg ze.

'Weet ik niet,' zei hij. Hij zag eruit alsof hij hooguit een jaar of twaalf was.

Ze moest meteen denken aan het ontzettende verlies dat hij had geleden. Hoeveel moeite het hem kostte om zich emotioneel te uiten, zelfs op dit niveau. En ze hoorde haar eigen stem zeggen: 'Ik ook niet.'

36

In de keuken was het warm en het rook er zalig. Van Isaiahs asfaltlucht was geen spoor te bekennen.

Zijn moeder stond af te wassen en draaide zich om zodat Isaac haar op haar wang kon kussen. 'Wat ben je vroeg.' Het klonk niet helemaal oprecht, eerder een beetje beschuldigend. 'Hoefde je niet te werken?'

'Het is weekend, ma.'

'Dus je hebt het niet te druk om met ons te eten?'

'Ik kon al op kilometers afstand ruiken wat je nu weer hebt klaargemaakt.'

'Dit? Dat is niets bijzonders. Gewoon tamales en soep.'
'Toch ruikt het heerlijk.'
'Ik heb een nieuw soort bruine bonen gebruikt. Ze zijn wat groter. Ik zag ze in de supermarkt en de Koreaan zei dat ze heel lekker waren.'
Ze haalde haar schouders op. 'Hij zou best gelijk kunnen hebben.'
'Het klinkt alsof je heel wat moeite hebt gedaan.'
'Als een van jullie gaat trouwen zal ik een echte maaltijd koken.' Ze begon te rommelen bij het fornuis. 'Er is ook nog rijst met uien en een beetje kip. Dit keer heb ik wat meer kippenbouillon gebruikt en een paar worteltjes. Dat had ik ook voor dokter Marilyn gemaakt en het was goed gelukt. Ik heb een hele kip gekookt om de bouillon te krijgen en het witte vlees voor de tamales gebruikt. De rest staat in de koelkast. Het zijn voornamelijk velletjes, maar daar kun je nu wel wat van nemen als je honger hebt.'
'Ik wacht wel. Waar is pa?'
'Onderweg naar huis. De Toyota had weer kuren, dus hij moest ermee naar Montalvo. Hopelijk haalt die hem niet het vel over de neus.'
'Is het iets ernstigs?'
'Montalvo beweerde dat het om een of ander filter ging, maar van dat soort dingen weet ik niets af.' Ze dribbelde naar de koelkast en schonk een glas limonade voor hem in. 'Hier, drink op.'
Hij nipte van de koude, veel te zoete vloeistof.
'Neem nog maar een glas.'
Hij gehoorzaamde.
'Joel komt niet thuis,' zei zijn moeder. 'Hij heeft avondles. Op vrijdag. Dat hou je toch niet voor mogelijk?'
Isaac nam aan dat Joel had gelogen. Als het zo doorging, moest hij maar eens met hem praten. Hij dronk zijn tweede glas limonade leeg en liep naar zijn kamer.
'Isaiah ligt te slapen, dus doe rustig aan.'
'Heeft hij al gegeten?'
'Wel iets, maar hij komt toch ook aan tafel eten.' En met een flauw glimlachje. 'Hij is dol op mijn tamales. Vooral die met rozijnen.'
'Ik ook, mam.'
Ze bleef staan en draaide zich om met een streng pruimenmondje. Isaac zette zich schrap om haar verwijten het hoofd te bieden.
Maar ze zei: 'Het is fijn dat je er ook bent, dokter van me.' Terwijl ze zich weer omdraaide naar het fornuis voegde ze eraan toe: 'Voor de verandering.'

Hij trok zijn schoenen uit en deed de deur van de slaapkamer heel voorzichtig open. Maar Isaiah zat rechtop in het bovenste bed.

'Man...' Hij wreef over zijn voorhoofd alsof dat zijn hoofd weer helder kon maken. 'O, jij bent het.'
'Sorry,' zei Isaac. 'Ga maar weer slapen.'
Isaiah liet zich op twee ellebogen achterover zakken en wierp een blik op het verschoten, gele rolgordijn dat voor het enige raam hing. De verlichting van een luchtkoker drong erdoorheen. Een veiligheidspeertje, grauwgeel. Hierbinnen rook het wel sterk naar asfalt.
'Dus je bent thuis, broer.'
'Ik mocht eerder weg,' zei Isaac.
Isaiah lachte borrelend. Hij kuchte en veegde zijn mond af met de rug van zijn hand. Isaac vroeg zich af hoe zijn longen eruit zouden zien, of de longblaasjes al verstopt zouden zitten van al die...
'Mocht je eerder weg?' zei Isaiah. 'Dat klinkt alsof je voorwaardelijk bent vrijgelaten.'
Isaac duwde zijn koffertje ver onder het bed, trok zijn overhemd uit en deed een schoon T-shirt aan. Hij trok het rolgordijn op en keek door de luchtkoker omlaag. Een aantal verdiepingen lager was het plaveisel bedekt met afval.
Isaiah hield zijn hand voor zijn ogen. 'Doe dicht, man.'
Isaac liet het rolgordijn weer zakken.
'Ik stink ontzettend. Ruik jij dat ook?'
'Nee.'
'Lieg niet, broertje.'
'Ga maar weer slapen.'
Toen Isaac bij de deur was, riep zijn broer hem na: 'Er heeft iemand voor je gebeld. Een dáme.'
'Rechercheur Connor?'
'Ik zei toch dat het een dame was.'
'Rechercheur Connor is een vrouw.'
'O ja? Is 't een stuk?'
'Wie heeft er dan gebeld?'
'In ieder geval geen rechercheur.' Isaiah grinnikte.
'Wie dan?'
'Word je al opgewonden?'
'Waarom zou ik?'
'Omdat zíj wel opgewonden klonk, broertje.'
'Wie?' vroeg Isaac. Hij wist het best. Maar toch vreesde hij het ergste.
'Wil je niet raden?'
Isaac reageerde niet.
Isaiah trok zijn wenkbrauwen op. 'Een zekere *Klara*.'
Hij had haar nooit zijn privénummer gegeven. Dat had ze waar-

schijnlijk opgevraagd bij het faculteitskantoor. Of bij de administratie. Nu kwam het...
Geforceerd kalm informeerde hij: 'Wat wou ze?'
'Met jóú praten, broertje.' Isaiah grinnikte spottend. 'Ik heb haar nummer onder je kussen gelegd. Acht nul acht... heb jij het aangelegd met een grietje uit de Válley?'
Isaac pakte het briefje en deed opnieuw een poging om de deur uit te lopen.
'Is het een stuk? Is ze wit? Ze klonk witter dan wit.'
'Bedankt dat je de boodschap hebt aangenomen,' zei Isaac.
'Terecht dat je me bedankt, man. Ze kon bijna niet wachten.' Isaiah ging weer rechtop zitten. Zijn ogen waren inmiddels een stuk helderder. 'Is zij degene die je eergisteren gepakt hebt? Ze klonk alsof je best lol met haar kunt hebben. Kan ze goed pijpen?'
'Doe niet zo stom,' zei Isaac.
Isaiahs mond zakte open en hij zag er ineens oud uit. Hij liet zich met een klap achterover vallen en staarde naar het plafond. Een van zijn handen hing over de rand van het bed. Zwart van de teer, met gespleten nagels en te vuil voor woorden.
'Ja, ik ben echt stom.'
'Sorry, joh,' zei Isaac. 'Ik ben gewoon moe.'
Isaiah rolde om en ging met zijn gezicht naar de muur liggen.

37

ZATERDAG 22 JUNI, 14.00 UUR, LANKERSHIM BOULEVARD, FLASH IMAGE GALLERY, KUNSTENAARSDISTRICT NOHO
Er werd niet meer gerefereerd aan samenwonen. Vrijdagavond na het eten waren Petra en Eric naar de Jazz Bakery in Venice gereden. In aparte auto's.
Een zwaarmoedig kwartet was de hoofdact, slaperige kerels die met een lichte neiging tot atonaliteit bekende oude nummers tot op het bot afkloven. Om elf uur was Petra helemaal kapot. Ze reden allebei terug naar haar flat – haar kleine flat – en vielen in elkaars armen in slaap.
Zaterdagochtend werden ze opgefrist en botergeil wakker.
De volgende paar uur waren zalig geweest. Nu liepen ze de galerietjes in NoHo af om te zien of ze een of andere connectie met Omar Selden konden vinden.

Op voorstel van Eric.

'Weet je het zeker?' had ze gevraagd.

'Waarom niet?'

Wel ja, waarom niet? Politiewerk – ook al was het werk waar ze geen toestemming voor hadden en dat waarschijnlijk niets zou opleveren – was gemakkelijker dan nadenken over al die andere dingen. De anderhalve vierkante kilometer rondom Lankershim, net ten zuiden van Magnolia, was jarenlang een gebied geweest vol dichtgetimmerde huizen en andere panden, waar kleine misdaad welig tierde. Tegenwoordig was de omgeving, die door creatievelingen en bereidwillige projectontwikkelaars in een kunstenaarswijk was veranderd, een mengelmoesje van leuk en verlopen. Petra was er wel vaker geweest, op de braderie en om te snuffelen in de galerieën. Op de braderie waren zalige buitenlandse etenswaren en goedkope en ordinaire toeristenspullen te koop geweest. De galerieën waren een interessante mengeling geweest van talent en eigenwaan.

Op een gewone zondag was NoHo vredig en grauw, hier en daar opgefleurd door de kleurige uithangborden van clubs, cafés en tentoonstellingen. Op de trottoirs liep dan een normale hoeveelheid voetgangers, mensen die er door de bank genomen tevreden uitzagen.

Ze gingen met Petra's auto, die ze ergens in een zijstraat achterlieten, en begonnen aan hun speurtocht. Acht galerieën waar fotografie werd getoond en vijf daarvan waren gesloten. Van het overgebleven drietal had een een tentoonstelling van met de hand bewerkte polaroidlandschappen – afschuwelijke dingen – door een emigrant uit Letland. Een andere had een combinatie van fotocollages van Aziatische vrouwen en olieverfschilderijen die op houtblokken leken. Flash Image, een pijpenla naast een voormalige theaterschool, hing vol zwart-witcamerawerk. De felverlichte, smalle ruimte had beschadigde houten vloeren. In het met akoestische tegels beplakte plafond zaten bruine watervlekken. Bijzonder goede belichting en met de hand bedrukte scheidingswanden gaven aan hoeveel moeite was gedaan om wat oorspronkelijk een krot was geweest enig aanzien te geven. Maar alles was nog steeds doortrokken van een schimmellucht.

De expositie van deze maand was getiteld: 'ver-beeld: lokale kunstenaars schieten l.a.'

Op de eerste scheidingswand hing een alfabetisch lijstje met de namen van een aantal fotografen.

Bovenaan: ovid arnaz.

De meervoudig moordenaar was goed met een camera.

Zijn bijdrage aan de expositie: een stuk of zes straatbeelden, niet ingelijst maar op een stuk board geplakt. Gebouwen, trottoirs, lucht en kale bomen. Geen mensen. Aan het kille licht en de korte schaduwen te zien waren ze in de winter gemaakt. De stilte op straat suggereerde 's ochtends vroeg.

Een nachtvlinder die met een Nikon door de lege straten zwierf? *Een goed gebruik van structuur, Omar. Een redelijke compositie.*

De foto's waren gedateerd en gesigneerd met OA, in vierkante graffitiletters. Data van zes maanden geleden, dus inderdaad uit de winter. De vermelde prijzen varieerden van honderdvijftig tot driehonderd dollar. De twee beste afdrukken – een vergezicht van het Sepulveda Basin en een fisheye-opname van het Carnation Building op Wilshire – waren voorzien van rode plakkertjes.

Om een vrijblijvende indruk te maken liepen ze ook langs de andere foto's van de tentoonstelling – een en al waardeloze pretentie – en keerden toen terug naar het werk van Selden.

Petra's haar zat weggestopt onder een witblonde pruik die ze had gebruikt in de tijd dat ze nog af en toe als stille op pad moest voor de afdeling autodiefstal. Dan had ze zich voorgedaan als een nogal obscure misschien wel hoerige juffrouw die op zoek was naar een lekker goedkope Mercedes. Echt haar en een mooie kwaliteit, betaald door het LAPD. Ze had de pruik uit haar kast opgediept, waar het ding verstopt lag onder een stapel winterkleren en had het stof en de klitten eruit moeten borstelen.

Ze droeg een zwart jersey topje met lange mouwen onder een zwart denim jasje, een strakke zwarte spijkerbroek, instapschoenen en een grote Ray-Ban. De zonnebril was een overblijfsel van haar huwelijk – een van de twintig zonnebrillen van Nick. Ze had de kleren die hij had achtergelaten aan stukken gescheurd en zich altijd afgevraagd waarom ze niet op de zonnebril was gaan staan.

Karma: alles heeft een doel.

Eric droeg een skibril met reflecterende glazen en dezelfde zwarte spijkerbroek en schoenen als de dag ervoor, maar had zijn witte v-hals-T-shirt verwisseld voor een zwarte. Hij had zijn zwarte nylon honkbaljack aangetrokken, met het speciale vakje voor een pistool.

Hij hinkte niet meer zo erg, maar hij liep nog steeds een tikje mank. De stok was niet meer nodig, had hij volgehouden. Hij moest alleen nog een paar dagen antibiotica slikken.

Het rozeharige meisje dat in de galerie werkte, had hem al meer dan eens toegelachen vanachter het beschadigde metalen bureau dat als werkplek diende. Petra sloeg haar arm om hem heen toen ze samen naar dezelfde foto stonden te staren.

De parkeerplaats van de Paradiso.

Een leeg stuk asfalt, zonder auto's, afgezet met palen en kettingen. Een andere lichtval. Langere schaduwen dan op de rest van de foto's.

Gedateerd op een week voor de moord.

De titel: *Club*.

Voor maar tweehonderd dollar mocht je de foto mee naar huis nemen.

Het meisje met het roze haar kwam naar hen toe. Ze droeg een kort groen jurkje dat bij het haar vloekte. Wat viel er ook te combineren met kauwgom? Het was duidelijk een pruik, maar goedkoper dan de blonde lokken van Petra, waarschijnlijk van grasvezels. Om de een of andere reden bezorgde dat haar een zelfingenomen gevoel.

'Ovid is het helemaal, hè?' zei Rozemientje.

'Hij heeft een fantastisch oog,' zei Petra. 'Waar komt hij vandaan?'

'Ovid? Hiervandaan.'

'Uit L.A.?'

'Hier uit de Valley.'

'Hoe zijn jullie aan hem gekomen?'

'Hij was een van de studenten van Northridge,' zei Rozemientje. 'Maar hij is de enige die we aangenomen hebben. Stukken beter dan de rest.'

Eric boog zich voorover om de foto nog beter te kunnen bekijken.

'Zijn jullie geïnteresseerd in zijn werk?' vroeg Rozemientje.

'Hm,' zei Eric.

'Wat mij zo bevalt,' zei Rozemientje, 'is dat het alleen maar klare lijnen en schaduwen zijn, geen opeenhoping van mensen.'

'Wie wil er nou mensen?' zei Petra.

'Precies.' Het meisje glimlachte, in de hoop dat ze gelijkgestemde zielen waren.

Eric slenterde naar de volgende afdruk. Een frontale opname van een theater op Broadway, in het centrum. Een van die oude, versierde pronkjuwelen. Op de luifel stond nu: *Sieraden! Goud! Inkoopsprijs!* Selden had er echt oog op.

Petra tuurde naar de Paradiso-foto. 'Ik vind deze echt mooi, schat.'

Eric haalde zijn schouders op. Hij stapte achteruit en ging precies tussen de twee foto's in staan.

'Alles is heel redelijk geprijsd,' zei Rozemientje.

'Maar we willen wel dat ze door de kunstenaar zelf gesigneerd worden,' zei Petra.

Op het gladde voorhoofd onder het roze haar verscheen een rimpeltje. 'Pardon?'

'Hier staan alleen maar nietszeggende initialen op. We willen dat er een persoonlijk voor ons bestemde opdracht op komt te staan,' legde Petra uit. 'Nadat we de kunstenaar ontmoet hebben. Dat doen we met alles dat we aan onze verzameling toevoegen.' Ze schonk het meisje een kil glimlachje. 'Kunst is meer dan kopen en verkopen. Het gaat om het wederzijdse gevoel.'

'O ja, natuurlijk...'

'Misschien vind ik deze nog wel beter,' zei Eric. Hij wees naar het theater.

'Maar ik vind déze mooi, schat.'

'Jullie kunnen ze ook allebei nemen,' zei Rozemientje.

Stilte.

'Ik zou Ovid natuurlijk kunnen vragen of hij er een opdracht voor jullie op wil zetten. Vooral als jullie ze allebei kopen.'

'We beginnen een collectie altijd met één stuk,' zei Petra. 'En dan nemen we de tijd om te ontdekken of het ons echt iets doet. Daarna...' Ze bekeek Rozemientje van top tot teen.

'Nou ja, goed,' zei Rozemientje. 'Maar welke...'

'Ik neem aan dat er wel iets van de prijs af kan,' zei Petra.

'Tja... we zouden u tien procent klantenkorting kunnen geven.'

'We krijgen altijd twintig procent klantenkorting. En voor zoiets vinden we vijfentwintig procent eigenlijk redelijker.'

'Ik ben niet de eigenaar van de galerie,' zei Rozemientje. 'Vijfentwintig procent korting zou wel...'

'Honderdvijftig,' zei Eric, nog steeds met zijn rug naar hen toe.

'Ik wil maar zeggen,' zei Rozemientje, 'het is wel een heleboel. Meer dan we gewoonlijk geven.'

'Zeg het maar,' zei Petra, terwijl ze op weg ging naar de uitgang.

'Ik zou natuurlijk de eigenaar kunnen bellen,' zei het meisje met het roze haar.

'Als je dat graag wilt.' Petra liep verder naar de deur. 'We gaan nu eerst even in de andere galerieën kijken. Misschien komen we terug als...'

'Wacht even... ik bedoel, de eigenaar is mijn vriend. Ik weet zeker dat hij het niet erg zal vinden.' Een spriet kunsthaar stond rechtop boven een van haar oren, omgeven door een stralenkransje van kunstzinnig galerielicht. 'Jullie lijken me echt serieuze verzamelaars, dus dat zit wel goed.'

Eric draaide zich om en keek haar met zijn robotogen aan. Petra dacht dat het meisje zou flauwvallen.

'Honderdvijftig,' zei hij.

'Ja hoor, prima.'

'Wanneer kunnen we kennismaken met de kunstenaar?' vroeg Petra.
'Eh… dat is het probleem, dat weet ik niet zeker… Ik zal mijn best doen om iets te regelen. Als jullie een aanbetaling doen…'
'Je kunt vijftig dollar aanbetaling krijgen,' zei Eric terwijl hij twee briefjes van twintig en een van tien tevoorschijn haalde.
Rozemientje pakte het geld aan. 'Fantastisch. Dan zal ik nu jullie nummer opschrijven en jullie laten weten… ik ben Xenia?'
Het klonk als een vraag, alsof ze twijfels had omtrent haar eigen identiteit.
'Vera,' zei Petra met opgetrokken wenkbrauwen terwijl ze haar mobiele nummer op een papiertje krabbelde. 'Dit is Al.'
'Vera en Al, geweldig,' zei het meisje met het roze haar. 'Jullie zullen er geen spijt van krijgen. Volgens mij zal Ovid op een dag heel beroemd zijn.'

Toen ze weer op Lankershim liepen en met de andere zaterdagse wandelaars naar het noorden slenterden, zei Eric: 'Al en Vera.'
'Net als Alvera-deodorant,' zei Petra. 'Zijdezacht.'
Hij lachte.
'Je bent echt heel goed,' zei Petra.
'Waarin?'
'Toneelspelen.'
'Dan kan ik een baantje als kelner aannemen.' En een stap verder. 'En zo de kost voor ons verdienen.'
Ze pakte hem steviger bij zijn arm. 'Je hebt je legerpensioen waarop je kunt terugvallen. En zodra je privébedrijf gaat lopen, zul je waarschijnlijk twee keer zoveel gaan verdienen.'
'Als dat gaat lopen.'
'Waarom zou het niet gaan lopen?'
Hij gaf geen antwoord.
'Eric?'
'Een privébedrijf betekent dat je klanten de kont moet kussen,' zei hij. 'En charmant moet zijn.'
'Je kunt heel charmant zijn.'
Hij keek strak voor zich uit en bleef doorlopen.
'Als je dat wilt,' zei Petra.
Plotseling stapte hij uit de stroom voetgangers en trok haar mee naar de etalage van een dure boetiek. Toen hij zijn handen op haar schouders legde, zag ze een nieuw licht in zijn ogen.
'Af en toe heb ik het gevoel dat mijn tank helemaal leeg is,' zei hij. 'Maar jij geeft me altijd een… voller gevoel.'
'Lieverd,' zei ze, terwijl ze haar armen om zijn middel sloeg.

Hij drukte zijn wang tegen de hare en streelde heel voorzichtig over haar nek.

'Jij bent ook goed voor mij,' zei ze.

Zo bleven ze daar staan, terwijl de mensen hen voorbijliepen, af en toe starend, soms glimlachend, maar merendeels apathisch. Hun zonnebrillen tikten tegen elkaar. En vervolgens hun wapens, toen hun zakken langs elkaar schoven.

Zodra ze dat hoorden, lieten ze elkaar los.

Petra streek haar jasje glad en frunnikte aan haar pruik. 'Als Rozemientje Omar echt belt om een afspraak te maken, zal ik dat moeten doorgeven aan de speciale eenheid. En dat zal dan weer allerlei complicaties veroorzaken.'

'Eigenlijk zou de speciale eenheid je dankbaar moeten zijn,' zei Eric.

'Eigenlijk zou ik rijk en beroemd moeten zijn.' Ze fronste. 'Dit is gewoon een belachelijke toestand. Ik spoor hun verdachte op, biedt ze alles op een presenteerblaadje aan en zij gaan een beetje zitten klooien. Onder het mom dat ze heel voorzichtig te werk moeten gaan om Seldens handlangers te pakken te krijgen. Maar als we Omar achter tralies hebben, zou ons dat lang niet zoveel moeite kosten.'

'Dat is waar.'

'Sandra zal wel dood zijn, hè?'

'Daar gok ik wel op,' zei hij.

'Stom kind,' zei Petra. 'Stomme zaak.'

In haar tas begon haar mobiele telefoon te piepen.

'Vera? Met Xenia, van de galerie. Je raadt het nooit, maar ik ben erin geslaagd om Ovid te vinden en hij is vlakbij. Hij kan over een halfuur hier zijn om kennis met jullie te maken en de afdrukken van een persoonlijke opdracht te voorzien.'

'Geweldig,' zei Petra, terwijl haar hoofd omliep.

'Denk je dat jullie ze alle twee nemen? Al vond *Theater* toch zo mooi? Dat is in feite ook mijn favoriet. Mijn… De eigenaar zegt dat je die voor dezelfde prijs kunt krijgen als *Club*.'

'Dat lijkt me een prima deal.'

'Het is een fantastische deal.'

'Ik vraag het wel aan Al. Dan hoor je het wel, zodra we daar zijn.'

'Oké,' zei Xenia. 'Maar ik zou serieus overwegen om ze allebei te nemen. Ovid is een heel getalenteerd kunstenaar.'

38

Met bonzend hart keek Petra Lankershim af en deed haar best om niet in paniek te raken. Aan de overkant zag ze een Mexicaans café schuin tegenover de ingang van de galerie. Ze hadden het geluk dat ze een plekje aan het raam vonden, bestelden eten dat ze niet zouden aanraken en koffie die er wel in ging.

Ze rommelde in haar tas op zoek naar het nummer van de hoogste pief uit het centrum en probeerde hem te bereiken. Op zijn kantoornummer kreeg ze een antwoordapparaat en zijn mobiele telefoon werd niet opgenomen. Ze wachtte tot de boodschap afgelopen was en vertelde helder en duidelijk wat er aan de hand was, terwijl ze hoopte dat haar angst niet in haar stem zou doorklinken. En ze schoot geen meter op met een telefoontje naar Parker Center in een poging de vent te bereiken, zelfs niet nadat ze de balie ervan had overtuigd dat ze zelf ook een smeris was. Hij was er niet en had geen nummer achtergelaten.

Hetzelfde gold voor zijn vazallen, de drie hoge piefen hadden zich allemaal voor het weekend afgemeld.

De grote, zwijgzame brigadier had ook de benen genomen. Op het belangrijkste contactnummer van de Anti Gang Unit kreeg ze ook een antwoordapparaat.

Een meervoudige moordenaar was onderweg en alle experts waren lekker lui weekend aan het vieren. Over een speciale eenheid gesproken. Dat moest de belastingbetaler eens weten...

Ze belde Mac Dilbeck op zijn privénummer en zijn vrouw, Louise, zei: 'Ach, lieverd, hij is met de kleinkinderen naar Disneyland en heeft geen telefoon meegenomen. Moet ik hem iets doorgeven?'

'Zo belangrijk is het niet,' zei Petra. 'Ik bel morgen wel terug.'

Wat nu... Als ze zich aan de regels hield, zou ze nu Schoelkopf moeten bellen, maar daar kon geen sprake van zijn. Hij zou meteen de hele procedure afblazen, haar straffen wegens insubordinatie en Omar zou niet in zijn kraag gevat worden. Of nog erger: als ze niet bij de galerie kwamen opdagen zou Omar wel eens argwanend kunnen worden en dat zou voor hem een reden kunnen zijn om echt de benen te nemen.

Toen ze in NoHo aankwamen, had ze drie agenten in uniform gezien. Een straat verder naar het oosten, in de buurt van een met kettingen afgezette parkeerplaats, had een zwart-witte patrouillewagen gestaan met twee babbelende agenten. En een vrouwelijke agent had in haar eentje te voet gepatrouilleerd in de buurt van Chandler Boulevard. Een vrouw met kortgeknipt haar, smalle lippen en een korte broek die mollige knieën vrijliet. Boven haar koppel waaraan ze allerlei apparatuur meesleepte, prijkte een T-shirt met het opschrift LAPD. Allemaal bedoeld om niet uit de toon te vallen.

Maar het was veel te riskant om hun steun in te roepen. Met nog maar vijfentwintig minuten te gaan had ze niet eens tijd om precies uit te leggen wat er aan de hand was en ze mocht niet riskeren dat Omar de uniformen in de gaten kreeg en ervandoor zou gaan.

Trouwens, er was niets gevaarlijker dan een slecht geplande operatie.

Dus bleven alleen zij en Eric over. Hij zat tegenover haar en zag er kalm uit. Vredig zelfs. Ze drukte haar mobiel uit en stopte het toestelletje in haar zak.

Daarna deed ze haar best om zijn voorbeeld te volgen en te kalmeren.

Hoe je het ook bekeek, ze zat tot haar nek in de problemen. Dus kon ze die schurk net zo goed bij zijn kladden grijpen.

Hun plan luidde als volgt: Omar Selden had Eric nooit ontmoet, dus zou Eric de smeris ter plekke zijn en in zijn eentje teruggaan naar de galerie waar hij nog een beetje rond zou kijken, zonder veel te zeggen. Petra bleef aan de overkant in het café zitten, waar ze de ingang van Flash Image geen moment uit het oog zou verliezen. Zodra ze Selden in de gaten kreeg, zou ze Erics mobiel bellen en de telefoon twee keer over laten gaan voordat ze de verbinding verbrak.

Daarna was het een kwestie van improvisatie.

Twintig minuten na het telefoontje van Xenia, liet Eric de burrito waarvan hij twee hapjes had genomen op tafel staan, dronk zijn koffie op en liep de deur uit.

Petra keek hem na terwijl hij over Lankershim liep. Met glijdende passen. Een elegante man. In een ander leven zou hij een fantastische balletdanser zijn geweest.

Eric in een maillot. Bij dat idee moest ze glimlachen. En dat was hoog nodig, want haar maag draaide zich om, haar slapen klopten en ze had inmiddels ijskoude handen.

Ze wreef ze over elkaar. Haar vingers voelden wollig aan. Daarna stak ze haar rechterhand in de zak met haar pistool en betastte haar Glock.

De serveerster, een moederlijke, glimlachende Latijns-Amerikaanse, kwam naar haar toe en zag dat ze haar eten nauwelijks aangeraakt had. 'Is alles in orde?'

'Ja hoor,' zei Petra terwijl ze aanviel op haar eigen burrito. 'Mijn vriend werd weggeroepen. U mag mij de rekening vast geven.'
'Wat een lieve vriendin.'
Mijn vriend.
Toen ze weer alleen was, zat Petra een beetje te spelen met de rijst met bonen en de kipenchilada op haar bord. Ze sloot haar ogen en haalde diep adem.
Op het moment dat ze ze weer opendeed, zag ze de gezette gestalte van Omar Selden, die vanaf de zuidkant van de boulevard op weg was naar de galerie.
Twintig meter van haar af. In het gezelschap van een meisje, dat min of meer schuilging achter Omar.
Ze belde het voorgeprogrammeerde nummer van Eric en liet de telefoon twee keer overgaan zonder Omar uit het oog te verliezen. Hij had een deinende manier van lopen waarbij hij zijn voeten plat op de grond zette, zodat hij een losse, nonchalante indruk maakte, alsof er geen wolkje aan de lucht was.
Hij was naar de kapper geweest en had zich kaal laten scheren, zodat hij er nu wel als een banger uitzag. Op zijn wijde bruine t-shirt stond in grote witte letters xxxxl. Daaronder droeg hij een kaki bermuda die nog meer om hem heen slobberde en bruine gympen.
Een moordenaar met gevoel voor kleuren.
Petra kon de benen van het meisje zien, maar ze bleef voortdurend buiten beeld. Verdorie, dat was een probleem.
Ze kneep haar ogen samen en bleef het stel strak nakijken. Toen liep Omar ineens een pas vooruit en kon ze zijn metgezellin gedeeltelijk zien.
Klein, lang blond haar, een mooi figuurtje. Een zwart haltertopje dat op de rug een vetersluiting had, liet een gladde gebronsde huid zien. Een superlage, strakke spijkerbroek benadrukte slanke maar gewelfde heupen en de spijkerstof omsloot een stel stevige billen dat alleen maar jong kon zijn.
Spitse, hooggehakte schoenen met open hielen. Een kleine geile Miep aan de wandel.
De magere arm van het meisje krulde om Omars bovenlijf en kwam niet verder dan halverwege zijn omvangrijke taille.
Petra zat nog steeds te kijken toen het stel bijna bij de galerie was en het meisje zich omdraaide.
Ze schudde haar haar naar achteren en lachte om iets dat Omar zei.
Sandra Leon.
Petra pakte de rekening op, gooide het geld op tafel, stak haar hand in de zak waarin haar pistool zat en liep het eethuisje uit.

Iemand riep haar na en ze kromp ineen.

De serveerster stond op de drempel van het eethuisje met een witte zak in haar hand. 'Je hebt nauwelijks een hap genomen. Ik heb alles ingepakt zodat je het mee kunt nemen!'

Petra holde terug en griste haar het eten uit handen.

'Bedankt, u bent een schat.'

'Goed hoor. Prettige dag verder.'

Toen de vrouw weer binnen was, zette Petra de tas op de stoeprand en stak over naar de galerie. Ondertussen schoot haar te binnen dat het echt leuk zou worden als die vrouwelijke agent net langs was gelopen en zou proberen haar op te pakken omdat ze rommel liet rondslingeren.

Maar nu was het hoog tijd om alle andere dingen uit haar hoofd te zetten en alleen nog maar te denken aan de klus die ze moest opknappen.

Omar Selden stond gebogen over het metalen bureau *Club* te signeren. Geflankeerd door Eric en een breed grijnzende Xenia.

Geen spoor van Sandra. Die zou wel op het toilet zitten. Mooi, misschien kon dit snel afgewikkeld worden.

Petra liep naar hen toe. Omar keek op.

'Ik heb besloten om ze allebei te kopen,' zei Eric.

Omar glimlachte. Hij keek Petra nauwelijks aan. Geen spoor van herkenning.

Niet zo mooi, beste vriend. Een kunstenaar moet oplettender zijn.

'Oké,' zei hij. 'Ze zijn gesigneerd.' Hij probeerde nonchalant te doen, maar hij was duidelijk gevleid door alle aandacht.

'Gaaf,' zei Xenia. 'Je hebt echt een fantastische handtekening, Ovid.'

Petra was nog hooguit een meter van hem af, toen een stem achter haar zei: 'Hé!'

Sandra Leon kwam achter een van de scheidingswandjes vandaan. Ze keek Petra recht in haar gezicht.

Haar ogen waren niet meer zo geel, maar vertoonden nog steeds sporen van de ziekte.

Van dichtbij bleek ze veel te veel make-up te dragen. De dingen die je opvallen.

Petra stak geruststellend haar hand op.

'Smerissen, Omar!' schreeuwde Sandra. '*Het zijn smerissen!*'

Selden liet zijn pen vallen, keek op en leek hooguit een seconde verbijsterd. Toen begonnen zijn ogen vals te glinsteren en hij stak zijn hand onder zijn wijde bruine T-shirt.

Petra had haar pistool in haar hand. Sandra stond nog steeds te schreeuwen en op haar rug te bonken. Ze gaf het meisje een harde zet met haar vrije hand en zorgde ervoor dat de Glock in haar hand onbeweeglijk bleef.

'Hou je gedeisd, Omar.'

Selden vloekte. Er klonk opnieuw geschreeuw: Xenia die tekeerging alsof ze midden in een horrorfilm terecht was gekomen.

Omar trok zijn hand uit zijn shirt en bracht een matzwart pistool in stelling, ook een Glock, maar van plastic. Zo'n ding waarmee je een metaaldetector in de luren kon leggen.

Het was recht op Petra's gezicht gericht.

Eric was inmiddels recht achter Omar gaan staan. Met een gezicht waar niets op te lezen stond.

Petra zag zijn schouder bewegen, maar verder niets.

Erics arm kwam heel iets omhoog.

Nog steeds dat uitdrukkingsloze gezicht.

Pop pop pop.

Omar verstijfde. Zijn gezicht vertrok van pijn en ongeloof en zijn mond vormde een kleine, verbaasde o. Daarna begon er bloed uit zijn neus en oren te sijpelen. Het gutste uit zijn mond toen hij vooroverviel.

Met zijn gezicht op het bureau. Boven op zijn kunstwerken.

Nu hadden de foto's wel kleur.

Xenia was achteruitgedeinsd en stond tegen de muur. Ze had een hand voor haar mond geslagen, maar dat hielp weinig om de hoogte en het volume van haar gegil te dempen. Een gouden plasje urine verscheen rond haar voeten. Plompverloren ging ze er middenin zitten.

Sandra Leon was na de duw weer opgekrabbeld en haalde uit naar Petra. Lange, scherpe, pikzwarte nagels haakten in de mouw van Petra's jasje.

Toen Sandra probeerde Petra een kopstoot te geven, gaf Petra het meisje een stevige klap in het gezicht. Ze stond even te duizelen en dat gaf Petra de tijd om haar om te draaien, een arm naar achteren te buigen en haar in haar knieholtes te schoppen. Geen enkel probleem, ze woog niets. Ze duwde het meisje op de grond, zette haar knie op die gladde, geveterde rug en pakte haar handboeien. Ondertussen zorgde ze ervoor dat ze uit de buurt bleef van Sandra's tanden en al dat met het virus besmette speeksel.

'Teef kut moordenaar!' krijste Sandra. 'Moordlustige trut!'

Half verdoofd zei Xenia: 'Ik ga de politie bellen.'

39

Een heel stel patrouillewagens dook op, compleet met gillende sirenes. Daarna de technische recherche en de gerechtelijke medische dienst. Het normale recept, maar toch was het nu heel anders voor Petra. Nu vormde zíj het middelpunt.

En Eric. Hij had tijdens de schietpartij of daarna nog niet met zijn ogen geknipperd.

Echt iemand op wie je je kon verlaten.

Maar toch werd ze er nerveus van.

De leiding was in handen van een inspecteur uit de Valley die al snel plaats moest maken voor een hoofdinspecteur. Aanvankelijk werden Petra en Eric door beiden behandeld alsof ze een stel criminelen waren, maar uiteindelijk bonden ze in.

Het laatst ter plekke was de ploeg die verantwoordelijk was voor het onderzoek naar schietincidenten waarbij politiemensen betrokken waren. Twee rechercheurs van de afdeling Interne Zaken met de emotionele resonantie van stenen beelden. Eric en Petra werden apart ondervraagd, Eric eerst.

Petra stond vanaf drie meter toe te kijken en wist wat hij zou zeggen, het verhaal dat ze samen voorbereid hadden. Dat het zíjn idee was geweest om op zoek te gaan naar Selden en dat hij Petra echt had moeten overhalen. Zodra de afspraak voor de ontmoeting was gemaakt had ze op diverse manieren geprobeerd om assistentie te krijgen en uiteindelijk besloten dat ze geen andere keus had dan ermee door te gaan.

Het feit dat Eric de enige was die had geschoten, onderstreepte dat verhaal.

Er was duidelijk sprake van direct gevaar en een vrouwelijke collega die beschermd moest worden.

In de meest gunstige omstandigheden zou hij geschorst worden met behoud van salaris tot alle administratieve problemen uit de wereld waren. Als de media zich ermee gingen bemoeien – een of andere aan een monitor geketende idioot bij de *Times* of een van de pulpweekbladen die zou proberen er een raciale draai aan te geven of het voor te stellen als typisch bruut optreden van de politie – zou het lelijker kunnen uitpakken en langer kunnen duren. Dat zou betekenen dat er advocaten aan te pas moesten komen, plus de vakbond van politiepersoneel. En dan kon het ook uitdraaien op een schorsing zonder recht op salaris.

Petra had geprobeerd om hem zover te krijgen dat hij zich niet als zondebok zou opstellen.

'Dit ga ik ze vertellen. Zorg maar dat je mijn verhaal bevestigt.' Hij had haar even stevig in haar arm geknepen en zich omgedraaid om de heisa het hoofd te bieden.

Ze keek toe hoe de rechercheurs van Interne Zaken hem in de sandwich namen. En ze bleef toekijken toen ze met zijn stoïcijnse houding geconfronteerd werden en onderling blikken begonnen uit te wisselen.

Ze wist wat ze dachten. *Dit is heel gek.*

Smerissen, zelfs door de wol geverfde veteranen, toonden doorgaans toch enige emotie als ze iemand een paar kogels in zijn achterhoofd hebben gejaagd. Maar uit de manier waarop Eric zich gedroeg, zou je kunnen opmaken dat hij net zijn nagels had zitten vijlen.

Hij kon niet anders. Omdat hij haar in bescherming nam. Ze kon zich niet eens herinneren wanneer iemand haar voor het laatst in bescherming had genomen.

Om tien over halfvier 's middags, toen de plaats van het misdrijf nog steeds afgezet en bedrijvig was, kwam de hoogste pief uit het centrum opdagen in een vers geperst pak met stropdas. Dat betekende dat hij bij het zwembad had gezeten of op de golfbaan toen ze hem eindelijk bereikt hadden en dat hij spoorslags naar huis was gerend om de juiste kleren aan te trekken.

Voordat hij de puinhoop in stapte, keek hij om zich heen. Naar de busjes van de diverse media die voor de gele linten waarmee de galerie afgezet was op een hoopje stonden te wachten.

In de hoop dat iemand hem zou opmerken. Toen dat niet het geval was, fronste hij, zag Petra en liep naar haar toe.

Ze vertelde hem wat er gebeurd was. 'Slordig,' merkte hij op en liep weg om overleg te plegen met de technische recherche.

Sandra Leon was nu al uren op de plaats van het misdrijf aanwezig, voornamelijk verstopt in een opslagkamer achter de galerie in het gezelschap van een bewaker. Petra wilde niets liever dan haar aan een verhoor onderwerpen, maar ze wist dat ze die kans nooit zou krijgen.

Nu werd Sandra door twee agenten in uniform naar een patrouillewagen gebracht en op de achterbank gezet. De hoge pief liep ernaartoe, trok het portier open, zei iets en deinsde met een verbijsterde, boze blik achteruit. Het meisje had hem afgesnauwd en waarschijnlijk in de goorste taal die hij ooit had gehoord.

Hij zei tegen de chauffeur dat hij kon vertrekken en de patrouille-

wagen zette zich in beweging. En gleed langs Petra. Door het zij-
raampje keek Sandra Leon woedend naar haar op en draaide haar
lichaam zo dat ze haar ook nog door de achterruit kon blijven aankijken.

Petra staarde terug. En kreeg een overduidelijk gearticuleerd 'krijg
de kolere' naar haar hoofd geslingerd toen het meisje kleiner werd.
En verdween.

40

Nadat ze van het onderzoeksteam van Interne Zaken eindelijk toestemming had gekregen om weer aan het werk te gaan, kwam Petra
bij aankomst op de afdeling tot de ontdekking dat Kirsten Krebs haar
strakke kontje op een hoek van haar bureau had geparkeerd. Boven
op Petra's vloeiblad. Ze had zelfs een paar papieren gekreukeld.

Van de andere kant van de afdeling wierp Barney Fleischer haar een
glimlachje vol medeleven toe. Ging die ouwe nooit naar huis?

Krebs trok haar rug hol, alsof ze voor een geile foto moest poseren.
Ze draaide een lok blond haar om een van haar vingers. Wat had ze
hier op de eerste verdieping te zoeken?

Toen ze Petra zag, grijnsde ze spottend. Haar tanden zaten vol ni-
cotinevlekken. 'Hoofdinspecteur Schoelkopf wil je spreken.'

'Wanneer?'

'Nu.'

Petra ging achter haar bureau zitten. Het dijbeen van Krebs was een
paar centimeter van haar hand verwijderd.

'Heb je niet gehoord wat ik zei?'

'Zit je lekker, Kirsten?'

Krebs stond op van het bureau en liep pissig weg. Daarna schonk ze
haar nog een veelbetekenend glimlachje. Alsof ze een binnenpretje
had.

Waarom zou de receptioniste van beneden haar de boodschap van
Schoelkopf persoonlijk doorgeven? Had Krebs een speciale band met
de hoofdinspecteur?

Zouden zij en Schoelkopf... zou dat echt waar zijn?

Waarom niet? Twee mensenhaters die iets met elkaar gemeen hadden.

Schoelkopfs derde huwelijk lag in duigen. Vanwege een vrouw die zelfs nog jonger was dan zijn laatste echtgenote?

De hoofdinspecteur en Krebs, dat zou me wat zijn... Ze keek even naar Barney Fleischer. De oude man zat met zijn rug naar haar toe en toetste een telefoonnummer in met het gummetje van een potlood. Hij vergiste zich, verbrak de verbinding en begon opnieuw.

Petra schraapte haar keel. Barney deed net alsof hij haar niet hoorde.

Tijd voor een verzetje.

Schoelkopf leunde achterover in de van dikke kussens voorziene kunstleren troon achter zijn bureau. De twee stoelen die normaal gesproken plaats boden aan bezoekers waren in een hoek geschoven. De kamer rook naar ananassap, maar het drankje was nergens te zien. Raar.

Toen Petra een van de stoelen wilde pakken, zei Schoelkopf: 'Afblijven.'

Ze trok haar hand terug en bleef staan.

'Je hebt alles verknald,' zei hij zonder omhaal. Zijn bureau was leeg. Geen foto's, geen papieren, alleen een vloeiblad, een paar pennen en een digitale klok met de tijd en de datum zowel aan de voor- als aan de achterkant.

Hij pakte een in cellofaan gewikkelde sigaar uit een bureaula en hield die tussen zijn wijsvingers in evenwicht.

In het gebouw mocht niet gerookt worden, maar hij bleef er een tijdje mee zitten spelen. Ze wist niet eens dat hij rookte. Kirsten was verslaafd aan sigaretten. Een cadeautje van een nicotinevriendinnetje?

'Je hebt alles verknáld, Connor.'

'Wat moet ik daarop zeggen, meneer?'

'Nou, "Ik-Heb-Alles-Verknald", bijvoorbeeld.'

'Is het dan tijd voor de biecht, meneer?'

Schoelkopf trok zijn bovenlip op. 'Biechten is goed voor de ziel, Connor. Als je die had, zou je dat begrijpen.'

Ze was zo kwaad dat ze geen woord kon uitbrengen.

'Je bent echt amoreel, hè?' zei hij.

Petra balde haar vuisten. *Hou je gedeisd, meid.*

Schoelkopf maakte een luchtig gebaar, alsof hij niet onder de indruk was van haar zelfbeheersing. 'Je hebt directe orders met voeten getreden en een goed doordacht plan van een speciale eenheid gedwarsboomd.'

'Sorry,' zei ze.

'Denk maar niet dat jij de eer zult krijgen voor het oplossen van de Paradiso-zaak. Net zomin als publiciteit.'

'Publiciteit?'

'Tv-interviews en dat soort gezeik.'

'Dat vind ik geen enkel probleem.'

'Natuurlijk niet. Terwijl jij en ik allebei heel goed weten dat jij daar het meest op kickt.'

'Op tv-interviews?'

'Aandacht, hoe doet er niet toe. Je hunkert naar aandacht, je bent altijd de beste maatjes met de pers, Connor. Dat heb je van Bishop geleerd – die meneer met zijn geverfde haren en zijn lidmaatschapskaart van de Screen Actors Guild. Jij en hij, Ken en Barbie. Wat een modeshow, hè? Helaas heb je met al die fratsen een goeie rechercheur als Stahl voorgoed verpest. Dankzij jou zit hij nu in de stront.'

Stu Bishop was haar eerste partner bij de moordbrigade geweest, een briljante, fotogenieke rechercheur derdeklas, van wie het hardnekkige gerucht ging dat hij kandidaat was voor promotie naar ondercommissaris. Hij had haar goed opgeleid. En hij was inderdaad lid van de acteursvakbond, omdat hij af en toe een rolletje speelde in politieseries.

Hij had ontslag genomen om zijn aan kanker lijdende vrouw en een heel stel kinderen te verzorgen en om hem hierbij te betrekken deed denken aan heiligschennis. Petra's gezicht gloeide alsof ze verse Spaanse pepers had gegeten en haar ogen prikten. Maar haar hartslag was gezakt. Haar lichaam bereidde zich voor op een aanval en sloeg alle reserves op.

Ze was op alles voorbereid en klaar om de klootzak bij zijn strot te grijpen, maar ze concentreerde haar woede in een klein plekje van haar frontale kwab.

Eric had gelijk. *Zeg niets, laat niets merken.*

Maar ze kon zich niet inhouden. 'Rechercheur Bishop verfde zijn haar niet, meneer.'

'O nee?' zei Schoelkopf. 'Jij bent amoreel en geniepig, Connor. Eerst ga je stiekem naar de media met die foto van Leon in plaats van de juiste kanalen te volgen. Dan negeer je de instructies van een speciale eenheid en grijpt de kans om je eigen toneelstukje op te voeren. Maar je kunt oprotten, begrepen? Je bent geschorst. En als het aan mij ligt zonder behoud van salaris. Je kunt je pistool en je penning inleveren bij brigadier Montoya.'

Petra bleef hem strak aankijken, maar hij hapte niet. In plaats daarvan had hij weer een la opengetrokken en begon er geconcentreerd in te rommelen.

'Dat is niet eerlijk, meneer,' zei ze.

'Bla bla bla. Ga weg.'

Toen ze zich omdraaide, viel haar oog op de cijfers in het datumvenstertje van zijn bureauklok: 24.

Nog vier dagen tot de achtentwintigste juni en zij kon nergens meer bij. Niet bij haar dossiers, niet bij haar telefoon, niet bij de databanken.

En niet bij Isaac.

Prima, dan deed ze het wel op haar manier. Ze zou de telefoonmaatschappij bellen en al haar gesprekken door laten schakelen naar haar privénummer. En ze nam zo veel mogelijk spullen uit haar bureau mee naar huis en dan ging ze van daaruit werken.

Petra Connor, privédetective. Belachelijk. Toen dacht ze aan Eric, die voor zichzelf wilde beginnen.

'Tot ziens,' zei ze tegen de hoofdinspecteur.

Haar stem klonk zo zangerig dat hij opkeek. 'Wat is er zo grappig?'

'Niets, meneer. Geniet maar lekker van uw sigaar.'

Toen ze terugkwam bij haar bureau was het blad helemaal leeg, zelfs het vloeiblad waar Krebs op had gezeten was verdwenen.

Ze probeerde een la open te trekken. Op slot.

Haar sleutel paste niet.

Ineens zag ze waarom niet. Een gloednieuw, glanzend koperen slot.

'Wat moet dat voor de...'

'Schoelkopf heeft een slotenmaker laten komen terwijl jij in zijn kantoor was,' zei Barney Fleischer.

'De vuile smeerlap.'

De oude man stond op, keek om zich heen en kwam naar haar toe. 'Loop maar naar beneden, dan zie ik je zo bij de achterdeur. Over een paar minuten.'

Hij liep terug naar zijn bureau. Petra draaide de afdeling recherche de rug toe en liep de trap af naar de benedenverdieping, Nog geen minuut later hoorde ze het geluid van rustige, bedachtzame voetstappen en ze zag Barney aankomen in een tweed colbertje dat hem eigenlijk te groot was. Hij had een nog langere jas over zijn arm gedrapeerd.

Een regenjas, een gekreukt grijs ding dat hij meestal in zijn garderobekastje had liggen. Heel af en toe hing het wel eens over de rugleuning van zijn stoel, maar ze had het hem eigenlijk nog nooit zien dragen. En vandaag zou dat zeker niet gebeuren. De hitte had de nevel van de oceaan inmiddels weggebrand en de temperatuur begon al in de buurt van de dertig graden te komen.

De oude man zag eruit alsof de winter ieder moment kon aanbreken. Hij bleef op de derde tree van onderen staan, keek langs de trap omhoog en liep helemaal naar beneden. Toen hij de regenjas wegtrok, bleken er zes blauwe dossiers onder verstopt te zitten.

Doebbler, Solis, Langdon, Hochenbrenner... alle zes.

'Ik dacht dat je die misschien nodig zou hebben.'

Petra pakte de dossiers aan en kuste Barney vol op zijn droge lippen. Hij rook naar uienbroodjes. 'Je bent een engel.'

'Dat heb ik al vaker gehoord,' zei hij, voordat hij fluitend weer naar boven liep.

Weer thuis ruimde ze haar ezel en haar verf op en richtte een werkplaats in aan haar eettafel.

Ze legde het stapeltje dossiers neer, samen met haar opschrijfboekje, een vers aantekenblok en een paar pennen.

Eric had op het aanrecht een briefje voor haar achtergelaten.

P.
Afspr. op Parker tot ???
Veel liefs, E.

Veel liefs... Dat veroorzaakte allerlei schrijnende gevoelens.

Ze kon zich maar beter concentreren op dingen die ze wel in de hand had. Ze begon met de telefoonmaatschappij en vroeg of haar gesprekken doorverbonden konden worden. De telefoniste klonk aanvankelijk vriendelijk, maar toen ze een paar seconden later weer aan de lijn kwam, was haar houding als een blad aan de boom omgeslagen.

'Het nummer waarvan u gesprekken wilt laten doorverbinden, is een toestelnummer van de politie. Dat kunnen we niet doen.'

'Ik ben rechercheur van het LAPD,' zei Petra en dreunde het nummer van haar penning op.

'Het spijt me, mevrouw.'

'Kan ik daar met iemand anders over praten?'

'Ik geef u mijn chef.'

Ze kreeg een ouder klinkende vrouw met een onbuigzame stem aan de lijn. Het mens stelde zich zo star op dat Petra zich afvroeg of ze misschien een verlengstuk van de politie was.

Dezelfde uitslag, vergeet het maar.

Petra verbrak de verbinding en vroeg zich af of ze zich daarmee nog meer schade zou hebben berokkend.

Misschien probeerden de schikgodinnen haar iets aan haar verstand te brengen. Maar desondanks zou ze toch gewoon doorgaan met de achtentwintigste juni. Als ze dat niet zou doen, werd ze gek.

Ze pakte een blikje cola, nam een slokje en bladerde door haar aantekeningen. De telefoontjes die ze vrijdag had gepleegd.

Naar de vriendinnen van Marta Doebbler. Dr. Sarah Casagrande in Sacramento en Emily Pastern in de Valley.

Emily met de blaffende hond.

Dit keer nam de vrouw zelf op. Geen geluid op de achtergrond. Ze klonk nog steeds zelfbewust, tot Petra haar vertelde waar het om ging.

'Marta? Maar dat is... jaren geleden.'

'Zes jaar, mevrouw. We bekijken de zaak opnieuw.'

'Net als in dat tv-programma... *Cold Case* of zo.'

'Daar lijkt het wel iets op, mevrouw.'

'Nou ja,' zei Pastern. 'En toen het net gebeurd was, heeft niemand met me gepraat. Hoe komt u aan mijn naam?'

'U stond in het dossier als een van de personen met wie mevrouw Doebbler die avond uit was.'

'Juist... Hoe was uw naam ook alweer?'

Petra zei opnieuw hoe ze heette. Compleet met functie en al. Ook dat was tegen de regels.

Het zich voordoen als een actief medewerker van de politie...

'Wat wilt u dan nu van me weten?' vroeg Emily Pastern.

'Ik wil alleen graag met u over de zaak praten.'

'Ik zou niet weten wat ik u kan vertellen.'

'Dat weet u maar nooit, mevrouw,' zei Petra. 'Als we elkaar een paar minuten zouden kunnen spreken... op een plaats die u goed uitkomt.'

Ze deed haar best om ook zelfbewust te klinken. En ondertussen bad ze letterlijk dat Pastern niet naar het bureau zou bellen om te horen of ze de waarheid had gesproken.

'Och, dat zal wel gaan.'

'Dank u wel, mevrouw Pastern.'

'Wanneer?'

'Hoe eerder, hoe beter.'

'Ik moet om drie uur mijn kinderen ophalen. Zullen we zeggen over een uur?'

'Dat is perfect,' zei Petra. 'Zeg maar waar.'

'Mijn huis,' zei Pastern. 'Of nee, laten we maar naar Rita's gaan, dat is een koffietentje. Op Ventura Boulevard, aan de zuidkant, twee straten ten westen van Reseda. Er is een terras en daar zal ik op u wachten.'

Ze wilde haar niet in haar eigen huis ontvangen. Ergens op neutraal terrein, waar ze zich op haar gemak zou voelen.

'Dan zie ik u daar,' zei Petra. *Word nou niet al te achterdochtig, Emily.*

Ze trok het zwarte broekpak uit dat ze die ochtend had uitgekozen en ging op zoek naar iets wat een beetje... vriendelijker aandeed.

Haar eerste keus viel op een van de weinige jurken die ze had, een grijze zijden prinsessenlijn met korte mouwtjes en een bijna onzichtbaar patroon van lavendelkleurige sliertjes. Nee, die tekende te veel en gaf haar het gevoel dat ze naar een feestje ging. Dat zwarte geval met de kopmouwen van Max Mara, waar het prijskaartje nog aan hing, was nog minder geschikt.

Dan maar weer terug naar af. Een grijsblauw broekpak zonder revers met een schattig stikseltje langs de zomen. In de stiksels waren steekjes van celluloiddraad verwerkt. Toen ze het twee jaar geleden bij Neiman in de zomeropruiming had gekocht, had ze het eigenlijk veel te friemelig gevonden. Maar als zij het droeg, leek het subtiel en zelfs vrij gekleed.

Misschien zou Emily Pastern onder de indruk zijn.

Ze kwam ruim op tijd in de Valley aan, bleef even rondrijden en stopte precies op tijd voor Rita's Coffees and Sweets.

Het tentje was gevestigd in twee snoezige, met rode dakpannen bedekte bungalows die samen waren gevoegd. Het was een van een stel kleine gebouwen in Spaanse stijl rond een perkje groen, een paar treden hoger dan het trottoir. Midden in het perkje stond een borrelende fontein. De gebouwen dateerden minstens uit de jaren twintig, of waren zelfs nog ouder.

Destijds was Tarzana nog landbouwgebied geweest en Petra vroeg zich af of de huizen gebouwd waren voor seizoensarbeiders. Nu zaten er allemaal kleine, trendy winkeltjes in.

Giovanna Beauty, Leather and Lace Boutique, Optical Allusions. Zelfs het optrekje van Zoë, Praktizerend Helderziende, zag er lief uit.

Het terras was rechts van het koffiehuis, omringd door een lage houten omheining waar een hekje met een klink in zat. Er zat één vrouw, die vanaf borsthoogte te zien was.

Een knap rossig blondje, met opgestoken haar, midden of achter in de dertig, in een lange, bijna doorzichtige hes in de kleur van de dageraad.

Achter haar zag Petra door een stel openslaande deuren groepjes goed verzorgde vrouwen die binnen zaten te lachen en van hun drankjes te nippen. In de West-Valley was het nog tien graden warmer dan in de stad. Een verzengende hitte. En toch wilde Emily Pastern buiten blijven zitten.

Petra liep de treetjes op en de vrouw keek toe hoe ze het hek openmaakte.

'Mevrouw Pastern?'

Pastern knikte en stak even haar hand op.

Tot zover ging alles goed.

Terwijl Petra naar het hek was gelopen, was haar al opgevallen dat Pastern het tafeltje had gekozen dat het verst van het restaurant stond. Het bleekblauwe hesje werd gecompleteerd door een chique spijkerbroek en witte klompen. Pastern had een melkbleke huid, bezaaid met sproeten, en ogen in de kleur van ijsthee, of wat het ook mocht zijn dat in haar grote cognacglas zat.

Aan haar voeten lag de reden waarom ze het terras had uitgekozen.

Waarom ze wel op het terras moest zitten.

Het grootste brok hondenvlees dat Petra ooit had gezien. Blauw gestroomde huid en grote botten in ruste, oren die tot puntjes waren gecoupeerd. De snuit en het lijf waren een slonzig samenraapsel van los vel en veel te groot gegroeide botten. Een kop als van een nijlpaard, plat op de flagstones.

Even groot als een nijlpaard.

Ze bleef staan toen de hond opkeek. Kwijlend. Het dier bestudeerde Petra met kleine, roodomrande ogen. Intelligente ogen. God, wat was dat beest groot. Een bovenlip klapte om. Tanden waarvoor een haai zich niet zou schamen.

Emily Pastern boog zich voorover en fluisterde iets tegen de hond. De ogen van het beest zakten weer dicht en het viel weer in slaap, of wat waakhonden ook deden als ze niet aan het werk waren.

Petra had geen vin verroerd.

'Kom maar, hoor,' zei Pastern. 'Ga maar gewoon aan deze kant zitten.' Ze wees naar de stoel die het verst van de hond stond. 'Er is niets aan de hand als je niet meteen te opdringerig tegen haar doet.'

De hond deed één oog open.

'Echt waar,' zei Pastern. 'Er gebeurt niets.'

Petra liep in een grote boog om de kolos heen en ging in een stoel zitten.

'Brave meid,' fluisterde Pastern tegen de hond.

Petra stak haar hand uit. 'Petra Connor.'

'Emily.' Pasterns vingers waren lang, koel en slap.

De hond bewoog zich niet. Terwijl ze goed oplette dat haar voet uit de buurt van de bek bleef, probeerde Petra zich te ontspannen. 'Is dat Daisy?'

'Nee, Daisy is thuis.'
Heb je twee van die beesten?
'Hoe weet je iets over Daisy... o, van mijn antwoordapparaat. Nee, dit is Sophia, het kleine zusje van Daisy.'

'Klein?' zei Petra.
'Figuurlijk gesproken,' zei Pastern. 'Als je van de leeftijd uitgaat. Daisy is een tien jaar oude Cavalier King Charles spaniel van ongeveer twaalf pond.'
'Een tikje lichter dan Sophia.'
Pastern glimlachte. 'Sophia houdt van eten.'
'Wat is het voor ras?'
'Mastino. Een Napolitaanse mastiff.'
'Helemaal uit Italië.'
Pastern knikte. 'We hebben haar geïmporteerd. Het is een fantastische waakhond.'
'Mag Daisy op haar rijden?'
'Nee, maar mijn kinderen wel.'
Het gebabbel over haar honden had voor ontspanning gezorgd. Tijd om ter zake te komen. 'Bedankt dat je met me wilde praten, Emily.'
'Goed hoor.' Pastern keek naar de openslaande deuren. Een slanke, androgyne kelner kwam naar hen toe en Petra bestelde een kop koffie.
'Koffie van het huis?'
'Prima.'
Hij liep weg met een verbaasd gezicht. 'Dat zijn ze hier niet gewend,' zei Pastern. 'De meeste mensen zijn nogal kieskeurig als het om koffie gaat.'
'Half-cafeïne, zeventien wolkjes sojamelk, eenvijfde Kenia- en viervijfde Jamaicabonen en een toefje Zanzibarkruiden.'
Pastern lachte mooie tanden bloot. 'Precies.'
'Het maakt me niet uit, zolang het octaangehalte maar hoog is,' zei Petra. Een overdreven grote mok met iets donkers en heets werd gebracht en het kostte even voordat de kelner het recht op tafel kon zetten. Dat viel niet mee, omdat het blad was gemaakt van met de hand ingelegde mozaïektegeltjes. Blauwe, gele en groene stukjes glas gerangschikt in sierlijke bloemtrossen en zorgvuldig gevoegd. Petra liet haar vinger over het oppervlak glijden. Mooi gedaan, maar wel onpraktisch.
'Vind je ze leuk?' vroeg Pastern. 'Die tegeltjes.'
'Heel leuk,' zei Petra.
'Dat heb ik gemaakt.'

'Echt waar? Beeldschoon.'

'Ik doe tegenwoordig nauwelijks meer iets aan kunst,' zei Pastern. 'Drie kinderen, en mijn man is orthodontist.'

Het eerste leek het een en ander te verklaren, het tweede niet.

'Dus je hebt het druk,' zei Petra.

'Nou en of... Zou je me iets kunnen vertellen, rechercheur? Hoe komt het dat zes jaar geleden niemand met me gepraat heeft? Mijn vriendinnen, de andere vrouwen die mee waren gegaan naar het theater, zijn wel verhoord.'

Omdat de rechercheur die de zaak in behandeling had een gedesillusioneerde zuipschuit was, die het erbij liet zitten toen hij je de eerste keer dat hij je belde niet kon bereiken.

'Mevrouw Jaeger en dokter Casagrande?' vroeg Petra.

Pastern trok haar keurig bijgetekende wenkbrauwen op. 'Is Sarah arts?'

'Ze is psycholoog in Sacramento.'

'Wat krijgen we nou?' zei Emily Pastern. 'Ze had het er altijd over dat ze psychotherapeut wilde worden, maar ik had nooit gedacht dat ze dat uiteindelijk ook voor elkaar zou krijgen. Sacramento zal haar wel goed gedaan hebben.'

'Hoe lang woont ze daar nu?'

'Ze is er samen met haar man naartoe gegaan, niet lang nadat Marta vermoord werd. Alan is lobbyist en ze wilden hem fulltime in de hoofdstad hebben. Hoe gaat het met Sarah?'

'Ik heb haar nog niet gesproken. Het is me ook niet gelukt om contact op te nemen met Melanie Jaeger.'

'Mel zit in Frankrijk,' zei Pastern. 'Ze is gescheiden en een paar jaar geleden daarnaartoe verhuisd. Om zichzelf te vinden.' Ze roerde opnieuw door haar thee. 'Geen kinderen, dus ze kan gaan en staan waar ze wil.'

'Op welke manier wilde ze zichzelf vinden?' vroeg Petra.

Pastern streek het fijne, rossig rode haar uit haar gezicht. 'Ze denkt dat ze kunstenares is. Schilderes.'

'Maar geen talent?' vroeg Petra terwijl ze met haar hand over het tafelblad streek in een poging om de mededeling 'in tegenstelling tot jou, Emily' zonder woorden door te geven.

'Ik wil niet roddelen, want we waren allemaal goed bevriend met elkaar, maar... Ik denk dat ik als enige nog in de Valley zit... Dus waarom hebben ze geen contact met mij opgenomen?'

'Voor zover ik heb begrepen, kon de rechercheur je niet bereiken.'

'Hij belde toen ik niet thuis was en liet zijn nummer achter,' zei Pastern. 'Ik heb hem teruggebeld.'

Petra haalde haar schouders op.

'Zes jaar,' zei Pastern. 'Is er een bepaalde reden dat de zaak weer geopend wordt?'

'Geen dramatisch nieuw bewijsmateriaal, vrees ik. We proberen alleen ons werk goed te doen.'

Pastern fronste. 'Kom je hier uit de buurt?'

'Oorspronkelijk uit Arizona,' zei Petra. Dit begon persoonlijk te worden. Zou ze eenzaam zijn? Of stribbelde Pastern tegen?

'Ik heb familie in Scottsdale...' Pastern viel zichzelf in de rede. 'Maar dat interesseert je helemaal niet. Jij wilt over Marta praten. Hebben jullie enig idee wie haar vermoord heeft?'

'Nog niet,' zei Petra. 'Jij wel?'

'Ja hoor. Ik heb altijd gedacht dat Kurt het had gedaan. Maar niemand heeft me ooit om mijn mening gevraagd.'

Petra's hand klemde de koffiemok stijf vast. De stenen mok was gloeiend heet en ze trok haastig haar vingers terug. 'Waarom denk je dat, Emily?'

'Ik zeg niet dat ik het zéker weet, ik heb alleen dat gevoel,' zei Pastern. 'Dat huwelijk van Marta en Kurt klopte gewoon niet.'

'In welk opzicht?'

'Het was heel afstandelijk. Platonisch zelfs. Het was net alsof ze nooit die aanvankelijke periode vol hartstocht hadden gehad, waarmee de meeste mensen beginnen. Weet je wat ik bedoel?'

'Ja hoor,' zei Petra.

'Uiteindelijk koelt dat allemaal vanzelf af, maar bij Marta en Kurt had je het gevoel dat er eigenlijk nooit sprake van hartstocht was geweest. Hoewel Marta daar nooit haar mond over opendeed. Ze was Duits en ze had die Europese gereserveerdheid.'

'Afstandelijk,' zei Petra, terwijl ze terugdacht aan de vlakke toon die Kurt Doebbler had gebezigd. Twee koele mensen. Van wie er een tot moes was geslagen.

'Ik heb ook nooit gezien dat ze elkaar kusten,' zei Pastern. 'Of zelfs maar aanraakten. Maar goed, ik heb Kurt ook nooit op iets van emotie kunnen betrappen. Zelfs niet toen Marta dood was.' Ze boog zich over naar Sophia en begon de huidplooien in de nek van de hond te kneden. 'Hij woont daar nog steeds, hoor. In hetzelfde huis. Zeven straten van het mijne. Toen we hoorden wat er met Marta was gebeurd, ben ik ernaartoe gegaan met iets te eten en heb aangeboden op elke manier die mogelijk was te helpen. Kurt pakte het bord bij de deur aan. Hij vroeg niet eens of ik binnen wilde komen en hij heeft me ook nooit bedankt.'

'Charmante vent.'

'Heb je hem ontmoet?'
Petra knikte.
'Dus dat weet je. Ik kan het niet bewijzen, maar ik heb gewoon het gevoel dat hij het heeft gedaan. Dat gold voor ons allemaal... voor Sarah, voor Mel en voor mij. Die avond in het theater, toen Marta een telefoontje kreeg, ging ze er zo snel vandoor dat ze bijna over mijn benen struikelde. Daarna holde ze zonder iets te zeggen de zaal uit, alsof haar leven ervan afhing.' Pastern lachte een beetje zwak. 'Zo bedoelde ik het niet.'
'Heeft ze de telefoon opengeklapt en gekeken wie haar belde?' vroeg Petra.
Pastern dacht na. 'Ik geloof het niet... nee, dat weet ik wel zeker. Ik geloof zelfs niet dat haar telefoon dichtgeklapt kon worden... Zes jaar geleden kon dat bij de mijne in ieder geval niet. Nee, ze drukte het toestel gewoon uit, stond op en nam de benen. Wij waren allemaal een beetje overdonderd. Door de bank genomen was Marta superbeleefd. Sarah wilde al meteen achter haar aan gaan om te vragen wat er was, maar Melanie zei dat het misschien een privé-probleem in de familie was en dat ze Marta met rust moest laten. Marta was altijd heel terughoudend, je wist eigenlijk nooit hoe ze zich voelde. En met ons drieën zaten we er zo druk over te praten dat mensen tegen ons begonnen te sissen dat we stil moesten zijn. Daarna hebben we onze mond gehouden en gewacht tot het pauze was.'
'Hoe lang duurde dat?'
'Een minuut of tien,' zei Pastern. 'Hooguit een kwartier. Ik weet nog goed dat ik me niet meer op het stuk kon concentreren toen Marta niet na een paar minuten terugkwam. Daarna bedacht ik dat ze waarschijnlijk niet nog meer commotie wilde veroorzaken door voor zo'n korte tijd terug te komen en dat ze vast in de lobby op ons stond te wachten. Zodra de gordijnen dichtgingen, holden we de zaal uit om haar te zoeken, maar we zagen haar niet. We belden meteen haar mobiele nummer en toen dat niet werd opgenomen, begonnen we ongerust te worden. We besloten om uit elkaar te gaan en overal in het theater naar haar te zoeken. Dat viel niet mee, want de Pantages is heel groot en al het publiek kwam de zaal uit stromen.'
Ze fronste. 'Ik had de opdracht om alle damestoiletten af te zoeken. Ik heb op mijn knieën gelegen om alle schoenen in de wc-hokjes te controleren, maar Marta was er niet bij. Ze was nergens te vinden. Toen probeerden we samen te bedisselen wat we zouden doen. We waren het er min of meer over eens dat ze om een of andere privé-reden naar buiten geroepen was, waarschijnlijk door Kurt. Misschien

was er iets met Katya en dan moest het wel iets ernstigs zijn als ze niet terugkwam, zelfs niet om ons te vertellen wat er aan de hand was. En het was best mogelijk dat ze haar telefoon vrij moest houden, dus we besloten om niet opnieuw te proberen of we haar konden bereiken en gingen terug de zaal in voor de rest van het stuk. Ik heb er niet echt van genoten.'

'Omdat je je zorgen maakte over Marta.'

'Destijds was ik meer bezorgd over de reden waarom ze zo plotseling de benen had genomen,' zei Pastern. 'Heb jij kinderen?'

Petra schudde haar hoofd.

'Je zit constant in angst, rechercheur. Maar goed, na afloop liepen we met ons drieën naar mijn auto. Iedereen was met mij meegereden, behalve Marta, die kwam in haar eigen auto.'

'Waarom?'

'Ze had een afspraak in de stad en geen zin gehad om helemaal naar de Valley te komen en dan weer terug te rijden. Ze kwam tegelijk met ons aan en zette haar auto vlak bij de mijne. Toen we keken, bleek haar auto weg te zijn. Dat vonden we logisch... als je nagaat, wat we vermoedden.'

'Waar was die parkeerplaats?'

'Recht tegenover het theater.'

Marta's wagen was twee straten achter het theater gevonden. Ballou had niet vermeld dat de auto oorspronkelijk op de parkeerplaats had gestaan.

Ze was met de moordenaar meegegaan. Weggelokt naar een donker, rustig plekje. Op het trottoir doodgeslagen en achter het stuur van haar eigen auto gepropt.

'Wat was die afspraak waarvoor Marta naar de stad moest?' vroeg Petra.

'Dat heeft ze niet verteld.' Pastern ging verzitten en keek neer op haar eigen mozaïek. 'Marta ging vaak naar de stad. Aanvankelijk had ik het idee dat de Valley haar verveelde. Ze was opgegroeid in Hamburg en dat schijnt een behoorlijk chique stad te zijn. In Duitsland had ze als wiskundige of als ingenieur gewerkt. Daar heeft ze Kurt leren kennen, hij is een raketgeleerde of zoiets – hij had een overheidsbaantje op een militaire basis. Ze zijn daar ook getrouwd en Katya is in Duitsland geboren. Vlak daarna zijn ze naar de Verenigde Staten verhuisd.'

Een lang antwoord op een korte vraag en nu zat Pastern ijverig in haar thee te roeren, alsof ze probeerde de drank op te laten lossen. Ze was zenuwachtig geworden toen ze over Marta's boodschappen moest praten.

'Aanvankelijk dacht je dat ze zich verveelde,' zei Petra. 'Was er nog een andere reden waarom ze zo vaak naar de stad ging?'

Pastern bloosde tussen al haar sproeten door. 'Daar wil ik niet over beginnen, omdat ik het niet zeker weet.'

'Waar wil je niet over beginnen, Emily?'

'Ben jij getrouwd, rechercheur?'

'Wel geweest.'

'O. Sorry dat ik zo zit te vissen.'

'Dat maakt niet uit.'

'Het is gek,' zei Pastern. 'Dat we hier zo als meisjes onder elkaar zitten te kletsen... Ik ben blij dat vrouwen bij de politie nu ook belangrijke banen krijgen.'

Op de grond kwam Sophia in beweging. Pastern stak een vinger in haar glas en maakte de neus en de bek van de hond nat. 'Die hitte is niet echt goed voor haar, maar ze kan er behoorlijk goed tegen. In Italië zijn ze altijd buiten en bewaken ze landhuizen.'

'Had de familie Doebbler ook een hond?'

'Nee nooit,' zei Pastern. 'Op een gegeven moment wilde Marta er wel een. Voor Katya. Maar volgens haar vond Kurt dat niet goed. Dat is toch kindermishandeling, vind je ook niet? Dieren zijn juist goed voor kinderen. Daarvan leren ze te geven en te delen.'

'Zeker weten,' zei Petra. 'Dus Kurt houdt niet van dieren.'

'Hij zei tegen Marta dat ze te veel troep maakten.' Pastern frunnikte aan haar haar. 'Wat ik hiervoor heb gezegd... dat ik altijd dacht dat Kurt het had gedaan. Dat ga je toch niet tegen hem zeggen, hè? Want ik beschuldig hem nergens van, het is alleen maar een gevoel. En hij woont zo dichtbij.'

'Dat krijgt hij absoluut niet te horen, Emily.'

'Ik geloof echt dat je de waarheid spreekt. Dan hebben we volgens mij alles wel gehad.'

'Kunnen we nog even praten over de reden waarom Marta zo vaak naar de stad ging?' vroeg Petra.

'Ze hield van winkelen,' zei Pastern snel. 'Ze ging graag op zoek naar afgeprijsde kleren en zo.'

Laat maar even begaan. 'Oké... Kun je dan een reden bedenken waarom Kurt Marta vermoord zou hebben?'

'Dus je verdenkt hem wel?'

'Op dit moment weet ik nog niet genoeg om iemand te verdenken, Emily. Daarom is het zo belangrijk dat je me echt alles vertelt wat je weet.'

'Dat heb ik ook gedaan,' zei Pastern met een bibberig lachje.

Petra glimlachte terug. Ze nam een slokje van haar designerkoffie.

Walgelijk. Ze zou het nog een keer proberen met Pastern en als de vrouw bleef tegenstribbelen, zou ze haar gewoon morgen nog een keer bellen. Of vanavond.

Emily Pastern haalde de knipjes uit haar haar en schudde het los. Ze had het in een strak knotje gewikkeld wat haar gezicht een ascetisch tintje gaf.

'Over die boodschappen,' zei Petra.

'Oké. Ik kan het je eigenlijk net zo goed vertellen, want jij bent bereid om na al die jaren nog zoveel moeite te doen en je lijkt me ook iemand die echt meevoelt.'

Ze maakte de snuit van de hond opnieuw nat en slaakte een diepe zucht.

Een type dat wel van een beetje drama hield. Petra vroeg zich af of ze de dingen die ze te horen kreeg misschien met een korreltje zout moest nemen.

'Oké,' zei Pastern nog een keer. 'Ik weet bijna zeker dat Marta een verhouding met iemand had.'

Petra wachtte even tot de vrouw wat rustiger ging ademen. 'Met wie?'

'Dat weet ik niet, rechercheur. Maar het was aan alles te zien.'

Petra stak vragend haar hand op.

'Ze ging zich beter kleden,' zei Emily Pastern. 'Ze liep verender... veel sexier. Ze had kleur op haar wangen. Ze was nog steeds gereserveerd, maar onderhuids gebeurde er iets. Een gloed. Vuur.'

Pasterns wangen werden rood. Ach, die buitenwijken.

'Ze was gelukkiger dan normaal,' zei Petra.

'Niet alleen gelukkiger. Ze leefde helemaal op. En geloof me, dat kwam niet door Kurt. Die was even saai en vervelend als altijd.'

'Maar Marta was veranderd.'

'Het viel iedereen die haar kende op. Ineens was ze nooit meer thuis. Ze holde van hot naar her. En dat was helemaal niets voor Marta. Toen ik zei dat ze zich verveelde, klopte dat ook. Ze zei tegen mij dat ze de Valley veel te sloom vond. Maar haar manier om dat op te vangen was door thuis dingen te gaan doen. Ze werd lid van de oudercommissie, ze begon dingen te verzamelen zoals glazen poppetjes, merklappen en Japanse theepotjes. Ze liep regelmatig de vlooienmarkten af. Maar daar kwam ineens een eind aan, ze pakte al haar verzamelingen in dozen en begon regelmatig naar de stad te rijden.'

'En rond dezelfde tijd begon ze zich beter te kleden en sexier te lopen?'

'Op precies dezelfde tijd,' zei Pastern. 'Jij bent zelf vrouw. Je weet best dat ik gelijk heb.'

'Je komt heel overtuigend over, Emily.'

'Misschien is Kurt erachter gekomen. Misschien heeft hij het daarom wel gedaan. In ieder geval had hij zelf geen romantische redenen. Hij is nooit hertrouwd en als hij een relatie met een andere vrouw is begonnen, is mij dat nooit ter ore gekomen.'

'Zou je dat dan wel gehoord hebben?' vroeg Petra. 'Ondanks het feit dat hij zo afstandelijk is en zo?'

'O ja, hoor,' zei Pastern. 'Onze kinderen zitten nog steeds op dezelfde school. West Valley Prep. Het blijft een kleinsteedse bedoening, Petra.'

Petra keek toe hoe ze kieskeurig haar lippen afveegde. Of ze nou van dramatiek hield of niet, Pastern had haar wel iets gegeven waarmee ze verder kon. Ze vroeg of er nog iets anders was wat ze haar wilde vertellen en toen Pastern haar hoofd schudde, bedankte ze haar, viste een briefje van tien uit haar tas en stond op.

Sophia gromde.

Pastern kalmeerde haar met een klopje en pakte haar eigen tas op. 'Nee, ik trakteer.'

'Dat mogen we niet aannemen,' zei Petra glimlachend. Wat hield ze zich toch braaf aan de regels. Haha.

'Weet je dat zeker? Nou goed dan. Het was leuk om je te leren kennen en ik hoop dat je hem te pakken krijgt.'

Toen Petra op het punt stond om weg te lopen, zei Pastern: 'Waarom vroeg je eigenlijk of Kurt en Marta een hond hadden?'

'Uit nieuwsgierigheid,' zei Petra. 'Om erachter te komen wat voor soort mensen het waren.'

'Hij is een kouwe kikker,' zei Pastern, 'maar zij was een lieve meid. Ik zal je eens vertellen wie wel van honden hield: Katya. Ze kwam vaak naar ons toe om met Daisy te spelen. Het was duidelijk waar ze behoefte aan had. Maar Kurt wilde er niets van weten.'

'Te veel troep.'

'Hij wil alles naar zijn hand zetten.' Pastern fronste. 'Maar zo zit het leven niet in elkaar.'

'Helemaal niet,' beaamde Petra. 'Welke kleur heeft Daisy?'

'Een prachtige diepe tint mahonierood. Een echte tentoonstellingshond.'

Dat paste niet bij de haren die op Coral Langdon waren aangetroffen. Daarmee kon het ingewikkelde scenario dat Petra in haar hoofd had ook op de helling. Van dochter op vader op...

'Ja, dat zal best wel,' zei ze. 'Heb je enig idee hoe het nu met Katya gaat?'

'Mijn dochter die in hetzelfde jaar zit, maar niet in dezelfde klas, zegt dat ze heel rustig is en zich met niemand bemoeit. Wat moet je an-

ders verwachten? Als je met zo iemand opgroeit? En een meisje heeft gewoon een moeder nodig. Dat is elementaire psychologie, nietwaar?'
Petra schonk haar een plastic glimlach en mompelde iets voordat ze haastig de benen nam.

41

Petra nam Ventura Boulevard in oostelijke richting tot Laurel Canyon, waarna ze via die kronkelweg terugreed naar de stad. Ze was dol op Laurel, met die mengeling van vervallen, vergezochte en vorstelijke onderkomens. Het zou geweldig zijn om hier te wonen, in het onwaarschijnlijke geval dat ze ooit genoeg geld zou hebben.
Ze zoefde langs de restanten van het oude landhuis van Houdini. Een paar van die goocheltrucjes zouden haar nu goed uitkomen. Iets wat haar zou helpen om uit te zoeken of de vermoedens van Emily Pastern waarheid bevatten.
Marta's ontrouw, Kurt een moord uit wraak.
Als dat zo was, had hij alles tot in de puntjes voorbereid en zijn vrouw het theater uit gelokt, misschien wel met Katya als lokaas. Daarna had hij zijn dochter opnieuw gebruikt voor zijn alibi.
Uit alles wat ze had gezien, dingen die nu onderbouwd waren door Pasterns commentaar, bleek dat Kurt een koele kikker was. Een van die technisch aangelegde kerels die alles als een wiskundige vergelijking zagen.
Als jij mij vernedert, vermoord ik jou?
Ze zou niet weten waarom het níét zo had kunnen gebeuren. In gedachten trok ze het hele scenario na: Kurt belt Marta vanuit de telefooncel en gaat dan naar de parkeerplaats van het theater om op haar te wachten. Marta komt opdagen en ze rijden weg – met hem achter het stuur. Maar hij stopt zodra hij in de straat achter het theater is aangekomen en vertelt haar de echte reden waarom hij haar heeft opgehaald. Hij weet alles van haar tochtjes naar de stad.
Misschien ontstaat er daar ter plekke wel een handgemeen. Of misschien heeft Marta, die nergens op voorbereid was, geprobeerd om alles recht te praten. Maar Kurt moet daar niets van weten en hij heeft een wapen meegebracht.
Of misschien had hij dat wel stiekem in de kofferbak van Marta's auto gelegd. Of hij had iets gebruikt wat daar al in lag: een krik of een bandenlichter.

Nee, in het rapport van de lijkschouwer had gestaan dat het iets breders was geweest, en gladder.

Marta probeert te ontsnappen en vlucht de auto uit. Hij grijpt haar. Dan draait hij haar om en gaat achter haar staan. Zo'n lange vent als Kurt zou genoeg kracht kunnen uitoefenen om een verpletterende klap op het achterhoofd uit te delen.

Ze valt en hij blijft op haar hoofd timmeren. Midden op straat. *Als jij je als een hoer gedraagt, dan sterf je ook maar als een hoer.*

Was hij van plan geweest om haar daar te laten liggen, of had hij zich herinnerd dat het bloedende ding op het trottoir ooit zijn vrouw was geweest en medelijden gekregen? Had hij haar weer in de auto gepropt? Of was dat alleen maar een poging geweest om het lichaam te verbergen, zodat hij meer tijd zou hebben om naar huis te gaan, in bed te kruipen en de zoete dromen van een moordenaar te dromen?

Marta was pas 's morgens gevonden. Kurt, die ervoor moest zorgen dat Katya op tijd op school kwam, zou meer dan genoeg tijd hebben gehad om 'verbaasd' te reageren.

Terwijl ze langs de Canyon Market reed, bedacht Petra dat er nog een derde mogelijkheid was. Dat het feit dat Marta achter het stuur was gezet een ander soort boodschap was: *Jij reed naar de stad om je minnaar te ontmoeten. Ga nu maar achter het stuur zitten in diezelfde verrekte auto terwijl je hersens uit je kop druipen.*

Om haar van alle menselijkheid en haar ziel te beroven. Zou zo'n techneut als Kurt in de ziel geloven? Of zou hij mensen gewoon als een optelsom van hun cellen beschouwen?

Als ik jouw hersens tot moes sla, blijft er niets van je over.

Pastern had gezegd dat Kurt alles naar zijn hand wilde zetten. Misschien ging er achter die koele, onbewogen houding wel een ziedende woede schuil.

Hij helpt Marta om zeep en wordt er niet voor gepakt. En besluit dat hij het leuk vond.

Besluit ook om de datum te herdenken.

Gedenkdagen waren toch niets anders dan souvenirs van de tijd? En psychopatische moordenaars waren dol op aandenkens.

Ze zat een leuke profielschets in elkaar te sleutelen. Het enige probleem was dat er zoveel dingen waren die niet klopten. Zoals de hondenharen op Coral Langdon, terwijl Kurt een hekel had aan dieren. En Petra had eigenlijk nooit een man ontmoet met zo weinig charme als Kurt. Hij leek echt de laatste man met wie Coral een gezellig praatje als hondenliefhebbers onder elkaar zou hebben gemaakt.

Of zou hij een betere toneelspeler zijn dan iedereen vermoedde?

Ze besloot dat ze te veel waarde had gehecht aan de haren. Langdon hield van honden en was vast vaak andere hondenliefhebbers tegengekomen, waarbij ze ook vreemde haren op zou pikken.

Maar wat moest ze dan aan met dat bezoek van die zogenaamde monteur van de kabel aan het huis van Geraldo Solis? Hoe moest ze Kurt met hem in verband brengen?

Misschien had Kurt wel voor een kabelmaatschappij gewerkt voordat hij een raketontwerper werd... als werkstudent misschien? Alles goed en wel, maar als hij de moord op zijn vrouw had willen gedenken, waarom had hij dan niet een soortgelijk slachtoffer als Marta uitgekozen? In ieder geval een vrouw en geen knorrige oude exmarinier als Solis.

Tenzij Solis op de een of andere manier betrokken was bij de Doebblers... Zou híj de minnaar zijn met wie Marta in de stad afspraakjes maakte? Maar waarom had hij dan een jaar gewacht voordat hij hem ook te pakken nam?

Solis was een humeurige oude eenling, dertig jaar ouder dan Marta. Mensen maakten soms vreemde keuzes, maar hier klopte gewoon niets van.

Ze liep de rest van de slachtoffers langs. Langdon, Hochenbrenner, de jonge, zwarte zeeman. Jewell Blank en Curtis Hoffey, twee straatkinderen.

Waar was verdomme het onderlinge verband?

Tegen de tijd dat ze op Sunset aankwam, bonsde haar hoofd en besloot ze dat ze had zitten fantaseren.

Toen ze bij het kruispunt van Fairfax en Sixth aankwam, piepte haar telefoon. Mac Dilbeck die vanaf zijn mobiel belde.

'Ik heb het net gehoord, Petra. Sorry.'

'Ik had eerlijk gezegd niet anders verwacht, Mac.'

'Alleen maar omdat ze zo'n bord voor hun kop hebben en nog van marmer ook.'

'Bedankt, Mac.'

'Ik zou jou moeten bedanken,' zei hij. 'Omdat je een eind aan die zaak hebt gemaakt. En ons de papierwinkel en de stad het proces hebt bespaard. Sommige figuren vragen er echt om vermoord te worden en dat gold zeker voor hem, hè?'

'Klopt.'

'Hoe staat Eric ervoor?'

'Afspraken op Parker.'

'Als het stof is opgetrokken, zullen ze hem wel ontzien. Het was terecht.'

'Zeker weten.'

'Ik bel ook om je te vertellen hoe het met Sandra Leon is afgelopen. De goden van de Olympus gaven mij toestemming om het verhoor bij te wonen. Ze deed haar mond niet open, wat ze ook zeiden, dus uiteindelijk vertrokken ze om overleg te plegen.' Hij snoof. 'Dus terwijl ze weg waren, ging ik op de lieve-ouwe-opa-toer en je raadt het nooit... Ze begon te praten.'

'Ja, hoor,' zei Petra glimlachend.

'O, ja hoor,' zei Mac. 'Ik zorgde er wel voor dat de band meeliep. Tegen de tijd dat ze terugkwamen met een plan, met zo'n prachtig plan dat alleen een speciale eenheid kan bedenken, zit ze honderduit te kletsen en gelukkig hadden ze wel het benul om hun mond te houden en weer weg te gaan. Sandra beweert dat zij en haar nichtje Marcella niet echt met elkaar konden opschieten. Ze waren zo jaloers als de pest op elkaar en dat was al heel lang zo. Die vuilak Lyle Leon heeft jarenlang met het stel gerotzooid en uiteindelijk vochten ze om zijn aandacht. Toen Marcella het met Omar Selden aanlegde, klopte daar volgens Sandra niets van, want zij was de knapste van de twee. Vandaar dat ze probeerde hem van Marcella af te pikken. Bovendien – en nou moet je even goed opletten – boterde het niet meer tussen hen omdat Marcella Sandra een keer, toen ze bij een dokter zat te wachten om behandeld te worden voor haar hepatitis, alleen had laten zitten en naar een speelhal op de boulevard was gegaan waar ze twee uur lang spelletjes had staan spelen. Dat was Sandra echt in het verkeerde keelgat geschoten.'

'Dat lijkt me echt een reden om iemand te vermoorden.'

'Je had dat kind moeten horen praten, Petra. Het is een ijskoude. Omar had ook van haar gehoord dat Marcella zijn baby had laten weghalen. Ze vertelde hem dat Marcella er grapjes over had gemaakt en de baby afval had genoemd.'

'Goeie genade,' zei Petra. 'Ze heeft Marcella verlinkt.'

'Daar is het niet bij gebleven. Ze zei tegen Omar dat ze samen naar de Paradiso zouden gaan en vertelde hem precies waar en wanneer zij met Marcella naar buiten zou komen.'

'Omar heeft een week voor het concert al foto's gemaakt van de parkeerplaats. Het was allemaal zorgvuldig gepland.'

'Sjonge jonge,' zei hij.

'Daarom was Sandra ook zo onaangedaan na die schietpartij. Ze bleef plakken om na te genieten en werd een beetje zenuwachtig toen ik haar een verhoor probeerde af te nemen. Maar er was geen sprake van verdriet, ze vond het allemaal prachtig. Dat is echt een verknipt kind. Wat wordt haar ten laste gelegd?'

'Dat weet de officier van justitie nog niet. Ik probeer haar een volledige een-acht-zeven in de schoenen te schuiven, maar het enige bewijs daarvoor is het bandje waarop Sandra vertelt hoe de vork in de steel steekt, dus misschien wordt het uiteindelijk toch alleen maar een geval voor de jeugdrechter. Ze is behoorlijk zelfverzekerd, ze schijnt te denken dat ze de dans zal ontspringen omdat ze zeventien is. Voor zover ik weet, zou dat best kunnen. Vanmiddag dook ineens een of andere gladde privéadvocaat op. Hij wilde me niet vertellen wie hem betaalt, maar ik weet zeker dat hij door de Players in de arm is genomen. Hij suggereerde al dat hij gaat proberen de bekentenis niet ontvankelijk te laten verklaren, omdat ik Sandra niet op haar rechten had gewezen toen ze begon te praten. Maar die lui uit het centrum hadden dat al bij het begin gedaan en daar was ik eveneens bij aanwezig, dus de assistent-OVJ is van mening dat ik deel uitmaakte van het "verhoorteam" en dat die eerste waarschuwing volstond.'

'Leve het systeem,' zei Petra.

'Had jij dan anders verwacht?'

'Hoe zit het met Lyle? Die kunnen we toch op een stevige aanklacht wegens pedofilie trakteren.'

'Lyle heeft meteen nadat we hem vrijlieten de benen genomen. Dat zou een probleem zijn geweest als Omar terecht had moeten staan. Dus het is heel prettig dat we hem eigenlijk niet meer nodig hebben. Daar wil ik je graag nog een keer voor bedanken.'

'Graag gedaan,' zei Petra.

'Is alles goed met je?'

'Ik ga het even lekker rustig aan doen. En jij?'

'Ik ga een partijtje minigolf met mijn kleinzoon spelen. Laat je niet kisten, kind. Je bent echt een fijne meid.'

Psychiaters hielden werkuren van vijfenveertig minuten aan, dus om kwart voor vijf Petra belde naar de praktijk waar dr. Sarah Casagrande werkte, werd doorverbonden met een voicemail en liet een niet mis te verstaan bericht achter. Niemand belde terug. Om kwart voor zes herhaalde ze de procedure en dit keer werd het bericht onderbroken door een vrouwenstem.

'Met Sarah.' Zacht, hijgerig, aarzelend. 'Ik stond net op het punt u te bellen.'

'Bedankt,' zei Petra. 'Zoals ik al in mijn bericht zei, dokter, het gaat over Marta Doebbler.'

'Na al die jaren,' zei Casagrande. 'Is er iets veranderd?'

'Voor zover het...'

'De rechercheur met wie ik heb gesproken, gaf me het idee dat de zaak waarschijnlijk nooit opgelost zou worden.'

'O ja?'

'Ja,' zei Casagrande. 'Ik neem aan dat hij gewoon eerlijk was, maar destijds vond ik dat niet leuk om te horen.'

'Heeft hij u ook verteld waarom hij dat dacht?'

'Hij zei dat er geen bewijs was. Dat hij verdenking tegen iemand koesterde, maar dat was alles.'

'Verdenking tegen wie?'

'Kurt. En voor mij gold hetzelfde. Voor ons alle drie.'

'Hebt u hem dat verteld?'

'Natuurlijk.'

Ballou had niet de moeite genomen haar dat te vertellen. Of het op te schrijven.

'Waarom verdacht u Kurt?'

'Ik werd nerveus van hem. Af en toe bezorgde hij me echt een onbehaaglijk gevoel.'

'Was hij wellustig?' vroeg Petra.

'Nee, dat zou ik niet durven zeggen. Ik kan ook niet zeggen dat hij echt interesse voor me toonde. Het was in feite het tegendeel, een gebrek aan emotie. Soms zag ik dat hij naar me keek, tijdens een barbecue of een gezellig avondje of zo, en dan drong ineens tot me door dat hij helemaal niet náár me keek, maar dwars door me heen. Toen ik mijn man dat vertelde, zei hij dat het hem ook opgevallen was en dat alle andere mannen Kurt maar een vreemde vogel vonden. Niemand nodigde hem ooit uit voor kaartavondjes.'

'U bent psycholoog. Zou u een diagnose kunnen stellen?'

'Ik ben assistent-psycholoog,' zei Casagrande. 'Mijn opleiding is pas over een jaar voltooid.'

'Maar toch,' zei Petra, 'weet u meer dan de doorsnee persoon. Hoe zou u Kurt Doebbler willen omschrijven?'

'Dat zou ik echt vervelend vinden om te doen. Psychoanalyse op lange afstand is niet veel waard.'

'Ik zal u er echt niet op vastpinnen, dokter.'

'Nou, als ik een gok zou moeten doen, zou ik zeggen dat Kurt schizoïde neigingen tentoonspreidt. Dat betekent niet dat hij gek is. Het duidt op een antisociale persoonlijkheid. Geen emotionele diepte, een gebrek aan het vermogen met andere mensen om te gaan.'

'Kan dat uiteindelijk tot moord leiden?'

'Nu vraagt u me echt om buiten mijn professionele boekje te gaan,' zei Casagrande.

'Maar niemand zal u erop vastpinnen, dokter.'

'De meeste antisociale types zijn niet gewelddadig, maar als ze over de schreef gaan, dus als hun schizoïde neigingen gecombineerd worden

met agressieve impulsen, dan kan dat afschuwelijke gevolgen hebben.'
Zorgvuldige planning gevolgd door verbijsterende gewelddadigheid...
'Dan ga je automatisch denken aan iemand als de Unabomber,' zei
Sarah Casagrande. 'Een man die zijn leven lang een eenling is geweest
en een vreselijke hekel had aan mensen. Hij kwam met een ecolo-
gisch excuus aandragen voor zijn moorden, maar het enige wat hij
wilde, was vernietigen.'
De man die al die bommen had verstuurd was ook een technisch type geweest. Hij had een wiskundegraad behaald en was bijzonder
zorgvuldig en geslepen geweest. En hoeveel jaar had het wel niet gekost om hém te pakken te krijgen...
'Ik zeg niet dat Kurt te vergelijken is met de Unabomber,' zei Casagrande. 'Dat was een seriemoordenaar. En wij hebben het over een
man die zijn vrouw vermoord zou hebben.'
Je moest eens weten. 'Als Kurt Marta inderdaad vermoord heeft, wat
was dan volgens u zijn motief?'
Casagrande lachte nerveus. 'Het is wel allemaal erg speculatief.'
'Rechercheur Ballou had het idee dat dit een hopeloze zaak was en
hij kan best gelijk hebben gehad, dokter. Maar ik probeer het te-
gendeel te bewijzen en ik heb alle hulp nodig die ik kan krijgen.'
'Ja, ik begrijp wel wat u zegt... een motief. Jaloezie, denk ik.'
'Hoezo jaloezie?'
'De kans bestaat – en dit is echt puur giswerk – dat Marta een rela-
tie had.'
'Dat heb ik al gehoord.'
'O ja?'
'Van Emily Pastern.'
'Emily,' zei Casagrande. 'Ja, Emily was de eerste die erover begon,
maar ik had hetzelfde vermoeden. Wij allemaal, want Marta ging
zich ineens heel anders gedragen. Ze leek gelukkiger. En ze was in
zekere zin... fysieker. Haar houding, de manier waarop ze zich kleedde.'
'Droeg ze ineens sexy kleren?' vroeg Petra.
'Nee, Marta was een heel gereserveerd type, zelfs nadat ze zo veranderd was, kon je haar nog lang niet sexy noemen. Maar ze begon
zich wat vrouwelijker te kleden... jurken, kousen, parfum. Ze had
een prachtig figuur, maar dat verstopte ze altijd onder slobberige jog-
gingpakken. Ze had ook een prachtige bouw. Met een beetje moeite en hier en daar het juiste accent, was ze een bijzonder aantrekkelijke vrouw.'
'Begonnen die veranderingen lang voordat ze werd vermoord?'

'Ik zou zeggen... een paar maanden. Vier, vijf maanden. Maar ik neem aan dat er ook een andere reden kan zijn geweest.'

'Zoals?'

'Ze kan hebben geprobeerd haar huwelijk nieuw leven in te blazen. Maar ik heb nooit verandering gezien in de manier waarop Marta en Kurt met elkaar omgingen.'

'Hoe gingen ze dan met elkaar om?'

'Platonisch.'

Precies hetzelfde woord dat Emily Pastern had gebruikt. Maar dat kon best het gevolg zijn van het geklets van meiden onder elkaar. Daar stond tegenover dat dit intelligente, opmerkzame vrouwen waren, die Marta Doebbler veel beter hadden gekend dan ooit het geval zou zijn voor Petra.

Ze probeerde Casagrande nog meer te ontlokken over de relatie, maar kreeg alleen de beleefde ontkenning te horen dat ze verder geen bijzonderheden wist. Toen ze met Casagrande de gebeurtenissen in het theater doornam, kwam dat neer op hetzelfde verhaal dat Pastern had verteld.

'Bedankt, dokter.'

'Ik hoop dat u erin slaagt hem te pakken te krijgen,' zei Casagrande. 'Als hij het is... Hebt u al verder nagedacht over zijn baan, het werk dat hij doet om de kost te verdienen?'

'Hij werkt met raketten,' zei Petra. 'Aan de geleidesystemen.'

'Denk daar eens over na,' zei Casagrande. 'Hij verzint manieren om dingen te vernietigen.'

42

DINSDAG 25 JUNI, 15.47 UUR, L.A. OPENBARE BIBLIOTHEEK, HOOFD-GEBOUW, 630 W. FIFTH STREET, AFDELING GESCHIEDENIS EN GENEALOGIE, BENEDENVERDIEPING 4, TOM BRADLEY-VLEUGEL

Isaacs ogen begonnen twintig minuten geleden al wazig te worden, maar pas toen hij alle archieven van de *Herald Examiner* had doorgespit besloot hij een pauze in te lassen.

De taak die hij zichzelf vandaag had opgelegd was om zo ver mogelijk terug te gaan in het bestaan van zoveel kranten uit L.A. als hij kon vinden en alle edities van 28 juni te lezen. In het geval van de *Herald* betekende dat eveneens een duik in het fotoarchief als hij iets interessants tegenkwam.

Hij vond veel van hetzelfde in de kranten, maar al die historische gegevens mondden uit in honderden misdrijven, voornamelijk roofovervallen, diefstallen, inbraken, gewelddadige overvallen en, toen de auto de stad in de greep kreeg, arrestaties wegens rijden onder invloed.

Hij bracht het aantal moorden terug door alle doden als gevolg van kroegruzies, familietwisten en overvallen weg te laten. En van wat er overbleef, was een deel ronduit psychopathisch: een aantal prostituees dat rond de eeuwwisseling in Chinatown aan het mes was geregen, niet-opgeloste verdrinkingsgevallen en schietpartijen en zelfs een paar ingeslagen schedels. Maar niets wat gelijkenis vertoonde met de wijze of het gevoel van de zes zaken.

Dat was nauwelijks een verrassing. Toen hij het patroon net had ontdekt – nog voordat hij naar Petra was gegaan en voordat hij er zijn statistische controles op had losgelaten – had hij een deel van deze gegevens al uit de archieven van de *L.A. Times* opgediept. Maar goed, het kon geen kwaad om zorgvuldig te zijn, voor het geval hij iets over het hoofd had gezien.

Nog drie dagen, dan was het 28 juni en na bijna zeven uur geestdodend werk waarvan hij kramp in zijn rug had gekregen en zijn ogen had overbelast was hij nog geen millimeter wijzer geworden. Gisteren had hij net zomin succes gehad, op de tweede verdieping van het Goodhue Building op de afdeling Zeldzame Boeken, waar hij vol goede moed was verschenen en meteen te horen had gekregen dat hij een afspraak had moeten maken. Logisch natuurlijk, want dit waren allemaal collector's items, wat had hij dan gedacht?

Hij had met zijn afstudeerkaart staan zwaaien en een of ander verhaal opgehangen over de biostat-faculteit die een afspraak voor hem zou maken en de bibliothecaris, een magere, oudere man met een stekelige witte snor, had medelijden met hem gekregen.

'Wat zoek je dan precies?'

Toen Isaac dat uitlegde – zonder echt op details in te gaan, al ontkwam je niet aan het woord 'moord' – had de bibliothecaris hem heel anders bekeken. Maar hij was toch hulpvaardig geweest en had Isaac een met de hand geschreven inschrijfformulier gegeven en hem vervolgens langs de onderwerpen geloodst.

De Geschiedenis van Californië, Het Stierengevecht in Mexico, Ornithologie, Op Reis over de Stille Oceaan...

'Het lijkt me dat alleen het eerste interessant voor u is, meneer Gomez, aangezien stieren en vogels geen moorden plegen.'

'In werkelijkheid is dat wel het geval,' zei Isaac die meteen een kleine verhandeling over gewelddadig gedrag van dieren had gehouden.

Zo nu en dan kwam het voor dat leden van een kudde of een vlucht ronduit asociaal waren. Het was iets wat hem van tijd tot tijd tot nadenken stemde.

'Hm,' zei de bibliothecaris en wees hem de geschiedkundige catalogus. Vijf uur later was hij doodmoe en onverrichter zake weer weggegaan. Geen gebrek aan moorddadige asociale menselijke wezens in de bloedige geschiedenis van Californië, maar niets wat ook maar enigszins op zijn zaken leek te slaan.

'Zijn' zaken. Alsof hij de trotse eigenaar was.

Nou ja, in zekere zin natuurlijk wel. Je was maar wat trots op het feit dat je die gemeenschappelijke factor ontdekte.

Nu was hij meer dan bereid om afstand te doen van zijn eigendomsrecht... Petra zou wel gelijk hebben. De datum had een persoonlijke context, geen historische. Wat erop neerkwam dat hij haar niets nieuws kon vertellen.

Hij had sinds vrijdag niets meer van haar gehoord en had zich maandagochtend vroeger dan normaal op het bureau gemeld om opnieuw overleg met haar te plegen. Maar ze was er niet en haar bureau was leeg. Helemaal leeg.

Er waren drie andere rechercheurs op de afdeling. Fleischer, Montoya en een man bij het mededelingenbord.

'Weet iemand waar rechercheur Connor is?' had hij aan niemand in het bijzonder gevraagd.

Fleischer trok zijn schouders op, maar hij zei niets. Montoya fronste en liep weg. Wat was er aan de hand?

Toen zei de man die bij het bord stond: 'Ze is weg' en draaide zich om. Een donker pak, zwart haar dat al behoorlijk dun begon te worden en een smal snorretje. Hij had wel iets van een pooier... Zedenpolitie?

'Hebt u enig idee wanneer ze terugkomt?' vroeg Isaac en de man kwam naar hem toe. Rechercheur tweedeklas Robert Lucido, Centrum Divisie.

Waarom had híj antwoord gegeven?

'Ik was zelf ook naar haar op zoek,' zei Lucido. 'En jij bent...'

'Een stagiair. Ik werk samen met rechercheur Connor en doe research voor haar.'

'Research?' Lucido keek strak naar Isaacs badge. 'Nou, ze is er niet, Isaac.'

Hij knipoogde en vertrok.

Dus bleef alleen Fleischer over, die daar met de telefoon in zijn hand zat zonder aanstalten te maken om een nummer in te toetsen. Wat spookte hij hier toch de hele dag uit?

Isaac krabbelde een briefje voor Petra en legde dat op het lege bureau. Hij was onderweg naar zijn eigen bureau in de hoek toen Fleischer de telefoon neerlegde en hem wenkte.

'Die moeite kun je je besparen.'

'Hoe bedoelt u?'

'Ze komt niet terug. Ze is geschorst.'

'Geschorst? Waarom in vredesnaam?'

'Een schietpartij in Noord-Hollywood, afgelopen zaterdag.' Fleischers borstelige wenkbrauwen veranderden in mini-rozenboogjes. 'Het was uitgebreid in het nieuws, jongen.'

Isaac had niet naar het nieuws gekeken. Hij had het veel te druk gehad.

'Maar ze mankeert niets?'

Fleischer schudde zijn hoofd.

'Wat is er gebeurd?'

'Petra en een andere rechercheur hielden een verdachte in het oog, er volgde een confrontatie en de booswicht reageerde niet zoals het hoorde.'

'Dood?' vroeg Isaac.

'Als een pier.'

'De verdachte in de Paradiso-zaak?'

'Klopt als een bus.'

'En is ze daarvoor geschorst?'

'Het is een procedurekwestie, jongen.'

'Wat houdt dat in?'

'Dat er regels met voeten getreden zijn.'

'Hoe lang duurt die schorsing?'

'Daar heb ik niets over gehoord.'

'Waar is ze nu?'

'In ieder geval niet hier,' zei Fleischer.

'Ik heb haar privénummer niet.'

Fleischer haalde zijn schouders op.

'Rechercheur Fleischer,' zei Isaac, 'het is heel belangrijk dat ik haar te spreken krijg.'

'Heeft ze jouw nummer?'

'Ja.'

'Wat is dan het probleem, jongen?'

Ze had hem niet gebeld en inmiddels was het dinsdag.

Misschien had ze wel zoveel problemen dat ze helemaal niet meer aan 28 juni had gedacht.

En hij had haar trouwens niets nieuws te vertellen.

Hij miste... zijn aanwezigheid op het bureau.

Plotseling kreeg hij pijn in zijn nek en hij stond op vanachter zijn computerterminal in de catalogusruimte van de afdeling geschiedenis en genealogie en rekte zich uit.

Dat hij in de steek werd gelaten was een soort poëtische rechtvaardigheid. De afgelopen paar dagen had hij zeker een stuk of zes telefonische boodschappen van Klara genegeerd. Hij bleef weg van de universiteit en ging alleen maar in de openbare bibliotheek zitten werken om haar uit de weg te gaan.

Hij had zichzelf wijsgemaakt dat het besluit om geen contact meer met haar op te nemen gewoon vriendelijkheid was. Gezien Klara's broze emotionele toestand zou contact haar immers meer kwaad dan goed doen. Hoewel, wat er daar in het souterrain was gebeurd, was weliswaar betreurenswaardig, maar het was geen misdrijf. Twee volwassenen hadden zich als volwassenen gedragen, tijdens een samenloop van omstandigheden, waarbij tijd en plaats een hoofdrol speelden. En hormonen.

Als hij er nu aan terugdacht, kon hij gewoon niet geloven wat hij had gedaan. Zo'n impulsieve reactie...

Klara moest ondanks haar warrige emotionele toestand toch beseffen dat hij...

'Meneer?' zei een ijle stem achter hem.

Hij draaide zich om en pas toen hij zijn blik meer dan tien centimeter lager had gericht zag hij een bejaarde, zwarte vrouw die glimlachend naar hem opkeek. Met een veel te grote handtas in haar hand en een groot, groen naslagwerk onder de arm. Haar kleine en gebogen gestalte maakte dat ze minstens negentig leek, met een prachtige huid in de kleur van pruimedanten. Op haar keurig gewatergolfde, sneeuwwitte haar rustte een groene vilthoed.

'Bent u klaar, meneer?' vroeg ze en Isaac besefte dat hij de enige vrije computer in de kamer in beslag nam. Al die genealogiejunks zaten vlijtig te tikken. Aan de glanzende ogen van de vrouw te zien hoorde ze daar ook bij.

Hij moest eigenlijk nog een paar jaar van de *Herald* doorspitten, maar hij zei: 'Ja, hoor' en maakte plaats.

'Dank u wel, Latijns-Amerikaanse jongeman.' Ze articuleerde duidelijk en had een zangerig accent, waarschijnlijk van een van de eilanden. Ze scharrelde langs hem heen, plofte achter de computer, sloot de krantenartikelen op het scherm, klikte verder, vond wat ze zocht en begon databases af te zoeken.

Immigratiegegevens van Ellis Island, 1911.

Ze voelde waarschijnlijk dat Isaac over haar schouder stond mee te kijken, want ze draaide zich om en glimlachte opnieuw. 'Probeert u ook na te gaan waar u vandaan komt, meneer? Uit Mexico?'

'Ja,' jokte Isaac, te moe om op details in te gaan.

'Wat is dat leuk, hè? Het verleden is echt zalig!'

'Fantastisch,' zei hij. De dofheid in zijn stem zette een domper op de blijdschap van de vrouw.

Ze knipperde met haar ogen en hij liep de kamer uit. Snel, voordat hij ook nog de dag voor iemand anders zou verpesten.

43

Petra besteedde een groot deel van de maandag aan pogingen om Melanie Jaeger te traceren, het vierde lid van het gezelschap waarmee Marta Doebbler naar het theater was gegaan. Ze moest ergens in het zuiden van Frankrijk wonen.

Ze nam opnieuw contact op met Emily Pastern, die inmiddels niet meer zo geneigd scheen om te praten, maar na lang aandringen zei de vrouw dat 'ze volgens mij ergens in de buurt van Nice zit'. Met behulp van het internet raadpleegde ze allerlei kaarten en belde alle officiële hotels en pensions in die omgeving op.

Het was een langzaam, vermoeiend proces. Het feit dat ze geen gebruik kon maken van officiële databanken of de Franse Gouden Gids en geen enkele invloed had op luchtvaartmaatschappijen bracht haar in herinnering dat ze maar een gewone burger was.

Ze sprak met een heel stel verbijsterde/verveelde Franse receptionisten, loog, nam haar toevlucht tot charme en had eindelijk geluk bij een tent die La Mer heette, waar een conciërge die schitterend Engels sprak haar doorverbond met de kamer van Madame Jaeger.

En na al die moeite bleek dat Jaeger haar niets nieuws te vertellen had. Zij was er ook van overtuigd dat Kurt Doebbler Marta de hersens had ingeslagen.

Waarom?

'Omdat hij een griezelige engerd is, die nooit lachte. Ik hoop dat jullie hem te pakken krijgen en hem bij zijn ballen ophangen.'

Om elf uur 's avonds had ze nog steeds niets van Eric gehoord. Ze slikte een paar slaappillen, viel als een blok in slaap en werd dinsdag wakker, klaar om weer aan het werk te gaan.

Terug achter de computer. Ervaren privédetectives hadden hun eigen werkmethodes en konden zich af en toe meer permitteren dan smerissen. Het feit dat ze daar helemaal niets vanaf wist, zat haar dwars. Eric leerde snel. Hij zou binnen de kortste keren weten waar hij zijn voordeel mee kon doen.

Als hij echt besloot om voor zichzelf te beginnen.

Ze liet haar fantasie de vrije loop: hoe ze met hun tweetjes samen zouden werken, als partners van een duur privédetectivebureau. Met een schitterende kantoorsuite op Wilshire of Sunset, of misschien zelfs wel in de buurt van het strand. Koel en decoratief ingericht, rijke cliënten...

Schrijf jij het scenario maar, dan duw ik het de zendgemachtigden wel door de strot.

Hij belde om twaalf uur 's middags, toen ze net een haastige lunch van geroosterd brood, een groene appel en sterke koffie naar binnen zat te werken. Ze kauwde snel en slikte. 'Waar zit je?'

'In het centrum.'

'Voor de tweede dag achter elkaar?'

'Misschien blijft het bij twee dagen,' zei hij.

'Hoe gaat het?'

'Ze gaan heel... grondig te werk.'

'Je kunt niet vrijuit praten.'

'Wel luisteren.'

'Oké,' zei ze. 'Het spijt me echt, Eric.'

'Wat?'

'Dat je dit moet doormaken, omdat...'

'Geeft niet. Ik moet ervandoor.' En met een zachtere stem: 'Schat.'

Bij Google kreeg ze geen enkel resultaat op de naam Kurt Doebbler. Dat was een kunst op zich, want de zoekmachine was een soort gigantische cyberstofzuiger.

Ze nam aan dat het ontbreken van een persoonlijke website het logische gevolg was van Doebblers antisociale persoonlijkheid. Maar zijn naam prijkte wel op de homepage van Pacific Dynamics. Een van de vele namen op een lange lijst met 'belangrijke personeelsleden' van het bedrijf.

Kurt stond vermeld als hoofdingenieur en technisch ontwerper van iets dat Project Advent werd genoemd, zonder dat er verder werd uitgelegd wat dat was. In het cv stond dat Doebbler de 'contactpersoon' was geweest voor het 40th Battalion van de genie op de legerbasis Baumholten in Duitsland. Aangezien hij op een Amerikaanse basis in de buurt van Hamburg op de middelbare school had gezeten en vloeiend Duits sprak, was 'Kurt geknipt voor die opdracht'.

Dat leek vreemd. Amerikaanse genietroepen zouden Engels spreken. Was Kurt soms bij geheime projecten betrokken? Iets wat haar het leven nog moeilijker zou maken? Ze las verder: vooropleiding op Cal Tech, afgestudeerd aan de USC, de alma mater van Isaac.

En nu ze het daar toch over had: ze had Isaac al sinds vrijdag niet meer gesproken. Maar omdat ze niets had gevonden, had het ook geen zin om de knul lastig te vallen. Volgens het cv was Kurt Doebbler een gewaardeerd systeemontwerper die al vijftien jaar bij Pacific Dynamics werkte. Dat betekende dat hij daar vlak na zijn vooropleiding was begonnen. Geen woord over een eerdere baan bij een kabelmaatschappij. Maar waarom zou dat ook worden vermeld?

Ze printte de informatie uit en las alles nog een keer door. De referentie aan Duitsland zette haar op een heel ander spoor en ze besteedde de rest van de middag aan internationale telefoongesprekken tot ze de juiste persoon bij de stadspolitie van Hamburg te pakken had.

Hoofdinspecteur Klaus Bandorffer. Het was nog vroeg dag in Duitsland en ze vroeg zich af wat voor soort hoofdinspecteur al zo vroeg uit de veren was. Maar Bandorffer klonk opgewekt, een professionele maar vriendelijke vent, die geïntrigeerd was door het telefoontje van een Amerikaanse rechercheur.

Ze voegde nog een mogelijke overtreding toe aan het lijstje van haar politiezonden door hem te vertellen dat er een officieel en actief onderzoek naar de 28-junizaken werd ingesteld en dat zij de leiding had over de zaak.

'Alweer een,' zei Bandorffer.

'Weer een wat, hoofdinspecteur?'

'Een seriemoordenaar, rechercheur... Connor was het toch?'

'Ja, meneer. Gebeuren er veel seriemoorden in Hamburg?'

'Momenteel is er niets aan de hand, maar we krijgen ons deel,' zei Bandorffer. 'Jullie Amerikanen en wij Duitsers schijnen goed te zijn in het voortbrengen van dat soort psychopaten.'

Een huiveringwekkende gedachte. 'Misschien zijn we gewoon goed in het onderkennen van gedragspatronen.'

Bandorffer grinnikte. 'Efficiëntie en intelligentie... die uitleg bevalt me wel. Dus u denkt een verdachte te hebben die vroeger in Hamburg heeft gewoond?'

'Dat zou kunnen.'

'Hm. Gedurende welke periode?'

Kurt Doebbler was veertig. Dat betekende dat hij tussen de tweeëntwintig en vijfentwintig jaar geleden op de middelbare school had gezeten. Ze gaf Bandorffer die getallen door, evenals de bijzonderheden van de ingeslagen schedels.

'Een jaar geleden hebben we een dergelijke moord gehad,' zei hij. 'Twee dronkelappen in een bierhal, van wie de hersens letterlijk uit de kop waren geslagen. Onze moordenaar is een timmerman, een analfabeet die nog nooit in de Verenigde Staten is geweest... Dus de achternaam van uw verdachte is Doebbler, voornaam Curtis?'

'Nee, alleen Kurt, met een K.'

Klik klik klik. 'In ons huidige archief kan ik die naam niet terugvinden, maar ik zal wel in het verleden gaan graven. Maar daar gaat wel een dag of zo overheen.'

Petra gaf hem haar privénummer en het nummer van haar mobiele telefoon en bedankte hem uitbundig.

Bandorffer grinnikte opnieuw. 'In tijden als deze moeten wij, efficiënte en intelligente politieambtenaren, met elkaar samenwerken.'

Ze belde alle kabelmaatschappijen in de districten L.A., Orange, Ventura, San Diego en Santa Barbara af, kreeg overal te maken met kantoorklerken van de afdeling personeelszaken en schroomde niet leugens op te hangen als dat nodig was.

Nergens bleek uit de gegevens dat Kurt Doebbler ooit bij het bedrijf werkzaam was geweest als monteur of in een andere functie. Maar dat had weinig om het lijf, want ze had eigenlijk niet verwacht dat hun archieven zo ver terug zouden gaan.

En dat was dat.

Toch was Doebbler de enige die ze had. Met name voor de moord op zijn vrouw.

In het ergste geval kon ze zijn huis op 28 juni in de gaten houden. In de hoop dat er een wonder zou gebeuren, maar ondertussen voorbereid zijn op een teleurstelling.

Misschien moest ze toch maar eens proberen contact op te nemen met Isaac. Hij had nu een paar dagen de tijd gehad om na te denken. Misschien kon een hoog IQ voor elkaar krijgen wat haar eigen bescheiden brein niet lukte.

Waarschijnlijk was hij gisteren op het bureau geweest en had daar te horen gekregen dat ze geschorst was. Wat hij ook met die stomme Jaramillo te verhapstukken had, ze wist zeker dat hij helemaal overstuur was geweest toen hij hoorde wat haar was overkomen. Maar zij was zo met zichzelf bezig geweest, dat ze daar helemaal niet aan had gedacht. Ze was wel een lekkere kinderoppas, hoor.

Het was kwart over zes 's avonds en op de universiteit waren alle afdelingen gesloten. Ze belde het privénummer van de familie Gomez en Isaac nam op met een slaperige stem. Lag hij midden op de dag te pitten?

'Isaac met...'

Ze werd overstemd door een luid, klepperend gegaap. Alsof er een paard hinnikte, eigenlijk wel een beetje goor. Zo kende ze Isaac helemaal niet.

'Ben jij het alweer?' zei hij.

'Alweer?'

'Ik spreek toch met Klara? Luister eens, mijn broer...'

'Je spreekt met rechercheur Petra Connor. Ben jij Isaacs broer?'

Stilte. 'Goh, neem me niet kwalijk. Ik lag te slapen. Ja, ik ben zijn broer.'

'Neem me niet kwalijk dat ik je wakker heb gemaakt. Is Isaac thuis?'

Hij gaapte opnieuw en schraapte zijn keel. De stem van deze vent leek echt sprekend op die van Isaac. Alleen wat dieper en wat langzamer. Alsof Isaac kalmerende middelen had geslikt.

'Hij is er niet.'

'Is hij nog op de universiteit?'

'Weet ik niet.'

'Zeg alsjeblieft dat ik heb gebeld.'

'Goed.'

'Ga dan maar weer slapen, broer van Isaac.'

'Isaiah... goed, dat doe ik.'

Om acht uur kon ze de verleiding weerstaan om een paar blikken open te trekken en het eenzame meisje uit te hangen en ging de stad in. Als ze dan toch verplicht werd om als een burger te leven, dan kon ze net zo goed de geneugten daarvan plukken.

Ze reed een tijdje rond door het Fairfax-district om te overwegen of ze naar de Grove of naar een van die tentjes op Melrose zou gaan. Uiteindelijk kwam ze terecht in een klein, koosjer visrestaurant op Beverly, waar ze een paar keer met Stu Bishop geluncht had. De vader van de eigenaar, een arts, was een collega van Stu's vader, de oogarts. Petra ging er ook in haar eentje wel eens naartoe, omdat het vlak bij haar appartement was, met zaagsel bestrooide vloeren had en verse, smakelijke en goedkope maaltijden, die je zelf bij het buffet kon afhalen, zodat je niet gedwongen werd om met de kelners of de serveersters te leuteren.

Vanavond was de eigenaar niet aanwezig en twee Latijns-Amerikaanse knullen met honkbalpetjes hadden de leiding overgenomen. Veel mensen en veel lawaai. Mooi zo.

Ze bestelde een gegrilde jonge zalm met een in de schil gebakken aardappel en sla, pikte het laatste vrije tafeltje in en ging naast een

Hassidische familie met vijf kleine, uitgelaten kinderen zitten. De in een zwart pak gehulde, bebaarde vader deed net alsof hij haar niet zag, maar toen ze de blik opving van de knappe, met een pruik getooide moeder, glimlachte de vrouw verlegen en zei: 'Sorry voor het lawaai.'

Alsof haar kroost verantwoordelijk was voor alle herrie om hen heen. Petra glimlachte terug. 'Ze zijn schattig.'

De glimlach werd nog breder. 'Dank u wel... Hou daarmee op, Shmuel Yakov! Laat Yisroel Tzvi met rust!'

Om kwart voor tien was ze weer thuis. Erics Jeep stond op Detroit en toen ze haar deur opendeed, stond hij op van de bank in de zitkamer en omhelsde haar. Hij droeg een lichtbruin pak, een blauw overhemd en een gele das. Ze had hem nog nooit zulke lichte kleuren zien dragen. Ze gaven zijn huid een zacht aardetintje.

'Het was niet nodig om je voor mij om te kleden, bink.'

Hij glimlachte en trok zijn colbert uit.

'Sjonge,' zei ze.

Ze gaven elkaar een snelle zoen. 'Heb je al gegeten?' vroeg hij.

'Net. Had jij nog uit willen gaan?'

'Uit of thuis, dat maakt mij niets uit.' Hij wilde zijn mond weer op de hare drukken, maar ze wendde haar gezicht af. 'Ik ruik naar vis.'

Hij legde zijn handen om haar gezicht, drukte voorzichtig zijn lippen op de hare en stak toen zijn tong uit, waardoor zij haar mond wel open moest doen. 'Hm... forel?'

'Nee, zalm. Ik kan best meegaan, dan neem ik gewoon een kop koffie en kijk ik toe hoe jij eet.'

Hij liep naar de keuken en trok de koelkast open. 'Ik vind wel iets.'

'Ik maak wel iets voor je klaar.'

Toen ze zich bij hem voegde had hij al eieren en melk gepakt en viste hij een brood uit de trommel.

'Ik ben heel goed in wentelteefjes,' zei ze.

Ze brak de eieren en sneed het brood. Hij schonk een beker melk in en zei: 'Je hebt nog niet gehoord wat er met Schoelkopf is gebeurd.'

'Wat dan?'

'Het was op het nieuws.'

'Ik heb twee dagen lang geen tv gezien. Wat is er aan de hand?'

'Hij is overleden,' zei Eric. 'Drie uur geleden. Zijn vrouw heeft hem vermoord.'

Ze liep de keuken uit en ging aan de eettafel zitten. 'Mijn god... Welke vrouw?'

'Zijn huidige echtgenote. Hoeveel vrouwen had hij dan?'

'Zij was nummer drie. Hoezo, is ze bij hem weggegaan en besloot ze vervolgens hem te vermoorden?'

'Voor zover ik heb begrepen,' zei Eric, 'is hij bij haar weggegaan.' Niemand van het bureau was op het idee gekomen haar te bellen.

'Wat is er gebeurd?'

'Schoelkopf is een paar weken geleden het huis uit gegaan en heeft een appartement in de buurt van het bureau gehuurd... in een van die torenflats op Hollywood Boulevard, ten westen van La Brea. Daar zat hij samen met zijn vriendin, een of andere administratieve kracht. Ze wilden buiten de deur gaan lunchen en gingen naar de parkeergarage onder het gebouw om zijn auto te pakken. Toen dook die vrouw ineens op en begon te schieten. Schoelkopf werd drie keer in zijn arm geraakt en een keer hier.' Hij tikte tegen het midden van zijn voorhoofd. 'De vriendin werd ook neergeschoten, maar ze leefde nog toen de ambulances arriveerden. Daarna schoot de vrouw zichzelf neer.'

'Heet die vriendin Kirsten Krebs? Een blondine van midden twintig die beneden werkte?'

Eric knikte. 'Wist jij ervan?'

'Ik heb het geraden. Krebs gedroeg zich altijd uit de hoogte tegen mij. Toen ik door Schoelkopf op het matje werd geroepen, kwam zij me dat vertellen. Ze zat midden op mijn bureau, alsof ze daar het volste recht toe had. Waar is zijn vrouw gebleven?'

'Die ligt aan de beademing. Ze denken niet dat ze het haalt. Krebs is er ook slecht aan toe.'

Ze stond op, zette de tv aan en vond een nieuwsuitzending op Channel Five. Een opgewekte Latijns-Amerikaanse nieuwslezeres in een nep-Chanelpakje had slecht nieuws te vertellen: '... bij het onderzoek van de vanavond gepleegde moord op een hoofdinspecteur van het LAPD, de zevenenveertigjarige Edward Schoelkopf, een veteraan met twintig dienstjaren, is volgens zeggen duidelijk geworden dat hij is neergeschoten door de vrouw die hij net had verlaten, de tweeëndertigjarige Meagan Schoelkopf die vervolgens de hand aan zichzelf sloeg. Het onderzoek heeft kennelijk ook uitgewezen dat het motief een driehoeksverhouding was, die is uitgelopen op een moord gevolgd door zelfmoord. Bij de aanslag raakte eveneens een tot op heden niet-geïdentificeerde jonge vrouw gewond...'

De achtergrond veranderde van het woord 'moord' in gerafelde witte letters boven de met krijt getekende omtrek van een lichaam naar een trouwfoto van het echtpaar in gelukkiger dagen. '... veroorzaakte een schok in deze rustige woonwijk van Hollywood, terwijl Schoelkopfs collega's op het politiebureau verbijsterd reageerden. Wij ver-

volgen de uitzending met de rest van het plaatselijke nieuws...'
Petra zette de tv uit. 'Ik kon hem niet uitstaan en god mag weten dat
hij de pest aan mij had. Waarom zal ik nooit weten. Maar dit...'
'Hij haatte vrouwen,' zei Eric.
'Je zegt het net alsof je dat zeker weet.'
'Toen ik voor het eerst bij hem was voor een sollicitatiegesprek probeerde hij uit te vissen hoe ik over allerlei dingen dacht. Met name
over minderheden en vrouwen. Voornamelijk vrouwen en daaruit
bleek duidelijk dat hij daar niets van moest hebben. Hij dacht dat hij
heel subtiel te werk ging om erachter te komen of ik het daarmee
eens was.'
'Hoe heb je gereageerd?'
'Ik heb gewoon mijn mond dicht gehouden. Dat gaf hem het idee dat
hij vrijuit kon praten en hij maakte een paar bijzonder vrouwon-
vriendelijke grapjes.'
'Dat heb je me nooit verteld.'
'Dat zou toch geen zin hebben gehad.'
'Nee, waarschijnlijk niet.' Ze ging zitten. Eric liep om haar heen en
begon haar schouders te masseren.
'Ik ben erachter gekomen,' zei hij, 'dat het in de meeste omstandig-
heden verstandiger is om je mond te houden.'
Maar niet onder alle omstandigheden, liever. 'Schoelkopf dood...
Wat zou dat voor ons inhouden... ik bedoel met betrekking tot on-
ze schorsing?'
'Voordat dit gebeurde, had ik eigenlijk het idee gekregen dat ze niet
al te streng voor ons zouden zijn. Maar waarschijnlijk zal het nu lan-
ger duren voordat de schorsing wordt opgeheven.'
'Dat maakt voor jou niets uit. Jij neemt toch ontslag.'
Zijn handen kwamen plotseling tot rust. 'Misschien.'
Ze draaide zich om en keek naar hem op.
'Ik denk er nog steeds over na,' zei hij.
'Dat lijkt me logisch bij zo'n belangrijke beslissing.'
'Ben je teleurgesteld?'
'Natuurlijk niet. Het is jouw leven.'
'We zouden nog steeds een huis kunnen kopen,' zei hij. 'Als we al-
lebei blijven werken, kunnen we waarschijnlijk binnen de kortste ke-
ren wel een leuk optrekje op de kop tikken.'
'Ja, vast,' zei ze. Ze was zelf verbaasd dat ze zo koel klonk.
'Is er iets?'
'Ik raak zo langzamerhand een beetje overdonderd. Alsof ik geen vas-
te grond meer onder mijn voeten heb. En alleen maar omdat ik heb
geholpen de wereld te verlossen van een door en door slechte kerel.'

Ze schudde zijn handen van haar schouders, stond op en liep naar de keuken. 'Bovendien zit ik nog met dat probleem van de achtentwintigste juni. Over drie dagen is het zover en ik heb nog helemaal niks.'

'Hoe zit het dan met die man... Doebbler?'

'Iedereen is ervan overtuigd dat hij zijn vrouw heeft vermoord, maar daar is geen enkel bewijs voor. In bepaalde opzichten komt hij wel in aanmerking, maar in andere weer niet.'

'Geef eens een voorbeeld?'

Ze begon hem precies uit te leggen hoe de vork in de steel stak. Terwijl hij luisterde, zag Petra de eieren, het brood en de melk op het aanrecht staan. Hoog tijd om eens iets nuttigs te doen. Ze deed een klontje boter in de pan, stak het gas aan, weekte een paar boterhammen in de melk en toen de boter begon te spetteren en bruin werd, legde ze twee boterhammen in de pan.

Hè, wat pruttelde dat lekker. Er viel echt wel iets te zeggen voor werk waarbij je niet na hoefde te denken.

'Je zou Doebbler op de achtentwintigste in de gaten kunnen houden. Als hij dan in actie komt, is hij je man.'

'En als hij dat niet is, gaat er weer iemand dood.'

Hij haalde zijn schouders op.

'Meneer Blasé.'

Hij gaf geen antwoord.

De wentelteefjes waren klaar. Ze legde ze op een bord en zette het voor hem neer.

Hij bewoog zich niet.

'Sorry, dat ik zo snauwde,' zei ze.

'Het was niet mijn bedoeling om zo nonchalant te reageren,' zei hij. 'Je hebt niets verkeerds gedaan.'

'Maar ik nam je niet serieus,' zei hij, 'terwijl je tot aan je strot in de ellende zit.'

Hij keek naar haar op. Zijn ogen waren nog nooit zo teder geweest. Ze sloeg haar armen om zijn hoofd, voordat ze een vork oppakte en tussen zijn vingers duwde. 'Ga nou maar eten. Voordat het koud wordt.'

44

Isaac was bijna zonder de papieren zak de deur uit gegaan. Omdat hij de hele nacht vrijwel geen oog had dichtgedaan, was hij pas om kwart voor negen wakker geworden. Zijn ouders en zijn broers waren weg en hij moest een tikje beschaamd bekennen dat de daaruit voortvloeiende stilte zalig was.

Nu hij de badkamer helemaal voor zichzelf had, ging hij zich op zijn gemak douchen en scheren, bleef naakt rondlopen en haalde zijn koffertje onder het bed uit. Hij schoof zijn papieren opzij om zich ervan te overtuigen dat alles in orde was met het pistool.

Waarom zou daar iets mis mee zijn?

Hij haalde het tevoorschijn en richtte het op de spiegel.

'Pang.'

Het was echt een stom idee geweest, dat pistool. Wat had hij zich in zijn hoofd gehaald? Hij pakte het weer in, legde het onder in zijn koffertje en raakte de blauwe plek op zijn wang aan. De zwelling was verdwenen, het was nu alleen nog een beetje gevoelig. Die jongens waren stomme kleine dieven geweest, hij had veel te overdreven gereageerd. Misschien moest hij Flaco dat pistool maar teruggeven.

Terwijl hij zijn handen over zijn lichaam liet glijden, schoof hij het rolgordijn iets opzij, keek naar buiten en kon nog net een streepje van de hemel boven de luchtkoker zien. Blauw met witte strepen.

Hij trok een schone katoenen broek aan en een geel overhemd met korte mouwen. Aan de hitte die nu al doorgedrongen was in het appartement kon hij merken dat het echt een dag voor korte mouwen zou worden.

Zelfs aan het strand, waar het altijd een tikje koeler was.

Begon hij verslaafd te raken aan zand en de oceaan?

Er waren ergere dingen.

Gisteravond, toen hij niet kon slapen, had hij liggen fantaseren over de mogelijkheid dat hij daar op een dag zou wonen. Als een rijke dokter met een beeldschone vrouw en een stel briljante kinderen in een van die grote huizen in de Palisades.

Of, als het lot hem echt goedgezind was, een huis vlak aan het strand. De branding, meeuwen, pelikanen en dolfijnen. En hij zou iedere ochtend wakker worden met het geluid van de oceaan... Een kans die ongeveer even groot was als de mogelijkheid dat hij in zijn slaap ineens natuurlijk blond haar zou hebben gekregen.

Maar hij kon nog wel een dagje op de pier rondhangen.

Hij had hard gewerkt, dus dat verdiende hij best.

Verwend stuk vreten. Het was helemaal geen kwestie van verdienen.

Deugdzaamheid was echt niet de sleutel tot succes, maar kennis wel, kennis maakt macht.

Het oude, vertrouwde dreuntje ging weer door zijn hoofd: *houd je aan je richtlijnen, zorg dat je een opleiding krijgt.* Eerst een universitaire graad, vervolgens je studie medicijnen afmaken. Ga je specialiseren, probeer een benoeming aan een universiteit te krijgen, zorg dat je het ene na het andere artikel publiceert, laat je dienstjaren oplopen en verwerf jezelf een reputatie die je uiteindelijk lucratieve benoemingen als adviseur zal opleveren.

Misschien kon hij zelfs zijn doctoraal medicijnen halen en dan in dienst treden bij een of ander farmaceutisch bedrijf...

Op een dag zou hij dr. Gomez zijn. Ondertussen had hij zich behoorlijk in de nesten gewerkt met Klara.

Ze bleef maar bellen. Hoe lang zou ze dat nog volhouden?

Daar zou hij toch iets aan moeten doen, liefst zo snel mogelijk. Maar vandaag... lokte het strand.

Hij liep naar de keuken, zette zijn koffertje op het aanrecht en schonk een glas melk in. Toen veranderde hij van gedachten. Hij zou teruggaan naar de openbare bibliotheek en de hulpmiddelen gebruiken waarin hij inmiddels volledig vertrouwen had: het zorgvuldig verzamelen van gegevens, deductieve en inductieve redenering en hard werken. Voor elk probleem was een oplossing, je moest alleen het juiste antwoord vinden.

Hij dronk snel zijn melk op en liep naar de deur. Toen zag hij de zak op het tafeltje voor de post staan, rechts van de deur.

Een bruine, papieren zak, keurig dicht gevouwen, het handelsmerk van zijn moeder. Met zijn naam in rode blokletters. Een beetje beverig, omdat ze nooit vertrouwen had gehad in haar schrijfkunst.

Op precies dezelfde wijze had ze zijn lunchpakketten klaargemaakt toen hij nog op Burton zat. Alle andere kinderen aten in de schoolkantine – een fantastische ruimte, met die bakplaten, de met haarnetjes getooide vrouwen, de knalgroene en heldergele groente, roze en witte plakken vlees en kalkoen en allerlei dingen die hij nog nooit had gezien. *Succotash? Welsh rarebit?*

Zijn moeder had dat vreemde voedsel maar eng gevonden. Dat had ze tenminste gezegd. Later kwam hij erachter dat studenten met een beurs de kantinekosten niet vergoed kregen, omdat er een grens was aan de goedheid van de school.

Hij had zich geschaamd voor zijn in papieren zakken verpakte lunches tot een paar van de andere kinderen zijn tamales en bruine bonen echt gaaf bleken te vinden. Natuurlijk was er wel achter zijn rug gegiecheld – per slot van rekening was het een middelbare school geweest. Maar de leerlingen op Burton waren goed gedrild in de geneugten van diversiteit en het merendeel ervan leek toch behoorlijk onder de indruk van de kookkunst van Irma Gomez.

Vandaar dat Isaac zonder problemen zijn eigengemaakte lunch kon ruilen voor de etenswaren op de dienbladjes van de rijkeluiskinderen, die hij vervolgens met veel vertoon weg zat te kauwen en net deed alsof hij die flauwe rommel lekker vond, omdat hij er zo verschrikkelijk graag bij had willen horen.

Het was alweer een tijdje geleden dat mama een lunch voor hem ingepakt had. Misschien moest hij die zak maar weggooien en een gebakken worstje kopen van een straatventer in de buurt van de bibliotheek.

Nee, geen denken aan, dan zou hij zich veel te schuldig gaan voelen. Hij stopte de zak in zijn koffertje, liep het huis uit en holde de trappen af.

Schuldgevoelens vormden een onderdeel van zijn karakter. Dus dat doctoraal medicijnen en die farmaceutische bedrijven kon hij wel vergeten.

En daarmee het huis aan het strand.

Toen hij de straat op liep, veranderde hij opnieuw van gedachten. Twee dagen in de bibliotheek hadden niets opgeleverd. Wat hoopte hij eigenlijk te vinden? Hij liep naar Pico, pakte bus 7 en was al bij Overland toen de geur van zijn moeders eten die door de papieren zak begon te dringen zijn maag deed rammelen. Hij vouwde de zak open en keek erin.

Boven op de in aluminiumfolie gewikkelde hapjes lag een dubbelgevouwen stukje papier. Hij viste het uit de zak en zag dat er BROER op stond, in grote, lompe hoofdletters. Isaiahs handschrift.

Hij vouwde het briefje open.

DIE VROUWELIJKE SMERIS HEEFT GISTERAVOND GEBELD.

Dat was alles. Geen nummer.

Hij stond op en belde. Bij de volgende halte stapte hij uit.

De achterdeur van het politiebureau zat op slot. Sinds hij hier werkte, was dat nog maar twee keer gebeurd, omdat iemand had vergeten de deur open te maken. Hij pakte zijn sleutel.

Maar die paste echt voor geen meter. Was het slot veranderd? Toen viel zijn oog ineens op de bewakingscamera boven de deur. De verf bladderde op de plaats waar het apparaat was aangebracht. De lens was recht op hem gericht. Het gaf hem meteen het gevoel dat hij een verdachte was en hij draaide zich om.

Nieuwe veiligheidsmaatregelen vanwege een dreigende terroristische aanslag?

Daar liep hij nog over na te denken toen hij een oude, zilverkleurige Cadillac de parkeerplaats op zag rijden en stoppen. Dat was die ouwe rechercheur die wel iets van een sergeant-majoor had, Dilbeck. Isaac liep naar de auto toe en Dilbeck liet zijn raampje zakken.

'Morgen, rechercheur.'

'Morgen, meneer Gomez.'

'De deur zit op slot en mijn sleutel past niet.'

'De mijne ook niet,' zei Dilbeck. 'Iedereen moet voorlopig aan de voorkant naar binnen, tot de opwinding een beetje geluwd is.'

'De opwinding? Waarover?'

Dilbeck trok zijn bovenlip op. 'Hoofdinspecteur Schoelkopf is gisteren vermoord.'

'O nee.'

'Dus voorlopig zijn ze extra voorzichtig. Ook al heeft verder niemand iets te maken met de reden waarom de hoofdinspecteur is vermoord. Hij is vreemdgegaan en je weet het, hoed je voor een bedrogen vrouw en zo. Jij hebt de laatste tijd toch geen agressieve dames tegen de haren in gestreken, hè meneer Gomez?'

Isaac lachte, maar zijn maag draaide zich om.

Dilbeck stapte uit zijn auto en ging op weg naar de ingang van de parkeerplaats. Isaac bleef staan.

'Ga je vandaag niet aan het werk, meneer Gomez?'

Isaac hoorde hem maar half. Hij stond net te bedenken dat een verhoogde graad van beveiliging waarschijnlijk een metaaldetector zou betekenen. Het pistool...

'Ik was eigenlijk op weg naar school en ik kwam alleen maar even langs om te vragen wat het nummer is van rechercheur Connor. Ze heeft me gisteravond opgebeld, maar mijn broer heeft verzuimd haar nummer te noteren.'

'Ze is thuis,' zei Dilbeck. 'Je weet toch wel wat er met haar gebeurd is?'

'Ja, meneer. Het is vrij belangrijk dat ik haar te spreken krijg. Ze probeerde me te bereiken over een zaak waar we... waar ze aan werkt.'

'Maar op het moment werkt ze helemaal nergens aan, meneer Gomez.'

'Toch lijkt het me heel verstandig als ik...'

Dilbeck sloeg hem op zijn schouder en keek hem recht in de ogen. 'Je bent een aardige knul, maar we zijn hier erg scherp op onze privacy. Wat zou je ervan zeggen als ik rechercheur Connor eens belde en haar vertelde dat ik jou hier getroffen heb? Geef me het nummer maar waar ze je kan bereiken.'

Isaac gaf hem het nummer van de biostat-faculteit. Nu móést hij wel terug naar de universiteit. *Wat kunnen we het onszelf toch ontzettend moeilijk maken...*

Veertig minuten later arriveerde hij op de universiteit, ging via een omweg naar de faculteit zodat hij niet langs Doheny hoefde en liep regelrecht naar zijn brievenbus. Het was al een paar dagen geleden dat hij die had gecontroleerd en de bus zat propvol. Folders, universitaire mededelingen en reclame.

Vijf berichten van Klara, allemaal in hetzelfde ronde handschrift. De laatste drie waren van de vorige dag. Veel uitroeptekens.

Daartussen zat een briefje weggepropt met de naam en het nummer van Petra en het verzoek haar te bellen. Het kengetal 933 zou wel op haar privéadres slaan.

Hij vroeg de secretaresse of hij een telefoon van de faculteit mocht gebruiken om iemand in het district te bellen.

'We hebben je de laatste tijd nauwelijks gezien,' zei ze.

Hij haalde zijn schouders op. 'Ik werk aan mijn scriptie.'

'Arme knul. Dit toestel moet vrij blijven, dus loop maar even naar de kopieerkamer. Je weet hoe het werkt: een acht voor een buitenlijn en niet naar Europa bellen.'

De deur naar de kamer met de fotokopieerapparaten stond open. Hij was er bijna toen hij ineens een hand op zijn rug voelde.

Een lichte aanraking, nauwelijks voelbaar. Hij draaide zich met een ruk om en stond tegenover Klara Distenfield in een koningsblauwe jurk bedrukt met gele visjes. Haar lipstick was vers, net als haar mascara en haar parfum... Hetzelfde parfum. Haar hand bleef vlak bij de zijkant van zijn hals liggen.

Ze glimlachte en zei: 'Eindelijk.'

Hij nam haar mee naar de kamer.

'Wat ben jij moeilijk bereikbaar.'

'Klara, het spijt me dat...'

'En terecht.' Geen spoor van rancune in haar stem. Dat maakte hem alleen maar nog bezorgder. Hij merkte dat hij haar van top tot teen stond op te nemen en hield er onmiddellijk mee op, maar niet voordat bepaalde dingen hem waren opgevallen. Het rode opgestoken haar, waar zachte lokjes uit losgeschoten waren. De blauwe jurk die strak om de ronde buik en de vlezige heupen sloot. De borsten. Het parfum. O shit, hij had weer een stijve.

Haar goudgroene ogen werden spleetjes. 'Weet je wel hoe vaak ik heb geprobeerd je te bereiken?'

'Ik ben weggeweest. Familiezaken...'

'Iedereen heeft familie.' Ze tuitte haar lippen en vlak boven de glanzende gloss verschenen fijne rimpeltjes. 'Wat er ook aan de hand was, iets ergs kan het niet zijn geweest, want ik heb je broer wel aan de lijn gehad en die zei daar niets over. Hij klinkt trouwens net zoals jij.'

Hij werd al moe bij de gedachte dat hij weer met een leugen op de proppen moest komen. 'Niets ernstigs, maar het nam nogal wat tijd in beslag.'

'Dus alles is in orde met je?'

'Met mij is alles prima. En met jou?'

'Met mij?' Ze lachte. 'Ik voel me geweldig. Hoezo?'

'Ik dacht dat je overstuur was.'

'Waarvan?'

'Van wat er gebeurd was.'

'Ik?' Ze legde een tengere hand op een ruim bemeten borst. 'Ik was een beetje... onthutst. Maar meteen daarna zijn we toch koffie gaan drinken? En toen voelde ik me prima. Of maakte ik een andere indruk?'

'Maar de volgende dag was je niet op het werk,' zei hij. 'Volgens Mary Zoltan was je ziek. En het was meer dan een verkoudheid, dat liet ze duidelijk merken.' Hij schudde zijn hoofd. 'Maar misschien heb ik haar verkeerd begrepen.'

'Mary is niet goed wijs. Ik was helemaal niet ziek. Ik heb twee dagen vrij moeten nemen omdat mijn dochter ziek was. Hoge koorts en een stijve nek. We waren bang voor...'

'Hersenvliesontsteking. Is alles in orde met haar?'

'Prima, het was alleen maar een virus. Maar ik was behoorlijk over mijn toeren.' Ze kwam wat dichter bij hem staan. 'Was je bang dat ik een lekkere neurotische reactie had op ons gezellige onderonsje? Wat lief.' Ze glimlachte een beetje zuur. 'Alleen probeerde je dat op te lossen door me te vermijden.'

'Niet neurotisch,' zei hij. 'Ik dacht dat ik...' Hij schudde zijn hoofd. 'Jij dacht dat jij die arme naar seks hunkerende bibliothecaresse de stuipen op het lijf had gejaagd en dat ze je nu je leven zuur zou gaan maken.' Ze gooide haar hoofd in haar nek en lachte. Zacht en sexy. Haar hand gleed naar zijn kruis. 'Zó bezorgd ben je ook weer niet.'

'Klara, wat er is gebeurd...'

'Was fantastisch. En zo moet je erover blijven denken.' Ze gaf hem een kneepje en liet hem met een knipoogje weer los.

'Klara...'

'Als het klikt, klikt het, Isaac. Daar is geen logische verklaring voor. Maar dat betekent niet, dat we constant moeten toegeven aan opwellingen.' En met een ondeugend glimlachje: 'Hoewel ik me vervelender dingen kan voorstellen.' Ze streelde zijn gezicht. 'Je bent echt een ontzettend knappe vent. Ik bewonder je hersens en ik vind dat je een zalig lijf hebt, maar het moet toch echt bij erotische stoeipartijtjes blijven. Maar dat is toch helemaal niet erg? Jij hebt de aanleg om een fantastische minnaar te worden en ik kan je ontzettend veel leren.'

En met een nieuwe blik omlaag: 'Maak je geen zorgen, dat is geen uitnodiging voor Aflevering Twee. Want op dit moment hebben we heel wat belangrijkere dingen te bespreken. Daarom heb ik ook al vier dagen geprobeerd je te bereiken, malle jongen. Om te beginnen loopt hier een smeris rond te neuzen die allerlei vragen over jou stelt. Hij ging trouwens net weg uit de bibliotheek, vandaar dat ik hiernaartoe kwam om de zoveelste boodschap voor je achter te laten.'

'Een smeris?' vroeg hij. 'Hoe heet hij?'

'Rechercheur Robert Lucido.'

De vent die bij het mededelingenbord had gestaan. 'Met zo'n dun snorretje?'

'Dat is 'm,' zei Klara. 'Ik wist niet dat er behalve John Waters nog meer kerels met zo'n snor rondliepen.'

'Wat wilde Lucido dan?'

'Hij zei dat hij een routineonderzoek instelde naar stagiairs naar aanleiding van nieuwe maatregelen die na de elfde september zijn ingevoerd. Hij wilde weten wat jij voor type was en met wat voor soort figuren je optrok. En vervolgens trad hij de grondwet met voeten door te vragen welke boeken jij had geleend. Natuurlijk heb ik geweigerd hem dat te vertellen.'

'Maar hoe kwam hij bij jou terecht?'

Ze wierp een blik op de deur. 'Hij is eerst naar biostat gegaan en die vertelden hem dat jij het grootste deel van je tijd besteedde aan research in de bieb. Kletste hij uit zijn nek toen hij zei dat het alleen maar een routineonderzoek was?'

'Waarschijnlijk wel.'

'Wat is er eigenlijk precies aan de hand, Isaac?'

'Ik weet het niet,' zei hij. 'En dat is eerlijk waar. Ik was net op het bureau en daar hebben ze alle sloten veranderd. Misschien omdat hun hoofdinspecteur net vermoord is...'

'Daar heb ik iets over gehoord...'

'Of het heeft echt iets met terrorisme te maken.'

'Dat zou ik doodeng vinden,' zei Klara. 'Je weet hoe weinig veiligheidsmaatregelen hier op de campus gelden. Vind je het heel erg van die hoofdinspecteur?'

'Ik kende hem niet zo goed.'

'Hij heeft zijn vrouw belazerd,' zei Klara. 'Je moet altijd goed uitkijken wie je probeert te naaien. En door wie je je lááát naaien.'

Ze liet haar hand zakken en Isaac was erop voorbereid dat ze hem weer bij zijn ballen zou pakken. In plaats daarvan schoof ze haar hand in de zijne. Hij had het gevoel dat de hele wereld op zijn schouders rustte. Al die onbeantwoorde vragen en nog steeds een erectie! Af, kleine klootzak, liggen!

'Dus Lucido is net weg?'

'Hij is ongeveer tien minuten geleden vertrokken,' zei Klara. 'Ik heb goed opgelet dat hij niet achter me aan kwam, toen ik hiernaartoe liep.'

'Bedankt,' zei Isaac.

'Bedank me maar met een kus.'

Hij gehoorzaamde.

'Mmm,' zei ze. 'Je hebt echt aanleg, maar er zijn toch belangrijker dingen. De voornaamste reden waarom ik heb geprobeerd contact met je op te nemen was niet Lucido, maar omdat ik eindelijk iets heb gevonden met betrekking tot die junimoorden.'

'Wat?'

Ze drukte zich tegen hem aan en legde zijn handen op haar zitvlak. Daarna drukte ze omlaag zodat hij moest knijpen. Toen ze verder praatte, was ze zo dichtbij dat haar lippen tegen de zijne bewogen.

'Ik denk echt dat ik het raadsel heb opgelost, Isaac.'

45

Klara liep als eerste naar buiten, om zich ervan te overtuigen dat Lucido echt weg was. Isaac bleef in de hal staan en even later keek ze om de deur en stak haar duim op. Ze genoot kennelijk van het avontuur.

Ze liepen terug naar Doheny, onopvallend tussen de hen omringende studenten. Een meisje in shorts en een bikinibehaatje lag voor het vijf verdiepingen tellende gebouw op het gazon een filosofieboek te lezen. Een paar mannelijke studenten renden haastig voorbij in sweat-shirts van een concurrerende universiteit.

Klara liep letterlijk te stralen.

Toen ze binnen waren, liepen ze twee trappen op in plaats van af te dalen naar het souterrain.

De afdeling Zeldzame Boeken. Een paar opeenvolgende afgesloten kamers en korte, stille gangen. Maar Klara had overal sleutels van.

De centrale receptie bleek een gezellige, stille ruimte met een nieuwe eiken lambrisering die bruinrood was gebeitst en discreet werd verlicht door lampen met melkglazen kapjes en kroonluchters hangend aan een bewerkt wit plafond omzoomd met turquoise. Groene leren stoelen, eiken tafels. Aan de linkerkant de kantoren van de administratie.

Er was niemand te zien. Lunchtijd?

Klara ging hem voor naar een ruimte met het opschrift LEESKAMER. Het aanwezige meubilair bestond uit een vergadertafel, een fotokopieerapparaat en een klein bureau met daarnaast een fauteuil.

'Dat is voor degene die de student in de gaten houdt,' legde ze uit. 'Die moet daar zitten om op je te letten als je met echt zeldzaam materiaal bezig bent. Ik heb tegen haar gezegd dat ze vandaag maar vroeg moest gaan lunchen.'

'Ik ben hier wel eens eerder geweest,' zei Isaac. 'Om research te doen naar Lewis Carroll voor een taak Engels. Potloden, geen pennen en witte katoenen handschoenen als dat noodzakelijk was.'

'We hebben een echt schitterende Carroll-collectie. Ga maar gauw zitten. We hebben een uur.'

Hij ging aan de tafel zitten en verwachtte dat ze weg zou gaan om iets op te halen. In plaats daarvan nam ze de stoel naast de zijne en deed haar tas open.

Er kwam een boek – een dun boekje – uit, met een bruine, papieren omslag bedrukt met grove zwarte letters. Het zat in een hersluitbare plastic zak.

'Het was heel stout van me om het mee naar buiten te nemen,' zei ze. 'Dat heb ik alleen maar gedaan voor het geval die Lucido hier nog steeds rond zou hangen en we niet naar binnen zouden kunnen.'

Hij pakte haar hand en drukte er een kus op.

Ze lachte, streek de plastic zak glad en trok het boek er voorzichtig uit. 'Over voer voor fanatiekelingen gesproken. Ik heb het gevonden in de Graham-Collectie. En het stond niet eens in de hoofdcatalogus, maar in een van de aanhangsels.'

Vervolgens viste ze een paar zachte, witte handschoenen uit haar tas. 'En als we het daar toch over hebben,' zei ze, terwijl ze het boekje zo draaide dat Isaac de titel kon lezen. Hij trok de handschoenen aan en las.

DE ZONDEN VAN DE GEKKE KUNSTENAAR
EEN VERSLAG VAN DE VRESELIJKE ESCAPADES
VAN
OTTO RETZAK
OP PAPIER GEZET DOOR
DE HEER T.W. JOSEPH TELLER,
VOORMALIG DIRECTEUR VAN DE STRAFGEVANGENIS VAN
DE STAAT MISSOURI
EN DOOR HEM GEPUBLICEERD IN ST. LOUIS
A.D. MCMX

Het bruine omslag was van karton dat aan de randen al bijna vergaan was. Isaac tilde het voorzichtig op, sloeg het open en begon te lezen.

Hij was nog maar één paragraaf ver toen hij Klara aankeek. 'Je bent briljant.'

Ze straalde. 'Dat hebben ze me wel vaker verteld.'

Otto Retzak was de zoon van immigranten, Beierse boeren die in 1888 naar Amerika waren gekomen en uiteindelijk belandden op een armetierig stukje met stenen bezaaide grond in een landstreek in zuid-Iowa die bekendstond als Little Egypt. Otto, de zesde van negen kinderen en de jongste zoon, was op Amerikaans grondgebied geboren. Op 28 juni 1897.

Op de kop af honderd jaar voor de dag waarop Marta Doebbler was vermoord.

Isaacs handen begonnen te trillen. Hij beheerste zich en boog zich weer over de primitief gedrukte tekst.

Retzak was acht toen zijn aan drank verslaafde vader het gezin aan hun lot overliet. Otto, die als bijzonder intelligent maar onopvoedbaar werd beschouwd vanwege een 'afschuwelijk overdreven en verhit temperament', toonde al op vroegrijpe leeftijd een talent om 'met behulp van brokken houtskool godsdienstige taferelen te schetsen'. Maar Otto's aan drank verslaafde moeder kon geen waardering opbrengen voor zijn artistieke gaven. Zij rammelde hem regelmatig af met bezems en keukengerei om hem vervolgens over te leveren aan de genade van zijn oudere broers die de jongen met groot enthousiasme en eendrachtige samenwerking seksueel misbruikten.

Op zijn negende pleegde Otto, die nog steeds niet kon lezen of schrijven, een inbraak in een naburige boerderij die hem negenentwintig cent, verborgen in een bus meel, en een 'vette legkip' opleverde. Het geld ging in ruil voor een roestig knipmes naar een andere boerenjongen. De vogel werd teruggevonden naast het oneffen zandpad naar de armzalige boerderij van de familie Retzak. Het beest was ontdaan van de ingewanden en de ogen waren uit de kop gestoken die daarna kennelijk met de hand van het lijf was gerukt.

Toen Otto van de wandaad werd beschuldigd, bekende hij onmiddellijk 'zonder enig vertoon van kinderlijke schuldgevoelens, integendeel, hij ging er prat op'. Nadat hij een extra stevig pak rammel van zijn moeder had gekregen, werd hij overgeleverd aan de buren die hem zelf ook nog even de zweep over de rug legden en hem vervolgens een maand lang veertien uur per dag als boerenknecht gebruikten.

De dag nadat hij was thuisgekomen, stak Otto zijn jongere zusje in het gezicht, zonder dat er sprake was van enige provocatie. Om met directeur T.W. Joseph Teller te spreken: 'Hij had alleen een kille blik en zelfs een geniepige glimlach over voor degenen die getuige waren geweest van het voorval, terwijl het meisje gilde, huilde en bloedde.' De plaatselijke sheriff werd erbij gehaald en Otto werd in een cel gezet met volwassen misdadigers. Twee maanden later verscheen de jongen, hinkend en vol blauwe plekken, voor een geïrriteerde rechter die hem waarschuwde voor 'aanzienlijke karakterologische degeneratie' en hem veroordeelde tot vijf jaar in een tuchtschool van de staat. Daar had Otto volgens zijn eigen zeggen geleerd dat *'de mensheid glorieus noch goed is en ook niet gevormd naar het evenbeeld van God. In plaats daarvan is het een mestvaalt van stank, zonde en hypocrisie. De haat die gedurende de rest van mijn vervloekte leven mijn drijfveer is geweest, kreeg daar in die duistere omgeving voet aan de grond en werd alleen maar groter. De gewelddaden die me daar fysiek en geestelijk zijn aangedaan, zogenaamd als zielszorg, bleken me later goed van pas te komen op een manier die niemand ooit had kunnen voorspellen. Ze bezorgden me een maag van ijzer en een geest vervuld van wraak.'*

Otto, die er twee jaar extra op had zitten omdat hij constant disciplinaire problemen had gehad, was een potige en gespierde vent geworden toen hij op zestienjarige leeftijd werd ontslagen. 'Retzak, die er verrassend plezierig uitzag als hij niet door woede verteerd werd, trad de wereld tegemoet met het bedachtzame gezicht en het gedrag van een man die de twintig al was gepasseerd. Maar dat kon als een blad aan de boom omslaan.'

Tijdens zijn verblijf in het tuchthuis had de jongen vriendschap gesloten met de vrouw van een van de bewakers, een zekere Bessie Arbogast. Omdat ze onder de indruk was van Otto's tekeningen had ze papier en houtskool voor hem meegebracht en op de eerste dag dat hij op vrije voeten was, ging hij rechtstreeks naar haar huis.

'Toen hij niet langer aan banden was gelegd beloonde de onverbeterlijke de vriendelijkheid van mevrouw Arbogast door via een openstaand raam haar slaapkamer in te klimmen.'

De daaropvolgende gebeurtenissen werden zogenaamd in Retzaks eigen woorden beschreven, hoewel het bloemrijke taalgebruik bij Isaac de vraag opriep of Teller zich geen aanzienlijke literaire vrijheden had veroorloofd.

In de slaapkamer van haar ordinaire knusse huisje, vervuld van het genoegen om niet alleen haar gluiperige echtgenoot mores te leren, maar ook dat mens met haar kwabbige lijf en haar jonge onschuldige ziel aan te pakken, gebruikte ik een houten haarborstel om hem vlak voor haar neus geestdriftig op het hoofd te slaan. Uiterst tevreden met mezelf heb ik daarna met haar gedaan wat ik wilde op een manier die me nog veel meer aanstond omdat mijn gedrag in feite onuitsprekelijk was.'

William Arbogast overleefde de aanslag, maar was zwaar gehandicapt. De traumatische ervaring maakte zijn vrouw bijna letterlijk doofstom.

Retzak ontsnapte te voet en wist uit handen van de politie te blijven. Hij trok door het land door mee te liften op goederentreinen en bleef in leven door gestolen vee en veeproducten te eten, plus maaltijden verstrekt door vriendelijke huisvrouwen. Daar betaalde hij vaak voor door klusjes voor ze op te knappen voordat hij verder trok. Soms liet hij tekeningen achter die 'door vrijwel iedereen werden geapprecieerd. De jongeman was goed in het secuur vastleggen van tuinen en meubilair. Alleen de menselijke gestalte stelde hem voor technische problemen.'

'Interessant genoeg,' vervolgde Teller, 'zag Retzak gedurende deze periode geen aanleiding om deze altruïstische vrouwen op een soortgelijke wijze te straffen als het geval was geweest met mevrouw Arbogast. Toen ik naar de reden van deze discrepantie informeerde, leek Retzak oprecht verbaasd.'

Ik weet niet waarom ik doe wat ik doe. Soms kan ik mezelf niet inhouden en soms wel. Soms blijft mijn hoofd koel en een volgende keer kookt en borrelt het als een pan vet. Ik heb mijn impulsen niet zo in bedwang als de meeste mensen en ik betreur dat gebrek aan terughoudendheid in mijn ziel geenszins. Ik ben door Satan, of hoe men de Duistere Heerser ook wenst te noemen, aangewezen om me

te gedragen zoals ik doe, en ik gehoorzaam mijn Meester met de-
zelfde mechanische idiotie als de dwazen en de onderkruipsels die
hun zielige leventjes verkwisten met het knielen voor het altaar van
een of andere leuterende en leugens uitkramende Godheid.'
Het was, aldus Teller, 'een groot medisch en karakterologisch raadsel dat Retzaks gehele anatomie, met inbegrip van zijn brein, is onderzocht door geleerde artsen die niets opmerkelijks konden ontdekken. Daarbij inbegrepen waren gedetailleerde opmetingen van zijn
schedel door praktiserende geneesheren van de zogenaamde frenolo-
gie, een wetenschap waarvan de juistheid inmiddels door sommigen
betwijfeld wordt, maar die in dit geval werd toegepast in de hoop
nadere gegevens te verzamelen over deze maniak. Maar ook uit de
analyse kwamen geen bijzonderheden naar voren, net zomin als uit
alle andere analyses. Dan blijft ons slechts de hoop dat de mensheid
nog enigszins haar voordeel kan doen met de volledig uit het lood
geslagen zielenroerselen van dit monster zoals die in dit nederige verslag zijn weergegeven. Dat is in feite ook het streven van de Auteur.'
Op zijn achttiende kwam Retzak in San Francisco terecht, waar hij
als dekmatroos aanmonsterde op het stoomschip *Grand Tripoli*, met
als bestemming het Midden-Oosten. Het schip maakte een tussen-
stop op Hawaii, waar Retzak aan wal ging om de bloemetjes buiten
te zetten en niet meer terugkeerde.
'In Honolulu begon voor Retzak een door dronkenschap en losban-
digheid met diverse vrouwen van licht allooi gekenmerkte periode.
Hij leefde al ras in concubinaat met een prostituee, een gevallen meisje uit de Elzas dat Ilette Flam heette, een spookachtig bleek type zoals voor het merendeel van dat soort dames geldt, en verslaafd aan
opium. Retzak benoemde zichzelf tot souteneur van Ilette en hield
zich gedurende bijna een jaar in leven met de revenuen van kwalijk
verworven inkomsten.'
Op Retzaks negentiende verjaardag gaf Ilette een feestje voor hem in
een kroeg aan de haven. Tijdens die feestelijke gelegenheid maakte
ze een losse opmerking die verkeerd viel bij Retzak en toen het stel
terug was in hun flat kregen ze ruzie. Retzak beweerde dat hij niet
precies meer wist op welke manier Ilette Flam hem had geschoffeerd.
Toen ik echter bleef aandringen, erkende hij dat *'het iets te maken*
had met het feit dat ik lui was. Die stomme koe stond op haar be-
nen te zwaaien van dope en drank en dacht echt dat ik genoeg rum
achterovergeslagen had om zo versuft te zijn dat ze me ongestraft
kon beledigen. Mijn temperatuur begon aardig op te lopen en iede-
re stompzinnige opmerking die over die koeienlippen rolde maakte
me helser! Toen ze opnieuw zo'n belediging uitte – wellicht een op-

merking over mijn gebrek aan intelligentie – schoot me een gedach-
te door het hoofd die als een soort baken fungeerde: je bent zo'n
stomme koe dat je niet meer hersens hebt dan een wezenloos dier.'
Retzak wachtte tot Ilette in een diepe, door drank veroorzaakte roes
was weggezakt, *'omdat ze toch aardig wat geld voor me had ver-*
diend en door de bank genomen niet echt slecht was', voordat hij
haar op haar buik in bed legde, een ijzeren breekijzer pakte en haar
een klap op haar achterhoofd gaf.

'De schedel barstte open als een ei en hompen hersenweefsel dron-
gen naar buiten, vergezeld van een heldere vloeistof en vervolgens
een beetje bloed. De aanblik daarvan wond me meer op dan alles
wat ik daarvoor had gezien. Allerlei nieuwe gevoelens namen bezit
van mijn brein en geconcentreerd liet ik de ijzeren staaf keer op keer
neerkomen op het bot. Spikkeltjes van het weefsel verspreidden zich
als een fijne mist en kwamen op de muren terecht. Toen een grote
homp hersenen op de rug van haar jurk terechtkwam, bleef ik ernaar
staren en verwonderde me over het feit dat deze grauwroze glibber-
troep wellicht door christelijke sukkels beschouwd werd als de zetel
van de ziel. Zou er iets walgelijkers bestaan? Eén blik op dat troe-
bele slijm zou voor ieder weldenkend mens genoeg zijn om te be-
grijpen dat religie onzin is. Plotseling werd ik bekropen door een ge-
voel van rust en vol verrukking bleef ik naar mijn werk staren. Het
was een nieuw gevoel en het beviel me bijzonder goed. Ik pakte mijn
schetsboek en een paar pennen die ik in Berringer's Department Store
in Waikiki had gestolen. Terwijl die koe daar lag te lekken en te sij-
pelen, Overduidelijk Dood, begon ik haar te tekenen. Voor het eerst
was ik in staat om het menselijk lichaam met een zekere mate van
accuratesse weer te geven.'

Het was, zo besloot Retzak, *'een mooi verjaardagscadeau'*.

Isaac had er een droge keel van gekregen. Plus het gevoel dat er een
ijzeren band om zijn hoofd lag. Slikkend en naar adem snakkend probeerde hij zijn speekselklieren te stimuleren.

'Dit moet het zijn,' zei Klara. Haar stem klonk gesmoord.

Hij knikte. Maar er speelde iets anders door zijn hoofd.

28 juni was een dubbele feestdag voor Otto Retzak geweest. Niet alleen zijn verjaardag, maar ook die van zijn eerste moord.

Zijn eerste slachtoffer: een vrouw die als zijn echtgenote fungeerde.

De L.A.-moordenaar was in 1997 begonnen. Ter ere van Retzaks
honderdste geboortedag.

Zijn eerste slachtoffer: een echtgenote.

Marta's vriendinnen waren ervan overtuigd dat Kurt Doebbler haar

had vermoord. Soms hoefde je niet verder te kijken dan je neus lang was.
Isaac sloeg de bladzijde om.

Nadat hij zijn tekening van Ilette Flams toegetakelde lijk had voltooid, wikkelde Retzak het in een bebloed laken, pakte een tas, liep naar de haven van Honolulu en monsterde aan op een tanker die onderweg was naar Venezuela.
'Onderweg stond de herinnering aan wat ik met die koe had gedaan als een gewijde handeling in mijn hersens geëtst. Om in staat te zijn die vlam te doven, om zoveel macht te hebben. Terwijl ik de dekken zwabberde en de toiletemmers leeggooide, kon ik vrijwel aan niets anders denken. Ik was veel meer dan een dekmatroos. Ik had een daad verricht waar maar zeer weinig mensen een kans toe kregen. Als ik 's nachts in mijn kooi lag, omringd door snurkende zwijnen, moest ik me tot het uiterste beheersen om ze niet allemaal de hersens in te slaan. Maar ik was te geslepen om zo overhaast te werk te gaan, want het schip was een drijvende gevangenis waaruit ik nooit zou kunnen ontsnappen. Pas maanden later, aan de wal in Caracas veroorloofde ik mijzelf de volgende verrukkelijke bevrediging. De eigenaar van een kroeg, een grofgebekte mesties, streek me tegen de haren in en ik besloot dat hij de volgende zou zijn. Ik wachtte tot hij zich na sluitingstijd had teruggetrokken in zijn privévertrekken op de eerste verdieping, brak de achterdeur van zijn etablissement open en ontdekte tot mijn verrassing dat hij nog wakker was en zich tegoed zat te doen aan een laat maal van rijst met varkensvlees en meer van die troep. Toen hij begon te vloeken, pakte ik een koekenpan van het fornuis. Het was een prachtig gietijzeren exemplaar, met een geschikt gewicht en een stevig handvat. Enkele seconden later begon de grauwe halfbloed-gelatine al in dat Latijns-Amerikaanse avondeten te lekken. Het zag er niet anders uit dan dat van de koe en terwijl ik het tafereel schetste, kwam de gedachte bij me op dat mensen niets anders zijn dan zielige zakken vol vlees, kraakbeen en walgelijke vloeistoffen. Onze waanideeën over reinheid en adel zijn pure leugens, de wereld is een smeltkroes van hypocrisie en onwaarheden en het openzetten van de afvoerkranen van de mensheid om alle vloeistoffen weg te laten lopen, is het toonbeeld van eerlijkheid. Ik besloot dat het mijn roeping was om de Waarheid te verkondigen.'
Retzak nam opnieuw de benen zonder ontslag te nemen en dook gedurende een paar maanden onder in Zuid-Amerika. Nadat hij uiteindelijk teruggekeerd was naar de Verenigde Staten zwierf hij rond door het hele land. Hij stal, hij knapte karweitjes op en hij verdien-

de de kost als handarbeider, als kok in een cafetaria of als receptionist in sjofele hotels. Zijn vrije tijd was een aaneenschakeling van ru-
zies, braspartijen vol alcohol, opium, marihuana en pillen, het ver-
leiden en verkrachten van prostituees, insluipingen en het naar
willekeur afslachten van vee en wilde dieren.
En het vermoorden van nog vijf mensen.
Het derde slachtoffer: een getrouwde dame die haar hond uitliet in
Le Doux, Missouri, een welvarende voorstad van St. Louis. Een
avondwandeling waarbij ze verrast was door een knappe, stoere vent
die ook een trouwe viervoeter bij zich had.
'Ik had haar al dagenlang in de gaten gehouden, omdat ze zo'n strui-
se koe was. Ik bewonderde haar figuur en haar manier van lopen en
dacht dat ze iemand zou zijn die ik in de bijbelse zin van het woord
graag zou leren kennen. Maar toen kreeg ik weer de opwelling om
verder te gaan dan haar alleen maar lastig te vallen en ik stal een oude gele hond uit een voortuin bij haar in de buurt, een zielig misbaksel dat zo oud en blind was dat hij niet eens tegenstribbelde toen ik
hem over het hek tilde. Ik maakte een geïmproviseerde riem van een
stuk touw en ging op pad om te zien of hij mee wilde werken en dat
was inderdaad zo, ook al ging het moeizaam en met tegenzin. Maar
toen ik hem een stuk vlees gaf, keek hij me aan met de blik van een
gelovige gek die de Heiland te zien krijgt. Die avond stond ik voor
het huis van de koe te wachten tot ze, zoals gewoonlijk, om klokslag
negen uur naar buiten kwam, met haar pluizige keffertje aan een sa-
tijnen band. Terwijl ze bij haar huis wegliep, begon ze een opgewekt
deuntje te neuriën, dat me nog meer opwond. Ik volgde haar op een
afstandje tot ze in een donker gedeelte van haar straat kwam en liep
toen haastig achter haar aan met mijn geleende misbaksel onder mijn
arm. Toen ik vlak bij haar in de buurt was, zette ik de hond neer, liep
langs haar heen, bleef een paar meter verderop staan en deed net alsof er iets was met het dier. Doordat ik een hond bij me had, beschouwde ze me als iemand die te vertrouwen was en liep zonder aar-
zelen door. Binnen een paar tellen stonden we al onzin uit te wisselen
en ik voelde instinctief aan dat ze me een echte heer vond. Nadat we
nog een paar beleefdheden hadden uitgewisseld draaide ze zich om en
ik liet de steel van een bijl die ik onder mijn jas verborgen had op haar
hoofd neerkomen. De gelatine! Haar pluizige keffertje begon te jan-
ken en bij wijze van toetje trapte ik het dood. De gelatine van het
beest zag er op het oog precies hetzelfde uit als de hare en dat vond
ik nogal grappig. Toen ik het hele tafereel in mijn schetsboek had vast-
gelegd, pakte ik het gele misbaksel op en droeg het zevenhonderd meter verder naar een bosje. Het beest keek vol adoratie naar me op toen

ik zijn nek omdraaide. Nadat ik gecontroleerd had of het wel echt dood was, schopte ik het onder een boom.'
Isaac slaakte een diepe zucht. Klara's ademhaling was hoorbaar en rook naar pepermunt. Hij aarzelde voordat hij de bladzijde omsloeg, omdat hij wist wat er zou komen.

Nummer vier: een 'nikker-zeeman' die achtervolgd, overvallen en neergeknuppeld was in een achterafstraatje in Chicago.
Vijf: *'Een brutale prostituee, mager als een jong meisje, maar syfilitisch en onbeschaamd'*, op gewelddadige wijze in een park in New Orleans om het leven gebracht.
Zes: *'Een akelig mietje dat in San Francisco in hetzelfde pension woonde als ik tuitte op een walgelijke manier zijn lippen naar mij en herhaalde die belediging de volgende dag. Ik deed net alsof ik zijn aandacht op prijs stelde, wachtte op een maanloze nacht en volgde hem toen hij uitging om de straten af te schuimen op zoek naar de praktijken waaraan dat tuig zich bezondigt. Nadat ik hem had aangehouden in een rustig steegje verklaarde ik me bereid om in te gaan op zijn verzoek. Hij ging op zijn knieën liggen en keek me net zo aan als de gele hond had gedaan. Ik zei dat hij zijn ogen dicht moest doen en begon me vervolgens energiek en doeltreffend te ontdoen van de sodomiet met behulp van de steel van een bijl die ik dezelfde ochtend gestolen had. Dat ik zijn met perverse ideeën gevulde schedel op mijn geheel eigen wijze mocht behandelen deed me bijzonder veel genoegen. Zijn brein leek in elk opzicht op dat van een normale man.'*
Het klopte als een bus.
Maar Retzak had het niet bij zes slachtoffers gelaten.

Nadat hij van San Francisco naar L.A. was gelift, besloot de rondreizende moordenaar dat hij inmiddels in staat was om mensen levensgetrouw te vereeuwigen. Hij zette zijn ezel op in de buurt van het centraal station en probeerde de kost te verdienen door karikaturen te tekenen van toeristen.
'Maar,' schreef directeur Teller, 'de techniek die hij had, werd ondermijnd door zijn neiging om andere mensen uit te beelden als sluwe, sombere wezens. Met name de manier waarop hij de ogen tekende, was voor zijn modellen onverteerbaar en ze weigerden vaak hem te betalen. Retzak bewaarde de onverkochte tekeningen en die bleken voer voor psychologen van zowel de Boston- als de Weense school.'
Toen zijn carrière als kunstenaar niet van de grond bleek te komen, pakte Retzak zijn voormalige bezigheden als dief en rondreizend arbeider weer op en werkte achtereenvolgens als landarbeider, kok,

conciërge van een school en zelfs als loper voor een kleine, onafhankelijke bank. Hoewel hij zich niet vergreep aan de zakken met geld werd hij betrapt toen hij pennen en papier van de financiële instelling achteroverdrukte en werd ontslagen. Het was zomer en in plaats van te betalen voor een dak boven zijn hoofd begon Retzak zich aan te wennen om in de openlucht te slapen, in de buurt van stations en stadsparken. Zijn omzwervingen brachten hem in Elysian Park, waar 'op een door bomen overschaduwd plekje tussen al dat groen al tientallen jaren een sanatorium was voor tuberculeuze oorlogswezen en andere zieke kinderen. Retzak, die er altijd voor zorgde dat hij er schoon en acceptabel uitzag, trok de aandacht van de staf door in de buurt van een speelterrein van kinderen te gaan zitten tekenen. Door nieuwsgierigheid aangelokt kwamen de kleintjes en hun verzorgers naar hem toe en algauw zat Retzak tekeningen voor hen te maken. Ze kregen de indruk dat hij een vriendelijke, gezonde jongeman was. Maar dat was natuurlijk een volkomen onjuist beeld.'

'Het kostte me belachelijk weinig moeite om me voor te doen als een eerlijke, conventionele en stompzinnig vriendelijke man. Maar terwijl ik zat te glimlachen, te babbelen en die hijgerige kalfjes zat te tekenen werd mijn brein constant verteerd door het vuur. Ik overwoog om een van hen weg te lokken van de trog en die hersentjes hard tegen de grond te rammen, zodat ik de gelatine in het zand zou zien lopen. Het was al een paar maanden geleden dat ik me onledig had gehouden met mijn favoriete sport, want ik heb wel degelijk af en toe geprobeerd me in te houden. Gedurende dergelijke perioden van droogte beleefde ik genoeg voldoening aan mijn herinneringen. Maar de laatste tijd begon het me tegen te staan om puur op mijn geheugen te teren en ik wist dat ik toe was aan een nieuwe en frisse uitdaging. Ik wist inmiddels alles wat er te weten viel van hersenweefsel en ik besloot dat het enige wat me voldoening zou geven een volledig medisch onderzoek was, van top tot teen. Een samenraapsel van lichaamssappen, een regelrechte stortvloed, zou me tot nieuwe niveaus van duivels gedrag verheffen. Maar geen kalversappen, iets volwassens.

Op datzelfde moment viel mijn oog op de glimlachende en zingende verpleegsters in gesteven wit die voor het kortademige grut moesten zorgen. Mijn favoriet was een bepaalde koe, een buitenlands type, met een prachtig figuur en donkere ogen. Ze was kennelijk kil van nature, want ze was niet met de anderen meegekomen om mijn tekeningen te bekijken. Integendeel zelfs, ze hield weloverwogen afstand terwijl ze me brutaal aanstaarde en scheen alleen minachting te koesteren voor kunst met een grote K.

Een dergelijke onbeschoftheid kon niet gesanctioneerd worden. Ik was vastbesloten haar stevig de les te lezen.'
Klara rekte zich uit. 'Afschuwelijk om te lezen, hè?'
'Wanneer vond de schenking van het boek plaats?' vroeg Isaac.
'Dertig jaar geleden. Dokter Graham was een forensisch psychiater. Hij stierf in 1971. Zijn zoons waren rijke bankiers en ze hebben zijn boeken aan ons afgestaan om belastingtechnische redenen.'
'Ik moet weten wie dit boek precies geleend heeft.'
'Dat zou regelrecht indruisen tegen de grondwet.'
'Behalve als de FBI op zoek is naar terroristen.'
Ze gaf geen antwoord.
'Alsjeblieft,' zei Isaac. 'Dat is van het grootste belang.'
'Lees het eerst maar uit.'
Toen hij dat had gedaan kopieerde ze het boekje voor hem en liep toen voor hem de leeskamer uit. Hij volgde haar naar haar bureau achter de researchbalie. Er zat alleen een vrouw van middelbare leeftijd een microfilm door te spoelen, met haar rug naar het bureau. Geen spoor van Mary of een andere bibliothecaresse.
Klara zei: 'Ga even een eindje verderop staan. Daar.' Ze wees naar een stapel tijdschriften.
Isaac gehoorzaamde, pakte een exemplaar van *The New Republic* en deed net alsof hij begon te lezen, terwijl Klara achter haar computer ging zitten, een leesbrilletje opzette, een paar regeltjes typte en iets op haar scherm opriep.
Toen tuitte ze haar lippen en raakte haar rechterslaap aan. Ze keek om zich heen en richtte vervolgens haar blik weer op Isaac.
'O lieve hemel,' zei ze, 'ik krijg ineens ontzettend hoofdpijn. Ik kan maar beter een aspirientje nemen, voordat het helemaal uit de hand loopt.'
Ze liep weg, met zwierig wiegende heupen.
Isaac stapte naar voren.

46

WOENSDAG 26 JUNI, PETRA'S APPARTEMENT, DETROIT STREET IN DE BUURT VAN SIXTH
'Een verpleegster,' zei ze.
'Maria Giacometti,' zei Isaac. 'Haar moord verschilde van de anderen. Veel gewelddadiger. En indringender.' Hij kneep instinctief zijn

ogen dicht bij de herinnering aan de slachtpartij. En deed ze even snel weer open omdat hij geen slappe indruk wilde maken.

'Zo'n escalatie is typerend,' zei Petra. 'Waar ze aanvankelijk nog op kicken, begint steeds minder te werken, dus vervallen ze van kwaad tot erger.'

Isaac kon dat zelf ook wel beredeneren, hij had er zelfs een uitdrukking voor geleerd – zintuigelijke verzadiging – maar hij vond het niet nodig om dat te vermelden. Hij zat aan Petra's eettafel toe te kijken hoe zij de fotokopie van het boekje doorbladerde.

Een keurig, schoon en compact appartement, met een vage vrouwelijke geur. Precies zoals hij zich had voorgesteld.

Ze sloeg een bladzijde om en zei: 'O jee.'

Om zeven uur was ze samen met Eric uit eten gegaan. Daarna was hij op weg gegaan naar Camarillo, om een bezoek te brengen aan zijn ouders, en hij had gezegd dat hij 's ochtends weer terug zou komen. Toen ze iets voor negenen thuiskwam, vond ze een boodschap van Barney Fleischer op haar antwoordapparaat. Isaac Gomez was op het bureau geweest en had kennelijk heel graag met haar willen praten. Hij had een beetje nerveus geleken. En, voegde Barney eraantoe, er hing ook een of andere mafketel rond van de Anti Gang Unit uit het centrum, die allerlei vragen stelde over de knul.

Ze belde naar de flat van de familie Gomez, meer uit een soort vaag moederlijk plichtsgevoel dan dat ze iets verwachtte.

Toen de telefoon overging, vroeg ze zich af of ze die arme broer weer wakker zou bellen. Maar Isaac nam op en toen hij hoorde dat zij het was, begon hij afwisselend in noodtempo te praten en te schreeuwen.

'Goddank! Ik heb de hele dag geprobeerd je te bereiken!'

'Rechercheur Fleischer vertelde me dat je...'

'Ik heb de oplossing gevonden, Petra. Met betrekking tot 28 juni. Het patroon, de motivatie. Wie en waarom, de hele bups. Wie zijn volgende slachtoffer zal zijn.'

'Maar om wie gaat het?'

Stilte. 'Doebbler!'

Zijn ademhaling ging zwaar, hij stond bijna te hijgen.

'Begin maar bij het begin,' zei ze.

Ze pikte hem om kwart voor tien op voor zijn flatgebouw. Hij liep zwaaiend met zijn koffertje heen en weer over de stoep en sprong al in de auto voordat ze helemaal stilstond. Zijn ogen weerkaatsten het licht van de straatlantaarns. Fel. Nerveus. Ze moest zelfs tegen hem zeggen dat hij zijn gordel om moest doen.

Terwijl hij zat te ratelen, reed zij terug naar haar flat. Aanvankelijk had ze het idee gehad dat ze wel in een restaurant konden praten, maar ze kwam al snel tot de conclusie dat absolute privacy onontbeerlijk was. Een uur geleden zou ze er niet over gepiekerd hebben om Isaac mee naar huis te nemen. Nu was alles anders. Ze had al die privédingen uit haar hoofd gezet. Er moest gewerkt worden.

Ze had het boekje uit. 'Waar is die lijst?'
Isaac pakte een opgevouwen briefje uit zijn koffer. Een computeruitdraai van het werkstation van Klara.

```
Teller, T.W.J.
De zonden van de gekke kunstenaar
Betr.: misdaad, Amerikaanse geschiedenis,
Retzak, O.
Graham-Coll., Catal. #4211-3
```

Daaronder een lijst van iedereen die een verzoek had ingediend om het boekje te mogen bekijken.
Een korte lijst.
4 september 1978: Professor A.R. Ritchey, Pitzer College
15 mei 1997: K. Doebbler, met de bibliotheekkaart waar hij als ex-student van de universiteit recht op had.
Kurt Doebbler had zich een maand en dertien dagen voordat hij zijn vrouw had vermoord aan al deze verschrikkingen verlustigd.
Was hij op zoek geweest naar inspiratie? Of was de smeerlap per ongeluk op het boekje gestuit en had hij besloten Otto Retzak na te apen?
Ze vroeg Isaac naar zijn mening.
'Ik zou denken dat hij al bekend was met het fenomeen Retzak. Het is zelfs mogelijk dat hij het boek ergens anders heeft gelezen en zijn geheugen wilde opfrissen.'
'Waar kan Doebbler dan zoiets obscuurs verder hebben opgeduikeld?'
'Het is iets voor ingewijden, maar zo obscuur is het nu ook weer niet. Met behulp van de naam Retzak als sleutelwoord ben ik opnieuw het net op gegaan. Zijn naam dook op bij een paar chatrooms over waargebeurde misdaden en het boekje bevindt zich in de bibliotheek van minstens twintig universiteiten. Bovendien zijn er, vlak nadat het voor het eerst werd gepubliceerd, Franse, Italiaanse en Duitse vertalingen van verschenen. Kurt Doebbler heeft als puber in Duitsland gewoond.'
'Dat klinkt logisch,' zei ze. 'Hij kan het toevallig in handen hebben gekregen, erdoor gestimuleerd zijn en besloten hebben er nog een blik op te werpen.' Ze stond op en begon door haar kleine woonkamer

te ijsberen. Isaac keek toe voordat hij abrupt zijn ogen afwendde en naar de vloerbedekking staarde.

Dat viel haar op en ze herinnerde zich plotseling dat hij een vent was. Haar kleding. Een wijde chocolakleurige sweater met daaronder een zwarte legging. Een strakke legging. Ze toonde meer van haar dijen dan haar eigenlijk lief was, maar niemand kon haar van verleidingstrucjes beschuldigen.

Ze onderschepte Isaacs blik. Hij zat haar als een verlegen schooljongetje aan te kijken.

'Goed,' zei ze. 'Laten we alles maar eens op een rijtje zetten. Marta bedroog Kurt, hij kwam erachter en begon daar langzaam maar zeker steeds bozer over te worden. Hij was altijd een kille, beheerste man geweest, maar nu verschenen er scheurtjes in zijn zelfvertrouwen. Hij begon erover te piekeren, raakte geobsedeerd en herinnerde zich dat boek over Retzak uit zijn ontvankelijke tienerjaren. Maar hij kan ook een echte misdaadkenner zijn geweest, dat geldt voor een groot aantal seriemoordenaars... Heb je nog aanwijzingen kunnen vinden bij die chatrooms?'

'Ik heb ze vluchtig doorgekeken, op zoek naar iets wat erop wees dat Doebbler ook mee zat te kletsen. Als dat zo is, heb ik hem er niet op kunnen betrappen.'

'Laten we ze maar oproepen, dan kunnen we zien of er iets bij zit dat nagetrokken kan worden.'

Hij schudde zijn hoofd. 'Chatten kan niet nagetrokken worden, omdat het momentopnamen zijn die niet op de harde schijf worden opgeslagen. Ik heb dat nog eens nagevraagd bij een kennis van me die echt alles van computers af weet, en hij heeft het bevestigd.'

'Verdomme,' zei ze, terwijl ze haar knokkels liet kraken. 'Oké, waar waren we gebleven... Op de een of andere manier heeft Doebbler over Retzak gelezen en Retzaks eerste moord bleef in zijn hoofd hangen: een vrouw met wie hij samenwoonde en die kritiek op hem had. Nu voelt Doebbler zich ineens de echtgenoot die bekritiseerd wordt en Retzaks avonturen krijgen een totaal andere betekenis. Daardoor wordt de moord op Marta meer dan wraak. Hij zorgde ervoor dat de geschiedenis zich herhaalde door in de huid van een berucht monster te kruipen...' Ze schudde haar hoofd. 'Doebbler wilde Otto de Tweede worden en daarvoor moesten zeven onschuldige mensen sterven. Het is te gek voor woorden, maar het klinkt logisch... Het voelt goed.'

'Omdat er geen enkel verband zat tussen de slachtoffers kreeg hij steeds meer zelfvertrouwen,' zei Isaac. 'Waarom zou hij erover inzitten dat hij wel eens opgepakt zou kunnen worden?'

Petra lachte. 'Hij had niet op jou gerekend.'

'Ik heb geluk gehad.' Hij keek weer strak naar de vloer. Blozend. Hij zag er zo schattig uit als hij rood werd. Ze wilde maar dat ze een even geniaal vriendinnetje voor hem kon vinden.

Zeven onschuldige mensen.

Ze ging weer zitten en las het boekje nog een keer door. Ondanks het feit dat directeur Teller uit fijngevoeligheid nogal om de hete brei heen draaide, was de moord op Maria Giacometti iets om misselijk van te worden.

Retzak was aangetroffen terwijl hij niet ver van het sanatorium in het Elysian Park onder een Californische eik zat, met de ingewanden van de jonge vrouw om zijn nek, een vredige uitdrukking op zijn gezicht en zijn knieën over elkaar geslagen als een moordlustige yogi. Zacht neuriënd, kennelijk helemaal in trance.

Een zwerver die door het park liep, zag het afschrikwekkende tafereel en rende in doodsangst naar de eerste de beste politieman die hij kon vinden. Veel werk hoefde de recherche niet te verzetten, Retzak had een bloedspoor achtergelaten van de plek op de speelplaats waar de moord had plaatsgevonden tot aan zijn boom.

'Hij had kennelijk zijn verstand verloren,' zei Petra.

'Goddank,' zei Isaac. 'Kun jij je de volgende voorstellen?'

Ze legde het boekje opzij. Haar hoofd voelde opgezwollen aan en haar hart bonsde.

'Zeven voor meneer Retzak, terwijl meneer Doebbler momenteel op zes zit,' zei ze. 'En wij gaan ervoor zorgen dat het daarbij blijft.'

Ze zette koffie voor hen en keek het slothoofdstuk van het boekje nog eens door. De laatste dagen van Otto Retzak: zijn arrestatie, proces en executie hadden binnen drie weken plaatsgevonden. De goeie ouwe tijd.

Retzak had vol uitdaging het schavot betreden. Hij had nadrukkelijk zijn haat betoond voor God, de mensheid en 'alles wat jullie hersenloze schapen als heilig beschouwen. Als ik maar één kans zou krijgen om hier weg te komen zou ik jullie stuk voor stuk de hersens inslaan, mijn tanden in jullie ingewanden zetten en mezelf te goed doen aan bloed en gelatine.'

'Ik vraag me af hoeveel Italiaans-Amerikaanse verpleegkundigen er op kinderafdelingen werken,' zei Petra.

'Als Doebbler echt op de details let,' zei Isaac, 'dan moeten we op zoek gaan naar een Italiaans-Amerikaanse verpleegkundige die de zorg op zich heeft genomen voor patiëntjes met ademhalingsproblemen.'

'Dat zou de zoektocht vereenvoudigen. Hoewel we daar niets mee opschieten. Preventie is veruit te prefereren boven correctie. We gaan

Doebbler met ingang van morgenochtend gewoon schaduwen. Hij krijgt de kans niet om in de buurt te komen van nummer zeven.'

'Vertel me maar wat ik voor je kan doen.'

Hij zat inmiddels op het puntje van de bank. Een en al enthousiasme, omdat hij het woordje 'we' verkeerd had begrepen.

O, o.

'Toen ik "wij" zei, had ik het over politiemensen,' zei ze. 'Ik kan me niet veroorloven jou hier ook bij te betrekken, Isaac.'

Zijn gezicht betrok. Maar hij probeerde zich met een zelfbewust knikje te herstellen. 'O. Ja, natuurlijk, dat begrijp ik best. Ik mag er niet actief aan deelnemen, dus ik rij gewoon mee en kijk toe. Voor het geval je een extra stel handen nodig hebt, of dat er toch misschien iets is wat ik kan doen.'

Ze schudde haar hoofd. 'Sorry. Je bent ontegenzeggelijk de held van dit verhaal, want zonder jou zou er niets gebeurd zijn. Maar het is ten strengste verboden burgers mee te nemen op operaties met een hoog risicogehalte. Vooral nu. Ik heb al genoeg moeilijkheden, meer kan ik me niet veroorloven.'

'Het is echt te gek voor woorden,' zei hij met plotselinge hardnekkigheid. 'Dat je geschorst bent, bedoel ik. Selden heeft al die kinderen afgeslacht en de politie zit te kissebissen over een paar procedurefoutjes.'

'De politie is een paramilitaire organisatie. Ik heb maar te gehoorzamen.' Ze gedroeg zich echt als de moederkloek die hem onder haar vleugels had genomen, maar ondertussen vroeg ze zich bijna vertwijfeld af: wie bedoelde ik eigenlijk toen ik 'we' zei?

Ze zou de klus samen met Eric moeten opknappen. Sorry, dominee Bob en Mary, maar op dit moment heb ik jullie zoon harder nodig. Eric zou een enorm pluspunt zijn. Hij kon fantastisch goed schaduwen, hij had het geduld ervoor en de lage hartslag. Maar een surveillance door twee personen was het absolute minimum, dat deed je alleen maar als er niet veel op het spel stond en je op één plaats kon blijven zitten. Wat moesten ze doen als Doebblers huis over een achteruitgang beschikte? Of als de klootzak een ingewikkelde route volgde en zij vast kwamen te zitten in het verkeer?

Ze mochten hem absoluut niet uit het oog verliezen. Geen denken aan, dat mocht gewoon niet gebeuren.

Drie man zou echt veel beter zijn dan twee. Drie profs...

Ze keek even naar Isaac. Helemaal in de put, al deed hij zijn best dat te verbergen. Kon ze het risico nemen? Absoluut niet. Zeker niet nu de Anti Gang Unit hem zo scherp in de gaten hield.

Misschien moest ze dié zaak maar eens uit de wereld helpen.

Nee, dat was geen goed idee.

Maar waarom eigenlijk niet?

'Vertel eens,' zei ze. 'Hoe gaat het eigenlijk met Flaco Jaramillo?'

Hij werd bleek en viel bijna van de bank.

Het bleef even stil. 'Waarom vraag je dat?'

'Vertel het me maar, Isaac.'

'Wat moet ik je vertellen?'

'Wat je precies met Flaco Jaramillo te maken hebt.'

Hij bleef kalm, maar er verscheen een harde trek op zijn gezicht. Zo fel, dat het een beetje beangstigend werd. Hij balde zijn vuisten en draaide ze om, zodat zijn onderarmen zich spanden en de spieren ineens op minikabels leken. Forse armen. Echt gespierd, dat was haar nooit eerder opgevallen. Door al die hersenen was ze vergeten dat dit een gezonde jongeman was, in de kracht van zijn leven.

Nu had ze een onderwerp aangesneden dat hem lichamelijk had wakker geschud. Ze vroeg zich af hoeveel persoonlijke dingen hij voor haar verborgen hield.

'Dus daar gaat het om,' zei hij.

'Wat?'

'Iemand van de politie heeft op de universiteit vragen over mij gesteld. Een rechercheur die Lucido heet.'

'Bobby Lucido. Hij en zijn partner hebben mij een paar dagen geleden aangesproken.'

Isaacs ogen schitterden van kwaadheid. 'En jij vond het niet nodig mij dat te vertellen.'

'Dat is zelfs geen moment bij me opgekomen, beste vriend. Omdat ik niet wist wat je in je schild voerde. Nog steeds niet, trouwens.'

'Idioten,' zei hij. Hij lachte schor, een hakkelend geluid dat allesbehalve vrolijk klonk. 'Ik heb het niet over jou. Maar je werkt samen met een stel grote stommelingen.'

'We kunnen niet allemaal geniaal zijn.'

'Zo bedoelde ik het helemaal niet. Jezus.' Hij wreef met zijn knokkels over de plek tussen zijn wenkbrauwen, die daardoor een beetje rood werd.

'Ze hebben foto's, Isaac.'

Zijn schouders verstrakten. 'Waarvan?'

Nu zit ik voor het blok. 'Van jou en een of andere gluiperige drugsdealer annex mogelijke huurmoordenaar terwijl jullie gezellig in een of andere gore kroeg zitten te ouwehoeren.'

Ze sloeg haar armen over elkaar.

Hij dwong zichzelf te ontspannen.

Zijn lichaam gehoorzaamde, maar zijn ogen stonden nog veel te schichtig. Hij leek precies een verdachte. De knul had de zaak opgelost en nu probeerde zij hem kapot te maken. Waarom was het leven zo hard?

'Ik begrijp waarom dat een verkeerde indruk zou kunnen wekken,' zei hij.

'Probeer me geen lulkoek te verkopen,' zei ze.

Hij knipperde met zijn ogen. De keiharde kerel had plaatsgemaakt voor een angstig jochie. Wie van de twee was de echte?

'Dat doe ik ook niet,' hield hij vol. 'Maar er is echt niets geheimzinnigs aan. Flaco en ik kennen elkaar al jaren. We zijn samen opgegroeid en ik heb hem op de middelbare school bijles gegeven. Op de openbare school, voordat ik naar Burton ging. Af en toe lopen we elkaar tegen het lijf. Ik weet dat hij problemen heeft gehad, maar daar ben ik nooit bij betrokken geweest. Een paar dagen geleden heeft hij me gebeld en gevraagd of we een afspraak konden maken. Zodat ik hem zou kunnen helpen met een familiekwestie.'

'Wat voor familiekwestie?'

'Zijn moeder is ziek. Kanker. Ze is illegaal, dus ze kan geen gebruikmaken van openbare voorzieningen. Hij had het idee dat ik al medicijnen studeerde en dacht dat ik dus wel kon helpen om ervoor te zorgen dat ze medische hulp kreeg zonder ervoor te moeten betalen. Dat is typisch iets voor hem, hij probeert altijd iets voor niets te krijgen. Ik ben naar hem toe gegaan omdat hij vroeger, toen we nog klein waren, altijd voor mij opkwam. Ik heb hem uitgelegd dat ik niets van die zaken af wist. Maar dat vond hij niet leuk om te horen, dus hij drong aan. Daarom heb ik gezegd dat ik zou kijken wat ik kon doen. Toen ik weer op de universiteit was, heb ik een paar mensen opgebeld. Maar ik kon niets ritselen en dat heb ik hem ook verteld.'

'Is dat alles?'

'Ja, verdorie.'

'Dus je bent geen drugskoerier?'

Hij keek haar met grote ogen aan. 'Ben je nou gek geworden?'

Petra gaf geen antwoord.

'Echt niet, Petra. Dat bezweer ik je. Ik heb nooit iets te maken gehad met drugs. Echt nooit. En op de plek waar ik ben opgegroeid heb ik legio kansen gehad. Flaco is een psychopaat en een misdadiger, maar we trekken niet met elkaar op. Hij vroeg me alleen of ik hem een gunst kon bewijzen, anders niets, en ik vind het idioot dat ik daarvoor achtervolgd word. Misschien kon je er niet eerder over beginnen, maar als je dat wel had gedaan, had ik dat misverstand meteen uit de wereld kunnen helpen.'

'Een zieke moeder,' zei ze.

'Ja.'

'Dat kan gemakkelijk gecontroleerd worden.'

'Jullie controleren maar een eind weg.' Zijn donkere ogen keken haar aan en hielden haar blik vast. Zijn handen waren weer ontspannen. Hij zag er moe uit.

'Ze waren nogal nieuwsgierig naar je koffertje,' zei Petra. 'Flaco was opgestaan en naar de bar gelopen, misschien om je iets onder de tafel te geven.'

Hij lachte. 'Mijn koffertje? Heb je me wel eens zonder gezien? Hier, wil je het zelf controleren?' Hij pakte het koffertje op en bood het haar aan.

En stak ondertussen een schietgebedje af.

'Dat zit wel goed,' zei ze.

'Ik heb nooit drugs verkocht en ik ben zeker geen koerier. Jezus, Petra, je weet toch ook wel dat ik mijn studie medicijnen wel op mijn buik kan schrijven als ik op zoiets zou worden betrapt?' Hij fronste. 'En dat zou nog steeds kunnen gebeuren als die idiote collega's van jou me blijven lastigvallen.' Hij beet op zijn lip. 'Misschien is het tijd om een advocaat in te schakelen.'

'Als het nodig is, moet je dat zeker doen. Maar volgens mij schiet je er ook niets mee op als er ruchtbaarheid aan de zaak wordt gegeven.'

'Dat is zonder meer waar.' Hij schudde hoofd. 'Wat een puinhoop.'

'Als er niets is gebeurd, zul je ook geen problemen krijgen.'

'Hoe kan ik nu iets bewijzen wat niet is gebeurd?' wilde hij weten.

'Doe een proef met een leugendetector. Als het nodig mocht zijn. Zodra dit is opgelost, zal ik doen wat ik kan om voor je te bemiddelen. Dus het is voor jou ook heel belangrijk dat ik bij de politie in een goed blaadje blijf staan. Is er nog meer dat je me niet hebt verteld?'

'Nee. Die schorsing van jou had toch niets met mij te maken, hè?'

'Nee hoor, dat heb ik helemaal in mijn eentje klaargespeeld.'

Ze stond op, schonk nog een kop koffie in en bood hem er ook een aan.

'Nee, dank je wel.'

'Wil je nog iets kwijt over Doebbler?'

Hij schudde zijn hoofd.

'Dan breng ik je nu naar huis,' zei ze.

'Ik pak de bus wel.'

'Geen denken aan,' zei ze. 'Niet op dit uur. Tussen twee haakjes, die kneuzing die je op je gezicht had. Hoe kwam je daar aan?'

'Mijn broer en ik hadden een verschil van mening,' zei hij. 'Het was niets ernstigs, maar je weet wel hoe dat gaat tussen broers.'

'Jullie zijn anders wel een beetje te oud om nog te knokken.'

'Isaiah is een fijne vent, Petra, maar hij heeft het niet gemakkelijk. Hij werkt als een paard en krijgt niet genoeg slaap.'

'En de laatste keer dat ik jou belde, heb ik die arme knul ook nog wakker gemaakt.'

Isaac glimlachte. 'Dat heeft hij me verteld.' Hij stond op en pakte zijn koffertje op.

'Goed,' zei Petra, 'ik ben blij dat we schoon schip hebben gemaakt.'

'Ik ook.'

Ze liepen het appartement uit, de warme juninacht in. Nog vijfentwintig uur tot de klok weer moord zou slaan.

'Ik meende wat ik zojuist zei, Isaac. Je bent echt de held.'

'Daar staat tegenover dat als ik het patroon niet had ontdekt, jij je nu nergens zorgen over hoefde te maken.'

'Ja, het kan zalig zijn om van niets te weten,' zei ze. 'Maar ik geef hier toch de voorkeur aan.'

47

DONDERDAG 27 JUNI, 14.30 UUR, PLEXI-TECH INC., WESTRIDGE HILLS ADVANCED INDUSTRIAL PARK, WESTLAKE VILLAGE

De plasticfabriek, een enorme, witte hoedendoos zonder ramen op drie kilometer ten noorden van de snelweg, was omringd door een open, geasfalteerd terrein, dat half gevuld was met auto's, trucks en busjes. Veel lege plekken op willekeurige plaatsen. De eerste paar rijen boden een mooie gelegenheid om schuin naar de overkant te kijken, naar een kleiner, uit baksteen opgetrokken pand.

Zandkleurige stenen. Spiegelruiten, wat verdwaalde bloemperkjes, zwarte blokletters boven de ook al spiegelende voordeur. PACIFIC DYNAMICS.

Kurt Doebblers werkgever was minder gastvrij dan de uit de kluiten gewassen buurman. Het gebouw werd omringd door een smeedijzeren hek, waarvan de ingang door een hefboom werd afgesloten. Je kon er onderdoor of omheen lopen maar niet rijden. Aan de voorkant bevonden zich ook geen parkeerplaatsen. Langs de linkerkant van het gebouw slingerde een weg die verder liep naar de westkant. Zodra Doebblers Infiniti de bocht had genomen, verdween hij uit beeld. Verdomme.

Petra zat zich net af te vragen of het gebouw een achteringang had, toen Doebblers lange, hoekige gestalte opdook aan het begin van de weg. Hij liep langzaam, haast aarzelend, op die lange dunne benen en was gekleed in een lichtgroen shirt met korte mouwen, een bruine broek en witte sportschoenen. In zijn ene hand had hij een zak van Dunkin' Donuts en in de andere een stalen attachékoffertje. Met zijn zwart omrande bril en zijn slungelachtige manier van lopen was de vent een wandelende reclame voor een rariteitenkabinet.

Maar er was niets humoristisch aan deze zonderling. Ze keek toe hoe Doebbler naar de ingang van Pacific Dynamics liep en naar binnen stapte.

Dat was om halftien 's ochtends. Het was nu vijf uur later zonder dat er iets gebeurd was en Petra en Eric zaten allebei nog steeds op hun plaats, aan weerskanten van het parkeerterrein van Plexi-Tech, koffiedrinkend en kauwend op de inmiddels droge boterhammen die ze had ingepakt. Communicatie vond plaats via de voorgeprogrammeerde nummers in hun mobiele telefoons.

Een stel van die handige, nauwelijks aan storing onderhevige tweewegradio's die de politie net had aangeschaft zou heel welkom zijn geweest.

Een officieel gesanctioneerd politieonderzoek naar Kurt Doebbler zou ook heel welkom zijn geweest.

Het was hier, zo ver naar het westen, een zonnige en warme dag. De stank van chemicaliën hing in de lucht en ondanks de hitte was de hemel toch bedekt met een akelig grauw wolkendek. Ze had Eric gisteravond, vlak voor middernacht, bij zijn ouders thuis gebeld, nadat ze Isaac had weggebracht. De knul zat kennelijk in zak en as omdat hij niet mee mocht werken aan het schaduwen, maar hij had het toch netjes verwerkt. Zodra dit voorbij was, zou ze dat misverstand over Flaco Jaramillo wel rechtzetten.

Aanvankelijk had Eric niet opgenomen en ze had zich afgevraagd of hij misschien al lag te slapen. Normaal gesproken was hij een nachtmens, maar dominee Bob en mevrouw Stahl gingen vroeg naar bed en het zou best kunnen dat hij zich had aangepast.

Dan zou hij nu in bed liggen in zijn jongenskamer in het bescheiden ranchhuis in Camarillo. Onder de wimpels, de posters en de atletiektrofeeën die zijn ouders hadden bewaard. En de militaire onderscheidingen die hij weg had willen gooien, maar die mam keurig op een prikbord had opgehangen.

Net toen ze op het punt stond de verbinding te verbreken, zei hij:
'Hoi.'

'Heb ik je wakker gemaakt?'

'Nee, ik ben nog op.'

'Sorry dat ik je daar weg moet halen, maar met betrekking tot de achtentwintigste juni is het kwartje ineens gevallen.' Ze vertelde hem het verhaal van Otto Retzak en het feit dat Doebbler de honderdjarige moorden imiteerde.

'Wanneer heb je me nodig?' vroeg hij.

De volgende dag ontmoetten ze elkaar om kwart voor zeven 's ochtends bij een tacotentje op Reseda Boulevard, anderhalve kilometer ten noorden van Ventura. Vijf minuten rijden van Doebblers huis op Rosita. Eric, een onbekende voor hun doelwit, was de voor de hand liggende keuze om het dichtst bij hem in de buurt te blijven. Hij reed in zijn Jeep naar het noorden, vond het lichtgrijze, traditionele huis, vervolgde zijn weg door de straat en maakte een U-bocht naar een door bomen overschaduwde uitkijkpost. Onderuitgezakt achter het stuur, vrijwel onzichtbaar achter ramen die veel donkerder getint waren dan wettelijk was toegestaan.

Een rustige buurt. Een paar slanke vrouwen jogden voorbij en de nieuwste modellen van buitenlandse auto's kwamen tevoorschijn uit opritten met in pakken gehulde mannen op weg naar het werk. De Jeep was zwart, onopvallend en paste precies in de omgeving. Als iemand daarom iets vroeg, had Eric diverse verhalen in petto. En als het nodig was zijn politiepenning.

Maar dat was het niet.

Petra stond opgesteld ten zuiden van Ventura, aan de oostkant van de weg en klaar om Doebbler te volgen als hij naar de 101 reed of links of rechts de boulevard op zou rijden. Linksaf lag het meest voor de hand, Pacific Dynamics bevond zich ongeveer vijfentwintig kilometer verder naar het westen.

Om kwart over acht belde Eric. 'Doebbler en zijn dochter stappen in de Infiniti... Hij komt achteruit de oprit af en rijdt naar het oosten. Tenzij haar school ergens in de heuvels is, moet hij je zo voorbij komen. Ik neem even snel een kijkje achter het huis en kom dan achter je aan.'

Een paar minuten later reed Doebblers champagnekleurige vierdeurspersonenwagen rustig door een groen licht op Ventura. Petra liet nog twee andere auto's passeren, voordat ze zich tussen het verkeer voegde en achter hem aan reed. Doebbler negeerde de afslag naar de snelweg en reed verder naar het noorden tot bij Riverside, sloeg links af, reed vier straten verder en nam toen de straat rechts. Nog drie kruispunten en toen sloot de Infiniti aan bij een rij auto's op weg naar de West Valley Comprehensive Preparatory Academy waar een ingehuurde privésmeris het verkeer stond te regelen. Eric was in geen velden of wegen te zien. Ze moest hem bellen om hem te vertellen waar ze was. Maar net toen ze het snelkiesnummer intoetste, zag ze een zwarte Jeep in haar achteruitkijkspiegel. Was het iemand anders? Nee, de donkere ramen en het stoffige radiatorscherm vertelden haar dat het Eric was. Hij reed zonder op of om te kijken langs haar heen, passeerde de lange rij wachtende auto's en verdween uit het zicht. Petra parkeerde en verloor Doebbler niet uit het oog. De Infiniti was gemakkelijk in de gaten te houden, het was de enige personenwagen in een langzaam rijdende file van SUV's. Slanke, keurig gekapte moeders in veel te grote gemotoriseerde bakbeesten zetten goed gevoede kinderen in schooluniformen af terwijl ze in hun mobiele telefoons zaten te praten. Witte blouses voor de leerlingen. Olijfkleurige broeken voor de jongens, olijfkleurige plooirokjes voor de meisjes.

Een rossig blondje in een blauwe Volvo C-70 kwam langsrijden. Emily Pastern zat achter het stuur en op de achterbank van de cabrio zaten twee kinderen. Petra zakte verder onderuit.

De privésmeris wenkte. Doebbler kroop vooruit.

West Valley Comprehensive Prep was een kleine school met een grote naam, op het oog gevestigd in vier omgebouwde appartementsgebouwen uit de jaren vijftig van de vorige eeuw. Een benepen grasveldje in het midden, het geheel omringd door een hoog ijzeren hek. De kinderen die gebukt gingen onder belachelijk grote rugzakken waren allemaal blank en een hoog percentage had blond haar. De Infiniti bereikte het hek en Katya Doebbler, lang voor haar leeftijd en met haar steile, donkere haar in een paardenstaart, stapte uit en liep door de schoolhekken zonder haar vader nog een blik of een woord waardig te gunnen.

Ze zag er triest uit. Binnen niet al te lange tijd zou dat alleen maar erger worden.

Doebbler reed de straat weer in en bleef rechtdoor rijden. Een seconde later belde Eric: 'Het loopt dood, ik blijf hier staan.'

'Ik pik hem wel op,' zei Petra.

Emily Pastern loosde haar kroost en stapte uit om met een van de andere moeders te praten. Petra zette de auto in de versnelling en wachtte op Doebbler. Ze ving een glimp van de klootzak op toen hij zonder iets in de gaten te hebben voorbij tufte. Rechtop achter het stuur, de blik strak vooruit, bebrild en met stramme kaken. Uitdrukkingsloos. Beide handen op het stuur, in de ideale rijhouding van tien voor twee. Een brave burger.

Terug op Reseda. Het spitsuur zorgde voor een opstopping even ten noorden van Ventura Boulevard, maar Eric slaagde er toch in om weer voor haar te komen en toen Doebbler de afslag naar het westen nam, reed de Jeep drie auto's achter hem.

De beide voertuigen zaten op de rechterbaan. Petra reed op de middenbaan, nog weer vijf auto's verder naar achteren, en keek toe hoe Eric de andere auto zo onopvallend schaduwde dat hij bijna onzichtbaar leek. Het ging allemaal zo soepel en moeiteloos dat het op een achtervolgingsballet leek, waarin het doelwit geen moment uit het oog werd verloren. Haar man was zo elegant.

Haar man.

Ze begon hardop te lachen. Maar dat geluid beviel haar helemaal niet en ze zei: 'Ach, hou toch op.'

Doebbler maakte van de rit naar Westlake Village een ontspannen tochtje waarbij hij voortdurend in de langzame, rechterbaan bleef rijden. Hij bleef op Ventura, stopte voor elk stoplicht dat op oranje stond, gaf andere automobilisten de kans om in te voegen of te passeren en stond voor iedere voetganger op de rem.

Hij kon zich natuurlijk niet veroorloven dat hij opgepakt zou worden voor een verkeersovertreding. Niet als hij vanavond echt iets belangrijks te doen had.

Zevenhonderd meter voordat hij bij het gebouw was waar hij werkte, stopte Doebbler op de parkeerplaats van een Dunkin' Donuts, stapte uit om te bestellen en dook weer op met een zak in zijn hand. Junkfood voor het ontbijt? Wie had dat nou verwacht?

Hij liep met datzelfde robotachtige gezicht terug naar zijn auto. Angstaanjagend. Zou het er echt op neerkomen dat er ergens een paar steekjes loszaten?

Doebbler keek even om zich heen, stapte weer in de Infiniti en vervolgde zijn ontspannen tocht door de brede, zonovergoten westelijke uitgang van de Valley.

Vijf uur en achttien minuten vol verveling.

In al die tijd waren er maar twee onderbrekingen geweest.

Om twintig voor elf was Eric de straat overgestoken naar Pacific Dynamics en onder de hefboom door gelopen. Hij volgde de weg in westelijke richting, precies zoals de Infiniti had gedaan, en bleef tien minuten weg.

Toen hij weer naast Petra's raampje opdook, zei hij: 'Een laadruimte die aan de buitenkant afgesloten is en kennelijk niet meer wordt gebruikt. De parkeergarage is bovengronds en heeft twee niveaus, een overdekt en een op het dak. Doebbler staat op het dak. Hij kan alleen vertrekken via dezelfde weg als hij is binnengekomen.'

'En als hij gaat lopen?'

'Aan de achterkant staat een muur van cementblokken en die is zeker viereneenhalve meter hoog. Aan de andere kant staat een soort pakhuis. Tenzij hij een geboren alpinist is, kan hij geen andere uitgang nemen. Als hij weggaat, moet hij langs ons heen.'

Om tien voor twaalf vertrok Petra voor een plaspauze, maar ze moest helemaal terugrijden naar Ventura voordat ze een Denny's vond waar ze terecht kon. En omdat ze er toch was, nam ze ook maar iets mee om de inwendige mens te versterken. Ook voor Eric en ze nam het risico om snel naar zijn Jeep toe te lopen en het hem te geven.

Een paar tellen later, toen ze net weer in haar eigen auto zat, kwamen drieëndertig mensen Pacific Dynamics uit lopen, in kleine, gezellig babbelende groepjes die in hun auto's stapten en wegreden. Vijfentwintig mannen, het merendeel in hemdsmouwen, net als Doebbler. Acht vrouwen, al even nonchalant gekleed.

Lunchtijd. Geen spoor van hun doelwit.

'Misschien zit hij nu aan die donuts,' zei Petra, 'om zich voor de grote avond vol te proppen met koolhydraten.' Erics stem aan de andere kant van de lijn klonk zacht. 'Als hij nog gewoon achter zijn bureau zit te werken, past dat goed bij een dwangmatige persoonlijkheid.'

Maar dat gold net zo goed voor Eric. En voor haar.

Ze wierp een blik opzij, naar de Jeep die twee parkeerblokken verder stond. 'Eigenlijk gek om op deze manier met je te moeten praten. Wat zou je zeggen van een beetje telefoonseks?'

'Prima,' zei hij. 'Zolang het maar een voorspel van het echte werk blijft.'

Om tien voor halfvier had Doebbler zich nog steeds niet laten zien. Eric wilde er zeker van zijn dat ze niets hadden gemist en belde zijn kantoornummer. Doebbler pakte de telefoon op en Eric zei: 'Meneer Doebbler?'

'Ja.'

'U spreekt met Dwayne Hickham van New Jersey Levensverzekeringen. Hebt u wel eens overwogen om van verzekeringsmaatsch...'

Klik.

'Gezellige vent,' zei Petra.

Eric gaf geen antwoord.

Om zeven minuten voor vier begon haar telefoon te piepen. Ze had een kont van beton, hoofdpijn van de honger en haar blaas stond op springen. Het tafereel achter haar vooruit leek verdomme wel een olieverfschilderij. Wat zou Eric te vertellen hebben?

Ze nam het gesprek aan. 'Wat is er aan de hand?'

Een opgewekte stem vroeg: 'Met rechercheur Connor?' Een Duits accent.

'Hoofdinspecteur Bandorffer.'

'Ja, met Klaus. Ik dacht dat dit wel een goede tijd was om je te bellen.'

'Dat klopt, meneer. Wat is er aan de hand?'

'Ik bel,' zei Bandorffer, 'omdat ik iets interessants in onze archieven heb aangetroffen. Geen seriemoord en zelfs geen gewone moord. Een overval. Maar die vond wel plaats op 28 juni en de details zijn nogal prikkelend.'

'In welk jaar?' vroeg Petra.

'Negentiennegenenzeventig. Een jonge vrouw, een zekere Gudrun Wiegeland die taarten decoreerde bij een van onze beste banketbakkers, werd overvallen toen ze naar huis liep. Ze had net de laatste hand gelegd aan een ingewikkelde bruidstaart en vertrok vlak voor middernacht van haar werk. Op twee straten afstand van haar huis sloeg iemand een arm om haar hals, trok haar omver, rolde haar op haar buik en begon haar tegen de ribben te schoppen. Daarna voelde ze een scherpe pijn in haar achterhoofd. Helaas bleef de aanvaller achter haar, zodat ze hem niet heeft gezien. Ze was zwaargewond. Drie gebroken ribben, inwendige kneuzingen en een schedelbasisfractuur. Ze heeft twee dagen in coma gelegen en toen ze bijkwam, kon ze de politie niets zinnigs vertellen. Ik ben vandaag bij haar op bezoek geweest. Ze is nu een angstige vrouw van middelbare leeftijd, die bij haar bejaarde moeder woont en van een uitkering rond moet komen. Ze zet vrijwel geen voet buiten de deur.'

'Arme stakker.'

'Fraulein Wiegeland was volgens de geruchten nogal een wilde tante en onze mannen verdachten een van haar voormalige vriendjes, een banketbakker met een drankprobleem. Het stel had diverse keren in het openbaar ruzie gehad. Maar de man was in staat om te bewijzen dat hij ergens anders was en de misdaad is nooit opgelost. Gedurende die periode woonde uw meneer Doebbler samen met zijn familie op de legerbasis, dat heb ik ook gecontroleerd.'

'Hoeveel klappen heeft ze op haar hoofd gehad?' vroeg Petra.

'Eén,' zei Bandorffer.

'Onze knaap ramt diverse keren op zijn slachtoffers in,' zei Petra.

'Misschien raakte hij in paniek. Omdat hij nog jong en onervaren was. Als het die knaap van jullie is geweest.'

Vierentwintig jaar geleden was Kurt Doebbler achttien geweest.

De griezel had inderdaad als puber dat Tellerboek in handen gekregen en daardoor was er vanbinnen bij hem iets in de knoop geraakt.

Ziedende hormonen. Seksuele verwarring.

Een knikje in een of ander zenuwdraadje en god mocht weten wat nog meer.

Hij had zijn eerste moord zorgvuldig gepland en voorbereid, maar was niet in staat geweest het af te maken. Had hij last gekregen van faalangst en zich daarom achttien jaar lang ingehouden?

Of misschien juist het tegendeel?

Andere steden, andere junimaanden. Het was een misselijkmakende gedachte. Hoe het ook zij, Marta's overspel had de doorslag gegeven. En het vuurtje – misschien opnieuw – opgestookt.

'Hartelijk bedankt, inspecteur,' zei ze.

'Graag gedaan, rechercheur. Laat het me alsjeblieft weten als je de oplossing vindt.'

Bandorffer verbrak de verbinding.

Isaac had alweer de spijker op de kop geslagen, dacht Petra.

48

DONDERDAG 27 JUNI, 20.45 UUR, KAMER 19, CASA FIGUEROA MOTOR INN, FIGUEROA IN DE BUURT VAN JEFFERSON BOULEVARD

'Dit is zalig,' zei Klara. Ze duwde de dekens omlaag tot haar middel, liet haar handen over haar zachte, witte, ingezakte borsten glijden, kneep in haar eigen roze tepel en keek tevreden toe hoe die meteen weer rechtop ging staan. Daarna stak ze haar hand uit naar het beschadigde nachtkastje, pakte haar glas wijn en nam een slokje.

Een fles chardonnay van vijftien dollar die ze per se zelf had willen betalen.

Isaac lag naast haar op zijn rug omhoog te staren naar het plafond dat eruitzag alsof het met kwark was bepleisterd. Met name de bruine plek waar de leiding van de airconditioning had gelekt scheen hem te boeien. Een bruine inktvlek, die op een rohrschach leek....

'Dat is toch zo?' zei Klara terwijl ze haar vinger in de wijn doopte en over zijn bovenlip liet glijden. 'Dit is toch zalig?'

Hij knikte. In de houding waarin hij lag, betekende dat knikken naar het plafond.

Ze boog zich over hem heen en knabbelde aan zijn oorlelletje. 'Vijf minuten geleden was je nog een stuk enthousiaster, lieve schat. Méér dan enthousiast zelfs. Vulkanisch lijkt me toepasselijker.'

Isaac glimlachte. De bruine vlek had absoluut een bepaalde vorm.

Twee beren, een grote en een kleine, die uitdagend tegenover elkaar stonden. Of misschien waren ze wel aan het dansen. Wat kon je daaruit opmaken over zijn onderbewustzijn? 'Mijn eigen Vesuvius,' zei Klara. Ze liet haar hand naar beneden glijden. 'Ben je al aan een nieuwe eruptie toe?'

Isaacs penis deed zeer en hij had pijn in zijn nek, maar Klara was van alle markten thuis en de tweede keer ging toch prima. Na afloop zei ze: 'En nu onder de douche,' en liep heupwiegend naar de kleine motelbadkamer, pronkend met haar gevulde lichaam en zonder zich iets aan te trekken van haar slappe taille, haar uitgezakte borsten en de incidentele plekjes met cellulitis. Maar dat waardeerde hij juist in haar en toen ze riep dat hij ook moest komen, gehoorzaamde hij meteen. En toen ze hem onder de straal trok voor een intieme kus, vond hij dat helemaal niet erg.

De douchecabine was een geprefabriceerd hokje van plexiglas, precies zoals thuis, maar niet zo schoon. Klara zeepte hem enthousiast in, drukte zijn handen overal tegen haar glibberige, dolfijnachtige zachte lijf, gooide haar hoofd in haar nek en lachte terwijl het water in haar gezicht plensde.

'Laten we net doen alsof het een waterval is,' zei ze. 'Ergens op een exotisch plekje, waar niemand anders is dan wij tweetjes.'

Ze waste haar rode haar met een proefverpakking shampoo die ze mee had gebracht, spoelde het uit, kneep het droog en wikkelde er een handdoek omheen. Daarna gingen ze terug naar het extra grote tweepersoonsbed met het elektrische trilsysteem dat in werking gesteld kon worden door een muntje in de automaat te doen die tegen het imitatiehouten hoofdeinde van het bed was geschroefd.

Smakeloos. Isaac stond ervan te kijken dat hij het zo leuk vond.

Op de een of andere manier, wanneer wist hij niet precies, was hij iemand anders geworden. De persoon die hij zich voor de geest haalde als hij met haar neukte.

Een geile Latijns-Amerikaanse bok die tussen de lakens was gekropen met een gewillige vrouw met vlammend rood haar. Een afspraakje in een benauwde kamer met op kwark lijkend pleisterwerk, schroeiplekken van sigaretten langs de zoom van de gordijnen en dunne, versleten vloerbedekking waar de lucht van zonde, bier en oploskoffie vanaf sloeg.

Casa Figueroa. Twee verdiepingen modderkleurige, met pleisterkalk bestreken muren onder een dak met onechte rode dakpannen. Tweeëndertig door de American Automobile Association goedgekeurde kamers met uitzicht op een niervormig zwembad, allemaal met een eigen opgang. Klara had betaald met haar creditcard, de sleutel met een vertoon van flair en zelfvertrouwen aangepakt van de receptionist en was heupwiegend voor Isaac uit de trap op gelopen. Geen spoor van schaamte. Dat had het voor hem gemakkelijker gemaakt. Maar toch, als zijn moeder of iemand van de kerk hem had gezien...

Zij had overal voor gezorgd. Ze had een oppas geregeld voor haar begaafde dochter en zoon, en de wijn en condooms meegebracht, plus een rol kwartjes voor het trillende bed.

En een reep chocola die ze nu in tweeën brak. 'Ook zin in een toetje, schat?'

Ze namen allebei een hap van het snoepgoed.

'Je wordt er wel dik van,' zei Klara, terwijl ze de chocola van haar lippen likte. 'Maar er zitten ook allerlei goede dingen in, zoals conserveringsmiddelen. We hebben wel recht op een pretje. Omdat we zo'n belangrijke zaak hebben opgelost.'

Ze was om zes uur 's avonds naar hem toe gekomen toen hij beneden in de bibliotheek al zijn gegevens zat door te nemen en zijn best deed om niet aan Petra te denken. Ze was zonder omhaal naar hem toe gelopen, had zijn hand gepakt en die onder haar jurk getrokken. Geen broekje.

De vlammen sloegen Isaac uit. Ze wist dat ze hem te pakken had en grinnikte. 'Pak je boeken bij elkaar, meneertje, dan gaan we ervandoor.'

Ze zaten twintig minuten naar een of ander walgelijk programma op USA Network te kijken, terwijl Klara haar haar uitkamde. Tijdens de reclame zei ze: 'Het is tijd om naar huis te gaan, schattebout. Het huishouden roept en zo. Maar we doen dit vast nog een keer over.' Haar tong drong tussen zijn lippen, zoet van de chocola. 'En het liefst zo gauw mogelijk.'

Terwijl Isaac met haar meeliep naar haar auto, zei ze: 'Het is echt fantastisch. Dat we al die moorden hebben opgelost, bedoel ik. Moet je je voorstellen, Isaac, twee van die boekenwurmen zoals wij die ineens echte detectives worden.'

'Maar jij bent de superspeurder, Klara.'

Ze tikte hem even op zijn schouder. 'Natuurlijk niet! Ik werd alleen maar geleid door jóuw intellect.'

Inmiddels waren ze bij de auto en ze legde haar hoofd tegen zijn schouder. Hij begreep instinctief dat ze behoefte had aan meer lof en zei: 'Klara, zonder jou had ik helemaal niets bereikt.'

Ze bleef daar op die duistere, haveloze motelparkeerplaats nog even tegen hem aangedrukt staan. Ten slotte richtte ze zich op en maakte haar auto open. 'Ik heb het nog een keer gelezen,' zei ze. 'Dat afschuwelijke boekje.' Ze huiverde. 'Hoe kan iemand zo slecht zijn?' Isaac haalde zijn schouders op.

'Ik meen het,' zei ze. 'Hoe kun je zoiets verklaren?'

'Retzak beweerde dat hij misbruikt was.'

'Een heleboel mensen zijn misbruikt, maar die zijn niet zo geworden.'

'Dat is waar.'

Ze pakte zijn hand en speelde met zijn vingers. 'Ik weet dat je discreet moet zijn en zo, maar is die vent, de kerel die door de politie in de gaten wordt gehouden, ook misbruikt? Want er moeten toch bepaalde parallellen zijn, hè? Tussen hem en Retzak. Waarom zou hij anders Retzak imiteren en niet gewoon zijn eigen weg gaan?'

'Dat weet ik niet,' zei hij. 'Ik weet niet veel van hem af.'

'Nou ja,' zei ze. 'Eén ding weten we zeker: hij is slecht. En jij hebt een belangrijke bijdrage geleverd om hem achter tralies te krijgen.'

'Daar zal de politie wel voor zorgen.'

'Hopelijk zijn ze daartoe in staat,' zei ze. 'Want ik moet je eerlijk bekennen dat ik geen blind vertrouwen in de politie heb. Op een keer, jaren geleden, werd er bij mij in de buurt ingebroken – bij een van mijn buren, een alleenwonende vrouw – en het enige wat de politie deed, was rapport opmaken.'

'De rechercheur die deze zaak behandelt is fantastisch,' zei Isaac. Het klonk verdedigend.

'Ik hoop dat hij dat echt is,' zei Klara. 'Maar goed, als je me meer kunt vertellen, laat me dat dan weten, want deze zaak fascineert me. Ik heb geschiedenis gestudeerd op Smith, maar psychologie heeft me altijd geboeid. Ik wil graag weten waarom mensen veranderen. Want een groter mysterie bestaat eigenlijk niet, hè?' Ze tikte tegen zijn wang. 'Op een dag zul je arts zijn. Geen psychiater, maar wie weet, misschien ontdek je toch iets waardoor de oplossing weer iets dichterbij komt.'

'Momenteel ben ik al heel tevreden als ik mijn scriptie afkrijg.'

'Dat krijg je wel af. Je bent iemand met karakter en mensen met karakter maken altijd af waar ze aan beginnen.'

Ze trok het portier van haar auto open en legde haar handen om zijn gezicht. 'Ik geloof in je, Isaac Gomez. Ik hou niet van je en zover zal het ook nooit komen. Maar ik mag je ontzettend graag. We kunnen toch wel vrienden worden?'

'Dat zijn we al.'

Haar ogen werden vochtig. Toen gaf ze hem met rechts een knipoogje. 'Tijd om naar huis te gaan en mijn plicht als moeder op te pakken. Maar ik zal vast constant aan vulkanen denken.'

49

DONDERDAG 27 JUNI, 21.21 UUR, HET HUIS VAN DE FAMILIE DOEB-
BLER, ROSITA AVENUE, TARZANA

'Hij is thuis.' Erics gefluister was nauwelijks hoorbaar door de telefoon.

'Wat doet hij?' vroeg Petra.

'Hij zit te lezen en handoefeningen te doen.'

'Handoefeningen?'

'Met zo'n knijpveer. Onder het lezen.'

'Hij zit zich voor te bereiden op de grote avond. Zie je ook wapens?'

'Nee.'

'Die zal hij wel in een van de auto's bewaren,' zei ze. 'Hoe zit het met Katya?'

'Niet hier.'

'Dan zal ze wel boven zitten. De dag dat ik hem ondervroeg, bleef ze ook steeds boven. Ziet hij er gespannen uit?'

'Niet echt.

'Een normale houding?'

'Uitdrukkingsloos,' zei Eric.

'Dat is voor hem normaal.'

Ze verbrak de verbinding en haar mobiele telefoon werd donker. Ze had twee lijnen op het toestel, maar er stond er maar één open, op de trilfunctie. En alleen voor Eric. Nadat ze iets te vaak waren lastiggevallen door telefoonverkopers, had ze samen met Eric besloten om al hun gesprekken door te sluizen naar hun vaste nummers. Het duurde even, maar ze hadden dezelfde provider en om halfnegen waren ze min of meer afgesloten. Ieder halfuur controleerden ze allebei of er nog boodschappen waren, om er zeker van te zijn dat ze niets misten. De laatste keer was tien minuten geleden geweest: onbelangrijke berichten en een telefoontje van haar broer Brad. Niets belangrijks, hij had gewoon even gezellig met haar willen kletsen. Die zou ze morgen wel terugbellen.

Als deze toestand voorbij was.

Ze ging verzitten, nam een slok water uit de fles die ze bij zich had, stopte een paar M&M's in haar mond en verloor het grijze huis geen moment uit het oog. Ze was vastbesloten dat ze dit keer Eric wel zou zien als hij de achtertuin uit kwam en terugging naar zijn Jeep.

Ze was nog geen vijftien meter van Doebblers voordeur verwijderd, met haar gezicht naar het westen. De Jeep stond een eind verder, net buiten het zicht, met de neus naar het oosten. Welke kant Doebbler ook op zou gaan, er stond iemand klaar om hem meteen te volgen. Er stonden een paar bomen, maar verder was het zicht in de donkere straat goed. En de hekken tussen de huizen onderling voorkwamen dat iemand van de ene tuin naar de andere kon vluchten. Doebbler zou tevoorschijn moeten komen.

Meer dan tien uur en nog niets. Petra's hersens begonnen tot stof te vergaan omdat ze niet gebruikt werden.

Om halfvijf 's middags was Kurt Doebbler samen met nog een stel andere werknemers bij Pacific Dynamics vertrokken. Nadat hij een pizza had gehaald reed hij naar Katya's school waar hij even voor vijf uur aankwam. Op dat uur leek het gebouw gesloten, maar nadat Doebbler had aangebeld was een chagrijnige Katya opgedoken in het gezelschap van een grijsharige vrouw die eruitzag als een lerares en die het hek voor het meisje had geopend.

Kennelijk een soort naschoolse opvang. De lerares glimlachte en zei iets tegen Doebbler, die zonder iets te zeggen wegliep. Vader en dochter wisselden geen woord toen ze naar de Infiniti liepen. Katya's rugzak zag er propvol uit, maar Doebbler bood niet aan de tas van haar over te nemen.

De Infiniti reed rechtstreeks naar huis, waar het stel om één minuut over halfzes aankwam. Doebbler liep naar de deur met die harkerige bewegingen van hem, ongeveer een meter voor Katya uit, en sloot zonder op of om te kijken de auto af met behulp van de afstandsbediening. Het meisje liep haastig achter hem aan en hij hield wel de deur voor haar open toen ze naar binnen stapte.

Daarna pakte hij de post uit de brievenbus die naast de voordeur zat en stond buiten de enveloppen door te kijken. Hij gunde de straat zelfs geen blik waardig toen hij naar binnen liep en de deur achter zich dichttrok.

Waar zou hij zich druk over maken? Hij had het al zes jaar achter elkaar zonder problemen klaargespeeld.

Vanaf dat moment hadden ze taal noch teken opgevangen van hem of van het meisje, en de auto's van Doebbler stonden nog steeds allebei op de oprit. Om negen uur besloten Petra en Eric unaniem dat iemand een kijkje zou nemen in de achtertuin, alleen maar om er zeker van te zijn dat hun doelwit er niet te voet vandoor was gegaan. Iemand was Eric.

Op Petra's horloge was het twee minuten voor halftien. Acht minuten geleden had hij in de tuin gestaan en hij was nog steeds niet terug. Was hij door iets opgehouden?

Haar telefoon trilde.

'Ik ben er weer.'

'Waar ben je?'

'Weer in de auto.'

'Ik heb zitten kijken of ik je zag. Hoe heb je dat verdorie nou weer klaargespeeld?'

'Wat?'

'De Onzichtbare Man.'

'Ik ben gewoon teruggelopen.'

'Ja vast, ninja-meester.' Ze maakte er een grapje van, maar het zat haar toch dwars dat ze hem niet had gezien. Had ze toch zitten dromen, hoewel ze juist vastbesloten was geweest om zich te concentreren? God, wat had ze toch een hekel aan surveillancedienst, het was gewoon funest voor je IQ.

'Wat heb je daar al die tijd gedaan?'

'Ik heb alleen maar staan kijken.'

'Heb je nog iets gezien?'

'Nee.'

Als je in de hel belandde, zou je vast tot oneindige surveillancedienst veroordeeld worden.

Ze verbraken de verbinding en Petra nam nog een paar snoepjes. Hersendood en rotte tanden. Ze moest zich nog minimaal tweeëneenhalf uur koest houden en Doebbler zat in zijn fauteuil een tijdschrift te lezen en de spieren van zijn handen soepel te maken.

Wat zou hij lezen, de laatste editie van *De Moderne Moordenaar*? Hij probeerde de kracht van zijn handen te verhogen. Misschien hield dat toch in dat hij een beetje zenuwachtig begon te worden.

Tweeëneenhalf uur... Had hij alles zo goed gepland dat het niet nodig was om eerder van huis te gaan?

Hij zou zijn prooi al hebben geselecteerd. Een verpleegkundige. Iemand die voor kinderen zorgde. Misschien kinderen met een aandoening van de luchtwegen. En misschien ook wel een Italiaans meisje, als hij Retzak echt wilde kopiëren.

Ze had al uitgezocht dat er in Elysian Park geen ziekenhuis meer was. En als het om kinderen ging, dacht je eigenlijk meteen aan het Western Kinderziekenhuis, helemaal in Hollywood. Niet zo ver van het park, volgens haar zou Doebbler dat wel aantrekkelijk vinden.

Op dit uur zou het je zeker een halfuur kosten om het Western vanuit Tarzana via de snelweg te bereiken, waarschijnlijk zelfs langer, dus Doebbler liet het echt op het laatste moment aankomen.

Petra wist welke diensten in het ziekenhuis werden gedraaid, omdat Billy Straight daarnaartoe was gebracht en ze heel wat uurtjes naast zijn bed had gezeten. De middagdiensten liepen van drie tot elf. Dat betekende dat de dagzusters tussen elf uur en halftwaalf naar hun auto's zouden lopen en dat de nachtploeg tegelijkertijd zou arriveren. Er zouden heel wat vrouwen heen en weer lopen van en naar de onoverdekte parkeerterreinen.

Sjofele zijstraatjes, East Hollywood. Niet de meest geweldige buurt en er waren nauwelijks veiligheidsmaatregelen, maar bij haar weten waren er in de tijd dat ze nu bij de Hollywood Divisie werkte nooit serieuze problemen geweest.

Maar hoe zou Doebbler tussen al die vrouwen een slachtoffer uitkiezen?

Hij had zijn keuze al gemaakt.

Vijf minuten gingen voorbij. Tien, vijftien, en nog steeds was er bij het grijze huis geen beweging te zien. Een rit naar Hollywood leek steeds onwaarschijnlijker te worden, dus ze had zich kennelijk vergist met betrekking tot het Western. Oké, er zouden vast meer dan genoeg kinderklinieken in de stad zijn.

Nu de tijd langzaam maar zeker wegtikte, zat het er dik in dat Doebbler voor iets had gekozen wat dichter bij huis was. Een of andere instelling hier in de Valley.

Het Northridge Hospital lag op een kwartiertje rijden, zelfs minder als het verkeer meezat. Zou de verpleegkundige staf van Northridge dezelfde uren aanhouden als die van het Western Kinderziekenhuis?

Ze belde Eric via het snelkiesprogramma om te zeggen dat ze een paar minuten in gesprek zou zijn en belde het ziekenhuis. De nachtreceptioniste bevestigde haar vermoeden: van drie tot elf.

Doebbler had nog meer dan genoeg tijd om daar te komen. Ze had geen flauw idee hoe het met de parkeerterreinen van het Northridge gesteld was.

Ze wist niet eens of het wel om Northridge zou gaan.

De Valley was een uitgestrekt gebied. Als Doebbler in actie kwam, zou ze moeten improviseren.

Maar kwam het eigenlijk niet altijd daarop neer?

50

DONDERDAG 27 JUNI, 22.59 UUR, HET HUIS VAN DE FAMILIE GOMEZ, UNION DISTRICT

Vanuit het bovenste bed klonk het gesnurk van Isaiah, even luid en opdringerig als het geluid van een bladblazer. De oudste van de gebroeders Gomez was pas laat thuisgekomen, in een humeur om op te schieten en de rest van het gezin had geen mond open durven doen. Hij had zijn werkkleren op de grond gesmeten en was rechtstreeks zijn bed in gerold.

De hele kamer stonk naar teer. En naar alcohol. Maar dat zou Isaac niet doorkleppen, het had geen zin om mama overstuur te maken. Aan de andere kant van het benarde kamertje lag Joel op zijn luchtbed te slapen, de ogen gesloten, de borst rustig op en neer deinend, een glimlach op zijn bijna knappe gezicht. Joel was zo'n opgewekt mengelmoesje van libido en oppervlakkigheid dat hij altijd gelukkig zou zijn. Isaac, bekaf van zijn motelavontuurtje met Klara, had maar weinig gegeten en was al snel in slaap gevallen. Maar hij raakte verstrikt in nerveuze en dubbelzinnige dromen en midden in een abstracte, expressionistische nachtmerrie schrok hij wakker, gedesoriënteerd en kletsnat van het zweet. Aan de herrie uit het bed boven hem hoorde hij waar hij was. De hemel zij geprezen voor dat afwijkende neusschot van Isaiah.

Nu was hij klaarwakker en probeerde niet aan Klara te denken, maar natuurlijk dacht hij nergens anders aan.

Niet aan de dingen die ze had gedaan. Aan iets wat ze had gezegd.

Er moesten wel parallellen zijn... waarom zou hij anders Retzak imiteren?

Een excentrieke vrouw, waarschijnlijk een neurotische vrouw, maar wel intelligent. Te intelligent om genegeerd te worden en nu brak het klamme zweet Isaac om een andere reden uit.

Zijn ballon vol drogredenen was meedogenloos lek geprikt.

Je kunt toch niets meer beginnen. Petra weet wat ze doet.

Hij stak zijn hand uit naar het houten krat dat als nachtkastje fungeerde en pakte zijn horloge. Twee minuten over elf.

Over een uur zou de ontknoping plaatsvinden. Nog even en alles was voorbij.

Maar was dat wel zo?

Hij sloot zijn ogen en de feiten drongen zich op. Discrepanties die niet genegeerd konden worden. Hij glipte uit bed, pakte zijn koffertje en liep op zijn tenen door het kamertje.

Isaiah bewoog zich en zijn spiraal kraakte. Een gemompeld 'wah?'

Isaac liep de slaapkamer uit, trok de deur geluidloos achter zich dicht en ging naar de keuken, in de hoop dat zijn ouders in de kamer ernaast hem niet zouden horen. Met name zijn moeder sliep zo licht als een chihuahua.

Hij deed het zwakke lampje bij het fornuis aan, ging zitten en dacht na. Om tot de conclusie te komen dat hij geen spoken zag.

Nadat hij zijn laptop uit de koffer had gepakt en had aangesloten –

waarbij het in een lap gewikkelde pistool verschoof – zocht hij verder in zijn koffer tot hij zijn modem vond dat hij maar zelden gebruikte. Hij verbond het kastje met de telefoonaansluiting achter de tafel, startte de computer en hoopte er het beste van. Hij had het modem jaren geleden geïnstalleerd, maar gebruikte het zelden. Dat hoefde ook niet, met al die snelle apparatuur op de universiteit. De bedrading van de telefoon in de flat was overjarig en onbetrouwbaar. Zelfs als hij verbinding kreeg, zou het tijden duren voordat hij op het net zat.

Een verbinding uit de oertijd. Een lachertje.

Verwende knul.

Bange knul.

Het modem piepte. Hield op. Maakte opnieuw lawaai.

Zijn moeder kwam de keuken in sjokken en wreef in haar ogen. 'Wat ben je aan het doen?'

'Studeren.'

'Nu nog?'

'Er is me net iets te binnen geschoten.'

'Wat?'

'Over mijn research. Laat maar zitten, ma, het is niet belangrijk.'

'Als het niet belangrijk is, moet je weer gaan slapen.' Ze knipperde met haar ogen, omdat alles wazig bleef. 'Ga maar weer naar bed. Je krijgt veel te weinig slaap.'

'Over een paar minuten, ma. Het is voor mijn scriptie.'

'Kan het niet wachten tot morgen?'

'Nee. Ga maar weer naar bed.'

Het modem zoemde, snorde en piepte, terwijl het zijn eigen modemliedje kwinkeleerde. Er kwam geen eind aan!

'Wat is dat?' vroeg zijn moeder.

'Het ding dat verbinding maakt met internet.'

'Waarom zit het daarin?'

'Ik gebruik onze telefoonlijn.'

'En als er nu iemand belt?'

'Er zal nu niemand bellen, ma.'

Ze keek naar het fornuis. 'Ik maak wel even iets te eten voor je.'

'Nee.' Hij had met stemverheffing gesproken en ze schrok op. Hij stond op en legde zijn arm om haar schouder. 'Nee, dank je wel, ma. Ik hoef echt niets.'

'Ik...' Ze keek de keuken rond.

Hij bracht haar met een zoet lijntje terug naar haar kamer en vroeg zich af of ze eigenlijk wel wakker was geweest.

Toen hij weer terug was bij de keukentafel had hij verbinding en nam hij contact op met de server van de universiteit. Daarna ging hij op zoek naar de chatroomtekst die hij had opgeslagen en nam vervolgens dezelfde weg die hij destijds door cyberspace had gevolgd.

Vijf minuten later begon zijn hart zo te bonzen dat hij het gevoel had dat zijn ribbenkast aan flarden zou gaan.

```
Online toezichthouder: *****Je bent nu in
BloodnGutsChat*****
CrimeGirl: Volgens mij was OttoR = Manson of
noem maar op.
BulldogD: Je moet hem niet zo ophemelen. Hij was
gwoon een vandie slecht gorganiseerde
serimoordnaars.
CrimeGirl: Ik hemel hem niet op (let eens op je
spelling!). Ik zeg alleen waar het op staat.
BulldogD: Ik kan best spellen, maar het kan me
niks schele
CrimeGirl: Ja, dat zal wel. Ik denk nog steeds
dat OR interessant en misschien wel uniek was
voor zijn tijd.
P-Kasso: Jullie snappen geen van beiden waar het
om gaat.
Mephisto: Kijk nou! Er is altijd wel een vent
die weet waar het om gaat.
CrimeGirl: Ik zou best eens een intelligent
argument willen horen. Kom maar op, P.
P-Kasso: Retzak staat ver boven al die anderen
vanwege zijn artistieke integriteit. Zijn
motivatie is veel verhevener dan het geval was
bij manson, bundy, JTR en meer van dat soort
lui. Wat hem betrof, was het een kwestie van
kunst en hij legde het tafereel vast. Ik zou
hem eerder willen vergelijken met Van Gogh
Mephisto: Heeft hij dan ook zijn oor afgehakt,
haha
CrimeGirl: Goh, wat grappig.
BulldogD: Pies-kasso. Hoezo, ben jij soms ook
een van die kuntszinnig mietjes dat je dat
zegt???
Mephisto: Heb je daar niks op te zeggen?
```

```
P-Kasso: Ik heb wel eens een penseel in mijn
handen gehad.
BulldogD: En ook een stevige knuppel?
Mephisto: Zegt ie nou niks meer?
CrimeGirl: Hij zal wel afgehaakt zijn.
Mephisto: Puur gelul.
CrimeGirl: Het is niet nodig zulke taal uit te sl
P-Kasso: Ik ben er nog steeds. Maar nu haak ik
wel af. Jullie hebben echt geen hersens.
Mephisto: Arrogante klootzak.
CrimeGirl: Ik wacht nog steeds op een teken van
intelligentie bij een chromosomendrager.
BulldogD: Wat dach je dan van John Gacey? Die
was de beste maatjes met Jimmy Carter en
ondertussen stopte hij al die lijken onder de
grond.
Mephisto: Het ging om Rosmarie Carter
CrimeGirl: Rosalyn, om precies te zijn, slons.
```

P-Kasso: volgens eigen zeggen een kunstenaar. De grootste fan van Retzak.

Isaac scrolde terug naar boven en las de woordenwisseling nog een keer door. Hij kreeg ineens koude handen. Nadat hij zich had afgemeld, trok hij het modem uit het stopcontact, haastte zich naar het wandtoestel en toetste het nummer van Petra's mobiel in.

Hij kreeg haar vaste nummer. Haar antwoordapparaat, waar hij een boodschap op insprak en zijn best deed om niet slap, bang of bibberig te klinken. Maar hij had het vermoeden dat hij daar niet in was geslaagd.

Zou ze naar huis bellen om te horen of er boodschappen waren? Maar waarom zou ze dat doen? Ze was druk bezig iemand te schaduwen.

In de overtuiging dat ze gelijk had.

De klok op het fornuis stond op elf minuten over elf.

P-Kasso.

Hij holde haastig terug naar zijn kamer en ging op zoek naar zijn schoenen. Aanvankelijk kon hij ze niet vinden, maar hij voelde onder het bed en viste ze eindelijk op, eerst de rechter en toen de linker. Hij was het bed ingedoken in een T-shirt en een trainingsbroek. Geen sokken. Daar moest hij het maar mee doen. Met zijn schoenen in de hand holde hij naar de deur.

Isaiah ging rechtop zitten. 'Wat voor de...'

'Droom maar lekker, broertje.'
'Waar... heen?'
'De deur uit.'
Op de grond draaide Joel naar de muur en rolde meteen weer terug.
Met een glimlach.
'Heb je alweer zin om te neuken?' vroeg Isaiah.
Isaac negeerde hen allebei en trok de deur achter zich dicht.

Isaiah was de eigenaar van een pick-uptruck, maar daar zat geen motor in. Het enige voertuig waar het gezin Gomez over kon beschik-
ken, was de bij vlagen nukkige Toyota Corolla waarin papa ondanks
alles naar zijn werk reed. Papa's sleutels hingen aan een plastic kikker die op de muur naast de koelkast zat geschroefd.
De auto was net bij de garage geweest om bepaalde filters te vervangen. Isaac trok het contactsleuteltje van zijn vaders sleutelbos en
begon door de keuken te sluipen met het gevoel dat hij een inbreker
was, toen hij plotseling bleef staan.
Hij was iets vergeten.
Hij maakte zijn vergissing ongedaan en liep naar buiten.

51

DONDERDAG 27 JUNI, 23.03 UUR, HET HUIS VAN DE FAMILIE DOEB-
BLER, ROSITA AVENUE, TARZANA
'Weet je het zeker?' vroeg Petra.
Eric had net opnieuw een kijkje achter het huis genomen. Dit keer
had ze hem wel terug zien komen, een nauwelijks waarneembare
zwarte vlek tegen de donkerblauwe nachtlucht van de Valley. Hij had
zich waarschijnlijk opzettelijk vertoond, om haar een goed gevoel te
geven.
'Hij had het tijdschrift aan de kant gelegd en zat tv te kijken. Ik kreeg
geen kans om een blik op het scherm te werpen. Om klokslag elf uur
stond hij op, deed het licht uit en liep naar boven.'
Het moest nu binnen een uur gebeuren. De beide auto's van Doebbler stonden nog steeds op de oprit.
'Weet je zeker dat hij niet aan de achterkant weg kan?'
'Er is een steile helling naar de tuin van de buren en daar staat een
smeedijzeren hek omheen. Het zou misschien kunnen, maar...'
'Als het kán, moeten we ons daar zorgen over maken.' Ze klonk als

een echte haaibaai. Maar voordat ze zich kon verontschuldigen, zei Eric: 'Wil je dat ik terugga en daar blijf staan?'

'Dat zou inhouden dat we niet beide kanten van de straat in de gaten kunnen houden, maar toch...'

'Zeg het maar.'

'Wat denk jij?'

'Moeilijke keus,' zei hij.

'Ik heb hier geen goed gevoel over, Eric. Zelfs als de moordplek ergens dicht in de buurt is, dan houdt hij te weinig tijd over. Hij is heel dwangmatig. Hij zou eigenlijk ruim de tijd moeten nemen om alles voor te bereiden.'

'Misschien doet hij dat nu. In zijn hoofd.'

'Dat zou kunnen,' zei ze. 'Oké, ga maar terug. Als er binnen tien... vijftien minuten niets gebeurt, loop ik naar de deur en bel aan.'

Geen antwoord.

'Of vind je dat een slecht idee?'

'Nee,' zei hij. 'Ik ga nu meteen terug.'

52

DONDERDAG 27 JUNI, 23.23 UUR, VERMONT AVENUE, ÉÉN STRAAT TEN ZUIDEN VAN PICO

De Toyota sloeg opnieuw af.

De derde keer binnen anderhalve kilometer. Isaac zette de versnelling in zijn vrij en rolde naar de rechterbaan, terwijl om hem heen de auto's voorbijschoten. Hij trapte de koppeling in en liet die met een klap opkomen terwijl hij stevig gas gaf in een poging de motor weer tot leven te brengen. Een gesputter, een milliseconde van paniek en toen begon de zwakke motor weer te pruttelen. Balancerend op het randje van de dood... maar toch weer tot leven gewekt.

Net aan.

Het domme kreng was gewoon rijp voor de sloop. Dat zei genoeg over Montalvo, de vriend van zijn vader, de zogenaamde monteur. Of misschien was het zijn eigen schuld, omdat hij niet correct schakelde. Het was al een hele tijd geleden dat hij achter het stuur had gezeten. Hij kroop met een slakkengangetje over Vermont terwijl hij zijn best deed om gelijkmatig gas te geven en zodanig rekening te houden met stoplichten dat hij zo min mogelijk hoefde te stoppen en weer op te trekken.

Er stond een halve maan aan de hemel en het bleke licht werd gefilterd door neon, smog en vochtslierten. Ondanks het late uur was het op Vermont nog een drukte van belang. Neonreclames in alle kleuren van de regenboog, eerst in het Spaans, vervolgens in het Koreaans en daarna weer in het Spaans. De auto sukkelde astmatisch langs de donkere gebouwen die tussen de lawaaierige en opzichtige aanbevelingen van kroegen, drankwinkels en clubs stonden.

Grote groepen Aziatische jongeren hingen rond bij de beter ogende clubs. Mooie kleren, opgevoerde wagens die het nog deden ook. De lachende gezichten vol zelfvertrouwen van jongeren die het aan niets ontbrak.

Dan volgden weer de arbeiderskroegen van de Mexicanen en de Salvadoranen.

Vamos a bailar…

Engels was zijn taal, zijn paspoort naar een of ander Xanadu in de buitenwijken, maar af en toe droomde hij in het Spaans. Maar door de bank genomen droomde hij niet.

De muziek denderde uit een slonzig ogende danstent waar hij voorbij tufte.

De vrolijkheid leek ongepast voor een tijdstip waarop doden zouden vallen.

Datzelfde gold voor het weer, want het was een warme avond met een lekker briesje.

Maar misschien zouden er helemaal geen doden vallen.

Jawel, dat kon niet anders. Nee, dat was niet waar. Kijk maar eens hoe hij zich vergist had.

P-Kasso.

Zelfs als er vanavond iets zou gebeuren, dan was het nog onzin om te denken dat hij een spaak in het wiel zou kunnen steken.

Hij was op weg naar een bestemming die was gebaseerd op theorie en de kille, harteloze religie van de logica.

De meest voor de hand liggende gevolgtrekking uit de feiten. Maar wat hadden feiten te betekenen?

Het zat er dik in dat hij zich opnieuw vergist had. Dat hij weer vreselijk, op tragische wijze de plank had misgeslagen.

Bij Third Street begon de Toyota weer te sputteren en dreigde opnieuw de geest te geven. Met ingehouden adem trapte hij voorzichtig het gaspedaal in en het kreng bedacht zich.

Hij bereikte Fourth, kwam bij Beverly….

Belachelijk en idealistisch, maar wat kon hij anders doen? Petra's mobiele telefoon was nog steeds doorgeschakeld… Dat zou wel een vakmatige aanpak zijn, wat de smerissen zelf een tactisch lijntje noemden. En hij piekerde er niet over om iemand anders van de politie te waarschuwen. Dan zouden ze meteen naar hém op zoek gaan.

Een vier-vijftien-geval van ontoerekeningsvatbaarheid, een Latijns-Amerikaanse man die in noordelijke richting op Vermont reed in een rammelkast die ieder moment in elkaar kon storten...

Hij passeerde Melrose. Nog maar een paar kilometer...

En dan?

Hij zou de auto op een veilige afstand achterlaten en te voet verdergaan. Het terrein verkennen en een plekje zoeken waar hij alles in de gaten kon houden.

Detectiefje spelen.

Hij had op het Western Kinderziekenhuis gegokt. De enige plek waar je zeker kon zijn van hele meutes verpleegkundigen die voor kinderen zorgden.

Hij was zelf als stagiair in het Western geweest, ter voorbereiding op zijn studie medicijnen. Op aanbeveling van een professor in de biologie die wilde dat aspirant-artsen zouden zien hoe het er werkelijk aan toe ging in de gezondheidszorg.

Isaac had het ziekenhuis een fantastische en angstaanjagende plek gevonden, boordevol medeleven, zenuwachtige activiteit en intens zielige verhalen.

De grote, starende ogen van doodzieke kinderen. Kale hoofdjes, klamme, bleke huidjes, broodmagere ledematen gekoppeld aan een infuus.

Hij had ter plekke besloten dat hij geen kinderarts wilde worden.

Nu was hij weer onderweg naar het ziekenhuis, voor zo'n domme onderneming dat hij gewoon zat te trillen.

De auto maakte een geluid dat op een oprisping leek. Isaacs lichaam werd met een klap achteruitgedrukt toen de wagen spontaan accelereerde. Hij slaagde erin trillend de macht over het stuur te behouden en rolde over een kruispunt net ten zuiden van Santa Monica. Hij negeerde een stopverbod en kon nog net vermijden dat hij tot moes werd gereden door een knots van een vrachtwagen van een of andere supermarktketen.

Terwijl hij doorreed, tetterde het woedende getoeter van de vrachtwagenchauffeur in zijn oren.

Twee seconden later gaf de Toyota de geest.

Dan maar lopen.

In draf naar Sunset, een kleine zevenhonderdvijftig meter, zo veel mogelijk in het duister, vlak langs de gebouwen om geen opzien te baren.

Ontoerekeningsvatbare man holt in noordelijke richting...

Hij bereikte zijn bestemming om dertien minuten over halftwaalf, ging langzamer lopen en bleef aan de zuidkant van de boulevard terwijl hij naar de grote vierkante gebouwen van het ziekenhuiscomplex slenterde.

De meeste ramen waren donker. Het logo van het Western, een stel gevouwen handen in blauw en wit, straalde van het dak van het hoofdgebouw.

Hij bleef in de schaduw toen vrouwen, voornamelijk jonge vrouwen in witte, lichtroze, pastelblauwe en kanariegele uniformen uit diverse deuren naar buiten stroomden en Sunset overstaken.

Hooguit een stuk of twintig verpleegkundigen, het restantje van de dagdienst. Als hij het wonder boven wonder bij het rechte eind had, zou die smeerlap ergens staan te kijken.

Maar waar?

Isaac keek toe hoe de verpleegsters naar een bord liepen met het opschrift PARKEERTERREIN PERSONEEL. Pijlen in twee richtingen en de groep splitste zich op. De meeste vrouwen liepen naar het westen, een paar gingen in oostelijke richting.

Twee terreinen. Om welke zou het gaan?

Hij stond er even over na te denken. Als Doebbler hier was, zou hij de plek kiezen die het rustigst was.

De oostkant.

Hij volgde de vijf vrouwelijke gestaltes op een afstandje, door een verrassend slecht verlichte straat. Aan weerskanten sjofele flats die wel een beetje leken op het gebouw waarin hij zelf woonde. Halverwege de straat een parkeergarage met twee verdiepingen.

Donker. De verpleegsters liepen langs de betonnen muren van de oprit en toen Isaac dichter bij het complex kwam, zag hij dat de ingang met een ketting was afgesloten. Er hing een bordje aan een met gaas bespannen hek.

'Herstelwerkzaamheden als gevolg van de aardbeving. Datum voltooiing augustus 2003.'

De verpleegsters liepen door. Zes meter, negen meter, vijftien meter. Bijna tot het eind van de straat. Weer een bord, nog te ver weg om het te kunnen lezen, maar Isaac zag auto's op een braak liggend stuk grond staan.

Hij ging sneller lopen.

TIJDELIJKE PARKEERPLAATS PERSONEEL.

Krachtige werklampen overgoten de rechterkant van de open plek met een fel wit licht. De lampen aan de linkerkant brandden niet en de helft van het terrein was in duister gehuld.

Gebrek aan onderhoud of de ingreep van een roofdier?

De kleine kans dat het om de tweede mogelijkheid ging, gaf Isaac de hoop dat hij goed had gegokt.

Eigenlijk te stom voor woorden. Er waren nog veel meer ziekenhuizen en klinieken in de stad, waarvan het merendeel ook kinderen opnam. Hoeveel daarvan waren gespecialiseerd in aandoeningen van de luchtwegen? Hij had geen flauw idee.

Dit was nog veel erger dan de haarkloverijen van academisch getheoretiseer. Dit was in het wilde weg gissen met een grote kans op afschuwelijke fouten.

Hij stak de straat over en ging tussen twee flatgebouwen staan, waar hij een zacht laagje onkruid onder zijn voeten voelde. De stank van hondenpoep drong in zijn neus.

Oost west, thuis best.

Hij ging nog een stap achteruit, maar zorgde ervoor dat hij een goed uitzicht hield op de lange zijde van de parkeerplaats. Voor zover hij wist, stond Doebbler ergens vlakbij naar hem te kijken en kon hij zijn schurende ademhaling horen.

Hij dwong zichzelf stil te zijn en keek toe hoe de vijf verpleegsters naar hun auto's liepen. Een paar in het felle schijnsel van de werkende lampen, de rest verdween in een zwart gat.

Aan de donkere kant zou het gebeuren. Als...

Zes minuten voor twaalf.

Alsalsalsalsalsalsals.

53

27 JUNI, 23.46 UUR, HET HUIS VAN DE FAMILIE DOEBBLER, TARZANA

'Ik loop naar de voordeur,' zei Petra.

'Wil je dat ik hier achter blijf staan?' vroeg Eric.

'Ja.'

Terwijl ze haar pistool uit haar tas pakte, stapte ze uit haar auto, bleef even staan om haar ademhaling onder controle te krijgen en liep toen naar het huis van Doebbler.

Met haar hand op de Glock, op alles voorbereid.

Ze had zo'n misselijk gevoel dat er van alles zou kunnen gebeuren. Hier klopte helemaal niets van. Hoe had ze zich zo kunnen vergissen?

Ze belde aan. Niets. Ook nadat ze een tweede keer had aangebeld, bleef alles stil. Misschien was Doebbler er toch op de een of andere manier in geslaagd om weg te gaan zonder dat Eric en zij dat hadden gezien.

Ze kon zich best voorstellen dat hij haar in de maling had genomen. Maar Eric?

Ze drukte voor de derde keer op de bel. Niets. Daarna belde ze Eric.

'Ik krijg geen gehoor.'

'Hier is ook niets... Wacht even, dat is niet waar, hij komt de trap af en nu doet hij het licht op de overloop aan. In badjas en pyjama. Het lijkt erop dat je hem wakker hebt gemaakt. Hij is behoorlijk pissig.'

'Gewapend?'

'Voor zover ik kan zien niet. Oké, hij loopt naar de voordeur. Ik kom er ook aan.'

'Wie is daar?' wilde de stem van Kurt Doebbler achter de deur weten.

'Politie. Rechercheur Connor.' Petra was een paar passen achteruit gegaan. Achter haar stond Eric verstopt tussen de struiken. Ze kon hem ruiken. Zo'n lekkere lucht.

Doebbler gaf geen antwoord. Petra herhaalde haar naam.

'Ik heb u wel verstaan.'

'Wilt u alstublieft opendoen, meneer?'

'Waarom?'

'Het gaat om een politiezaak.'

'Wat voor zaak?'

'Moord.'

De deur zwaaide open en Doebbler keek op haar neer, met zijn lange, in een badjas gestoken armen over elkaar geslagen. De mouwen waren te kort voor zijn grote, knokige handen. Enorme handen. Onder de jas zat een gestreepte pyjama. Grote blote voeten met blauwe aderen. Zijn grijze haar zat in de war. Zonder bril zag hij er niet meer zo wijsneuzerig uit, hij zag er zelfs wel goed uit, op een kille, hoekige manier.

Petra's ogen bevonden zich ongeveer ter hoogte van de revers van de badjas. Ze zag aan de rechterkant een klein geelbruin vlekje dat best opgedroogd bloed zou kunnen zijn. Haar ogen dwaalden omhoog en ze zag het snijwondje dat Doebbler zichzelf bij het scheren had toegebracht. Drie wondjes zelfs, allemaal al met een korstje erop.

Was onze Kurt die ochtend een tikje nerveus geweest? Had hij plannen gemaakt voor iets wat hij bij nader inzien had afgelast omdat hij wist dat hij geschaduwd werd?

Hoe kon hij dat weten?

'Meneer,' zei ze. 'Mag ik binnenkomen?'

'Jij,' zei hij. Petra had nooit geweten dat je zoveel minachting in één woordje kon leggen.

Hij versperde haar de doorgang.

'Dus u blijft vannacht thuis, meneer?' vroeg Petra.

Doebbler streek het haar van zijn voorhoofd. Een zwetend voorhoofd. Donkere plekken onder zijn ogen. Zijn armen schokten en heel even dacht Petra dat hij de deur in haar gezicht dicht zou slaan. Ze deed een stap naar voren, klaar om dat te voorkomen.

Hij keek haar fronsend aan.

Ze stelde dezelfde vraag nog een keer.

'Hoezo blijf ik thuis?' zei hij. 'Wat zou ik anders moeten doen?'

'Uitgaan.'

'Waarom zou ik uitgaan?'

'Tja,' zei ze, 'omdat het over een paar minuten de achtentwintigste juni is.'

Doebbler werd bleek. 'Wat ben jij morbide.' Hij zocht met één hand steun bij de deurpost. Hij was zo lang dat de hand maar een tiental centimeters onder het hoogste punt rustte.

'Ik ga niet uit,' zei hij. 'Sommige mensen werken en zorgen voor hun kinderen. Anderen doen werk waar ze nauwelijks capabel voor zijn.'

Gevolgd door een gemompeld woord waarvan Petra bijna zeker wist dat het 'imbeciel' was.

'Mag ik binnenkomen, meneer?'

'Bínnenkomen?'

'Om even met u te praten.'

'Een gezellig babbeltje zeker?' zei Doebbler. Hij kon het net opbrengen om te glimlachen, gespeeld, alleen maar met de mond, zonder de ogen. Hij strengelde de vingers van zijn grote handen in elkaar, liet ze kraken en staarde op haar neer.

Langs haar heen en zelfs dwars door haar heen, precies zoals hij de eerste keer had gedaan. Zoals hij ook bij Emily Pastern en Sarah Casagrande had gedaan. Een kille, droge slang kronkelde langs Petra's rug naar beneden en ze was blij dat ze Eric bij zich had.

Ze glimlachte terug tegen Doebbler.

Hij sloeg de deur voor haar neus dicht.

54

Isaac zag de digitale wijzerplaat van zijn horloge verspringen: 00.07
uur.
De ultieme, cijfermatige benadering.
Alle verpleegsters uit de dagploeg waren verdwenen.
In tegenstelling tot een verpleegster ergens anders, een donkerharig
meisje, misschien van Italiaanse komaf...
In gedachten zag hij wat haar werd aangedaan en alle kracht vloei-
de uit zijn lijf waardoor hij in elkaar zakte als een oude man.
Hij bleef op zijn plek omdat hij niet wist wat hij anders moest doen
en staarde naar de lege parkeerplaats. Drie auto's aan de verlichte
kant, twee of drie in het donker, dat kon hij niet goed zien.
Waarschijnlijk van mensen van de nachtploeg die al vroeg naar het
ziekenhuis waren gekomen.
Maar als dat zo was, waarom stonden er dan maar zo weinig?
Dat was niet echt een groot raadsel. Het personeel ging kennelijk liever naar de parkeerplaats aan de westkant. De verlichting zou daar
ook wel beter zijn, dus iedereen die vroeg kwam, probeerde daar een
plaatsje te vinden.
Acht minuten over twaalf.
Hij zou nog vijf minuten wachten, dan ging hij terug naar de plek
waar hij de Toyota van zijn vader op Vermont had laten staan. Hij
was vergeten de auto op slot te doen. Wat zou pa erin hebben laten
liggen... Niet veel. Pa was ontzettend netjes.
Wat schone werkkleren op de achterbank, netjes opgevouwen. En in
het handschoenenkastje zaten misschien wat papieren. Hopelijk niets
wat de moeite van het stelen waard was.
Zou de auto er eigenlijk nog wel staan?
Als dat niet zo was, hoe moest hij dat dan aan zijn ouders uitleggen?
De vijf minuten waren inmiddels voorbij. Maar omdat hij de waarheid niet onder ogen wilde zien, bleef hij nog even staan.
Om negentien minuten over twaalf begon hij zich met recht een eersteklas idioot te voelen, stapte uit zijn schuilplaats en begon naar het
zuiden te lopen.
Hij bleef abrupt staan toen hij in de richting van Sunset stemmen
hoorde. Vrouwenstemmen.
Drie vrouwen, klein van stuk en op het gehoor jong, liepen langs de

met een ketting afgesloten parkeergarage en wandelden het braak liggende terrein op.

Isaac holde terug naar zijn plekje en keek naar hen.

Witte uniformen, donker haar, paardenstaarten. Kleine vrouwen... Filippijnse meisjes? Ze kletsten vrolijk met elkaar en bleven nog even staan toen ze de parkeerplaats een meter of drie waren op gelopen. Daarna liep een van de verpleegsters naar de verlichte kant en de beide andere meisjes verdwenen in het donker.

Die liepen geen gevaar. Doebbler zou geen stel aanvallen, hij had het op een eenzame prooi voorzien.

De verpleegster onder de lamp startte haar minivan en reed weg. Aan de donkere kant flitste een stel koplampen aan en een pittig sportwagentje – een gele Mazda RX – spoot de straat in, met dat typische ronkende geluid.

Nu was er nog één verpleegster over.

Hij wachtte tot ze haar lichten aan zou doen.

Duisternis.

Stilte.

Had hij iets gemist? Was er een achteruitgang? Toen hij wat dichter naar het trottoir toe liep, hoorde hij een zacht, weerspannig geluid dat de stilte van de nacht verbrak.

Het zinloze gejengel van een motor die weigert aan te slaan.

Een autoportier werd opengedaan. En weer gesloten.

Ineens: een gil.

Isaac stak zijn hand in zijn zak en begon te rennen. Maar het pistool zat verward in de ruim bemeten zak van zijn trainingsbroek en hij kreeg het er niet uit.

Hij begon nog harder te rennen en schreeuwde: 'Stop!' En nog een keer, maar dan luider.

Ondertussen liep hij letterlijk aan zijn broek te rukken. Maar het pistool zat hopeloos klem in de zak.

Hij bereikte de parkeerplaats en rende over het zwarte zand. Hij zag geen hand voor ogen, maar liep in de richting waar hij die gil had gehoord.

Toen zag hij ze ineens.

Een man – een ontzettend lange man, in een lange witte jas, een doktersjas – stond naast een kleine vrouw die languit op de grond lag.

Op haar buik. De man drukte haar met een van zijn voeten in haar taille tegen de grond, alsof ze een vlinder was die op een prikbord was vastgepind.

Ze lag te spartelen in het zand, met armen en benen die een soort schoolslag op het droge maakten. En schreeuwde opnieuw.

De man stak zijn hand onder zijn jas en trok iets tevoorschijn met de vorm en het formaat van een honkbalknuppel. Niet van hout, doorzichtig.

Een dikke plastic staaf. Helder plastic.

Glad en zwaar. Dat was de verklaring voor het ontbreken van vezels in de wonden. *Hou op met dat geanalyseer, gek, doe iets!*

Isaac rende naar de lange man toe. *'Hou op, vuile klootzak, anders schiet ik je kapot!'* Het was een vreemde schorre stem die brullend uit zijn keel kwam.

De man in de witte jas bleef met zijn voet op de rug van het donkerharige vrouwtje staan. Een knappe meid, nu Isaac haar doodsbange gezicht zag. Jong, misschien nog wel jonger dan hij. Geen Filippijnse maar Latijns-Amerikaans.

Of misschien was ze toch Italiaans... *Hou op!*

Hij stond nu op een meter afstand nog steeds met het pistool te worstelen.

De lange man oefende kennelijk meer druk uit op de rug van het meisje, want ze kneep haar gezicht samen en haar mond klapte dicht. Ze had zand binnengekregen en hoestte kokhalzend.

Isaac stond regelrecht aan de zak te rukken *verdomdestommeklungelverdomdelul.*

De man draaide zich naar hem om, met de doorzichtige knuppel schuin voor zijn borst. Heel lang, brede schouders, krachtig gebouwd. Geblokt overhemd, spijkerbroek en gympen onder die witte jas.

Die schoenen zouden afdrukken achterlaten in het zand, maar Thad Doebbler was een voorzichtig man, een kunstenaar. Hij zou ze vast goed schoonmaken als hij klaar was.

Een knappe man, met het zelfvertrouwen dat de meeste lange, knappe mannen automatisch meekregen. Hij was totaal niet van zijn stuk gebracht door de maffe aanwezigheid van Isaac. Hij wist dat hij zo'n sukkel wel aankon.

'Hé,' zei hij.

'P-Kasso,' zei Isaac.

Doebblers grijns verdween als sneeuw voor de zon. Een straaltje maanlicht viel op de knuppel, die meteen begon te glimmen.

Isaac bleef in gevecht met zijn zak. Alles bij elkaar stond hij er nu een paar seconden mee te worstelen, maar het leek een eeuwigheid. Hij onderdrukte zijn gevoel van paniek en hield ermee op. Dacht na. Voelde. Een metalen onderdeel van het pistool bleef haken in het zachte materiaal van zijn trainingsbroek, de clou was om het los te trekken met een draaiende beweging in plaats van te worstelen zodat het alleen maar vaster kwam te zitten.

Thad Doebbler, die nog steeds met een voet op de rug van het meisje stond, deed een stap naar voren met zijn vrije been. Een lang been, dus een lange pas, waardoor hij op hooguit zestig centimeter van Isaacs hoofd kwam te staan. Op raakafstand.

Hij tilde het wapen op en Isaac sprong achteruit en trok tegelijkertijd zijn broek op. Strak om zijn kruis. Hij had verdorie zijn broek tussen zijn reet getrokken en Thad Doebbler lachte.

Moet je mij zien, Petra. *Stommelulstommelul.*

Het kleine donkere meisje kreunde van pijn.

Thad Doebbler knabbelde nog een paar centimeter af van de ruimte tussen hem en Isaac.

'Laat haar gaan, anders schiet ik je dood. Ik meen het.'

Thad Doebbler keek Isaac geamuseerd aan. 'Waarmee? Met dat pikkie van je?'

Isaac rukte het pistool uit zijn zak. Hij stapte binnen het bereik van de moordlustige arm van Thad Doebbler en slaagde er niet alleen in de verpletterende klap te ontwijken, maar ook om zijn evenwicht te bewaren en het pistool omhoog te richten.

Op het knappe gezicht.

Hij haalde de trekker over.

Deed onwillekeurig zijn ogen dicht en bleef schieten.

55

MAANDAG 1 JULI, UPPER ROCKRIDGE DISTRICT, OAKLAND, CALIFORNIË, HET HUIS VAN THORNTON 'THAD' DOEBBLER

Een echte geschiedkundige, die Thad.

In zekere zin een aanhanger van de renaissance. Ontwerper van websites, grafisch kunstenaar, illustrator van alternatieve strips en maker van computeranimaties.

Beeldhouwer in acryl, perspex en ander ultramoderne plastic materiaal. Abstracte dingen, waar Petra niets aan vond. Maar ze moest wel bekennen dat zijn werk van talent getuigde. Kronkelende doorzichtige buizen met daarin verlichtingselementen van fiberoptiek, een goed oog voor evenwicht en compositie.

Vorig jaar had hij een tentoonstelling gehouden aan de overkant van de baai in San Francisco, in een galerie in Post Street. Twee tot drieduizend ballen per stuk en drie ervan waren verkocht.

P-Kasso.

338

Hij en Omar. Het was haar jaar voor kunstenaars.

Een voorraad acrylbuizen in diverse maten lag keurig opgestapeld in Thad Doebblers garage.

De grootste maat kwam overeen met de hoofdwonden van de 28-junislachtoffers.

Toen ze hem in het huis van zijn broer ontmoette, had hij beweerd dat hij in San Francisco woonde. Maar zijn huis stond in Oakland, in een mooi deel van de stad, een schattig quasi-zestiende-eeuws huisje op een heuvel, met een prachtige tuin. Geen uitzicht op de baai, maar vanuit de slaapkamer op de eerste verdieping zag je nog net een stukje van het heuvellandschap rondom Oakland.

In de slaapkamer was niets anders te vinden dan kleren, een paar pockets met verhalen over waargebeurde misdaden en een tv-toestel op een bijzettafeltje. De rest van het huis was al even spartaans ingericht. Aan de achterkant van de garage was een aanbouw van zo'n zevenendertig vierkante meter, opgetrokken uit betonblokken, zonder ramen en met een stevig afgesloten metalen deur. Thad Doebblers studio, verlicht met behulp van spots op rails.

Thad Doebblers museum.

Een man met oog voor details, die Thad. Maar waar Petra meer aan had, ook een verdomde egomaniak en iemand die alle details van zijn eigen duistere kant nauwkeurig had bijgehouden.

Vierentwintig jaar lang.

De vent had elk toegangskaartje, elk vliegticket en alle bonnetjes op een maniakale manier gearchiveerd. Binnen een paar tellen was Petra al in staat om vast te stellen dat hij ieder kwartaal naar Los Angeles vloog. Maar Petra wist al dat oom Thad regelmatig bij zijn oudere broer Kurt en zijn nichtje Katya in het huis op Rosita logeerde. Hij sliep in een logeerkamer naast Katya's slaapkamer, waar hij een paar broeken, drie overhemden, een leren jasje en een zwart Italiaans colbertje in de kast had hangen. Niets waar de gerechtelijke medische dienst echt veel mee opschoot, tot een paar technici er toch nog in slaagden minieme bloedvlekjes van twee van de overhemden en een pijp van een spijkerbroek te schrapen die op de een of andere manier een was- en strijkbeurt overleefd hadden.

Misschien lag het aan het krakkemikkige bakbeest dat Kurt Doebbler een wasmachine noemde, een Kenmore die door de ernstig kijkende Katya werd afgedaan als 'een rotding. Het kreng lekt voortdurend en je krijgt je spullen nooit echt schoon.'

Met een venijnige blik op pa.

Kurt had een gezicht getrokken... eindelijk iets van emotie. 'Ik zal wel een nieuwe kopen, Katie.'

'Dat zeg je altijd!'

Drie van de vlekjes waren te vergaan voor DNA-onderzoek. Een was volkomen gelijk aan het DNA van Marta Doebbler, een andere paste precies in het genetische profiel van Coral Langdon en een derde bij dat van luitenant-ter-zee Darren Ares Hochenbrenner.

Petra was naar de plaats van het misdrijf toe gereden, toen ze het nieuws via haar politieradio had gehoord, na de schijnvertoning bij het huis van Kurt Doebbler.

Toen ze daar aankwam, werd Isaac als een verdachte behandeld door twee rechercheurs uit Hollywood die hem niet goed genoeg kenden. Hij had de namen genoemd van raadslid Gilbert Reyes en van ondercommissaris Randy Diaz. Uiteindelijk belde iemand Diaz die aan kwam rijden in een Corvette, gehuld in een zwart velours joggingpak en sportschoenen van tweehonderd dollar. Petra kon hem net op tijd in zijn kraag grijpen en vertellen wat er aan de hand was.

'De knul heeft de zaak opgelost, meneer.' Ze lepelde in snel tempo de bijzonderheden op.

'Indrukwekkend,' zei Diaz. 'Denk je dat hij bereid zal zijn de eer met de politie te delen?'

'Volgens mij maakt de eer hem niets uit,' zei Petra. 'Hij is een brave knul, een geweldige knul. Ik sta honderd procent voor hem in.'

Diaz glimlachte. Waarschijnlijk dacht hij dat ze niet echt in een positie verkeerde om voor iemand in te staan.

'Dat is aardig van je, rechercheur.'

'Hij heeft het verdiend.'

Ze waren het erover eens dat het een probleem zou kunnen zijn dat Isaac een illegaal pistool had gebruikt om Thad dood te schieten.

'Dat lossen we wel op,' zei Diaz. En met een lange, onderzoekende blik op Petra's gezicht: 'En hetzelfde geldt voor jouw problemen, rechercheur. Als iedereen discreet blijft. Er zullen wat veranderingen plaatsvinden in jullie divisie. En ik zou het prettig vinden als alles gladjes verliep.'

'Wat voor veranderingen?'

Diaz hield zijn vinger voor zijn lippen. Toen liep hij naar Isaac toe.

De volgende avond vloog Petra naar Oakland en op zondagochtend begon ze, in het gezelschap van een vriendelijke rechercheur uit Oakland, een zekere Arvin Ludd, aan het onderzoek van de uit betonblokken opgetrokken schatkamer dat twee volle dagen in beslag zou nemen.

De beste dingen trof ze aan in een dubbele, zwarte archiefkast, een folder met het opschrift 'Reizen'.

Hij had een prachtig handschrift, die ouwe Thad, en hij had drie in mousseline gebonden aantekenboekjes van Franse makelij gevuld met gedetailleerde omschrijvingen van moordlustige fantasieën die hem vanaf zijn twaalfde hadden bekropen.

Een mengeling van seks, geweld en macht, dat nog sterker was geworden door de toevallige vondst van een kopie van het door Teller geschreven boekje in een antiekwinkel in Hamburg.

'Retzak en ik zijn een en dezelfde persoon. Ik weet niet waarom mensen zoals wij zijn zoals we zijn. Dat is gewoon zo. Maar ik vind het fijn.'

En daarna: een leven lang omzetten van fantasie in werkelijkheid.

Thad had zijn mislukte poging om de Duitse banketbakkershulp Gudrun Wiegeland te vermoorden omschreven als *'een begrijpelijke misstap, gezien mijn jeugd en mijn gebrek aan ervaring, plus een zweempje – maar niet meer dan dat – ongerustheid.'* Toen hij Wiegeland de hersens had ingeslagen *'met een van een garage geleende koevoet'* was hij het zestienjarige zoontje van een legerofficier geweest. Twee jaar jonger dan de 'Eeuwig Slome Kurt'.

Misschien was Thads ongerustheid toch een tikje heviger geweest dan hij wilde toegeven. Volgens zijn eigen zeggen duurde het acht jaar voordat hij opnieuw een poging tot moord waagde.

Na een twee jaar durend verblijf in het leger, het merendeel als vormgever van een militaire krant in Manila, verhuisde Thad naar Pittsburgh en liet zich inschrijven op Carnegie-Mellon, waar hij kunst en vormgeving studeerde. *('De alma mater van Andy Warhol. Ik heb gehoord dat hij schoenen tekende voor advertenties in kranten. Ik ben zelf veel conceptueler.')* Vlak na zijn eindexamen overviel hij de achttienjarige studente Randi Corey toen ze laat op de avond nog over het universiteitsterrein jogde.

28 juni 1987. Het laatste semester was al voorbij, maar Corey was van plan om gedurende de zomer op de universiteit te blijven en door te trainen met een van de turncoaches.

Thad Doebbler was in de stad gebleven om haar te vermoorden.

Het meisje kreeg drie verpletterende klappen op haar achterhoofd en volgens een krantenknipsel dat Thad in Deel 1 van zijn dagboeken had geplakt 'zou ze waarschijnlijk voorgoed in een vegetatieve staat blijven'.

'Toen ik haar openspleet, kreeg ik een kans om naar de gelatine te kijken. Maar niet uitgebreid, want de schedel gaf niet mee toen ik hem open probeerde te trekken. Toen hoorde ik iemand aankomen en nam de benen. Pas twee dagen later hoorde ik dat ik opnieuw om onverklaarbare redenen niet voldoende kracht had uitgeoefend om het kaarsje van de ziel volledig uit te doven. Dat zal me niet weer gebeuren.'

Twee maanden later ontving een tweeënvijftigjarige man die bij de onderhoudsdienst van de universiteit werkte, Herbert Lincoln, een fatale klap op zijn hoofd toen hij op een parkeerplaats buiten het universiteitsterrein naar zijn auto liep. Voor zover Petra kon achterhalen was er nooit verband gelegd tussen de moord en de aanslag op Randi Corey.

Een jonge vrouw, een oudere man. Het had wel iets weg van het patroon van Otto Retzak, maar Doebbler hield zich niet meer aan de datum van 28 juni.

Hij was nog steeds aan het repeteren. De afwijking maakte zijn gevoel van triomf er niet minder om.

Ik bestudeerde hem terwijl hij daar lag te lekken, zag het vlammetje in zijn ogen doven en tekende de diverse fases. Een groter gevoel van voldoening kan een mens zich niet voorstellen.'

De tekeningen lagen tussen de bladzijden van het boek.

Afschuwelijk omdat de klootzak écht kon tekenen.

Eind van Deel I.

Terwijl Petra het opzijlegde en het volgende aantekenboek oppakte, prentte ze zich in dat ze moest proberen de rechercheurs te bereiken die in Pittsburgh aan de zaken van Corey en Lincoln hadden gewerkt. En ze moest erachter zien te komen of het meisje nog in leven was. Haar familie en die van Lincoln zouden het nieuws graag willen horen.

Ze sloeg het volgende boek open. 'Interessant?' vroeg Arvin Ludd.

'Als je van dat soort dingen houdt.'

Hij glimlachte en sloeg zijn benen over elkaar. Terwijl Petra zat te werken, had hij voornamelijk onderuitgezakt gezeten in Thad Doebblers in uitmuntende staat verkerende, originele Eames-stoel. Nu stond hij op en rekte zich uit. 'Ik heb wel zin in een kopje koffie. Gebruik jij suiker en melk?'

'Een dubbele espresso graag, als ze die hebben.'

'Die breng ik voor je mee.' Ludd was jongensachtig, donker en met blauwe ogen. Goed gekleed, zo ontspannen dat het bijna lui begon te lijken en waarschijnlijk homo. Spelend met zijn autosleuteltjes liep hij het betonnen gebouw uit.

Toen ze in haar eentje achterbleef, viel het Petra ineens op hoe stil het in de kamer was. Stil en koud. Een perfecte plek voor een moord. Een perfecte kerker.

Had Doebbler ook slachtoffers mee naar huis genomen? Een eerste onderzoek met behulp van luminol had geen bloedsporen opgeleverd. Toch bleven er wat haar betrof vraagtekens. Ze had aan Ludd voorgesteld dat de politie van Oakland de achtertuin zou doorzoeken met

behulp van een speurhond en sonar. Hij had geluisterd en geknikt, maar ja noch nee gezegd. Een moeilijk te doorgronden type. Misschien was hij toch niet homo...
Deel ii.
Vooruit met de geit.

Nadat hij Herbert Lincoln had vermoord, had Thad zich weer aan het patroon van 28 juni gehouden. Maar niet met jaarlijkse regelmaat. Omdat hij in loondienst werkte, had hij zich in moeten houden. De moorden waren aangepast aan zijn reisschema.
28 juni 1989, een computerseminar in Los Gatos, Californië. Thad was met het vliegtuig uit Philadelphia gekomen, waar hij tijdelijk werkte als kassier bij een bank terwijl hij een baantje zocht bij een firma in computeranimatie. Kort na middernacht werd Barbara Bohannon, de secretaresse van een directielid van Intel, in de ondergrondse parkeergarage van haar hotel neergeknuppeld. Het feit dat Bohannons handtas vermist werd, deed de rechercheurs vermoeden dat roof het motief was geweest.
Doebbler had de tas leeggemaakt en weggegooid, maar hield het geld, de creditcards en de foto's van Bohannons man en hun drie jaar oude zoontje. Het geld gaf hij uit, de rest verdween in het archief onder het kopje 'Souvenirs'.
Op zijn tekening van de vrouw bleek ze een rond gezicht en blond haar te hebben en zelfs in de dood zag ze er nog aantrekkelijk uit. Aan de houtvezels in haar haar te zien had Doebbler de magie van plastic nog niet ontdekt.
28 juni 1991, weer terug in Philly en alweer een computerconferentie. Een jaar eerder had Doebbler een baan gekregen bij een beginnend onlinebedrijf in San Mateo, maar was zonder opgave van redenen ook weer ontslagen. Door de verkoop van premiedragende aandelen kon hij het huis in Oakland kopen en de aanloop financieren van een carrière als freelancer. Beeldhouwer in acryl.
's Nachts om kwart over een werd het lichaam van Melvyn Lassiter, een kelner bij de roomservice van de Inn at Penn in West-Philadelphia op straat gevonden. Met ingeslagen schedel en zonder portefeuille. Volgens de vrouw van Lassiter bracht Melvin altijd eten mee uit de keuken van het hotel. Maar in de buurt van het lichaam was daar geen spoor van aangetroffen.
'Pasta primavera met gestoofde zalm. Mmm! De caesarsalade was een beetje slap geworden, maar toen ik de doorweekte croutons eruit had gehaald smaakte hij toch lang niet slecht.'
28 juni 1992, Denver, Colorado. Conferentie van makers van ani-

matiefilms. Ethel Ferguson, zesenvijftig en fokker van raspoedels, werd met ingeslagen schedel aangetroffen in een bosje in de buurt van haar huis.

28 juni 1995, Oceanside, Californië. Matthias Delano Brown, een zeeman bij de Amerikaanse marine, was neergeknuppeld in de buurt van de haven. Thad Doebbler had zich een driedaagse vakantie in La Jolla veroorloofd. Hij was alleen en verbleef in het La Valencia Hotel. *('Heerlijk, een welverdiende luxe. Ik kon vanuit mijn raam de dolfijnen zien.')*

Vervolgens schoonzus Marta.

Minnares Marta.

Thad deed in wellustige bewoordingen verslag van de romance en was niet alleen lyrisch over het vrijkomen van Marta's 'opgekropte, Teutoonse seksualiteit', maar ook over het genoegen om de 'Eeuwig Slome Kurt' *('die ik van nu af aan ESK zal noemen')* een loer te draaien.

Tijdens de drie maanden durende overspelige verhouding reisde hij twaalf keer naar L.A., waarbij hij zijn broer op de mouw had gespeld dat hij was ingehuurd door een reclamebureau in Beverly Hills om illustraties te maken.

'In werkelijkheid bestond mijn taak uit het wachten tot ESK was vertrokken naar zijn eeuwig slome baantje om vervolgens Marta helemaal plat te neuken in – o ironie – het huwelijksbed. Aanvankelijk gedroeg ze zich nog een beetje terughoudend, maar ze gaf altijd toe. Uiteindelijk bleek ze altijd een enorme keel op te zetten. Ik besloot dat het wel leuk zou zijn om eens een ander soort gekrijs te horen uit haar inmiddels al een beetje benepen Hausfrau-*mondje. Ze begon emotioneel en vermoeiend te worden.'*

Een ramp werd nog maar op het nippertje vermeden toen Kurt een keer vlak na zijn vertrek rechtsomkeert had gemaakt om een vaktijdschrift op te halen dat hij naast zijn stoel had laten liggen. *'ESK nam niet eens de moeite om naar boven te komen en hallo te zeggen tegen M, hij pakte gewoon zijn tijdschrift en vertrok weer. Hij kan niet met mensen omgaan, dat heeft hij nooit gekund. Dat was mooi mazzel voor M en mij, aangezien wij behoorlijk bezig waren en nogal, ahem, diep in elkaar waren verzonken. Ik legde mijn hand over haar mond en kon met moeite mijn lachen inhouden.'*

Daarna stond Marta erop dat ze afspraken in motels aan de andere kant van de bergen, in Hollywood en West Hollywood.

De 'boodschappen in de stad' waarover ze tegen haar vriendinnen had gejokt.

Toen Marta tegen Thad zei dat ze van hem hield en bereid was Kurt en Katya te verlaten besloot hij haar te vermoorden.

Hij bedacht een plan en wachtte tot ze met haar vriendinnen naar de schouwburg ging. Daarna belde hij haar mobiele nummer vanuit een telefooncel en vertelde haar dat hij vlak om de hoek stond en haar had willen verrassen door haar na afloop van de voorstelling bij haar auto op te wachten. Hij had een kamer geboekt in het Roosevelt hotel in Hollywood, een suite zelfs. Maar nu voelde hij zich niet goed. Hij had pijn in zijn borst. Waarschijnlijk was het alleen maar indigestie, maar voor alle zekerheid zou hij toch maar even naar de spoedeisende hulp van het Presbyterian Hospital in Hollywood rijden. Hij belde haar wel als hij daar was geweest.

Ze raakte meteen over haar toeren en stond erop dat zij hem zou brengen. Ze ontmoetten elkaar bij haar auto. Voordat ze wist wat er gebeurde, zat hij al achter het stuur en reed weg. Hij zag er prima uit.

Ik dacht dat je ziek was, zei ze.

Hij lachte en vertelde haar dat hij het uitmaakte. Ze begon te huilen en wilde weten waarom. Ze smeekte hem letterlijk om haar dat te vertellen.

Hij zette de auto aan de kant in een donker zijstraatje. Nam haar in zijn armen en kuste haar. Maar daarna duwde hij haar ruw van zich af en stapte uit.

Ze liep achter hem aan en probeerde hem te slaan.

Hij pakte haar bij haar arm, draaide die om, duwde haar op de grond en sloeg haar de hersens in met de knuppel van acryl die hij onder zijn jas verborgen had. In een speciaal aangebrachte binnenzak die hij zelf had gemaakt. Hij was altijd al handig geweest, onze ouwe Thad. Ze jammerde even. Werd stil.

'Ik had met deze vrouw mogen doen wat ik wilde, mijn kennis van haar was zo intiem als maar mogelijk was. En toch was haar gelei voor mij niet anders dan dat van een willekeurig persoon. Desondanks bevestigde dit uitstapje dat ik op de goede weg was: ik was nog nooit zo dicht in de buurt geweest van extase. En het was een eerbetoon aan de herinnering aan O.R., de wijsgeer. Iets om op prijs te stellen en ieder jaar te gedenken.'

Omdat ze merkte dat haar emoties de geest begonnen te geven las Petra haastig verder en ontdekte de post mortem tekeningen van Marta Doebbler achter in het boek toen ze verder bladerde. Samen met die van de anderen.

Maar zijn portret van Marta toonde toch een andere aanpak. Een zoekende blik – hongerig en liefhebbend – in de ogen van de vrouw. Dood, maar hij had haar getekend met ogen vol leven.

Die avond nam ze in haar kamer in de Jack London Inn een lang, heet bad, keek tv en slaagde erin een cheeseburger binnen te houden. Een prettige kamer met witte muren en blauw beddengoed. Een tikje duurder dan ze normaal vergoed zou krijgen van de politie, maar ze had op internet een interessante deal kunnen sluiten.

Buiten was het een drukte van belang. Het hotel lag midden op Jack London Square. In negen van de tien gevallen zou ze op verkenning zijn gegaan, maar vanavond had ze geen zin om een voet buiten de deur te zetten tot de rit morgenochtend naar het vliegveld.

Terwijl ze de cheeseburger wegspoelde met cola liep ze naar de minibar en bestudeerde de schattige flesjes met alcohol en mixdrankjes. Ze overwoog of het verstandig zou zijn om een eigengemaakte Tanqueray met tonic te nemen en besloot toen om ervan af te zien.

Haar mobiele telefoon begon op het nachtkastje te rammelen. De trilfunctie was nog steeds ingeschakeld, dat had ze niet veranderd sinds ze de wacht had gehouden bij het huis van Kurt Doebbler.

Dat was ook al uitgedraaid op een ramp die haar haar carrière had kunnen kosten. Ze hadden de deur ingetrapt, Kurt overvallen en hem geboeid. Bovendien hadden ze zijn dochter wakker gemaakt.

Een noodtoestand, was haar excuus geweest.

Ondercommissaris Diaz had gezegd dat hij zich dat wel kon voorstellen.

Kurt Doebbler, die vastgebonden op de vloer van zijn zitkamer had gelegen, dreigde een aanklacht in te dienen.

Dat zou hij ook hebben gedaan – en dik hebben gewonnen – als zijn broer zich niet zo kwalijk had gedragen.

Bloed op de kleren die in de kast hingen. Kurt beweerde dat hij geen flauw idee had gehad dat Thad met Marta naar bed ging, laat staan dat hij zijn huis gebruikte als tussenstation bij zijn jaarlijkse moorduitstapjes.

Waarschijnlijk sprak hij de waarheid, die onnozele wijsneus. Maar de theatrale scepsis van de officier van justitie en de dreiging van onwelkome publiciteit waren voor Pacific Dynamics aanleiding geweest om Kurt onder druk te zetten en hij had zijn aanklacht ingetrokken.

Dus geen onheil, de schade was beperkt gebleven. Petra vond het vervelend voor Katya, maar daar moesten anderen zich maar zorgen over maken.

Misschien moest ze Delaware maar eens bellen om met het meisje te praten...

Nee, dat deed ze helemaal niet, ze was een smeris, geen maatschappelijk werkster. Thad Doebbler zou nooit meer iemand de hersens inslaan, de zaak was opgelost.

Met wat hulp van een vriend.

Isaac die met een pistool rondliep. Een cadeautje van Flaco Jaramillo. Hij had haar eindelijk verteld waarom hij het had aangeschaft. De knul had toch iets doortrapts gehad wat ze niet achter hem had gezocht.

Goddank.

Ze pakte de telefoon op en keek naar het schermpje in de hoop dat het Eric zou zijn. Morgen, als ze weer terug was in L.A., zouden ze samen uit eten gaan. Uitgebreid, in Ivy aan de kust. Suggesties – voor zover Eric daartoe in staat was – in de richting van een serieus gesprek en carrièreplanning.

Of zo.

De telefoon toonde een nummer dat met 213 begon. Niet Eric, maar iemand met wie ze ook wel wilde praten.

'Hoi,' zei ze.

'Hoi,' zei Isaac. 'Ik stoor je toch niet?'

'Helemaal niet. Wat is er aan de hand?'

'Ik vond dat ik je even moest vertellen dat ik vandaag op het bureau ben geweest en dat er een nieuwe hoofdinspecteur zat. Een zekere Stuart Bishop. Hij kwam regelrecht naar me toe om me te vertellen dat hij jou kende. Hij lijkt me een aardige vent.'

'Stu? Hou je me nou voor de gek?'

'Vind je dat vervelend?'

'Nee,' zei Petra. 'Helemaal niet. Allesbehalve.' Haar mond was opengezakt van verbazing. Niet te geloven.

'Hij maakte echt een prettige indruk op me,' zei Isaac.

'Hij is fantastisch. Tot hij ontslag nam bij de politie was hij mijn partner.'

'O. Dan is hij nu zeker weer terug.'

Stu had net als Eric overwogen om privédetective te worden. In tegenstelling tot Eric kwam hij uit een rijke familie en had connecties die hem in contact konden brengen met de zakenwereld. Nu was hij weer bij de politie. Hij had haar niets verteld over dat soort voornemens. Maar goed, ze had hem ook al maandenlang niet meer gesproken. Terug als hoofdinspecteur. Hoe had hij dat voor elkaar gekregen?

Er zullen wat veranderingen plaatsvinden in jullie divisie.

'Dus het is goed nieuws voor jou,' zei Isaac.

'Dat lijkt me wel,' antwoordde Petra met een brede grijns. 'Hoe gaat het met onze held? Wanneer is de plechtige bijeenkomst?'

'Ergens volgende week. Ik hoop dat ze ervan afzien.'

'Hé,' zei ze. 'Je moet er juist van genieten. Jij en raadslid Reyes, in de bloemetjes gezet door burgers en de pers. Je verdient het.'

'Ik ben geen held, Petra. Het was stom geluk.'

'Het was heel slim van je. Heather Salcido heeft geluk gehad.'

Die schattige kleine Heather uit Brea, Californië. Donker haar, grote ogen, klein van stuk en drieëntwintig jaar. Zo knap als een cheerleader, ondanks die donkere schaafwonden op haar wangen. Ze had net haar diploma als verpleegkundige gehaald en werkte nog geen jaar op de afdeling longziekten van het kinderziekenhuis. En ze woonde nog steeds thuis. Een traditioneel gezin: vader een gepensioneerd sheriff, moeder huisvrouw en een oudere broer die als overdreven machomotoragent bij de verkeerspolitie werkte.

Uit de manier waarop het meisje vanuit haar ziekenhuisbed naar Isaac had liggen kijken en de manier waarop hij die blikken beantwoord had, zou de relatie van de knul met de wereld van de gezagshandhaving wel eens een heel andere vorm kunnen aannemen.

Petra bleef grijnzen.

'Nee,' zei hij. 'Het was gewoon puur geluk.'

'Dan ben jij gewoon een knul met mazzel,' zei ze. 'En daar moet ik je voor bedanken.'

'Ik hoor jou te bedanken. Omdat je me zoveel geleerd hebt.'

'Graag gedaan, dokter Gomez.'

'Er is nog één ding...'

'Het pistool,' zei ze.

'Ik...'

'Dat is als bewijsmateriaal in beslag genomen en geboekt als een wettig geregistreerd vuurwapen, Isaac. Met een vergunning die afgelopen januari aan je is verstrekt en je zelfs het recht geeft om het verdekt bij je te hebben. Vanwege het feit dat je bij de politie werkt en in een district woont met een hoog criminaliteitsgehalte. Achteraf bekeken is dat een slimme zet geweest, hè?'

Het was even stil.

'Bedankt,' zei hij.

'Goed, hoor,' zei ze. 'Ga nou maar iets leuks doen.'

56

VRIJDAG 5 JULI, 20.04 UUR, LEONARD'S STEAK HOUSE, EIGHTH STREET EN ALBANY, EVEN TEN WESTEN VAN HET CENTRUM VAN L.A.

Isaac zette het mes in zijn biefstuk. Zo groot als een honkbalhandschoen en zo zacht als een kadetje.

'Vind je het lekker?' vroeg Heather. Zij was al een heel eind op-geschoten met haar combinatie van t-bone biefstuk en lendestuk. Hoe kon zo'n klein meisje zo'n hoeveelheid puur rundvlees weg-werken?

'Verrukkelijk,' zei hij tegen haar. Hij meende het ook nog.

'Ik ben dol op deze tent,' zei ze. 'Gedeeltelijk vanwege het eten, maar ook vanwege al die herinneringen die ik eraan heb. Vroeger, toen mijn vader nog sheriff was, nam hij ons altijd mee hiernaartoe als hij tot laat bij de rechtbank moest blijven. In plaats van hem door het spitsuur helemaal naar Brea te laten rijden, kwamen mam, Gary en ik dan hierheen en dan gingen we uitgebreid eten. Dan was het net alsof het doordeweeks zondag was.'

Ze depte haar mond met een hoek van het sneeuwwitte servet. Een mooie mond. In de vorm van een boog en er zat zelfs nog een beet-je lipgloss op. De schaafwonden op haar gladde, olijfkleurige wang begonnen al mooi te helen. Ze had de donkere plekken verborgen onder make-up en dat was haar een stuk beter gelukt dan hem met zijn blauwe plek.

'Mijn familie gaat nooit uit eten.' *Waarom had hij dat nou gezegd?*

'Dat geldt voor een heleboel families,' zei Heather. 'In feite doen wij het ook niet zo vaak. Maar dat maakt het juist zo speciaal, vind je ook niet?' Ze wreef een hoekje van het linnen servet tussen haar spits toelopende vingers. 'Dit vind ik zo'n zalig gevoel.'

Hij glimlachte. Ze lachte terug en ze concentreerden zich weer op het eten. En de wijn. Rode wijn, een zes jaar oude Californische caber-net, die ver boven zijn budget lag. Hij had net gedaan alsof hij een bewuste keuze maakte uit de vijf pagina's tellende wijnkaart, hoewel hij eigenlijk niet meer wist dan dat rode wijn bij biefstuk paste. Na-dat hij de lijst zogenaamd had bestudeerd, wees hij op goed geluk iets aan en hoopte er het beste van.

Vervolgens kwam dat hele gedoe met geur opsnuiven en de wijn la-ten ronddraaien in het glas, precies zoals hij het in films had gezien.

Gomez. *James* Gomez.

Agent Dubbel Nul Na-aper.

'Prima,' had hij tegen de sommelier gezegd.

'Uitstekend, meneer.'

Heather nam één slokje en zei: 'O jongens, wat is dat lekker. Je bent een echte wijnkenner.'

Hij had haar twee keer opgezocht in het ziekenhuis, maar dit was hun eerste afspraakje. Een spontaan idee dat was opgekomen na de ceremonie op de trappen van het gemeentehuis.

Vanaf de eerste keer dat hij haar had gezien, had hij aan niets anders kunnen denken.

Aanwezig bij de ceremonie waren gemeenteraadslid Reyes, een paar van zijn handlangers en de media plus Isaac en zijn familie.

Zijn ouders straalden en zijn broers stonden ongemakkelijk met hun voeten te schuifelen toen hij de met calligrafie overgoten oorkonde op imitatieperkament in ontvangst nam en vervolgens een vluchtig toespraakje hield. Met al die microfoons onder zijn neus en het geklik en gezoem van de camera's.

Hij vond het van begin tot eind een vreselijke vertoning en dacht verlangend aan de eenzaamheid van de bibliotheek, zijn laptop, zijn boeken en de creatieve bezigheid van het maken van gevolgtrekkingen. Niet aan Klara op zijn schoot, zij was meer dan hij aan kon, veel meer, maar hij zou zijn best doen om bevriend met haar te blijven.

Hij slaagde erin de beproeving te overleven, handenschuddend, glimlachend en wachtend op een kans om te ontsnappen.

Toen kwam Heather naar hem toe... waar had zij gestaan? Voordat hij haar dat kon vragen, kreeg raadslid Gilbert Reyes haar in de gaten en liet haar poseren voor een stel foto's, ingeklemd tussen hemzelf en Isaac.

Later ontdekte Isaac dat ze graag de hele plechtigheid had willen bijwonen, maar dat ze onderweg oponthoud had gehad door het verkeer.

'Maar ik heb je toespraak wel helemaal gehoord,' verzekerde ze hem. 'En de plechtigheid werd uitgezonden door KFWB. Papa luistert altijd naar het nieuws en naar praatprogramma's... o, daar komt hij net aan.'

Een vierkante vent met de bouw van een tank dook op achter de vertrekkende mediameute. Wit haar en witte snor, een buitenkleurtje. Vingers als een bankschroef. Daarna verscheen een kleine, slanke, levendige vrouw, die er jong uitzag voor haar leeftijd en een sprekende gelijkenis met Heather vertoonde.

Heather zou ook mooi blijven als ze ouder werd.

Nancy en Robert Salcido bedankten hem en draaiden zich toen om voor een Spaans onderonsje met Irma en Isaiah Gomez senior.

Op de een of andere manier waren Isaac en Heather afgedwaald van het gezelschap en terechtgekomen op een donker plekje aan de noordkant van de trap. En op de een of andere manier was ze erin geslaagd om hem aan het praten te krijgen over zichzelf.

'Een academische graad plus een studie medicijnen,' zei ze. 'Wat ambitieus... Het is haast ongelooflijk! Je mag het niet verder vertellen, maar ik overweeg zelf ook medicijnen te gaan studeren. Ik heb altijd

350

mooie cijfers gehad en mijn schooladviseur vond dat ik me moest aanmelden. Maar al die jaren leken me zo'n zware opgave. Ik dacht dat ik als verpleegkundige ook heel tevreden zou zijn, maar nu ben ik daar niet meer zo zeker van.'

'Je zou het echt moeten doen,' zei hij.

'Denk je?'

'Ja, het zal je vast wel lukken.' Alsof hij wist waar hij het over had.

'Nou,' zei ze, 'bedankt voor dat vertoon van vertrouwen. Ik weet het niet. Misschien doe ik het wel... het was in ieder geval leuk je weer te zien.'

'Het hoeft toch niet voor het laatst te zijn.'

Ze wierp hem een verbaasde blik toe waardoor zijn hart ineens samenkneep. Gevolgd door een glimlach die zijn verdomde hartspier ineens weer liet opzwellen.

'We zouden uit eten kunnen gaan,' zei hij. 'Nu bijvoorbeeld.'

Jeetje, wat gelikt! Klungel...

'Nu? Oké, dan zal ik dat even tegen mijn ouders gaan zeggen. Ze waren van plan om met ons allen te gaan eten, maar ik vind dit een veel leuker idee.'

Omdat hij geen flauw idee had naar welk restaurant ze toe moesten, hij met zijn quasi-geraffineerde praatjes, was hij blij toen ze Leonard's voorstelde. Ook al zou het hem zijn laatste cent kosten. Reyes had min of meer aangegeven dat hij nog wel een beloning zou krijgen en dat zou best waar kunnen zijn. Of niet. Ach, wat maakte het ook uit, een mens moet risico's nemen.

Nu keek hij toe hoe Heather een plakje roze vlees van het bot sneed, kauwde en slikte. Ze was aanbiddelijk bij alles wat ze deed.

'Wat is er?' vroeg ze.

'Pardon?'

'Je bent ineens zo stil, Isaac.'

'Ik zit gewoon van alles te genieten,' zei hij. 'De vrede en de rust.'

'Ja, natuurlijk,' zei ze. Ze stak haar hand uit en legde die op de zijne.

Zijn huid begon te gloeien.

'Wat kan het leven toch grappig zijn, hè?' zei ze. 'Je maakt plannen en probeert alles op een rijtje te zetten en dan gebeurt er zonder aankondiging ineens zomaar iets.'

'Ik weet wat je bedoelt,' zei hij. 'Het spijt me echt verschrikkelijk dat je dat moest meemaken.'

'O nee,' zei ze. Ze kneep even in zijn vingers en lachte. 'Dát bedoelde ik helemaal niet.'

WOORD VAN DANK

Mijn bijzondere dank gaat uit naar John Ahouse, Rick Albee, P.I., rechercheur Miguel Porras, Terri Porras en Susan Wilcox.